BASTEI
LÜBBE

Domini Highsmith

HÜTER DES SCHREINS

Historischer Roman

Ins Deutsche übertragen
von Michaela Link

BASTEI
LÜBBE

BASTEI-LÜBBE-TASCHENBUCH
Band 13 682

Erste Auflage:
September 1995
Zweite Auflage:
November 1995

Deutsche Lizenzausgabe 1995
Bastei-Verlag Gustav H. Lübbe
GmbH & Co., Bergisch Gladbach
Originaltitel: Keeper at the Shrine
Lektorat: Iris Schmidt
Titelbild: Dave Senior
Umschlaggestaltung:
Quadro Grafik, Bensberg
Satz: KCS GmbH,
Buchholz/Hamburg
Druck und Verarbeitung:
Brodard & Taupin,
La Flèche, Frankreich
Printed in France

ISBN 3-404-13682-9

Dieses Buch ist dem unbekannten Priester zugedacht, der seine letzte Ruhestätte im nördlichen Querschiff des heutigen Münsters von Beverley gefunden hat.

Danksagung

Die Autorin bedankt sich für Unterstützung und Ermutigung sowie für die zeitweilige Überlassung wichtiger Bücher aus privaten Sammlungen bei:

Reverend Peter Forster vom Münster zu Beverley,
Pamela Martin, Leiterin der Abteilung Nachschlagewerke der Bibliothek von Beverley,
Jenny Stanley, Bibliothekarin, und den Angestellten der Bibliothek von Beverley,
Barry Roper vom The Beverley Bookshop,
Alan und Beryl Parrot,
Amy Dawes,
Peter und Edith Webster,
Pauline Brown,
und besonders bei Father X von St. John.

Vorbemerkung

Der *Keeper at the Shrine* ist das Ergebnis langjähriger, akribischer Forschungsarbeit zur mittelalterlichen Geschichte Beverleys (East Yorkshire) und seiner großartigen Münsterkirche.

Die folgende Karte von Beverley, überschrieben mit dessen ursprünglichem Namen ›Beaver Lake‹ (Bibersee), ist eine Rekonstruktion aus Archivmaterialien mit Beschreibungen der alten Wasserläufe, der Wälder, Wiesen, Sümpfe und Gebäude.

Die Autorin lebt auf dem eingefriedeten Gelände von St. Peter, im Schatten des Münsters von Beverley.

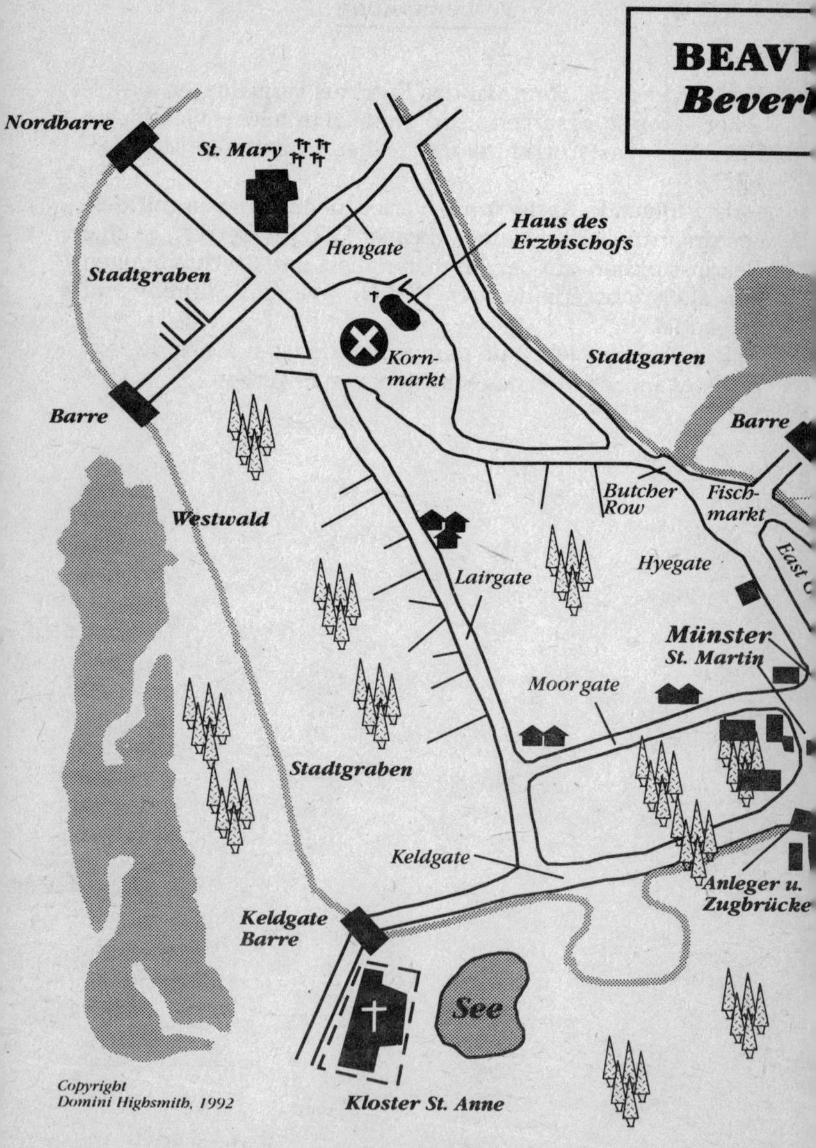
BEAV
Bever
Nordbarre
St. Mary
Haus des
Erzbischofs
Hengate
Stadtgraben
Korn-
markt
Stadtgarten
Barre
Barre
Butcher
Row
Fisch-
markt
Westwald
East
Hyegate
Lairgate
Münster
St. Martin
Moorgate
Stadtgraben
Keldgate
Anleger u.
Zugbrücke
Keldgate
Barre
See
Kloster St. Anne
Copyright
Domini Highsmith, 1992

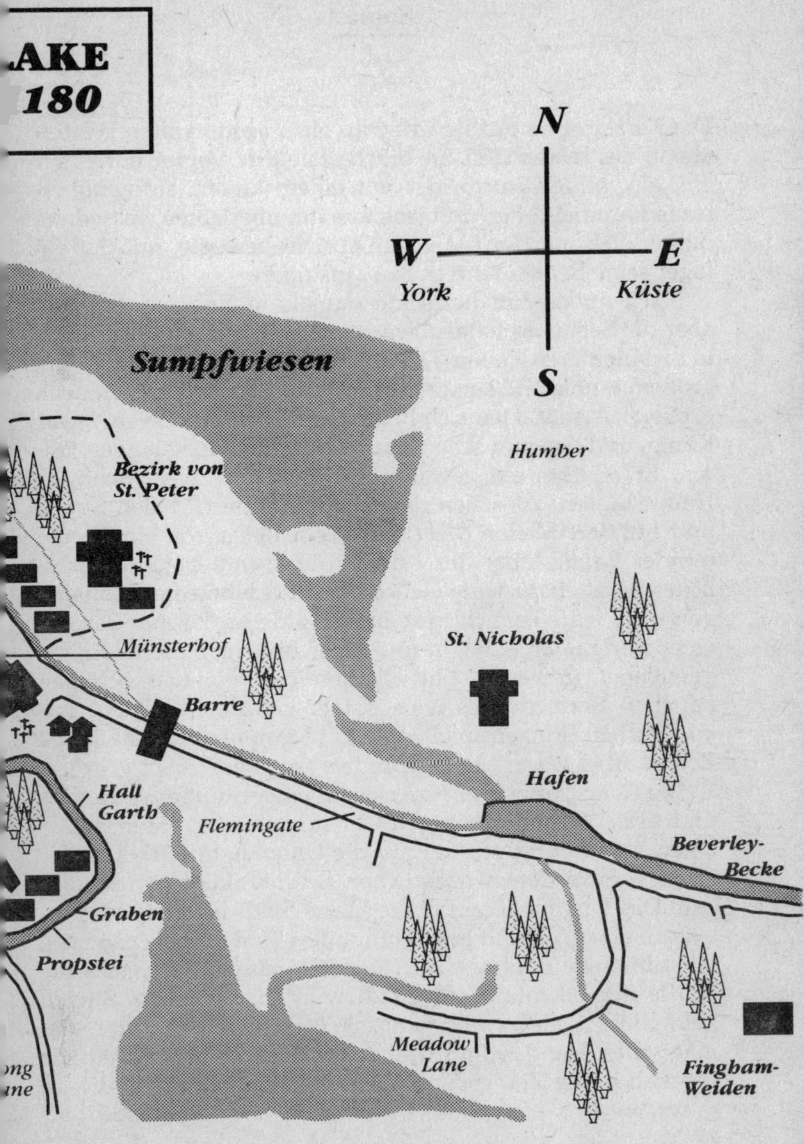

AKE
180
N
W
E
S
York
Küste
Sumpfwiesen
Humber
Bezirk von
St. Peter
Münsterhof
Barre
St. Nicholas
Hafen
Hall
Garth
Flemingate
Beverley-
Becke
Graben
Propstei
Meadow
Lane
Fingham-
Weiden

Kapitel 1

Die Katastrophe traf Beverley an einem bitterkalten Winterabend des Jahres 1180. Sie brach ohne jede Vorwarnung herein, ein wilder Sturm, der vor einem klaren, sternenübersäten Himmel tobte, und jene, die ihn überlebten, schworen, daß er sich mit der tödlichen Absicht bewegte, mit der ein Jäger seine Beute in ihrem Bau aufstöbert.

Nach außen hin herrschte damals in England Frieden, aber die Seele des Landes war nicht weniger aufgewühlt als in turbulenteren Zeiten. Die Reichen wurden wie immer von großem Wohlstand schier erdrückt und die Armen von noch größerer Armut. Heinrich Plantagenet, der Gesetzgeber, war König, und das nun schon seit sechsundzwanzig langen Jahren. Er regierte ein gewaltiges Gebiet mit zwei wichtigen Hauptstädten, zwischen denen zweihundert Meilen Straße und hundert Meilen Meer lagen: ein Reich von einschüchternder Größe, aber der König beherrschte es mit beachtlicher Weisheit. Er wäre vielleicht ein noch besserer Monarch gewesen, wäre er nicht mit einer Horde zänkischer Barone, einer intriganten Königin und einer Brut rebellischer Söhne geschlagen gewesen. Mit all dem und einem mächtigen Papst in Rom, den es nach Macht gelüstete und der mit königlichen Prinzen spielte wie mit Marionetten. Schwierige Zeiten. Aber wann war es je anders gewesen?

Die Katastrophe traf Beverley zu einer Stunde, da Könige und Bischöfe und alle guten Christenseelen in ihren Betten lagen, zu einer Stunde, da nur die Unholde und die Priester ihren verschiedenen nächtlichen Beschäftigungen nachgingen. Das Unglück überfiel die kleine Stadt Beverley im Erzbistum von York und ließ fünfhundert Tote und ebenso viele Verstümmelte oder ernstlich Verletzte zurück. Mehr als die Hälfte der Bewohner der Stadt wurden mit einem Streich heimatlos. Viele waren einfach verschwunden, wie von magischer Hand vom Antlitz der Erde weggewischt. Es geschah in der Zeit größten menschlichen Lasters, in diesen unsicheren frühen Tagesstunden, die die Nacht vom Morgen trennen. Der Tag war der kürzeste des Jahres gewesen, das Fest der heiligen Luzia. Ihm folgte die längste Nacht des Jahres in einem beißend kalten Dezember, und in der öden, der Dämmerung vorangehenden Düsternis brach die Hölle los.

Das Unwetter kam von Osten, von einem Meer her, das der Sturm zu rasenden Wogen aufpeitschte, die wie mit Sensen auf die verletzliche Küste eindroschen. Dort sammelte das Unwetter noch einmal seine Kraft und stürzte sich landeinwärts, eine Spur der Verheerung in seinem Gefolge.

Ein einzelner Reiter galoppierte den wilden Elementen voraus, die Kapuze tief ins Gesicht gezogen und in den Armen eine kostbare Last. Sein Pferd war ein Streitroß, ein gewaltiges Tier mit Muskeln genug, um den schweren Pflug zu ziehen, so daß es die Kraft hatte, auch einen gepanzerten Reiter in die Schlacht zu tragen. Seine Hufe hämmerten über den Boden und schleuderten mit jedem verzweifelten Aufschlag dampfendes Erdreich in die Luft. Sein Atem war feucht und heiß, und seinen Nüstern entstiegen bleiche Frostwolken. Der Reiter beugte sich beschützend über das Bündel, das er in der Beuge seines Armes trug. Der Nachthimmel in seinem Rücken kochte und brodelte im Angesicht des sich zusammenballenden Sturms. Die Dunkelheit vor ihm lag wie eine schwere Decke über trügerischem Sumpfland, das hier und dort von steilen Deichen und gewundenen, halb verborgenen Gräben durchzogen wurde. »*Weiter, mein Freund! Weiter!*«

Seine Absätze bohrten sich in die muskulösen Flanken des Rosses. Das mächtige Pferd schnaubte und warf den Kopf zurück. Silberfarbenes Mondlicht huschte über seine dahinfliegende Mähne und spiegelte sich im Weiß seiner Augen wider, während es sich mit seinen letzten Kräften in die Dunkelheit stürzte. Roß und Reiter stürmten vor den Elementen her, die fauchend landeinwärts flogen wie die Furien der Hölle.

Anderenorts trottete ein einsamer Mann heimwärts, ein einfacher Gemeindepriester, dessen Leben hart und entbehrungsreich war. Erschöpft bis auf die Knochen stemmte er sich gegen den tosenden Wind; er hatte lange Stunden am Totenbett eines alten Mannes verbracht, der nicht die Würde besessen hatte, dem Ruf seines Herrn willig zu folgen. Caleb, der Salzhändler, war nicht bereit gewesen, in das Große Unbekannte zu gehen. Er war zu großspurig gewesen, zu roh für solche Demut. Die feierlichen Sakramente der Heiligen Katholischen Kirche hatte er verachtet und den abgehärmten Priester verhöhnt, der ihm die Absolution erteilen sollte. Noch im Angesicht des Todes hatte er seine schwielige Faust gen Himmel erhoben und sich unbußfertig und reuelos an das Leben geklammert. Aber am Ende war Caleb, der Salzhändler, von Gott, dem Herrn, bezwungen worden und unter sündigen Einwänden schreiend und um sich schlagend in jene andere Welt eingetreten.

»Und ohne Beichte«, sagte der junge Priester in den Wind hinein. »Ohne Beichte bist du gestorben, ohne Buße, und nachdem du den Herrn und all seine Diener verflucht hast.«

Das Wissen um sein persönliches Versagen nagte an seinem Herzen wie ein alles zerfressendes Geschwür. Wieder einmal war ihm eine Seele entglitten. Gott würde kein Wohlgefallen haben an dem, was sein Diener heute nacht vollbracht hatte.

»Du hast dir deinen Platz in der dunkelsten Hölle verdient, Caleb«, sagte er zu der Dunkelheit. »Und durch mein Versäumnis habe ich dir noch dazu verholfen.«

Immer noch vor sich hin murmelnd, taumelte der Priester über den unebenen Boden und fiel mit einem leisen Schmerzensschrei auf die Knie. Am Horizont war der Himmel von Sternen erhellt, so daß man die kleine Erhebung seines Dorfes mit der bescheidenen Holzkirche deutlich erkennen konnte. Er war fast zu Hause und würde sich bald an seinen eigenen, stillen Herd setzen können, um brütend zuzusehen, wie die Feuerscheite darin erst hellrot aufleuchteten und dann langsam verglühten, so wie das Feuer in Calebs Augen verglüht war.

»Möge der Erlöser deiner Seele gnädig sein!«

Er hatte die Worte laut und auf englisch ausgesprochen, statt die lateinische Sprache zu benutzen. Außerdem hatte er bei dem Gebet weniger an den Toten als an sich selbst gedacht. Eine widerstrebende Seele hatte er für Gott gewinnen sollen, eine einzige nur, eine verlorene Seele, die im Schatten ewiger Verdammnis schwebte, und er hatte versagt. Im Angesicht von Calebs überwältigendem Unglauben hatte sein eigener Glaube sich als unzureichend erwiesen. Man hatte ihn geprüft, er hatte die Prüfung nicht bestanden, und durch sein Versagen war ein Mensch der Verdammnis anheimgefallen.

Erst jetzt sah er den Reiter, der sich über sein im wilden Galopp dahinstürmendes Pferd beugte, so daß die beiden wie ein einziges, mystisches Geschöpf wirkten. Er rieb sich Tränen und Müdigkeit aus den Augen und starrte noch einmal Roß und Reiter an, die auf ihn zustürmten. In dem seltsamen Licht, das über dem Land lag, erschienen ihm die im Wind flatternden Haare von Mähne und Schwanz des Pferdes wie hungrige Flammenzungen, die gen Himmel loderten. Die glänzend polierte Rüstung glitzerte und klirrte. Gewaltige Hufe rissen bei jedem Schritt große Erdbrocken aus dem Boden. Mit bis zum äußersten angespannten Muskeln stürmte das riesige Tier durch die Nacht und trug den Reiter in seiner dunklen Rüstung mit mörderischer Geschwindigkeit übers Land.

Der Priester, der immer noch auf den Knien lag, blickte an dem Pferd vorbei zur Küste hin. Er sah, wie das Meer sich über die Klippen erhob, wie sich seine Wellen im Mondlicht mit stahlglitzernden Kämmen im heulenden Wind aufbäumten. Er sah den Himmel zum Kessel werden und den Sturm wie schwarzen Eiter sich aus einer offenen Wunde übers Land ergießen. Der Sturm riß in seinem Sog das Meer aufs Land und schrie und tobte wie ein Besessener. Das große Pferd floh vor dem Unwetter wie vor einem todbringenden Wolfsrudel; es war ein tapferes und edles Tier, aber sein Untergang war bereits besiegelt.

Der Priester erhob sich taumelnd vom Boden und schlug

das Zeichen des Kreuzes. Was für eine Höllenvision war das? Er hatte gesehen, wie der Himmel seine Schleusen öffnete, und was er ausspie, war gräßlich und gottlos. Er konnte sich nicht von der Stelle rühren. Seine Füße waren wie angewurzelt, während der Wind sich in seinem schweren Umhang verfing und ihn dort, wo er stand, auszupeitschen schien. Er sah dem Tod ins Auge und wußte es. Weder nach links noch nach rechts konnte er fliehen, und kein Sterblicher durfte hoffen, diesem ehrfurchtgebietenden Schauspiel zu entrinnen. Er spürte den Ansturm des Windes auf der Haut seines Gesichts, hörte die hämmernden Hufe und den rasselnden Atem des Tieres und roch die süße Schärfe seines Schweißes, als das gewaltige Pferd an ihm vorbeistürmte. Dann kehrte er sein Gesicht wieder dem düsteren Verfolger des Rosses zu, dem brodelnden Unheil des Höllensturms.

»Gütiger Gott«, war alles, was ihm noch über die Lippen kam, bevor der Orkan ihn niederstreckte.

Kapitel 2

Der Reitersmann, der mit tief ins Gesicht gezogener Kapuze vor dem Sturm floh, trieb sein Pferd zu noch schnellerer Gangart, brachte das schon vollkommen atemlose Tier bis an die Grenzen seiner Kraft. Das tapfere Roß flog in wildem Galopp über die flachen, eingedeichten Felder und durchbrach Tore und Zäune gleichermaßen, als wären diese massiven Hindernisse nichts als armselige Hürden, die man einfach zerschmetterte, wenn sie einem im Wege stehen. Mit hämmernden Hufen überquerte es Sümpfe und dichte Wälder, und mit derselben ungeheuren Geschwindigkeit jagte es über die dunklen Wasser des Hulls, wo der Sturm bereits mit schwerbeladenen Booten und Kähnen sein unbarmherziges Spiel trieb.

Endlich erschien in der Ferne ein kupfernes Glühen, das

von den Lampen, Kerzen, Fackeln und Lagerfeuern der wohlhabenden kleinen Stadt Beverley stammte. Die vielen Wasserläufe der Stadt, ihre sumpfigen Gräben und schmutzigen Kanäle, ihre von Abfällen erstickten Bäche und Flüßchen und die offenen Kloaken liefen längs und quer der kleinen Straßen. Sie umsäumten jedes Feld und glitzerten im Licht der Lampen, die sich auf ihren Wassern widerspiegelten.

»Vergib mir, Beverley!« rief der Reiter, denn er wußte, daß viele Menschen diese Nacht nicht überleben würden und daß die Überlebenden diesen Sturm niemals vergessen würden. *»Vergib mir, Beverley, und habe Erbarmen mit mir, so wie ich Erbarmen mit dir habe.«*

Die schweren Hufe donnerten über die wacklige Brücke, die sich über den alten Wildbach jenseits der Stadtgrenze erstreckte. Hier war das Ufer gesäumt von primitiven Kähnen und notdürftigen Unterkünften, in denen mancher ein kärgliches Dasein fristete. Das Land dahinter war sumpfig und trügerisch – jetzt, im Winter, war der größte Teil Beverleys nur mit dem Boot zu erreichen. Das Pferd bäumte sich auf, wirbelte auf seinen gewaltigen Hufen herum, wieherte kurz und änderte die Richtung seines wilden Galopps.

»Also gut, dann nach St. Mary!« rief der Reiter. *»Eile dich, Kephas! Der Sturm ist uns direkt auf den Fersen.«*

Das riesige Streitroß galoppierte weiter durch die Dunkelheit und hielt sich vorsichtig auf trockenerem Boden, während es nach einer Stelle suchte, an der die Überquerung des ehrfurchtgebietenden Stadtgrabens weniger riskant war. Als es zu dem steilen Hang kam, der den Graben bei der Walkergate eindämmt, geriet es ins Taumeln, und ein lähmender Schmerz zuckte durch seinen Körper. Es schnaubte und warf den Kopf zurück, bleckte die Zähne und verdrehte die Augen. Das große Tier verlor das Gleichgewicht, und obwohl es sich tapfer mühte, seinen festen Halt nicht zu verlieren, war sein verzweifelter Kampf doch umsonst. Wiehernd bäumte es sich noch einmal halb auf, stürzte dann mit dumpfem Aufprall zu Boden und schlitterte hilflos den Abhang hinunter auf das eisige Wasser zu.

Der dunkel gewandete Reiter konnte gerade noch rechtzeitig von seinem Pferd abspringen. Unverletzt stolperte er hinter dem Tier her und kletterte, sein in Leinentücher gewickeltes Bündel fest an sich gepreßt, die schlammige Böschung hinunter. Schließlich bückte er sich, um seine freie Hand auf den heißen, feuchten Hals des Tieres zu legen, das einen solchen Preis dafür zahlen mußte, daß es ihn so weit gebracht hatte.

»Ruh dich aus, alter Freund. Für dich ist das Rennen vorüber. Ruh dich aus.«

Auf der anderen Seite des Grabens, im Süden der Stadt, stand Beverleys uralter Wächter, das Münster von St. John mit dem goldenen Schrein des Bischofs John, des Heiligen, der einst in der Stadt Beverley gewirkt hatte. Das Münster erhob sich trotzig gegen den heranbrausenden Sturm; sein einziger Turm ragte bleich und eindrucksvoll empor, das Geläut seiner Glocken klang wehmütig und klagend durch die Tiefen der Nacht. Der Reiter bettete das Bündel in die sichere Beuge seines Armes und strich dem Pferd noch einmal voll Treue und Dankbarkeit über die Wange.

»Leb wohl, Kephas, mein treuer Freund.«

Der dunkle Kopf hob sich noch einmal kurz und fiel dann wieder zu Boden. Noch einmal rollte das Roß die Augen, die feucht waren vor Kummer, und während sein Herr ihm Lebewohl sagte, schlug das tapfere Herz, das weit über alle Maßen beansprucht worden war, ein letztes Mal und stand dann still. Ein erster Blitz erleuchtete den Himmel, begleitet von einem Donnerschlag, der wie ein Kanonenschuß klang, und im Lichte dieses Blitzes überquerte die dichtvermummte Gestalt den Graben und verschmolz mit den Schatten der Stadt.

Ganz in der Nähe standen ein Mann und eine Frau und verfolgten die Geschehnisse mit offenem Mund. Sie sahen das Streitroß stolpern und den Reiter seinen Schritt in Richtung Stadt lenken, und sie stellten fest, daß ihr Glück sich gewendet hatte mit dieser unverhofften Gabe von Fleisch und kostbarem Leder und Messinggeschirr, die achtlos neben ihrer Hütte liegengeblieben war. Der Leichnam ihres kleinen Sohnes lag, in ein Lumpentuch gewickelt, im Haus. Er war noch nicht beerdigt worden, weil sie die Begräbnisgebühr, die die Kirche forderte, nicht hatten aufbringen können. Ihr Sohn war in diese Welt geboren worden und wieder aus ihr geschieden, ohne das erste oder das letzte Sakrament empfangen zu haben. Der Mann sah in dieser unerwarteten Gabe einen schönen Gewinn, der ihm wie Manna vom Himmel zugefallen war, aber für seine Frau, die noch immer an dem Leid einer Mutter trug, war dies die Möglichkeit, doch noch die Beerdigungsgebühr für ihr Kind aufbringen zu können.

Das Tier war noch warm, als ein Dutzend verstohlener Hände bereits daranging, ihm das Geschirr aus kostbarem Leder und juwelenbesetztem Kupfer abzunehmen. Es schauderte lediglich – ein unwillkürlicher Reflex –, als die eiskalte Spitze der ersten Metzgerklinge sein Fell durchstieß.

Der Reiter eilte weiter und drehte sich nicht ein einziges Mal um, so daß er die Hände nicht sah, die wie ein Schwarm hungriger Fliegen über den Kadaver seines geliebten Rosses herfielen. Seine Gesichtszüge waren im Schatten seiner Kapuze verborgen, aber beim Klang der Glocken des Münsters hob er den Kopf. Da hörte er auch wieder den Ansturm des Windes, seines Feindes, der ihm so dicht auf den Fersen war.

»Laß es beginnen«, flüsterte er, und plötzlich fiel der Sturm, einem Rudel fauchender Wölfe gleich, in einer Orgie der Zerstörung über die Stadt her. Er zerschmetterte Gebäude, ob groß oder klein, entwurzelte Bäume, brachte Wände und Zäune zum Einsturz, hob vollbeladene Karren mit Brennholz und Korn in die Luft und schleuderte sie wie Streichhölzer durch die Straßen. Mittlerweile war der wilde Regen zu einer wahren Sturzflut geworden; kalt wie Eis und säbelscharf wurde er von einem tödlichen Wind angetrieben, der alles auf seinem Weg verwüstete. Der Donner ließ die Stadt bis in ihre Grundfesten erzittern. Blitze von hartem Weiß tauchten den zerklüfteten Horizont in geisterhaftes Licht.

Jene, die den Alptraum überlebten, schworen später, daß die Elemente eine gewaltige Schlacht gegen das große Münster von St. John geführt hatten, wild entschlossen, es aus seinen Grundfesten zu reißen und seine uralten Steine in alle vier Windrichtungen zu zerstreuen. Die Kirche hielt stand wie eine solide Festung unter Belagerung, während gewaltige Sturmböen sich gegen jede Tür und jedes Fenster warfen. Es gab viele, die fürchteten, der Zorn Gottes sei gekommen, um jene Sünden zu sühnen, die keinem Priester gebeichtet worden waren. Noch mehr Menschen glaubten jedoch, es sei das Werk des Teufels selbst gewesen, denn auch Satan ist ein eifersüchtiger Gott und ungeduldig mit seinen Feinden.

Binnen weniger Minuten waren die Straßen und Gassen Beverleys von einer schmutzigen Wasserflut überspült. Der Stadtgraben, der ohnehin schon angeschwollen war und in gewundenem Lauf auf den Wildbach zuströmte, trat in jeder Biegung über die Ufer und ergoß seinen stinkenden Inhalt über die Stadt. In der Eastgate stürzte ein großes Wohnhaus ein, weil seine armseligen Fundamente von den Wassermassen unterspült wurden und seine hölzernen Wände unter der Wucht des Sturms nachgaben. Die Kloake der Stadt riß Trümmer und Leichen stromabwärts, da das widerlich stinkende Abwasser zwischen zwei kaum überwindlichen Hindernissen hindurchströmte – zur einen Seite war es eine Reihe schmutziger Wohnhäuser und zur anderen die stabile Mauer einer Kircheneinfriedung. Diese Gegend bezeichnete das östliche Ende des bewohnten Gebietes. Hier lag auch die kleine Pfründe St. Peter, von der Mutterkirche durch die Eastgate und die Kanalisation getrennt, aber ebensosehr ein Teil von St. John wie das prachtvolle Münster selbst. Jenseits seiner Schutzwälle aus Ziegeln und Steinen wurden zitternde Menschen Zeugen der Brutalität des Sturms.

»Mögen uns die Heiligen in ihrer Barmherzigkeit beistehen.«

»Und der Herr in seiner Gnade uns vor allem Bösen bewahren.«

Zwei Priester, ein älterer Mann von ängstlichem Naturell und ein viel jüngerer, suchten Zuflucht in dem schmalen Spalt zwischen dem Lagerhaus und der Mauer der Krankenstube. Es war ein armseliges Versteck, kaum breiter als die Schultern eines ausgewachsenen Mannes – ein zugiger, von Trümmern übersäter Tunnel, der nur durch den Überhang des Krankenhausdaches geschützt war. Für jene, die sich weder von seiner Dunkelheit erschrecken noch von seinem unebenen Boden einschüchtern ließen, bot er eine Zugangsmöglichkeit zu der hohen Grenzmauer und zu dem schmalen, kaum benutzten Tor, das zur Eastgate führte. In dieser Nacht gewährte der Tunnel Schutz vor dem Sturm. Hier konnte man Atem schöpfen, ohne daß der harsche Sturmwind einem die Luft wegriß, noch bevor man seine Lungen damit füllen konnte.

Pater Willard besaß die Pfründe von St. Catherine und war ein Kanonikus des Münsters. Jetzt, in seinem dreiundsechzigsten Lebensjahr, mußte er feststellen, daß er weder seine gute Gesundheit noch die Kraft seines Herzens ins Alter hatte hinüberretten können. Ein zu reich gedeckter Tisch und ein zu gut ausgestatteter Weinkeller hatten sein Körpergewicht allmählich so vergrößert, daß er sich kaum noch bewegen konnte. Ein zu leichtes Leben und zu wenige Prüfungen seines Mutes hatten ihm die Fähigkeit geraubt, mit der harten Wirklichkeit der äußeren Welt fertig werden zu können. Nun hockte er voller Angst vor dem Sturm in der Dunkelheit; die Kapuze seiner Kutte beschirmte seinen kahlgeschorenen Hinterkopf, und seine dicken Lippen murmelten ein verworrenes, kaum zusammenhängendes Gebet.

»Heilige Mutter, wir erbitten deinen Schutz in der Not … Vergib uns unsere Sünden … Denn wir sind nicht würdig … Und erlöse uns von dem Bösen …«

Der schweigsame, grimmig dreinschauende Mitbruder Pater Willards rief keine höhere Macht zu seinem persönlichen Schutz an. Der junge Pater Simeon war ein Stiftspriester von St. John, der am Altar von St. Peter diente und in der kleinen Kirche, die dazugehörte.

Er war ein begabter Übersetzer und Kopist, ein Schreiber

und eifriger Historiker, mit einem Talent dafür, die verborgenen Eigenschaften anderer Menschen zu erkennen und sein Gegenüber fast auf den ersten Blick richtig einzuschätzen. Weil sein Urteil oft von so beunruhigender Treffsicherheit war, war diese Begabung von den vielen und mannigfaltigen Talenten, die er besaß, bei seinen Mitbrüdern die unbeliebteste.

Der jüngere Sohn einer Familie von Stand war mit einem äußerlichen Makel behaftet, einem steifen Knöchel, der ihn in den Augen seiner Brüder herabsetzte. Solche Unvollkommenheiten, so glaubte man allgemein, fügte Gott den Menschen aus wohlerwogenen Gründen zu. Wie einst Kain, so trug auch dieser junge Priester das Zeichen des Herrn, damit die Menschen ihn erkennen konnten, und selbst jene, die gelernt hatten, seinem guten Herzen zu trauen, betrachteten diesen verkrüppelten Fuß mit Unbehagen. Simeon de Beverley war außerdem ein kontemplativer Mann, dessen ruhige äußere Schale tausend wilde Strömungen verbarg. Niemand kannte seine Geheimnisse, und viele waren erschrocken, wenn sie ihre eigenen Geheimnisse von seinem ruhigen Blick entblößt fanden.

Im Augenblick waren Simeons suchende tiefblaue Augen zu schmalen Schlitzen zusammengezogen, und seine Hände steckten in den warmen Falten seines pelzbesetzten Winterumhangs. Er war vom Regen durchnäßt und bis auf die Knochen durchgefroren, nachdem er der Sintflut getrotzt hatte, um seinem zu Tode erschrockenen Mitbruder in dieses winzige Schlupfloch hineinzuhelfen. Dann hatte er sich noch einmal durch das Unwetter gekämpft, um zwei Laternen auf der Holzbrücke anzuzünden, die den Abwasserkanal zwischen den Nebengebäuden und der winzigen, bescheidenen Kapelle von St. Peter überquerte. In einer kurzen Stunde war dieser den Unbilden des Wetters preisgegebene Teil der Kloake übergetreten und lief nun wie ein rasender Sturzbach durch die Felder, nachdem er der doppelten Last der Wasserflut von oben und des aus dem sumpfigen Boden von unten heraustretenden Wassers nicht mehr standgehalten hatte.

Simeons Hauptsorge galt jedoch seinen Mitbrüdern, die

noch immer zur Frühmette in der Kapelle versammelt waren. Ein unvorsichtiger Priester konnte in der Dunkelheit, wenn er durch den knöcheltiefen Regen huschte, einen falschen Schritt tun und in den widerlichen Strom der Abwässer stürzen. Die Laternen aus massivem Eisen und Horn hingen zu beiden Seiten der Brücke an gut befestigten Haken. Sie tanzten und hüpften im Wind, mühten sich eine Weile und erloschen schließlich mit einem letzten Aufzucken ihrer Flammen.

Als der Schreiber sich daranmachen wollte, sie von neuem zu entzünden, wurde er von den Furien des Sturms zurückgetrieben. Besiegt und humpelnd suchte er Schutz vor den Elementen, die ihm bösartig in den Rücken fielen, während der Wind ihm die Luft aus den Lungen drosch und sein steifer Fuß unwillig hinter ihm her schleifte. Und dort, gefangen in dem kleinen Raum zwischen den Dachtraufen, blieb ihm dann nichts anderes übrig, als dem Chaos vor seinen Augen hilflos zuzusehen.

»So wie Gott mein Richter ist«, murmelte er leise und schüttelte dabei langsam den Kopf, als wolle er seine Worte, noch während er sie aussprach, auch schon leugnen. »So, wie Gott mein Richter ist – dies ist kein irdischer Sturm.«

Zwischen ihm und der Kapelle lag der Klosterplatz und daneben ein offener Garten, der einst säuberlich bepflanzt und wohlbehütet gewesen war. Hier befand sich auch der obere Teil des Friedhofs, der im Windschatten hölzerner, unter der Last der Jahre gebeugter Häuser lag, die nicht dazu beschaffen waren, einem solchen Ansturm zu widerstehen. So weit das Auge reichte, waren überall Gebüsche und Hecken aus dem Boden gerissen und davongeweht worden. Bänke und Zäune flogen durch die Luft, Holzkreuze wurden aus dem Friedhofsboden gerissen, Fensterläden aus ihren Angeln und Dächer von den Häusern, die sie beschirmen sollten.

Pater Simeon schauderte und verspürte plötzlich das überwältigende Frösteln von etwas, das mehr war als gewöhnliche Kälte. Noch tiefer zog er sich in die Dunkelheit seines Zufluchtsortes zurück. Er war ein Mensch, der sich von Instinkt und Intellekt gleichermaßen leiten ließ. Während sein Verstand ihm sagte, daß dies ein natürliches Unwetter sei und sonst nichts, konnte doch ein tieferer Teil von ihm ein Ziel im Herzen dieses Sturms spüren, eine böse Absicht.

Der größte Teil der kleinen Gemeinschaft von Priestern war noch zum Gebet versammelt; versunken in die lange Nachtwache von Mette und *Laudes*, erbauten sie eine kräftige Mauer des Gebets zwischen den Menschen und ihrem Erzfeind, dem Geist des Bösen. Behütet vor dem tosenden Sturm, schwollen ihre sanften Stimmen an in erhabenen Lobpreisungen oder sanken in demütigem Flehen zu ihrem Schöpfer wieder herab zu einem Flüstern. Sie knieten oder lagen lang ausgestreckt vor dem kleinen Altar mit seinem einsamen Ewigen Licht. Sie wähnten sich beschützt von der Gnade des Allmächtigen, glaubten sich unverletzlich im Angesicht der ehrfurchtgebietenden Macht, die jenseits der Kirchmauern wütete.

Pater Simeon, der durch die Dunkelheit und die eisblauen Lichtblitze hindurchspähte, spürte, wie die Finger der Angst an jeder einzelnen Faser seines Wesens zu zerren begannen. Seine Lippen bewegten sich wie von selbst, als er mit stockender Stimme die vertrauten Zeilen des *Jesus-Gebets* rezitierte.

»Herr Jesus Christus, Sohn Gottes, erbarme dich meiner.«

In sieben langen Jahrhunderten hatten ungezählte Scharen von Priestern und Mönchen ihr ganzes spirituelles Leben auf der Rezitation des *Jesus-Gebets* aufgebaut. Wenn man es richtig machte, bewirkte die Kombination gesungener Worte und ruhigen Atmens einen Zustand stiller Euphorie, in dem es einem Menschen leichter fiel, in Zwiesprache mit seinem Gott zu treten. Für Simeon war es zu einem persönlichen Mantra geworden, einem Weg in tiefere Kontemplation und einem Schlüssel zu beinahe augenblicklich eintretender innerer Ruhe.

»... Erbarme dich meiner. Herr Jesus Christus, Sohn Gottes, erbarme dich ...«

Er sah, wie sich ein Schatten, größer als ein Mann, aus den

schwarzen Tiefen des Obstgartens löste. Die Gestalt schien sich mühelos durch den Sturm zu bewegen, der nun wie eine Furie innerhalb der Einfriedung tobte. Mit aufrechtem Gang, ein formloses Bündel fest an sich gedrückt, trat die verhüllte Gestalt dem Wirbelwind entgegen und ging gemessenen Schritts quer über das offene Feld. Pater Simeon hob die Hand und rief ihm eine Warnung entgegen: *»Laß Vorsicht walten, Bruder! Denk an den Kanal!«*

Seine Warnung ging in dem heulenden Wind unter, sobald die Worte sich von seinen Lippen lösten. Er wischte sich Regenwasser aus den Augen und sah noch einmal hin, diesmal voller Ungläubigkeit. Der Abwasserkanal war sehr breit; selbst an seiner schmalsten Stelle waren es noch vier Spannen – und doch hatte die Gestalt sich von einer Seite zur anderen bewegt, ohne das Gleichmaß ihrer Schritte auch nur im geringsten zu verändern. Simeon traute seinen Augen nicht. Selbst an dem geschützten dunklen Ort, an dem er stand, konnte er spüren, wie der Sturm an seiner Robe zerrte und auf den entblößten Teilen seines Körpers brannte. Wie war es möglich, daß diese Gestalt durch das schlimmste Unwetter hindurchlief, als mache ihr das Ungestüm der Naturgewalten nicht das geringste aus? Der lahme Priester leckte sich eine plötzliche Trockenheit von den Lippen, während seine Kopfhaut zu kribbeln begann und sich auf seinem Schädel unangenehm spannte. Seine rechte Hand bewegte sich, um das Kreuzzeichen zu schlagen.

»Herr Jesus Christus ...«

»Simeon!«

Beim Klang seines eigenen Namens zuckte er erschrocken zusammen, denn er wußte nicht, ob eine körperlose Stimme ihm das Wort ins Ohr geschrien hatte oder ob der Sturm selbst nach ihm rief. Pater Willard kauerte schluchzend zu seinen Füßen auf dem Boden, sein verängstigtes Gesicht hinter den Händen verborgen. Er stieß ein kehliges Schluchzen aus. Auch er hatte die Stimme gehört, und auch er fürchtete sie.

»Simeon!«

Nun blieb die Gestalt mitten im Sturm still stehen; der zu

Boden klatschende Regen konnte ihrer Kutte kaum etwas anhaben, ebensowenig wie der Wind, der heulend und kreischend über das ganze Land fegte. In der Dunkelheit hatte die Gestalt kein Gesicht; sie war nur ein Schatten, umhüllt von einer schweren Kapuze. Und dennoch schien es Simeon einen Moment lang, als begegneten sich ihre Blicke, und in diesem einen Blick wurde ein seltsames Band zwischen ihnen geschmiedet. So standen sie einen Moment lang da und sahen einander an, bis die Gestalt einen Arm hob und mit dem Zeigefinger auf die Kapelle wies. Als das Schattenwesen den Kopf zur Seite drehte, spürte Simeon, wie der Bann dieses unsichtbaren Blickes von ihm wich. Er blickte gerade über den Hof, als ein spärliches Licht das winzige Portal der Kapelle erleuchtete. Irgendein sechster Sinn wollte ihn eine laute Warnung hinausschreien lassen, aber sein Mund formte nur ein einziges, lautloses, belangloses Wort. Wie hypnotisiert stand er da, überwältigt von der Gewißheit dessen, was sich nun ereignen würde.

Drei Priester, die bunte Umhänge über ihren weißen Choralhemden trugen, traten aus der Kapelle, ihre Leiber vor den Elementen gebeugt. In dem Augenblick, als die Tür hinter ihnen zuschlug, waren sie dem Wind auf Gedeih und Verderb ausgeliefert: Er zerrte an ihnen, er stieß sie, er schleuderte sie beiseite wie hilflose Spielzeuge. Ein Mann wurde rückwärts auf die Stufen der Kapelle geworfen. Sein Kopf schlug auf den Steinen auf, und er lag reglos da, das Gesicht nach oben gewandt, den Mund weit offen, als wolle er den Regen trinken. Dann hob eine neue, wilde Böe einen seiner Kameraden von den Füßen und schleuderte ihn gegen die Mauer der Kapelle. Aufgespießt auf einen eisernen Laternenhaken, baumelte sein Körper wie ein Lumpenfetzen im Wind.

»O Gott, hilf ihnen«, murmelte Simeon, der wußte, daß sie alle dem Untergang geweiht waren.

Der dritte Priester mühte sich mit aller Kraft, das Gleichgewicht zu halten, bevor der Sturm ihn in die andere Richtung trug und die Herrschaft über jede einzelne seiner Bewegungen übernahm. Er hatte die Arme hoch über den Kopf erhoben, als flöge er zu den kräftigen Balken hinauf, auf denen das schwere Dach des Dormitoriums ruhte. Verzweifelt tastete er nach einem festen Anker, einem sicheren Halt, aber schon der erste Eichenpfosten, der in den blind machenden Regen hineinragte, fing ihn mitten im Flug mit einem Übelkeit erregenden Aufprall ab. Einen Augenblick lang hing er, erstaunt über den Schmerz, den er empfand, wie in einer unheimlichen Umarmung über dem Balken; dann rutschte er ohne eine Silbe des Protests ab und stürzte zu Boden. Ein neuerliches Aufheulen des Windes, und sein Körper taumelte und rollte mit schwindelerregender Geschwindigkeit über den schlammigen Rasen. Er rutschte zur Kloake hinunter, blieb irgendwo unterhalb der Brücke einen Augenblick lang liegen, rollte dann über den Rand und war nicht mehr zu sehen.

Pater Simeon versuchte, sich zu bewegen, konnte sich jedoch nicht von der Stelle rühren. Es gab nichts mehr, was er für seine unglücklichen Mitbrüder hätte tun können. Welche Möglichkeiten hatte er schon, behindert, wie er war, durch seinen steifen Fuß und seinen stockenden, unsicheren Gang? Welche Hoffnung konnte es schon geben, mit mehr als einem Morgen Land zwischen sich und ihnen, mit tödlichen Fallen, die bei jedem Schritt lauerten, und im Angesicht von etwas Unmenschlichem, etwas Unfaßbarem, das wie von Furien entfesselt über das Land tobte?

»Mein Gott«, murmelte Simeon mit trockenen Lippen. »Was ist das? Was im Namen des Himmels geschieht hier?«

»Wir werden sterben«, wimmerte Pater Willard voller Entsetzen. »Ihr habt ihn auch gesehen. Der Engel des Todes ist hier. Wir sind alle verloren, alle ... Wir werden alle sterben. O heiliger Jesus Christus, hab Erbarmen ... Hab Erbarmen ...«

»Diese Schattengestalt ist kein Engel des Todes«, erklärte Simeon mit felsenfester Überzeugung. »Er ist nicht der Verursacher von alledem. Der Grund dafür vielleicht, aber nicht der Verursacher. Betet für unsere Seelen und beruhigt Euch, mein Freund. Wir sind in Gottes Hand.«

Pater Willard schüttelte angstvoll den Kopf. »Nicht in

Gottes Hand, Simeon. Ihr habt ihn gesehen … Den Engel des Todes … Wir haben ihn beide gesehen.«

»Simeon!«

Die Gestalt hielt ihn mit ihrem verborgenen Blick in ihrem Bann und zeigte abermals auf die kleine Kapelle von St. Peter. Er sollte die Geschehnisse später bezeugen können. Pater Simeon drehte sich um und sah zum Glockenturm hinauf, der sich zwischen Chor und Mittelschiff erhob. In einer plötzlichen Flaute, die dem Donner folgte, hörte er das unstete Läuten der Glocken, das Rauschen des Wassers im nahen Kanal, das Trommeln des Regens, die entfernten Schreie von Männern und Frauen, die dem Toben der Elemente ausgeliefert waren. Über allem lag für einen winzigen, wunderbaren Augenblick der tiefe, so unpassend scheinende Gesang frommer Brüder, die noch bei ihrer nächtlichen Andacht waren.

Ein Blitz erleuchtete den Himmel und versetzte der Turmspitze einen gewaltigen Schlag. Ein Ruck durchfuhr die Glocke; ein dumpfes, beinahe tonloses Geräusch schallte durch den Turm, und nach einem Zögern, das gerade einen Herzschlag lang währte, stürzte die Glocke in einem Hagel uralten Mauerwerks zu Boden.

»O gütiger Gott im Himmel«, wisperte Simeon und schlug das Kreuzzeichen, während er das klaffende Loch im Dach der Kapelle anstarrte, direkt über dem Altar, wo die Priester versammelt waren.

»Tot … Alle tot«, stöhnte Pater Willard. »Wir haben den Engel des Todes gesehen, den grimmigen Sensenmann in Person. Wir sind alle verloren.«

Die beiden Priester standen in ihrem schmalen Refugium, der eine aufrecht, der andere vor Angst in sich zusammengesunken. Draußen im Freien stand die finstere Gestalt und beobachtete sie aus der hohlen Düsternis ihrer Kapuze heraus. Dann preßte sie sich ihr Bündel fester an den Leib, trat wieder in das Herz des Sturms hinein und ging davon. Als sie die Mauer der Einfriedung erreichte, verschmolz sie mit der noch tieferen Dunkelheit dort und verschwand, wo es nicht Tür noch Tor gab.

»Der Engel! Der Engel des Todes!« Mit einem schrillen Schrei brach der zu Tode erschrockene Pater Willard aus dem schmalen Tunnel aus, noch bevor Simeon ihn zurückhalten konnte, und überantwortete sich dem Wahn des Sturms. Dieser ergriff ihn mit unheiligem Jubel und wirbelte ihn herum, wie vom Wind zerzausten Unrat. Vor Simeons entsetzten Augen wurde der dicke, alte Priester durch riesige Schlammpfützen gezerrt, auf Pflastersteine geworfen und mit grausamer Gewalt gegen Mauern geschleudert. Als sein Martyrium endlich ein Ende fand, blieb sein zerbrochener, blutverschmierter Leib zerschmettert und mit gespreizten Gliedern auf der Brücke liegen, die den überquellenden Kanal überspannte.

Bis ins Mark erschüttert, blickte Pater Simeon durch einen Vorhang aus Wind und Regen. Sein Mitbruder hing mit gebrochenem, merkwürdig schiefem Hals und ausgestreckten Armen wie ein gekreuzigter Christus an einem der Brückenpfeiler. Plötzlich wurde die kleine Brücke aus ihren Sockeln gerissen und mitsamt ihrer menschlichen Last in den Kanal geschleudert. Simeon sah sie stromabwärts stürzen und schließlich untergehen, und er wußte, daß ihr Weg sie weiter durch den Wildbach von Beverley führen würde und von dort aus in den nur eine Meile entfernten Fluß Hull, der sie in den Humber und von dort aus schließlich ins offene Meer tragen würde.

Pater Simeon schlug das Kreuzzeichen und formte die Worte des letzten Sakraments, doch im Angesicht dieses finsteren Sturms erschien ihm sein Gebet für die Seelen der Toten und der Sterbenden nichts als eine leere Geste.

Kapitel 3

»Simeon!«

Simeon fuhr herum. Die Stimme hatte etwas Seltsames an sich, eine gewisse Resonanz, die ihren Ursprung innerhalb seines eigenen Kopfes haben konnte oder auch außerhalb. Sein Instinkt sagte ihm, daß die Gestalt mit der Kapuze nun in seinem Rücken stand und ihn beobachtete. Irgend etwas an der Atmosphäre hatte sich jetzt verändert, als fülle die Gegenwart dieses anderen nun den schmalen Tunnel, in dem Simeon stand – auf Kosten von allem, was vorher dagewesen war.

Einen Augenblick lang schien der Sturm sehr weit entfernt zu sein. Seine wütenden Laute klangen gedämpft, seine Krallen schienen sich zurückgezogen zu haben. Er konnte den Sturm immer noch toben sehen, weniger als zwei Schritte entfernt von der Stelle, an der er stand, nur daß er jetzt irgendwie gegen seine Gewalt geschützt war – in einem Vakuum der Stille, in dem selbst die Luft, die er atmete, irgendwie verändert schien.

»Simeon!«

Er drehte sich ohne Hast um und schob sich die schwere Kapuze vom Kopf, fest entschlossen, dem anderen mutig gegenüberzutreten. Sein starkknochiges Gesicht, das, wie einige Leute glaubten, zu hübsch und auch zu arrogant war für einen Mann, der die heiligen Weihen empfangen hatte – dieses Gesicht zeigte im Augenblick nichts von der Furcht, die seine Zunge lähmte. Fragen überschlugen sich in seinem Kopf, Fragen, die keine Stimme fanden.

»Wer bist du?« schien sein Verstand in seinem Kopf zu schreien. »Warum bist du hier? Was willst du von mir?«

Die Gestalt stand am anderen Ende des Tunnels, ihr Gesicht verborgen in den tiefen Falten der Kapuze. Mit der linken Hand preßte sie sich ihr Bündel an die Brust, mit der rechten zeigte sie auf das große Münster hinter sich und schien den Priester aufzufordern, ihm zu folgen. Die Schattengestalt war *seinetwegen* gekommen und erwartete von ihm, daß er sich ihrem Befehl fügte.

Simeon schüttelte den Kopf und vermochte nun endlich laut zu sprechen, aber seine Stimme war weich und ohne Trotz, als er sagte: »Nein! Ich werde nicht mit dir kommen wie Daniel, der lammfromm in die Höhle des Löwen trat.«

Die Gestalt, eine tiefschwarze Silhouette, winkte ihm noch einmal zu, drängender diesmal, und noch einmal ließ der lahme Priester sich nicht beirren.

»Tu dein Schlimmstes, wer immer du sein magst«, sagte er tapfer. »Ich werde weder Hand noch Fuß rühren, um dir bei meiner eigenen Zerstörung zu helfen.«

»Komm, Simeon, mein Bruder, komm!«

Bei diesen Worten stellten sich die zarten Härchen in seinem Nacken auf wie bei einem angsterfüllten Tier. Diese Kreatur hatte ihn *Bruder* genannt, sie wandte sich jetzt ab und ging davon, offensichtlich in der Erwartung, daß er folgen würde. Simeon schien über dieser endlosen Kluft zu schweben, die einen Herzschlag vom nächsten trennte. Er erinnerte sich an das unglaubliche Gefühl, ein Wunder zu erleben, dieses Gefühl, das ihm bei der Zeremonie seiner Priesterweihe Tränen der Demut in die Augen getrieben hatte. Die heiligen Worte, getragen von allgewaltiger Musik, der berauschende Duft von Weihrauch, die blendenden Farben von Glas und Gold und Silber, die im Licht von tausend Kerzen einen schwindelerregenden Tanz vollführten: All das und mehr hatte seine Seele bis zum Bersten anschwellen lassen. Gefangen in der Majestät des Geschehens hatte er nicht anders gekonnt, als teilzuhaben an der Gestaltung seines eigenen Schicksals, und nun spürte er, wie diese Erfahrung sich wiederholte. Er tat einen Schritt nach vorn. Angezogen von einer Macht, der zu widerstehen er nicht vermochte, bewegte er sich mit nie gekannter Leichtigkeit und Anmut. Zum ersten Mal, seit er denken konnte, bewegen sich seine ungleichen Füße in einem harmonischen Zusammenspiel, einer nach dem anderen, mit glatten, sicheren Schritten.

Als er das andere Ende des Tunnels erreichte, schlug ihm der scharfe Geruch von Urin entgegen; hier waren unzählige

Priester, unter ihnen auch er, immer wieder zwischen den Gebäuden verschwunden, um ihre Kutten zu heben und sich zu erleichtern. Im Anschluß an diesen dunklen Bereich erstreckte sich ein offenes Feld bis zu der hohen, hier und dort geflickten roten Backsteinmauer, die das Land umschloß, das zu St. Peter gehörte. Durch ein hohes, schmales, schmiedeeisernes Tor gelangte man auf die Holzbrücke, die sich über die städtische Kloake spannte. Jenseits der Brücke lag die Eastgate, und dahinter befand sich der grasbewachsene Hügel – im Augenblick ein Meer aus glitzerndem Schlamm –, der den Kirchhof des Münsters säumte. Dort draußen war der Sturm am wildesten. Der Regen peitschte gnadenlos auf den einzigen Eichenbalken der Brücke ein, die zu begehen im Augenblick eine gefährliche Angelegenheit gewesen wäre. Der Sturm heulte ohne Unterlaß und riß aus dem Boden, was immer ihm im Weg stand. Durch all das hindurch bewegte Pater Simeon sich mit einer Leichtigkeit, die absonderlich war; sein Schritt war ohne Zaudern und sein Weg frei und ohne Hindernis. Er sah die schlammbespritzten Gestalten von Männern und Frauen, die sich ängstlich an die Kirchmauern preßten wie aus glitzerndem Ton gemeißelte Steinplastiken. Der Körper eines kleinen Kindes wurde an ihm vorbeigespült, getragen von dem Strom des Flutwassers, das durch die Eastgate hindurch dem größeren Wildbach zufloß. Der kleine Körper prallte gegen die Mauer des Kirchhofs, verfing sich dort mit ausgestreckten Armen und hielt kurz inne, das Gesicht nach oben gewandt, als wolle er den Segen des heiligen John erbitten, bevor der Strom ihn weiterspülte.

»Möge Gott deiner Seele gnädig sein«, murmelte Simeon hinter ihm her und formte mit den Fingern ein winziges Kreuz.

Gehorsam ging er weiter hinter der schemenhaften Gestalt her, schritt unbeschadet durch das entsetzliche Chaos, das ihn umgab. Er konnte keinen Regen auf seinem unbedeckten Kopf spüren und keinen Wind auf seinem Gesicht, keine schlammige Feuchtigkeit unter seinen nur mit Sandalen bekleideten Füßen. Auf dem Kirchhof des Münsters zögerte er einen Augenblick, entsetzt über die Anzahl von Menschen, die sich dort zusammenkauerten. Die verzweifelten Opfer des Sturms hatten jeden Zoll innerhalb der Mauern besetzt. Pilger und Einheimische, Seeleute, Schüler, Reisende, Mönche und Priester – sie alle suchten einen sicheren Platz im Schatten von St. John. Viele waren verletzt, noch mehr waren tot oder dem Tod doch so nahe, daß sie schon jenseits der natürlichen Angst davor waren.

»Simeon!« Die Gestalt vor ihm drehte sich noch einmal um und winkte ihm. *»Nicht hier. Nicht jetzt. Zuerst nach St. Martin und dann zum heiligen Schrein.«*

Diesmal zauderte er nicht, sondern folgte der Gestalt ohne weiteres Zögern. Vor ihnen auf der Südwestseite des Münsters stand die kleine Pfarrkirche von St. Martin, an allen Seiten umgeben von Schulen und Wohnhäusern, die zur Kollegiatskirche gehörten. Ein großer Teil ihres Daches war zerstört, die Fenster waren eingedrückt, und der bescheidene Turm lag zerschmettert auf dem schlammigen Kirchhof. Die angesehene Lateinschule daneben, die fast ein Jahrhundert lang allen Unbilden der Elemente getrotzt hatte, war nun nichts als ein Haufen Schutt und Trümmer in der Südwestecke des Münsterhofs. Über dem Heulen des Sturms konnte er die Schreie von Männern und Frauen hören, und nur mit Mühe gelang es ihm, all dem Leid den Rücken zu kehren.

St. Martin war bis zu den Portalen voll von zu Tode erschrockenen Menschen, die in der Hoffnung auf eine sichere Zuflucht in hellen Scharen hierher geflohen waren. Sie kauerten in dunklen Steinecken und hockten zitternd und schluchzend in jedem Schatten. Einige Priester hatten sich kopflos vor Angst und noch immer bekleidet mit ihren bunten Vespermänteln in den Chorumgang geflüchtet, und ihre Stimmen waren angesichts des Tosens der Elemente zu einem furchtsamen Flüstern geworden. Andere klammerten sich zitternd und verstört an den Altar. Sie waren Gott im Geiste näher als ihre Mitbrüder und hatten sich mit der reinen Währung ihrer Frömmigkeit einen sichereren Platz im Jenseits errungen, und doch waren auch sie im Angesicht ihrer eigenen Sterblichkeit nichts als Feiglinge. Der Tod verwischte alle Unterschiede, machte den geistlichen Herrn dem Leibeigenen gleich.

»Gott sei mit Euch«, murmelte Simeon, der nur allzu gut wußte, daß Furcht den ehrenwertesten Mann zur Bestie werden lassen konnte. Er verschloß Augen und Ohren vor ihrer Hilflosigkeit. Gott würde ihnen vergeben. Kein Laie und kein Priester durfte wagen, ein geringeres zu tun.

Ein Priester wurde im Altarraum von einer Horde schmutziger, stinkender Menschen, die Schutz vor dem Sturm suchten, an die Wand gedrängt. Ein junges Mädchen tastete in der Dunkelheit nach dem hölzernen Kruzifix auf seiner Brust und klammerte sich daran, um Trost zu finden.

»Rettet mich«, weinte sie. »In Gottes Namen, Pater, rettet mich.«

Der Priester löste ihre Hände von seinem Kruzifix und bemühte sich nach Kräften, dem Wahnsinn ihrer Hysterie zu entgehen. Da er sich jedoch nicht von der Stelle rühren konnte, streckte er die Arme aus, um sie von sich fernzuhalten – bis er sie im Licht eines Blitzes plötzlich deutlich sehen konnte. Sie war jung und hübsch, ein Kind noch, das gerade erst begonnen hatte, zur Frau zu erblühen, ein hilfloses kleines Ding in schmutzigen Lumpen. Sie wand und krümmte sich in seinem Griff und schrie laut auf, als ein kanonenschlaggleicher Donner durch die Kirche hallte. Der Priester spürte, wie sich jede Faser seines Körpers spannte, und holte keuchend Luft. Er wollte sie. Wenn er schon in diesem Sturm sterben sollte, wollte er wenigstens als Mann sterben, mit heißem Blut und pochenden Lenden und einem weichen Frauenleib unter sich.

In der Schwärze, die dem Blitz folgte, riß er das erschrockene Mädchen an sich, warf es zu Boden und hielt es dort mit der Kraft seines eigenen Körpers fest. In Windeseile hatte er seine schwere Wollkutte bis zur Taille hochgezogen und stieß sein steifes Glied in das Mädchen hinein. Und während er all seine aufgestaute Lust in ihren schlanken Leib hineinhämmerte, kratzten seine Finger gierig über ihre Haut, und er stöhnte auf wie ein Tier. Niemand schenkte ihren Schreien Beachtung, sie war nur eins von tausend anderen Kindern, die Angst hatten.

Als es zu Ende war, stöhnte der Priester befriedigt auf und brach, das Mädchen noch immer unter sich begraben, in einem Zustand ekstatischen Jubels zusammen. Für einen winzigen Augenblick hatte er das Gefühl, größer zu sein als irgendein gewöhnlicher Mann, denn im Angesicht des Todes hatte er sich kraftvoller und lebendiger gefühlt als je zuvor. Aber der Augenblick seines Sieges war nur von kurzer Dauer. Als das Nachbeben seiner Lust langsam verebbte und sein Blut wieder in gewohntem Strom durch seine Adern kreiste, löschte kalte Vernunft das Feuer in seinem Kopf. Ein nie gekannter Abscheu schnürte ihm die Kehle zusammen.

»Weiche von mir, Satan!« zischte er. »Du Bestie! Weiche von mir!«

Seine Stimme war ein boshaftes Fauchen. In diesem Augenblick hätte er sie am liebsten getötet, weil sie es gewesen war, die ihn dazu gebracht hatte, etwas Böses und Schmutziges zu tun. Und mehr als das, er hätte am liebsten alle Frauen der Erde zu ewiger Hölle verdammt, weil sie so leichtfertig mit den Schwächen männlichen Fleisches spielten. Er stürzte davon und trat in seiner Hast, ein saubereres und sichereres Versteck zu finden, auf Tote und Verletzte gleichermaßen.

Ganz in der Nähe, auf dem Altar der heiligen Maria, brannte noch immer ein Meßlicht. Als der Atem des Sturms es entdeckte, zuckte und zischte es, erlosch um ein Haar und sandte schließlich ein flackerndes, unheimliches Leuchten aus. In diesem ungewissen Licht folgte Pater Simeon der Schattengestalt zu dem gewaltigen normannischen Taufstein, der zwischen Hochaltar und Mittelschiff stand. Die hölzerne Abschirmung des Taufsteins, die verschlossen gehalten wurde, um seinen geweihten Inhalt vor Dieben und Schändern zu bewahren, stand nun weit offen. Die Metallschließen hingen lose herab, und der kleine Teich heiligen Wassers glitzerte im Halblicht der Kirche wie dunkles Quecksilber. Die Gestalt winkte, und wieder einmal stellte Simeon fest, daß er ihr in ergebenem Gehorsam folgte. Als er einen Schritt nach vorn machte, zuckte ein Blitz vor dem Kirchenfenster auf, und in seinem Licht sah er, daß das Bündel, das die Gestalt bei sich trug, ein in eine dicke Pelzdecke gehülltes Kind war.

»Ein Kind? Ihr bringt ein Kind?«

Er trat näher hinzu, um es sich genauer anzusehen. Es war tatsächlich ein Kind. Die gewundene Nabelschnur auf seinem Bauch zeigte, daß es sich um ein Neugeborenes handelte; es war ein Junge, und er war wahrscheinlich erst ein paar Stunden alt. Es war ein winzig kleines Ding, nackt und mit unvorsichtiger Nachlässigkeit in seine Decke gehüllt, die ihm an diesem zugigen Ort kaum genug Wärme spenden konnte. Das plötzliche Aufblitzen von Licht draußen vor den Fenstern überhauchte seine Augen mit einem bläulichen Schimmer und ließ sein Haar wie einen zarten Heiligenschein um seinen winzigen Kopf aufleuchten. Für einen kurzen Augenblick fiel dasselbe Licht auf die Gesichtszüge der Schattengestalt. Simeon blickte auf, und ihm stockte der Atem, als er ein Gesicht, das er wiedererkannte, sah oder zu sehen sich einbildete.

»Gütiger Gott im Himmel …! Wie kann es sein …?«

Die Worte entrissen sich seinen Lippen, aber noch während er seine Bestürzung herausstammelte, hob die Schattengestalt die Hand, um ihn zu warnen und zum Schweigen zu bringen. Dann zeigte sich ein leises Kräuseln auf dem Wasser des Taufbeckens, und das Kind wurde zum Empfang des Sakraments der Taufe darübergehalten.

»Ich beschwöre euch, unreine Geister, hinfort …«

Als die ersten feierlichen Worte des Sakraments gesprochen wurden, heulte der Sturm draußen vor den Mauern auf wie ein zu neuem Zorn angestacheltes, wütendes Tier. Es war so, als brülle die Schattengestalt in den Worten der Taufe ihren ganzen Trotz heraus, und als würden die Elemente, die jenseits der Mauern tobten, die Herausforderung mit neu entfachter Wildheit annehmen.

Die Gestalt berührte jedes der beiden winzigen Ohren mit befeuchtetem Daumen und sprach den Befehl: *»Ephphetha! Tu dich auf!«*

Ein Donnerschlag explodierte über ihren Köpfen. Glas zersprang, und Männer und Frauen schrien verängstigt auf.

Die Gestalt befeuchtete die verschleierten blauen Augen, jedes einzelne, und befahl dann *»Ephpheta! Tu dich auf!«*

Donner explodierte, und Blitze zuckten durch die Luft. Ein Teil des Dachs stürzte ein. Eine Säule schwankte und warf ihre gewaltige Last reich verzierten Steinwerks zu Boden.

»Widersagst du dem Satan, dem Urheber des Bösen?«

Instinktiv antwortete Simeon stellvertretend für das Kind.

»Ich widersage.«

»Und all seinen Verlockungen?«

»Ich widersage.«

Simeon schlug das Herz bis zum Halse. Er hatte das Gefühl, zwischen zwei ehrfurchtgebietenden Mächten gefangen zu sein, zwischen dem gnadenlosen Toben der Elemente draußen und der einsamen, tief in ihrer Kapuze verborgenen Gestalt, die an diesem geweihten Ort neben dem heiligen Taufstein stand. Jetzt, in den düstersten Stunden des Festes der heiligen Luzia, in der tiefsten und längsten Nacht des Jahres – zu diesem Zeitpunkt wurde also dieses neugeborene Kind im Angesicht Gottes getauft, auch wenn die Hölle selbst aus ihren Tiefen stieg, um zu protestieren.

»Glaubst du an Gott, den Vater, den Allmächtigen, den Schöpfer des Himmels und der Erde?«

»Ich glaube.«

»...Bist du bereit zur Taufe?«

»Das bin ich!«

Simeon schrie die Worte hinaus, antwortete aus ganzem Herzen als Stellvertreter für das Kind, das noch nicht für sich selbst sprechen konnte, und ließ seine eigene, starke Stimme neben der der Schattengestalt erklingen, die auf der anderen Seite des Taufsteins stand. Das Kind, das in der Armbeuge seines Wächters in seinem Bett aus weichem Pelz lag, sah dem Geschehen leidenschaftslos zu und ließ sich weder von dem ohrenbetäubenden Geheul des Windes stören noch von dem erschreckenden Krachen des Donners und dem grellen Licht der Blitze.

»... Und so mögen alle Zeugnis ablegen für dieses heilige Sakrament.«

Nun ging auch durch die im Hintergrund zusammengekauerten Mönche und Priester eine Bewegung, und ein jeder lieh dem heiligen Sakrament seine Stimme und schöpfte Kraft und Trost aus den altvertrauten Worten. Als sich ihre Stimmen in harmonischem Gleichklang erhoben, nahm das Tosen des Sturms noch gewaltigere Ausmaße an. Und über allem stimmte diese eine Stimme mit durchdringender Klarheit die Worte der Taufe an, und ihre keinen Augenblick wankende Gewalt wetteiferte mit der Kakophonie der Geräusche jenseits der Kirchenmauern.

»... Empfange nun den Heiligen Geist.«

Plötzlich wurde ein Teil des Daches über dem Mittelschiff weggerissen, und das Wimmern mehrerer Stimmen wurde mit einem Schlag zum Schweigen gebracht. Eine Säule spaltete sich und geriet auf ihrem Sockel ins Taumeln, so daß die gewaltigen steinernen Dachbögen erbebten. Die Steinfliesen auf dem Boden brachen plötzlich auf, zerschmettert durch den Druck des Wassers in den überfluteten unterirdischen Kanälen. Als der Boden unter ihren Füßen barst, klammerten die Menschen sich an allem fest, was ihre Finger zu fassen bekamen, und zogen auf diese Weise viele andere mit sich in den Tod.

»Welchen Namen hast du deinem Kind gegeben?«

Simeon zögerte. »Was?«

»Vormund, welchen Namen hast du deinem Kind gegeben?«

»Vormund? Ich?«

Simeon zuckte zusammen, als die Elemente draußen sich zu einem Aufschrei des Protests zu erheben schienen.

»Eile dich, mein Bruder. Gib deinem Kind einen Namen.« Simeon blickte zu dem bescheidenen Fenster auf, das sich über dem Hochaltar von St. Martin wölbte. Er sah das Gesicht des heiligen Petrus auf dem Glas und wurde so daran erinnert, daß seine eigene Kirche eben diesem Heiligen geweiht war, dem Statthalter Christi, dem Apostel, der die Schlüssel des Himmels verwaltete.

»Peter!« rief er. »Sein Name soll Peter sein.«

»So sei es.«

Er spürte, wie der feste Boden unter seinen Füßen sich mit einem Ruck zur Seite bewegte, was ihm das Blut in den Adern erstarren ließ. Dann sah er, wie auch die geschnitzten Füße des uralten Taufsteins sich aus ihrem soliden Sockel zu winden schienen.

»Peter!« rief die Stimme, in der nun so etwas wie Triumph schwang. *»In nomine Patris, et Filii, et Spiritus Sancti ... Im Namen des Vaters, des Sohnes und des Heiligen Geistes.«*

Geweihtes Wasser glitzerte auf dem Kopf des Kindes, über dem nun dreimal das Zeichen des Kreuzes geschlagen wurde, und mit einem gebrüllten *»Amen«* ging die Zeremonie des heiligen Sakraments der Taufe zu Ende.

Ein Stein traf Simeon am Kopf und hinterließ ein kleines Blutrinnsal. Mit einem Schlag wurde Simeon sich wieder seiner Umgebung bewußt und stieß einen Warnschrei aus: »Das Dach! Das Dach stürzt ein!«

Instinktiv hob er einen Arm, um seinen Kopf vor den herunterfallenden Trümmern zu schützen, während er mit dem anderen das Kind beschirmte. Einen Augenblick stand die Schattengestalt wie zu Stein erstarrt da, das Kind in ihren Armen verborgen unter dem muskulösen Ellbogen des Priesters, das kleine Gesicht sicher in seine rechte Hand gebettet. Da erhob die Gestalt wieder die Stimme, sanfter jedoch diesmal.

»Komm, Simeon, wir müssen uns beeilen.«

Die Gestalt drehte sich um, und Simeon taumelte hinter ihr her. »Wohin? Wohin führst du uns?«

Als Antwort kam nur ein einziges Wort: *»Sanktuarium.«*

»Das Münster?«

»Direkt zum Schrein.«

»Werden wir dort sicher sein?«

Ein Brocken Mauerwerk löste sich von der Decke, und er sprang mit einem Aufschrei zurück. Die Gestalt drehte sich nur kurz um, und in ihrer Haltung spürte Simeon einen Tadel für seine Zweifel. Er warf einen Blick auf den Schutt und starrte dann noch einmal in das von der Kapuze verhüllte Gesicht. Obwohl er die Augen darin nicht sehen konnte, schien es ihm, als träfen sich ihre Blicke noch einmal genauso, wie es auf dem Hof von St. Peter gewesen war, und dasselbe Verstehen wie dort lag plötzlich zwischen ihnen, ruhig und wortlos.

Simeon hatte nie von sich behauptet, ein Mann von wahrer innerer Berufung zu sein; Gott wußte, daß es nur wenige Priester gab, die das von sich behaupten konnten. Sein Glaube war einfach, oft unsicher und immer voller Fragen. Es war ein Glaube, der nur weniges für selbstverständlich nahm, aber dennoch ausreichte für seine Bedürfnisse und ihm sein Leben lang gute Dienste geleistet hatte. Auch jetzt rief er sich diesen Glauben ins Gedächtnis, um sich darauf zu stützen, und in der Dunkelheit, die das Gesicht des anderen umhüllte, vermeinte er, sich selbst bloßgelegt zu sehen. In diesem winzigen Augenblick lagen sowohl seine Zweifel als auch seine Überzeugungen offen vor ihm.

»Dann geh voraus«, sagte er endlich, denn er vertraute der ungewöhnlichen Kraft des anderen mehr, als er seine menschliche Schwäche fürchtete.

»Halte dich dicht bei mir, Simeon.«

»Das werde ich«, erwiderte er. Da wölbte sich der steinerne Boden unter seinen Füßen noch einmal empor und schleuderte ihn vorwärts, so daß er der Gestalt mit schnellen, unsicheren Schritten aus der Kirche folgte.

Kapitel 4

Zwischen St. Martin und der Westmauer des Münsters lag ein Streifen offenen Landes, unterbrochen nur von den Friedhofsmauern und einigen wenigen trotzigen Bäumen, die der Wind noch nicht entwurzelt hatte. An diesem Ort lagen nun die Lebenden und die Toten Seite an Seite vereint. Einfache Gräber, die früher unter der Erde gelegen hatten, stiegen nun empor und wurden durch tausend Paare flüchtender Füße zu aufgewühlten Schlammpfützen. Hier rangen Männer und Frauen um einen halben Zoll Platz, um einen aus der Erde gerissenen Grabstein, an dem sie sich festhalten konnten, um jeden noch so dürftigen Schutz vor dem Sturm. Jene, die sich nicht auf den Beinen zu halten vermochten, wurden niedergetrampelt. Es war ein Ort des Grauens, an dem weder Priester noch Bettler wissen konnte, wer verschont werden und wer umkommen würde, und weder der eine noch der andere empfing das letzte Sakrament.

Simeon zog sich die Kapuze tiefer ins Gesicht, um sich vor dem schlimmsten Grauen, durch das er wanderte, zu schützen. Auf seinem Gesicht war eine Feuchtigkeit, die nicht von dem ungestümen Regen rührte, denn sie brannte ihm in den Augen und auf den Wangen und hinterließ einen Geschmack von Salz, wo sie seine Lippen und seine Zunge berührte.

»Komm, Simeon, mein Bruder!«

Die Gestalt hatte die kleinste der Türen des Münsters erreicht, die in der Mitte seiner langen Westfront lag. Eben dort blieb die Schattengestalt nun stehen und wartete auf Simeon. Wenige Augenblicke später führte sie ihn in den Tumult hinein, der im Innern der Kirche herrschte. Simeon fand sich nun in dem größeren Querschiff wieder, das angesichts des reich verzierten Steinwerks des Hauptgewölbes jedoch klein erschien.

Einen Herzschlag lang hatte er das Gefühl, daß die kathedralenartige Pracht des Münsters ihre Arme nach ihm ausstreckte, um seine verstörten Sinne sanft zu liebkosen. Ihre Mauern aus honigfarbenem Stein, die hohen Gewölbe, das bemalte Stuckwerk, die reich verzierten Marmorsäulen und die funkelnden Glasmalereien auf den Fenstern schienen ihre eigene süße Hymne zur Lobpreisung Gottes zu singen. Als er das Kreuzzeichen schlug, verflog der Augenblick der Pracht und hinterließ nichts als erschreckende Häßlichkeit. Ein Gewirr von Geräuschen schlug an seine Ohren, seine Nase füllte sich mit dem Geruch von Schmutz und Angst, und seine Augen fielen voller Entsetzen auf die mitleiderregende Szenerie, die sich ihm bot. Es schien, als hätte die

Hälfte der Menschheit sich in das viel zu kleine Münster hineingedrängt und als würde die Hälfte dieser Menschen die Nacht nicht überleben.

»Mein Gott, können es denn wirklich so viele sein?« flüsterte Simeon.

Die Kirche war voll von Menschen aus der Stadt, die auf der Suche nach einer Zuflucht aus ihren zerstörten Häusern geflohen waren, und neben ihnen fanden sich Fremde, die aus allen Winkeln des Landes nach Beverley geströmt waren. Dies waren die Pilger, die scharenweise voller Hoffnung von Schrein zu Schrein zogen, immer auf der Suche nach Heilungen für verrenkte Glieder, blinde Augen und unheilbare Krankheiten. Dann gab es da noch jene, die die Härten des Pilgerdaseins der endlosen, hoffnungslosen Schinderei sicherer Armut zu Hause vorzogen. All diese Menschen und noch mehr fühlten sich von diesem Ort angezogen oder waren hierher getrieben worden, und Simeon wußte, daß sie gekommen waren, um zu sterben.

Aus allen Richtungen schrien ihm Stimmen entgegen: »Segne uns, Vater, segne uns!«

Und er erwiderte, so oft er nur konnte: »Gottes Segen sei mit euch.«

Er sah eine Frau, die an einer Säule lehnte. Äußerlich war nichts zu erkennen, aber ihr Rückgrat war gebrochen. Sie erwiderte seinen Blick aus Augen, die leuchteten wie Glas, und noch während er hinsah, machte irgendein elender Dieb sich daran, ihr die Schuhe von den Füßen zu ziehen.

Jetzt waren die Stimmen überall um ihn herum. »Hilf mir, Vater!«

»Segne mich in Gottes Namen.«

»Rette mich! Rette mich!«

»Gott sei mit dir«, sagte Simeon. »Gott sei mit dir. Und auch mit dir. Gottes Segen sei mit dir. Vertraue dem Herrn. Gehet hin in Frieden.«

Wie ein Gefangener war er verstrickt in das Entsetzen, das überall um ihn herum herrschte. Sein Fortkommen wurde von einer schier undurchdringlichen Menschenmenge behindert; wimmernde Männer und Frauen zogen und zerrten an seinen Gewändern, klammerten sich an alles, was ihnen in der Stunde der Not als Rettungsanker erschien.

»Simeon!«

Er blickte auf, und die Qual – seine eigene wie die der Menschen um ihn herum – spiegelte sich in seinen Augen wider. »Es sind zu viele«, stöhnte er. »Es sind zu viele.«

Die Gestalt streckte eine Hand nach ihm aus.*»Komm, Simeon.«*

»Ich kann mich nicht bewegen. Diese Unglücklichen halten mich fest. Meine Füße ... meine Hände ... meine Gewänder ...«

»Komm, Simeon.«

Die Stimme war zwar sanfter nun, aber doch nicht weniger durchdringend als zuvor. Sie schien ihn emporzuheben; er wußte, daß seine Füße fest auf dem Boden stehenblieben. Er spürte, wie er sich frei und ohne Behinderung bewegen konnte, wie er durch das Gedränge der Menschen, die ihre Hände nach ihm ausstreckten, hindurchglitt, als halte eine unsichtbare Macht ihre schützende Hand über ihn. Die Gestalt nickte ihm ermutigend zu und wandte sich ab, während Simeon die Kapuze abstreifte, damit sie ihm nicht länger die Sicht raubte. Dann heftete er seinen Blick auf den breiten, dunklen Rücken, dem zu folgen er fest entschlossen war.

Sie durchquerten das nördliche Mittelschiff und gelangten in den Chorumgang; dann gingen sie über die Doppeltreppe ins Domkapitel, wo Bettler, Händler und Grundbesitzer gleichermaßen auf den Stufen kauerten oder sich zu Tode erschrocken an die blanken, blauschwarzen Säulen aus Purbecker Marmor klammerten. Auch hier, wie schon zuvor im Chor und beim Altar, hatten sich Würdenträger des Münsters versammelt, die gehobene Geistlichkeit in ihren Chorröcken aus prächtiger, bunter Seide, während die geringeren unter ihnen ganz in Weiß gewandet waren. Der Sturm hatte sie überrascht, als sie sich gerade zu ihrer nächtlichen Andacht versammelt hatten, und nun hielt er sie fest, zusammengepfercht wie Schafe und nutzlos in ihrer Furcht. Sie richteten die Augen gegen Himmel oder schlossen sie fest in flehentlichem Gebet.

Die geringeren Kleriker der niederen Weihen vom Ostiarius bis zum Diakon, die Lehrer und ihre Schüler, die Schreiber und Kreuzträger, sie alle kauerten in jedem Winkel, in dem sie Platz finden konnten. Jeder einzelne von ihnen hatte seinen Mut und seinen Stolz verloren und viele von ihnen alles an Glauben, was sie früher besessen hatten.

Simeon und sein großer, schemenhafter Begleiter traten nun in die Fußstapfen jener zahllosen Pilger, die durch den nördlichen Chorumgang zu der schmalen Turmtreppe geschlurft waren, die zum Retabel und zu dem heiligen Schrein des Märtyrers führte. Hier knieten die Gläubigen nieder oder warfen sich zu Boden, um zu beten und um den Heiligen John um Milde zu bitten: um eine Wunderheilung, ein Erbe, ein Säckel Gold, einen Krieg, der verloren oder gewonnen werden sollte. Um tausend Wunder, angefangen vom Alltäglichen bis hin zum Erhabenen, wurde täglich hier gebetet, und an den drei über das Jahr verteilten Feiertagen des Heiligen waren die Scharen, die hierher strömten, schier unermeßlich. Die Tauben und Törichten zog es zum Schrein ihres Schutzheiligen wie Motten zu einer Kerzenflamme, und durch seine Gnade fanden auch tatsächlich viele Heilung. Nach ihrer kurzen Besinnung vor dem Schrein wurden die Pilger über eine zweite Treppe hinausgeleitet und über den südlichen Chorumgang zu den überwölbten hohen Toren im größeren Querschiff geführt. Jeder einzelne von ihnen hinterließ dem Heiligen eine geflüsterte Last und zahlte mit klingender Münze oder Ähnlichem für dieses Privileg – ein Umstand, der die Schatzkammern des Münsters nicht unbeträchtlich anschwellen ließ. Und einige von diesen Menschen hatten, wenn es Gottes Wille war, auch wirklich einen ehrlichen Handel gemacht.

Vor dem Schrein ließ Pater Simeon sich auf die Knie fallen und murmelte ein einfaches Gebet für die Seelen aller Männer und Frauen, die ihre Sünden bereut hatten. Der Schrein ruhte auf dem Retabel und war ein Kunstwerk von außergewöhnlicher Schönheit. Er war aus kostbarem Metall gefertigt und reich mit Juwelen geschmückt, dazu überzogen mit Leisten aus Gold und Elfenbein und besetzt mit Amethysten,

Smaragden, Rubinen und herrlich goldgrünen Chrysoprasen. Daneben lag der prachtvolle diamantenbesetzte Dolch des Königs Athalstan, Beverleys erstem Oberherrn, der das kostbare Stück zweihundertfünfzig Jahre zuvor eigenhändig dort hingelegt hatte. Im Licht der Altarkerze erstrahlte der Schrein in einem unheimlichen Glühen, einem lebendigen Glanz, der einem Mann den Atem zu rauben vermochte und ihn mit einem niederschmetternden Wissen um seine eigene Fehlbarkeit erfüllen konnte.

Simeon spürte die Gestalt dicht neben sich. »*Bete für das Kind*«, sagte sie zu ihm. »*Bete für den Hüter des Schreins, den künftigen Retter von St. John of Beverley.*« Simeon tat wie geheißen, und während er noch betete, erhob sich der Sturm von neuem und warf sich in wütendem Zorn gegen die hohen Bögen des Ostfensters. Während das Unwetter tobte, schleuderte Simeon ihm sein Gebet entgegen, die Worte des fünfundfünfzigsten Psalms, die er aus dem Gedächtnis zitierte.

»Furcht und Zittern ist über mich gekommen, und Grauen hat mich überfallen.«

Seine Stimme nahm eine Festigkeit an, die das schreckliche Hämmern seines Herzens Lügen strafte. Nur seine Stimme hatte noch Kraft – im übrigen befand er sich in einem Zustand lähmender Angst.

»… daß ich entrinne vor dem Sturmwind und Wetter …«

Als wollte er seine Worte verspotten, schoß ein feuriger Schmerz durch seinen verkrüppelten Fuß, so plötzlich und so qualvoll, daß ihm schier die Sinne schwanden. Er konnte sich nicht von der Stelle rühren. Sein ganzes Gewicht ruhte auf dem Gelenk und preßte die Knochen zusammen, und doch war er nicht in der Lage, die Last zu verringern. Statt dessen schwitzte er seine Qual aus, keuchte die Worte hervor und vertraute der Kraft seines Verstandes im Angesicht des Sturms.

»… denn ich sehe Frevel und Hader in der Stadt …« Die hohen Fenster des Lichtgadens, die über dem Gewölbe der Querschiffe und den Gängen thronten, um das Innere der Kirche besser mit Licht zu versorgen, wurden eins nach dem anderen eingedrückt. Da sie über keinerlei Verstrebungen verfügten, die das Licht schwächen, dem Fenster aber Halt geben würden, hielten sie dem Sturmwind nicht lange stand und fielen seiner Gewalt nur allzubald zum Opfer.

»... ich aber will zu Gott rufen, und der Herr wird mir helfen ...«

Während der Sturm weiter tobte, betete Pater Simeon mit aller Kraft dagegen an, betete, als könnten die heiligen Worte die Elemente aufhalten.

Im Retrochorus, dem kleinen Raum hinter dem Hochaltar, befand sich eine kaum benutzte, schmale Turmtreppe. Sie war aus den uralten Steinen der Münstermauer herausgehauen und spendete zwei Priestern eine Zuflucht von der Breite eines Kamins. Die beiden Priester hatten kaum mehr gemeinsam als ihre kahlgeschorenen Häupter. Pater Cyrus de Figham war ein muskulöser Mann von Anfang Dreißig, prachtvoll gewandet in Scharlachrot und Weiß. Dazu trug er einen weinroten, zum Schutz gegen die Kälte mit Pelz gefütterten Umhang, und an seinem Gürtel funkelten mehrere kostbare Edelsteine. Seine Brauen waren buschig, von einem schlammfarbenen Rotbraun und permanent zusammengezogen. Seine Augen waren grau wie Schiefer und konnten sich wie ihr Besitzer mühelos ihrer Umgebung anpassen. An diesem dunklen Ort waren sie so schwarz wie Pech, und sie glitzerten und funkelten im Widerschein der Fackel. Es war ein auffallendes Gesicht, das viele Stimmungen kannte, im einen Augenblick grimmig und von gefährlicher Kälte, im nächsten erfüllt von einer jungenhaften Weichheit war, die überaus entwaffnend sein konnte. Merkurisch war die Beschreibung, die auf Cyrus am besten paßte, denn er war in seinem Aussehen wie auch in seinem Charakter ein Mann, der über viele Zwischentöne verfügte. Überdies war er unzufrieden und verärgert über die Beschränkungen, die sein Amt ihm auferlegte. Es gelüstete ihn nach größerem Wohlstand, nach einem höheren Status, nach mehr Macht über seine Mitbrüder, aber es fehlte ihm an den nötigen Mitteln, um sein Fortkommen sicherzustellen. Bisher war er nur einer von vielen Priestern des Stifts, aber sein Ehrgeiz bestimmte ihn zu Höherem.

Der Mann neben Cyrus war der Kanonikus, der die begehrte Pfründe von St. Martin innehatte – begehrt deshalb, weil sie die höchsten Einkünfte hatte und daher von den sieben verfügbaren Pfründen die attraktivste war. Pater Bernard war klein und schmächtig und zwanzig Jahre älter als Cyrus. Er war ein beliebter, freundlicher Mann, den man genauso leicht zu Tränen rühren wie zum Lachen bringen oder erzürnen konnte. Er besaß die seltene Gabe der Güte und war ein Mensch, der seinem Nächsten niemals etwas Böses unterstellte. Unter dem feierlichen Vespermantel trug er die hellblauen und roten Gewänder seines alltäglichen Dienstes und darüber einen warmen, leuchtend grünen Umhang mit einer goldenen Spange auf der Schulter. Während draußen der Sturm weitertobte, hallte das schmale Treppenhaus von seinen Gebeten wider.

»... denn Er hat meine Seele erlöst mit seiner Liebe und mich an einen sicheren Hort geführt ...«

Weiter oben auf der Treppe hockte Pater Cyrus neben einer Kerze, die ein unruhiges Licht spendete, und verfolgte die Andacht seines Kanonikus in düsterem Brüten. Finster blickte er hinunter auf die rosafarbene Kuppel des glattrasierten Schädels und verachtete den alten Mann, verachtete ihn gleichermaßen für seinen ruhigen Glauben wie auch für seine Aufrichtigkeit. Der Mann war alt, und doch zog er es vor, weiterhin in St. Martin zu wirken, statt in den Ruhestand zu treten und einem jüngeren, fähigeren Priester wie Cyrus de Figham den Weg freizumachen. Nicht eine einzige Münze aus den Schatzkammern, die seiner Obhut unterstanden, hatte er für sich selbst verbraucht, nicht einen Tropfen Wein oder eine einzige Krume Brot hatte er für seinen persönlichen Genuß mißbraucht. Cyrus de Figham hätte in der wohlhabenden Pfründe von St. Martin reiche Ernte gehalten. St. Martin war die Pfarrkirche und verfügte über ein großes Vermögen, eine Quelle reicher Spenden und üppiger Schenkungen, aber ausgerechnet in dieser wohlhabenden Pfarrkirche stand nun dieser *gütige Mann* am Ruder und steuerte einen würdigen, aber wenig gewinnbringenden Kurs an.

»Sie rasierten den Schädel eines frommen Mannes und entdeckten einen Heiligen darunter«, zischte er und legte seine geschmeidigen Finger voller Abscheu auf seine eigene glatte Tonsur. »Und solche Heilige sind es, die uns alle in der Öffentlichkeit als Versager erscheinen lassen.«

Der Gedanke kam ihm plötzlich und ohne jede Vorwarnung. Wenn Bernard stürbe, wenn er diesem schrecklichen Sturm zum Opfer fiele, würde St. Martin vielleicht in seine, Cyrus', Reichweite kommen. Und wie es in der Natur der Sache liegt, folgte die böse Tat dem bösen Gedanken auf dem Fuß. Auf der Treppenstufe unter sich sah er einen beschädigten Auftritt, den er ohne große Mühe aus seinem Bett lösen konnte, und schon lag er wie ein himmlisches Geschenk in seinen starken, entschlossenen Händen.

Pater Bernard bemerkte nichts davon, daß hinter ihm der Tod lauerte. Gerade kniete er noch mit geschlossenen Augen und fest gefalteten Händen in frommem Gebet, und im nächsten Augenblick lag er schon mit dem Gesicht nach unten und von sich gestreckten Gliedern im Schmutz, mit zerschmettertem Schädel und bloßgelegtem Gehirn.

Cyrus de Figham stieß langsam und mit einem Seufzer der Befriedigung die Luft aus seinen Lungen, dann ließ er die Waffe, die den frommen Schädel mit einem einzigen Schlag zerschmettert hatte, zu Boden fallen. Sie blieb neben dem Kopf des toten Mannes liegen, der die Augen geschlossen hatte, als schliefe er nur.

Cyrus trat über die Leiche hinweg, warf die Kerze zu Boden, bückte sich und verließ das Treppenhaus durch eine kleine, ein wenig schief in den Angeln hängende Tür. In der Nähe des Hochaltars fand er eine leere Nische, in der einst die Gestalt des heiligen Markus gestanden hatte. Er zwängte sich hinein und verbarg sich im Schatten der steinernen Mauern. Die Kirche um ihn herum war ein einziges Chaos sich windender Leiber und Stimmen, die heiser und schrill klangen vor Angst. Die schmale Nische bot ihm Schutz vor den herabfallenden Steinen und schirmte ihn gleichzeitig gegen den Pöbel ab, der wie ein Heer schreiender Ratten in dem düsteren Münster gefangen saß. Es schmeichelte seiner Eitelkeit, auf solche Weise Schutz zu finden, an einem Ort, an dem einst die Statue eines Heiligen gestanden hatte. Dann zog er sich die Kapuze tief ins Gesicht, ließ sich zu Boden sinken und schickte sich an, den Sturm in dieser stillen kleinen Höhle einfach abzuwarten. Schließlich hörte er eine vertraute Stimme, die sich klar und stark über das Getöse erhob, und er fragte sich, wer der große, in einen schwarzen Umhang gehüllte Mann neben Simeon wohl sein mochte.

Ganz in seiner Nähe, beim Schrein von St. John, übertönte die Stimme des lahmen Priesters das Toben des Sturms jenseits der Kirchenmauern und das Schreien der Menschen, die darin gefangen waren. Nun stimmte die Schattengestalt in sein Gebet ein.

»*... ich bin in Unruhe ob des Lärmens der Feinde ...*«

Der Sturm hinter den Fenstern knurrte wie ein tollwütiger Hund.

»*... und die Schrecken des Todes befallen mich ...*«

Der Wind heulte wie zur Erwiderung einmal laut auf. Simeon wagte es, die Augen zu öffnen. Er erhob den Blick gerade noch rechtzeitig über den Schrein, um zu sehen, wie das große Ostfenster sich wölbte und mit einem gewaltigen Krachen zerbarst. Das Unmögliche geschah. Die gesamte Ostmauer des Münsters, die ein Meisterwerk feinsten Maßwerkes und bemalter Fenster umrahmte, lag im Todeskampf.

»*Halt ein!*« brüllte die Gestalt gerade in dem Augenblick, in dem die Wand barst. »*Die Tat ist getan, das Kind getauft, der Segen gespendet.*« Er warf die Pelzdecke zurück, um das Kind zu entblößen. »*Siehe den Fels, den Wächter des Schreins. Siehe, du Allgewalt: Peter of Beverley!*«

Genau in dem Augenblick, als das große Ostfenster nach innen explodierte, hielt die Gestalt das Kind wie eine Opfergabe empor, und ein wilder Hagel gezackter Steine und rasierklingenscharfer Glassplitter ergoß sich über das Münster. Einen Augenblick lang erstarrte Simeon. Ungläubig starrte er die Schattengestalt an, die das nackte Kind hoch über ihren Kopf hielt, dann die tödliche Flut zerschmetterten

Glases und Mauerwerks, die über ihnen allen in der Luft zu schweben schien, als hielte eine Gewalt, die der Schwerkraft zu trotzen vermochte, sie dort fest. Mit einem Aufschrei stürzte er vor und griff mit beiden Händen nach dem Kind. Er spürte, wie sich eine Glasscherbe in seinen Hals bohrte und eine andere das Fleisch seines entblößten Unterarms aufriß. Ein Steinbrocken traf seinen kahlgeschorenen Schädel, und während sich seine großen Hände um das Kind schlossen, fiel er mit einem erschrockenen Schmerzensschrei auf die Knie. In sich zusammengesunken vor dem goldenen Schrein, beugte er sich instinktiv über das Kind, um es vor dem mörderischen Ansturm von oben zu schützen. So zusammengekauert, seinen nur wenige Stunden alten Patensohn fest an sich gedrückt, hörte er das zerschmetterte Fenster zu Boden stürzen und spürte anschließend einen gewaltigen Windstoß, der durch die Kirche fegte und die Türen des Querschiffs aufriß.

Das Ganze dauerte nur einen einzigen Augenblick. Der unheilige Aufruhr verstummte mit schlagartiger Plötzlichkeit und hinterließ eine gewaltige Woge aus durcheinander wirbelndem, blind machendem Staub, der von dem hoffnungslos zerstörten Mauerwerk herrührte. Vor dem riesigen Nordportal des Münsters kam der tobende Wirbelwind nun ebenfalls mit unheimlicher Plötzlichkeit zum Erliegen. Genauso abrupt schwächte sich der ungestüme Regen zu einem feinen Nieseln ab, der Donner stöhnte wie ein sterbendes Tier noch einmal auf, schlich sich davon und nahm die Blitze mit sich. In der atemlosen Stille, die folgte, erstarben jede Stimme und jedes Geräusch in den Kirchenschiffen. Nach dem Chaos, das zuvor geherrscht hatte, dröhnte die plötzliche Ruhe wie lärmendes Glockengeläut durch die Gewölbe des Münsters.

Ganz in der Nähe des Schreins sagte eine müde Stimme in lateinischer Sprache: »*Actum est*«, und wiederholte dann auf englisch: »Es ist vollbracht.«

Und Simeon antwortete mit derselben Müdigkeit: »Amen.«

Simeon streckte die Hand aus, um die Pelzdecke wieder

aufzuheben, schüttelte die Trümmer davon ab und wickelte sie sorgsam wieder um das Kind. Langsam erhob er sich dann vom Boden, den Blick auf das winzige, sorglose Gesicht geheftet. Einen Moment lang hielt es ihn mit dem verschleierten und doch allwissenden Blick des Neugeborenen in seinem Bann. Dann seufzte es und schloß die Augen, wandte sein kleines Gesicht ab und schlief in Simeons Arm ein.

»Ich überantworte dieses kostbare Kind deiner Obhut, Simeon of Beverley.«

»Mir? Aber warum? Warum mir? Ich bin einer solchen Aufgabe nicht würdig.« Simeon starrte die tiefen Schatten in den schweren Falten der Kapuze des anderen durchdringend an. »Wie kann ich einer solchen Pflicht würdig sein?«

Das Kind regte sich in seinen Armen, und er beugte sich darüber, um es mit einigen wenigen, geflüsterten Worten zu beschwichtigen. Als er wieder aufblickte, war die Gestalt so wie der Sturm, den sie aufgewühlt hatte, verschwunden.

»Actum est«, wiederholte er und ließ seinen Blick über die bunt glitzernden Glassplitter gleiten, die wie zusätzliche Juwelen auf dem Schrein von St. John lagen. *»Actum est.* Es ist alles vorüber.«

Er sprach die Worte ohne Überzeugung, denn tief in seinem Herzen kannte er bereits die Wahrheit. Die schrecklichen Ereignisse dieser Nacht bedeuteten nicht ein Ende, sondern einen Anfang.

Kapitel 5

Simeon war dem Zusammenbruch nahe. Er stand noch unter Schock und blutete schwer, als er die wenigen, von Schutt übersäten Treppenstufen des Schreins hinunterstolperte und in den zerstörten Altarraum trat. Die großen Säulen waren von tausend Wunden gezeichnet, und das erhabene

Gewölbe, das sie trugen, war verschandelt und von einer wogenden Staubwolke eingehüllt. Er wußte kaum noch, was er tat, als er sich mit dem Rücken gegen die Mauer lehnte und sich dann langsam zu Boden gleiten ließ. Der Kopf fiel ihm nach vorn, und er schloß die Augen, aber er betete nicht. Statt dessen saß er mit angezogenen Knien einfach nur da, das Kind fest an sich gepreßt. Er fühlte sich ausgelaugt und leer, so als hätte man ihm alles Gefühl und allen Verstand aus dem Leib gesogen. Er hätte nicht sagen können, welche Wunden er empfangen hatte. Er wußte nicht einmal, daß er weinte.

Überall um ihn herum bahnten sich Männer und Frauen ihren Weg durch den Schutt, viele von ihnen blutend und von Entsetzen gezeichnet. Jene, die unverletzt geblieben waren, wühlten im Schmutz nach allem, was verkauft oder eingetauscht werden konnte, denn das Leben geht weiter, auch im Angesicht des Todes, und das Leben war schließlich hart, wie jeder Christ zugeben mußte.

Eine Frau saß neben ihrem niedergestreckten Vater und sah mit leerem Blick zu, wie dem Toten die Kleider vom Leibe gestohlen wurden. Eine andere Frau erkannte die Wange und den Bart ihres Mannes wieder, diesen Teil von ihm, der noch sichtbar war, während der Rest seines Körpers unter einem Felsbrocken begraben lag. An der Seite ihres Mannes lag ihr Kind. Als das große Ostfenster explodiert war, hatte er versucht zu fliehen und war in seiner Panik dem Tod in die Arme gelaufen, während sie stehengeblieben und verschont worden war. Nun saß sie neben ihrem Mann und ihrem Kind und wiegte sich wimmernd hin und her, ohne dabei zu bemerken, daß ihre Bewegung eine Verlagerung der Steine bewirkte, die stark genug war, um den schwachen Luftstrom zum Erliegen zu bringen, der einen ebenfalls unter dem Schutt begrabenen Priester am Leben erhalten hatte.

Aber Pater Simeon war für all diese Dinge unempfänglich, bis sich schließlich eine sanfte Hand auf seine Schulter legte und eine Stimme ihm leise ins Ohr flüsterte.

»Das Kind, Bruder Simeon. Ich muß das Kind sehen.«

Simeon blickte auf, sein Gesicht staubig und tränenüberströmt, seine blauen Augen voller Qual. Er erkannte Gilbert, einen hochrangigen Kleriker, in einem üppigen blauen, mit einer schweren Kapuze versehenen Gewand, ein Mann mit dem Verstand eines Rechtsgelehrten, der behauptete, ein entfernter Verwandter Seiner Heiligkeit des Erzbischofs von York zu sein. Dieser Mann war in Rom und Jerusalem gewesen, hatte vier Jahre als päpstlicher Sekretär gewirkt und doppelt so lange in der großen Kathedrale von Canterbury. So viel hatte er schon vollbracht in seinem Leben, und doch schien er jetzt, da er neben seinem Bruder im Schutt kniete, voller Demut zu sein. Simeon sah ihm ins Gesicht und nahm den Ausdruck von Staunen wahr, der in den Zügen des anderen geschrieben stand.

»Gilbert …?«

»Bitte, erlaubt mir, den Kleinen einmal zu sehen.«

»Ihr kennt dieses Kind?«

Pater Gilbert schüttelte den Kopf. »Ich habe keine Ahnung, von wo er kommt oder warum er hier ist, aber ich war anwesend, als er das heilige Sakrament der Taufe empfangen hat.«

Simeon blinzelte überrascht. »Ihr wart dort? Ihr habt es gesehen?«

»Ich habe es gesehen«, wisperte der Priester, und funkelnde Tränen quollen ihm aus den Augen, als er sich über die winzige Gestalt in ihrem Nest aus Pelz beugte. Seine Finger machten das Zeichen des Kreuzes über dem Kopf des Kindes, und seine Lippen bewegten sich in einem kurzem Gebet, bevor er sagte: »Ich und viele andere. Wir hatten uns in St. Martin vor dem Sturm geschützt, als Ihr eintratet, und es scheint, als wäre unser Leben verschont geblieben, weil wir es wagten, Euch durch den Sturm hierher zu folgen. Die Kirche ist zerstört worden. Taufstein und Altar liegen nun unter einem Berg von Schutt begraben.«

Dichter Staub ließ Simeons Augen überlaufen und seine Stimme so heiser klingen, daß er sie kaum als seine eigene erkannte.

»Die Pfarrkirche? St. Martin? In Schutt und Asche?«

»Wir sind nur eben mit dem Leben davongekommen«, erwiderte der Priester.

Simeon forschte in den Zügen des anderen, während seine Gedanken in Aufruhr waren. »Aber ihr wart dort? Ihr habt gesehen und gehört? Ihr werdet Zeugnis ablegen für die Heilige Taufe?«

Der Priester seufzte tief auf, während er das nackte Kind wieder mit seiner Felldecke umschloß. »Ich habe alles gesehen«, nickte er und wurde sich plötzlich seines eigenen kleinen Anteils an den Ereignissen bewußt, denen er größte Wichtigkeit beimaß. »Ich habe die Worte gehört, und die Gegenwart dieses ... ich habe es gespürt. O ja, ich werde wahrhaftig Zeugnis ablegen.«

»Und ich ebenfalls«, sagte ein anderer Priester, der hinter ihm stand.

»Und ich auch.« Diese Stimme kam von seiner Linken und war von Schmerzen verzerrt. »Auch ich werde sprechen von dem, was dort geschehen ist.« Ein anderer Mann, ebenfalls Priester, hielt Simeons Unterarm mit eisernem Griff fest und schlug das Zeichen des Kreuzes über dem Kind. Seine Hand zitterte, aber seine Stimme war ruhig.

»Es war ein Wunder«, sagte er mit solcher Festigkeit, daß niemand gewagt hätte, ihm zu widersprechen. »Wir alle wurden gerufen, um Zeugen zu werden, und deshalb blieb unser Leben verschont, während andere starben, und unsere Verletzungen sind nichtig, wo doch so viele verstümmelt und für den Rest ihres Lebens verkrüppelt wurden. Was auch immer in dieser Nacht sich ereignet hat, wir waren auserwählt, ein Wunder zu schauen.«

Eine Reihe kahlgeschorener Häupter funkelte bleich in dem dämmrigen Licht, und jeder einzelne der Männer verbeugte sich, um ein Gebet zu flüstern und das heilige Zeichen über dem Kind zu machen. Während sich nun auch andere zu ihnen gesellten, stand Simeon mühsam auf, um sein winziges Schutzbefohlenes besser vor Schaden bewahren zu können. In diesem Augenblick, als der Staub sich zu legen begann, sah er auch die Gestalt seines Kanonikus, den er von Herzen liebte. Ein wortloser Seufzer der Erleichterung, der ein Gebet hatte werden sollen, kam ihm über die Lippen.

»Gottes Segen«, war alles, was er hervorbringen konnte.

Pater Cuthbert war ein wohlbeleibter Mann mit gebücktem Gang, so als hätten die langen Jahre, die er mit gesenktem Kopf im Gebet verbracht hatte, die Knochen der Bequemlichkeit halber zusammengeschweißt. Und doch hatte dieser Mann trotz seiner eigenen Gebrechen zehn Jahre lang die verhärteten Knochen von Simeons Fußknöchel regelmäßig massiert, in der Hoffnung, diese würden nachgeben und die Muskeln sich lockern. Er hatte ihm heiße Fußbäder mit Rosmarin bereitet, diesem alten Heilmittel gegen schlechte Knochen und Lähmung, aber all seine liebevolle Mühe hatte keine Wirkung gezeigt. Es brauchte ein ganzes Jahrzehnt, bevor er seine Öle und Salben beiseite legte, seinem Scheitern endlich ins Gesicht sah und traurig erklärte: »Mein Sohn, es ist wohl nicht Gottes Wille, daß dein Fuß wieder gesund wird.«

Dieser freundliche, fromme alte Mann hielt die Pfründe von St. Peter, einen bescheidenen, aber doch kostbaren Besitz, und er war der einzige Vater, den Simeon kannte. Jetzt stand er neben dem kleinen Altar des Heiligen, wo Sturm und Staub die Kerze gelöscht hatten, bekleidet mit seiner Kutte und dem weißen Chorrock unter einem weichen Pelzumhang, der am Hals mit einer Brosche verschlossen war. Seine Roben waren Besitz seiner Kirche, die weltlichen Symbole seines kirchlichen Amtes. Auch ein Mann von Cuthberts bescheidenem Geschmack, der nichts für übertriebene Ausstattung übrig hatte und jede Extravaganz verachtete, wurde von Mutter Kirche genötigt, die Tracht seines Amtes zur Schau zu stellen.

Der alte Mann bückte sich mit einiger Mühe, bis er in der Lage war, den Boden zwischen seinen Füßen zu berühren. Er schien überrascht zu sein, verwirrt von irgendeinem Zeichen oder einem Fleck, den er auf dem Boden bemerkt hatte. Nach einer Weile erlaubte er zwei Priestern, ihm wieder aufzuhelfen, und stolperte schwer auf ihre Arme gestützt über Schutt und Scherben, um zum Hochaltar zu gelangen. Lange und eindringlich starrte er dort in das staubverschmierte Gesicht Simeons, seines Vikars und Schreibers, und in seinen Augen stand ein Blick, der Traurigkeit offenbarte und auch etwas wie Ehrfurcht. Seine steifen, blaugeäderten Hände, die schon lange vom Alter zittrig waren, bebten noch stärker als gewöhnlich, als er das Kind berührte. Er nahm den Pelz zwischen Finger und Daumen und zog ihn vorsichtig zurück, bis das kleine Gesicht zu sehen war.

»Ihr habt ihn Peter genannt«, sagte er, als ob er überrascht wäre.

»Es war angemessen«, antwortete Simeon ruhig.

»Auch ich war beim Taufstein.«

Durch zusammengepreßte Lippen stieß Simeon hervor: »Auch Ihr? Wie froh ich darüber bin.«

»Und ich glaube, ich kann ein Wunder bezeugen.«

»Es war ein Alptraum«, stöhnte Simeon, »und wir haben ihn Gott sei Dank überlebt.«

Noch einmal sah Pater Cuthbert in die blauen Augen des jungen Priesters und fragte sich, ob der junge Mann sich wohl der Last bewußt war, die er nun für den Rest seines Lebens tragen würde.

»Ich glaube, Ihr seid von Eurer eigenen Kapelle, von St. Peter aus, nach St. Martin gekommen?« erkundigte er sich.

Simeon nickte nur.

»Mitten durch das schlimmste Wüten des Sturms?«

Wieder neigte der junge Priester den Kopf.

»Und von St. Martin zum Münster über den Morast des Friedhofs hinweg, während der Sturm so heftig war, daß nicht Eiche noch Ulme dort stehengeblieben sind?«

»Jawohl«, flüsterte Simeon.

Nun nickte auch Pater Cuthbert, so als wolle er bestätigen, woran Simeon selbst sich erinnerte. »Ich habe es gesehen. Ich habe Euch von einer Fensternische aus beobachtet. Ihr seid den ganzen Weg hierher gekommen, ohne Schaden zu nehmen, während Männer und Frauen, Pferdekarren und Mühlenflügel wie Streichhölzer durch die Luft flogen. Ihr seid durch den schlimmsten Ansturm des Unwetters gegangen, und doch ...« Er sah Simeon noch drängender als zuvor ins Gesicht, als suche er dort nach etwas, das ihn verstehen lassen würde. »... und doch sind Eure Füße trocken, Simeon, Eure Sandalen sauber, Eure Roben von Regen und Schlamm verschont geblieben.«

Simeon blickte an sich herab und sah, daß seine Füße in den Sandalen tatsächlich trocken und sauber waren. Er zuckte sanftmütig mit den Schultern.

»Ich wurde gerufen und bin gefolgt«, sagte er, als reiche diese Tatsache allein aus, um das Wunder zu erklären.

Pater Cuthbert beugte sich näher zu ihm und senkte seine Stimme zu einem vertraulichen Flüstern. »Ich sah, wie er das Kind in die Höhe gehoben hat, gerade als das Fenster nach innen explodierte, so als sei die Hölle selbst auf den Altar losgelassen worden. Er hat Euch auf den Knien liegend neben dem Schrein allein gelassen, und dann ... und dann ... Gott sei mein Zeuge, ich habe ihn *gesehen*, Simeon. Gerade noch stand er neben mir beim Altar des heiligen Petrus, und mit dem nächsten Herzschlag schon war er verschwunden. Es war, als hätte sich die Erde geöffnet, um ihn zu verschlingen, nur daß er ... daß *Es* nicht ...« Er bewegte seine alten Schultern mit einer ruckartigen Bewegung, die einem Achselzucken glich, und sah Simeon fragend an. Ihre Gesichter waren ganz nah beieinander. »*... was war das?*«

Simeon zuckte mit den Schultern. »Ein Mann vielleicht? Ein Heiliger? Ein Geist?«

»Aber du hast es aus der Nähe gesehen. Du hast ihm ins Gesicht gesehen.«

»Das habe ich«, nickte Simeon und fuhr sich unbehaglich mit der Zunge über die Lippen. »Und einen Augenblick lang, nur für die Spanne Zeit, die zwischen einem Herzschlag und dem nächsten liegt, dachte ich ... dachte ich ...« Er schloß die Augen und schüttelte den Kopf, als wolle er die Erinnerung auslöschen.

»Was?« drängte Pater Cuthbert ihn. »Was habt Ihr gesehen?«

»Nichts, das mit gesundem Menschenverstand erklärbar wäre. Es könnte ein Spiel von Licht und Schatten gewesen sein, das meine müden Augen trog, und doch ...« Abermals schüttelte er den Kopf und sagte dann mit festerer Stimme: »Nein, Pater, die Gesichtszüge lagen im Dunkeln. Ich konnte in den Tiefen der Kapuze nichts erkennen.«

Gerade in diesem Augenblick hallte die verzweifelte Stimme eines verletzten Priesters durch den Staub, der den zerstörten Chor einhüllte, und beide Männer wurden sich ihrer Umgebung schmerzlich bewußt. Die tödliche Stille, die dem Sturm gefolgt war, war mittlerweile vorüber, und angstvolle Stimmen füllten den Raum. Dunkle Gestalten begannen, durch die Kirche zu streifen. Vorsichtig bahnten sie sich ihren Weg durch die Menschen, die noch immer nebeneinander kauerten wie Schafe im Verschlag des Schlachters. Die Priester, die auf dem Höhepunkt des Sturms voller Angst geflohen waren, brachten nun Kerzen herbei und entzündeten sie. Fackeln wurden angezündet und in Metallhalter gesteckt, wo sie in der von Staub erfüllten Luft flackerten und qualmten. In diesem ungewissen Licht wurde das volle Ausmaß des Schadens sichtbar, und es war ein wahrhaft trauriger Anblick.

Das Münster von St. John stand nach wie vor auf seinem geheiligten Grund, eine geschlagene Festung, die sich trotz schwerster Verwüstungen nicht hatte niederzwingen lassen. Ihre Fenster und Türen, Türmchen und Zinnen hatten gewaltigen Schaden genommen. Die gesamte Ostseite war eingestürzt und lag nun schutzlos den Elementen ausgeliefert da. Teile des Dachs und des Domkapitels waren zusammengebrochen, einige Säulen zertrümmert, Heiligenstatuen umgekippt und geborsten und der größte Teil der Gebäude gefährlich von unterirdischen Wasserläufen unterspült. Der kleine Turm in der Mitte der Vierung, ein stabiles, nach sächsischem Vorbild errichtetes Gemäuer von bescheidener Höhe, hatte an mehreren Stellen Risse im Stein bekommen, schien aber ansonsten intakt zu sein. Mit der Zeit sollte sich dieser Irrtum als wahrhaft verhängnisvoll erweisen, denn die alten Grundmauern hatten sich durch das Unwetter verlagert. Der unterirdische Strom unter den Querschiffen hatte seinen Lauf geändert, so daß nun die unteren Teile des Turms seinen Fluten ausgesetzt waren und die Steine des

Fundaments von seiner unbarmherzigen Strömung abgeschliffen wurden.

Simeon stöhnte laut. »Mein Gott, der Schaden hier ...«

»Eine entsetzliche Nacht«, nickte Pater Cuthbert traurig. »Wir haben den Kräften des Bösen ins Auge gesehen und überlebt. Was sonst auch geschehen sein mag, dafür müssen wir dankbar sein.«

Simeon sah sich um. »Der Chor«, sagte er und blinzelte durch den Staub, »die Bögen sind herabgestürzt, die Decke ist zusammengebrochen ... O Gott, das ganze Kirchengestühl liegt unter Schutt begraben, und es sind noch immer Priester dort. Wir müssen ihnen helfen. Wir müssen ...« Er machte einen Schritt nach vorn, taumelte und schloß die Augen, als eine plötzliche Woge der Übelkeit ihn überfiel.

Pater Cuthbert brauchte beide Hände, um ihm Halt zu geben. »Irgend jemand wird das schon erledigen«, versprach er. »Auch Eurer Kraft sind Grenzen gesetzt, Simeon. Laßt andere tun, was getan werden muß. Ihr habt das Kind in Sicherheit gebracht. Euer Anteil an all dem ist bereits erfüllt.«

Simeon nickte und lehnte sich gegen die Kirchenmauer. Der Stein war kühl und er selbst furchtbar müde. Bis in die tiefsten Tiefen seines Wesens hinein fühlte er sich erschöpft. Ihm war, als wäre er quer durch die Hölle gegangen und auf der anderen Seite wieder herausgetreten.

Viele von denen, die noch vor wenigen Minuten vor Angst verzweifelt und wie erstarrt gewesen waren, fanden nun so weit wieder zu sich, daß sie sich auf die Suche nach geliebten Menschen machen konnten, die sie in dem Tumult aus den Augen verloren hatten. Einige begannen, über ihr persönliches Elend zu schluchzen und zu jammern, andere riefen die Namen der Verschwundenen, und wieder andere leckten sich die eigenen Wunden oder betrauerten ihre Toten. Ein Wirrwarr fremder Sprachen – Italienisch, Griechisch und Deutsch, Holländisch, Französisch und vieler anderer – ertönte in dem allgemeinen Aufruhr, denn viele fremdländischen Pilger hatten an dieser Tragödie teilgehabt. Sie waren gekommen, um die Gräber von Brithun und Winwald zu besuchen, zwei frühen Äbten des Klosters, das jahrhundertelang auf diesem sumpfigen Boden gestanden hatte, bevor das Münster seinen Platz eingenommen hatte. Sie waren gekommen, um vor dem gesegneten Schrein des heiligen John of Beverley zu beten und um die Schatulle, die geheiligten Gebetsperlen und die Knochen von Johannes dem Evangelisten zu küssen. Sie hatten große Entfernungen zurückgelegt, um sich einen besseren Platz im Jenseits zu erflehen, aber viele von ihnen hatten statt dessen den Tod gefunden. Jene, die übriggeblieben waren, protestierten mit Herz und Stimme gegen die Ungerechtigkeit des Handels.

Über all diesen Geräuschen erhoben sich nun die Stimmen der Chorpriester, zuerst in nur geringer Zahl und sehr zögerlich. Dann aber schwoll ihr Gesang zu einer kraftvollen Lobpreisung des Herrn an. Die heilige Zeit der Mette war noch nicht vorüber, und diejenigen von ihnen, die noch immer unter zerstörtem Kirchengestühl und eingestürzten Wänden begraben waren, kehrten sich nun mit Herz und Stimme wieder ihrem Gott zu, auch wenn sie tote oder verstümmelte Kameraden neben sich hatten, die das nicht mehr konnten.

Auf Pater Cuthberts Händen war frisches Blut, das ihm mit einem Schlag klarmachte, daß auch Simeon verletzt war. Er hielt zwei Priester auf, die zusammen mit einigen anderen gerade darangehen wollten, den Verletzten Trost und den Toten einen letzten Segen zu spenden.

»Geht mit Eurem Bruder Simeon zum Hospital«, wies Cuthbert sie mit ruhiger Stimme an. »Ihm soll dort besondere Fürsorge zuteil werden. Dieser Mann und sein Patensohn müssen als erste versorgt werden. Außerdem benötigen wir eine Amme und eine Krippe. Und behütet sie wohl. Sie sollen nicht allein gelassen werden und ohne Schutz sein. Es darf ihnen kein Leid mehr geschehen.« Er hielt mit seinen Anweisungen inne, streckte die Hand aus, um den Arm eines vorübergehenden Priesters zu berühren und wandte den Kopf auf seinem steifen Hals, um dem anderen in sein staubverschmiertes, blutverkrustetes Gesicht zu sehen. »Mein Sohn, Eure Hilfe wird auch hier benötigt. Nehmt Bruder Marc mit und geht mit diesen Männern zum Hospital. Sie werden Euch auf dem Weg weitere Anweisungen geben.«

Als ein besorgter Diakon Simeon am Ellbogen berührte, schrak der junge Mann zusammen, als habe die Berührung ihm Schmerz verursacht. Er schüttelte die helfende Hand ab, drückte das schlafende Kind an seine Brust und erschauerte. Jetzt spürte er auch, daß sein Kopf schmerzhaft hämmerte. Seine Arme und sein Rücken waren steif, und er nahm an, daß er an mehreren Stellen seines Körpers Verletzungen von durch die Luft fliegendem Glas davongetragen hatte. Er sah Kanonikus Cuthbert fragend an, denn er befürchtete, man könne versuchen, ihn von seinem Mündel zu trennen. Das würde er nicht zulassen. Zu viel war geschehen, als daß er jetzt noch seinem Ruf untreu werden und seine Last wie ein Schwächling einem anderen überlassen durfte.

»Dieses Kind gehört mir«, sagte er und drückte es noch fester an sich. »Ich bin sein erwählter Wächter. Es ist gemäß dem heiligen Sakrament der Taufe mein rechtmäßiger Patensohn.«

Cuthbert bemerkte die Furcht in seinen Augen. »Diese Tatsache wird niemand bestreiten«, versicherte er ihm.

Simeon blinzelte sich eine brennende Feuchtigkeit aus den Augen. »Ich werde ihn nicht im Stich lassen.«

»Und niemand wird das von Euch verlangen.« Cuthbert lächelte verständnisvoll. »Und jetzt geht, mein Sohn. Laßt Eure Wunden versorgen und schlaft, solange Ihr das noch könnt. Wir werden einen ausgeruhten Körper brauchen und einen wachen Verstand, noch bevor diese Nacht lange hinter uns liegt.«

Simeon, der dem Wort und der Autorität seines Kanonikus vertraute, erlaubte seinen Helfern nun, ihn zu stützen und fortzuführen. Einmal jedoch drehte er sich noch um, und sein wohlgestaltetes Gesicht wirkte hager und ausgezehrt nach den schrecklichen Erlebnissen dieser Nacht. Das Kind ruhte wie ein weicher, dunkler Buckel an seiner Brust.

»Pater Cuthbert ...«

»Was ist, Simeon?«

»Pater ...« Die Worte blieben ihm in der Kehle stecken, und ein furchtsamer Blick trat in seine Augen.

Als er diesen Blick sah, verspürte der ältere Mann eine

Woge des Mitleids, die seinen Herzschlag beschleunigte. Obwohl er sich selbst alt und unzulänglich im Angesicht dieser seltsamen Ereignisse fühlte, klopfte er dem jungen Priester aufmunternd auf die Schulter und sah ihn noch einmal fest an. Wie Simeon war auch er in dieser Nacht bis in die tiefsten Tiefen seiner Seele aufgewühlt worden, und wie er sah er in all dem kein Ende, sondern einen Anfang, einen Anfang von etwas, das keiner von ihnen im Augenblick hoffen durfte zu verstehen.

»Ich weiß«, hätte er gesagt, wenn er die Worte über die Lippen hätte bringen können. »Ich weiß, mein Sohn, ich weiß.«

Kapitel 6

Pater Cyrus de Figham, dessen dunkle Augen sich im Schatten seiner Kapuze in funkelndes Schwarz verwandelt hatten, trat aus seiner stillen Nische heraus, als die Gruppe von Priestern sich über den Schutt ihren Weg zum Nordtor bahnte. Auch er hatte die erstaunliche Szene mit angesehen. Auch er hatte beobachtet, wie die geheimnisvolle Schattengestalt quer durch das ganze Münster zum Altar des heiligen Petrus gegangen war, um sich dort in Luft aufzulösen, so als hätte irgendeine unsichtbare Macht sie im Erdboden versinken lassen.

Erst da hatte er das unheimliche Spiel von Licht und Schatten gesehen, das in einer Kirche, noch dazu mitten in der Nacht, einfach dazu angetan sein mußte, selbst ein noch so geringfügiges Ereignis als Wunder erscheinen zu lassen. Etwas Seltsames, etwas sehr Ungewöhnliches hatte hier stattgefunden, aber Cyrus de Figham war kein gottesfürchtiger Einfaltspinsel, der sich von irgendeiner Betrügerei zum Narren halten ließ. Man mußte ihm schon einen Profit zeigen, einen Gewinn in Gold, eine Stellung oder sonst einen

Vorteil – daran würde er mit ganzem Herzen glauben, aber bei sogenannten Wundern lagen die Dinge anders. Als die große Ostmauer zusammenstürzte, hatte es eine gewaltige Explosion gegeben, und ein Mann mit etwas Phantasie konnte dem Rest jede Farbe geben, die ihm gefiel. Cyrus würde mit seinem Urteil warten, bis er hörte, was andere darüber zu sagen hatten. Dann würde er zustimmend nicken und die Geschichte so darstellen, wie sie am besten in seine eigenen Pläne paßte.

Er trat über einen Schutthaufen hinweg und schüttelte den feinen Steinstaub aus den Falten seines dunkelbraunen Umhangs. Der Staub legte sich auch auf seine Hände, und im Licht der Kerzen sah er, wie sich die Linien seiner Handflächen auf dem Blut des Toten abzeichneten. Also bahnte er sich einen Weg zum Hochaltar, wo eine steinerne Schale mit heiligem Wasser für die Priester bereitstand, die den Gottesdienst abhielten; in diesem Wasser wollte er sich die Hände waschen.

Als er die Nische erreichte und an die Schale herantrat, sah er ein Gesicht, das sich in den dunklen Quecksilbertiefen des Wassers widerspiegelte, und fuhr zutiefst erschrocken zurück. Ein bunter Glassplitter von dem zerschmetterten Fenster war in die Schale gefallen, ein Teil von irgendeinem Heiligengesicht. Seine offenkundige Unschuld schien eine unausweichliche Anklage zu enthalten.

Cyrus blickte zur Ostfront der Kirche, wo ein riesiges gezacktes Loch klaffte und einen Himmel freigab, den statt des Sturmes jetzt vollkommene Ruhe und Tausende glitzernder Sterne beherrschten. Das große Ostfenster war zerstört, unzählige kleine und große Splitter lagen überall in der Kirche zusammen mit Gewölbesteinen und Bruchstücken aus den Bleifassungen der Fenster verstreut. Zwischen den vollkommen verwüsteten Säulen des Chors standen nun jene Priester, die überlebt hatten, und sangen, als wären sie sich der Verheerung, die überall um sie herum herrschte, nicht im geringsten bewußt. Cyrus, der ihre unangebrachte Frömmigkeit nur verachten konnte, betrachtete sie mit seinem kältesten Blick und sah dann noch einmal auf das Heiligengesicht herab, das düster schimmernd in der Schale mit heiligem Wasser lag. Mit einem Knurren streckte er die Hand nach dem Stückchen Glas aus und schleuderte es von sich. Dann wusch er sich die Hände in dem Wasser, bis es eine leicht rötliche Kupferfärbung annahm.

»Hilf uns, Heiliger Vater.«

Eine Frau war auf dem Bauch über die Trümmer gerutscht, um den Saum seines Gewandes zu berühren. Sie blutete aus vielen Wunden und war von dem Entsetzen der Nacht so sehr geschlagen, daß man nicht mehr erkennen konnte, ob sie alt oder jung war. Sie hielt eine kleine Münze zwischen Daumen und Zeigefinger und hoffte, sich damit ihren Weg in ein barmherzigeres Jenseits zu erkaufen. Über ihrer Schulter lag der Körper eines Kindes, dessen Kopf merkwürdig schief hing, weil sein Hals gebrochen war.

»Hilf uns, Heiliger Vater«, wimmerte sie sabbernd und keuchend. »Heile uns, beschütze uns, gib uns deinen heiligen Segen.«

Cyrus zog eine Grimasse des Abscheus und trat einen Schritt zurück, wobei er heftig an seinem Gewand riß, um es ihrem Griff zu entwinden. Die Armen verbreiteten einen Gestank, der die Luft verpestete und ihn in der Kehle würgte. Er verachtete sie für ihre Armut und ihre Ignoranz, vor allem aber verachtete er sie für die Art, wie sie sich vermehrten, fruchtbar wie Küchenschaben. Und nun war diese schmutzige, armselige Kreatur hinter ihm her, zäh und beharrlich, und er konnte nicht anders als vor ihr zurückweichen.

»Habt Erbarmen. Helft uns, Heiliger Vater, helft uns!«

»Hinfort mit dir!« Er bückte sich hinab, um ihr die Worte ins Gesicht zu zischen.

»Euren Segen, Vater …«

»Abschaum! Weiche von mir.«

Eine Männerstimme ganz in seiner Nähe ließ ihn zusammenfahren. »Oh, Gott sei gelobt! Es ist Pater Cyrus! Seht nur, hier beim Schrein ist Pater Cyrus!«

Er drehte sich um und erblickte zwei staubige Männer in zerrissenen Gewändern, einen Vorleser und einen Akoluthen, einen Altardiener. Sie stolperten von der Treppe des zerstörten Domkapitels auf ihn zu. Der eine von beiden taumelte und wäre beinahe der Länge nach hingeschlagen, als der Rundbogen eines Baldachins, an dem er sich festgehalten hatte, unter seinem Gewicht nachgab und zu Boden krachte. Sein Begleiter, der selbst voller Blut war und sich kaum auf den Beinen halten konnte, versuchte, ihm nach Kräften zu helfen.

»Pater Cyrus, gelobt sei Gott dafür, daß er Euch verschont hat.«

»Und dafür, daß er Euch verschont hat, Bruder!« erwiderte er den Gruß mit tiefem Ernst. »Pater ...« Mit einem Stöhnen fiel die Frau, die sich an ihm festgeklammert hatte, zurück in den Schutt, von der Erschöpfung zum Schweigen gebracht. Unter dem Vorwand, sein Gleichgewicht auf den scharfkantigen Trümmern wiederherstellen zu müssen, riß Cyrus an seinem Gewand, bis ihre entkräfteten Hände den Stoff nicht länger festhalten konnten. Dann trat er zurück, murmelte ein Gebet für ihre Erlösung und schlug das Kreuzzeichen. In Gegenwart anderer hatte sein Gesicht eine tiefgreifende Verwandlung durchgemacht. Wo vorher Abscheu gewesen war, stand nun ein Ausdruck liebevollen Mitleids. Es war eine schnelle, vielgeübte Alchimie.

»Wie viele Tote?« fragte er mit vor Sorge weit aufgerissenen Augen.

Der ältere der beiden Kleriker schüttelte den Kopf. »Wer kann das sagen? All das hier ...« Er breitete die Arme aus, als wolle er das ganze blutige Chaos, das ihn umgab, umfassen. »So viel Leid, so viel Not. Es hat eine furchtbare unterirdische Flut gegeben, nur eine von vielen, wie ich vermute, da jeder Kanal und jeder Wasserlauf in der Stadt über die Ufer getreten ist. Unter dem Domkapitel ist eine Mauer eingestürzt, weil ihre unterirdischen Tragpfeiler einfach weggespült worden sind. Der größte Teil der Krypta ist bis zur Decke überflutet, und die Tür klemmt. Achtzehn haben dort Zuflucht gesucht. *Achtzehn.*« Er rang die Hände, sein Gesicht war ein Spiegel seiner inneren Qualen. »Sie sind alle ertrunken. Kein Wunder geschah, um sie zu retten.«

Cyrus nickte und faßte sich an die Stirn. »Und im Chor? Wie groß ist der Schaden dort?«

Der erste Kleriker senkte den Kopf. Seine Augen leuchteten plötzlich auf, und er zog es vor, das niemanden sehen zu lassen. Er erinnerte sich an den Leichnam von Kanonikus Bernhard, der auf dem Boden lag, als sei er von einem Steinschlag niedergestreckt worden. Nach Bernhards Tod würde die Pfründe von St. Martin oder das, was von ihr übrigblieb, wenn man den Schutt abgeräumt hatte, frei werden. Cyrus wollte sie haben, und da er bei seinen Vorgesetzten nicht besonders beliebt war, mußte er sich irgendeinen Vorteil verschaffen, eine besondere Leistung, die ihn von seinen Mitbrüdern unterschied und ihm den Vorrang vor allen anderen gab. Er runzelte mit plötzlicher Feindseligkeit die Stirn. Diese Möglichkeit bestand schon jetzt nicht mehr, denn wie konnte er mit diesem ganzen Gerede von einem *Wunder* mithalten? Wenn der Propst und seine Kanoniker sich zusammensetzten, um über die Ereignisse der Nacht zu reden, würde es Simeons Name sein, nicht sein eigener, der ihren Gesprächen Farbe gab.

»Gott sei seiner Seele gnädig«, murmelte er, aber seine Gedanken stürmten weiter, immer auf der Suche nach einem gewinnbringenden Plan. Er mußte einem würdigen Mann das Leben retten oder auf irgendeine sehr öffentliche und dramatische Weise scheinbar sein eigenes Leben aufs Spiel setzen. Er mußte ein Held werden, ein unumstrittener Führer geringerer Männer. Er mußte einen Weg finden, um sich besonderer Anerkennung und einer passenden Belohnung würdig zu erweisen. Seine schmal gewordenen Augen suchten krampfhaft nach einer Quelle der Inspiration. In diesem Tumult mußte es doch irgend etwas geben, womit er die Kanoniker beeinflussen konnte, irgend etwas, das ein kluger Mann benutzen konnte, um alte Männer zu seinem eigenen Vorteil zu übertölpeln.

»Pater Cyrus? Pater Cyrus, seid Ihr verletzt?«

Erst da wurde ihm bewußt, daß er sich schwer auf den Hochaltar stützte und sich an den rauhen Steinen so festgeklammert hatte, daß die Knöchel seiner Hände ganz weiß und blutleer geworden waren. Er spürte, wie die tiefgelegenen Nerven in seiner Wange pulsierten.

»Ich habe Menschen aus dem Schutt gezogen«, sagte er, als spreche er zu einem Inquisitor, der im Altar verborgen war. Er log mit großer Geschicklichkeit und ohne Gewissensbisse. »Ich habe mit bloßen Händen Steine beiseite geworfen, habe den Verletzten geholfen, den Sterbenden Trost gespendet, den Toten meinen Segen ... o Gott, es sind so viele.«

Als seine Beine zu zittern und unter ihm nachzugeben schienen, sprangen die beiden jungen Männer herbei, um ihn zu stützen. Sie wähnten ihn am Rande des Zusammenbruchs und befürchteten, daß die scharfkantigen Steine und die Glassplitter ihn verletzen würden, wenn er dort, wo er jetzt stand, das Gleichgewicht verlor.

»Vergebt mir«, bat er mit vorgetäuschter Tapferkeit. »Ich habe mich gewiß gleich erholt. Seid so gut und laßt mich hier stehen; ich kann mich an diesen Steinen festhalten. Kümmert euch um eure Mitbrüder im Chor, und ich werde euch, sobald es mir möglich ist, zu Hilfe kommen.«

Der verunstaltete junge Priester zögerte. »Vielleicht sollten wir Euch zuerst ins Hospital geleiten, Pater Cyrus«, meinte er. »Wie Ihr selbst zugegeben habt, habt Ihr bereits mehr als Euren Anteil getan, um diesen armen Unglücklichen hier zu helfen.«

Pater Cyrus, der sich langsam für das Thema erwärmte, hielt sich krampfhaft an der Schulter des jüngeren Mannes fest. »Wie könnte es genug sein?« fragte er leidenschaftlich. »Wie kann ich mich ausruhen oder an meine eigene Bequemlichkeit denken, solange auch nur ein einziger Mann meiner Hilfe bedarf oder ein einziger Sterbender meine Gebete braucht?«

»Aber Ihr seid verletzt, Pater«, protestierten sie.

»Das stimmt, aber weder Verletzung noch Müdigkeit wird mich dazu bringen, ein Auge zuzutun, solange nicht auch der Geringste unter uns versorgt ist. Geht jetzt dorthin, wo man euch am meisten braucht, zum Chor. Ich werde nachkommen, sobald ich kann ...« Er hielt inne, um sich mit seinen langen, schlanken Fingern an die Stirn zu greifen und ein wenig zu taumeln. »... einen Augenblick nur, gebt mir nur einen Augenblick lang Zeit.«

Widerwillig gingen sie davon, beeindruckt von seinem Mut, bewegt von seiner Entschlossenheit und ohne auch nur ein einziges Wort seiner Geschichte anzuzweifeln. Cyrus, der ihnen lächelnd nachsah, staunte über ihren einfältigen Glauben an die höheren Weihen, die ihre Kirche verlieh. Die Saat war auf fruchtbaren, folgsamen Grund gesät. Er würde ein Held sein, noch bevor die Nacht vorüber war.

Im Südchor, in der Nähe des einfachen Altars des heiligen Markus, erhob sich nun im flackernden Licht einer Kerze eine große, dunkle Gestalt. Der Mann hatte vorher wohlverborgen hinter dem Altar gehockt, und Cyrus erkannte Wulfric de Morthlund auf den ersten Blick. Er war ein Chorpriester, der durch einen Zufall und durch die fortgesetzte Abwesenheit seines Kanonikus einen höheren Stand erlangt hatte. Sein persönlicher Reichtum war Gegenstand vieler Spekulationen, denn er war als ruinierter Mann zur Kirche gekommen, der nichts besaß als den Preis für den Eintritt in den Priesterstand, und in wenigen Jahren war es ihm gelungen, wie ein wohlhabender Edelmann zu leben. Niemand, der ihn gut kannte, glaubte auch nur einen einzigen Augenblick daran, daß er sein Fortkommen mit ehrlichen Mitteln erreicht hatte. Durch die Nachlässigkeit seines Kanonikus stand ihm nun das schöne Pfründnerhaus in der Moorgate zur Verfügung, und durch reine Arroganz und kluge Manipulation von Kirchenangelegenheiten war es ihm möglich, nun selbst wie ein Kanonikus aufzutreten. Er verbarg seine Exzesse hinter einer Fassade der Frömmigkeit, seine Unmoral hinter der Maske eines Schauspielers, und überall um ihn herum breitete sich ein Schleier von Lügen, Betrug und klugen Verdrehungen der Wahrheit aus: ein Schleier, der seine Sünden verhüllte und ihn vor Tadel schützte.

Jene, die an ihm zweifelten und vielleicht aus Gewissensgründen die Stimme gegen ihn erhoben hätten, waren nur allzuleicht zum Schweigen zu bringen, denn er war ein mächtiger und gefährlicher Mann, und seine engen Freunde liebten ihn nicht mehr, als seine Feinde es taten. Jetzt zog

Wulfric de Morthlund seine Priesterkutte bis zur Taille hoch und wischte sich mit einem Band aus feinem weißen Leinen, einem Manipel, einem Teil des heiligen Ornats, das die Priester anlegten, wenn sie am Altar dienten, die Lenden ab. Während er das tat, begegnete er Cyrus' undurchdringlichem Blick mit einer Miene, die sowohl Triumph als auch offene Herausforderung beinhaltete. Er grinste breit, und seine Wangen waren gerötet; die Anstrengung, sich so lange im Knien abzumühen, hatte ihm das Blut in die Wangen getrieben. Sein Gesicht war eine Masse schwammigen Fleisches, seine Augen halb in den Hautfalten vergrabene, funkelnde Juwelen, seine Lippen so voll und sinnlich wie die einer Frau. Lachend trat er einen Schritt zurück, und die Bewegung ließ seinen beleibten Körper von seinem dicken Doppelkinn bis hin zu den Fußknöcheln erbeben.

Genau in diesem Augenblick huschte eine dunkel gekleidete Gestalt hinter dem Altar hervor, als wäre sie aus einer hinter dem gewaltigen Stein verborgenen Falle entkommen. Sie bewegte sich auf allen vieren, das Gesicht halb verborgen hinter einem stramm verknoteten Knebel, das Gewand im Rücken von der Taille bis zum Saum aufgeschlitzt. Selbst aus der Ferne und in dem flackernden Kerzenlicht sah Cyrus die bleichen, bloßgelegten Genitalien und die glitzernden dunklen Blutflecken auf den Schenkeln des jungen Mannes. Es war ein neuer Schüler aus der Lateinschule des Münsters, ein intelligenter Junge mit zu schönen Rundungen und zu sanften Augen, als daß er der lüsternen Aufmerksamkeit de Morthlunds hätte entgehen können. Er huschte davon wie ein erschrockener Krebs, kroch über Trümmer aus Stein und Glas oder Fleisch und Knochen, ohne sich darum zu scheren, um was davon es sich handelte. Als er einen Mauerbogen, in dessen Ecke er sich verschanzen konnte, erreicht hatte, schob er sich den Knebel vom Gesicht, warf den Kopf in den Nacken und schrie seine Schande und seinen Zorn in den Himmel.

Cyrus blickte mit hochgezogenen Augenbrauen noch einmal zu de Morthlund hinüber. Er verspürte weder Abscheu noch Mitleid, aber er würde diese Szene gut im Gedächtnis behalten, um sie in Zukunft möglicherweise einmal benutzen zu können. Auch er hätte so mächtig sein können wie de Morthlund, wäre sein eigener Kanonikus nur ebenso gleichgültig gewesen. Und wie ein angeschwollener Ballon konnte diese Macht mit einem einzigen Stich einer Nadel zunichte gemacht werden, wenn ein oder zwei Männer mit gleicher Auffassung dem Bischof von diesen Dingen etwas ins Ohr flüsterten.

Der dicke Mann fuhr sich mit der Zunge über die Lippen und grinste höhnisch. Dann breitete er die Hände aus und zuckte sorglos mit seinen fleischigen Schultern. ›Jedem das Seine‹, schien sein Gesichtsausdruck sagen zu wollen.

Cyrus machte keine Geste der Verurteilung oder des Tadels. Statt dessen neigte er zu einer kleinen formellen Verbeugung den Oberkörper und wandte seine Aufmerksamkeit der Aufgabe zu, sich im Chorgestühl zu zeigen und sich dort möglichst auffällig zu benehmen. Er würde die Saat, die er kurz zuvor ausgebracht hatte, weiter nähren; er mußte deutlich zeigen, wie sehr er seine Mitbrüder liebte und wie selbstlos er sich abplagte, um ihnen beizustehen. Als er noch einen Blick zurück zum Altar des heiligen Markus warf, war de Morthlund bereits verschwunden. Sein Opfer hockte immer noch laut schreiend im Schutz des Mauerbogens.

Pater Cyrus trat über den Leib eines Mädchens hinweg und hielt kurz inne, um in ihr zu Tode erschrockenes Gesicht zu blicken. Man hatte ihr den Rock bis über die Taille hochgezogen, und wenn er sich nicht sehr irrte, hatte sich eine ganze Reihe Männer zwischen ihren mageren Beinen bedient. Ihre Augen starrten blind hinauf zu den höchsten Wölbungen der Kirche, und dort, wo man ihr mit einer scharfen Klinge die Kehle durchgeschnitten hatte, prangte ein glitzernder Blutfleck. Selbst seinen Augen und obwohl er nur wenig Zuneigung für das gemeine Volk verspürte, schien dies ein Akt sinnloser Gewalttätigkeit gewesen zu sein.

»Alle sterblichen Männer sind Opportunisten«, murmelte er trocken, während er weiter seines Weges ging. »Alle sind Diebe oder Mörder oder Sodomiten, Vergewaltiger oder Ehebrecher, ganz wie es der Augenblick erfordert. Selbst die

Heiligen würden, wenn man sie in einem schärferen, weniger mystischen Licht betrachtete, den anstößigen Makel sterblicher Männer aufweisen.«

»Pater Cyrus! Würdet Ihr uns bitte helfen? Einer unserer Brüder ist bis zur Brust im Schutt gefangen, und wir brauchen noch mehr Hände, um die Steine wegzuschaffen.«

Die Stimme klang still und drängend und kam aus einer Kehle, die von erstickendem Staub völlig ausgetrocknet sein mußte.

Er beschleunigte seinen Schritt, und tiefes Mitleid ließ das dunkle Glitzern seiner Augen weicher erscheinen. Er war klug genug, sich selbst in seine kritische Beurteilung der menschlichen Rasse einzuschließen. Pater Cyrus war ein Opportunist bis ins Mark, und wie alle Männer, auf die das zutraf, beurteilte er jede Situation, in der er sich befand, danach, ob sie ihm nützlich oder schädlich sein konnte.

Der unter dem Schutt begrabene Priester überlebte seine Rettung nicht. Irgend jemand hatte ein Kruzifix zwischen zwei Steine geklemmt, so dicht vor seinem Gesicht, daß er schielte, wenn er seinen Blick darauf heftete. Er betete ohne Unterlaß für seine eigene Rettung, während die Grabenden mit aller Kraft versuchten, ihn aus den Trümmern zu befreien. Er lächelte sogar und segnete sie für ihre Bemühungen. Tapfer bis zum letzten, schwor er, keinen Schmerz zu verspüren, und schien auch das Blut nicht zu bemerken, das ihm aus den Nasenlöchern lief und in kleinen Rinnsalen aus den Mundwinkeln sickerte. Es waren vier Männer nötig, einer an jeder Ecke, um die letzte Steinplatte von seiner Brust zu heben, und als das Gewicht von ihm abfiel, schrie er noch ein letztes Mal auf und starb.

»Zeitverschwendung«, murmelte Cyrus kaum hörbar, überantwortete dann die Seele des Toten der Fürsorge Gottes und schloß ihm sanft die Lider. Er ging nur für einen kurzen Augenblick in die Knie, bevor er sich zur Rettung weiterer Opfer in einen anderen Bereich der Kirche begab und es den anderen überließ, eine Kerze anzuzünden, um vor dem Leichnam zu knien und die lange Litanei der Heiligen zu rezitieren.

Es geschah während seiner Arbeit in dem staubigen Chaos des Chors, daß ihm ein junger Mann auffiel, der nicht von geistlichem Stand war und dennoch in der Nähe des Heiligen Schreins herumlungerte. Ein einziger Blick genügte, um seinen Verdacht zu wecken, und ein weiterer Blick bestätigte ihn. Dies war kein Pilger, der vor dem Schrein kniete, kein einfältiger Gläubiger, der dem heiligen John of Beverley seinen Dank sagen wollte. Die Kapuze des Mannes war ihm in den Nacken gefallen, und kräftiges dunkelbraunes Haar und ein Bart von entsprechender Dichte wurden sichtbar. Er machte sich in nervöser, verstohlener Manier an dem Schrein zu schaffen. Es war ein Mann aus Beverley, Fuhrmann von Beruf, bevor er seinen Lebensunterhalt durch den Sturm verloren hatte. Er fürchtete Gott und seine Kirche wie jeder andere, aber ein leerer Magen hat nichts übrig für Gehorsam, wenn ein leichter Profit glitzernd in den Trümmern des Unglücks lag, das das Münster heimgesucht hatte.

Cyrus rannte die Altarstufen hinunter und ertappte den Mann auf frischer Tat bei der Schändung des Schreins. Er war ein rotgesichtiges Individuum mit breitem Rücken, ausgestattet mit einem Hammer und einem Metallpflock. Neben sich auf dem Fußboden hatte er einen offenen Lederbeutel liegen, in den er die kostbaren Juwelen warf, die er eilig aus ihren Fassungen auf dem goldenen Sarkophag herausgehauen hatte. Als Cyrus in dem kleinen Mauerbogen erschien, sprang er auf die Füße und hob instinktiv seinen Hammer. Dann aber hielt er plötzlich inne, und Verwirrung mischte sich in seine ursprüngliche Absicht, als er bemerkte, daß er einem Priester gegenüberstand.

»Dafür wirst du hängen«, sagte Cyrus zu ihm und ließ dabei das Gesicht des anderen keine Sekunde aus den Augen. »Du wirst hängen, und anschließend wird deine Seele für alle Ewigkeit in der Hölle brennen.«

Der Mann krümmte sich, als hätte Cyrus ihm einen Schlag versetzt. Er blickte hinunter auf den verräterischen schweinsledernen Beutel auf dem Boden und dann zu dem Grab, das er mit seinen ungeschickten Händen verschandelt hatte. Er hatte sich in dieser Welt und in der nächsten in Verdammnis gestürzt. Es kam ihm in den Sinn, daß er hier vor seinem einzigen Zeugen stand, einem unbewaffneten Mann, einem Priester. Er hätte ihn an Ort und Stelle noch töten können, hätte mit den Juwelen entfliehen und ohne Anklage weiterleben können bis zu der Zeit, da Gott, der letzte Richter, ihn zur Rechenschaft ziehen würde. Er konnte die Juwelen sogar einer anderen Kirche anbieten, im Austausch für einen Dispens seiner Sünden. All das schoß ihm durch den Sinn, während er dem harten Blick des Priesters standhielt, und am Ende wußte er, daß es ihm unmöglich war, einen unschuldigen Mann zu töten, einen Mann, der die heiligen Gelübde abgelegt hatte. Statt dessen schleuderte er den Hammer von sich, als hätte er ihm die Finger verbrannt, drehte sich auf dem Absatz um und floh.

»Komm zurück, du ...«

Cyrus riß den Beutel an sich und band ihn sich mit seiner ledernen Kordel an den Gürtel. Dann lief er mit schnellen Schritten auf die Treppe zu, während er gleichzeitig mit lauter Stimme um Hilfe schrie. Es war eine wohlkalkulierte Jagd. Bruder Andrew, einer der Chorvikare, befand sich im südlichen Chorumgang, wo er die Verletzten und Eingeschlossenen mit Wasser versorgte. Der Flüchtende schob ihn roh beiseite und verschwand in dem allgemeinen staubigen Durcheinander in der Kirche. In diesem Augenblick erschien Pater Cyrus auf der Bildfläche, mit wild durch die Luft wirbelnden Armen, atemlos und aufgelöst. »Haltet diesen Mann auf! Räuber! Räuber! Dieser Mann darf nicht entkommen!« Cyrus taumelte ein paar Schritte nach vorn und tat so, als sei er völlig außer Atem. »Er hat den heiligen Schrein beraubt«, stieß er hervor. »Mein Gott, dieser frevlerische Hund hat den heiligen Schrein beraubt.«

»Gottes Gnade sei mit uns!« rief Andrew.

»Die Juwelen, er hat die kostbaren Juwelen aus ihren Fassungen gestemmt ...«

»Gebt acht, Bruder Cyrus, hier, laßt mich Euch helfen, nehmt meinen Arm und stützt Euch auf mich. Was ist geschehen? Seid Ihr schlimm verletzt?«

»Der elende Schurke hat mich angegriffen und mich zu

Boden geschlagen, als ich ihn ertappte.« Cyrus stöhnte und hielt sich an dem anderen Priester fest. »Man muß ihn aufhalten. Er hat den heiligen Schrein ausgeraubt.«

Bruder Andrew hielt ihn zurück. »Es ist zu spät, um ihn jetzt noch zu erwischen«, sagte er. »Er ist schon verschwunden.«

Cyrus, der es nun zuließ, daß der andere ihn aufhielt, hob mit einer Geste tiefster Bestürzung die Hände an den Kopf.

»Verschwunden? Verschwunden mit diesen unschätzbar kostbaren Juwelen? Einfach verschwunden?«

»Ich fürchte, so ist es«, erwiderte Bruder Andrew. »Der Dieb hat sich bereits unters Volk gemischt. Aber Ihr seid verletzt. Kommt, laßt mich Euch ins Hospital geleiten.«

Cyrus schüttelte den Kopf. »Hier gibt es noch viel zu viel zu tun, als daß ich mich einfach niederlegen könnte«, beharrte er. »Aber zuerst müssen wir die Retabelpforten schließen, um die Treppe zu versperren, damit niemand dem Schrein nahe genug kommen kann, um ihm weiteren Schaden zuzufügen.«

Bruder Andrew sah ihn entsetzt an. »Den Schrein absperren? Aber Pater Cyrus, ich bezweifle, daß jemals etwas Derartiges in unserer Kirche vorgekommen ist.«

»Ich übernehme die volle Verantwortung für die Entscheidung«, versicherte Cyrus ihm. »Wir müssen den heiligen John um jeden Preis vor weiterem Schaden bewahren.« Er schüttelte noch einmal den Kopf, als könne er nicht glauben, was geschehen war. »Hättet Ihr Euch vorstellen können, daß irgend jemand so etwas tun würde? Mein Gott, was für ein Sakrileg, was für ein Sakrileg!«

Er gestattete dem Priester, ihm die Treppe hinunterzuhelfen, und setzte sich dort, den Kopf in den Händen verborgen, auf eine der Stufen, um die Tatsache zu beklagen, daß er weder schnell genug noch stark genug gewesen war, um den Sünder zu ergreifen. Trotz Pater Andrews Protest bestand er schon bald darauf, unter Mißachtung seiner eigenen Verletzungen sein Rettungswerk fortzusetzen. Er kehrte als ein glücklicherer Mann zu seiner Arbeit zurück, denn er war sich nun überdeutlich des schweren Lederbeutels unter seinem Umhang bewußt und all der Vorteile, die diese Juwelen ihm bringen konnten. Es war keine schlechte Idee, sie vielleicht an Bathal, den Juden, zu verkaufen, der für solche Dinge mit Gold- und Silbermünzen bezahlte. Eine noch bessere Idee könnte es jedoch sein, einen geeigneten Augenblick abzupassen und die Steine, beziehungsweise einen Teil von ihnen, den Kirchenbehörden zu übergeben. Schon jetzt erzählte man sich allerorten, daß Pater Cyrus verletzt sei und daß er bei seinen unermüdlichen Bemühungen um die Verletzten und Notleidenden tapfer sein Leben riskiert hatte, um einen bewaffneten und zu allem entschlossenen Mann davon abzuhalten, den heiligen Schrein von St. John zu entweihen.

Kapitel 7

Pater Simeon tat in dieser Nacht kein Auge zu. Statt dessen stand er zwischen den halbzerstörten Balken des Hospitaldachs, auf das er hinaufgeklettert war, damit die scharfe Nachtluft ihm den Staub aus den Lungen trieb, und betrachtete die Morgendämmerung. In den Dachsparren über dem langgestreckten, großen Saal hielt er in Erwartung des neuen Tages eine schweigsame Wache, so wie ein treuer Diener am Totenbett seines Herrn Wache halten würde, auf das Schlimmste gefaßt und dennoch auf ein Wunder hoffend.

Simeon stand im Hauptgestühl, dort, wo das Dach aufgerissen war, einen Fuß auf einen breiten Eichenbalken gestemmt und die Schulter an einen Querbalken gelehnt. Ein anderer Balken, ganz in seiner Nähe und so breit wie das Becken eines Mannes, war zerborsten und zeigte eine gezackte, splittrige Wunde. Simeon sah zu, wie ein Insekt über das entblößte Herz des Holzes huschte und mit zarten Fühlern das Innere des Eichenbalkens abtastete. Dies war eines von so vielen Dingen, die ihn im Augenblick verwirrten, daß die Starken untergehen konnten, während die Schwachen überlebten.

Simeon trug einen dunkelroten und ganz mit Eichhörnchenpelz gefütterten Umhang mit Kapuze, ein weitgeschnittenes Kleidungsstück, das ihm bis auf die Knöchel reichte und lang genug war, um seinen Körper vollkommen einzuhüllen. Statt in dieser kalten Nacht alle Vorteile seines Gewandes zu nutzen, hatte er es achtlos über den Schultern hängen, und das glänzende Futter rieb weich über seine geschundene Haut und die gequälten Muskeln. Sein Oberkörper darunter war nackt, und ansonsten trug er nur eine enge Leinenhose, die er in der Taille mit einem mit Quasten geschmückten, geflochtenen Band zusammenhielt. Seine Hosenbeine hatte er in weiche Lederstiefel gesteckt, die von den Knöcheln bis zum Knie mit kunstvoll überkreuzten Lederriemen geschnürt waren. Von seiner rechten Hand baumelte an einem Band aus gelber, geflochtener Seide das hölzerne Kreuz, das das Symbol seines Glaubens und seines Amtes war. Es beschrieb träge Kreise in den tieferen Schatten, und die Skulptur des getöteten Christus, die von unzähligen Liebkosungen glatt und glänzend geworden war, nahm im Angesicht der nahen Sterne ein sanftes Glühen an. Simeon blickte in die Nacht hinaus und hörte eine leise Stimme aus dem Buch Nahum zitieren: »In Sturm und Wetter fährt er einher, und Gewölk ist der Staub seiner Füße.«

Simeon blickte hinunter und zuckte zusammen, als sein Gewand über den langen Schnitt auf seinem Hals kratzte. Der breite Eichenbalken unter seinen Füßen, der sein Gewicht trug, überbrückte ein großes Loch. Es waren nur wenige Teile der eigentlichen Decke übriggeblieben, so daß nun die nackten Sparren den Raum wie ein Spinnengewebe überzogen und ein Mann, der auf dem Boden stand, die Sterne zählen konnte. Der Hospizbau hatte an jeder Stirnseite einen Kamin, und in jedem brannte nun ein Feuer. An langen Haken aufgehängte Metalltöpfe baumelten über den Flammen, und der Geruch von gekochtem Hammel, von Holz, Rauch, feuchter Wolle und schwitzenden Menschenleibern drang zusammen mit gekräuselten Dampfspiralen bis zu ihm hinauf aufs Dach. Von dem Feuer am anderen Ende des Raumes kamen die freundlicheren Düfte von Kräutern, die in dem dort aufgehängten Topf köchelten: Wurzeln von Katzenmelisse und Beinwell, Zehrkraut, Malven und Huflattich.

»Sein Grimm ergießt sich wie Feuer, und die Felsen geraten vor ihm in Brand.«

Die Stimme gehörte einem Priester der Kapelle von St. Catherine. Er saß mit gespreizten Beinen und hochgezogenen Schultern auf einem niedrigen Hocker, während überall um ihn herum die Verletzten schliefen, sich auf dem Boden wälzten oder einfach auf niedrigen Holzpritschen lagen und einer nach dem anderen starben und hinausgetragen wurden. Eine Handvoll Priester, einige Mönche und verschiedene andere Geistliche versorgten die Verletzten und erteilten den Sterbenden die letzte Ölung. Jene, von denen man meinte, sie seien dem Tod näher als dem Leben, wurden hastig ausgezogen und auf die kahlen Steinfliesen gelegt, damit sie nicht die Sünde begingen, statt in Demut, wie es einem wahren Christen zukam, auf dem Bett weltlicher Bequemlichkeiten zu sterben.

Simeon legte die Hände auf den Balken vor sich und senkte den Kopf, um den Raum unter sich besser beobachten zu können. Der Priester, der aus dem Buch Nahum rezitierte, gestattete es seiner Stimme, allmählich leiser zu werden, und schließlich fiel ihm der Kopf auf die Brust. Die Erschöpfung hatte ihn übermannt; sie hatte seine Zunge zum Schweigen gebracht und ihm dort, wo er saß, Schlaf geschenkt, auf einem dreibeinigen Hocker, der kaum stabil genug war, um ihn zu tragen. Ganz in seiner Nähe saßen andere Priester, alle von Müdigkeit gebeugt und in schmutzige, vom Regen durchweichte Gewänder gekleidet, die in der Hitze des nahen Feuers dampften und den gebückten, dunklen Gestalten ein verschwommenes, beinahe geisterhaftes Aussehen verliehen. Zwischen ihnen stand die Hälfte eines durchsägten Fasses, das man mit Stroh und hastig zusammengesuchten, in ein Leinentuch eingeschlagenen Hühnerfedern gefüllt hatte. Darauf lag eine Pelzrobe, die im Licht des Feuers einen fuchsroten Schimmer zeigte, und auf deren Falten lag Peter of Beverley und schlief den Schlaf des Unschuldigen.

Während er das Kind so betrachtete, mußte Simeon den Atem anhalten, denn ein seltsames Gefühl durchlief ihn, das hinter seinem Brustbein begann und sich von dort aus in seinem ganzen Körper ausbreitete. Er hätte es nicht als körperlichen Schmerz beschrieben, und doch entlockte es ihm einen Seufzer, der fast wie ein Stöhnen klang. Zum ersten Mal hatte er am Taufstein so empfunden, und dann wieder, als das Kind zum ersten Mal seinen Blick erwiderte. Es war so, als berührte die Betrachtung dieser kleinen Gestalt ihn irgendwo ganz tief in seinem Innern, und weil nichts in seinem Leben ihn je zuvor auf solche Weise berührt hatte, fand er das Gefühl unerfreulich und störend.

Gerade in diesem Augenblick brachte Bruder Osric, der zähe, wettergegerbte Hospizbruder, eine Frau zu der kleinen Schar von Priestern mit der Bitte, ihr einen Platz am Feuer zu überlassen. Dann gab er ihr eine Holzschale mit Hammeleintopf, einen großen Holzlöffel und einen halben Laib Brot, der klumpig und dunkel gebacken war. Zusammengekauert auf ihrem Hocker fiel sie über das Essen her, das sie gierig und mit lautem Schmatzen verschlang. Bruder Osric hob den Kopf, um zwischen den Dachsparren hindurchzuspähen. Sein Gesicht war dünn und grau, und seine Augen verwandelten sich in der Dunkelheit zu leeren Höhlen.

»Simeon?«

»Ich bin hier, mein Freund«, erwiderte der Priester leise.

»Diese Frau kommt von den Hütten in der Nähe von St. Mary«, sagte Osric in die Dunkelheit hinein. »Sie hat vor drei Tagen ein Kind zur Welt gebracht und mußte, noch bevor der Sturm kam, zusehen, wie das kleine Würmchen in ihren Armen starb. Sie bietet uns jetzt ihre Milch an, im Tausch für Nahrung und ein Dach über dem Kopf, und sie erbittet ein ordentliches Begräbnis für ihr Kind.«

»Ist es getauft worden?«

Osric schüttelte den Kopf. »Ihr Mann hat sich geweigert, die Gebühr für den Priester zu bezahlen, und weder die

Mutter noch die Hebamme kannten die heiligen Worte der Taufe.«

»Solche Unwissenheit bringt Schande über beide«, bemerkte Simeon traurig. »Ist die Milch gut, die sie anbietet?«

»Ja, soweit ich das beurteilen kann. Etwas Ordentliches zu essen, ein Bad und ein ausgiebiger Schlaf, und ich glaube, sie wäre durchaus in der Lage, das Kind zu stillen.«

Simeon betrachtete die Gestalt auf dem Hocker, eine zerlumpte Frau, unterernährt und schmutzig und mit dem Geruch der Armut an sich. Sie war jung, vielleicht nicht älter als zwanzig Jahre. Sie trug ein zerfetztes Gewand, das ihr bis zu den Waden reichte, dazu einen kurzen Umhang mit Kapuze, und ihre Füße waren nackt. Als sie die Schale mit dem Hammeleintopf leergegessen hatte, benutzte sie ihre schmutzigen Finger, um noch den letzten Tropfen Soße, der in der Schale verblieben war, aufzulecken. Dann wischte sie sich mit dem Ärmel über den Mund und machte ein Gesicht, als wolle sie noch mehr. Er betrachtete sie voller Entsetzen, und es widerstrebte ihm, sie als Amme für seinen Patensohn auch nur in Erwägung zu ziehen. Diese Lumpen, die sie trug, konnten alle möglichen Krankheiten und Seuchen verbergen. Und es gab kaum etwas, soviel wußte er, das verletzlicher war als ein Säugling. Was mochte ihr eigenes Kind wohl mit seiner Milch getrunken haben, daß es, so kurz nachdem es zur Welt gekommen war, schon hatte sterben müssen? »Kommt Ihr herunter?« fragte Osric die Dunkelheit über sich.

»Ja«, nickte Simeon. »Gebt mir nur einen Augenblick Zeit, Bruder.«

Er wandte seine Aufmerksamkeit wieder dem Himmel zu, jenseits des verwüsteten Daches des Hospitals. Im Süden lagen der Mündungstrichter und Überschwemmungsgebiete des Humber, im Osten das Meer und die zerklüftete Küste, die sich nach Norden erstreckte. Er dachte an das ferne Whitby und die erst kürzlich instandgesetzte Abtei auf den Felsen über dem kleinen Hafen. Eben jene Mönche, die so hart gearbeitet hatten, um die Abtei aus den Ruinen neu zu erbauen, trugen ihren Glauben und ihre Seelenstärke nach

York, um dort die große Abtei von St. Mary zu gründen. Und zwei von ihnen, Brüder im Blut wie auch im Glauben, hatten eine demutsvolle Pilgerreise zum Schrein des heiligen John angetreten, um in dieser Nacht im Münster von Beverley gemeinsam zu sterben.

»Manchmal kommt der Tod hinter uns her, um uns zu finden«, sagte er zu den Dachsparren. »Er erspäht uns und entdeckt uns unter unseren Brüdern so mühelos, als trügen wir das Kainszeichen auf der Stirn. Und manchmal ruft Er uns zu unserem Schicksal, wie ein Papst seine Bischöfe nach Rom zitiert, damit sie für ihre Vergehen geradestehen. So oder so, wir gehen zu der Zeit, die *Er* bestimmt. Ob wir es wollen oder nicht, Er nimmt uns, wann es ihm gefällt.«

Simeon seufzte, und seine Gedanken trugen ihn nach York, das dreißig Meilen weiter landeinwärts lag. Trotz des Reichtums und der Macht des Münsters von Beverley, trotz seiner großen Weideländereien und der besonderen Rechte, die sein Bistum genoß, war der hiesige Propst zuerst York und dann Rom unterstellt worden. Yorks mächtiger Erzbischof war durch königlichen Erlaß einziger Herr über Beverley, und so standen die Dinge nun schon seit zwei langen Jahrhunderten. Es war nie ein einfaches Bündnis gewesen, denn das heikle Gleichgewicht der Macht zwischen den beiden verlangte, daß der Propst und sein Erzbischof nie uneins sein durften. Bischof John war Beverleys Heiliger, und das mit Recht, aber er war dreiunddreißig Jahre lang Erzbischof von York gewesen, und ein solcher Verlust zog selbstverständlich Verbitterung nach sich. York war der Oberherr, das konnte man nicht leugnen, aber die Bestie, die es da an der Leine führte, war zu stark geworden, um sie wirklich zu beherrschen. Nur vorsichtiges Geben und Nehmen und das Verhandeln weiser Männer erhielt den unbehaglichen Frieden zwischen den beiden noch aufrecht.

Während der dunklen Stunden waren die unterschiedlichsten Neuigkeiten in das Hospital gedrungen und ebenso viele tragische Geschichten. Ein Schreiber mit gebrochenem Handgelenk brachte die Neuigkeit, daß die Lateinschule mitsamt ihren Büchereien und dem Hof nur noch ein einziges

Trümmerfeld war. Der ganze südwestliche Teil des Münsterhofs, der die St.-Martins-Kapelle und viele der geistlichen Gebäude beherbergte, hatte bei dem schrecklichen Sturm größten Schaden genommen.

Simeon erfuhr, daß das Pfründnerhaus von St. Stephen, ein wunderschönes Holzhaus, das man erst kürzlich renoviert hatte, einem mächtigen Feuerball zum Opfer gefallen war. Trotz der ungewöhnlichen Stärke des Regens war es mitsamt einiger unglücklicher Menschen, die darin gefangen saßen, binnen Minuten bis auf die Grundmauern abgebrannt. Es schien Simeon, daß nur wenige dem Zorn des Sturms entkommen waren. Bis auf eine der Pfründe waren alle, die sich um das Münster scharten, St. Martin, St. Catherine, St. Mary, St. Stephen, St. James und St. Peter, entweder schwer beschädigt oder vollkommen zerstört worden. Nur die Pfründe von St. Andrew, dieses prachtvolle Gebäude in der Moorgate, hatte den Sturm unbeschadet überstanden. Sie wurde in Abwesenheit ihres Kanonikus von Wulfric de Morthlund verwaltet, und viele mochten vielleicht auf den Gedanken kommen, daß sie dem Sturm nur deshalb so tapfer hatte standhalten können, weil der Teufel die Seinen nicht im Stich läßt.

Simeons geliebtes St. Peter dagegen war mit am schwersten betroffen worden. Als die Glocke mit ihrem Turm fiel, wurden das Dach des Mittelschiffes und der Chor schlimm zerstört und der gesegnete Altar unter Trümmern begraben. Das nahe Küchengebäude und der Taubenschlag waren verwüstet worden, die Brauerei dem Erdboden gleichgemacht, das Dormitorium zerschmettert. Nur die Backherde und der eingestürzte Schornstein machten die Stelle kenntlich, an der einst die Bäckerei gestanden hatte. Das kleine Lagerhaus und das Skriptorium, in dem Simeon schlief und arbeitete, ruhten jetzt zum Teil unter einem Berg von Schutt und umgestürzten Bäumen. Er versuchte, nicht an die vielen Monate mühsamer Arbeit zu denken, die nun verschwendet waren, oder an die unersetzlichen Manuskripte, die zum Kopieren hierher gebracht worden waren und nun vielleicht im Sturm verloren oder verdorben worden waren.

Dreiundzwanzig Männer und sieben Frauen waren innerhalb der Mauern von St. Peter gestorben. Ihre Leichen lagen Seite an Seite entlang der Außenmauer des Hospitals, die Gesichter in Ermangelung ordentlicher Leichentücher unter ihren herabgezogenen Kapuzen notdürftig verborgen. Eine weitere, große Anzahl von Menschen lag verletzt innerhalb des Gebäudes, während viele andere, unter ihnen der unglückliche Pater Willard, niemals gefunden werden würden, um ein anständiges Begräbnis zu erhalten.

»Lebt wohl, mein Freund«, flüsterte er. »Und möge Gott Eure unsterbliche Seele zu sich nehmen.«

Als er die Augen wieder öffnete, war der Himmel mit silbernem Licht überhaucht, und vom westlichen Horizont angefangen ging ein Stern nach dem anderen auf. Nun konnte er auch den Nebel erkennen, der über den Sümpfen hing. Er lag wie ein Tuch über dem Land, ein bleiches Leichentuch, das jemand gleichgültig über Berge und Täler geworfen hatte. Zu seiner Rechten ragte die Ostmauer des Münsters hoch in den Himmel auf, und anstelle ihres prachtvollen Buntglasfensters klaffte ein schwarzes Loch in dem honigfarbenen Stein. Zu seiner Linken schien die Kapelle von St. Peter in ihren eigenen Trümmern auf die Knie gesunken zu sein, und es tat ihm in der Seele weh, sie so sehen zu müssen. Für eine Weile verschloß er seinen Geist vor den Verwüstungen, die ihn umgaben, und blickte nach Osten, wie alle wahren Christen es zur Morgendämmerung tun sollten. Schweigend dankte er dem Allmächtigen, daß der neue Tag begonnen hatte.

»Die Dämmerung kommt«, sagte er, endlich davon überzeugt, daß es wirklich stimmte.

»Habt Ihr das bezweifelt?«

Die Antwort überraschte ihn, denn er hatte geglaubt, allein zu sein mit seinen Gedanken. Er blickte auf Bruder Osric hinunter und nickte ernst.

»Jawohl, Osric, ich gestehe, ich hatte Zweifel.«

Der andere versuchte, ihm beruhigend zuzulächeln. »Ihr wart nicht allein, mein Freund, in Eurem Mangel an Glauben.«

»Ihr auch?«

»O ja, auch ich habe das Schlimmste befürchtet.«

»Und doch haben wir beide es überlebt«, sagte Simeon. »Für uns dämmert bereits ein neuer Tag heran, während für andere, für die Gläubigen, diejenigen, die nicht zweifelten …«

»Schluckt Eure Worte hinunter und seid dankbar«, unterbrach ihn Osric. »Ihr wart schon immer ein Mann, der Fragen stellte, wo es keine Antworten geben konnte. Ihr müßt es dem Allmächtigen überlassen, Sein Werk zu tun, wie es Ihm gefällt, Simeon. Aber jetzt kommt herunter und sprecht mit der Frau.«

»Gleich. Ich komme gleich herunter.«

»Sie hat eine Geschichte zu erzählen, und zwar eine sehr seltsame, wenn man ihren Worten Glauben schenken darf.«

»Ich habe heute nacht für den Rest meines Lebens genug Greuelgeschichten gehört«, stöhnte Simeon. »Muß ich denn wirklich noch einen weiteren Alptraum ertragen? Muß ich das Kreuz dieser Frau meinem eigenen hinzufügen?«

»Müdigkeit und Schmerz machen Euch unduldsam«, erwiderte Osric scharf, »und Unduldsamkeit steht Euch nicht gut zu Gesicht, mein Freund.«

Die Frau, die gehört hatte, daß man von ihr sprach, war von ihrem Hocker aufgestanden und kam nun langsam nach vorn, das Gesicht dem Dach zugewandt. Ihr Name war Elvira. Sie war achtzehn Jahre alt, und ihre Mutter war mit zwanzig gestorben. Sie lebte in Furcht vor Hunger, Krankheit und der Brutalität ihres Mannes. Außerdem lebte sie in der Angst vor einem Gott, der ein unschuldiges, neugeborenes Baby in den Höllenschlund warf, weil sein Priester nicht ordentlich dafür bezahlt worden war, dies zu verhindern. Man hatte ihr beigebracht, daß Gott gnädig und gerecht war und daß Unschuld stets ihren Lohn finden würde. Man hatte es ihr beigebracht, aber sie hatte feststellen müssen, daß es nicht stimmte. Zwischen den Lehren der Kirche und ihren Schatzkammern klaffte ein Abgrund, der Menschen ihres Standes gierig verschlang. Sie schlurfte über den feuchten Steinboden weiter, ermutigt von der Fülle ihrer Brüste und dem hübschen metallenen Mähnenkamm, den sie in ihren Kleidern verbarg. Endlich besaß sie selbst etwas, womit sie handeln konnte. Das winzige Bündel, das draußen zwischen zwei leblosen Priestern lag, würde nun doch noch seinen Platz im Himmel bekommen.

Diese Frau hatte ihr Kind verloren und zugesehen, wie ihr Heim Holzspänen gleich davongeweht wurde, und noch während der Sturm andauerte, hatte sie auch ihren Mann verloren, denn als dieser Profit gewittert hatte, hatte er keinen einzigen Gedanken mehr für sie gehabt. In einer kurzen Stunde hatte die Erde sich gedreht und sie zu Boden geworfen und sich dann noch einmal gedreht und sie wieder auf die Füße gestellt. Jetzt hatte sie Brot und Fleisch im Magen und kostbare Muttermilch, die ihre Brüste anschwellen ließ. Mit dieser Milch und mit dem funkelnden Mähnenkamm würde es ihr vielleicht doch noch gelingen, einen ordentlichen Handel mit diesen Priestern zu machen.

Als ihre Augen sich langsam an die Düsternis gewöhnten, sah sie den Mann dort oben zwischen den Dachsparren stehen. Er war groß, breitschultrig und bekleidet mit einem kostbaren Pelzumhang und engen Leinenhosen. Sie sah, daß er sehr schön war, und es überraschte sie, denn sie hatte angenommen, der Hospizbruder spräche mit einem anderen Priester. Dieser Mann, da war sie sich sicher, war kein Geistlicher. Er besaß die Kraft und die Energie eines Feldarbeiters; das konnte sie an der Art erkennen, wie er breitbeinig dastand, und daran, wie die Muskeln sich auf seinen nackten Armen und seiner Brust wölbten. Weiches Haar, das die Farbe von Korn hatte, lockte sich um seine Ohren, und als er den Kopf ins Licht hielt, sah sie einen breiten, starken Mund und tiefblaue Augen in einem Gesicht, das zu schön war, um irgend etwas anderes als weltlich sein zu können. Für Elvira sah er aus wie ein Prinz von edlem Blut und königlicher Erziehung. Sie spürte, wie ihr die Röte in die Wangen stieg, und verschluckte die Worte, die ihr bereits auf den Lippen gelegen hatten. Er schaute sie an, bis sie ihren Blick senkte und … und richtete dann, ohne auch nur im geringsten unfreundlich zu sein, das Wort an sie.

»Was ist passiert, Weib? Hast du mir etwas zu sagen?«

»Ich habe das Pferd gesehen«, begann sie, während sie noch einen weiteren scheuen Blick nach oben wagte.

Simeon war verwirrt. »Von welchem Pferd sprichst du?«

»Von dem großen Pferd«, erwiderte sie. »Das Pferd, das sein Herz gegeben hat, um sie hierherzubringen.«

»Sie?«

Die Frau nickte. Ihr gefiel der Klang seiner Stimme. Sie war tief und klar und ohne die Heiserkeit, die zu hören sie gewöhnt war. »Ich sah es stürzen und sterben, als es die Umzäunung erreichte. Ich hörte, wie der Reiter es bei seinem Namen ansprach. Ich sah das Kind.«

Simeon spürte, wie seine Kopfhaut kribbelte und sich über seinem Schädel spannte. Er zog seinen Umhang fester um sich, machte einen Schritt nach vorn und stand binnen eines Augenblicks unten auf dem Boden. Die Frau schrak ein wenig zurück, als er hinuntersprang. Sie war klein, viel kleiner als er selbst, und hübsch, trotz der Verheerungen, die die Not in ihrem Gesicht angerichtet hatte. Ihre Augen waren dunkel, und ihr Haar, das sie mit einem einfachen Netz aus gewirktem Zwirn zusammenhielt, schien dick und rabenschwarz zu sein. Sie sah ihn an, als wäre ein Geist und nicht ein Mann vom Dach gefallen. Er sah ihren Blick über sein Gesicht und seinen Körper flackern und schloß hastig seinen Umhang. Es war unziemlich, daß diese junge Frau einen Blick auf seine Nacktheit werfen durfte.

»Du sagst, du hättest den Säugling gesehen?« fragte er.

Sie nickte. »Das habe ich. Er war in einen Pelz gehüllt. Der Reiter war ganz in Schwarz und größer als jeder Mann, den ich je gesehen habe. Seid ihr ein …«

»Und du sagst, das Pferd sei tot?« unterbrach er sie. »Wenn das die Wahrheit ist, wirst du mich dorthin bringen, wo es liegt.«

»Das kann ich nicht tun«, sagte sie. »Alle Spuren werden mittlerweile verschwunden sein.«

Er blickte sie finster an. »Verschwunden? Wie das?«

»Verschwunden ohne eine Spur«, erwiderte sie mit traurigem Nicken. »Die Schlächter haben sich darüber hergemacht, noch bevor der Reiter außer Sicht war. Sie haben es an Ort und Stelle aufgeschnitten, um die einzelnen Stücke weiterzuverkaufen, und nicht einmal ein einziger Tropfen Blut wurde verschwendet. Es ist viel zu verdienen an einem toten Tier, wenn die Menschen ohne Heimat sind, wenn ihr Lebensunterhalt zerstört ist und ihre Kochtöpfe leer sind.«

»Dann beschreibe mir den Mann, den Reiter des Pferdes.«

»Er war ungewöhnlich groß, das ist alles, was ich weiß, und außerdem war er von Kopf bis Fuß in Schwarz gekleidet. Er trug eine Kapuze. Sein Gesicht habe ich nicht sehen können.«

»Na gut, dann das Pferd. Erzähl mir von dem Pferd.«

Elvira verschränkte die Hände und erinnerte sich daran, wie das große Tier am anderen Ufer des Grabens aus der Dunkelheit hervorgeschossen war.

»Oh, es war ein Roß, wie es einem König zugestanden hätte!« rief sie aus. »Es war ein Kriegerpferd und *riesig*, mit Hufen so groß wie Schaufelräder und einem Kreuz, das breiter war als das eines Zugpferdes.«

»Aus welcher Richtung ist es gekommen?« fragte er weiter.

»Von der Küste. Und der schreckliche Sturm war ihm auf den Fersen wie ein Hunderudel auf der Jagd. Wir haben sie kommen sehen. Es war ein Alptraum. Der Sturm brodelte und kochte, aber das Pferd war schneller als das Wetter. Es bäumte sich auf und schlug mit den Hufen nach dem Himmel aus und galoppierte und riß dabei mit jedem Schritt Erde aus dem Boden. Und dann stürzte es, in der Nähe des großen Kanals. Fiel einfach tot zu Boden, mit ausgepreßtem Herzen, über die Grenzen seiner Kraft hinausgetrieben. Aber es hat sie sicher hierhergebracht. Es war ein tapferes Tier; so tapfer.«

Er sah, wie ihr Gesicht bei der Erinnerung aufleuchtete und sich wieder verdüsterte, während sie ihre Geschichte erzählte. Er wollte sehen, was sie gesehen hatte, wollte die Vision fest in seinem Geist verankern.

»Welche Farbe hatte es?«

»Braun, dunkelbraun, mit schwarzen und weißen Flecken

und mit glänzendem Leder und leuchtendem Messing, das einem König geziemt hätte. Sein Geschirr haben die anderen genommen – bis auf …« Sie biß sich auf die Lippen und sagte dann noch einmal: »… bis auf …«

»Ja?«

Ermutigt von seiner Freundlichkeit, griff Elvira in die zerrissenen Falten ihres Gewandes und zog einen in ein schmutziges Tuch gewickelten Gegenstand heraus. Als sie Simeon wieder ansah, war ihre Stirn gerunzelt, und sie sah helles Fackellicht in seinen Augen tanzen. »Seid Ihr … Seid Ihr ein Priester?«

Er neigte den Kopf und zeigte ihr seine Tonsur. »Ich bin Simeon.« Er sah, wie ihre Augen sich bei dieser Enthüllung weiteten und etwas zeigten, das Erleichterung oder Enttäuschung gewesen sein mochte, vielleicht aber auch eine kurze Verwirrung dieser beiden Gefühle.

»Ich hätte nicht gedacht … Ich meine …«

»Sag mir einfach nur, was du dort hast«, drängte er sie sanft.

»Mein Mann hat sich geweigert, mir einen Anteil an seinem Profit zu überlassen«, erklärte sie. »Aber ich habe dies hier zu fassen bekommen und möchte damit den Segen für mein Kind bezahlen. Der Junge ist ohne Taufe gestorben, Pater, und wenn ich ihm keinen Segen kaufen kann, wird er in die Hölle kommen und dort für alle Zeiten brennen. Werdet Ihr ihn segnen, Pater Simeon? Werdet Ihr mein Kind segnen und ihm einen Platz im Himmel verschaffen?«

Simeon nickte. »Natürlich werde ich das tun. Weib, wenn du eher zu mir gekommen wärest …«

Sie sah ihn hochmütig an und warf den Kopf in den Nacken, als wolle sie sagen, daß alle Priester gleich seien und ihren kostbaren Segen niemals billig verkauften. Ihr Verhalten betrübte ihn. Er fragte sich, welchen irdischen Preis man für das heilige Sakrament der Taufe erheben konnte oder für die letzte Ölung für ein Kind, das kaum gelebt hatte. Einen Silberpenny? Eine bescheidene Kornähre? Welchen Preis hatte eine menschliche Seele, wenn Gottes Gnade auf dem Marktplatz feilgeboten wurde?

»Dein Kind wird das Sakrament empfangen«, sagte er zu ihr.

Sie nickte, um ihm zu danken, und er war überrascht zu sehen, wie leicht ihre Augen sich mit Tränen füllten. Direkt auf seine Überraschung folgte Zorn über seinen Mangel an Mitleid. Sie war schließlich eine trauernde Mutter. Sie hatte neun lange Monate ein Kind in ihrem Schoß getragen, hatte es mit Qualen zur Welt gebracht und an ihrer Brust gestillt, während es ihr langsam entglitt und starb, bevor seine Zeit gekommen war. Trauer war kein Privileg der Wohlhabenden. Viel häufiger war sie dort zu finden, wo die Menschen am ärmsten waren, und verursachte größeres Herzeleid, wo die Not ohnehin schon groß war. Wie leicht war es doch selbst für einen mitfühlenden Menschen wie Simeon, den Armen und Ungebildeten die edleren Seiten der menschlichen Natur abzusprechen.

Elvira enthüllte ihren Schatz und legte ihn dem Priester in die Hände. Dieser drehte und wendete ihn, ließ seine polierte Oberfläche im Licht des Feuers aufblitzen und war schließlich zutiefst bewegt von der Schönheit, die sich ihm offenbarte. Er hielt das schwere Stirnstück eines Pferdezaumzeugs in Händen, einen prachtvollen Schmuck, der nicht wie gewöhnlich aus Messing war, sondern aus feinstem Gold und mit kleinen Edelsteinen besetzt. Das Schmuckstück war mit Symbolen und heiligen Zeichen bedeckt. Er sah die Schlüssel, die Kirche, den Stein, die Taube, aber es war die mittlere Inschrift, die ihn aufkeuchen ließ. In erhabenen Lettern stand dort ein einziges Wort, der Name des Tieres. Und als Simeon diesen Namen las, überfiel ihn wieder dasselbe Gefühl in seiner Brust, das so heftig war, daß er am liebsten laut aufgestöhnt hätte.

»Kephas!« Plötzlich stand Bruder Osric hinter ihm. Simeon hielt ihm den glitzernden Schmuck hin und beobachtete seine Augen.

»Kephas«, sagte der alte Mann, als er den Namen las.

»Jawohl, Kephas«, nickte Simeon. »Noch ein Zeichen. Noch ein seltsames Zusammentreffen, das es zu enträtseln gilt. Kephas, der Name des Tieres, das sein Leben gegeben hat, um sie hierherzubringen. Eben der Name, den Christus dem Simeon zu seiner besonderen Berufung gab. Hebräisch Kephas, der Fels, griechisch Petrus, *Peter!*«

»Der Name des Kindes«, hauchte Osric.

»Der Name, den ich ihm gegeben habe«, ergänzte Simeon. »Ohne von alledem zu wissen, habe ich dem Kind genau den Namen gegeben, der ihm bereits gehörte.«

Er schritt hinüber zu der Faßhälfte, wo das Licht des Feuers seinen warmen kupferfarbenen Schein über die Fuchspelzdecke warf. Das Kind war wach und blickte, als er sich herabbeugte, zu ihm auf. Eine winzige Hand streckte sich nach dem glitzernden Mähnenkamm aus und griff zu, so wie es alle Neugeborenen tun. Die kleinen Finger schlossen sich fest um das glänzende Schmuckstück. Durch verschleierte blaue Augen betrachtete es das Gesicht seines Beschützers und stieß einen zufriedenen, gurgelnden Laut aus.

»Ich verstehe das nicht«, wisperte Simeon.

Das Baby sah ihn ernst an.

Simeon bewegte den Arm ein Stück, so daß die winzige Hand sich um seinen Zeigefinger schließen konnte. Das Kind hatte ihn schon so sehr und mit Leib und Seele in seinen Bann gezogen, daß er sich, als er in seine seltsamen blauen Augen blickte, fragte, wieviel eigentlich zu verstehen nötig sei.

»Wo Liebe ist, da ist keine Furcht«, murmelte er mit den Worten von Johannes, dem Evangelisten. Das jedoch bezweifelte er sehr. Gerade in diesem Augenblick hätte er den Heiligen am liebsten herausgefordert und ihm gesagt, daß Liebe, die einen Mann zutiefst berührte, so wie Liebe es immer tun mußte, eine besondere Verletzlichkeit mit sich brachte, eine Verletzlichkeit, die selbst die Götter fürchten mußten.

Kapitel 8

In dem schwer getroffenen Münster erhoben sich zahlreiche Stimmen zum Gesang. Während diejenigen, die die Verletzten aus den Trümmern bargen, sich in Staub und Schutt abmühten, hielten die Chorpriester – soweit sie noch dazu in der Lage waren – die Mette ab, die das Ende der Nacht ankündigte. Sie feierten den uralten Gottesdienst des Morgenlobs, und ihr Gesang würde nicht eher enden, bis der neue Tag anbrach. Der Klang ihrer Stimmen brachte Tröstung und Hoffnung für alle, die sie hörten, denn ein solches Gebet gab dem Geist Labung und der Seele Frieden. Und diese besondere Andacht diente noch einem tieferen Zweck, glaubten doch alle sterblichen Menschen in den geheimsten Tiefen ihrer Seele, blindes Gottvertrauen und eifrige Anbetung allein seien genug, um den Allmächtigen in seinem Zorn zu versöhnen. Sie hofften, daß Er, nach dessen Abbild sie geschaffen waren, wie sie selbst nicht unempfänglich war für Schmeichelei. Cyrus de Figham gestattete es diesem Klang fester Männerstimmen, eine vertraute Saite in seinem Wesen zum Klingen zu bringen.

»Wir rufen die Morgendämmerung herbei«, sagte er laut. »Wir singen die Sonne zum Himmel empor, als würden ohne die Hilfe unserer menschlichen Stimmen Sterne und Planeten den Atem anhalten, als würde der Große Plan der Dinge ohne uns einen anderen Lauf nehmen. Glauben wir denn wirklich, Gott hätte eine Sonne geschaffen, die ohne unseren erbärmlichen Beistand noch unterzugehen vermöchte?« Sein Lächeln war bitter, aber seine Augen waren heiter. »Wir sind doch alle gleich«, überlegte er versonnen. »Ob Christ oder Moslem, ob Heide oder Jude, wir alle bauen unsere hübschen Altäre nach Osten hin und beträllern den neuen Tag wie kleine Spatzen. Alle Menschen sind Heiden, wenn die Nacht sie mit ihren Schrecken niedergedrückt hat.«

Cyrus sah der Dämmerung von einem kleinen Eckfenster im Domkapitel aus entgegen. Er betrachtete den Morgenstern, der tief und still an dem samtschwarzen Himmel über den Sümpfen hing. Er stank nach schalem Schweiß und nach dem Elend anderer Menschen; er hatte sich weder gewaschen noch die Kleider gewechselt, und noch immer klebte das Blut ungezählter verletzter Männer und Frauen an ihm. Ausnahmsweise einmal störte ihn ihr Schmutz nicht. Statt dessen betrachtete er sein besudeltes Gewand mit einem Gefühl des Stolzes. Es war überaus passend, daß er, wenn die Zeit dazu reif war, in dem befleckten Ornat seines Heldentums vor den Propst hintreten sollte.

Cyrus hatte sich zusammen mit den anderen Helfern geschunden, und jeder Muskel seines Körpers schmerzte. Er war erschöpft und zutiefst verbittert darüber, daß er es nötig hatte, für sein persönliches Fortkommen eine so entwürdigende körperliche Arbeit zu verrichten. Es war hart gewesen, aber seine Bemühungen zeigten schon jetzt ihre ersten Früchte. Mit seinem schnellen Verstand und seinem gebieterischen Benehmen hatte er sich mühelos zum Rudelführer gemacht. Mit der Rolle des Führers kam Ruhm und mit dem Ruhm Macht und mit der Macht Profit. Sie sprachen von ihm, als sei er ein Held. Es war Cyrus, der den juwelenbesetzten Abendmahlskelch fand und schließlich auch den Hostienteller, Cyrus, der ein verletztes Kind unter den Trümmern hervorzog und die Geistesgegenwart hatte, ihm das Leben in seine kleinen Lungen zurückzublasen. Und seine Hand war es, die einen besonders beliebten Priester, Pater Paul von Cottam, unter einem Felsbrocken hervorzerrte und ihn, der noch immer atmete, ins Hospital trug.

»Gute Arbeit hab' ich heute nacht geleistet«, sagte er lächelnd zu sich. »Gut und profitabel … *profitabel.*«

Genau in diesem Augenblick kam ein Mönch in dunkelbrauner Kutte mit einem Becher Wein auf ihn zu. Es war kein Einheimischer, sondern ein Reisender, ein Mann der Wälder und Baumhecken, ein wandernder Pilger, der seine Dienste anbot, wo sie nötig waren, ein Mann, der für all seine Mühen freudig ein Leben als Bettler in Kauf nahm.

»Trinkt, Bruder, und erfrischt Euch.« Cyrus betrachtete den Becher mit argwöhnischen Blicken. Er roch nach heißer

Asche und versengten Gewürzen, und über dem Gebräu kräuselte sich in winzigen Spiralen aromatischer Duft.

»Trinkt. Der Wein ist gut. Könnt Ihr nicht schlafen, Bruder Cyrus?«

Er schüttelte den Kopf und nippte an der warmen Flüssigkeit. Er haßte Mönche. Ihre staubige Frömmigkeit störte seine Ruhe. »Nein, *Bruder*«, sagte er mit unhöflicher Betonung. »Ich kann nicht schlafen.«

Der Mönch sah den Priester an und vermochte es nicht, die Farbe seiner Augen zu bestimmen. Sie hätten ebensogut braun sein können wie grau oder blau. Aber die Feindseligkeit in ihnen war nicht zu übersehen.

»Wir sind alle Brüder hier«, sagte er duldsam. »In Zeiten solchen Unglücks müssen wir alle unseren Rücken unter derselben Fron beugen.«

»Ja, wirklich«, erwiderte Cyrus. Dann gab er den Becher zurück und erwiderte den Blick des anderen mit ungerührter Festigkeit. Der Wein war gut. Er wärmte und belebte ihn, aber er würde sich nicht dazu herablassen, dem Mönch dafür zu danken.

Als der Mönch davongegangen war, um seine Hilfe anderswo anzubieten, erlaubte Cyrus sich ein kleines Lächeln über die sinnlose Torheit dieses Mannes und seinesgleichen. Sie gingen den Weg Jesu – oder glaubten das zumindest – und verscherzten sich mit ihrer fehlgeleiteten, possenhaften Schauspielerei jeden Respekt. Kein Mann traut einem Vagabunden, denn er hatte weder Freunde noch Verwandte, die ihm mit Lob oder Tadel den Weg wiesen, und er besaß keine irdischen Güter, die er bei einem Fehltritt verlieren konnte. Auf diese Weise war er gegen Strafe gefeit und sorglos; er war sein eigenes Gesetz und stand damit jenseits der Regeln, die für gewöhnliche Bürger galten.

Und dann bezeichneten diese Mönche sich auch noch als Hirten! Welcher Mann seit Anbeginn der Zeiten brachte einem verachteten Schafhirten auch nur eine Unze Respekt entgegen? So ein Hirte hatte das ungehobelte Benehmen der Bauern und war bewandert in der blutbefleckten Kunst des Schlachtens. Er wurde mit Recht von allen gottesfürchtigen

Menschen verachtet, denn wie der Leprakranke war er besudelt und verderbt. Er scheute die Gesellschaft von seinesgleichen und konzentrierte seine Meditationen, so glaubten jedenfalls anständige Menschen, ganz auf die schmutzigen Hinterteile seiner Schafe.

»Die Mönche, die Leprakranken und die Hüter von Wollviechern – einer wie der andere«, murmelte Cyrus leise vor sich hin.

Es war eine Tatsache, daß England drei Herren hatte: den Herrn König, den Herrn Ritter und den Herrn Priester. Und wenn das so war, dann mußten auch drei Arten von Männern sich den niedrigsten Rang der menschlichen Ordnung teilen, und dabei handelte es sich zweifellos um den Leprakranken, den Schafhirten und den Mönch.

Cyrus wandte sich vom Fenster ab und sah sich um. Es hatten sich noch andere erschöpfte Priester und Geistliche hierher ins Domkapitel geflüchtet, um sich ein wenig auszuruhen. Viele waren, wie er selbst, von stärkeren Händen hierher geleitet worden, nachdem sie bei ihren verzweifelten Bemühungen, die Eingeschlossenen zu befreien, zusammengebrochen waren. Flackerndes Fackellicht beleuchtete ihre Gesichter, so daß sie aussahen wie in der Dunkelheit aufgehängte Masken, und ein jedes erzählte seine eigene Geschichte von Furcht und Schmerz, von Verwirrung und Verlust.

Eine Schar von Jungen aus der zerstörten Lateinschule hockte in einer stillen Ecke zusammen, während andere sich vor Erschöpfung auf dem Boden ausgestreckt hatten. Einige von ihnen weinten stundenlang, nachdem sie hatten mit ansehen müssen, wie ihre Kameraden unter herabstürzenden Steinen zerschmettert oder vom Sturm ergriffen und ihrem sicheren Tod entgegengetragen worden waren. Irgendwo heulte ohne Unterlaß eine gedämpfte Stimme, manchmal zu einem schluchzenden Wimmern herabgesunken, manchmal zu einem lauten Schreien angeschwollen, aber ohne auch nur einen Augenblick innezuhalten. Cyrus war sich sicher, daß er die Stimme erkannte. Man hatte ihm gesagt, daß das Geheul schon Stunden andauerte.

Er drehte sich noch ein Stück weiter um, so daß er nach Norden blickte, über den Kirchhof und den halbzerstörten Fischmarkt, und von dort aus weiter über die Schlachtergasse, den Kornmarkt, die Bullenkampfarena und den Bischofspalast in der Nähe des Marktkreuzes. Von dort aus wanderte sein Blick weiter zur großen Nordbarre, wo der Graben am tiefsten war. Die Stadt lag in Schutt und Asche. Die im Stich gelassenen Feuer spien Rauch durch die Schornsteine, der sich mit den in der grauen Morgendämmerung wabernden Nebeln vermischte. Dem Münster etwas näher, in der Eastgate, die jetzt zu seiner Rechten lag, waren viele Häuser eingestürzt oder niedergebrannt, und überall waren die Folgen des Sturms zu sehen. Ebenso viele Gebäude hatten jedoch keinen Schaden genommen, so als hätte der Sturm sie aus unerklärlichem Grund verschont. Das sumpfige Moorland um das Münster herum war zu einem schier undurchdringlichen Morast geworden. Die vielen Wasserläufe von Beverley, sowohl die unterirdischen als auch die zutage liegenden, waren auf ein Vielfaches ihrer Fassungskraft angeschwollen. Vom Westwald bis zur Long Lane und dem Abwasserkanal, auf eine Strecke von zwei Meilen oder mehr, war der Stadtgraben über seine Ufer getreten und hatte sein stinkendes Wasser über das Land ergossen. Sein Nebenarm, der sich von der Nordbarre bis zu dem kleinen Flußhafen und am Hall Garth vorbei nach Osten schlängelte, spie unverdrossen allen Schmutz aus, der sich in ihm angesammelt hatte.

»Diese Stadt ist kaum mehr als ein Stück Sumpfland, das an allen Seiten von Kanälen, Gräben und Flüssen umzäunt ist«, bemerkte Cyrus ohne Zuneigung. »Es wird im Winter überflutet, stinkt im Sommer und sorgt dafür, daß man das ganze Jahr über nasse Füße hat.«

Eine kaum wahrnehmbare Bewegung vor dem Fenster ließ ihn die Stirn runzeln. Verstohlene Gestalten huschten hier und dort durch das Licht des frühen Morgens und krochen durch zertrümmerte Häuser und Marktstände. Die Plünderer waren am Werk. Sie kamen wie Hyänen auf der Suche nach Aas herbeigeschlichen; sie hatten das Unglück ihrer Mitmenschen gewittert und hofften nun, sich mit deren Besitztümern Bauch und Säckel zu füllen. Cyrus sah, wie ein gebückter Mann auf irgend etwas, das am Boden lag, eindrosch, bevor er sich hinter einem dunklen Trümmerhaufen verbarg, und es ging ihm durch den Sinn, daß er vielleicht gerade Zeuge eines blutigen Mordes geworden war. Die in dieser Nacht unter dem Schutzmantel der Dunkelheit begangenen Sünden waren wahrscheinlich Legion, denn diese Nacht war eine, in der die Bösen ihr Glück machten, während die Guten fielen. Diese Stunden waren wie geschaffen gewesen für Räuber, Taschendiebe und andre Skrupellose, für heimtückische Morde, hinterhältige Schläge und gemeine Wegelagerei.

»Und für Priester, die ihren Vorteil suchen«, flüsterte er grimmig und empfand kein Mitleid für einen freundlichen alten Mann, den einer seiner Mitbrüder mit einem Knüppel totgeschlagen hatte.

Plötzlich wurde Cyrus sich von neuem der Stimme bewußt, die irgendwo in einer dunklen Ecke unablässig schrie. Er wandte sich an einen Mönch, der ganz in seiner Nähe kniete und gerade damit beschäftigt war, einer sterbenden Frau eine atemlos hervorgestoßene Beichte abzunehmen.

»Kann denn niemand diesen Kerl zum Schweigen bringen?« fragte er.

Der Mönch hob den Kopf, und in seinen Augen spiegelte sich helles Fackellicht wider. »Ihr könntet dem Jungen Euren Trost anbieten, Bruder Cyrus.«

Cyrus, der sich scharf zurechtgewiesen fühlte, konnte seine Stimme nur mit Mühe unter Kontrolle halten, als er sagte: »Wie kann man sich nur so jämmerlich gehenlassen. Irgend jemand sollte ihn daran erinnern, daß Beten bei weitem besser ist als Jammern.«

»Das hat er selbst einmal gewußt, aber er ist nicht mehr als ein Junge, und sein Glaube ist auf eine grausame Probe gestellt worden. Er ist ein Verdurstender in der Wüste, Bruder Cyrus. Er braucht jemanden, der stark und fest im Glauben ist, um ihn zurückzuführen. Wenn Ihr ihm helfen würdet, wenn Ihr zu ihm ginget …«

Cyrus bebte vor Wut; dieser unverschämte Mönch wagte es doch tatsächlich, ihn an seine priesterlichen Verpflichtungen gegenüber den Kranken und Bedürftigen zu erinnern, als hätte er nicht schon viel mehr für sie getan, als irgend jemand von ihm erwarten durfte.

»Ich habe die ganze Nacht über gearbeitet«, sagte er. Der Mönch nickte. »Unsere Berufung ist keine leichte. Der Herr ist barmherzig, aber auch ein harter Zuchtmeister.«

Der Priester holte tief Atem und zwang sich zu einem Lächeln. Kein Mann, und schon gar nicht ein frömmelnder Mönch, durfte Grund haben, schlecht von ihm zu sprechen, wenn er vor den Kirchenoberen stand.

»Wenn ich gebraucht werde, dann werde ich selbstverständlich zu ihm gehen«, sagte er mit leiser Stimme und hob seinen Blick zum Dach, wo die Schreie am lautesten schienen. »Ist er da oben auf dem flachen Teil des Daches?«

»Jawohl, in dem kleinen Alkoven auf der Südseite, wo die Schatten am finstersten sind. Vielen Dank, Bruder.«

Mit diesen Worten senkte der Mönch den Kopf wieder über die sterbende Frau, legte seine Hände über ihre und sagte ein Gebet, das sie von ihren Sünden freisprach. Angesichts dieses gebeugten Rückens und des gesenkten Kopfes fiel es Cyrus schwer, seinen Zorn unter Kontrolle zu halten. Man hatte ihn entlassen und von der schäbigen Gesellschaft dieses wandernden Mönches entbunden. Mit weißem Gesicht ballte er die Fäuste, wandte sich ab und nahm seinen Zorn mit hinauf aufs Dach.

Der Junge kauerte in genau der Ecke, die der Mönch ihm beschrieben hatte, in sich zusammengesunken und an die Wand geschmiegt, als hoffte er, die Steine würden ihn verschlingen. Es war derselbe Junge, den er zuvor gesehen hatte, wie er auf allen vieren hinter dem Altar des heiligen Markus hervorgekrochen war, mit geknebeltem Mund und besudeltem Leib. Als Cyrus auf ihn zukam, wurde sein Wimmern lauter, und er hob die Arme, um sich zu verteidigen, während er sich mit dem Rücken fest gegen die Mauer stemmte.

In seiner Scham und seinem Elend hatte er nicht mehr die

Kraft, zwischen einem Priester und dem anderen zu unterscheiden.

Ohne auch nur einen Augenblick zu zögern, bückte sich Cyrus, legte seine Finger um die Kehle des Jungen und drückte langsam zu. Während er ihm so die Luft abschnitt, zog er ihn langsam in die Höhe, bis er mit dem Rücken über der niedrigen Brüstung des Daches lag. Der Blick von dort aus war mehr als ernüchternd, denn es war ein langer Weg bis zum Boden. Das Schreien verstummte abrupt. Die Augen des Jungen traten aus ihren Höhlen und liefen über vor Tränen, und seine weichen, dünnen Finger umklammerten die Handgelenke des großen Mannes. Sein Kampf ums Überleben war schwach, aber entschlossen.

»Kein Laut mehr«, zischte Cyrus, der seinen eigenen Zorn an dem hilflosen Jungen ausließ. »Dein Gejammer und Geheul treiben mich zum Wahnsinn. Kein Laut mehr, oder ich werde dir dein erbärmliches Leben aus dem Leib würgen und dich dort unten auf die Steine werfen.«

Er sah, wie das junge Gesicht dunkelrot anlief und der Mund schlaff wurde. Er war versucht, ernsthaft versucht, seine Kraft an diesem zarten Hals zu erproben. Als er den Jungen endlich losließ, stürzte dieser auf die Knie und blieb dort liegen. Sein Keuchen und Schluchzen war nun viel leiser als zuvor, denn sowohl seine Luftröhre als auch sein Mut waren halb zermalmt. Der Priester schritt davon, ohne sich auch nur ein einziges Mal umzusehen, und als er wieder ins Domkapitel trat, war die wimmernde Stimme dort nicht mehr zu hören.

»Ihr habt ihn zur Ruhe gebracht«, sagte der Mönch lächelnd.

Cyrus zuckte mit den Schultern und antwortete bescheiden: »Ich habe eine einfache Weisheit benutzt. Er war nur allzu bereit, mir zuzuhören.«

»Ich danke Euch, Bruder Cyrus.«

»Ich habe ihm den Rat gegeben, das Credo zu beten, zuerst auf lateinisch und dann auf englisch.« Die Lüge kam ihm ohne Stocken über die Lippen. »Ich glaube, die Disziplin dieses Gebetes wird ihn beruhigen, und hinterher wird er zweifellos ein wenig schlafen.«

»Eure Bemühungen sind wirklich lobenswert, Bruder.«

»Nicht mehr als Eure eigenen«, erwiderte Cyrus.

»Mein Name ist Antony.«

»Antony. Ich werde mich daran erinnern.« Er lächelte. Dieser Mönch war ehrgeizig und offensichtlich auf Belohnung aus, und Cyrus war klug genug, dafür zu sorgen, daß er bekommen würde, was er verdiente. »Und jetzt muß ich zurück in die Kirche, wo meine Hilfe benötigt wird. Wie Ihr bereits ganz recht bemerktet, ist unsere Berufung keine leichte.«

»Gott sei mit Euch, Bruder Cyrus.«

»Und mit Euch, Antony.«

Cyrus, der sich besser fühlte, nachdem er seinen Zorn an dem Jungen ausgelassen und den Mönch durchschaut hatte, ging auf die Tür zu. Während er sich vorsichtig seinen Weg zwischen den auf dem Boden liegenden Leibern bahnte, fragte er sich, ob sein eigenes Gesicht wohl genauso grotesk im Licht der Fackeln tanzte wie die Gesichter der Menschen um ihn herum. Er eilte die Treppe hinunter, und statt durch den nördlichen Chorumgang des Münsters zu gehen, trat er durch eines der Außentore hinaus.

Das Domkapitel war ein verwinkeltes, zweigeschossiges Gebäude mit einem flachen Dach und schmalen Fenstern wie bei einer Festung. Es war ein aus alten Steinen solide gebauter Seitenflügel des nordöstlichen Teils des Münsters, ein Überbleibsel der Abtei, die einst an dieser Stelle gestanden hatte. Es ruhte auf alten, sicheren Grundmauern und stand an einem geschützten Platz, so daß es kaum Schaden genommen hatte in dem schweren Unwetter. Durch seine äußeren Tore gelangte man nach Osten auf den führenden Friedhof des Münsters und zur anderen Seite hin auf den von zahllosen Menschen bevölkerten Fischmarkt, der auch Hyegate genannt wurde. In der Fischhändlergasse stand ein Haus, das er häufig besuchte, das Heim von Gervais, dem Fischhändler, und seiner Familie. Es war nur eine Hütte, aber sie erfüllte ihren Zweck.

Der Staub und die zermürbende Arbeit hatten ihn durstig gemacht, und der Wein, der diesen Durst gelöscht hatte,

hatte sich in seinen Lenden zu Feuer verwandelt. Er brauchte eine Frau. Er hatte sich der extremen Disziplin des Zölibats nie verpflichtet gefühlt. Nur wenige Männer, die bei Verstand waren, taten das. Und nur ein Narr würde seiner Zunge gestatten, ein feierliches Gelübde abzulegen, das seine Genitalien nicht einhalten konnten. Es war Eugenius, der in seiner kurzen, aber turbulenten Amtszeit als Papst verfügt hatte, daß kein Bischof oder Abt, kein Diakon, Priester oder Mönch den Verlockungen des Weibes nachgeben durfte. Wie der alte Satan bei dieser grandiosen Bestätigung der menschlichen Dummheit sich vor Freude in die Hände geklatscht haben mußte! Aus einem natürlichen Instinkt ein Vergehen zu machen, bedeutet, gute Männer in Scharen zur Hölle zu verdammen. Und wenn ein sündiger Gedanke an sich schon eine Sünde ist, waren alle Männer bis auf die, die schon als Kastraten zur Welt gekommen waren, verdammt.

Diese Gedanken schürten seine Lust nur noch, eine Ironie, die ihm nicht entging. In Gedanken hatte er bereits Unzucht begangen, aber sein Körper hungerte noch immer nach dem greifbaren, fühlbaren Vollzug. Er brauchte eine Frau, und er würde eine haben, und nicht Papst noch Teufel konnte ihn davon abhalten.

Er hob seinen Umhang hoch und wandte seinen Schritt in die Richtung, in der das Haus des Fischhändlers lag. Während des größten Teils seines Weges hatte er sich selbst bis zu den Waden mit Schlamm bespritzt und mußte sich seinen Weg durch eine Armee Hilfe heischender menschlicher Parasiten erzwingen. Der Friedhof innerhalb der Kirchenmauern war zu einer glitzernden Flut von Schlamm geworden. Er hob sich den Ärmel an die Nase und atmete durch den schweren Stoff, um sich vor dem Gestank verwester Leiber zu schützen, die die mit Wasser vollgesogene Erde ausgespien hatte. Zweimal verlor er trotz all seiner Vorsicht beinahe das Gleichgewicht. Einmal streckte er einen Arm aus, um sich festzuhalten und mußte feststellen, daß seine Hand auf dem nackten Hinterteil eines Mannes ruhte, dessen Körper sich wie ein Klappmesser zusammengefaltet hatte, nachdem der Sturm ihn kopfunter in den Matsch gerammt hatte.

Ein wahrer Schlammfluß lief nun von der Walkergate hinunter zu den nahe gelegenen Kirchhöfen von St. Martin und St. John, und in seinen widerlichen Fluten trieben Leichen und Trümmer. Die Häuser auf beiden Seiten der Fischhändlergasse waren im schlimmsten Fall zerstört und im besten überspült mit stinkendem Morast. Das Haus von Gervais stand auf der linken Seite zwischen zwei etwas solideren Gebäuden und war so vor dem schlimmsten Ansturm des Unwetters verschont geblieben. Es bestand aus nur einem einzigen Zimmer mit einem einzigen Mittelbalken und einem großen, backsteinernen Herd, wo die Familie ihre Mahlzeiten kochte. Cyrus verfluchte noch ein letztes Mal den Schlamm, der seine Füße in die Tiefe zu ziehen versuchte, duckte sich dann, um sich an dem niedrigen Dach nicht den Kopf zu stoßen, und trat ein.

»Pater Cyrus, Gott segne Euch für Euer Kommen.«

Er runzelte die Stirn und blinzelte im Halbdunkeln. »Was? Habt Ihr nach mir geschickt?«

»Schon vor einigen Stunden«, bejahte der Mann mit entschuldigendem Tonfall. »Ich habe meinen ältesten Jungen losgeschickt, um Euch zu suchen. Ich habe schon befürchtet, Ihr könntet tot sein.«

»Ich habe keine Botschaft erhalten«, erwiderte Cyrus und überlegte gleichzeitig, ob sein Tod sich für diesen ungewaschenen Dummkopf als Segen oder Fluch erwiesen hätte.

»Meine Frau«, sagte der Fischhändler. »Der Sturm hat einen Baum, eine Eiche, aus der Erde gerissen. Sie hat das Dach wie ein Speer durchschlagen und meine arme, liebe Maud getroffen. Es war allerdings der Schlamm, der sie getötet hat, nicht der Baum. Er hat sie ertränkt, während sie am Boden lag und wir anderen in der pechschwarzen Dunkelheit umherliefen, um uns in Sicherheit zu bringen. Der Regen hatte das Feuer gelöscht, versteht Ihr, und auch die Fackeln. Wir hatten kein Licht und konnten nichts sehen.«

Cyrus sah sich in der trostlosen Düsternis um. In einer Ecke hausten einige Schweine und Hühner. Zwei Ziegen waren an einen Metallpflock gebunden, und an einer der Wände lehnte ein offenes Faß mit Fischköpfen, in denen Fliegen und Maden herumkrochen. Sechs Kinder der toten Frau hatten sich um ihren Leichnam versammelt, der seiner Kleider entblößt und mit einem notdürftigen Leichentuch bedeckt war. Er lag auf einem durch Backsteine erhöhten Holzbrett, um zu verhindern, daß er in die dicke Schicht aus Morast einsank, die den aus festgetretener Erde bestehenden Boden knöcheltief überzog. Das älteste Kind, das nach seiner Mutter ebenfalls Maud hieß, senkte den Kopf und weigerte sich, Cyrus in die Augen zu sehen. Er hatte sie noch niemals lächeln sehen. Sie war ein Mädchen von vierzehn Jahren, mit nicht besonders ansprechendem Gesicht, aber einem ganz passablen Körper. Es war sehr bequem für ihn, sie hier zu haben, in Sichtweite des Münsters und auch von seiner eigenen kleinen Kirche in Figham nicht allzuweit entfernt. Wann immer die Lust ihn ankam, war sie für ihn erreichbar, und deshalb sorgte er dafür, daß der Fischhändler immer in seiner Schuld stand. Er bewahrte den Mann vor dem sicheren Ruin, solange dieser das Mädchen für ihn bereithielt. Ein paar armselige Schillinge waren nichts für einen Mann wie Cyrus, aber für diesen ungebildeten Fischhändler bedeuteten sie den Unterschied zwischen Leben und Sterben.

»Habt Ihr die Gebühr?« Er stellte die Frage einfach aus Neugier. Er war gekommen, um das Mädchen zu haben, nicht, um die Mutter zu segnen.

»Leider ...« Der Fischhändler breitete die Hände aus und schüttelte den Kopf. Es widerstrebte ihm, auch nur eine Handvoll Fisch abzugeben, es sei denn, sie wurden als Steuer unerbittlich von ihm verlangt. Er sah keinen Sinn darin, seine Schuld mit Münzen oder dergleichen zu bezahlen, während seine Tochter doch die Gebühr zwischen ihren Beinen hielt.

»Egal«, sagte Cyrus zu ihm. »Bring mir das Mädchen.«

Er trat an die tiefe Pritsche in dem Alkoven, wo der Fischhändler schlief. Eine schmutzige Decke aus Sackleinen lag darauf und ein paar Handvoll Stroh sowie eine Rolle schmutzigen Stoffs, die als Kissen diente. Ein Huhn saß ganz gemütlich auf dem Stroh, während ungezählte Insekten hin und her huschten und sich an dem Bettzeug gütlich taten.

Als Cyrus all dies sah, verzog sich seine Oberlippe zu einer Grimasse des Ekels. Es hatte sich wirklich nichts geändert seit seinem letzten Besuch in diesem Haus. Das Bett des Fischhändlers war ein zu widerwärtiger Ort, als daß irgendein anständiger Mann seinen Kopf dort gebettet hätte. Trotz seiner Müdigkeit würde er sein Vergnügen lieber im Stehen genießen.

Auf einen Wink ihres Vaters hin ging Maud ohne ein Zeichen des Protests zu dem Priester hin. Sie verließ den Platz neben dem Leichnam ihrer Mutter und watete durch den Schmutz; sie hatte ihren eigenen Winterumhang, der im Laufe der Jahre zu kurz und außerdem fadenscheinig geworden war, gegen den ihrer Mutter eingetauscht. Da sie aber nur halb so groß und halb so dick war wie die tote Frau, reichte ihr der dunkle Stoff vom Hals bis zu den Waden. Ihr Haar fiel offen über ihre Schultern und reichte ihr bis zur Taille, aber auch darin lag wenig Schönheit. Es hatte keine bestimmte Farbe und starrte vor Schmutz und Fett, und außerdem kratzte sie sich unaufhörlich am Kopf.

Der Priester blickte mit unverhohlenem Abscheu auf sie herab, und wie immer fachte das, was ihn abstieß, gleichzeitig auch seine Lust an. Er leckte sich die Lippen und spürte, wie das Feuer in seine Lenden stieg. Ohne zu zögern, grub er seine Hände in das Vorderteil ihres Gewandes, stellte fest, daß der Stoff ihrer Bewegungsfreiheit im Wege war, und riß es mit ungeduldigen Fingern auf. Er suchte ihre festen jungen Brüste, liebkoste sie so grob, wie seine Stimmung es gebot, und drehte die Brustwarzen zwischen den Fingern, bis das Mädchen zusammenzuckte. Dann zog er seine Kutte hoch.

»Heb deine Röcke und beug dich vor«, befahl er und griff mit ungeduldigem Drängen nach seinem Penis. »Komm schon, Mädchen, halt mich nicht die ganze Nacht hier auf. Beug dich vor und laß mich die Sache hinter mich bringen. Ich habe noch viel zu tun und möchte wahrhaftig keinen Augenblick länger hier verweilen als nötig. Weiter ... Beug dich weiter vor ... Halt dich am Bett fest ... Ein bißchen breiter jetzt ... O ja, jetzt kann ich dich mit beiden Händen fassen, während ich ... O ja ... O ja ... O ja ...«

Es war in Sekunden vorbei, denn die Begegnung mit diesem erbärmlichen Mädchen schenkte ihm nur wenig Vergnügen. Als er sich aus ihr zurückzog, wimmerte sie und blieb in ihrer vornübergebeugten Haltung stehen, die Arme vor ihrem Leib verschränkt, als hätte sie Schmerzen. Gleichgültig ließ er sein Gewand wieder herab, schlang sich seinen Umhang fester um die Schultern und ging dann wieder in die Mitte des Raumes. Die anderen Kinder sahen ihn ohne Verlegenheit an, während der Fischhändler lächelte und die Schultern hob, als wolle er sich für die mindere Qualität seiner Gastfreundschaft entschuldigen. Cyrus, der nun eifrig darauf bedacht war, diese stinkende Hütte hinter sich zu lassen, schlug das Kreuzzeichen und murmelte ein hastiges Gebet für die verblichene Seele von Maud, der Frau des Fischhändlers. Auch dieses Ritual vollzog er in Rekordzeit, bevor er das Haus mit einem kurzen Nicken für seinen Gastgeber verließ. Keiner der beiden Männer hatte Grund zur Unzufriedenheit. Alles, was sie im Sinn hatten, war die Erfüllung ihrer jeweiligen Bedürfnisse.

Während er durch den unter seinen Füßen glucksenden Morast zurückging, empfand er keinen Konflikt zwischen dem äußeren Mann und dem inneren, zwischen dem Mann, den seine Kirche kannte, und dem Gast des Fischhändlers. Wenn man ihn darauf angesprochen hätte, hätte er nur sein träges, zynisches Lächeln aufgesetzt und bemerkt, daß ihm sein Gewissen deswegen keine schlaflosen Nächte bereitete. Er hätte gefragt, wie viele große Heilige auch nur ein Zehntel der Tugend und Demut ihrer Anhänger verdienten. Selbst das berühmte härene Hemd des heiligen Thomas Becket, so flüsterte man, war insgeheim mit Seide gefüttert gewesen, damit es ihm nicht auf der Haut scheuerte. Was war also Schlimmes dabei, wenn Cyrus de Figham auch nur ein Mensch war und nicht mehr, als er von sich zu sein behauptete, wenn selbst die Heiligen unter der Maske ihrer Scheinheiligkeit nicht besser waren als er?

Kapitel 9

Nur mit größtem Widerwillen machte sich Simeon kurz nach Beginn der Morgendämmerung bereit, das Hospital zu verlassen. Er hätte es bei weitem vorgezogen, dort zu bleiben, hätte nicht sein Kanonikus, Pater Cuthbert, ihm eine dringende Botschaft geschickt und ihn um sein Kommen gebeten. Sein Wunsch, an diesem sicheren Ort zu verweilen, hatte kaum etwas mit seinen Verletzungen zu tun. Die waren glücklicherweise zum größten Teil nur oberflächlicher Natur. Seine Prellungen waren mit Kerbelblättern gekühlt worden, so daß die Farbe und der Schmerz an die Oberfläche treten konnten. Auf seine Schnitt- und Schürfwunden hatte man eine Salbe gestrichen, die indische Aloe enthielt und die Wundheilung beschleunigte, indem sie zu prompter Schorfbildung führte. Die tiefe Wunde auf seinem Unterarm war jetzt fest verbunden und der Schnitt an seinem Hals unter einem lockeren Tuch verborgen, das den Schmutz abhalten und ihm Schutz vor den kalten Dezemberwinden gewähren sollte.

Auf einer von einem Kreis dichten blonden Haares umringten Tonsur prangte ein angeschwollener, unangenehm aussehender blauer Fleck mit einem langen Riß in der Mitte. Getrocknetes Blut überzog die Wunde mit glitzerndem Schwarz, bis sie schließlich, wie Pater Osric meinte, den gezackten Schründen eines ausgebrannten Vulkans glich. Mit Hilfe seines hingebungsvollen Helfers, Bruder William, hatte Osric, der Hospizbruder, ein Dutzend Glassplitter aus Simeons Rücken und Schultern entfernt, und bei jedem einzelnen sorgfältig darauf geachtet, daß kein Risiko einer Vergiftung bestehen konnte. Dann hatte er den ganzen Bereich um die Wunde herum mit indischer Aloe eingerieben und seinen Patienten mit Streifen aus weißem Leinen verbunden.

Simeon war ein starker junger Mann, dem körperlicher Schmerz nicht fremd war. Daher waren es auch weder seine Verletzungen noch seine Müdigkeit, die ihn am warmen

Feuer festhielten. Was ihn unwiderstehlich im Hospital festhielt, war die winzig kleine Gestalt, die dort in dem halben Faß lag.

Zwei Kleriker niederen Ranges waren direkt nach dem Ende der Laudes mit dem Beginn der Morgendämmerung gekommen, um ihn zu holen. Einer war ein Ostiarius in schlichter schwarzer Soutane, der andere ein Exorzist in Scharlachrot und Weiß. Sie waren beide mit Schlamm bespritzt, hatten rotgeränderte Augen, und ihre Gesichter zeigten die unübersehbaren Spuren großer Erschöpfung. Sie waren nach St. Peter gekommen, um sich einen Überblick über die Anzahl der Toten und Verletzten zu verschaffen, und um Simeon zu einer wichtigen Versammlung in die Residenz des Kanonikus zu bitten. Er konnte sich dieser Aufforderung nicht widersetzen und wollte auch seinen Kanonikus nicht enttäuschen, indem er sich entschuldigen ließ, aber er folgte dem Ruf nur höchst widerwillig.

»Ihr müßt Euren Pflichten nachkommen«, erinnerte Bruder Osric ihn.

»Meine größte Verpflichtung ist jetzt das Kind«, korrigierte ihn Simeon; seine Stimme klang so ruhig wie immer, aber er sprach plötzlich mit größerer Autorität.

»Das Kind ist bei uns gut aufgehoben. Es wird ihm in Eurer Abwesenheit nichts Böses widerfahren, Simeon.«

»Ich sollte hierbleiben …« Er sah von dem Ostiarius zu dem Exorzisten, die als Inhaber der niederen Weihen von Männern wie Simeon erwarteten, daß sie ihren Pflichten stets ohne zu murren nachkamen. »… Aber da man mich gerufen hat …«

»Das Kind ist bei uns gut aufgehoben«, wiederholte Pater Osric. »Geht jetzt. Gehorcht Eurem Kanonikus. Bruder William wird Euch zur Sicherheit begleiten, und wenn Ihr Eure Pflicht versehen habt, könnt Ihr ja hierher zurückkehren.«

Simeon nickte und setzte sich auf einen Hocker, so daß der junge William ihm die Stiefel schnüren konnte. Seine Stiefel waren in Form und Größe unterschiedlich, denn einer mußte seinen ungelenken Fuß umfassen, den Knöchel, den er sich bei einem Unfall in seiner Kindheit verletzt hatte. Dieser Makel hatte ihm die Liebe seines Vaters geraubt und ihn so zu einem Leben als Priester bestimmt. Nun ergriff Bruder William die zusätzlichen Falten des Leders und blickte mit stummer Frage zu Pater Osric auf. Die beiden standen einander so nah, daß ein einziger Blick genügte, um seiner Zunge Einhalt zu gebieten. Ohne ein Wort band er die weichen Falten des Stiefels, die jetzt leer und überflüssig waren, mit den langen Lederriemen zusammen. Dann sah er zu, wie Simeon um die behelfsmäßige Krippe herumging und sich seinen langen, dunklen Umhang fester um die Schultern zog. Der junge Mann starrte den Hospizbruder mit offenem Mund an und formte mit den Lippen die Worte:

»Sein Fuß!«

Pater Osric schüttelte warnend den Kopf, aber in seinen Augen lag Bestürzung, und auf seinen Zügen spiegelte sich deutlich sichtbar der Zweifel wider. Er schlug das Kreuzzeichen und flüsterte: »Barmherziger Gott, geh mit unserem Bruder, um ihn zu schützen und zu leiten.«

Als die Boten sich verabschiedeten, um sich auf die Suche nach anderen Priestern zu machen, beugte Pater Simeon sich noch einmal über das Kind und berührte es mit seinen Fingern sanft an der Stirn. Wieder blickte er in diese blau verschleierten Augen und spürte diesen besonderen, allumfassenden Schmerz in seiner Brust.

»Gott behüte und bewahre dich«, flüsterte er, drehte sich dann auf dem Absatz um und schritt davon.

Draußen ging er durch das schmale Eisentor und trat energisch auf die kleine Brücke, die sich über den Graben jenseits der Kirchenmauer von St. Peter spannte. Das Erdreich, in dem die Brückensockel ruhten, war aufgewühlt und schlammig, und die Brücke selbst, ein einzelner Eichenbalken, war mit einer dicken, morastigen Schicht überzogen und nur mit größter Vorsicht zu begehen.

Behutsam setzte Simeon einen Schritt vor den anderen und gelangte schließlich mit einem langen Sprung ans andere Ufer, um einer großen Schlammpfütze auszuweichen. Seine Gedanken waren immer noch bei dem Kind. Bisher hatte er keinen Entschluß gefaßt, was die Milch dieser

Frau betraf. Der Gedanke, seinen kostbaren Patensohn in ihre schmutzigen Arme zu legen, in denen ein anderes Baby nur wenige Stunden zuvor gestorben war, widerstrebte ihm zutiefst. Er hätte natürlich wie Bruder Osric sagen können, daß hier übernatürliche Kräfte am Werk waren, die den kleinen Fremden mit einer Ersatzmutter versorgt hatten, und daß der Tod des einen Kindes vorherbestimmt war, um das andere am Leben zu erhalten. Es war ein verführerisches Argument, das sich mit Leichtigkeit in die Ereignisse der vergangenen Nacht einfügte, aber Simeon war nicht so leicht zu überzeugen. Obwohl seine Finger sich fest um das goldene Kopfstück in seiner Tasche schlossen, wußte er, daß er einem seltsamen Zufall nicht erlauben durfte, ihn zu einer Entscheidung zu drängen, die er für unklug hielt. Mit Honig gesüßte Kuhmilch würde genügen müssen, denn er würde sein Patenkind nicht übereilt an eben die Brust legen, an der ein totes Kind gelegen hatte.

Auf Simeons Anweisung hin hatte man Elvira, die Frau des Grabenbauers, zu dem kleinen Konvent von St. Anne gebracht, der direkt vor der Keldgate-Barre lag. Dort würde man sie baden, entlausen, genauestens auf Krankheiten und Ausschläge untersuchen und, sofern man sie für eine akzeptable Amme hielt, in sauberes Leinen kleiden und zu ihm zurückbringen. Erst dann würde er sich entscheiden.

»Gottes Segen sei mit Euch, Bruder.«

»Und möge Seine Liebe Euch erhalten«, erwiderte Simeon.

Der andere erkannte seine Stimme. »Bruder Simeon? Seid Ihr es wirklich, Bruder Simeon?«

»Ja wirklich.« Er warf die Kapuze zurück und blickte in das Gesicht des Mannes, der ihn begrüßt hatte.

Pater James trug einen Krug mit heiligem Wasser und einen silbernen Weihwasserkessel, mit dem er die Verletzten, denen er auf seinem Weg begegnete, besprengte. Er hatte an der Stelle haltgemacht, an der die Kirchenmauer sich in die Eastgate hineinschlängelte, wo eine traurige Gruppe Leidender die Segnungen eines Priesters erwartete. Sein Gruß hatte einfach einem vorübergehenden Priester gegolten, und die

Worte waren schon heraus gewesen, bevor er Simeon erkannt hatte. Jetzt spähte er in das vertraute, markante Gesicht, in diese unergründlichen, blauen Augen, und einen Herzschlag lang durchzuckte ihn ein seltsames Gefühl, das ihm den Wunsch eingab, den Kopf zu neigen und demütig die Knie zu beugen. Dies war sein Freund und Mitbruder, Simeon, der lahme Schreiber, derselbe wie früher und eben doch nicht mehr derselbe.

»Was ist, Bruder James? Erkennt Ihr mich nicht?«

»Ihr scheint … verändert«, bemerkte der andere Mann.

Simeon legte eine Hand auf James' Schulter. In seinem Griff waren neue Stärke und neue Festigkeit.

»Diese Nacht hat uns gewiß alle verändert«, sagte er.

»Aber Ihr seid … Ihr wart …«

»In der Hölle«, ergänzte Simon. »Ich bin durch die Hölle gegangen und auf der anderen Seite wieder herausgekommen.«

Er drückte dem anderen noch einmal die Hand, drehte sich dann um und schritt davon. Er war ein großer Mann, aber jetzt wirkte er noch größer als zuvor. Seine Schultern waren breit und gestrafft unter dem langen, pelzbesetzten Umhang, und seine Statur hatte eine neue Kühnheit gewonnen. Pater James starrte ihm nach und sah einen Freund, der sich plötzlich und offenkundig von seinesgleichen unterschied. Mit dem Griff seines Weihrauchkessels segnete er sich mit dem heiligen Kreuz Christi.

»Er weiß es nicht«, flüsterte er ungläubig vor sich hin. »Gütiger Gott, du hast unseren Bruder mit einem Wunder berührt, und er hat es noch nicht bemerkt.«

Bruder William, der Simeon in einiger Entfernung folgte, bemerkte die Reaktion von Pater James und wußte, daß viele andere Männer den Schreiber verändert finden würden, sowohl körperlich wie auch auf eine andere, geheimnisvollere Art. Er wollte ein Teil all dessen sein, wollte gegenwärtig sein im Augenblick der Wahrheit, wenn Simeon sich selbst ansah und das Wunder erkannte.

Ohne etwas von den Überlegungen zu ahnen, die hinter seinem Rücken angestellt wurden, schritt Pater Simeon weiter zum Amtssitz des Propstes. Er hielt den Kopf ein wenig gesenkt, um nach Pfützen und Fallgruben auf dem Boden Ausschau zu halten, aber seine Gedanken waren immer noch bei dem Kind, das man in seine Obhut gegeben hatte. Wie von Ferne sah er die Zerstörungen des Sturms, die umgestürzten Bäume, die dem Boden gleichgemachten Holzhäuser. Er fühlte sich weit entfernt von den Horden der Verletzten und Heimatlosen, die sich aneinanderkauerten, teilnahmslos im kalten Licht des Morgens und unendlich erschöpft von den Strapazen der Nacht.

Jenseits der Ruinen von St. Martin, auf der Südseite des Münsters, lag das große Stück Land, das die Propstei umgab. Bevor Simeon weiter in diese Richtung ging, hielt er kurz inne, um eine Hand auf eine der zerschmetterten Säulen von St. Martin zu legen. Diese bleichen, rauhen Kalksteinmauern fühlten sich unter seinen Fingern warm an, obwohl die aufgehende Sonne sie noch nicht erreicht hatte und der Winterregen noch immer auf den Steinen glitzerte. Tief in sich spürte er eine unendliche Traurigkeit. Der Verlust dieser kleinen Pfarrkirche war eine Tragödie. Durch eine Lücke in den Steinen konnte er die vielen Plünderer sehen, die wie hungrige Nagetiere durch die Trümmer schwärmten und nach Schätzen suchten, die der Sturm zusammen mit den anderen Trümmern zu Boden geschleudert hatte. Der alte Taufstein stand noch da, eingehüllt in ein Leichentuch aus zusammengestürztem Mauerwerk. Es sah so aus, als ruhte das ganze Gewicht der verwüsteten Kirche auf diesem Taufstein, als trüge er eine ganz besondere Last.

»Peter. Er soll Peter heißen.«

Der Klang seiner eigenen Stimme hallte in Simeons Ohren wider, und ein Schaudern durchlief ihn, als er an diese ungewöhnliche Taufe dachte. In diesem Augenblick faßte er den Entschluß, daß der Taufstein aus den Trümmern entfernt und im Münster wieder aufgestellt werden mußte. Dort würde er vor Dieben sicher sein und unbeschadet bleiben, wenn erst die Steinmetze über St. Martin herfielen, um mit dessen Steinen das zerstörte Münster wieder aufzubauen.

Er wandte den Kopf um, um das überflutete Land zu

betrachten, das vor ihm lag. Die gewaltige Zugbrücke hatte allen Versuchen des angeschwollenen Grabens, ihre Grundfesten zu unterspülen, tapfer standgehalten, aber die anderen, kleineren Brücken waren alle verschwunden. Das ganze Gebiet war zu einem schlammigen See geworden. Die Gärten waren untergegangen, die Gebäude überflutet, die Waldgebiete dem Erdboden gleichgemacht. Kleine Boote mühten sich, Priester zur Propstei zu befördern, und kämpften sich durch mit Abfällen übersätes Wasser und Teiche aus dickem, schwarzem Schlamm.

Simeon hatte bereits davon gehört, daß die Propstei, in der der Propst seine Berater zusammenrief und Urteile sprach, im Sturm schweren Schaden genommen hatte. Fünf Gefangene, einer davon ein Junge von zehn Jahren, waren in ihren Zellen zu Tode gequetscht worden, als die Wände einstürzten. Die Priester, die versuchten, sie zu retten, ertranken, als eine gewaltige Woge von Flutwasser ihnen den einzigen Fluchtweg aus dem unterirdischen Gefängnis abgeschnitten hatte. Der östliche Teil des Gebäudes, ein Anbau aus jüngster Zeit, den man über einem unterirdischen Kanal errichtet hatte, war eingestürzt und hatte seine eigenen Grundmauern in den Boden gerammt, so daß die Priester, die dort Schutz gesucht hatten, alle zu Tode gekommen waren.

Auf dem Dach der Propstei flatterte noch immer eine kleine Flagge, die den Menschen von Beverley sagte, daß der alte Geoffrey mit seinen kranken Lungen und seinen umherschweifenden Sinnen den Sturm überlebt hatte.

»Gott sei gedankt für seine Rettung«, murmelte Simeon und schüttelte dann den Kopf, als wolle er diese rein automatische Reaktion auslöschen. Er hatte die Worte ausgesprochen, ohne wirklich darüber nachzudenken. Geoffreys Tod wäre ein Segen gewesen. Warum hatte Gott einen kranken und traurigen alten Mann überleben lassen, der nun das ganze Ausmaß der Katastrophe mit eigenen Augen ansehen mußte?

Die Kanoniker würden den armen Geoffrey jetzt mit aller Macht dazu drängen, über wichtige neue Ernennungen zu entscheiden. Sein Präzentor, der für den Chor und die Gesangsschule zuständig war, hatte überlebt. Sein Sakristan, der verantwortlich für die Gottesdienste, die Bücher und die Wertgegenstände war, würde sich von seinen Verletzungen erholen, wenn man ihm nur Zeit und ein gerüttelt Maß an Fürsorge angedeihen ließ. Aber Geoffrey wußte noch nichts davon, daß Pater Aidan, sein engster Freund und allseits geschätzter Rektor, in den Ruinen der Lateinschule umgekommen war, der er von Amts wegen vorgestanden hatte. Der Propst würde kaum Zeit haben, über seinen Verlust zu trauern, denn es gab ehrgeizige Männer, die die Katastrophe überlebt hatten und nun begierig darauf sein würden, sich in den Reigen der Bewerber um frei gewordene Ämter zu mischen.

Simeon seufzte und fragte sich, wie viele hier wohl wirklich froh darüber waren, daß der alte Mann so entschlossen am Leben festhielt. Die Pfründe des Propstes, die Geoffrey nun seit zwölf langen Jahren innehatte, war überaus lukrativ und sehr begehrt. Goldgierige Männer aus York, denen der Erzbischof sein Ohr nur allzu bereitwillig lieh, hatten schon vor Jahren ihre Ansprüche geltend gemacht, als Geoffreys Krankheit zum ersten Mal offensichtlich geworden war. Es war eine Position, die Wohlstand, Ansehen und Macht mit sich brachte, und ihr erster Inhaber war Thomas der Jüngere gewesen, der Neffe des Erzbischofs Thomas de Bayeux. Nach ihm waren viele ehrenwerte Männer gekommen, nicht zuletzt der Märtyrer und Heilige Thomas Becket, der außerdem die Pfründe von St. Michael innegehabt hatte. Die Kanoniker des armen Geoffrey waren nicht allzu begierig darauf, ihren Propst zu begraben, solange der Erzbischof nicht einen Mann aus Beverley zu seinem Nachfolger bestimmt hatte. Es war ihr Wunsch, sich ihre vielen zusätzlichen Privilegien zu erhalten, ohne daß das kritische Auge von Fremden sie näher beleuchtete. Es war immer noch besser, einen nachgiebigen, wenig bemerkenswerten Herrn zu genießen, als unter der geizigen Schirmherrschaft eines Mannes zu darben, den der Erzbischof fest in seiner Tasche hatte.

Simeon blickte zum Himmel auf. Das frühe Morgenlicht

hatte die grauschwarzen Wolken mit Rändern aus leuchtendem Messing überhaucht. Der Mond war noch immer als bleiches, fernes Spiegelbild seiner selbst am Himmel zu sehen, obwohl er nun langsam auf den immer heller werdenden Horizont zuglitt. Der Morgenhimmel war ruhig und still und wunderschön. Unerschütterlich und unerreichbar hing er über ihm, und in seiner blauen Gleichgültigkeit sah Simeon heute mehr als das einfache, tägliche Wunder, das die meisten Menschen als selbstverständlich hinnahmen. Bei diesem ersten Zeichen der Unendlichkeit an diesem Tag war die Anwesenheit seines Gottes beinahe körperlich für ihn greifbar.

Zwei Männer beobachteten Simeon aus der Ferne. Einer war der mit einem schlichten Gemüt gesegnete Bruder William, der sich ein ganzes Stück hinter Simeon hielt, da es ihm widerstrebte, neben einem Mann einherzugehen, dessen Gedanken so aufgewühlt waren und dessen Wesen Gott der Allmächtige mit seiner unendlichen Gnade berührt hatte. William kannte seinen Platz und war zufrieden damit, dort zu bleiben. Er wußte, daß es einigen Männern bestimmt war, andere zu beherrschen, daß einige zu Ruhm bestimmt waren und andere zum Märtyrertod. Viele machte der Herr zu besonderen Instrumenten seines Willens, aber für die übrigen mußte ein unauffälliges Leben von geringer Bedeutung ausreichen. William wußte, was eigentlich jeder Christ hätte wissen sollen, daß er nämlich die Pflicht hatte, an dem Platz zu bleiben, den Gott ihm bei seiner Geburt zugewiesen hatte. Mehr zu erstreben hätte bedeutet, die Sünden der Undankbarkeit und des Stolzes zu begehen; weniger zu sein wäre einer Zurückweisung von Gottes Gaben und einem Leben in Schande gleichgekommen. Für Simeon hatte es einen solchen Konflikt nie gegeben, denn er war zu Wohlstand und Macht geboren, und Gott hatte ihn niedergeworfen, indem er seinen Fuß lähmte. Nun hatte Gott sich erweichen lassen, und *sein* Sinneswandel würde Simeon nun auf die von Ihm gewünschte Höhe emporheben.

Bruder William sah zu, wie der gutaussehende, blauäugige Priester den Kopf dem frühmorgendlichen Himmel entgegenhob, und während er den anderen Mann so beobachtete, stockte ihm fast der Atem. Pater Simeons Gesicht war wunderschön. Die Morgensonne überhauchte seine Tonsur mit einem goldenen Schein und verlieh dem Kranz dichten, gelockten Haars um sie herum das Aussehen einer Königskrone. Sein Profil war kräftig und aristokratisch, mit einem fein gemeißelten Kinn und gleichmäßigen Zügen. In seinem wallenden Umhang, der ihm bis auf die Knöchel fiel, hatte der große Mann die Statur eines Riesen.

Noch während Bruder William Simeon staunend betrachtete, bedachte der Mann, dem seine Aufmerksamkeit galt, ihn mit einem kurzen Blick aus blauen Augen und lächelte das traurige, kleine Lächeln der Entrückten. Dann drehte Pater Simeon sich um und sprang leichtfüßig über ein mit Trümmern übersätes Wegstück, bis er leichter begehbaren Grund erreicht hatte und schließlich in die Richtung verschwand, in der die Propstei lag.

Ein anderer Mann hatte sie aus dem Schatten beobachtet. Cyrus de Figham kniff seine dunklen Augen zusammen und straffte die Schultern. Bei seiner Rückkehr vom Haus des Fischhändlers hatte auch er kurz haltgemacht, um sich den Trümmerhaufen anzusehen, der einst die Kirche von St. Martin gewesen war. Es war nur noch eine Ruine, aber trotzdem war er fest entschlossen, sie für sich zu gewinnen. Er würde die Kirche in größerem Stil neu erbauen lassen. Er würde sie zu einer größeren und besseren Pfarrkirche machen, als sie je gewesen war, und für jeden Penny, der in den Bau fließen würde, würden zwei weitere ihren Weg in seine eigene Schatztruhe finden. Seinen Plänen lag keine beabsichtigte Unehrlichkeit zugrunde, denn er betrachtete das Ganze als fairen Handel. St. Martin würde ihm gehören, zusammen mit all der zusätzlichen Arbeit und den Verpflichtungen, die damit einhergingen, und im Gegenzug würde er diese mittelmäßige, kleine Kirche zur größten und schönsten von ganz Beverley machen, zu einer Kirche, die nur ihrem Herrn, dem mächtigen Münster, nachstand.

»Bruder William, einen Augenblick bitte.«

Der Klang dieser unerwarteten Stimme ließ Bruder William zusammenfahren. Er raffte seinen wollenen Umhang zusammen und eilte dorthin, wo der andere Priester stand.

»Gottes Segen, Pater Cyrus.«

Cyrus erwiderte seinen Gruß nicht, sondern runzelte nur die Stirn und fragte: »Was geht hier vor?«

»O Pater, Ihr habt noch nichts davon gehört?«

»Ich habe lediglich Geplapper und törichte Spekulationen vernommen«, antwortete Cyrus.

»Aber Ihr wart doch dort, in der Kirche«, erwiderte Bruder William, als wäre ihm diese Tatsache gerade erst aufgefallen. »Ich habe Euch dort gesehen. Ihr wart Zeuge der heiligen Taufe. Und danach seid Ihr den anderen ins Münster gefolgt, und das ist es, was Euch gerettet hat, denn jeder Zeuge, der mit ins Münster gekommen ist, hat den Sturm überlebt, während jene, die geblieben sind, entweder getötet oder verstümmelt wurden.«

»Unfug.«

»Vergebt mir, Pater. Ich weiß, daß es so ist.«

Cyrus wollte seine Anwesenheit beim Taufstein in St. Martin nicht zugeben. Er würde diesem Emporkömmling Simeon nicht dabei helfen, zu Ruhm und Ehre zu gelangen. »Wem gehört das Kind?« verlangte er zu wissen. »Wer hat es gezeugt, und wer hat es in diesem furchtbaren Unwetter hierhergebracht? Wo ist die Frau, die das Kind geboren hat?«

»Pater Cyrus, ich kann Euch keine dieser Fragen beantworten.«

»Dann gehe ich davon aus, daß es sich um Simeons Kind handelt«, erklärte Cyrus. »Er hat einen Bastard gezeugt.«

»Pater Cyrus!« William war entsetzt über die gemeine Unterstellung, daß ein Priester von Simeons Format der Sünde anheimgefallen sein sollte. »Pater Simeon hat ein Keuschheitsgelübde abgelegt.«

»Und deshalb ist er also ein Heiliger«, spottete Cyrus, »im Gegensatz zu uns anderen, die bereitwillig zugeben, daß sie sterbliche Menschen sind und daher keine übereilten Versprechen geben. Aber selbst ein Möchtegernheiliger ist nicht immer vollkommen und unterliegt irdischen Lastern, wenn er nicht anders kann.«

»Nicht er. Nicht Simeon«, beharrte William.

»Er ist genauso ein Mann wie alle anderen.«

»Er hat einen freiwilligen Eid abgelegt, und das aus Gründen, die andere Männer vielleicht nicht verstehen können.«

»Ganz wie Ihr meint«, stimmte Cyrus ihm zu, war aber nicht in der Lage, den Sarkasmus in seiner Stimme zu unterdrücken. »Aber ich verstehe zumindest eines, William, mein lieber naiver Bruder. Keine noch so zungenfertige Bewegung der Lippen, wie nobel und fromm sie auch sein mag, bringt das Feuer der Lust in den Lenden eines jungen Mannes zum Erlöschen. Sagt mir die Wahrheit. Seid ehrlich. Ist es sein Kind?«

Bruder William begegnete dem furchteinflößenden Blick des anderen mit einem Mut, den er nicht empfand. »Nein, Pater, das ist es nicht«, sagte er. »Das Kind wurde auf dem Pferderücken von der Ostküste hierhergebracht. Es gibt Zeugen dafür … die Frau, die seine Amme sein wird, und der Mann, mit dem sie verheiratet ist. Der Beschützer des Kindes trug eine Kapuze, die sein Gesicht verbarg, und er war unerschütterlich in seinem Beschluß, das Kind taufen zu lassen und es vor dem Schrein des heiligen John of Beverly zu segnen. Und was Pater Simeon angeht, so war es gewiß keine Laune des Zufalls, die ihn dorthin geführt hat, damit er das Kind in seine Obhut nehmen konnte. Der Beschützer ist eigens seinetwegen hergekommen. Er hat ihn beim Namen gerufen. Er war …« Der junge Mann hielt inne, holte tief Luft, und blickte flüchtig zu der in Pelz gehüllten Gestalt hinüber, die in der Ferne eine Hand hob, um einen niedergebeugten Mann zu segnen. »… *er war auserwählt!*«

Cyrus quittierte diese Bemerkung mit einem Stirnrunzeln. Es gefiel ihm ganz und gar nicht, wie die Dinge sich zugunsten von Pater Simeon zusammenfügten. Er hatte sich in dieser Nacht die Finger blutig gearbeitet, damit er zum Helden des Sturms wurde, damit sein Name auf jeder dankbaren Zunge lag, damit er als Mann der Stunde galt. Es war von höchster Wichtigkeit, daß er das gewinnbringende Licht wohlwollender Aufmerksamkeit auf sich zog. Er hatte nicht die Absicht, im Schatten irgendeines verkrüppelten Schreibers zu stehen, dem es an Eigennutz und wahrem Ehrgeiz mangelte und der trotzdem drauf und dran war, St. Martin an sich zu reißen.

»Und ist dieses geheimnisvolle Kind dorthin zurückgebracht worden, woher es kam?« fragte er und zog seine schweren Brauen über schmal gewordenen Augen zusammen. »Ist diese bizarre Taufe jetzt ein Gegenstand der Spekulation geworden, eine Geschichte, die man sich am Kochtopf wieder und wieder erzählt, die man ausschmückt und aufbläht, bis diese einfältigen Leute, die in der Kirche zugegen waren, glauben, ein Wunder gesehen zu haben?«

Bruder William spürte den Arm des anderen auf seiner Schulter und begriff plötzlich, daß Pater Cyrus aus Gründen, die nur er selbst kannte, das Geschehene zutiefst mißbilligte. Schließlich sprudelte er alle Einzelheiten heraus, an die er sich noch erinnern konnte, denn er war eifrig darauf bedacht, von den Ereignissen in der Kirche zu sprechen und sich dann zu verabschieden. Schließlich hatte man ihm den Auftrag gegeben, Pater Simeon vor Räubern und Taschendieben zu beschützen. Er sah, wie die grauschwarzen Augen des anderen sich zu schmalen Schlitzen zusammenzogen, während er sprach, und er spürte, wie die knochige Hand auf seiner Schulter sich schmerzhaft in sein Fleisch bohrte. Erfüllt von dem Wunsch, einen guten Mann vor Kritik zu bewahren, die er ganz gewiß nicht verdient hatte, beendete er seinen Bericht, indem er Simeons Tugendhaftigkeit noch einmal betonte.

»Peter ist Pater Simeons Patensohn, damit dieser ihn beschützt und aufzieht; er ist sein Kind, wenn auch nicht das Kind seiner eigenen Lenden. Pater Simeon ist dem feierlichen Eid, den er geschworen hat, immer treu geblieben. Er wurde auserwählt, Pater Cyrus. Ihr habt selbst gesehen, wie es bei der Taufe zugegangen ist. *Simeon war auserwählt!*«

Cyrus murmelte durch fest zusammengebissene Zähne eine harsche Erwiderung. »Was für ein dummes Gerede ist das? Ich habe keine Taufe gesehen. Ich kann nichts bezeugen.«

»Aber Pater, Ihr wart doch *dort!*«

»Unsinn. Der Mann ist ein Lügner, der sich einen persönlichen Vorteil verschaffen will, und in diesen schwierigen Zeiten macht er sich klug die Einfältigkeit von Narren zunutze.«

»Pater Cyrus, Ihr könnt unmöglich glauben, daß das die Wahrheit ist!«

»Untersteht Euch, mich für einen Einfaltspinsel zu halten!« fauchte Cyrus.

»Aber Ihr wart *dort*!«

»Ich habe keine Taufe gesehen, das habe ich Euch doch gesagt, und was diesen armen Krüppel angeht ...«

Die harten Worte erstarben Cyrus in der Kehle, und plötzlich wurde sein Gesicht aschfahl. Er hatte die Veränderung Simeons gesehen und doch nicht wirklich gesehen, und jetzt weiteten sich seine Augen in ungläubigen Staunen. Er drehte den Kopf zur Seite. In der Ferne war die in Pelz gekleidete Gestalt des Priesters neben einem Karren zu erkennen, der gegen die Zugbrücke geprallt und dabei vollkommen zerschmettert worden war. Simeon half, die Trümmer beiseite zu schaffen.

Bruder William trat einen Schritt zurück und sagte mit einer Spur Befriedigung in der Stimme: »Ah, *jetzt* seht Ihr das Wunder ebenfalls, Pater Cyrus.«

»Bei Gott«, flüsterte Cyrus, »der Krüppel geht so aufrecht wie jeder andere auch.«

»Und weiß es noch nicht«, erwiderte Bruder William lächelnd. »Er ist zu beschäftigt mit all den Dingen, die geschehen sind, um sein eigenes Glück auch nur zu bemerken.«

Cyrus starrte den Schreiber an, der früher lahm gewesen war und jetzt auf zwei gesunden Beinen einherschritt. Er konnte förmlich spüren, wie ihm seine Chancen durch die Finger rannen. Wie konnte ein Mann das übertreffen, eine Wunderheilung, die jeder sehen konnte, ein Wunder im Zusammenhang mit der geheimnisvollen Ankunft eines neugeborenen Kindes mitten in einem heimtückischen Sturm? Das Ganze hätte eine Geschichte aus der Bibel sein können. Dieser stille, durchschnittliche Mann, ein Unschuldslamm, wie es im Buche stand, war im Begriff, Cyrus de Figham um seinen schwer erarbeiteten Lohn zu bringen.

»Mein Gott«, knurrte er mit vor Zorn geballten Fäusten. »Mein Gott. Mein Gott.«

»Er ist von seinem Gebrechen geheilt, wie Ihr seht, und doch hat er es nicht einmal ...«

Bruder William stockte, noch bevor er seinen Satz zu Ende sprechen konnte. Er sah, wie Pater Simeon plötzlich mit gesenktem Kopf einherging und gleichzeitig seinen Umhang hochhob. Dann drehte er sich langsam im Kreis, trat von einem Fuß auf den anderen und tanzte und hüpfte, während sein Umhang wogend um ihn herumflog. Dann rannte er ein paar Schritte, sprang hoch in die Luft und landete behende wieder auf dem Boden, und schließlich hörten sie seinen halbtrunkenen Freudenschrei. Und mit derselben Plötzlichkeit, mit der es begonnen hatte, endete das überglückliche Herumtollen, und Simeon wurde sich der Ungeheuerlichkeit dessen, was ihm widerfahren war, bewußt. Einen Augenblick lang schien er im Angesicht der verwirrenden Wahrheit seines Erlebnisses zu erstarren. Dann knickte sein muskulöser Körper wie ein gefällter Baum zusammen, er fiel auf die Knie, ließ den Kopf auf die Brust sinken und weinte wie ein verzweifeltes Kind.

»O mein Gott, jetzt weiß er es«, sagte Bruder William mit einem Hauch von Mitleid. »Jetzt weiß er es.«

Kapitel 10

Die Männer des Erzbischofs von York waren auf den Straßen, noch bevor um neun Uhr die Glocke zum Terz läutete. Sie kamen zu Pferde, angeführt von Sir Hugh de Burton, einem mächtigen einheimischen Ritter, der mehrere Rittergüter in der Umgebung besaß. Er ritt ein prächtiges schwarzes Streitroß, das von oben bis unten gepanzert war, während sein Reiter mit einem Schild ausgerüstet war und eine Lanze trug, an deren Spitze sein Wimpel flatterte. Er war mit einem langärmligen, mit einer Kapuze versehenen *holberc* bekleidet, der seinen Körper schützen sollte, und einem schweren Eisenhelm mit Nasenschutz. Seine Beine steckten in gewöhnlichen Kniehosen, die mit Lederriemen geschnürt waren, und an seinen Stiefeln, die bis über die Knie reichten, prangten merkwürdige Schutzpolster – seine eigene Erfindung, die dazu diente, seine Schienbeine zu schützen. Von seinem juwelenbesetzten Gürtel baumelte eine einfache Schlinge herab und ein Kurzschwert mit auffallend breiter Klinge.

Sir Hugh de Burton hatte einen anstrengenden Ritt hinter sich, denn er war fest entschlossen, alles, was an Macht und Ruhm in Beverley zu erlangen war, für sich zu gewinnen. Er erreichte die Stadt noch vor Sonnenaufgang, doch das überflutete Sumpfland war nicht so leicht zu passieren. Wie auch all die anderen kleinen, am Wasser gelegenen Städte in der Nähe war Beverley den größten Teil des Jahres über von schier undurchdringlichem Morast von den Nachbarorten abgetrennt, und nun hatte der Sturm es vollkommen abgeschnitten. De Burton gelang es, sich einige der stabilen, flachen Boote zu beschaffen, wie sie die Einheimischen bevorzugten, aber für die große Anzahl seiner Männer waren es immer noch zu wenige. Es hieß, er habe ein Drittel seiner Streitmacht in dem trügerischen Sumpfland verloren, und doch kam er immer noch mit mehr als hundertfünfzig zum Kampf ausgerüsteten Männern, die alle seinem Befehl unterstanden.

Neben Sir Hugh ritten seine vier legitimen Söhne, die sein Stolz und seine Freude waren. Sie alle waren prächtig anzusehen in ihren schillernden Rüstungen. Hinter ihnen ritten seine jüngeren Brüder, Guy und Stephen, die genauso großartig ausstaffiert und in Begleitung ihrer fünf Söhne waren; in ihrem Gefolge befanden sich vierzig berittene Männer. Es folgten drei Trupps von Fußsoldaten, von denen einige das Lederwams und das enganliegende Schädelkäppchen der Krieger trugen, während andere mit Kettenpanzern und

Eisenhelmen ausgerüstet waren, die in dem schwachen Sonnenlicht stumpf glänzten. Wenigstens die Hälfte der Männer war mit Piken und Lanzen bewaffnet, während andere Bögen, Messer oder Knüppel trugen. Hinter den Soldaten zog eine Bande von Raufbolden und Dieben einher, die schon begierig darauf waren, sich in das Kampfgetümmel zu stürzen, und sich mit Stöcken und Steinen ihren Anteil an der Beute sichern wollten. Es war ein Anblick, der im Herzen der Menschen kalte Furcht weckte, denn eine Armee, die auf eine Stadt losgelassen wird, ist schon ihrer Natur nach eine grausame Sache.

Versehen mit einer solchen Truppe, die von seinen verschiedenen Rittergütern stammte, ritt Sir Hugh de Burton als Hauptmann seiner Soldaten in Beverley ein – als Anführer einer Streitmacht des Königs und, an diesem kalten Morgen, auch im Dienste seines Herrn, des Erzbischofs von York.

Die Schreie der erschrockenen und zu Tode erschöpften Menschen, die von den Soldaten neuerlich in Panik versetzt wurden, trieben Pater Simeon und einige andere ans Fenster der Propstei. Sie sahen zu, wie die Männer des Ritters mit Gewalt die Straßen räumten, wie sie willkürlich mit Knüppeln, Lanzen und Speeren zuschlugen und ihre Pferde mit einer Geschwindigkeit durch die Straßen jagten, die den Verletzten und Erschöpften keine Zeit ließ, sich in Sicherheit zu bringen.

»Macht die Straßen frei! Macht die Straßen frei! Weg mit Euch, Ihr Hunde! Im Namen des Bischofs von York, macht die Straßen frei! Macht die Straßen frei!«

Sir Hugh de Burton war ein ehrgeiziger Mann, ein kluger Taktierer, wenn es um die Freundschaft seines Erzbischofs und die Gunst seines Monarchen ging. Er war hier, um den Frieden in Beverley zu wahren, um den heiligen Schrein von St. John zu beschützen und um aus den Trümmern der Stadt persönliche Vorteile zu ziehen. Sein Erzbischof war zusammen mit König Heinrich in der Hauptstadt. Sir Hugh hatte eine dringende Botschaft dorthin geschickt, in der er feierlich versprach, die Aufstände, die angeblich in Beverley stattfanden, zu unterdrücken. Der Mann, der die Botschaft überbrachte, hatte sorgfältige Anweisungen erhalten, was das Gewicht und die Färbung seiner Geschichte betraf, und würde eine großzügige Belohnung erhalten, wenn Sir Hugh den Ruhm der Taten ernten würde, die er im Namen Yorks auszuführen gedachte. Und sollte der Bote als Lügner überführt werden, würde Sir Hugh mit heiler Haut davonkommen und lediglich die übereifrige Phantasie seines Dieners zu bedauern haben.

Das Geklapper der Pferdehufe übertönte die Schreie derer, die nun auf Gedeih und Verderb den Soldaten ausgeliefert waren. Das Heer kam in zwei Wellen, da es sich am Fischmarkt getrennt hatte, um zwei kleinere Armeen zu bilden, von denen eine sich dem Münster über die Eastgate nähern sollte, während sich die andere hinter Hughs Lanzenfähnchen über die Highgate ergoß. Dieser stolze Ritter hatte die immer beliebter werdende Mode eines unveränderlichen Wappens übernommen, das er nun stets bei sich führte, damit auch jeder wußte, wen er vor sich hatte. Sir Hugh hatte nichts übrig für die prachtvollen symbolischen Zeichen, wie sie Ritter und Krieger in vergangenen Jahren benutzt hatten. Sein persönliches Motiv war ein Falkenpaar, das eine Burg bewachte, darunter ein Balken und zwei Glocken, die das Haus de Burton versinnbildlichen sollten. Er trug dieses Wappen aus Eitelkeit und wegen seines sich immer weiter verbreitenden Rufes, so daß alle Männer, ob ungebildet oder hochgelehrt, wußten, wen sie vor sich hatten, wenn er an ihnen vorüberritt.

»Das ist ungeheuerlich«, rief der Sekretär des Propstes. »Dieser Ritter hat es sich in den Kopf gesetzt, Beverley wie ein Monarch zu beherrschen. Aufstände! Er spricht von *Aufständen*! Denkt er denn, wir hätten diese Katastrophe selbst verschuldet? Wie kann er es wagen, mit einer Armee hier einzumarschieren und sein Kurzschwert zu schwingen, während die Menschen nicht einmal satt zu essen und ein Dach über dem Kopf haben?«

»Er sucht seinen Vorteil«, sagte Pater Cuthbert, der den Charakter der Menschen zu lange und zu gut kannte, als daß ihn die Taten eines einzelnen ehrgeizigen Ritters hätten erstaunen können. Er war vor langer Zeit einmal am frühen Morgen über das öffentliche Weideland bei Tonge gewandert, wo der Erzbischof alle herrenlos streunenden Tiere für sich beanspruchte. Und während die Forderungen des Erzbischofs ihm mühelosen Gewinn versprachen, waren nur wenige Männer damit zufrieden gewesen, einfach darauf zu warten, daß ein gedankenloses Tier sich auf der Suche nach süßerem Weideland hierhin oder dorthin verirrte. An diesem Tag hatte jemand seine bescheidene Herde der Obhut eines Mannes anvertraut, der sich dann in eine Mulde gelegt und verschlafen hatte. Als er erwachte, mußte er feststellen, daß die Männer des Erzbischofs damit beschäftigt waren, seine Tiere auseinanderzutreiben. Er schrie laut um Hilfe, und als andere Männer herbeigerannt kamen, war schon bald ein lärmender Aufruhr im Gange. Die Tiere liefen, wild geworden vor Angst und Verwirrung, durcheinander, während die Männer sie erst in die eine und dann in die andere Richtung trieben, jeder auf der Suche nach seinem eigenen Vorteil. Zwischen den gierigen Händen der erzbischöflichen Männer, der rechtmäßigen Besitzer, der Bauern und der Diebe war keines der Tiere imstande, seinen Herrn zu finden, bis der Staub sich legte. Dasselbe Prinzip lag, wie Pater Cuthbert weise erkannte, den Ereignissen zugrunde, die dem Wüten des Sturmes folgten. Das Unwetter war ein Akt Gottes gewesen, der Gesetz und Ordnung gestört hatte. Auf der Suche nach Profit, Ruhm und Vorteil würde das saftigste Fleisch dem stärksten Herrn zufallen. Und wenn die Armen lediglich Vieh von anderer Art waren, ließ sich immerhin einwenden, daß es ihnen gleich sein konnte, wer die Peitsche schwang.

»Hugh de Burton sucht lediglich seinen Vorteil«, wiederholte Cuthbert.

»Und er wird ihn sich verschaffen, so oder so«, bemerkte Simeon.

»Indem er ›Aufstände‹ niederschlägt, die nur in seiner Phantasie stattgefunden haben?« fragte der Sekretär.

»Sogar, wenn es sich um Aufstände handelt, die er selbst eingefädelt hat«, sagte Simeon kalt. »Falls das seinen Zielen dienlicher sein sollte.«

Diese drei Männer hatten sich an einem Ende des langen, schmalen Versammlungsraumes des Propstes zusammengefunden, dort, wo man mehrere zerbrochene Fenster mit Tüchern verhängt hatte, um die Kälte abzuhalten. Einige Fackeln, die Licht und Wärme spenden sollten, flackerten noch immer in ihren metallenen Wandhaltern, und ihre Flammen huschten über die vielen schattigen Nischen, in denen Priester in geflüsterten Gesprächen die Köpfe zusammensteckten, leise beteten oder einfach in kontemplativem Schweigen dasaßen.

Priester, die nach dem Sturm ausgesehen hatten wie schmutzige Bettler, waren nun in ihre prächtigsten Gewänder gehüllt; sie hatten sich gründlich gewaschen und ihre Füße und Sandalen gesäubert. Es war eine Prozession durch die Straßen geplant, an der alle Geistlichen teilnehmen sollten, die niederen wie die höheren. Für die Toten mußten stille Messen gelesen, den Kranken und Verwundeten Salbung gespendet und den Furchtsamen und Heimatlosen neue Hoffnung gegeben werden. Beverley verlangte verzweifelt nach Gottes gütigem Segen, und daher würden nun seine Diener jedes Ranges durch die verwüsteten Straßen ziehen und seine Benediktion erteilen. Jetzt, nachdem die Stadt den göttlichen Zorn zu spüren bekommen hatte, mußte jede verlorengegangene Altarkerze neu entzündet werden, damit die Überlebenden das heilige Sakrament empfangen konnten.

Die große Prozession sollte außerdem ein Zeichen kirchlicher Autorität sein, um die Massen davon zu überzeugen, daß Gott noch immer das Zepter schwang und daß der Teufel Beverley noch nicht für sich erobert hatte. Aber zuerst mußte man den Soldaten Zeit geben, ihres Plünderns und ihrer Schikanen müde zu werden. Niemand durfte denken, daß Kirche und Heer auf verschiedenen Seiten standen, wie zwei Rivalen, die sich um die Kriegsbeute stritten. Sobald das Klirren von Stahl und die barbarischen Ruchlosigkeiten vorüber waren, würden die Stimmen der Chorpriester die Straßen erfüllen. Sie würden sich wie die Morgensonne selbst über der Stadt erheben, unerschütterlich und unausweichlich. Man mußte den Menschen zeigen, daß die Kirche festen Bestand hatte, während mächtige Heere kamen und gingen, während Jahreszeiten verstrichen und Stürme aufkamen und sich wieder legten.

Die Propstei war voll von Männern, die alle für die bevorstehende Prozession gekleidet waren. Pater Simeon, sein Kanonikus und der Sekretär des Propstes befanden sich gemeinsam an der schmaleren Ostseite des Gebäudes, wo ein unversehrtes Fenster die Morgensonne auffing und sie bleich und golden durch den Raum fluten ließ. Die Männer, die auf Stühlen saßen oder an den Wänden lehnten, schwiegen zumeist, lauschten und beobachteten. Die Nachricht von Simeons Heilung hatte sich herumgesprochen, und die meisten waren entschlossen, während der Prozession neben ihm und dem ehrwürdigen Cuthbert einherzugehen. Unter diesen Männern waren Bruder Michael und Bruder Marc, die die Prozession mit Weihrauchkessel und heiligem Wasser anführen würden.

»Die Soldaten haben sich jetzt bei der Zugbrücke versammelt«, sagte Simeon, der immer noch aus dem Fenster schaute. »Sie bleiben dort stehen, was nur recht und billig ist, denn York hat hier keine Macht. Solange unser Propst lebt, sind seine Rechte sakrosankt, und der Erzbischof weiß das nur allzugut.« Er versuchte, etwas in der Ferne zu erkennen, und runzelte nachdenklich die Stirn.

»Was ist, Simeon? Was kannst du sonst noch sehen?«

»Ich kann Pater Wulfric sehen, der sich mit zwei jungen Rittern unterhält, Sir Hugh de Burtons Söhnen, würde ich sagen, und Pater Cyrus spricht mit einem anderen Ritter.«

»Wulfric und Cyrus? Ja, ja. Ob da die Krähe dem Aasgeier eine Predigt hält?« Pater Cuthbert hatte seine Stimme gesenkt, so daß nur Simeon seine schneidenden Worte hören konnte.

»Oder sie machen einen Plan, wie sie die Beute unter sich aufteilen wollen«, flüsterte Simeon zur Antwort.

In diesem Augenblick wurden zwei Geistliche in den Versammlungssaal gebracht, die beide am Kopf und im Gesicht Zeichen heftiger Schläge aufwiesen. Einer brach in einer Ecke zusammen, und der Sekretär des Propstes gab ihm

Wasser. Der andere, ein Subdiakon, der diesen Posten erst vor kurzer Zeit angetreten hatte, versuchte mit großer Mühe, zu erklären, was vorgefallen war. Sie und einige andere Kleriker hatten den Armen zu essen gebracht und heiliges Wasser, um ihnen ihren Segen zu spenden, und im Kirchhof des Münsters waren sie auf Soldaten getroffen.

»Sie haben die Armen bestohlen«, sagte er, noch immer zutiefst bestürzt über die Ereignisse, deren Zeuge er geworden war. Sein Name war Vincent, und er war ein Mann, der Ungerechtigkeit jeder Art zutiefst verachtete. »Als wir versucht haben einzugreifen, haben sie uns mit Knüppeln und Stöcken angegriffen. Sie haben uns sogar auf den Kopf gespuckt, als wir für ihre Erlösung beteten. Außerdem haben sie das Brot und das Fleisch gestohlen und es vor den Augen der Hungrigen verzehrt. Ein Mann, ein wahres Scheusal in stinkender Ledermontur, hat uns das heilige Wasser entrissen, *das gesegnete Wasser*, und den Topf mit einem Zug geleert, um seinen heidnischen Durst zu stillen.«

»Möge er dieses Sakrileg bereuen«, murmelte Simeon. »Haben sie das Münster eingenommen?«

Bruder Vincent schüttelte den Kopf und wischte sich mit dem Ärmel seines Chorhemds einen Blutfleck von der Wange. »Ich bezweifle, daß sie so weit gehen werden. Sir Hugh hat nur einigen wenigen Soldaten erlaubt, das Münster zu betreten, aber während er wie ein Bischof um den Hochaltar herumstolziert, fallen seine Leute wie wild über die Stadt her und benehmen sich, wie es ihnen gefällt. Was sollen wir nur tun?«

»Tun?« fragte Pater Cuthbert sanft. Mit großer Traurigkeit in den Augen sah er dem jüngeren Mann ins Gesicht. »Mein Bruder, ich fürchte, es gibt nichts, was wir tun können. Wo Macht zu Recht wird, können da die Priester es wagen, sich dagegen zu erheben?«

»Aber diese Soldaten schlagen Männer nieder und tun hilflosen Frauen in den Straßen Gewalt an«, protestierte Bruder Vincent.

»Ich weiß, mein Sohn. Sie sind der Meinung, solcher Zeitvertreib sei ein Teil ihres Lohnes.«

»Und es sind noch viele andere dabei, Diebe und Vagabunden, Trunkenbolde und Tunichtgute, die der Armee folgen und sich auch noch das nehmen, was die Soldaten übriggelassen haben.«

Pater Cuthbert lächelte traurig. »Ja, das ist der Lauf der Dinge, mein Sohn. Auch der Mitläufer will seinen Lohn haben.«

Der Sekretär des Propstes trat vor und wagte es, den Kanonikus am Ärmel zu ziehen. »Pater Cuthbert, wir können doch nicht einfach danebenstehen und *gar nichts* tun.«

Pater Cuthbert lächelte sein stilles Lächeln und legte seine Hand auf den Arm des Priesters. »Macht Euch nicht unnötigen Kummer, mein Bruder. Wie der Sturm, der es hierhergebracht hat, wird auch dieses Unglück seinen Lauf nehmen.«

»Aber die Menschen könnten unsere Untätigkeit als Zustimmung auffassen«, protestierte der Geistliche.

»Dann muß es so sein. Wir können kaum das Schwert gegen eine Armee erheben, vor allem dann nicht, wenn diese Armee behauptet, im Namen unseres eigenen Herrn zu handeln, des Erzbischofs selbst.«

Bei diesen Worten verfielen die anderen Männer mit bleischwerem Herzen in Schweigen.

Simeon beugte sich noch einmal vor und blickte aus dem Fenster. »Sie sind eine Plage hungriger Heuschrecken, die sich über ein Kornfeld hermachen«, sagte er, und in seiner Stimme lag Zorn, nicht Kummer. »Sie nennen sich Hüter des erzbischöflichen Friedens, aber in Wahrheit sind sie nicht mehr als eine Bande von Dieben und Lumpensammlern, die sich an unseren Toten bereichern.«

»Wann war es je anders?« fragte Pater Cuthbert mit grimmigem Gesicht. »War es von den neun Töchtern Satans nicht ›Plünderung‹, die er mit den Rittern vermählte?«

»Jawohl, und ›Frevel‹ mit den Bauern«, sagte Simeon, der sich daran erinnerte, daß der Schrein des heiligen John geschändet und um mehrere seiner kostbaren Steine beraubt worden war. Er hatte gesehen, wie ein berittener Mann Cyrus de Figham etwas heruntergereicht hatte, etwas, das der düstere Priester dann ohne zu zögern an seinem Gürtel befestigte. Nun wandte Simeon sich von dem Fenster ab, um in die freundlichen Augen seines Kanonikus zu blicken. »Und mit den Geistlichen die ›Simonie‹«, fügte er mit bitterer Stimme hinzu, »das Kaufen und Verkaufen von Kirchenämtern, den Handel mit heiligen Gütern. Cuthbert, mein Freund, manchmal ist mir die Abscheulichkeit der menschlichen Natur einfach zuwider.«

Cuthbert nickte mit seinem grauen Kopf. »Wie könnte es anders sein. Der Mensch ist ein armes, niedriges Geschöpf, aber denkt nur, welch eine Seele er hat, Simeon.« Die alten Augen leuchteten in stiller Verwunderung auf. »Denkt nur, was für eine Seele er hat, die in der Lage ist, einen Gott wie den unseren in sich zu tragen.«

Simeon lächelte. »Cuthbert, Eure Güte sucht in allem nach ihrem Echo.«

»Und Eure nicht, mein Sohn?«

Simeon hielt dem weisen Blick des alten Mannes einen Moment lang stand, dann seufzte er und wandte sein Gesicht wieder dem sonnenbeschienenen Fenster zu. Pater Cuthbert schien immer viel mehr in ihm zu sehen, als Simeon selbst in sich zu sehen vermochte. Er sah über den Zorn und Zweifel hinaus, so wie er in den vielen früheren Jahren über den verkrüppelten Fuß hinweggesehen hatte. Wenn Simeon je einen echten Ehrgeiz gehegt haben mochte, dann war es der, mit der Zeit der zu werden, den dieser gute Mann in ihm sah.

Bruder Vincent stand ein wenig abseits, versorgte seine Schnitte und Schürfwunden und bebte vor Zorn über die Gegenwart der Soldaten. Einige Minuten lang hatte er die mühelosen Bewegungen Pater Simeons mit angesehen, den gleichmäßigen Schritt seiner beiden Füße, die kraftvolle Haltung. Da plötzlich traf ihn die Erkenntnis wie ein Blitz. Er wäre beinahe gestolpert, und seine Stimme klang viel lauter, als er beabsichtigt hatte. »Pater Simeon, Euer Fuß ... *Euer Fuß!*«

»Pater Simeons Fuß wurde durch die Gnade des Allmächtigen und das göttliche Eingreifen des heiligen John of Beverley geheilt.« Der Sekretär des Propstes schlug in Anerkennung des Wunders das Kreuz. »Es geschah am Schrein, als er das gerade eben getaufte Kind vor den Heiligen brachte.«

Das Gesicht des Subdiakons erbleichte. Er starrte noch einmal auf Simeons Fuß, und Simeon, dem ganz und gar nicht wohl in seiner Haut war, machte ein paar kraftvolle, gleichmäßige Schritte, um ihn davon zu überzeugen, daß die einst steifen Gelenke seines linken Fußes von ihrem Gebrechen befreit waren.

»Euer Fuß ist geheilt?«

»Ja, Bruder Vincent, vollkommen geheilt, obwohl er immer noch ein wenig schmerzt«, erwiderte Simeon lächelnd.

»Gott sei gepriesen!« Mit zitternden Fingern bekreuzigte er sich. »Oh, Gott sei gepriesen ... eine Wunderheilung.«

Bruder Vincents Stimme war zu einem heiseren Kreischen angeschwollen. Er starrte Simeon an und suchte in dessen Augen, als könne er dort irgendein tieferes, verborgenes Mysterium finden. Dann beugte er ohne ein Wort die Knie und warf sich zu Boden, berührte nacheinander Simeons Stiefel und seine Fußknöchel und küßte den Saum seines Gewands. Seine Lippen formten die Worte des Propheten Jesaja: *»Die Augen des Blinden werden geöffnet ...«*

Simeon war entsetzt. Er sah zu Pater Cuthbert hinüber, in dessen sanften blauen Augen Tränen standen, Tränen und so etwas wie Mitleid, aber welcher von seinen beiden Schutzbefohlenen ihm leid tat, hätte Simeon nicht zu sagen vermocht.

Der Mann, der Simeon zu Füßen lag, ergriff nun die bestickte Borte am Saum von Simeons Untergewand. Er küßte es mehrmals, ohne dabei jedoch zu bemerken, daß er mit seinen zitternden Fingern die zarte Stickerei zerriß.

Die seltsame Zurschaustellung von Verehrung rührte und beunruhigte Simeon gleichermaßen. »Erhebt Euch, Bruder, ich bin dessen nicht würdig. Ihr dürft Euch nicht vor mir zu Boden werfen.«

»Der Lahme wird wieder gehen ...«

»Ich bitte Euch, Bruder, erhebt Euch.«

»... und die Zungen der Tauben werden singen ...«

»Vincent, das ist unziemlich.«

»... und die Erwählten des Herren werden erlöst.«

»Genug!« Simeons Stimme behielt ihre Ruhe und Gelassenheit, hatte nun aber doch einen festeren Ton angenommen. »Hört damit auf. Kommt, laßt mich Euch auf die Beine helfen.« Er bückte sich, um dem anderen aufzuhelfen, und spürte, wie der Saum seines Untergewandes unter dem festen Griff des anderen Mannes zerriß. Er umschlang die betenden Finger und versuchte, ihn zu beruhigen. »Ich bin es nicht, es ist Gott, dem Ihr Eure Huldigung schuldet, Bruder Vincent.«

Bruder Vincent senkte den Kopf und küßte Pater Simeons Hände. Heiße Tränen stürzten aus seinen Augen, und sein Herz war dem Bersten nah. Wenn Simeon auserwählt war, und daran bestand für ihn kein Zweifel, dann war er, ein einfacher Subdiakon, in ähnlicher Weise gezeichnet. Es mußte so sein, denn er konnte den Ruf deutlich spüren. Er hatte ein Wunder gesehen und mußte nun Zeugnis davon ablegen.

Durch seine Tränen hindurch blickte er auf und sah die Gestalt Simeons, umrahmt von dem kleinen, spitz zulaufenden Fenster. Simeon lächelte, und in dem Licht hinter ihm nahm sein dunkelblonder Haarkranz einen goldenen, heiligenscheinartigen Glanz an. Er war wie ein Priester zur Messe gewandet, mit reich verziertem Amys und einem Rock aus weißem Leinen, seine Stola über der Brust gekreuzt und mit einem prächtigen Gürtel befestigt. Als er das Kreuzzeichen machte und den Segen sprach, starrte Bruder Vincent ihn mit Augen an, die so rund und erschrocken waren, daß es den Anschein hatte, als wollten sie aus ihren Höhlen treten. Dann schrie er auf wie von Entsetzen gepackt, drehte sich auf dem Absatz um und floh.

Betroffen sah Simeon zu, wie er sich den Weg durch den Raum freikämpfte und im Gedränge der übrigen Geistlichen verschwand. Er blickte zu Cuthbert hinüber und war überrascht, den alten Mann am Boden kniend im Gebet versunken zu finden. Schließlich sah er zu dem Sekretär hinüber, der seinen Blick erwiderte, als sei er ein Fremder.

»Was ist los, Mann? Warum starrt Ihr mich so an?«

»Die Sonne … Die Sonne ist hinter Euch am Fenster«, brachte der Sekretär endlich heraus.

»Ja und?«

»Sie … sie gibt Euch das Aussehen von …«

»Ja?« drängte Simeon ihn.

»Euer Haar ist golden. Auf Eurem Kinn und Euren Wangen sind feine Bartstoppeln gewachsen, und die Morgensonne bescheint Euer Gesicht. Euer Ornat ist golden und weiß und überaus prächtig. Und Eure Augen … Eure Augen sind so … so *blau*.«

»Eine Illusion des Sonnenlichts«, sagte Simeon scharf. Er trat zur Seite, aus dem Licht heraus, und bedachte den Mitbruder mit einem finsteren Blick. »*Seht mich jetzt an*.«

»Ich kann nicht …«

Betroffen wandte Simeon sich ab und trat an den winzigen Altar in der Ecke, auf dem noch eine einzelne Kerze brannte. Er beugte die Knie, machte das Kreuzzeichen und stand dann mit gesenktem Kopf und zur Faust geballten Händen da. Überall um ihn herum ließen sich Priester auf die Knie nieder, um zu beten. Sie folgten wie törichte Schafe, so als hätte der Irrtum eines Mannes sie alle in seinen Bann geschlagen.

Simeon starrte auf die Altarkerze. Er hatte Angst. Er konnte nicht hinnehmen, was ihm da auferlegt worden war. Er hatte nichts getan, um sich die Huldigung seiner Mitbrüder zu verdienen. Er war geheilt worden so wie andere vor ihm. Ein Wunder, ja, aber doch ein alltägliches, ein ganz *alltägliches*. Die Möglichkeit, daß er wirklich von Gottes Hand berührt worden sein konnte, weckte kalte Furcht in seiner Seele. Er wollte nicht, daß es so war, denn der Allmächtige verlangte zuviel von gewöhnlichen Menschen. Er wollte nicht, wie einst der arme Jesus, eines Tages genötigt sein, den bitteren und tödlichen Kelch zu leeren, den Gott gerade seinen Auserwählten zu trinken gab.

Draußen auf dem Flur hielt Bruder Vincent kurz inne, um das Stückchen Stoff, das er aus Simeons Gewand gerissen hatte, an seine Wange zu pressen. Es war ein Stück reich verzierten Stoffs, so breit wie seine Hand und fast so lang wie sein Unterarm. Wie es bei solchen Gewändern üblich war, war es mit dunkelroter, blauer und purpurfarbener Seide bestickt, mit Silber, Kupfer und Gold. Das Licht fiel auf die zarte Stickerei und verlieh ihm Wärme und Leben. Für Bruder Vincent, einen wahrhaft Gläubigen, lag die ganze Herrlichkeit des Wunders darin. Er trug es in einen der nahegelegenen Räume, wo er eine Altardecke fand, die er um das Stück Stoff wickelte. Er faltete die Ränder und die Ecken des Altartuchs zusammen, rollte es dann von einem Ende zum anderen auf und knotete sich das Bündel an seinen Gürtel. Ein Teil der göttlichen Macht war nun in seinem Besitz, und mit diesem Teil würde er in Simeons Namen heilen und retten und segnen. Und falls er je daran zweifeln sollte, seinen Platz in dem Ganzen zu haben, würde er sich an diesen gesund gewordenen Fuß erinnern und an den die Seele aufrüttelnden Anblick Pater Simeons, wie er dort in der Fensternische gestanden hatte und durch die Hand Gottes zu einer Statue aus leuchtendem Gold verwandelt worden war.

»Bruder Vincent, darf ich mit Euch kommen?«

Als er sich umdrehte, sah er Bruder William, der ihm gefolgt war. »Wart Ihr dort? Habt Ihr es gesehen?«

Bruder William nickte ernsthaft. »Und da gibt es noch mehr«, sagte er. »Es gibt noch vieles, was Ihr nicht wißt über das Kind, die Taufe und darüber, wie sich alles zusammenfügt ...«

»Glaubt Ihr es?« fragte Bruder Vincent begierig und umklammerte den Arm des anderen mit zitternden Fingern.

»Glaubt Ihr wirklich, daß Ihr und ich gesehen haben, wie Gott einen Heiligen erweckt hat?«

»Ich glaube es, Bruder. O ja, ich glaube es. Ich glaube an das, was ich mit meinen eigenen Augen gesehen habe.«

»Dann kommt mit mir, mein Bruder«, erklärte Vincent, »denn die Pflicht gebietet uns jetzt, von dem zu künden, was wir wissen.«

Gemeinsam verließen sie das Gebäude, Arm in Arm, und ein jeder suchte beim anderen Stütze und Kraft.

Pater Cuthbert ließ sich von einem anderen Kleriker aufhelfen und ging dann zu dem kleinen Altar hinüber, an dem Simeon noch immer reglos und mit vorgebeugten Schultern stand. Er legte ihm eine zitternde Hand auf die unter ihrer

Last niedergedrückten Schultern und wünschte, er wüßte, welche Worte ausgesprochen und welche besser ungesagt bleiben sollten.

Er kannte diesen jungen Mann nun seit einem Jahrzehnt, er hatte ihm seine lateinische Grammatik beigebracht, hatte ihm die Freiheit zugestanden, seine eigene Bibliothek zu benutzen und ihn von einem Novizen zu einem Gelehrten von Rang werden sehen. So viele Male hatten sie die ganze Nacht hindurch bis zum frühen Morgen miteinander gesprochen und irgendeinen Punkt der Kirchenlehre debattiert oder die großen Philosophen zitiert, immer auf der Suche nach ihrer persönlichen Wahrheit. Zusammen mit Simeon war er noch einmal die Schriften von Platon, Aristoteles und Abelard durchgegangen. Sie hatten gemeinsam die Evangelisten studiert, die Worte der Päpste beleuchtet und ausgiebig über Fragen von Philosophie und Theologie diskutiert. Hier stand nun der Mann, den er wie einen Sohn liebte, und jetzt mußte er mit ansehen, wie dieser Sohn die Bürde seines körperlichen Gebrechens ablegte und statt dessen eine Bürde von viel schwererer Art auf sich nahm. Er war sich dessen jetzt ganz sicher, denn er hatte den Blick in Bruder Vincents Augen gesehen und erkannt: Es war der leidenschaftliche Blick des Jüngers.

Kapitel 11

Die Kapelle von St. Thomas draußen vor der Keldgate-Barre war auf einem Stück Land erbaut, das zur Pfründe von St. Michael gehörte, eben derselben, die der heilige Thomas Becket innehatte, als er im Jahre 1154 Propst von Beverley war. Die Kapelle erfreute sich jetzt, da er als Märtyrer anerkannt war, noch größerer Beliebtheit als zuvor; es herrschte ein Andrang, der dem Ruf des großen Mannes entsprach, obwohl sich nicht eine einzige Seele in Beverley daran erinnern konnte, Thomas Becket jemals mit eigenen Augen gesehen zu haben. Die meiste Zeit hatte er sich durch Abwesenheit von seinem Amt ausgezeichnet. Sein Ehrgeiz war zu eng verbunden mit Heinrich, dem König von England, und sein Trachten hatte sich immer auf die größere Beute in Canterbury gerichtet.

St. Thomas war von dem wilden Wüten des Sturms verschont geblieben, ebenso wie das nahe gelegene Nonnenkloster St. Anne. Beide zusammen hatten nur einen Mann und zwei Frauen verloren, die im Stadtgraben ertrunken waren, als dieser über die Ufer stieg und eine Schlammflut in die Keller trug. Einige wenige Dächer waren zerstört, ein paar Keller überflutet und einige Bäume entwurzelt worden, und viele Menschen hatten ihren Lebensunterhalt verloren, aber allerorts erhob sich ein dankbares Loblied dafür, daß Gott ihnen alles in allem doch gnädig gewesen war.

Elvira, die Frau des Grabenbauers, stellte eine brennende Kerze auf den Altar von St. Anne, eine Kerze, die dem Baby geweiht war, das in ihren Armen hatte sterben müssen. Auf dem Altar von St. Thomas stellte sie eine andere Kerze auf, diesmal für den blauäugigen Priester, für Simeon.

Unter den aufmerksamen Blicken der barmherzigen Schwestern von St. Anne war Elvira saubergeschrubbt und eingeseift worden. Man hatte ihren Körper von Läusen befreit und ihr Haar so gründlich und so kräftig durchgekämmt, daß ihre Kopfhaut an manchen Stellen geblutet hatte. Anschließend hatte man ihre langen Locken geflochten und mit einem weichen, weiten Netz umschlossen, das die ungebärdigen Flechten an ihrem Kopf und Nacken festhielt. Der Schmutz vieler Jahre war ihr unter den Fingernägeln weggekratzt worden, der gelbe Talg von den Zähnen, die verhärtete Haut von ihren Fußsohlen. Dann hatten die Schwestern sie in das Gewand einer Nonne gekleidet, das aus einem weißen Unterkleid, einem taubengrauen Überkleid und einem langen, dunklen, mit weißer Seide gefütterten Kapuzenmantel bestand.

»Von der Gosse zum Kloster in einer einzigen Stunde«, bemerkte eine der barmherzigen Schwestern mit bitterem

Lächeln. »Keine Gebühr zu bezahlen, keine Schwüre abzulegen, keine Gebete zu lernen und keine lästigen Pflichten zu erfüllen, bis man vor Erschöpfung kaum noch stehen kann.«

»Ja, wirklich«, pflichtete ihre ältere Begleiterin bei. »Elvira, die Frau des Grabenbauers, hat die rauhe Wolle ihres alten Lebens abgeschüttelt, um in ein neues, mit feinster Seide gefüttertes Leben einzutreten.«

»Sie ist zu beneiden«, stimmte auch eine andere Schwester zu, die selbst noch jung und ziemlich rundlich war.

»Es sei denn, sie muß ihre Gebühr in Naturalien bezahlen, das arme Ding«, bemerkte die alte Nonne.

»Ja, wirklich, ein armes Ding«, seufzte die zweite Schwester, und in ihren Augen stand ein sehnsüchtiges, neidvolles Glitzern.

Die Gedanken und Gefühle, die hinter den Worten der Frauen standen, entgingen Elvira vollkommen. Hineingestoßen in diese enge Welt der Gebete war sie zu ehrfürchtig angesichts der rituellen Pracht innerhalb dieser Mauern und zu erstaunt über die Verwandlung, die sie selbst durchgemacht hatte, um solche Feinheiten wahrzunehmen. In dem kleinen Fenster der Kapelle hatte sie ihr eigenes Spiegelbild gesehen und das berauschende Gefühl lang verlorener Eitelkeit erfahren. Was die anderen Frauen auch sagen mochten, nach diesem Anblick konnte nichts mehr ihre Freude zunichte machen.

Mittlerweise war es heller Tag, und die Nonnen hatten Elvira auf eine Decke gebettet. Um eine Feuerstelle herum, wo ein munteres Feuer loderte, versammelten sich einige Männer. Ihr Gespräch floß munter dahin, aber auch davon nahm Elvira kaum etwas wahr. Sie wußte, daß einer von ihnen Robert de Clare war, ein wichtiger Kirchenmann, der die Propstei von Beverley übernehmen würde, falls sich die Notwendigkeit dazu ergab. Er war ein Kanonikus von York und in aller Eile hergereist, nachdem er von den nächtlichen Ereignissen in Beverley gehört hatte. Diese Reise hatte jedoch sehr zu seiner Enttäuschung am Herd von St. Anne ihr Ende gefunden. Mit ausgemergeltem Gesicht und ungewöhnlich still saß er, noch immer mit Umhang und Stiefeln bekleidet, vor dem Kamin und starrte in die prasselnden Flammen, während er darauf wartete, daß ein Bote mit der Nachricht von Geoffreys Tod erscheinen möge. Er mußte die Zügel ergreifen, sobald sein Vorgänger sie niederlegte und bevor Sir Hugh de Burton seinen jüngsten Sohn, seinen Bastard, an seine Stelle setzen konnte. Roberts Anspruch auf dieses Amt war der berechtigtere, aber der Mann, der sich an Ort und Stelle geschlagen geben mußte und sich gezwungen sah, das Einschreiten des Erzbischofs zu erbitten, konnte die Angelegenheit ebensogut gleich aufgeben. Der Erzbischof von York hatte nicht die geringste Lust, seine Stimme gegen einen Mann zu erheben, der bereits in Amt und Würden war. Daher würde jeder Knecht oder Priester, der auch nur die Spur eines Anspruchs hatte, das Amt behalten können, wenn er es sich als erster erstritten hatte.

Elvira drehte sich auf ihrer Decke unruhig hin und her und wünschte, die Soldaten würden die Stadt verlassen, so daß die Schwestern des Nonnenklosters sie zurück ins Hospital bringen konnten. Sie hielt sich ein zusammengefaltetes Tuch über ihre vollen, überquellenden Brüste. Wenn man ihr nicht bald erlaubte, das Kind zu säugen, wurde die Milch in ihren Brüsten vielleicht sauer und hart, und sie würde an einem schrecklichen Fieber zugrunde gehen. Sie schloß die Augen und spürte einen scharfen Stich der Trauer um ihr armes, totes Kind. Es war ihr unmöglich, sein winziges Gesicht, das so grau und still gewesen war, in der Dunkelheit hinter ihren Augenlidern heraufzubeschwören, während das Bild des goldhaarigen Priesters ihr mit sündhafter Deutlichkeit vor Augen stand.

Endlich aber lullte sie das Prasseln des Feuers im Kamin und das leise Dröhnen männlichen Gesprächs ein; sie drehte sich mit dem Gesicht zur Wand und versank in einen traumlosen Schlaf.

Im Pfründnerhaus in der Moorgate, das er in Abwesenheit seines Kanonikus bewohnte, ging Wulfric de Morthlund unruhig in seinen üppig möblierten Gemächern auf und ab.

Er trug ein weißes Gewand mit einem blauen Überkleid, dessen Saum über und über mit reicher Stickerei verziert war. Seine Stola, die seinen Oberkörper überkreuzte, wurde von einem Gürtel von beneidenswerter Pracht zusammengehalten. Der Gürtel war aus Kupfer und Gold gearbeitet und besaß ein paar mit Quasten verzierte Knoten, die Wulfric bis zu den Knien reichten. Sein seidengefütterter Amys war mit Zobel besetzt und wurde an den Schultern von einer kostbaren Brosche zusammengehalten. Er hatte sich seit Tagen nicht rasiert, und die weichen, dunklen Haare, die auf seinen Wangen wuchsen, bargen das Versprechen eines prachtvollen Backen- und Schnurrbarts in sich. Sein Erzbischof würde den Bart natürlich nicht gutheißen, aber Wulfric scherte sich wenig um die Launen und Vorlieben eines Erzbischofs. Noch hatte der Papst keine direkte Vorschrift erlassen, was die Angelegenheit priesterlicher Bärte betraf, und daher würde Wulfric seinen Bart weiter wachsen lassen, bis es ihm gefiel, sich wieder zu rasieren, und kein Erzbischof von York konnte ihn davon abhalten.

Still vor sich hin lächelnd und mit wehenden Gewändern ging er im Zimmer auf und ab. Es schien ihm, daß gewisse Feindschaften einfach vorherbestimmt waren: die beiden gebieterischen Majestäten, der König von England und der Papst in Rom, das unzufriedene Duo York und Canterbury und jene anderen sturen Rivalen, das große Münster von York und das von Beverley. Er hätte argumentieren können, daß er lediglich der natürlichen Ordnung der Dinge nachhalf, indem er noch einen weiteren Stachel in die Seite Yorks trieb.

»Eure Gedanken belustigen Euch, Wulfric?«

Er drehte sich um und blinzelte seinem priesterlichen Sekretär zu, einem jungen Mann mit edler Nase und hübschen Augen, dessen schmale, aristokratische Gesichtszüge ihm den Spitznamen ›Habicht‹ eingetragen hatten. Als Bruder Daniel Habicht sich dem geistlichen Stand geweiht hatte, war er noch nicht ganz fünfzehn Jahre alt gewesen, ein kluger, gewitzter Junge, dessen tiefe Bindung an die Kirche nicht zu übersehen gewesen war. Der Erzbischof selbst hatte ihm, wie es Brauch war, den Namen eines Heiligen gegeben und das Rasieren seines Schädels überwacht. Binnen drei Monaten hatte der Novize in Wulfric einen großzügigen Herrn gefunden, und seitdem hatte keine Zunge ihn mehr bei seinem heiligen Namen genannt. Der junge Daniel war jetzt zwanzig Jahre alt und von kalter Weisheit, denn sein Herr hatte in ihm einen gelehrigen Schüler gefunden. Und wenn sein Fortkommen in seiner Kirche nicht so schnell vor sich ging, wie man zuerst gedacht hatte, so lag das daran, daß sein Ehrgeiz eine andere Richtung genommen hatte.

»Ich habe an York gedacht«, gab Wulfric zu. »Er würde Beverley zu seinem nichtswürdigen Diener machen, wenn er nur könnte.«

»Jawohl, aber nicht, solange wir St. John und den guten König Heinrich auf unserer Seite haben.«

»Und Beverleys Wohlstand«, fügte Wulfric hinzu.

»Und die Macht des Münsters«, ergänzte Daniel grinsend. »Mit uns hat er einen Tiger am Schwanz erwischt, und das weiß er auch. In welche Richtung er auch ziehen mag, er wird gebissen werden, und sollte sein Griff an Festigkeit verlieren …« Mit vielsagender Geste breitete er die Hände aus. »Wir werden uns niemals York unterwerfen.«

»Du wirst doch noch Kanonikus werden, mein Freund.« William kam näher und berührte das Gesicht des jungen Mannes mit dem Handrücken. Dann fuhr er sich mit der Zunge über die Lippen und sah dem anderen lächelnd in die Augen. Seine Stimme hatte einen weicheren Tonfall angenommen, als er hinzufügte: »Jawohl, mein Junge, wir werden doch noch einen Kanonikus aus dir machen.«

»Wenn es Gottes Wille ist«, erwiderte Daniel.

Wulfric warf den Kopf in den Nacken und lachte schallend. »Und was, bitte schön, hat der Allmächtige damit zu tun?« fragte er. »Lieber Himmel, du wärest wirklich gut beraten, das Versetzen von Bergen und Ozeanen Ihm zu überlassen und den Rest mir. Du wirst Kanonikus, weil ich es will, Junge, *weil ich es will.* Und nun erzähl mir, hast du Simeon eine Nachricht geschickt?«

»Jawohl. Er ist bei Pater Cuthbert und den anderen in der

Propstei und wird uns in Kürze aufsuchen. Man hat einen Weg aus Holzscheiten und Reisigbündeln über den Morast gelegt, damit die Prozession ungehindert vorbeiziehen kann. Wenn wir uns ihnen anschließen wollen, brauchen wir nur diesen notdürftigen Weg zu nehmen, der direkt vor unserer Tür verläuft. Ich glaube, sie warten bereits ungeduldig darauf, endlich anfangen zu können.«

»Die Soldaten plündern, und die Kirche lamentiert«, bemerkte Wulfric lächelnd. »Freundliche Gebete für leere Bäuche. Worte statt Fleisch. Der Körper mag verderben, aber die Seele wird gedeihen.«

»Ein Anflug von Bitterkeit, mein Herr?«

Wulfrics Lachen hallte durch den Raum, und seine dunklen Augen zwinkerten. Er schlug Daniel so kräftig auf die Schulter, daß der junge Mann zusammenzuckte. »Zum Teufel mit der Bitterkeit. Was du da hörst, ist Zynismus, mein Junge, guter, ehrlicher Zynismus. Ach übrigens, was ist mit diesem hübschen Teufel Cyrus de Figham? Wo steckt er?«

»Er ist immer noch hier und beschäftigt sich mit seinem Gewand. Er hat nach St. Andrew geschickt, damit man ihm eine Brosche und Sandalen bringt.«

»Warum sollte er sich solche Mühe machen, nachdem ich ihm doch meinen gesamten Kleiderschrank zur Verfügung gestellt habe?«

»Ich glaube, er hat mehr Stolz, als Ihr ihm zugestehen würdet«, erwiderte Daniel. »Er möchte als sein eigener Herr dastehen. Es würde ihm ganz und gar nicht gefallen, wenn die Leute auf der Straße an seiner Kleidung Dinge entdecken, die Euch gehören, und behaupten, er habe sich auf Wulfric de Morthlunds Kosten ausstaffiert.«

»Solche Eitelkeit ist verderblich«, bemerkte Wulfric. »Ich glaube, er ist stolzer, als ihm guttut. Und jetzt erzähl mir, wie seine Begegnung mit den Kanonikern und Schreibern des Propstes verlaufen ist?«

Daniel grinste. »Nach dem, was ich gehört habe, ganz ausgezeichnet.«

»Ja, ich kann mir vorstellen, daß er eine gute Vorstellung gegeben hat.«

»Seine beste bisher«, pflichtete Daniel ihm bei. »Es sieht so aus, als wäre er im schmutzigsten Zustand vor sie getreten, nach Schweiß und Blut stinkend, mit rotgeränderten Augen und zitternd vor Erschöpfung. Als der Geistliche mit der Verlesung all der tugendhaften und heroischen Taten, die ihm zugeschrieben werden, fertig war, warf de Figham sich mit dem Gesicht nach unten zu Boden und beweinte die Tatsache, daß er nur so wenige hatte retten können.«

Wulfric tippte sich mit dem Zeigefinger auf den Nasenrücken und lächelte trocken. »Ein genialer Plan. Wahrhaft genial.«

Daniel nickte. »Und dann bat er darum, daß seine Mitbrüder doch aufhören möchten, von ihm als Helden zu sprechen. Weder seine Rechtschaffenheit als Priester noch sein Sinn für Anstand könnten ihm erlauben, solches Lob einzuheimsen, während so viele andere mit gleichen Verdiensten unbesungen blieben.«

Pater Wulfric lachte laut. »O ja, de Figham ist ein kluger Mann. Und er hat eine silberne Zunge. Wie diese frommen alten Krähen ihm zu Füßen gelegen haben müssen bei solch einer Zurschaustellung von Demut! Und genau das hat er auch beabsichtigt. Wie viele hast du bezahlt, damit sie sein Loblied singen?«

»Mehr als ein Dutzend.«

»So viele?«

Daniel breitete die Arme aus und zuckte mit den Schultern. »Ich hielt es für diplomatisch, sie alle zu benutzen und es den echten Zeugen zu überlassen, von seinen Taten zu sprechen, wenn die Zeit reif ist.«

»Guter Junge. Aber wir dürfen auf keinen Fall zulassen, daß dieser heiligengleiche Held vergißt, was er uns schuldet.«

»Und wir unsererseits sollten nicht vergessen, daß er ein *Recht* auf ein gewisses Maß an Lob hat«, sagte Daniel ein wenig zu betont. »Es ist keine bloße Erfindung, daß er die ganze Nacht über geschuftet hat, ohne sich auch nur einen Augenblick lang auszuruhen.«

»Jawohl, aber nur zu seinem eigenen Vorteil.«

»Zählen denn die Motive, wenn das Ergebnis schließlich dem Guten dient? Pater Paul of Cotham ist nicht der einzige Mann, der Cyrus de Figham sein Leben verdankt, wie niedrig dessen Motive auch gewesen sein mögen.«

Wulfric nickte ernsthaft und bedachte Daniel mit einem zynischen Blick.

»Also wirklich, mein Junge, ich glaube, du bewunderst diesen schieferäugigen Priester.«

Eine verräterische Röte überzog die Wangen des jungen Mannes. »Ihr habt selbst gesagt, er ist ein kluger Mann, und haben die Begabteren unter uns nicht unsere Bewunderung wahrlich verdient?«

»Eine gerissene Antwort, Bursche.«

»Eine ehrliche Antwort, mein Herr.«

Wulfric sah dem jungen Mann tief in die Augen. »Mäßige deine Großzügigkeit durch Klugheit, mein kleiner Habicht«, warnte er ihn. »Sonst vergißt du am Ende noch, wer die Kordeln deiner hübschen kleinen Seidenbörse in Händen hält. So, und jetzt wollen wir nicht mehr von Cyrus de Figham sprechen. Was ist mit dem Mädchen aus Swinemoor und diesem gewaltigen Bären, der sich ihr Vater nennt?«

»Sie sind im Vorzimmer«, erwiderte Daniel und wies mit dem Kopf auf die nahe gelegene Wand, um seine Worte zu unterstreichen. Er beobachtete, wie ein hinterhältiges Lächeln das Gesicht seines Herrn verzog. »Habt Ihr die Absicht, sie zu nehmen?«

»Kannst du mir einen einzigen guten Grund nennen, warum ich das nicht tun sollte?«

Daniel schüttelte den Kopf, aber sein Gesicht nahm einen angespannten Ausdruck an. »Nein, das kann ich nicht.«

»Gibt es dann sonst noch etwas zu besprechen?«

Daniel zuckte mit den Schultern. »Ich wünsche Euch viel Freude mit ihr.«

»Was haben wir denn da?« Wulfric machte mit fragendem Blick einen Schritt auf Daniel zu. »Nun, nun, sehe ich da etwa Eifersucht in diesen hübschen Augen?«

»Nein, Wulfric«, kam die steife Antwort. »Ich wünsche Euch einfach viel Spaß mit ihr.«

»Quäl dich nicht mit Eifersucht, Daniel. Das ist ein weibischer Charakterzug.«

Daniel verbeugte sich mit grimmigem Gesicht. »Wenn Ihr mich jetzt bitte entschuldigen würdet, mein Herr, ich muß mich um Pater Cyrus kümmern.«

Wulfric nickte und sah dem jungen Mann nach, wie er das Zimmer verließ. Daniels Neigung, seinem Herrn sein Vergnügen zu mißgönnen, gefiel ihm überhaupt nicht. Ein eifersüchtiger Mann ist immer ein potentieller Feind, und Wulfric wußte seine Feinde lieber in weiter Ferne. Heute war der Junge sein Geschöpf aus Liebe. Morgen konnte es Haß sein, Raffsucht oder Furcht, die ihn gefügig machten, und jedes dieser Gefühle würde seinen, Wulfrics, Interessen dienen. Eifersucht dagegen war ihrer bloßen Natur nach von unangenehmer Unberechenbarkeit. Sie machte einen Mann zu einem Fremden für sich selbst, der niemals wußte, in welche Richtung er springen würde.

Wulfric begann von neuem, in seinem stillen Zimmer auf und ab zu gehen. Er trug das volle Ornat eines Kanonikus, denn er tat nur selten etwas mit halbem Herzen. In Abwesenheit des Kanonikus wurde von seinem Vikar erwartet, daß er ihn bei gewissen Kirchenaktivitäten vertrat, aber die Arbeit eines demütigen Dieners war nie nach Wulfrics Geschmack gewesen. Statt dessen zog er es vor, seine Rolle mit allem Prunk zu spielen, so als sei das Amt, das er vertrat, bereits sein eigenes. Er nahm mit den anderen Kanonikern an Versammlungen teil, gab sein Votum für oder gegen ihre Meinung, erhob seine Stimme zusammen mit den ihren und betrachtete sich als Gleicher unter Gleichen. Wulfric de Morthlund war ein mächtiger Mann, der sich immer genau das nahm, was er wollte. Einige mochten seine Arroganz beklagen oder ihn wegen seiner überlegenen Position hassen, aber keine dieser Klagen kam dem Erzbischof je zu Ohren, da Geoffrey, die erste Zuflucht des Kanonikus, den einen Priester nicht mehr vom anderen unterscheiden konnte. Überdies war Wulfric nie ein Mann gewesen, der von seiner Macht nur insgeheim Gebrauch machte. Sein Hauptvorteil lag in einer simplen Tatsache. Es gab kaum einen Mann von Rang, dem er nicht jeden

Streich, den man ihm spielen konnte, doppelt und dreifach hätte heimzahlen können.

Er rieb sich gerade nachdenklich das Kinn, als Daniel mit einem Boten vom Kloster von St. Anne zurückkehrte. Der Mann, der sich an der Tür respektvoll verbeugte, trug einen schäbigen Kapuzenmantel, der die besseren Kleider darunter verbarg und die zahlreichen Börsen an seinem Gürtel vor den Blicken Neugieriger schützte. Seine Füße waren schlammbespritzt und sein Kopf unrasiert. Er besaß die Kühnheit eines Soldaten und die Vernunft zu wissen, wie wichtig es war, diese Kühnheit nicht allzu offen zu zeigen. Nun nahm er eine juwelenbesetzte Schatulle aus seinen Gürtelbörsen, legte sie auf den Tisch und bot Wulfric ein wunderschönes Paar reich verzierter Broschen dar. Dann förderte er eine Börse aus feinem Leder zutage, in der eine reiche Anzahl von Münzen klimperte, ein Paar prächtiger Sandalen und schließlich einen Dolch, der in einem glitzernden Futteral steckte.

»Von meinem Herrn, Sir Robert de Clare, der jüngst aus York gekommen ist«, verkündete der Bote und verbeugte sich noch einmal tief.

»Nun ja, ich bin wirklich überwältigt von diesen Zeichen der Freundschaft Eures Herrn«, antwortete Wulfric und erwiderte die Verbeugung mit gleicher Höflichkeit. »Ich kann nur hoffen, daß meine unermüdlichen Bemühungen zu seinen Gunsten sich seiner Großzügigkeit schon bald als würdig erweisen werden.«

»Sir Robert glaubt, daß dem so sein wird«, sagte der Mann.

Wulfric nickte. »Dann werden unsere Gebete und ein klein wenig geschickte Nachhilfe gewiß dafür sorgen, daß die Dinge sich so entwickeln.«

»Sir Robert wünscht, daß Ihr heute abend nach der Komplet mit ihm speist.«

»Hat er denn im Kloster einen Tisch, der solche Bewirtung ermöglicht?«

Der Bote grinste. »Man hat ihm einen wunderbaren Tisch bereitet und einen ebenso wunderbaren Weinkeller zur Verfügung gestellt.«

»Und ganz gewiß hat sich ein wunderbarer kleiner Profit

in die unergründlichen Tiefen von Mutter Oberins Taschen verirrt«, sagte Wulfric hinter vorgehaltener Hand. Er wog die gutgefüllte Börse in seiner Hand, verbeugte sich noch einmal vor dem Boten und sagte: »Nach der Komplet also. Sir Robert darf mit mir rechnen.«

Daniel schloß die Tür hinter dem Besucher, trat dann erneut an den Tisch und zog den kleinen Dolch aus seinem Futteral. Es war ein Schmuckmesser, wie es sich für einen priesterlichen Gürtel geziemte, obwohl die Klinge im Notfall nichts zu wünschen übrig lassen würde. Daniel hielt sie ins Licht und schnalzte mit der Zunge, um seine Einschätzung des kostbaren Stücks kundzutun. Der Griff war aus Gold, mit einer prachtvollen Gravur versehen und mit Rubinen besetzt. Das Futteral war mit Streifen echten Goldes verziert und mit mehreren Reihen winziger, milchiger Opale überzogen. Ein begehrliches Glitzern stand in seinen Augen. Wulfric sah es und reagierte ohne einen Augenblick des Zögerns.

»Gefällt dir der Dolch, Daniel?«

»Ob er mir gefällt? Er ist *prachtvoll.*«

»Dann betrachte ihn als dein Eigentum.«

»Was? Er soll mir gehören? Aber mein Herr, das kann nicht Euer Ernst sein.« Daniel war ehrlich betroffen von der großzügigen Geste Wulfrics. »Er ist zu kostbar, ein zu großes Geschenk. Ihr könnt nicht wirklich wollen, daß ich ihn bekomme.«

»Der Dolch gehört dir«, erwiderte Wulfric lächelnd, während er den Ausdruck der Freude auf dem Gesicht des jüngeren Mannes mit Wonne zur Kenntnis nahm. Ein kluger Herr kann viele Wege beschreiten, um zu herrschen, aber am Ende führt doch der kürzeste Weg zur Unterwürfigkeit eines Mannes über dessen Hunger nach dem Besitz schöner Dinge.

»Ihr könntet selbst Propst werden, wenn der alte Mann stirbt«, sagte Daniel schließlich, ohne seinen Blick von dem juwelenbesetzten Heft des Dolches abzuwenden, den er beinahe liebevoll in seinen Fingern drehte. »Ihr habt die Möglichkeit, die besondere Gunst des Erzbischofs zu erringen. Warum wollt Ihr das Amt für Robert erstreiten, wenn es doch so leicht Euch selbst gehören könnte?«

»Was, und mich mit zusätzlichen Verpflichtungen und Verantwortungen beschweren, während sieben ehrgeizige Kanoniker sich gegen mich verschwören?« Wulfric runzelte die Stirn und schüttelte nachdenklich den Kopf. »Ich möchte nicht an Geoffreys Stelle sein, nicht solange Männer wie Wulfric de Morthlund und Cyrus de Figham leben und atmen.«

»Ihr zählt Euch selbst zu den Feinden des Propstes?«

»Eher zu denen, die an seinen Fäden ziehen«, korrigierte ihn Wulfric.

»Als Propst hättet Ihr die Macht.«

»Macht habe ich schon und Wohlstand obendrein«, rief Wulfric ihm ins Gedächtnis. »Und mehr als das – ich habe die Freiheit, beides zu benutzen, wie es meinen eigenen Interessen am besten zustatten kommt. Warum sollte ich mich hinter all diese Bücher und Spinnweben zurückziehen, obwohl ich doch schon uneingeschränkten Zugang zu dem alten Mann und den Untergebenen habe, die ihm dienen?«

»Dann wird das Amt an Sir Robert fallen?«

»Ja, besser an ihn mit seiner unechten Frömmigkeit und seinem wohlfeilen Glauben als an Sir Hugh de Burtons wirrköpfigen Bastard. Und außerdem …« Wulfric grinste und zupfte mit beiden Händen die Falten von Daniels dunkelrot gefütterter Kapuze zurecht. »Sir Robert hat mich im Laufe der Jahre gut bezahlt, um seine Interessen in Beverley zu wahren. Sein Ehrgeiz hat dazu beigetragen, mich zu einem wohlhabenden Mann zu machen. Soll er doch den Sitz des Propstes haben, wenn der gute alte Geoffrey stirbt, und ich werde dafür seine Dankbarkeit ernten und noch eine Marionette haben, die nach meiner Pfeife tanzt.«

»Ach?« Daniel hob eine seiner fein geschwungenen Augenbrauen. »Seid Ihr so sicher, daß er tanzen wird, sobald er erst einmal Propst ist?«

»Er wird entweder für mich tanzen oder vor dem Papst in Rom in die Knie gehen«, sagte Wulfric mit einem bösartigen Glitzern in den Augen. »Ich habe genug Beweise, um ihn hängen zu sehen, wenn mir der Sinn danach steht.«

»Und ich glaube, Ihr würdet auch nicht davor zurückschrecken«, sagte Daniel unbehaglich.

»Jawohl, mein Junge, so ist es. Ich könnte es tun für Macht oder vielleicht aus Gehässigkeit oder Rachsucht oder einfach aus Spaß.« Er umklammerte Daniels Gesicht mit seiner großen Hand und drückte zu, bis seine Wangen flach auf den Knochen lagen und die Lippen sich zu einem fleischigen Schmollmund schürzten. Dann beugte er sich vor und küßte den jungen Mann fest auf den Mund. Als er damit fertig war, grinste er und wiederholte noch einmal: »Jawohl, mein Junge, ich würde, ohne zu zögern, einen Mann nur zum Spaß an den Galgen bringen.«

Die Tür flog auf, und Cyrus de Figham rauschte in einem purpurroten Gewand und einem mit gelber Seide gefütterten, dunkelroten Kapuzenmantel herein. Seine Augen waren genauso schwarz und leuchtend wie der gewaltige Onyxstein in seiner linken Hand. Er marschierte ins Zimmer, wo er mit zusammengezogenen Brauen immer wieder auf und ab ging, angespannt und erregt.

»Dieser Simeon wird noch all unsere Pläne zunichte machen«, knurrte er, wobei er es vorzog, den leidenschaftlichen Kuß sowie die Verlegenheit des jungen Daniel einfach zu ignorieren. »Wie zum Teufel soll ich mit einem Wunder mithalten können?«

Wulfric machte mit seinen eleganten Fingern eine Geste, als wollte er die Bedenken des anderen einfach vom Tisch wischen. Dann sagte er entschlossen: »Beruhigt Euch, Cyrus. Dieser Emporkömmling von einem Priester wird schon bald genug in die Dunkelheit geschleudert werden, aus der er gekommen ist.«

»Ach ja? Und wird das geschehen, bevor oder nachdem man seinen Ruhm zuerst dem Erzbischof von York ins Ohr geflüstert hat und dann dem Papst in Rom?«

»Es wird noch am heutigen Tag geschehen, mein Freund.«

Cyrus blieb wie angewurzelt stehen und sah dem fetten Mann finster ins Gesicht. »Heute noch?«

»*Heute*«, bestätigte ihm Wulfric. »Zuerst aber müssen wir überzeugend unsere Besorgnis für sein rätselhaftes Patenkind zeigen, und dann werden wir zusammen mit unserem lieben Simeon in lautes Wehklagen ausbrechen, wenn das

Kind stirbt. Ich weiß aus bester Quelle, daß überzeugend dargebotene Trauer ganz oben auf der Liste Eurer beachtlichen Fähigkeiten steht.«

Cyrus warf lediglich einen kurzen Blick auf Daniel und nickte.

»Und das Wunder?« wollte er von Wulfric wissen. »Ich habe es selbst mit angesehen. Man kann es nicht leugnen. Der Krüppel geht so aufrecht wie nur je ein Mann – zur Hölle mit ihm.«

»Solche Heilungen kommen doch jeden Tag vor«, spöttelte Wulfric.

»Ach ja? Und werdet Ihr davon auch die Bauern überzeugen und die einfältigen Geistlichen, wenn sie die Bedeutung dieser speziellen Heilung über alle vernünftigen Maße hinaus aufblähen? Mein Gott, die Erzählungen werden immer ausschweifender und wilder werden, bis die Kirche sich schließlich verpflichtet fühlt, diesen stumpfsinnigen, ehrgeizlosen Schreiberling in eine Position zu erheben, die ihm Stärke und Macht verleihen wird. Sie werden ihn über uns stellen, und bevor wir noch wissen, wie uns geschieht, werden wir den Erzbischof persönlich hier haben, damit er sich selbst von diesem Möchtegernheiligen überzeugen kann, der die Pilger in Scharen nach Beverley lockt. Er wird …«

»Cyrus! Mein lieber Cyrus!« unterbrach ihn Wulfric. »Wie wenig Vertrauen Ihr doch in mich habt.« Er legte Cyrus seinen Arm um die Schultern und zog ihn enger an sich. »Was geschehen ist, kann ebensogut wieder ungeschehen gemacht werden, vergeßt das nicht.«

»Ungeschehen? Ein Wunder *ungeschehen*?«

»Jawohl, sogar ein Wunder. Wenn sich die Notwendigkeit erhebt, werde ich ihn fesseln und knebeln lassen und höchstpersönlich die Knochen dieses vielzitierten Fußes mit einer Axt zerschmettern, und dann soll der Pöbel *das* ein Wunder nennen.«

Ihre Gesichter waren nun ganz nah beieinander. Er konnte den Wein und die honigsüßen Früchte in Cyrus' Atem riechen und die glitzernde Speichelschicht auf seinen Lippen sehen. Er lächelte, und seine dunklen Augen zwinkerten vor

Belustigung. »Wulfric de Morthlund«, zischte er, ohne sich von der Stelle zu rühren, »wenn Ihr die Absicht habt, mich zu küssen, so wie Ihr gerade Euren ...«

Wulfric brach in schallendes Gelächter aus. »Eines Tages vielleicht«, erbot er sich. »Eines Tages werde ich Euch in einem unachtsamen Augenblick erwischen und dann ...«

»... und dann werde ich mich verpflichtet fühlen, Euch zu töten«, sagte Cyrus mit einem kleinen, bösartigen Lächeln.

Einen Augenblick lang verharrten die beiden Männer in ihrer Haltung, ohne daß einer von beiden sicher wußte, wieviel davon Scherz und wieviel Ernst war. Dann lachte Wulfric wieder, und die beiden schlugen einander freundschaftlich auf die Schulter.

Daniel Habicht, der die Begegnung von der anderen Seite des Zimmers aus aufmerksam beobachtet hatte, ließ sich keine Nuance des Gesprächs entgehen. Sechs im geistlichen Stand verbrachte Jahre hatten ihn gelehrt, einen Mann nie nur nach seinen Worten zu beurteilen, denn die Zunge war schließlich nichts als ein fleischiges Organ, das weder Gewissen noch Loyalität besaß. Es waren die Augen, die zählten: Sie sprachen für die Seele und logen nie. Als Wulfric sagte: ›Wenn ich Euch in einem unachtsamen Augenblick erwische‹, hatte da in seinen Augen eine Drohung oder ein Hauch von Verführung gestanden? Als Cyrus von Mord sprach, hatten seine Augen seine Worte als Neckerei des Augenblicks preisgegeben, oder enthielten ihre tintenschwarzen Tiefen eher eine tödliche Warnung? Daniel wünschte, er wüßte besser, woran er bei diesen beiden war, denn dem einen schuldete er Rechenschaft, während er für den anderen höchste Achtung empfand. Er sah, wie sie zusammen lachten, und mißtraute ihrer Zurschaustellung leichtherziger Brüderlichkeit. Diese beiden waren ehrgeizig bis ins Mark, und wahrer Ehrgeiz beugte sich auch nicht den Anstandsregeln der Freundschaft. Wenn das Spiel der Kräfte im Gleichgewicht ist, kämpfen sogar die Schakale gegeneinander.

Kapitel
12

Die Priester versammelten sich nun zur großen Prozession. Neben den Messen für die Toten war ein ritueller Segen für die geweihten Stätten vorgesehen, angefangen bei dem verwüsteten Münster bis hin zu der in Schutt und Asche liegenden Pfarrkirche in dessen Nähe. Immer mehr Priester fanden sich zusammen und sangen Psalmen; ihre Stimmen hoben und senkten sich in herrlicher Eintracht. Jedes Fenster und jede Tür stand der Morgensonne offen, jeder Raum und jeder Flur war mit prachtvoll gewandeten Priestern gefüllt. Höhere und niedere Ränge standen Seite an Seite, um ihre Stimmen und ihre Loblieder gen Himmel zu senden. Überall in der Stadt senkte sich Schweigen herab, wenn die scharfe, kalte Luft ihren Gesang heranwehte. Es war der Morgen des 14. Dezember, ein Sonntag, der Tag des Sabbat.

Die Glocken des Münsters läuteten noch immer, so wie sie ohne Unterlaß während des ganzen Sturms geläutet hatten. Die Menschen hatten immer geglaubt, daß der Klang von Glocken den Donner abwenden und den Blitz abschrecken würde. Sie hatten die Glocken für die heiligen Messen geläutet, für die Sterbenden, für die Toten, für das Kommen des Sturms und für sein Ende, und nun läuteten sie sie, um Gott zu lobpreisen und die Gläubigen herbeizurufen. In ihrem Echo war das Läuten geringerer Glocken zu hören, da jede Kirche und jede Kapelle in ihren Gesang einstimmten. Und wo auch immer eine Glocke noch läutete, erteilte die lange Prozession singender Geistlicher den besonderen rituellen Segen, um die Altäre zu reinigen.

Simeon holte tief Luft und hielt sie für einen Augenblick in seinen Lungen fest, bevor er mit einem langen, tiefen Seufzer ausatmete. In der Luft lag ein zarter Duft nach Weihrauch, der sich mit dem Geruch nach zerstampfter Katzenmelisse, Lavendel und pulverisierter Kalmuswurzel mischte, Kräutern, mit denen man die kostbaren Kirchengewänder vor der Feuchtigkeit des Winters und der Gier hungriger

Insekten bewahrte. Mit jeder Bewegung ihrer Meßgewänder verströmten die prachtvoll gekleideten Priester ein Parfüm, das selbst bei den Engeln Wohlgefallen gefunden hätte. Ein Mann konnte in diesem Duft ersticken und trotzdem keinen Wunsch nach reinerer Luft verspüren. Angeblich waren die Gräber der Heiligen mit eben diesem Duft erfüllt. Es war erst sechs Jahre her, daß König Heinrich der Zweite sich in einem schmutzigen härenen Hemd und einem Pilgermantel zum Grab des heiliggesprochenen Thomas Becket begeben hatte, um Buße zu tun. Er hatte sich gegeißelt und am ganzen Leib geblutet, als er in einem Wald von Wunderkerzen in der Krypta von Canterbury niedergekniet war, und Zeugen schworen, daß der Anhauch des Heiligen den König zutiefst bestürzt habe.

Du süßer Duft von Engeln spielst mit meinen Sinnen
und leitest meinen hungrigen Geist zu deiner Schwelle.

Simeon schloß die Augen und atmete noch einmal tief durch. Die laut schallenden, kraftvollen Stimmen der Priester hallten in seinen Ohren wider und sandten pulsierende Wogen der Erregung durch seinen Körper. Er konnte ihr Singen beinahe körperlich *spüren*. Er war ein Teil davon, ein winziges Wesen, das emporgehoben und auf den Lobliedern der vielen anderen himmelwärts getragen wurde. Und doch blieben seine Füße fest auf dem Boden, während andere, wie er mit Recht vermutete, zu einem höheren und reineren Zustand erhoben wurden. Es gab Zeiten, in denen die Trennung zwischen religiöser Erfahrung und der Hochstimmung der weltlichen Sinne verschwamm. Simeon hatte sich niemals ganz und gar der Gezeitenwoge der Leidenschaft hingegeben, die andere Menschen so oft mit sich fortriß, wenn die Sinne von Pomp, Ritual und duftgeschwängerter Luft überwältigt wurden. Es gab Zeiten, in denen er sich fragte, ob Gott es wirklich anders haben wollte. Vielleicht gehörte es zu seinem Plan, einfachen Männern und Frauen den Zutritt in das erhabene Reich der Engel zu verwehren. Vielleicht war alles, was Er je von einem Menschen verlangte, daß dieser nur sein Bestes gab, wie unvollkommen es auch sein mochte.

»Ihr singt nicht mit den anderen, mein Sohn?«

Die Stimme seines Kanonikus erreichte ihn durch den andächtigen Choralgesang hindurch. Er drehte sich um, und für einen Moment waren seine Gedanken deutlich in seinen Augen zu lesen. Cuthbert lächelte und wiegte wissend sein ergrautes Haupt. Er berührte Simeons große, starke Hand mit seiner eigenen und beneidete den jüngeren Mann um seinen einfachen Glauben. Dieser Glaube war klein, aber beharrlich und von unbestechlicher Ehrlichkeit. Es war ein Glaube, um den weit größere Männer ihn mit Recht beneidet hätten, denn er gab dem jungen Priester Kraft, wo ein Mann von auffälligeren Farben und gewandterer Zunge vielleicht versagt hätte. Dieser Simeon wagte es, sich im Zorn wie in der Liebe immer an den Allmächtigen zu wenden, er wagte es, ihm seine Zweifel genauso darzubieten wie seine Zuversicht. Mit seiner demütigen Saat des Glaubens war er sich seines Gottes gewiß, und es gab erhabene Päpste und stolze Kardinäle, die das zu keiner Zeit von sich hätten behaupten können.

Cuthbert seufzte, schloß die Augen und ließ seine Gedanken von der Musik davontragen. Er wußte, daß jeder Mann und jede Frau, die noch zu arbeiten imstande waren, Fleisch und Brot bekommen hatten und einen besonderen Dispens, der es ihnen gestattete, in Gottes Namen an seinem Sabbattag körperliche Arbeit zu verrichten. Mittlerweile hatten sie schon fast das Tor der Propstei erreicht. Sie hatten Feuerholz und herabgestürzte Balken, zerbrochene Karren und vom Wind entwurzelte Bäume über den angeschwollenen Graben gelegt, um einen begehbaren Fußweg für die Priester zu schaffen. Der Atem von hundert im Schweiße ihres Angesichtes arbeitenden Christen bildete weiße Wolken in der frostigen Luft, und ihr gefrorener Schweiß funkelte auf ihrer Haut wie kristallene Edelsteine. Einige brachen erschöpft von der schweren Arbeit zusammen und wurden achtlos liegengelassen, wo sie niedergesunken waren, ob sie sich nun erholten oder nicht. Frauen arbeiteten neben ihren Männern.

Einige verrichteten ihr frommes Werk auch allein, weil ihre Männer im Sturm ums Leben gekommen waren. Viele Frauen trugen kleine Kinder auf dem Rücken oder Säuglinge an der Brust, kleine Körper, die der Schweiß ihrer Mutter warm hielt, während diese in dem gefrorenen Schlamm vor Kälte zitterte. Die Fertigstellung des Fußweges wurde im Laufe des Vormittags immer dringender, denn immer mehr Seelen bedurften der heiligen Sakramente.

Simeon dachte an den Propst Geoffrey, den man von seinem Krankenbett heben würde, um ihn in sein feinstes Ornat zu kleiden und ihn dann in die kleine Kapelle neben seinem Wohnhaus zu tragen. Der arme Mann wußte kaum noch den einen Tag vom anderen zu unterscheiden, aber er wurde hier gebraucht und folgte dem Ruf, wenn auch nur um des äußeren Scheines willen und nicht aus eigenem Antrieb.

Das Singen verebbte, und die Priester stimmten ein neues Loblied an. Pater Cuthbert senkte den Kopf, um die geflüsterten Worte eines Geistlichen zu hören, dessen Hände aufgerissen und blutig waren von seiner unermüdlichen Arbeit in den Trümmern. Dann drehte er sich mit einem Lächeln zu Simeon um.

»Der Geistliche kommt aus dem Hospital von St. Peter. Er berichtet, der kleine Peter habe seine Milch bekommen und sei daraufhin in einen friedlichen Schlaf versunken.«

»Gott sei's gelobt«, erwiderte Simeon lächelnd. »Wie viele Männer sind bei ihm?«

»Genug«, versicherte Cuthbert ihm. »Er hat allen Schutz, den er braucht. Der Junge wird gut und liebevoll versorgt, dessen könnt Ihr sicher sein.« Simeon nickte und hörte, wie der alte Mann seine dünne, leise Stimme zu denen der singenden Priester gesellte. Simeons Gedanken waren anderswo, so daß die Worte ihm von Zeit zu Zeit entglitten und er schließlich verwirrt mehrere Takte hinterherhinkte. Besonders traurig stimmten ihn die Berichte darüber, daß die Leute auf eine alte Unsitte verfallen waren – sie trieben den Toten angespitzte Holzpfähle durchs Herz. Kleine Banden von Männern, die ihre Gesichter unter Kapuzen verborgen hatten und sich unverfroren als ›Pfähler‹ bezeichneten, durchsuchten die Stadt mit Bolzen und Hämmern, die sie unter ihren Umhängen verborgen hielten. Dies war eine alte Sitte, die im allgemeinen nur auf Mörder und Selbstmörder angewandt wurde, eben jene, die in ungeweihtem Boden begraben lagen, zumeist an Stellen, an denen zwei oder mehr Straßen zusammenliefen. Der Pfahl sollte die unheilige Seele unter Kontrolle halten und den Geist des Toten daran hindern, frei und rachsüchtig unter den Lebenden umherzuwandern. Die Menschen quälten sich mit der Vorstellung, daß jene, die durch eine Gewalttat und ohne Absolution gestorben waren, es eines Tages müde würden, in Schlamm und Trümmern zu liegen. Sie glaubten, die Verstorbenen würden sich erheben, um die Lebenden mit Wahnsinn und Krankheit zu peinigen. In einem solchen Klima forderten die Pfähler ihre bescheidenen Löhne ein und krochen von Leichnam zu Leichnam, leerten die ohnehin fast leeren Taschen und trieben den Toten ihre Holzpfähle ins Herz.

Solch heidnische Praktiken entsetzten Simeon. Man hatte ihn gebeten, für Edric zu beten, den einäugigen Fuhrmann, der unter den Trümmern seines vollbeladenen Karrens begraben worden war, nachdem der Sturm diesen umgekippt hatte. Viele Stunden war er dort eingezwängt gewesen, bevor die Pfähler gekommen waren. Sie fanden ihn ohne Bewußtsein und hielten ihn für tot, so daß sie sich ohne zu zögern an ihr gräßliches Werk machten. Seine Schreie, so hieß es, konnten von Tonge bis zum Westwald gehört werden, denn die Pfähler waren so erschrocken, daß sie flohen, ohne dem Unglücklichen vorher die Barmherzigkeit eines zweiten Schlages zu gönnen. Der Fuhrmann riß sich in seiner Qual den Pfahl aus dem Leib und verfluchte die Männer, die ihm das Holz ins Fleisch getrieben hatten, zu ewiger Verdammnis, bis sein von den Holzsplittern tödlich getroffenes Herz schließlich zu schlagen aufhörte.

Als Simeon diese grauenvolle Geschichte gehört hatte, hatte er sofort einen Boten nach St. Peter geschickt, damit man die Leichen der Priester und Diener, die dort ihr Leben verloren hatten, sorgsam bewachte.

»Wenn der Allmächtige den Menschen auch nur für einen

Augenblick den Rücken zukehrt, sind sie so gut wie verloren«, hatte Pater Cuthbert dazu bemerkt. »Dann kehren sie zu dem Heidentum zurück, das immer noch seine tiefen und kaum ausrottbaren Wurzeln in ihren Seelen hat. Und wer kann ihnen einen Vorwurf daraus machen, wenn doch wir, Gottes Priester und seine Helfer, ihnen so wenig zu bieten haben?«

»Sie sind verstört und ängstlich«, sagte ein Priester, der ganz in ihrer Nähe stand. »Sie sind wie Ertrinkende, die nach einem Rettungsanker suchen. Was spielt es für eine Rolle, an welchen Strohhalm sie sich in ihrer Verzweiflung klammern, solange sie nur überleben?«

Simeon und sein Kanonikus tauschten einen vielsagenden Blick, und beide mußten daran denken, daß es oft so aussah, als sei der Teufel bei seiner endlosen Suche nach Seelen eifriger als Gott selbst.

»Es spielt keine Rolle«, sagte Simeon zu dem Priester. »Glaubt mit Eurem ganzen Herzen daran, mein Freund, sonst seid Ihr verloren. *Es spielt keine Rolle.*«

Als sie nur noch drei Psalmen zu singen hatten, bevor die Prozession beginnen sollte, wurde Simeon in eines der kleineren Zimmer geführt, die von der Haupthalle abgingen. Die Luft in dem Raum war erfüllt von dem Duft nach Weihrauch und dem Geruch von Wolle, die vom Regen durchnäßt war. Mehrere Leute warteten dort auf ihn. Cyrus de Figham hatte den jungen Exorzisten John bei sich, der sein ständiger Begleiter in Kirchenangelegenheiten war. Dieser Mann war eine Weile als Züchtiger an der Lateinschule gewesen, wo er die Aufgabe hatte, den Schülern für jeden Fehler, den sie bei ihren Übungen machten, auf die Handinnenflächen zu schlagen. Schon bald war jedoch offensichtlich geworden, daß er seine Aufgabe zu weit trieb, indem er die Jungen auch aus eigenem Antrieb und mit unangemessener Grausamkeit schlug. Sein Rektor, ein verständnisvoller Mann, der hoffte, den Züchtiger auf diese Weise nicht mehr in Versuchung zu führen, übertrug ihm die Pflichten und den Status eines Exorzisten. Simeon wußte jedoch, daß dieser Wechsel es nicht geschafft hatte, dem jungen Mann seine unerfreulichen

Angewohnheiten auszutreiben. Bei jeder Gelegenheit schlug er die Knaben für wirkliche oder eingebildete Vergehen, und fast jedes Mal gipfelten seine Schläge in einem Akt größter Brutalität.

Ebenfalls in dem Zimmer war Wulfric de Morthlund, der wie so oft das volle Ornat eines Kanonikus trug. Er räkelte sich auf einer hochlehnigen Couch, auf der dicht neben ihm auch sein treuer Gefolgsmann Daniel saß, dessen Züge so sehr an einen Habicht erinnerten. Wulfric hielt ein kleines, mit Juwelen besetztes Kästchen auf dem Schoß, während er sich mit einem elfenbeinernen Zahnstocher zwischen seinen kräftigen, weißen Zähnen zu schaffen machte. Nero selbst hätte nicht fleischiger und selbstzufriedener wirken können als dieser Mann. Sein träger Blick glitt über den geheilten Fuß seines Besuchers und dann hinauf zu dessen Gesicht, als wolle er dort nach weiteren Veränderungen suchen.

»Gottes Segen sei mit Euch, Bruder Simeon.«

»Und mit Euch«, erwiderte Simeon mit betonter Höflichkeit.

Er mochte diesen dicken Mann nicht. Er hielt ihn für ein angeberisches, arrogantes Individuum, dem die Demut fehlte, seine Exzesse zumindest durch ein gewisses Maß an Diskretion zu mildern.

Wenn man den Gerüchten aus Rom Glauben schenken durfte, waren dort Bestrebungen im Gange, die darauf zielten, alle Weltgeistlichen mit feierlichen Eiden der Treue und des Gehorsams an die Kirche zu binden. Durfte im Augenblick noch jedermann sein Haar, seine Kleidung und seinen Bart nach eigenem Gutdünken gestalten und sich eines Lebensstils befleißigen, wie er ihm ziemlich erschien, so würden in Kürze all solche Eitelkeiten unter dem machtvollen Joch Roms ein Ende finden. Diese ernüchternden Eide würden, wenn man sie erzwingen konnte, dazu beitragen, die Verderbtheit, die unter den Dienern der Kirche herrschte, in den Griff zu bekommen.

Während seiner ganzen Regierungszeit hatte König Heinrich Plantagenet sich mit Unzufriedenen und Störenfrieden herumplagen müssen, die ihr Ornat und ihre geschorenen

Häupter zwischen ihre Untaten und den Willen ihres Monarchen gestellt hatten. Zu viele Diebe und Mörder nahmen die Vorrechte des Klerus für sich in Anspruch. Zu viele Verräter an der Krone von England flüchteten sich unter den Schutz der Krone von Rom. König Heinrich wollte, daß diese verbrecherischen Priester ihrer kirchlichen Immunität entkleidet und genauso wie jeder Laie vor ein gewöhnliches Gericht gestellt werden konnten. Kein Priester brauchte den Verlust seines Eigentums zu fürchten, und er konnte auch nicht gehängt, verbrannt oder verstümmelt werden – ein Schicksal, wie es jedem armen Mann schon für ein geringes Verbrechen bevorstand. König Heinrich wollte das Gleichgewicht wiederherstellen, denn an jeder Straßenbiegung trat ihm ein skrupelloser Priester entgegen, der unter dem Schutz der Unterröcke von Mutter Kirche seiner königlichen Autorität eine lange Nase machte. Becket hatte sich gegen ihn erhoben, wie es seine Pflicht gewesen war, denn Reformen, wie Heinrich sie durchführen wollte, hatten nicht in Beckets Interesse gelegen. Und es gab Stimmen, die meinten, daß ein sauber plazierter Schwerthieb weit mehr wert war als alle Gesetze von Königen und Päpsten gleichermaßen. Der stolze, unbeugsame Becket wurde an seinem eigenen, heiligen Altar in der Kathedrale von Canterbury ermordet. Niemand profitierte davon. Keine Gesetze wurden verändert. Monarch und Papst blieben weiterhin zwei rivalisierende Herrscher, und die Ruchlosen unter den Priestern konnten weiter ungehindert ihr Unwesen treiben.

»Kann ich Euch etwas Wein anbieten?« erkundigte Wulfric sich, etwa in der Art, wie eine Spinne einer Fliege Gastfreundschaft anbieten mochte.

»Nein, danke«, erwiderte Simeon.

Seine Gedanken waren immer noch bei Becket und dem König. Nur wenige Freundschaften hatten je solche Höhen erreicht oder waren in so grausame Tiefen gestürzt wie die zwischen dem König und seinem Erzbischof. Auch Rom hatte sich entschlossen gegen Heinrichs Versuche gewandt, das heilige Gesetz neu zu gestalten. Die Bestrafung eines Priesters durfte nichts Zweischneidiges haben; er durfte nicht von seinem heiligen Stand entbunden und dadurch zusätzlicher Bestrafung durch die Krone ausgesetzt werden. Alle Päpste wollten, daß ihre Priester Rom gehorsam waren und in den Genuß der vollen Vorrechte des Klerus kamen. Roms Interessen war besser gedient durch Priester und Bischöfe, die die heiligen Gesetze einhielten und sich dabei geschlossen gegen jede Einmischung durch den König von England wandten. Auf diese Weise waren alle Rom verantwortlich und natürlich ihrem Gott. Dreißig Jahre und länger hatte man hin und her gestritten. Kein ehrlicher Mann konnte leugnen, daß die Kirche als Kompromiß dringend feierlicher und bindender Eide bedurfte, die dafür sorgten, daß die Inhaber kirchlicher Ämter ihres Standes auch wirklich würdig waren. Zu viele Verbrecher ließen sich das Haupt scheren und tauschten ihre Verantwortung vor der Welt gegen eine Kutte ein, und es gab zu viele wie Wulfric de Morthlund, die mit dem Segen der Kirche wie verwöhnte, selbstgefällige Herren lebten und immer fetter und reicher wurden. Das konnte auch dem König nicht entgehen. Nur mit der Drohung größten persönlichen Verlustes und tiefster Demütigung konnte man so mächtige Männer wie diese dazu bringen, ihre gewaltigen Exzesse einzuschränken.

Ein leises Geräusch holte Simeon in die Gegenwart zurück; ein Mann war in der Tür erschienen und räusperte sich in der Manier eines vornehmen Herrn. Auf der anderen Seite des Zimmers verbeugte sich Cyrus de Figham mit einer höflichen Geste, während er Simeons Blick ungerührt standhielt.

»Gottes Segen mit Euch, Bruder Simeon«, sagte er, und seine Lippen wölbten sich leicht, als belustige ihn der ernste Gesichtsausdruck des anderen.

»Und mit Euch, Bruder Cyrus«, antwortete Simeon.

Die beiden Männer betrachteten sich ohne Wärme. Dieser de Figham hatte wirklich merkwürdige Augen. Sie waren dunkelgrau, so wie das Meer im Winter mit seinen düsteren Tiefen und seinen unergründlichen Strömungen. Und doch konnten sie blau oder nebelgrau erscheinen, und in schlechtem Licht wurden dieselben Augen sogar schwarz. Jetzt waren sie mitternachtsblau und erhellt von einem kupferfarbenen Glitzern, das der Widerschein der Farben seiner goldroten Kapuze hätte sein können. Diese Augen waren wie die Haut eines Chamäleons dazu bestimmt, zu täuschen und zu betrügen. Cyrus' Gesicht, starkknochig und auf seine eigene Weise schön, konnte nach Bedarf eine ganze Palette von Ausdrücken zeigen, aber seine grauen Augen vermochten dies nicht. Simeon hatte diese Augen schon seit vielen Jahren beobachtet, und er hatte niemals Mitleid oder Güte in ihnen gesehen.

»Es war eine lange Nacht«, sagte Cyrus.

»Und doch zu kurz für einige«, erwiderte Simeon, der darüber nachdenken mußte, wie viele Tote noch immer nicht gezählt waren.

Cyrus gab ihm in diesem Punkt mit einer weiteren kleinen Verbeugung recht. Er war auf der Hut, und Simeons Talent, die wahre Natur eines Menschen mit einem einzigen Blick zu erfassen, erfüllte ihn mit Unbehagen. Simeon seinerseits war sich Cyrus' Entschlossenheit, sich nicht so leicht durchschauen zu lassen, vollauf bewußt.

Es war noch ein weiterer Mann im Zimmer. Er war mit seinem einzigen Kind, einem kleinen Mädchen mit zerzaustem Haar, von Swinemoor gekommen. Er trug einen feinen Kapuzenmantel mit Lammfell, mit nach außen gekehrtem Pelz, einen Lederumhang, den er sich locker über die Schultern geworfen hatte, und darunter ein Gewand aus einem schweren, düsteren Stoff. Seine Füße waren nackt und schmutzig bis zu den Knien hinauf, und die unteren Säume seiner Gewänder waren schlammbespritzt. Er war ein Hüne von einem Mann, einen ganzen Kopf größer als die meisten. Seinen Lebensunterhalt bestritt er mit gemeinen Verbrechen, ein Umstand, dessen er sich nicht schämte, wie man leicht sehen konnte. Man hatte ihm beide Ohren abgeschnitten, um ihn als Dieb zu brandmarken, und dennoch ließ er sich das Haar kurz schneiden und trug keine Kappe, um das Schandmal zu verbergen.

Es war Ulred, der Dachdecker, der in seinem erwählten Handwerk über recht ordentliche Fähigkeiten verfügte und außerdem ein ränkevoller und überaus einfallsreicher Mann war. Er wußte, welcher Priester ihm für diese oder jene Vergünstigung am meisten bezahlen würde, und wer ihm den besten Preis für ein Gerücht oder ein erlauschtes Geheimnis bieten würde. Die Kirche war wohlhabend, und ihre Priester waren großzügig, besonders dann, wenn ein findiger Mann sie mit jedem Leckerbissen in Versuchung führen konnte, nach dem ihnen gerade der Sinn stand. Zur Zeit besaß er ein kleines Stück Land, nach dem es den Erzbischof gelüstete, und er war fest entschlossen, einen ordentlichen Profit daraus zu ziehen, bevor die besseren Herren sich dazu verschwören konnten, ihn seines Besitzes zu berauben.

Das Mädchen, seine Tochter, war von kleinem Wuchs und noch sehr jung, und wüßte er es nicht aus zuverlässigster Quelle, hätte Simeon bezweifelt, daß sie alt genug war, um ein eigenes Kind geboren und wieder verloren zu haben. Sie hatte noch immer das Aussehen der Unschuld, diese einfache Scheuheit, die die Jungen in so freundlichem Licht erscheinen läßt. Sie war ohne jeden Schmuck und Überfluß gekleidet, ihre Füße und Knöchel waren nackt, das Haar fiel ihr locker über die Schultern, und ihr Gewand war nicht umgürtet. Sie war in jeder Hinsicht noch so deutlich ein Kind, daß Simeon nicht umhin konnte, Mitleid mit ihr zu haben. Die Natur gebot, daß kleine Mädchen bei ihrem ersten Blutverlust zu Frauen wurden, aber der Herr des Hauses, sei es ein Verwandter oder ihr Arbeitgeber, konnte darüber gebieten, wann das Mädchen zur Mutter werden sollte.

»Hier ist das Mädchen, von dem ich Euch erzählt habe«, sagte Wulfric. »Sie hat vor vier Tagen ein totes Kind zur Welt gebracht, und die Hebamme, die ihr beigestanden hat, schwört, daß es eine gesunde Geburt war und daß ihre Milch unverdorben ist. Es ist unser Wunsch, daß Euer Patensohn die beste Fürsorge bekommt.«

»Ach?« Simeon lächelte. »Liegt Euch das Wohlergehen meines Patensohnes am Herzen, Bruder Wulfric?«

»Es liegt uns allen am Herzen«, unterbrach ihn Cyrus de Figham, »wir sind alle Brüder mit einem gemeinsamen Ziel. Wir müssen einander helfen, so gut es nur geht.«

»Und die Mitgift, von der ihr spracht?«

»Sie kommt mit einem Stück Land in der Nähe von St. Mary«, erwiderte Wulfric lächelnd, »das an den Besitz des Erzbischofs in der Nähe des Marktkreuzes grenzt. Ulred hat das Gefühl – und wir sind geneigt, mit ihm übereinzustimmen –, daß das Land unter der Verwaltung des Münsters besser gedeihen würde.«

Simeon nickte. Er wußte, daß York Ulred hart zusetzte, sich von dem Land zu trennen, und daß die Männer des Erzbischofs ihn bei jeder Gelegenheit schikanierten und es ihm unmöglich machten, echten Nutzen aus seinem Eigentum zu ziehen. Der Erzbischof hatte sein Angebot mittlerweile halbiert, da das Land für den Besitzer kaum noch einen echten Wert besaß, aber der listige Dachdecker ließ sich nicht so leicht einschüchtern und war immer noch auf einen besseren Handel aus. Indem er sein Land und seine Tochter dem Münster anbot, würde er einen hübschen Profit machen und sich an einem Ort, an dem die erzbischöfliche Rachsucht ihm nichts mehr anhaben konnte, eine neue Existenz aufbauen.

»Das Land wird natürlich sofort an Bruder Cyrus weiterverkauft«, fügte Wulfric hinzu.

»Ah, natürlich«, nickte Simeon, unfähig, die Ironie in seiner Stimme zu unterdrücken.

»Aber ja, es muß so sein«, beharrte Wulfric. »Unsere erste Sorge gilt unserem Propst. Wir können nicht zulassen, daß man sagt, Geoffrey habe den Erzbischof hinterlistig ausgebootet, gerade als dieser kurz davor stand, das Land für York zu erwerben.«

Simeon lächelte. »In diesem Falle bedeutet der Verlust von York einen persönlichen Gewinn für unseren Bruder Cyrus und keinen echten Profit für das Münster.«

Cyrus heftete seine dunklen Augen auf das freimütige Gesicht des anderen.

»Bruder Simeon, ich fürchte, Ihr habt meine Absichten in dieser Angelegenheit mißverstanden. Das Land wird zu einem späteren Zeitpunkt Propst Geoffrey überschrieben werden, wenn niemand ihn beschuldigen kann, ein persönliches Interesse an seinem Erwerb gehabt zu haben.«

»Eine noble Geste, und gewiß auch eine selbstlose«, sagte Simeon. Er konnte der Versuchung nicht widerstehen, noch etwas hinzuzufügen, mit dem er dem anderen zeigte, daß er ihn durchschaut hatte: »Propst Geoffrey könnte sich dann vielleicht überreden lassen, Euch im Austausch für ein solches Geschenk für das Amt eines Kanonikus zu empfehlen.«

Die dunklen Augen verengten sich zu Schlitzen, und eine plötzliche Feindseligkeit glitzerte darin auf. Simeon begegnete dem kalten Blick des anderen mit einem Lächeln, und Cyrus, das kluge Chamäleon, erwiderte das Lächeln auf der Stelle.

»Ihr habt mich ganz richtig verstanden, Simeon«, gab er zu. »Für mich eine Morgengabe an die Kirche und für Euch eine Amme, die Euren Patensohn mit Nahrung versorgt. Die Angelegenheit bringt uns beiden Vorteile, glaube ich.«

Simeon sah Wulfric an und hob eine Augenbraue. »Und Ihr, Bruder Wulfric? Worin wird Euer Gewinn bei dieser Sache liegen?«

Wulfric breitete lächelnd die Hände aus und schüttelte den Kopf. Mit dieser Geste leugnete er seinen Anteil an dem Handel, aber schärfere Augen hatten bereits die Lüge gesehen.

Simeon rieb sich das Kinn und runzelte ein wenig die Stirn; er hatte das Gefühl, in eine Verschwörung gezogen zu werden. Noch einmal richtete er seine Aufmerksamkeit auf das Mädchen und bemühte sich, über die bösen Machenschaften und Winkelzüge, die hinter diesem Geschäft standen, hinwegzusehen. Die Interessen seines Patenkindes mußten allen anderen Überlegungen vorangehen. Peter würde nicht lange überleben, wenn man ihn nur mit Kuhmilch fütterte, der man ein wenig Honig hinzufügte. Das Kind brauchte die Milch einer Mutter, um zu gedeihen. Da fiel ihm Elvira wieder ein, die Frau des Grabenbauers, schmutzig und in Lumpen gekleidet und kaum geeignet, ein so kostbares Kind an ihrer Brust zu nähren.

»Sie ist noch sehr jung«, sagte er. »Seid Ihr sicher, daß ihre Milch gut ist?«

Ohne auch nur einen Augenblick zu zögern, ließ der

Dachdecker seine massige Hand in das Gewand seiner Tochter gleiten und zog eine Brust hervor, die voll war und viel zu groß für ein Mädchen in so jungen Jahren. Er rollte das Fleisch zwischen seinen schmutzigen Fingern, und eine dicke, bleiche Flüssigkeit ergoß sich aus der Brustwarze und floß über seine schwielige Haut.

»Das Beste, was ein Kind je gesaugt hat«, grinste er und leckte sich dann von einem Finger nach dem anderen die Milch ab.

Wulfric de Morthlund beugte sich auf seinem Stuhl vor und fuhr sich mit der Zunge über seine fleischigen Lippen. Sein Blick heftete sich auf die glitzernde Brust des Mädchens, die immer noch entblößt war. Ihr Vater grinste und machte sich mit so trägen und wohlerwogenen Bewegungen daran, die Blöße seiner Tochter zu bedecken, daß jeder einzelne seiner Handgriffe eigens dazu bestimmt zu sein schien, Lust zu schüren. In dieser kurzen Szene erkannte Simeon die Wahrheit. Er bemerkte die offenkundige Vertrautheit mit der Nacktheit des Kindes, bemerkte de Morthlunds lüsternen Blick, Daniels Widerwillen und de Fighams Verachtung. Sogar der Exorzist schlug immer wieder mit der Hand auf das hölzerne Kruzifix, das an seinem Gürtel baumelte. Und das Mädchen war willfährig, erfüllt von einer Unterwerfung, die aus Resignation erwachsen war. So jung sie auch war, waren ihr die wesentlichen Tatsachen doch nicht entgangen. Sie war genauso ein Besitztum ihres Vaters wie seine Milchkuh, eine Sklavin, die verkauft, verliehen oder benutzt werden konnte, wie er es befahl.

Simeon sah de Morthlund an und erriet, welchen Gewinn der dicke Mann sich selbst zu sichern hoffte. Dann sah er dem Dachdecker direkt in die Augen und verlangte zu wissen:

»Wer hat das Kind Eurer Tochter gezeugt?«

Der Dachdecker zuckte bei einer so direkten Frage zusammen. Sein Blick flackerte zu de Morthlund hinüber und wieder zurück. Er schien drauf und dran zu sein, Simeon scharf zurechtzuweisen, änderte dann jedoch seine Meinung und zuckte nur mit seinen gewaltigen Schultern. »Wer weiß?«

»Ich glaube, Ihr wißt es gut genug.«

Ulred zuckte noch einmal mit den Schultern. »Irgendein Bursche aus dem Dorf, denke ich, ein Nachbarsjunge oder ein wandernder Geselle.« Er breitete die Hände aus, wie um zu zeigen, daß die ganze Sache auch für ihn ein Geheimnis war.

»Ich glaube, die Lösung ist etwas naheliegender«, sagte der Priester kühl.

»Hm? Und was wollt ihr damit sagen?«

»Ihr habt mich ganz gut verstanden.«

»Hm? Ich? Wollt Ihr damit sagen, ich bin es gewesen?«

»Wollt Ihr das etwa leugnen?«

»Und ob. Ich war's nicht, der das getan hat.« Der Mann sah sich mit übertriebenem Zorn im Raum um.

Simeon ließ nicht locker. »Und würdet Ihr es wagen, das auch am heiligen Altar zu leugnen, in Anwesenheit Gottes?«

Der Mann schlug die Hände zusammen und blickte mit einem Ausdruck gerechter Empörung auf dem Gesicht gen Himmel. Er schien den Tränen nahe zu sein, aber jedes Wort, das er sprach, hatte einen anderen Klang.

»Gott ist mein Zeuge, ich habe es nicht getan«, jammerte er. »Nicht ich, Pater. Nicht bei meiner eigenen Tochter, und wo sie doch noch so jung ist. Das ist die Wahrheit, das schwöre ich, die Wahrheit. Der Himmel soll mich hier, wo ich stehe, niederstrecken, wenn ich je eine Hand an dieses arme mutterlose Kind gelegt habe. Also wirklich, wenn irgend jemand zu behaupten wagte, daß ich …«

Simeon hob die Hände, um dem Redefluß des anderen Einhalt zu gebieten. Das verworrene Gemurmel des Dachdeckers sprach die gleiche Sprache wie die unechte Tugendhaftigkeit in seinen Gesichtszügen. Welcher Mann beharrt auch nur halb so laut oder halb so schamlos auf seiner Unschuld wie der Schuldige?

Es war Cyrus, der als erster das Schweigen brach.

»Nun, Bruder, wollt Ihr sie haben?« fragte er, und in seinen schiefergrauen Augen stand ein arglistiges Glitzern.

»Ich werde sie nach St. Anne bringen, damit man sie dort auf ihre Tauglichkeit prüft«, erwiderte Simeon vorsichtig.

»Und wenn man sie dort für passender hält als die andere, wird sie als Amme für meinen Patensohn angestellt werden.«

»Wir tun unser Bestes, um Euch zu Gefallen zu sein«, erwiderte Cyrus mit einem Lächeln.

»Und sie wird den vollen Schutz von St. Peter genießen.«

Cyrus blickte zu Wulfric hinüber und sah diesen mit den Schultern zucken. »Wenn Ihr darauf besteht, Bruder.«

»Ich bestehe darauf. Ich möchte, daß kein *Bursche aus dem Dorf* Zugang zu ihr hat, während sie wegen ihrer Milch für Männer tabu ist.« Er sah jedem der Männer der Reihe nach ins Gesicht. »Wird es so sein?«

»So sei es«, antwortete Cyrus lächelnd.

Der habichtgesichtige Daniel beugte sich vor, um Wulfric seinen Arm zu leihen, als dieser sich vom Sofa hochzog. Der große Mann stand mit gespreizten Beinen da, prachtvoll anzusehen in seinen bunten Gewändern und dem glitzernden Schmuck.

»Man hat mir gesagt, Ihr seid durch göttliches Einschreiten geheilt worden, Simeon. Kann das wahr sein? Habt Ihr die *gesegnete Berührung* empfangen?«

Simeon straffte die Schultern. »Mein Zustand ist so, wie Ihr ihn seht, Bruder Wulfric.«

»Kein Krüppel mehr.« Die Bemerkung wurde von einem Lächeln begleitet, das ihre Verachtung jedoch nicht tilgen konnte.

»Nein, kein Krüppel mehr«, erwiderte Simeon kühl.

»Und dieser Freund von Euch, dieser große Mann im Kapuzenmantel, der sein Gesicht so sorgfältig vor anderen verbirgt, wo ist er jetzt? Was hat er zu diesen seltsamen Ereignissen zu sagen?«

Simeon holte tief Luft. »Er war ein Fremder und ist jetzt wieder fort«, sagte er.

»Aber er muß doch wenigstens einen Namen haben.«

»Wenn ja, dann hat er vorgezogen, ihn für sich zu behalten.«

Nun mischte Cyrus sich in das Gespräch ein, der darauf brannte, endlich zu sagen, was ihm schon so lange auf der

Seele brannte. »Warum Ihr?« fragte er. »Was glaubt Ihr, warum diese Dinge zu *Eurem* persönlichen Nutzen gefügt wurden? Sucht Ihr Euren Vorteil, Bruder Simeon? Oder geht es Euch vielleicht um Ruhm? Oder versucht Ihr die Tatsache zu verbergen, daß Ihr mit einer gewöhnlichen Hure oder einer schmutzigen Dienstmagd einen Bastard gezeugt habt?«

Der Mann machte sich über ihn lustig, aber Simeon, der sich dessen bewußt war, ließ sich nicht darauf ein.

»Was Ihr auch sagen mögt, eine einzige Tatsache könnt Ihr nicht verändern«, erwiderte er gelassen.

»Spielchen«, zischte Cyrus, und seine Augen waren so kalt wie Stahl bei seinem Lächeln. »Ich schätze, Ihr treibt Eure Spielchen mit uns, mein Freund.«

»Und ich schere mich nicht im geringsten um Eure Verdächtigungen«, gab Simeon zurück. Er hielt dem harten Blick aus diesen fast schwarzen Augen ungerührt stand, und keiner von ihnen sagte ein Wort oder blinzelte auch nur, bis Cyrus gezwungen war, seinen Blick abzuwenden. Dann machte Simeon eine kurze, steife Verbeugung, sagte: »Gott sei mit Euch«, und ging mit langen Schritten aus dem Zimmer.

Draußen in der Eingangshalle drängten sich ungezählte Männer in prächtigem Ornat, um sich gemäß der Hierarchie der Kirche zu einem Zug zu formieren. Der Raum war trotz seiner offenen Fenster erdrückend heiß, und der süße Duft von Kräutern und Weihrauch war schier unerträglich.

Simeon erzwang sich seinen Weg zu dem hinteren Teil der Halle, wo Pater Cuthbert in Begleitung von zwei treuen Klerikern, die ihm zu seinem Schutz mitgegeben worden waren, darauf wartete, daß die Prozession endlich begann. Simeon fing seinen Blick auf und lächelte dem alten Mann zu, um ihm zu versichern, daß alles in Ordnung war. Aber in Wirklichkeit war er zutiefst beunruhigt. Es gefiel ihm nicht, daß Männer wie de Morthlund und de Figham und ihre zweifelhaften Untergebenen ihm ihre Gunst anboten. Und es gefiel ihm auch nicht, mit anzusehen, wie ein Kind wie ein Stück Vieh von einem Besitzer zum anderen wechselte. Wenn das Mädchen als Amme tauglich war, würde er eine Möglichkeit finden, sie von de Morthlund fernzuhalten, bis sie mit ihrer Arbeit fertig war. Und wenn nicht, würde er dafür sorgen, daß sie dauerhaft Zuflucht bei den Schwestern im Kloster finden würde.

»Ihr geht unversehrt aus einem Treffen mit Skorpionen hervor«, bemerkte Pater Cuthbert.

Simeon quittierte diese Feststellung mit einem Lächeln. »Jetzt, da mein Fuß geheilt ist, fällt mir das Tanzen leichter.«

»Gebt acht, Simeon. Der Stich des Skorpions kann tödlich sein.«

»Ich werde so vorsichtig sein wie nur möglich«, versicherte Simeon ihm. Und das waren keine leeren Worte, denn solange de Morthlund und de Figham lächelten und ihm zu Gefallen sein wollten, warnte ihn sein Instinkt davor, ihnen auf keinen Fall den Rücken zu kehren.

Kapitel 13

Sir Hugh de Burton erhielt eine Nachricht, die besagte, daß Robert de Clare of York, dem die Pfründe von Beverley versprochen worden war, sich im Kloster von St. Anne niedergelassen hatte, um das Resultat der jüngsten Erkrankung von Propst Geoffrey abzuwarten. Nachdem er die Botschaft gelesen hatte, schickte er sofort einen seiner Männer ins Kloster, um die Äbtissin davon in Kenntnis zu setzen, daß er und seine Söhne die Gemächer neben denen von Sir Robert beanspruchen würden. Das Kloster verfügte über ein geräumiges Pförtnerhaus, in dem seine Männer untergebracht werden konnten, und dieser heilige Ort war wohlhabend genug, um hundert Männer und mehr mit einem anständigen Tisch und gutem Wein zu versorgen. Er hatte keine Gewissensbisse, die Gastfreundschaft des Klosters in Anspruch zu nehmen, denn ein wohlhabender Mann nimmt sich Freiheiten und fordert Vergünstigungen, wo er will.

Solange niemand den Ausgang des Kampfes vorhersagen konnte, mußte man beiden Bewerbern die beste Gastfreundschaft angedeihen lassen. Das bescheidene Kloster von St. Anne konnte es sich nicht leisten, den zukünftigen Propst von Beverley zu beleidigen. Außerdem stellte die Äbtissin Constance jeden Juden in den Schatten, wenn es darum ging, aus irgendeiner Sache Profit zu schlagen. Wenn irgend jemand an dieser Angelegenheit verdiente, dann würde sie es sein, denn sie war klug genug, ihren Gästen ein verschwenderisches Willkommen zu bereiten und dennoch um so reicher aus dem Geschäft hervorzugehen.

»Ruft mir all diese diebischen Hunde zusammen und laßt sie Aufstellung nehmen. Wir brechen sofort nach St. Anne auf.«

Sir Hugh bellte den Befehl vom Sattel aus, und in seiner Stimme schwang brennende Verachtung für die niederen Ränge seiner Armee mit.

Seine Strategie, sich selbst im Konvent niederzulassen, war sehr vernünftig, denn wenn er dem Geschehen so nahe war, konnte er jeden Schritt seines Rivalen in dem Rennen um den Sitz des Propstes genauestens beobachten. Keine Nachricht würde St. Anne erreichen, von der er nicht ebenfalls in Kenntnis gesetzt werden würde. Keine geheime Wache konnte diesen Robert of York zum Haus des Propstes bringen, wo er die Türen gegen alle Feinde verbarrikadieren konnte, bis sein Freund, der Erzbischof, ihn im Amt bestätigte. Für Hugh war das Rennen so gut wie gewonnen. Er hatte Hubert, seinem jüngsten Sohn und einzigen Bastard, bereits das Amt des Subdiakons der Kirche von York gekauft. Hubert war ein charmanter, umgänglicher junger Mann, verfügte jedoch über ein höchst flatterhaftes Wesen und war nicht besonders vertrauenswürdig, sobald sein Vater ihm den Rücken kehrte. Er wollte Autorität und einen herausragenden Status, und es verlangte ihn danach, bessere Männer, als er selbst war, seinem Willen zu unterwerfen. Die Propstei von Beverley würde ihm gut zupaß kommen, aber Sir Hugh würde die Macht sein, die hinter dem Thron stand. Er war mit den Finten und Paraden und dem raffinierten

Geben und Nehmen der Politik bestens vertraut. Er wußte, wie er sich den uralten Zwist zwischen den Münstern von York und Beverley zunutze machen konnte, um den besten Profit daraus zu schlagen. Er war bereit, nach der Pfeife des Erzbischofs zu tanzen, solange der Erzbischof seinerseits ihm zu Gefallen war. Außerdem hatte er bereits tausend Silbermünzen für das Amt des Propstes geboten. Sollte doch Kanonikus Robert versuchen, eine ebensolche Summe aufzubringen!

Die Soldaten marschierten in klirrenden Rüstungen durch die Keldgate zur Barre hinüber, und hinter den unruhig tänzelnden Pferden zog ein Pöbelhaufen von Fußsoldaten her. Bis auf den letzten Mann waren sie niedergedrückt von dem Gewicht der Beutel, die sie sich an ihre Gürtel geknüpft oder über die Schulter geworfen hatten. In diesen Beuteln befanden sich die Beutestücke, die sie den Menschen in der zerstörten Stadt geraubt hatten. Einige trugen Stöcke, an denen Kaninchen oder große Fleischstücke hingen. Andere hatten Bündel mit Hühnern, Schnüre mit Fischen oder sogar die schweren Kadaver von Schweinen und Schafen bei sich. Ein Soldat trug einen Sack mit mehreren Katzen, deren Fleisch er rösten und verspeisen würde, bevor er sich aus den Häuten einen Futterstoff für seine Kapuze fertigen würde. Der Pelz von Katzen war weich und warm und auch einigermaßen ansehnlich. Für einen armen Mann, der es sich nicht leisten konnte, Zobel, Biber oder Fuchs zu tragen, war der Pelz von Katzen durchaus angemessen.

Im Pfründnerhaus von St. Andrew in der Moorgate zog Cyrus de Figham mit Hilfe eines kleinen Spiegels, den sein Exorzist für ihn bereithielt, seinen Amys zurecht. Dieses Haus hatte die Kirche für den alleinigen Nutzen des Kanonikus von St. Andrew bestimmt, und in dessen Abwesenheit hatte Wulfric de Morthlund, sein Vikar, hier Einzug gehalten. Das Haus war prachtvoll, verfügte über eine schwere Wandtäfelung, üppige Vorhänge und kostbare Möbel, die in jeder Hinsicht Cyrus' eigenen Besitztümern gleichkamen. Und eben dort lag sein Vorteil gegenüber Wulfric de Morthlund, denn das Haus in Figham gehörte ihm selbst, nachdem er es rechtmäßig geerbt hatte, und kein abwesender Kanonikus und keine Kirchenautorität konnte es ihm streitig machen.

Cyrus de Fighams Hand war es, die die geheime Nachricht für Sir Hugh de Burton niederschrieb und ihn über die Gegenwart seines Rivalen im Kloster in Kenntnis setzte. Nun war ihm zu Ohren gekommen, daß der Ritter und seine Soldaten in aller Eile nach St. Anne aufgebrochen waren, so wie der scharfsichtige Priester es vorhergesehen hatte. Cyrus wartete ungeduldig darauf, daß die Prozession endlich begann, damit sie rechtzeitig zum Mittagsoffizium der Nona und dem darauffolgenden Mahl vorüber war. Er war ebenfalls ängstlich darauf bedacht, daß die Prozession nicht der schmutzigen Bande von Männern über den Weg lief, die sich Armee schimpfte. Ihm war Robert of York als Propst von Beverley lieber als der Bastard eines Mannes, der die Kirchenangelegenheiten unter seine eigene Rechtsprechung bringen wollte. Wenn die Zeit reif war, würde er seine Stimme entsprechend abgeben, aber der Stuhl war noch nicht frei geworden, und die Soldaten waren ein Ärgernis in der Stadt. Wenn es zum Kampf zwischen den beiden Wettbewerbern kommen sollte, war eine Auseinandersetzung hinter den hohen Steinmauern des Klosters besser als ein öffentliches Gefecht zwischen einer Streitmacht von Raufbolden und einem Zug von Priestern. Solange er nicht seine Stimme bei der Wahl abgegeben hatte, fühlte Cyrus sich berechtigt, jeder Seite seine Hilfe und seine Zusicherungen zu gewähren, die seinen augenblicklichen Zwecken besser gerecht werden konnte.

Cyrus' Kurzschwert hing flach an seiner rechten Hüfte und verschwand in diskreter Verborgenheit, sobald er diese Seite seines Amys herabließ. Er trug das Schwert an einem Lederriemen unter seiner Priesterstola, und alle, die ihn sahen, mußten ihn für unbewaffnet halten. Auf diese Weise ging er dem Risiko einer übereilten Herausforderung aus dem Weg und konnte sich, da er Linkshänder war, noch einen besonderen Vorteil aus dieser kleinen Täuschung verschaffen. Trotz der Veränderungen, die dieser Plantagenet der Kirche aufzwingen wollte, gehörte es immer noch zu den Privilegien eines Priesters, einen Baselard oder einen Dolch am Gürtel zu tragen. Cyrus zog das Kurzschwert vor und hielt seinen Dolch als zusätzlichen Schutz wohlverborgen.

In diesem Augenblick wurde der Ledervorhang, der vor dem Eingang hing, von einem Diener hochgehoben, und Wulfric de Morthlund stolzierte ins Zimmer, dicht gefolgt von dem hübschen Daniel Habicht, der den zusammengefalteten Umhang seines Herrn über dem Arm trug.

»Seid Ihr bereit, Bruder Cyrus?« fragte er mit einer schwungvollen Verbeugung.

»Das seht Ihr doch«, erwiderte Cyrus mit finsterem Gesicht.

Der große Mann stellte sich breitbeinig und mit geballten Fäusten in die Mitte des Raumes. In dieser übertriebenen, wichtigtuerischen Haltung blieb er stehen, bis sein erklärter Liebling den schweren Umhang um seine breiten Schultern drapiert hatte. Der Stoff hatte die Farbe von tiefem Purpur, war mit glänzendem, fast schwarzem Zobel gesäumt und besaß eine Kapuze aus üppigem rotem Fuchsfell mit einer langen, goldenen Quaste, die Wulfric von den Schulterblättern bis auf die Knöchel fiel.

»Nun?« fragte er mit hochgezogenen Brauen.

»Ich nehme an, daß ich bereit bin«, räumte Cyrus ein, »obwohl ich zugeben muß, daß ich diese ganze Zurschaustellung von Pomp und Wohlstand ziemlich ermüdend finde.«

Wulfric lachte laut auf und befestigte den Dolch, den er immer bei sich trug, an seiner gerundeten Hüfte. Sein Gürtel war breit und mit Silber beschlagen, ein gewaltiges, juwelenbesetztes Ding, das bei seinem Gelächter auf und ab hüpfte.

»Ermüdend ja, aber durchaus notwendig, mein Freund. Wenn alles gesagt und getan ist, muß die Kirche ihre Stärke zeigen und ihre Autorität wiederherstellen. Diese Bauern da draußen müssen wissen, daß alles so bleibt, wie es vor dem Sturm gewesen ist. Und wir müssen diesen lästigen Mönchen zeigen, wer hier der Herr ist, bevor sie den ganzen Pöbel auf ihrer Seite haben.«

»Meine Knochen schmerzen vor Müdigkeit«, gab Cyrus zu. »Im Augenblick würde ich viel lieber in meinem Bett liegen und schnarchen, als durch die Straßen von Beverley zu marschieren, um mich Bettlern, Dieben und Narren zu zeigen.«

Wulfric machte ein paar gekünstelte Schritte, um den Fall seines weiten Umhangs auszuprobieren. Dann richtete er wieder das Wort an Cyrus. »Glaubt mir, mein Freund, Eure Abwesenheit würde auffallen. Euer Ruhm breitet sich langsam aus, Cyrus. Meine Geistlichen haben solche Heldentaten von Euch verbreitet, daß jeder Kriegskönig vor Neid erblassen würde. Ja wirklich, noch während wir hier miteinander sprechen, wird Euer Loblied gesungen und auch dem Propst zu Gehör gebracht. Wenn der Erzbischof hier ankommt, wird es für ihn nicht mehr zu tun geben, als Euch mit dem gewöhnlichen Segen in Eurem Amt zu bestätigen.«

»Ja«, erwiderte Cyrus bitter. »Es sei denn, Simeons Ruhm fliegt dem meinen voran.«

»Vertraut mir«, erklärte der dicke Mann. »Hört auf, so finster dreinzublicken, und vertraut mir einfach. Kein Wort von Simeon wird den Propst erreichen oder dem Erzbischof zu Ohren kommen, es sei denn, ich will es so, dessen könnt Ihr versichert sein.«

»Ich wünschte, ich könnte das wirklich glauben, aber solange sein schattenhafter Komplize auf freiem Fuß ist und niemand weiß, wer sich hinter seiner Maske verbirgt ...«

»Selbst jetzt noch sind meine Männer damit beschäftigt, auf den Straßen nach ihm zu suchen. Man wird ihn finden. Er ist zu groß, zu auffällig, um unerkannt zu bleiben, und wenn er gefunden wird, wird man ihn schnellstens zum Schweigen bringen.«

Cyrus nickte kurz, aber dann vertiefte sich sein Stirnrunzeln, und seine Augen wurden kalt. »Und was ist mit dem Kind, mit diesem rätselhaften Neugeborenen, von dem die ganze Stadt redet?«

Wulfric, der bisher immer noch durch das Zimmer stolziert war, blieb plötzlich stehen und drehte sich mit erhobenen Händen und verwirrtem Gesichtsausdruck zu Cyrus um.

»Ein Kind? Von welchem Kind sprecht Ihr, mein Freund?« fragte er mit Unschuldsmiene.

»Nun, von dem Neugeborenen, das …«

»Ein Neugeborenes?« unterbrach ihn Wulfric. »Ich weiß nichts von einem neugeborenen Kind im Zusammenhang mit einem unserer Priester. Bruder Daniel? Bruder John? Weiß einer von Euch etwas darüber?«

Die beiden niederen Priester antworteten mit lächelndem, arglosem Gesicht. »Nein, mein Herr, wir wissen nichts von einem Kind.«

Cyrus' dunkle Augen glitzerten. »Nichts?«

»Nichts, mein Herr.«

»Und das Wunder?«

»Was für ein Wunder?« fragte Wulfric, und sein Schulterzucken sagte mehr als alle Worte. Grinsend fuhr er mit dem Handrücken über die feingeschnittenen Wangenknochen seines Lieblings, seines kleinen Habichts. »Komm, mein Junge, zieh deinen hübschen Umhang an und laß uns zu unseren Pfauenbrüdern eilen.«

Bruder Daniel lächelte und tat wie geheißen. Sein Umhang war kaum weniger prunkvoll als der seines Herrn; er war moosgrün und mit Biber und gesteppter Seide gefüttert. Er war ein Geschenk seines Herrn, und nach und nach, in Augenblicken der Großzügigkeit, hatte de Morthlund weitere Attribute der Pracht hinzugefügt: die goldene Quaste, die feinen Stickereien, die Zobelkapuze und die große juwelenbesetzte Brosche an seiner Kehle. Der junge Mann trug den Umhang stolz über seinen einfacheren Gewändern, immer sorgfältig darauf bedacht, ihn ein wenig zu öffnen, so daß man seinen neuen, mit Edelsteinen verzierten Dolch und den prachtvollen Gürtel deutlich sehen konnte.

Allen Männern im Raum wurde der krasse Gegensatz zu dieser Zurschaustellung von Wohlstand bewußt, als Bruder John nun nach seiner einfachen Stoffkapuze griff und sie sich widerwillig über seinen geschorenen Kopf zog. Seine Augen waren halb geschlossen, aber sie funkelten vor Neid. Ein vielsagender Blick von Wulfric machte Cyrus auf die Tatsache aufmerksam, daß dieser eifersüchtige junge Mann seine Pläne kannte und sie, sei es aus Bosheit, sei es aus Versehen, verraten konnte. Er schnippte mit den Fingern, als wäre ihm der Gedanke gerade jetzt erst gekommen.

»Gott verfluche mein schlechtes Gedächtnis!« rief er aus. »Bruder John, Ihr müßt mir verzeihen. Ich hatte die Absicht, Euch meinen zweiten Umhang anzubieten, den mit dem Zobelsaum und der Biberkapuze.«

»Wirklich?« Der junge Mann errötete.

»Ja, wirklich, aber auf Grund meiner Nachlässigkeit liegt er immer noch in meiner Ledertruhe in Figham.«

»Aber, Bruder Cyrus, Ihr wart doch mit viel wichtigeren Angelegenheiten beschäftigt«, fiel John ihm ins Wort.

»Das ist wahr, tatsächlich, aber trotzdem bitte ich Euch um Vergebung für meinen Fehler. Der Umhang gehört Euch, der rote mit der Goldstickerei und der Fuchsfellkapuze. Nehmt ihn als Zeichen meiner Dankbarkeit entgegen.«

»Mein Herr, Ihr seid überaus großzügig.«

»Und Ihr seid ein guter Mann, John. Ich weiß Eure Treue und Ergebenheit wirklich zu schätzen.«

John senkte den Kopf, und sein Gesicht leuchtete vor Freude. »Pater Cyrus, ich stehe tief in Eurer Schuld.«

»Das will ich hoffen.« Cyrus lächelte, aber seine Augen waren hart. Die Scharfsicht des anderen hatte ihn irritiert. Die Treue eines armen Mannes war für einen Mann, der über größere Mittel verfügte, billig zu erwerben, konnte ihm aber genausogut wieder verlorengehen und anderswo verkauft werden. Er durfte nie wieder den Fehler begehen, solchen Verpflichtungen nicht gleich nachzukommen, wenn sie fällig wurden. »Schnell jetzt. Schickt einen Boten, der den Umhang holen soll, und tragt ihn in der Prozession, damit niemand einen Zweifel daran hat, daß Ihr in meinen Diensten zu höherem Rang aufgestiegen seid. Und nehmt Euch auch die bestickten Sandalen, die der Erzbischof mir vor einem Monat hat schicken lassen. Ich glaube, Ihr werdet feststellen, daß sie Euren Bedürfnissen entsprechen.«

»Pater, ich bin überwältigt.«

Cyrus lächelte, und seine Lippen zeigten noch immer ein Lächeln. Er hatte keinen Zweifel, daß der junge Mann überaus zufrieden war, aber wie lange konnte er sich auf so einfache Dankbarkeit verlassen? Ein Mann mit Ehrgeiz mußte immer nach der nächsten Sprosse der Leiter Ausschau halten, und noch während er sich stolz in seinem neuen Gewand präsentierte, würde dieser kleine Exorzist darüber nachdenken, wie er seinen Fuß auf die nächste Stufe setzen konnte.

Cyrus hatte den Exorzisten zuerst bei der Beichte kennengelernt. Es war gang und gäbe für ehrgeizige junge Männer, ihre Talente zur Schau zu stellen, so daß die höheren Geistlichen sich ihrer bedienen konnten. Umgekehrt begutachtete ein Priester, der irgendeiner besonderen Begabung oder irgendeines besonderen Lasters bedurfte, die Beichte eines Mannes in der Art, wie er einen käuflichen Gegenstand auf dem Marktplatz betrachten würde. Für gewisse Personen diente der Beichtstuhl noch einem weiteren gegenseitigen Zweck jenseits des Austausches von Reue und Absolution. Der Beichtstuhl ermöglichte es einem Mann, einen anderen insgeheim zu kaufen oder sich ohne das Risiko der Enthüllung zu verkaufen. Unter dem heiligen Siegel der Beichte konnten tödliche Sünden und schreckliche Laster straflos enthüllt werden. Alle älteren Priester wählten ihre Untergebenen nach diesen, die Seele entblößenden Enthüllungen aus, die frommen genauso sicher wie ihre weltlichen Brüder. Nur wenige Priester waren so unklug, einen Mann in ihren persönlichen Dienst zu nehmen, von dem sie nicht ins Vertrauen gezogen worden waren.

Gemäß dieser uralten Tradition hätte Cyrus sich einst die besonderen Dienste von Bruder Daniel sichern können. Sie hatten eine ehrliche Sympathie zueinander gefaßt, und er war der erste gewesen, der die Beichte des kleinen Habichts gehört hatte. Selbst damals, mit kaum vierzehn Jahren, hatte der Junge über eine Reihe von Talenten verfügt, die noch nicht von den Zwängen des Gewissens behindert worden waren. Cyrus war ernstlich versucht gewesen, ihn zu sich zu nehmen, bis er bemerkte, wie Wulfric und der Junge einander ansahen und in diesem einen Blick ihre Seelenverwandtschaft erkannten. In diesem Augenblick hatte Cyrus das eine Laster erkannt, das ein Mann wie de Morthlund besser nutzen konnte als irgendein anderer: Der Junge war ein Sodomit – vielleicht noch ungeübt, aber doch zweifellos, wie Wulfric sofort erkannte, ein Sodomit. Eine zweite Beichte, und der Junge war sein, und sechs Jahre später konnte de Morthlund noch immer von sich behaupten, alleiniger Nutznießer der Dienste seines hübschen kleinen Habichts zu sein. Kein Mann konnte ehrlichen Herzens bestreiten, daß auch der Teufel sich des Heiligen Sakraments bediente. Ein kluger Priester begriff das Ausmaß der gebeichteten Vergehen und erriet den Rest und konnte so den anderen mit geschickter Hand beherrschen.

»Betet am Altar für mich«, sagte Wulfric.

Cyrus schüttelte den Kopf. »Betet für Euch selbst, Bruder, ich habe wichtigere Dinge im Kopf als Euer zweifelhaftes Seelenheil.«

»Dann seht zu, daß Ihr bei der Prozession möglichst vielen Leuten auffallt und betrachtet Eure Probleme als gelöst«, bemerkte Wulfric lächelnd. Dann senkte er die Stimme, als könne er ihren persönlichen Gefolgsleuten nicht trauen. »Wenn wir St. Peter erreichen, wird es geschehen sein.«

»Beides?«

»Beides«, bestätigte Wulfric.

Cyrus machte eine schwungvolle Verbeugung, ohne den Blick von Wulfrics Gesicht abzuwenden.

»Dann werde ich am Altar vielleicht doch für Euch beten, Bruder Wulfric.«

»Verdammter Heuchler«, zischte Wulfric und stolzierte lachend aus dem Zimmer.

Eine Gruppe von Geistlichen, die allesamt eine Tonsur trugen, ging der Prozession voran. Sie hatten ihre Chorröcke über einfache schwarze Soutanen gezogen, und ihre Kapuzen waren bescheiden mit schlichtem Leinen gefüttert. An ihren Gürteln hingen die Symbole ihres Amtes, der Federkasten und das Tintenfaß, und sie hatten kleine Handglocken bei sich, mit denen sie für ihre ranghöheren Brüder den Weg freiklingelten. Sie sorgten dafür, daß die Bettler beiseite traten und prüften mit ihrem eigenen Gewicht die Planken, die man über den Schlamm gelegt hatte.

Nach den Geistlichen kamen drei junge Küster, drei *aqua bajalus* in ihren feierlichen Alben; sie trugen Wasserkrüge und Weihrauchfässer und besprenkelten die Menschen mit heiligem Wasser. Hinter ihnen ging der Kreuzträger in Soutane und Chorhemd, ein kräftiger Mann, wie es die Notwendigkeit erforderte, denn das große Kreuz, das aus massivem Gold bestand und mit den kostbarsten Edelsteinen besetzt war, war keine leichte Last. Leuchtend gelber Sonnenschein tanzte auf dem Kreuz, ließ die tragische Gestalt, die dort hing, erstrahlen und gab dem Ganzen einen überirdischen Anschein.

Dem heiligen Kreuz folgte eine Vielzahl feierlich gewandeter Schüler und Schreiber, Kopisten und Illuminatoren, und nach ihnen kamen die Ostiarier mit den kostbaren Schlüsseln ihrer verschiedenen Kirchen. Ihnen folgten die Lektoren, die Exorzisten mit ihren Exorzismus-Büchern, die Akoluthen mit ihren irdenen Henkelkrügen und Wachsstöcken. Hinter ihnen gingen einer nach dem anderen der Subdiakon des Münsters, bekleidet mit Albe und Manipel, der Diakon mit seiner prächtigen Stola und dem Evangelienbuch, der Schatzmeister, der Kellermeister und der Präzentor, der ein weißes, besticktes Meßgewand und einen Pelzamys trug. In ihrer Mitte schritten vielfarbig gewandete Geistliche, die den Rektor vertraten, eines der vielen Opfer des Sturms.

Es gab sieben Kanoniker, von denen einer tot, einer im Sturm verschollen und zwei weitere dauerhaft an der Wahrnehmung ihrer Pflichten in Beverley verhindert waren. Wie Wulfric de Morthlund waren nun die Vikare, die ihre Stelle ausfüllten, mit den besten Gewändern bekleidet, die sie aufbieten konnten. Ihre Roben zeigten leuchtende Farben, und sie alle trugen die Kappen eines Kanonikus. Dann kam die große Schar der Priester in ihren feierlichen Ornaten und nach ihnen eine verblüffend große Anzahl von Gefolgsleuten, die aus hohen Geistlichen, Priestern und Kirchenmännern jeden Ranges bestanden. Jeder wurde von den Geistlichen, den Dienern, Schülern und Gefolgsleuten seines Amtes begleitet. Ihre Zahlen gingen in die Hunderte, und sie boten einen atemberaubenden Anblick, denn alle Priester aus allen Kirchen Beverleys hatten sich hier versammelt.

Simeon, der sich am Ende der Prozession einreihen wollte, hielt seinen eigenen Umhang noch über dem Arm, während er aus der Propstei in die frostige Morgenluft hinaustrat. Es war ein klarer, heller Morgen, der nach Winter duftete. In der Ferne hing noch der Nebel über dem flachen Land, und während die Priester ihre geheiligten Worte sangen, wurden ihre Stimmen als Frostwolken vor ihren Gesichtern sichtbar.

Mit einer einzigen Bewegung breitete Simeon seinen Umhang aus und warf ihn sich um die Schultern. Er war warm und leicht und angenehm vertraut. Der äußere Stoff hatte die Farbe von dunkelrotem Wein, und das ganze Kleidungsstück war mit Eichhörnchenpelz besetzt, der wie Kupfer glänzte, wenn das Licht darauf fiel. Der Umhang hatte einen schmalen, mit einem feinen, silbernen Faden bestickten Saum und eine Schließe aus gehämmertem Kupfer am Hals. Obwohl er für viele Männer vornehm genug gewesen wäre, mußte man ihn im Vergleich zu den Kleidungsstücken der Kanoniker eher als bescheiden bezeichnen. Und doch hätte Bruder Simeon diesen kostbaren Kapuzenmantel nicht gegen alle Zobel- und Biberpelze der Christenheit eingetauscht, denn Pater Cuthbert hatte ihm diesen Mantel geschenkt, als er zum heiligen Priesterstand geweiht worden war.

Die prachtvolle Prozession von Priestern und Kanonikern schritt mit äußerster Vorsicht und daher nur langsam voran. Die hastig aufgebauten Rampen verschafften ihnen einen zwar trockenen, aber doch sehr unsicheren Weg über den schlammigen Fluß, zu dem der Boden um die Propstei herum nach dem Sturm geworden war. An den Stellen, die die Wintersonne nicht erreichte, hatte sich eine zarte Eisschicht über jede noch so flache Pfütze aus Schlamm und Wasser gebildet. Jedesmal, wenn ein Fuß den dünnen Eisfilm zersplitterte, bildete sich ein kristallenes Muster. Ein umgestürzter Baum lag zerschmettert neben dem steinernen Hauptbrunnen, und der Rauhreif hatte seine Zweige weiß überhaucht.

Simeon stieß geisterhaft bleiche Atemwolken aus und sah zu, wie sie sich in der Luft in nichts auflösten. An einem der vielen Tore erblickte er ein Spinnennetz. Der Regen und der Tau hatten die Fäden mit Wasserperlen benetzt, die in der Kälte weiß geworden waren, und jetzt war das Netz ein Geflecht aus Rauhreifperlen, in dessen Mitte, einem Alabasterjuwel gleich, die Spinne saß. Überall in der Umgebung wiesen zerstörte Gebäude wie anklagende Finger gen Himmel, ihre gezackten Umrisse scharf und unbarmherzig vor dem blauen Hintergrund. Simeon seufzte und war seltsam bewegt von dem, was er sah. Er hatte nicht erwartet, in all dieser Zerstörung solche Schönheit zu finden.

Als sie die Zugbrücke erreichten, wurde die Prozession einige Minuten lang aufgehalten. Man hatte dort bei Sonnenaufgang einen Mann erhängt, indem man seinen Körper an den Hebemechanismus der Brücke gekettet hatte. Die Füße des Mannes waren nur wenige Zoll vom Erdboden entfernt, aber die Kluft war groß genug gewesen, um ihm den Hals zu brechen. Seine linke Hand war nur ein häßlicher Stumpen im Ärmel seines Gewands, seine Ohren fehlten, und seine Nase war verstümmelt. Niemand wußte, welches Verbrechen er begangen hatte oder wer ihn dort aufgehängt hatte. Eine rauhe Gerechtigkeit war dies, einen Mann zu erhängen, solange er noch eine gute Hand und zwei gesunde Füße besaß, mit denen er für seine Verbrechen hätte bezahlen können.

Zwei Männer wurden dafür entlohnt, den Leichnam abzuschneiden und ihn zu dem Schuttabladeplatz hinter der nächsten Barre zu tragen. Der Tote erreichte jedoch sein vorbestimmtes Ziel nicht, denn als die Prozession weiterging, kippten die beiden Männer ihre Last, versehen mit einer kleinen Münze für die Pfähler in der Tasche, in den nächsten Graben.

»Möge Gott deiner Seele barmherzig sein«, flüsterte Simeon traurig, als er an dem achtlos hingeworfenen Leichnam vorbeikam.

»Und wenn der Tote ein Dieb war, ein Mörder, ein Selbstmörder?« fragte Pater Cuthbert, wie immer voller Interesse an einer Debatte. »Was dann?«

»Gott ist barmherzig«, erwiderte Simeon und schränkte seine Feststellung dann ein, indem er hinzufügte: »Das glaube ich jedenfalls.«

»Selbst jenen gegenüber – den Menschen, die wir zurückgewiesen haben?«

Simeon zuckte mit den Schultern und nahm den alten Priester am Arm, um ihn sicher über einen besonders unwegsamen Teil des Pfades zu geleiten. »Wer sind wir, daß wir Gottes Werk zurückweisen und es wagen, Menschen an Seiner Statt zu verdammen?«

»Du sollst nicht töten, und du sollst nicht stehlen«, zitierte Cuthbert aus der Heiligen Schrift. »Diese Gesetze wurden schon im Altertum erlassen.«

»Dann sollen alle Menschen sie ehren, die dazu imstande sind«, antwortete Simeon trocken. Er hatte genug vom Leben gesehen, um zu wissen, daß einige gnadenlos auf die Probe gestellt werden, während andere vor den schlimmsten Versuchungen bewahrt bleiben. Die Theorien waren alle so schön und so nobel, aber das Fleisch war es nicht. Er schüttelte den Kopf und fügte sanft hinzu: »Sei es, wie es sein mag, der Gehängte hat meinen Segen. Gott wird entscheiden, ob er Nutzen davon haben soll oder nicht.«

Der alte Cuthbert kicherte und versagte sich eine Antwort. Seine Einwände waren nicht mehr als leere Worte gewesen, denn er hatte ebenfalls einen einfachen Segen für den Gehängten gemurmelt.

Die Leute aus der Stadt versammelten sich zu lärmenden Gruppen entlang des Wegs. Sie strömten über Straßen herbei, die von Trümmern versperrt waren, aus Häusern, die in Schutt und Asche lagen, aus Trümmerhaufen, die man zu notdürftigen Unterkünften gemacht hatte. Sie kamen zu Hunderten und Tausenden, aus allen Pfarreien in der Gegend, und brachten ungezählte Pilger mit sich.

Die große Parade der Priester erreichte schon bald die zerstörte Pfarrkirche von St. Martin, in der viele Gestalten noch immer zwischen den Steinen kauerten. Die Prozession machte dort jedoch nicht halt, denn die erste Messe sollte im Münster gelesen werden. Man hatte bereits Kerzen und Wachsstücke herbeigeschafft, hatte das Wasser gesegnet, die heiligen Öle vorbereitet und den Weihrauch in kleinen Fässern entzündet. Der heilige Gottesdienst der Terz war kaum vorüber, und die wenigen Priester, die die Messe im Chor abhielten, erhoben ihre Stimmen zu noch lauterem Gesang, als die prachtvolle Prozession endlich vor den Kirchentoren erschien.

Als sie an St. Martin vorbeigingen, konnte Simeon sehen, daß bisher nichts getan worden war, um die Trümmer, die der Sturm zu Boden geworfen hatte, zu entfernen. Der massige normannische Taufstein lag immer noch unter dem herabgestürzten Dach begraben. Alle Fenster waren zersprungen, die Türen aus ihren Angeln gerissen und zu Boden geworfen. Simeon wandte den Kopf ab und hielt den Atem an, als sie an den offenen Gräbern auf dem Friedhof vorbeikamen. Streunende Hunde hatten hier gewütet und auch noch die Knochen ausgegraben, die der Sturm nicht ans Licht gezerrt hatte. Heute waren ihre Bäuche voll mit menschlichem Fleisch, aber morgen würden eben diese Hunde Nahrung für hungrige Menschen abgeben.

»Pater Simeon! Pater Simeon!«

Er blickte auf und sah das Mädchen. Sie rannte durch den schlammigen Kirchhof des Münsters und bahnte sich ungestüm einen Weg durch die Menschenmassen, die sich dort versammelt hatten. Sie trug das weiße Gewand einer Nonne und die dazugehörige seidengefütterte Kapuze, eine auffallend schöne, dunkeläugige junge Frau mit glänzendem Haar und einem Leuchten auf dem Gesicht, das zu der Anmut ihrer Bewegungen paßte.

»Elvira?« Er sprach den Namen laut und ungläubig aus, denn er zweifelte daran, daß dies dasselbe niedrige Geschöpf sein konnte, das gehofft hatte, seinen Patensohn in den Armen wiegen zu dürfen.

Sie hielt seinem fragenden Blick stand, und ihr Gesicht leuchtete vor Freude auf.

»Elvira?« fragte er noch einmal.

Sie nickte lachend, und die Sonne berührte ihr Haar wie das blauschwarze Gefieder einer Dohle, so daß die Farbe plötzlich Leben bekam. Sie machte einen schnellen Schritt nach vorn, während er bereits von dem Gedränge der Männer, die ihn umgaben, davongetragen wurde, und einen Moment lang war es ihm nicht möglich, seinen Blick von ihr abzuwenden. Tief in ihm regte sich etwas, das er selbst nicht verstand, so als hätte sie über das Gedränge der Menschen hinweg die Hand ausgestreckt, um ihn mit einer sanften Liebkosung zu berühren und sich in seine Seele hineinzustehlen.

Einen Augenblick später war das Mädchen verschwunden, weggezogen von zwei Barmherzigen Schwestern, die sie bis zum hinteren Teil der Prozession verfolgt hatten. Simeon sah ihr mit einem merkwürdigen Gefühl von Verlust oder Sehnsucht nach, das sich plötzlich in ihm rührte. Dann heftete er seinen Blick auf die großen Nordtore des Münsters von Beverley und zwang sich, die Worte des Psalms zu singen, den die Chorpriester gerade angestimmt hatten. Seine Stimme funktionierte ebenso wie seine Schritte nur dank der Macht der Gewohnheit, denn die Gedanken in seinem Kopf waren in hellem Aufruhr. Er durfte nicht an Elvira denken – sie war eine verheiratete Frau und er ein Priester. Und doch konnte er nicht leugnen, daß sie ihn bewegt hatte, daß sie ihn an die männliche Natur seines Wesens erinnerte, der er einst entsagt hatte.

Kapitel 14

Ein Mann zwängte sich in das Gedränge der Priester und griff beinahe unterwürfig nach Simeons Ärmel. Seine Augen waren fieberhell und sein Gesicht blutüberströmt. Ein Arm hing schlaff herunter, ein Bein war fest mit einem schmutzigen Tuch verbunden, um eine klaffende Wunde zusammenzuhalten, die sich beinahe von der Hüfte bis zum Knie über den Oberschenkel zog. Er stieß die anderen Priester beiseite, um zu Simeon zu gelangen, und richtete nach einem kurzen, aber heftigen Hustenanfall das Wort an ihn.

»Segnet mich, Pater. Rettet mich mit Eurem Segen.«

»Du hast meinen Segen.« Simeon streckte die Hand aus, um den Mann zu stützen, der sich sogleich an ihm festklammerte.

»Ich sterbe, Pater. Rettet mich.«

»*In nomine Domini*«, sagte Simeon und befreite eine seiner Hände, um das Kreuzzeichen zu machen. »Und jetzt geh hin in Frieden.«

Der Mann preßte seine Lippen auf Simeons Ärmel und stieß schluchzend seinen Dank hervor. Dann wurde er grob von zwei wütenden Geistlichen gepackt.

»Fort mit dir!« zischte der Größere der beiden. »Wie kannst du es wagen, einen Mann der heiligen Kirche zu berühren?«

Trotz seiner Verletzungen behandelten sie ihn ohne jede Spur von Freundlichkeit. Sie stießen ihn so heftig beiseite, daß er mit einem leisen Schmerzensschrei zu Boden fiel, und als er spuckte, um sich zu räuspern, war viel Blut in seinem Speichel. Simeon trat einen Schritt vor, um ihm wieder auf die Beine zu helfen.

»Verzeih ihnen, Bruder«, sagte er. »Sie fürchten um meine Sicherheit.«

Der Mann hustete in seinen Ärmel und drehte sich dann mit gehetztem Blick zu Simeon um.

»Seid Ihr wirklich der, der geheilt wurde?« fragte er und umklammerte die Hände des Priesters. »Seid Ihr der Krüppel, der geheilt wurde? Seid Ihr der?«

»Das bin ich.«

»Geheilt? Geheilt durch ein Wunder?«

»Wie du siehst, bin ich nicht mehr, wie ich früher war; mein lahmer Knöchel ist geheilt.«

»Dann bin ich gerettet«, rief der Mann aus. »Der Wundarzt schwört, diese Verletzung hier würde den Tod für mich bedeuten, noch bevor die Lungenfäule ihr grausames Werk tut, aber Ihr habt mich gerettet, Pater. Ihr habt mich gerettet.«

»Nicht ich … Nicht ich bin es, der …«

»Kommt fort von hier, Pater Simeon. Dieser elende Kerl ist schwindsüchtig. Laßt uns gehen.«

Der Mann hielt die Hände des Priesters fest, solange er konnte. Seine Lippen formten Worte des Dankes, und er lächelte trotz seiner vielen Wunden und der Krankheit, die seine Brust langsam zerfraß. Simeons Herz flog dem Mann zu, dessen Glaube trotz seines Elends überlebt hatte.

Simeon spürte, wie seine Mitbrüder ihn fortzogen, bis er wieder in der sich langsam bewegenden Prozession eintauchte. Wieder schritt er neben seinem Kanonikus und Mentor einher, und er ergriff den Arm des alten Mannes, damit dieser nicht stolperte.

»So, es hat also angefangen«, sagte Cuthbert.

»Nicht ich«, wiederholte Simeon. »Diese Heilung war nicht mein Werk.«

»Dann versucht einmal, das diesen Leuten zu erklären.«

Da erst sah Simeon, daß noch andere da waren, Männer und Frauen, die versuchten, seinen Blick aufzufangen oder seine Kleider zu berühren, während er an ihnen vorbeiging. Er hörte, wie der eine dem anderen seinen Namen zuflüsterte und die vielen Stimmen vor ihm sich schließlich zusammenfanden zu einem einzigen Flehen: »Heilt mich, berührt mich, rettet mich, segnet mich«, und eine furchtbare Angst überfiel Simeon.

An den Toren des Münsters lenkte Pater Cuthbert Simeons Aufmerksamkeit auf eine dichte Traube von Menschen, die sich bei den Gräbern in der Nähe der Kirchmauern versammelt hatten. Bruder Vincent stand in ihrer Mitte und hielt ein Stück besticktes Leinen, das auf einer Altardecke lag, in die Höhe. Er segnete die Kranken und Verletzten in Simeons Namen, und sie, die seinen Glauben teilten, drängten sich danach, dieses Fragment des Wunders zu berühren.

»Das darf er nicht«, protestierte Simeon.

»Kann er sich weigern, wenn die Menschen ihn darum bitten?«

»Aber er irrt sich … Was er tut, ist falsch.«

»Simeon, könnt Ihr Euch da wirklich so sicher sein?«

Er runzelte die Stirn. »Was er zu sehen glaubte, war nichts als ein Spiel von Licht und Schatten, eine Täuschung«, erwiderte Simeon unglücklich.

»Ein Mann sieht, was er zu sehen *meint*«, erinnerte Pater Cuthbert ihn. »Und wer sind wir, ihnen etwas anderes sagen zu wollen, wo wir selbst doch nur das sehen können, was unser eigener Glaube, unsere Hoffnungen und unsere Erfahrungen uns lehren? Bruder Vincent sieht die Wahrheit, wenn sie ihm als solche erscheint.«

»Aber Ihr habt doch selbst gesehen ...«

Pater Cuthbert sah ihn aus den Augenwinkeln an, legte seinen Kopf zur Seite und sah zu ihm auf. Ihre Blicke trafen sich, aber es lag kein Verständnis darin. »Ich habe es gesehen«, sagte der alte Mann mit fester Stimme. »Ich habe es selbst gesehen.«

Simeon wandte sich ab und stöhnte laut. Dann wurde er vorwärts getragen, als die Prozession sich auf die geöffneten Tore des Münsters zubewegte. Zwei kleine Schritte die Treppenstufen hinauf brachten ihn zu den schlanken Säulen, die den überwölbten Eingang stützten. Die schweren Eichentore standen weit offen, und die Fenster über ihnen glitzerten im Sonnenlicht.

Einen Augenblick lang, während sie durch das Portal traten, verloren sich die Wärme und die Helligkeit der Sonne, fanden sich jedoch im Innern des Kirchengewölbes gleich wieder, denn das Sonnenlicht strömte üppig durch alle oberen Fenster der Kirche. Zwei Reihen gewaltiger Steinsäulen trugen die erhabenen Rundbögen, die das Mittelschiff der Kirche überwölbten. Die vielfarbigen Fenster an der Südfassade der Kirche waren unversehrt geblieben. In den hellen Sonnenstrahlen, die sich im Fensterglas brachen, tanzten goldene Staubflocken.

Die vielen in die Außenmauern gehauenen kleinen Sitzplätze aus Stein waren alle besetzt von Männern und Frauen, die kühn genug waren, sie unerschrocken für sich zu behaupten. Das gemeine Volk, das sich an den Türen drängte, wurde zurückgewiesen, damit die Priester mehr Platz hatten, aber das hinderte die Leute nicht daran, durch jeden kleinen Spalt, der sich ihnen bot, hindurchzukriechen. Sie drängten sich eng zusammen, und der Klang ihrer leisen, unsicheren Gebete ging unter in den kräftigeren Akkorden der Priester. Einige Geistliche drängten sich durch die Menge, um zu verhindern, daß die Verkrüppelten, die Alten, die Blinden und die Schwachen von den großen Menschenmassen erdrückt wurden.

»Die Gebrechlichen sollen da hinüber an die Wand«, riefen sie und kämpften sich mit den Ellbogen durch die wogende Menge. »Laßt die Schwachen dort hinüber an die Wand gehen, damit ihnen nichts passiert. Ihr da! Überlaßt eure Plätze denen, die sie dringender brauchen! Macht Platz! Laßt die Schwachen an die Wand gehen!«

Ihre Versuche waren vergeblich, denn die Kräftigen und Gesunden waren nicht so leicht bereit, ihre Plätze den Hilfsbedürftigen zu überlassen, für die sie eigentlich bestimmt waren. Nur mit Gewalt oder hier und da mit einer kleineren Münze ließ sich irgend jemand von dem Platz entfernen, den er so mühsam erobert hatte. Und wann immer ein Geistlicher Erfolg mit seinem Tun gehabt hatte, wurde der schwächere Mann oder die Frau zurück in die Menge geworfen, sobald die Autorität ihm den Rücken zukehrte. Die Prozession wandte sich nach links und zwängte sich zwischen den Säulen des Mittelgewölbes hindurch. Hier war der zerstörte Chor, der Hochaltar, das Grab des heiligen John und oben über all dem das bleiche und elegante Skelett des großen Ostfensters, das seiner prunkvollen Zierde so völlig beraubt war. Hier gab es keine Farben mehr, mit denen das Licht hätte spielen können, nur ein einziges gewaltiges Loch, das die Sonne mit seinem leeren Maßwerk festzuhalten schien. Von diesem Blickwinkel aus konnte man das kostbare Grab über dem mit einem Tuch bedeckten Altar sehen und das glitzernde Kreuz in seiner ganzen Pracht. Es war ein Anblick von größter Herrlichkeit, von Gold und Feuer, genug, um selbst das Auge eines Heiden zu blenden.

»Wunderschön«, hauchte Simeon. »Wunderschön.«

»Zum Ruhme Gottes«, erwiderte Cuthbert nickend und bekreuzigte sich.

Am Altar stand Propst Geoffrey, zitternd und in seine feinste Amtstracht gehüllt, gestützt von seinen engsten Dienern und einer Reihe stärkerer Priester, die ihn in einer Sänfte von seinem Krankenbett bis hierher getragen hatten. Kein geringerer Würdenträger als er durfte diese besondere Totenmesse halten und den Hochaltar segnen. Die Menschen erwarteten es von ihm. Nur in Zeiten des Friedens und der Sorglosigkeit war es dem kränklichen Geoffrey gestattet, in seinem Bett zu liegen und sich um seine dahinschwindende Gesundheit zu kümmern. In Zeiten der Not war er gezwungen, sich dem Kirchenvolk zu zeigen.

Simeon, der ihn nun beobachtete, sah, wie unsicher der Propst auf seinen Füßen stand, und als der alte Mann den Kopf hob, stand in seinen Zügen deutlich Verwirrung geschrieben. Die Pflichten seines Amtes gingen heute über seinen Verstand, und die, die ihn liebten und respektierten, würden ihm Schritt für Schritt durch diesen Tag hindurchhelfen. Es gab auch eine Reihe von Männern, die Geoffrey am liebsten in ein frühes Grab getrieben hätten, und ihre Spione würden heute in allen Winkeln sitzen und jede seiner Bewegungen vermerken. Aus diesem Grund mußte jedes kritische Auge den Propst im Vollbesitz seiner Kräfte sehen. Es war eine gerechte und noble Täuschung, denn es stand viel auf dem Spiel.

Die Priester sangen das Loblied, das *Te Deum*, und Simeon betrachtete die verzückten, dem Himmel zugewandten Gesichter um sich herum und die Augen, die sich in dem funkelnden Sonnenlicht kaum zu öffnen vermochten. Er sah die ungezählten Priester, die von ihrem Gesang emporgetragen wurden. Ihre Gewänder und ihre Gesichter leuchteten in der strahlenden Sonne, und einen Augenblick war er gemeinsam mit ihnen in den Lobpreis Gottes versunken. Dann schlich sich plötzlich ein Mißklang in seine Seele, und sein Blick wurde klar. Wulfric de Morthlund beobachtete ihn von der anderen Seite des Chors aus. Simeon wandte seinen Blick nach links und erspähte in einem Meer anderer Gesichter Cyrus de Figham, der mit schmal gewordenen Augen in seine Richtung sah. Auch der habichtgesichtige Daniel und der ehrgeizige John starrten ihn an. Nachdem er von einem zum anderen geschaut hatte, überlief ihn eine Gänsehaut, und er schauderte. Ihre Gesichter schienen aus der langen Reihe der Priester auf ihn zuzuspringen, als hätte irgendeine Stimme oder irgendeine Hand sie seiner besonderen Aufmerksamkeit empfohlen.

»Simeon?« Seine Finger hatten sich in den mageren Arm des alten Mannes gebohrt. Cuthbert zuckte ein wenig zusammen, als er ihre Stärke spürte. »Was ist los, Simeon? Seid Ihr krank?«

Er reckte den Hals und sah forschend in Simeons Gesicht, das tödlich bleich und von glitzernden Schweißperlen übersät war. Die Augen waren weit aufgerissen, und die Wunde auf seinem Kopf hatte sich an einer Stelle geöffnet, so daß ein Rinnsal dunkelroten Blutes über seine Tonsur in den goldblonden Kreis seines Haares floß. Die Anspannung in seinem Körper war deutlich zu spüren.

»Simeon? Seid Ihr krank?«

Pater Cuthberts Stimme erreichte Simeons Ohren mit einer seltsamen Verzerrung. Er fuhr sich mit einer Zunge über die Lippen, die pergamenttrocken waren, und versuchte, Cuthbert zu antworten, aber es kam ihm kein Wort über die Lippen. Er starrte nun den Schrein jenseits des Altars an, denn er glaubte, in dem funkelnden goldenen Licht einen kurzen Blick auf eine dunkel gekleidete, schattenhafte Gestalt erhascht zu haben. Mit einem Schaudern wurde er sich plötzlich der Tatsache bewußt, daß er in der Falle saß, eingezwängt zwischen ungezählten Priestern, deren Stimmen zu laut waren und deren Körper ihm zu nah kamen. Der widerlich süße Duft, der über allem hing, würgte ihn in der Kehle. Er brauchte Luft.

»Simeon? Was ist mit Euch, mein Sohn?« Pater Cuthbert versuchte, den Griff der Finger, die sich wie Stahl in seinen Unterarm bohrten, zu lösen. »Was ist mit Euch?«

»Ich muß ins Freie.«

»Nicht jetzt. Ihr werdet hier gebraucht.«

»Ich kann nicht atmen … Ich brauche Luft …«

»Aber das Dach steht den Elementen offen, und der

größte Teil der Fenster ist zerbrochen«, wandte Cuthbert ein. »Die Luft hier drin ist frisch und kühl. Atmet tief durch, Simeon. Rezitiert das *Jesusgebet*. Das wird Euch beruhigen.«

»Nein ... Ich muß hier weg ...« Simeon sah sich nach einem Fluchtweg um und mußte verzweifelt feststellen, daß es keinen gab. »Ich muß hinaus. Ich ersticke ... Ich muß ... hinaus ...«

Mit diesen Worten begann er, sich mit den Ellbogen einen Weg durch die Menge zu erzwingen, um zu den Toren des nördlichen Querschiffs zu gelangen. Es schien, als stünde ganz Beverley ihm im Weg, denn jeder Mann und jede Frau, denen es gelungen war, einen Platz zu ergattern, war nach den Priestern ins Münster geströmt. Simeon zwängte sich rücksichtslos durch die Menschenmassen. Seine Stimme war wie sein Verhalten rüde und unmißverständlich.

»Platz da! Geht aus dem Weg! Ich muß hier raus! Platz da!«

Endlich fand er sich draußen auf den Stufen des Münsters wieder und sank an der Mauer zusammen. Sein Atem ging stoßweise, und er schwitzte, und doch war seine Haut ganz kühl. Sein Herz hämmerte heftig, aber seine Beine waren schwach. Er schlug seinen schweren Umhang zurück und lehnte sich mit den Schultern gegen die Mauer, ohne eigentlich zu wissen, was ihn aus der Kirche getrieben hatte.

»Möge die Hand, die unseren Bruder geheilt hat, auch dich heilen.«

Simeon blickte in die Richtung, aus der die wohlvertraute Stimme kam. Bruder Vincent war noch immer an seinem Platz an der Kirchmauer und segnete die vielen Menschen, die keinen Stehplatz im Münster hatten finden können. Er sah über die Köpfe jener eifrigen Gläubigen hinweg zu Simeon hinüber, und sein Gesicht war klar und offen, als wüßte er genau, was er tat.

Simeon schloß die Augen und schüttelte den Kopf. Er wollte das nicht. Er hatte im Laufe der Jahre viele leidenschaftliche Gebete gesprochen, in denen er Gott darum gebeten hatte, ihn wieder zu einem ganzen Mann zu machen. Nun hatte er seine Gebete erhört, aber zu welchem Preis?

Welchen Preis würde er noch für das einfache Privileg, aufrecht gehen zu dürfen, zahlen müssen?

»Simeon!«

Sofort waren alle seine Sinne gespannt. Er kannte die Stimme, diese seltsame Tiefe und die Resonanz, die darin mitschwang. Sie kam gleichzeitig aus dem Inneren seines Kopfes und von außen, und er konnte nicht sagen, ob andere sie ebenfalls hörten. Er hielt suchend Ausschau, konnte diese vertraute, in den Tiefen ihres Umhangs verborgene Gestalt jedoch nirgends entdecken. Alles, was er sah, war der überfüllte Kirchhof und dahinter die alte Kirchmauer von St. Peter. Alles, was er gegen den Himmel sah, war die kleine, halb zerstörte Kirche und die vom Sturm in Schutt und Asche gelegten Gebäude, in denen seine Freunde gestorben waren.

Mit jähem Begreifen setzte Simeon sich auf. Sein Körper spannte sich, und seine blauen Augen weiteten sich. Der Name, der ihm über die Lippen kam, war nur ein rauhes Flüstern: *Peter!*

Es war das Kind. Peter war der Köder, der ihn aus der Kirche gelockt hatte, der Grund für dieses plötzliche erstickende Gefühl von Bedrohung. Er wußte es so sicher, wie er wußte, daß er lebte und atmete. Es war das Kind.

Mit einem lauten Schrei stürzte er die Kirchenstufen hinab und über den Hof des Münsters zur Eastgate hin. Sein Umhang flatterte, und er rannte, wie er nie zu rennen für möglich gehalten hätte. Mühelos sprang er über jedes Hindernis, setzte über Trümmerhaufen hinweg und stürmte auf das Eisentor zu, durch das man auf den Kirchhof von St. Peter gelangte. Er kam an den Graben, hastete über die schlüpfrige Brücke und mußte feststellen, daß das Tor von innen verschlossen war. Fast ohne in seinem Lauf innezuhalten, kletterte er mit einer Leichtigkeit darüber, die er normalerweise keinem Menschen zugetraut hätte, und ließ sich auf der anderen Seite des Tors zu Boden fallen. Von dem großen Münster, das jetzt hinter ihm lag, erklangen die freudigen Gesänge der Chorpriester, aber die Geräusche, die aus dem Hospital von St. Peter kamen, waren ganz anderer Natur: die

Schreie von Männern und Frauen und das Klirren von Stahl auf Stahl.

Simeon sprang auf die Füße und jagte durch den hinteren Teil des Gartens, wo der Schlamm am tiefsten und die Trümmerhaufen am höchsten waren. Dann lief er durch den tunnelartigen Weg zwischen dem Lagerhaus und dem Hospital, wo er und Pater Willard während des Sturms Zuflucht gesucht hatten. Nur wenige Augenblicke später kam er auf der anderen Seite wieder heraus und lief nun mühelos über die verhüllten Leichen hinweg, die immer noch vor dem Hospital lagen. Aus dem Inneren des Gebäudes konnte er laute Kampfgeräusche vernehmen, das Aufeinanderschlagen von Schwertern, die Schreie, das Triumphgeheul. Die einzige Tür, die ins Hospital hineinführte, befand sich an der Stirnseite am anderen Ende des Gebäudes. Dort waren auch einige Pferde festgebunden, die sich an dem dürftigen Wintergras gütlich taten, das aus dem Schlamm hervorlugte. Er sah einen Soldaten, der sich mit zurückgelegtem Kopf einen Weinschlauch an die Lippen hielt. Ein großer Teil des Weines lief ihm beim Trinken über sein Lederwams, und er schnaubte wie ein hungriges Tier, während er den Rest gierig hinunterstürzte. Er fand nie heraus, was ihn von hinten niederschlug. Ein Schlag zwischen seine Schulterblätter schleuderte ihn gegen die Mauer, und ein zweiter Schlag, diesmal auf seinen Hinterkopf, raubte ihm die Besinnung.

Simeon riß das Kurzschwert des Soldaten aus seinem Gurt, umfaßte es mit beiden Händen und trat durch die Tür des Hospitals. Einen Moment lang raubte ihm die Düsternis des Gebäudes die Sicht, aber schon bald paßten seine Augen sich dem dämmrigen Licht an, und er war in der Lage, die Situation mit einem einzigen Blick zu erfassen. Der Kampf war beinahe vorüber, die nur spärlich bewaffneten Priester besiegt. Die Soldaten hatten eine ganze Reihe von ihnen in eine Ecke getrieben, und nun genügte ein einziger mit Dolch und Kurzschwert bewaffneter Soldat, um sie dort festzuhalten. Zwei weitere bewaffnete Männer hatten eine Frau und ein Mädchen, die beide nackt waren, an Händen und Fußknöcheln gefesselt und fielen wie gierige Tiere über sie her.

Zwei Priester waren tot, zwei weitere verwundet, und Bruder Osric, der offensichtlich einen mannhaften Kampf hinter sich hatte, lag nun, eine Schwertspitze an der Kehle, rücklings auf dem Boden.

Simeons Augen flogen zu der notdürftig ausgestatteten Wiege hin; ein Soldat lag mit nach oben gewandtem Gesicht quer darüber. Die Schneide einer Holzfälleraxt hatte ihm vom Haaransatz bis zur Oberlippe einen Spalt in den Kopf getrieben und sein Gesicht in zwei Hälften geteilt, so daß ihm das Gehirn aus dem Schädel quoll. In der Hand hielt er immer noch sein blutiges Schwert. Dicht neben ihm saß ein junger Mönch aufrecht in einer Ecke und hielt sich die Arme vor den Leib, damit seine Eingeweide nicht durch das dunkle Loch in seinem Bauch quollen.

Die beiden noch aufrecht stehenden Soldaten, von denen der eine die Priester in Schach hielt und der andere Bruder Osric, waren über das plötzliche Auftauchen eines bewaffneten Mannes zutiefst erschrocken. Sie richteten ihre Waffen auf ihn und machten sich zum Kampf bereit. Simeon stieß ein zorniges Knurren aus, schwang das Kurzschwert und spürte, wie die Klinge sauber durch den Hals des ersten Mannes glitt. Den anderen erwischte er mit dem nächsten Hieb; er war mit großer Geschwindigkeit auf Simeon zugelaufen und wurde von Simeons beidhändig geführtem Schwert durchbohrt wie ein Stück Fleisch auf einem Bratspieß.

Osric sprang auf die Füße und schrie ihm eine Warnung zu.

»Vorsicht! Hinter Euch!«

Simeon reagierte augenblicklich. Er warf sich zu Boden, ließ sich zur Seite rollen und stand binnen weniger Augenblicke schon wieder aufrecht da, um sein Schwert zu schwingen und einen Hieb abzuwehren, der gewiß tödlich gewesen wäre. Bevor der Soldat sich noch erholen konnte, holte Osric weit aus und stieß ihm ein Messer in die Kehle. Der Soldat taumelte ein paar Schritte nach hinten und kam schließlich mit dem Rücken zur Wand zum Stehen, das Messer des Priesters in der Kehle und seine Augen wie glasige Perlen in seinem erschrockenen Gesicht.

Der Kampf war sauber und kurz. Nachdem der letzte Soldat mit ansehen mußte, wie seine Männer wie Kornähren niedergemäht wurden, griff er hastig zu seiner Waffe, nur um feststellen zu müssen, daß ein mit einem leichten Riemenschuh bekleideter Fuß sie am Boden festhielt. Mit noch aufgeschnürten Hosen und unsicheren Beinen zog er sein Messer und drehte sich zu Simeon um. Dem Schwertarm des jungen Priesters hatte er nichts entgegenzusetzen. Noch bevor er seinen Dolch zu voller Höhe erhoben hatte, berührte die Schwertspitze seine Leiste, stieß hinein und durchtrennte die Haut so mühelos wie ein Stück Käse. Die Lenden, die noch wenige Augenblicke zuvor ihre Lust verströmt hatten, verströmten jetzt ihr Blut über die schmutzigen Binsen auf dem Boden. Der Mann stolperte schweigend und überrascht ein paar Schritte nach vorn und tat seinen letzten Atemzug, noch bevor sein Oberkörper den Boden berührte.

Das Schwert hoch erhoben, wirbelte Simeon von neuem herum, um auf eine Bewegung in seinem Rücken zu reagieren. Zwei Gestalten standen in dem offenen Eingang, mit weißem Gesicht und vor Schreck erhobenen Armen. Einer fiel auf die Knie und schrie:

»Friede, Pater Simeon, Friede!«

»Wir sind Freunde«, fügte der andere hastig hinzu. »Wir sind hier, um zu helfen; Pater Cuthbert hat uns geschickt.«

Eine Hand berührte Simeon am Arm. »Legt Euer Schwert weg, mein Freund. Legt Euer Schwert weg.«

Simeon wich keinen Zoll zurück, aber Osrics Stimme schaffte es schließlich, durch den brennenden Zorn hindurch, der sein Blut immer noch erhitzte, zu ihm durchzudringen. Er umklammerte seinen Arm und wiederholte: »Legt das Schwert weg. Der Kampf ist vorüber.«

Simeon, der noch immer die ängstlich zusammengekauerten Gestalten im Eingang betrachtete, senkte das Schwert und ließ es klirrend zu Boden fallen.

»Sie sind wegen des Jungen gekommen«, erklärte Osric ihm. »Es scheint unglaublich, aber sie sind tatsächlich wegen des Jungen gekommen, und sie wollten ihn töten, Simeon. Sie wollten ihn *töten*.«

Simeon, den diese Worte wieder zu Verstand gebracht hatten, ging mit langen Schritten zum Ofen hinüber und ließ sich neben dem Faß, das die Wiege seines Patensohnes gewesen war, auf die Knie nieder. Das gespaltene Gesicht des Soldaten starrte zu ihm auf, eine ausdruckslose Maske, die im Licht des Feuers glitzerte. Er stieß den Leichnam des Mannes beiseite und sah, daß das Bettchen leer war. Das Kind war nicht mehr da. Das Bett, in dem es gelegen hatte, war mit dunkelrotem Blut durchströmt, aber das Kind war fort.

»Wo ist er?« Simeons Stimme war kalt wie Eis. »Wo ist er?«

Er sah sich mit Augen, die beinahe aus ihren Höhlen traten, überall im Raum um. Die Männer, die um ihn herum standen, schüttelten mit ausdruckslosem Gesicht den Kopf. Simeon sprang auf die Füße und umklammerte den Stoff von Bruder Osrics gelber Kapuze. Dann starrte er ihm ins Gesicht, als sähe er einen Fremden.

»Wo ist mein Patensohn?« knurrte er, und seine Augen waren so hart wie Stein. »Wo ist der Junge?«

Osric schüttelte den Kopf und sah entgeistert zu der Wiege hin.

»Er war hier ... Ich weiß nicht ...«

»Ich *müßt* es wissen. Ihr müßt es gesehen haben«, stieß Simeon heiser hervor und hielt seinen Freund fest, als wolle er ihn erwürgen. »Ihr wart hier, als die Soldaten kamen. Wo ist der Junge?«

»Laßt mich los, Simeon. Wenn ich die Wahrheit wüßte, glaubt Ihr, ich würde sie Euch vorenthalten?«

»Osric, um Himmels willen ...«

»Ich habe Euch gesagt, daß ich es nicht weiß«, brüllte Osric. »Sie sind über uns hergefallen, als wir beim Gebet waren. Plötzlich waren überall Soldaten, und sie verlangten, daß wir ihnen das Kind herausgaben. Es brach Panik aus. Die Leute schrien und liefen durcheinander. Ich habe einen Soldaten mit meiner Axt getötet, als er sich mit gezücktem Dolch über das Kind beugte, aber was dann geschah ...«

Ein Priester bückte sich, hob etwas auf, das hinter dem Ofen gelegen hatte, und zeigte den anderen seinen Fund. Die

Pelzdecke in seinen Händen war kupferrot, weich und prächtig und voller Blutflecke. Er starrte Simeon an und sagte im Flüsterton: »Gütiger Gott, ich glaube, sie haben ihn getötet.«

Simeon sah die Pelzdecke an, berührte sie mit der Hand, zog dann seine Finger zurück und schüttelte immer wieder seinen Kopf, als wolle er leugnen, was er da sah. Die Röte, die die Hitze des Kampfes ihm ins Gesicht getrieben hatte, machte nun einem fahlen Grau Platz. Schieres Entsetzen trat in seine Augen. Keiner der Männer sagte ein Wort, denn sie alle fürchteten, daß sein Schock sich in Zorn verwandeln würde. Endlich hob er den Kopf und stieß einen Schrei aus, der allen, die ihn hörten, das Blut in den Adern gefrieren ließ.

»Nein! In Gottes Namen! Nein!«

Sein gequälter Schrei schien in den Dachsparren widerzuhallen. Es war das Brüllen eines verletzten Tieres oder das eines Mannes, der sein Liebstes verloren hatte. Die anderen schraken zurück und wagten es nicht, sich ihm zu nähern. Er sah wie ein feueräugiger Krieger aus, wie er da mitten unter den Soldaten stand, die er niedergemetzelt hatte, seinen Umhang zurückgeschlagen, sein blutbeflecktes Schwert achtlos zu Boden geworfen.

Simeon holte aus und trat heftig gegen das Faß, in dem das Kind geschlafen hatte. Dann ballte er die Fäuste, hob sie gen Himmel und brüllte noch einmal:

»Nein!«

Kapitel 15

Als das letzte Echo seines Schreis verhallt war, vernahmen sie einen anderen, leiseren Laut, der beinahe ungehört geblieben wäre. Das Geräusch kam vom Dach, aus den tiefen Schatten, wo die Dachsparren in der Traufe verschwanden. Einen Augenblick lang wagte niemand zu atmen. Simeon, dessen Gesicht von grimmiger Schönheit war, wandte den Kopf zur Seite; seine blauen Augen waren zu schmalen Schlitzen geworden, und seine Nasenflügel bebten. Jeder Nerv und jede Sehne seines Körpers waren gespannt, während er die Dunkelheit mit seinem ganzen Willen anflehte, dieses Geräusch noch einmal zu ihnen hinunterzusenden. Die Morgenluft wehte den Gesang der Chorpriester zu ihnen herüber, das Feuer prasselte, eine Frau schluchzte, einige der Verletzten stöhnten vor Schmerzen, und andere versuchten, ihre Qualen für sich zu behalten, aber niemand sprach, und niemand bewegte sich; sie alle standen einfach nur da und lauschten.

Schon bald ertönte das Geräusch von neuem, und diesmal konnte es keinen Zweifel geben. Es war das leise Wimmern eines neugeborenen Kindes.

»Peter!«

Nun bewegten Osric und Simeon sich, als wüßte einer vom anderen, was dieser dachte. Einer packte das umgestürzte Faß, während der andere sich mit seiner ganzen Kraft gegen den schweren Tisch legte, an dem die Priester des Hospitals ihre Mahlzeiten einnahmen. Bereitwillige Hände machten den Weg frei und halfen Simeon, den Tisch in die Mitte des Raumes zu schieben, unter die viereckige Öffnung in den Dachbalken. Noch während Osric das Faß auf den Tisch stemmte, sprang Simeon so leichtfüßig wie eine Katze in die Höhe. Seine kräftigen Hände umklammerten einen Balken, und mit nur einem kleinen Ächzen der Anstrengung schwang er seinen Körper hinauf und verschwand in der Dunkelheit über ihren Köpfen.

»Simeon, wartet!«

Osric löste mit einem Griff einen Dolch aus dem Gürtel eines Priesters, der neben ihm stand, hielt die Waffe an der Klinge fest und schleuderte sie in die Düsternis über sich. Dann nickte er grimmig, denn der Dolch war nicht wieder heruntergefallen.

Simeon, der nun auf dem Dach stand, fing das Messer mühelos auf. Er blickte hinunter in ein Dutzend ängstlicher Gesichter, die alle zu ihm aufschauten und richtete dann seinen Blick in die Dunkelheit, die ihn umgab. Sie war nicht undurchdringlich, sondern nur eine graue Düsternis, die durch das harte Funkeln des Sonnenlichtes, das durch die Löcher in dem zerstörten Dach fiel, ein wenig erhellt wurde. Doch er konnte nichts erkennen, auch keine gerundeten menschlichen Gestalten vor den eckigen Umrissen der großen Eichenbalken. Er schloß die Augen, die in der Düsternis ohnehin beinahe nutzlos waren, und versuchte mit der ganzen Kraft seines Willens, sein Gehör zu schärfen. Er nahm die Geräusche wahr, die von unten kamen, das Singen der Chorpriester im Münster, das Prasseln der beiden Feuer im Hospital. All das war unwichtig für ihn; er wartete auf einen anderen, wichtigeren Laut. Reglos wie eine Statue hockte er unter den Dachbalken und richtete seine Sinne auf jeden Riß und jede Spalte um sich herum.

Endlich hörte er ein Rascheln von Stoff, ein leises Atemholen. Irgend jemand war dort, in der hintersten Ecke, wo das Dach sich über die Außenwand des Hospitals senkte. Simeon drehte den Kopf zur Seite und lauschte in der Hoffnung, daß das Geräusch wiederkommen würde, und als es das tatsächlich tat, riß er die Augen auf und hatte auch schon seine Beute erspäht. Während er seinen Blick weiterhin fest auf diese düsteren Schatten gerichtet hielt, bewegte er sich mit unendlicher Vorsicht über die Balken, denn er hatte den Schaden hier gesehen, die klaffenden Löcher, die zersplitterten Bretter und die eingeknickten Stützbalken. Wie er da im Sonnenlicht stand, kam es ihm in den Sinn, wie verletzlich er hier war, ein hellerleuchtetes Ziel für eine Armbrust oder eine Lanze. Der Gedanke flackerte nur kurz in ihm auf und machte keinen echten Eindruck auf ihn, denn während er sich dem Schatten näherte, schrak dieser vor ihm zurück. Wer auch immer dort in der Dunkelheit kauerte, hatte nicht die Absicht, ihn zum Kampf herauszufordern. Seine Intuition sagte ihm, daß die Gestalt dort in der Ecke krank vor Angst war.

Er ließ sich langsam auf die Knie nieder, um seinen Körper unter den immer niedrigeren Dachsparren zu bewegen. Zwischen sich und dem geduckten Schatten klaffte ein gewaltiges Loch im Dachstuhl. Als er hinunterblickte, konnte er das Zimmer unter sich sehen, den Herd, die Tür, die Leichen, die noch immer dort lagen, wo sie während des kurzen und blutigen Kampfes niedergesunken waren.

Nun hörte Simeon ein Wimmern, ein leises Schluchzen, und richtete seine Aufmerksamkeit erneut auf diese schmale Ecke im Dachgestühl. Irgend jemand hatte ein paar Lederstücke zwischen die losen Ziegel geklemmt, um so den schlimmsten Wind und Regen abzuhalten. Simeon streckte die Hand aus und zog eines der Ledertücher heraus, so daß die Sonne die Düsternis des Daches erhellen konnte. Die furchtsame Gestalt schrak zurück, stieß ein neuerliches Schluchzen aus und sah ihn mit Entsetzen in den Augen an. Simeon erkannte eine Woge glänzenden Haares, ein ovales Gesicht und einen Mund, der ihn erst vor kurzem mit einem Lächeln begrüßt hatte.

»Elvira!«

Sie schluchzte noch einmal und schlang ihren Umhang fester um ihren Körper – und da erst sah er die winzige Hand, die aus den Falten ihres Gewandes hervorlugte. Seine Augen schlossen sich, und eine ungeheure Woge der Erleichterung überfiel ihn. Der Junge war in Sicherheit. Der Allmächtige hatte seine Gebete erhört, und der Junge war in Sicherheit. Langsam streckte er seine Hand über das Loch hinweg aus und flüsterte:

»Du kennst mich, Elvira. Ich bin Pater Simeon, und ich bin hier, um dir zu helfen. Gib mir den Jungen.«

Zu verängstigt, um sich zu bewegen, starrte sie ihn nur an.

»Du hast keinen Grund, mich zu fürchten. Gib mir den Jungen.« Seine Stimme war leise und beruhigend. Er verlagerte seine Position auf den Balken ein wenig und streckte die Hand weiter aus, bis seine Fingerspitzen nur wenige Zoll von dem Kind entfernt waren. Elviras Augen weiteten sich vor Furcht, und sie begann zu zittern. Dann blickte sie hinunter und versuchte, sich von ihm weg zu bewegen, und während sie das tat, ergoß sich eine Wolke aus Staub und Sägespänen über sie und das Kind.

»Du darfst dich nicht bewegen!« erklärte er ihr scharf, senkte dann seine Stimme und fügte hinzu: »Bleib ganz still sitzen, Elvira. Die Bretter hier sind sehr unsicher. Gibst du mir jetzt bitte den Jungen?«

Sie schüttelte den Kopf und preßte sich das Kind an die Brust. Er konnte eine Strähne sonnengeküßten, blonden Haares sehen, daneben die winzige Hand des Kindes, und er spürte, wie ein scharfer Schmerz ihn durchzuckte.

»Du hast ihm das Leben gerettet«, sagte er zu ihr. »Jetzt gib ihn mir. Laß mich den Jungen nehmen. Bitte.«

Elvira sah ihm in die Augen. Seine Stimme war beruhigend und sein Gesicht freundlich, und er sah einfach prächtig aus, wie er da in seinen priesterlichen Roben, überhaucht von staubdurchzogenem Sonnenschein und hoch aufgerichtet zwischen den niedrigen Dachsparren stand. Wie konnte sie einem solchen Mann den Gehorsam verweigern, einem Mann, von dem es hieß, Gott selbst habe ihn berührt? Ihre Furcht machte Demut Platz, und die Tränen in ihren Augen flossen über.

Sobald sie sich auch nur ein klein wenig bewegte, bröckelten Steine und Holzspäne aus dem Dach. Sie umklammerte das Kind, als sei es ihr einziger, fester Halt in dem unsicheren Dachgestühl. Die Männer in dem Raum unter ihnen waren damit beschäftigt, den Tisch wieder dorthin zurückzuziehen, wo er vorher gestanden hatte. Dann warfen sie ihre Mäntel und Umhänge darauf und streckten ihr die Arme entgegen, um sie aufzufangen, falls sie fiel. Elvira schüttelte den Kopf und spürte erneut, wie die Angst in ihr aufstieg.

»Sieh nicht hinunter«, hörte sie den Priester sagen. »Sieh mich an, Elvira. *Sieh mich an.*«

Sie hob den Kopf. Er lächelte, und sie war dankbar.

»Jetzt beug dich ein wenig vor. Ja, ja, so ist es richtig. Noch ein wenig.«

»Ich kann nicht.«

»Doch, du kannst, Elvira.«

»Nein … Das Loch …«

»Vergiß das Loch, Elvira. Sieh mir in die Augen. Beug dich noch ein wenig weiter vor … Jetzt gib mir das Kind.«

Wieder schüttelte sie den Kopf, und ihre Augen waren dunkle Teiche der Angst.

»Schau nicht hinunter, Elvira«, sagte er sanft. »Gib mir einfach nur das Kind. Ganz ruhig jetzt ... Langsam ... Gib mir den Jungen.«

Ohne sein Gesicht auch nur eine Sekunde lang aus den Augen zu lassen, begann sie, die Arme über die Kluft, die sie trennte, auszustrecken, um ihm die kleine Gestalt ganz langsam hinüberzureichen.

»So ist es gut, Elvira. Noch etwas weiter ... Weiter ...«

Er spürte, wie das Bündel seine Hände berührte, schloß die Finger darum, und einen Augenblick lang hing das Kind über dem Loch, wo sich ihm viele Hände von unten entgegenstreckten. Dann richtete Simeon ganz vorsichtig den Oberkörper auf, lehnte sich gegen einen der Dachbalken und zog das Kind ganz dicht an seine Brust. Sein winziges Gesicht war gelassen, seine Augen weit geöffnet und fest auf ihn, Simeon, gerichtet.

»Gütiger Gott im Himmel, ich dachte schon, ich hätte dich verloren, mein Junge«, flüsterte er in diese verschleierten blauen Augen hinein. »Ich dachte, ich hätte dich verloren ...«

Für einen langen Augenblick hielt er den Jungen fest an seine breite Brust gedrückt und hatte alle Mühe, nicht zusammenzubrechen und vor Erleichterung zu weinen. Die Heftigkeit seiner eigenen Reaktionen, die qualvollen Extreme von Furcht und Hoffnung, überwältigten ihn beinahe. Eine Weile konnte er nicht mehr tun, als seinen Oberkörper hin und her zu wiegen, das Kind festzuhalten und darauf zu warten, daß die gewaltige Woge seiner Gefühle ein wenig verebbte. Dann wurde er sich plötzlich der Tatsache bewußt, daß Elvira mit ihm sprach, und ihre Stimme hatte einen schrillen, von Hysterie gekennzeichneten Beiklang.

»... also bin ich direkt hierhergekommen, um ihm die Brust zu geben«, sagte sie mit gebrochener Stimme, »... in eine stille Ecke, um ungestört zu sein, und dann kamen die Soldaten ...«

»Es ist alles gut«, sagte er zu ihr. »Diese Bestien sind nicht mehr da. Du bist jetzt in Sicherheit.«

»Und dann haben sie die beiden Schwestern gepackt, die mich hierhergebracht haben«, sagte sie, als sei sie nicht fähig, dem Strom ihrer Worte Einhalt zu gebieten. »Sie haben sie beide ausgezogen und der jüngeren dann einen Fuß und eine Hand gefesselt und dann … und dann …« Sie hörte auf, in ihre Hände zu weinen, hob den Kopf und fuhr fort. »Ein Mann in einer Kutte, ein Mönch, hat mich hinauf aufs Dach gehoben und das Kind hinter mir hergeworfen … Hat es mir einfach nachgeworfen, ohne zu wissen, ob ich es auffangen könnte oder nicht … Er hatte keine Zeit mehr, die Entfernung richtig abzuwägen. Dann versuchte er, den Schwestern zu helfen … O Gott, ihre Schreie waren schrecklich. Die Soldaten haben den Mann getötet.«

Simeon wiegte seinen Patensohn an seiner Brust, beobachtete die junge Frau und wartete darauf, daß ihr gequälter Ausbruch versiegte. Endlich verstummte ihre Stimme in hilflosem Schweigen. Ihre Augen waren riesig und dunkel in ihrem aschfahlen Gesicht. Tränen liefen ihr über die Wangen, und sie schien es nicht einmal zu bemerken.

»Du hast meinem Patensohn das Leben gerettet«, brachte er endlich hervor.

Sie schüttelte den Kopf, und das Sonnenlicht spiegelte sich auf ihren Tränen wider und ließ sie für einen kurzen Augenblick aufblitzen wie Juwelen.

»Ich werde immer in deiner Schuld stehen, Elvira.«

Verwirrt sah sie ihn an. Ein namenloser Mönch hatte sie in Sicherheit gebracht, bevor er starb. Das Kind war gerettet worden, weil der Mönch die Geistesgegenwart besessen hatte, es hinter ihr her aufs Dach zu werfen. Sie hatte nichts getan, als das kleine Kerlchen aufzufangen. Daß der Junge überlebt hatte, war doch nicht ihr zu verdanken, ihrem Mut oder ihrer Klugheit? Und doch hatte sie ihn an ihrem Busen beschützt und war mit ihm in die dunkelste Ecke des Daches gekrochen. Sie hatte ihm ihre Brustwarze gegeben, an der er saugen konnte, damit er den Soldaten nicht durch sein Weinen ihre Gegenwart verriet. So viel stimmte immerhin; sie hatte ihr eigenes Baby sterben sehen und dafür gesorgt, daß ein anderes überlebte, und das mußte doch etwas zählen.

»Ich werde immer in deiner Schuld sein, Elvira.« Sie erforschte seine Worte in ihren Gedanken, und irgendwie waren sie ihr kostbar, wie Silbermünzen oder Gold.

Simeon machte aus dem Umhang, in den Elvira das Kind gehängt hatte, eine Hängematte. Dann schlug er das Kreuzzeichen, küßte seine Finger und legte sie dem Jungen auf die kleine Stirn, bevor er die Zipfel des Umhangs fest umfaßte und sich vorbeugte, um die kostbare Fracht nach unten zu reichen. Er sah zu, wie Osric das Kind sanft in Empfang nahm und zu dem Faß neben dem Feuer trug. Nachdem das geschehen war, richtete Simeon sich auf, streckte eine Hand aus und rief Elvira zu sich.

»Steh auf, Elvira«, sagte er zu ihr.

Sie gehorchte ihm langsam und klammerte sich ängstlich an den Dachbalken fest.

»Schau nicht hinunter, Elvira. Sieh mir in die Augen und schau nicht hinunter. Jetzt spring … *Spring!*«

Zu seiner Überraschung zögerte sie nicht, sondern sprang leichtfüßig über das Loch hinweg auf die sicheren festeren Balken, auf denen er selbst stand. Ihr kleiner Fuß setzte sich zwischen seine eigenen Füße. Er spürte ihren Körper dicht an dem seinen, und sie klammerte sich mit beiden Händen an ihm fest. Simeon griff nach einem Balken über sich, um seinen festen Stand zu bewahren, umschlang sie dann mit seinem freien Arm und brachte sie mit einer einzigen schwungvollen Bewegung zurück in Sicherheit.

»Jetzt bist du sicher«, sagte er mit einem beruhigenden Lächeln. »Jetzt bist du sicher, Elvira.«

Dann schloß er seinen Umhang um sie und spürte noch, wie sie schauderte, als der warme Pelz ihre Haut berührte. Sie war klein und leicht in seinen Armen, eine kleine, unvertraute Weichheit, die sich an ihn drückte. Plötzlich stockte ihm der Atem in der Kehle, und er hielt die Luft an, lauschte ihrem Herzschlag an seiner Brust und ihren kleinen Atemstößen, die warme, trockene Luft gegen seine Haut bliesen. Tausend Gefühle durchströmten ihn, und einen Augenblick war der Aufruhr seiner Sinne fast mehr, als er ertragen konnte. Es war so, als hätte ihre Gegenwart ihn so tief berührt, daß er bis in seine Seele hinein erschüttert war.

»Elvira ...«

Als sie sich an ihn klammerte, preßte sich ihr sanft gerundeter Bauch gegen jenen Teil von ihm, der nun mit einem plötzlichen, gewaltigen Drängen anschwoll, um ihr zu begegnen. Sie hob den Kopf, berührte seine Kehle mit ihren Lippen, und ihre Finger schmolzen in sein Fleisch hinein, als wäre kein Hindernis zwischen ihnen, keine Haut und kein Stoff.

»Elvira ...« Entsetzt über die Intensität der Gefühle, die sie in ihm weckte, schob er sie ein kleines Stück von sich weg. Er hatte diese Feuer für tot gehalten, hatte geglaubt, all diese Bedürfnisse längst unterdrückt zu haben. Ihre Augen blickten in die seinen und sahen dort, wie sehr er sie begehrte, und in ihrem Erkennen lag keine Spur von Triumph.

Es war die Stimme von Bruder Osric, die den Bann brach. Sei fuhr zwischen die beiden wie ein Schwert, das sie voneinander trennte. Beide zogen sich zurück, unwillig und unsicher.

»Ist die Frau in Sicherheit?« rief die Stimme zu ihnen herauf.

Simeon fuhr sich mit der Zunge über die Lippen, denn sie waren trocken und verkrampft, und als er Osric antwortete, wandte er den Blick noch immer nicht von ihr ab.

»Sie ist in Sicherheit.«

»Dann hilf ihr, zu uns herunterzukommen«, sagte Osric. »Die Gefahr ist jetzt vorüber.«

Elvira war die erste, die sich bewegte. Sie wandte sich abrupt ab, raffte ihre Röcke und ging neben dem Loch in die Hocke. Dann streckte sie Simeon die Hände entgegen und ließ sich, als er sie ergriff, ins Leere fallen. Einen Augenblick lang hing sie dort, die Arme über den Kopf gestreckt und das Gesicht zu ihm emporgehoben, während er breitbeinig über ihr stand und ihr ganzes Gewicht mit seinen Händen festhielt. Dann ließ er sie dorthin hinunter, wo Osric und die anderen bereits warteten. Irgend jemand warf ihr einen

Umhang um die Schultern. Dann blickte sie noch einmal kurz zurück, und in dem dunklen Glühen ihrer Augen lag ihr ganzes Herz.

Simeon stand noch mehrere Minuten, nachdem Elvira gegangen war, auf dem Dach. Langsam wich das brennende Verlangen in ihm einer glimmenden Wärme, die sich wahrscheinlich von neuem entzünden würde, wenn die junge Frau ihn auch nur ansah. Er dachte nicht an Sünde oder Schuld, nur an die Kraft, die plötzliche Macht, die durch seinen Körper geströmt war und ihn mit einem verzweifelten, heißen Gefühl des Lebendigseins erfüllt hatte. Keine Versuchung war dies gewesen, sondern eine segensreiche Heilung. Er war aus Fleisch und Blut wie jeder andere Mann, und er glaubte, sein Keuschheitsgelübde würde auch die unbarmherzige Erinnerung an diese Tatsache überstehen. Und sollte der Tag je kommen, an dem er dieses Gelübde brach, dann gewiß nicht in den ehebrecherischen Armen der Frau eines Grabenbauers.

Viel später erst kletterte er hinunter, um sich mit Peter in den Armen ans Feuer zu setzen. Man hatte die Leichen mittlerweile beiseite geräumt und frische Binsen auf den Fußboden gestreut. Auf einem Topf über dem Herd köchelte Marienblatt, um mit seinem Duft die Luft zu reinigen. Er spürte, daß Elvira ihn von einem Hocker in der Ecke beobachtete und daß auch mehrere andere Augen voller Besorgnis auf ihm ruhten, denn er war still und in sich gekehrt.

Die leiser werdenden Stimmen der Chorpriester sagten ihm, daß die Prozession sich nach Norden und in die Stadt hineinbewegte, vielleicht zu der kleinen, sächsischen Kapelle von St. Mary, um dort den Altar zu segnen. Er wußte, daß er nun eigentlich wieder hätte zu ihnen stoßen müssen, aber er wollte nicht, nicht einmal um Cuthberts willen. Und angenommen, sein Kanonikus fragte ihn, woher er mit so unerklärlicher Sicherheit gewußt hatte, daß Peter ihn brauchte? Wie sollte er darauf antworten?

Er blickte auf das Kind hinab und spürte, wie sich das Lächeln von seinem Herzen bis zu seinem Gesicht und seinen Lippen ausbreitete. Er hatte schon von Anfang an vermutet, daß die Bürde seines Gebrechens nur deshalb von seinen Schultern genommen worden war, damit er an ihrer Statt eine andere Last trüge. Jetzt erkannte er die Wahrheit, die hinter dieser Vermutung lag. Er liebte dieses Kind, und Liebe war eine Bürde, die einen Mann brechen konnte. Als er diese blutbefleckte Pelzdecke gesehen hatte, als er den Kleinen für immer verloren glaubte, hatte seine Trauer ihn wie ein tödlicher Schlag getroffen. Liebe wurde einem Menschen nur selten, wenn überhaupt je, ohne einen Preis geschenkt. Sie hat ihre eigenen, ganz besonderen Schmerzen und Qualen: die nagende Furcht, daß einem der Gegenstand dieser Liebe entrissen werden könnte. Und als Lohn für all das gibt sie einem Menschen das Gefühl, wirklich und wahrhaftig lebendig zu sein, so wie es Gottes Absicht war.

»Ich werde wohl meinen Preis dafür zahlen müssen, daß du in mein Leben getreten bist«, flüsterte er, während er das Kind beobachtete und das Gefühl hatte, als würde sein Herz immer größer werden, um die Liebe, die darin wuchs, aufnehmen zu können. »Aber wie hoch der Preis auch sein mag, ich werde ihn bezahlen und es nie und nimmer bereuen.«

Damals konnte er noch nicht wissen, welches der wahre Preis dafür sein würde, dieses unschuldige Kind zu lieben. Und selbst wenn er es gewußt hätte, hätte er es nicht von sich stoßen können.

Als Osric und Simeon später am Tag das Hospital verließen, war der Gesang der Priester zu einem fernen, zarten Klang geworden, der sich hob und senkte in der Art, wie ein anmutiger Vogel sich auf der warmen Brise eines Sommertages treiben läßt. Die Glocken des Münsters läuteten noch immer, und ihr tiefer, voller Ton fand seinen Widerhall in dem Glockenklang anderer Kirchen.

»Gibt es keinen Zweifel?« fragte Simeon endlich.

»Nicht den geringsten«, erwiderte Osric grimmig. »Sie sind wegen des Jungen gekommen. Sie wollten ihn töten, Simeon, und hätten sie Euch dort im Hospital vorgefunden …«

»Sie haben mich schnell genug gefunden«, knurrte Simeon.

»Aber hätten sie Euch früher gefunden ...«

»... dann wären sie nur um so rascher gestorben, das ist alles.«

Osric hielt in seinem Schritt inne, griff nach Simeons Arm und zwang den anderen Mann, ihm in die Augen zu sehen.

»Das hier war kein vereinzeltes Gefecht, Simeon. Sie haben keine Zweifel an ihrer Absicht gelassen, und wäre da nicht die doppelte Ablenkung durch die Frauen und den Wein gewesen, hätten sie ihr grausames Ziel wohl erreicht. Das war eine klare Warnung, mein Freund. Nehmt sie nicht auf die leichte Schulter.«

»Auf die leichte Schulter?« wiederholte Simeon. *»Auf die leichte Schulter?* Mein Gott, vier Männer sind durch meine Hand gestorben, das Hospital ist zu einem Schlachthaus geworden, und Ihr glaubt, ich könnte die Angelegenheit leicht nehmen?«

»Ich bitte Euch lediglich, die Warnung in ihrer ganzen Bedeutung zu begreifen. Wenn diese Männer für ihre Untat bezahlt wurden, dann sind sie leicht zu ersetzen, und es könnten andere kommen. Auch Ihr wart ihr Ziel. Auch Ihr wart in Gefahr.«

»Dessen könnt Ihr Euch unmöglich so sicher sein.«

»Ich weiß es. Sie haben damit geprahlt, was sie für Pläne mit Euch hätten.«

»Aha, sie wollten also einen Priester töten und zusätzlich ein unschuldiges Kind niedermetzeln?«

Osric schüttelte den Kopf. Sein Gesicht war schmal und faltig, aber seine Augen waren wach und voller Scharfblick. Er war früher selbst Soldat gewesen und hatte für den König gestritten, bevor ein zu Boden stürzendes Pferd ihn verletzt und gezwungen hatte, sich einem leichteren Leben in heiligen Gewändern zuzuwenden. Er war ein guter und treuer Mann und außerdem in der Lage, einen Feind schnell zu durchschauen.

»Sie sind gekommen, um Euch zu lähmen, Simeon.«

Ein Stirnrunzeln überschattete die blauen Augen, und

Pater Simeon beugte sich zu ihm herunter, als versuche er, auf diese Weise besser zu verstehen, was der andere sagte. »Um was zu tun?«

»Sie haben da keinen Zweifel gelassen«, erwiderte Osric mit schmal gewordenen Lippen. »Sie wollten Euren Fuß, Euren *linken* Fuß, in einen Schraubstock zwängen und sich so lange mit ihrem ganzen Gewicht dagegen werfen, bis jeder Knochen zerschmettert sein würde. Sie sind gekommen, um Euch zu lähmen, nicht um Euch Euer Leben zu nehmen.«

Simeon sah Osric lange und scharf an.

»Ich habe also Feinde«, sagte er schließlich, als wäre dies das letzte, was er vermutet hätte.

»Natürlich habt Ihr Feinde. Das ist nur natürlich, da die Menschen nur einfache Menschen sind und nicht Heilige. Ihr habt zwei Wunder, die für Euch sprechen, zwei Rätsel: das Kind und das geheilte Gebrechen. Irgend jemand da draußen neidet Euch Euren veränderten Zustand und will Euch beides rauben, um Euch wieder auf denselben Platz zu verweisen, an dem Ihr wart, bevor der Sturm kam.«

»Irgend jemand?«

Osrics Lippen verzogen sich zu einem bitteren Lächeln. »Denkt darüber nach, mein Freund, denkt lange und angestrengt darüber nach. Wie blind wir auch zu sein vorgeben, unsere Feinde sind uns doch immer bekannt. Sie sind diejenigen, die hungern, während wir essen, die von Ehrgeiz zerfressen werden, während wir einen Schritt vorwärtskommen, diejenigen, die übersehen werden, während man uns eine Gunst gewährt.«

»Aber was habe ich, um das andere mich so beneiden, daß sie dafür sogar morden würden? Ein Kind? Ich bezweifle, daß sie mir das mißgönnen. Zwei gesunde Beine? Die haben die meisten Männer sowieso.«

»Vielleicht ist es Euer neuer Ruhm, um den sie Euch beneiden?«

Darüber konnte Simeon nur lachen. »Den können sie gerne haben und meinen Segen noch dazu«, erklärte er, »wenn irgend jemand glaubt, ich hätte es auf den Applaus der Menge abgesehen, dann muß er entweder verrückt sein, oder er kennt mich einfach nicht.«

»Und wie diese ehrgeizigen Männer Euch dafür verachten müssen«, konterte Osric bissig. »Betrachtet diese Angelegenheit doch einmal von ihrem Standpunkt aus, Simeon. Würden sie nicht viel besseres Kapital daraus schlagen als Ihr es tut, und macht sie nicht allein diese Tatsache eines solchen Geschenkes würdiger?«

Simeon quittierte die Worte des anderen mit einem Stirnrunzeln. »Ich bin, wie ich bin. Ich werde mich nicht dazu überreden lassen, Kapital aus den Ereignissen zu schlagen.«

»Dann werdet Ihr Euch an jeder Straßenecke Feinde schaffen.«

Simeon blickte auf seine Füße hinunter. »Die mich lähmen wollen, wie Ihr sagt?«

»Jawohl, Simeon, sie kamen, um Euch von neuem zum Krüppel zu machen.«

»Sie würden es wagen zu zerstören, was Gott selbst geheilt hat?«

»Sie würden es wagen«, erwiderte Osric wild.

»Und sie würden das Kind aus bloßem Neid ermorden?«

»Simeon, Ihr kennt die Natur der Menschen so gut wie ich. Ihr wißt, daß sie das tun würden.«

Sie schritten nebeneinander einher, ein jeder mit grimmigem Gesicht und tief in Gedanken versunken. Schon nach kurzer Zeit erreichten sie ein niedriges Steingebäude, das auf einem Erdhügel in der Nähe des Obstgartens errichtet worden war. Man hatte die Trümmer, die der Sturm hinterlassen hatte, weggeräumt und festgestellt, daß das Gebäude weniger Schaden genommen hatte als befürchtet. Die beiden Männer lehnten sich mit der Schulter gegen die Tür und verschafften sich nach einer kurzen Anstrengung Zutritt zu dem Haus.

Dies war der Raum, in dem Simeon gearbeitet hatte, als der Sturm aufkam. Er hatte an einem hölzernen Lesepult gestanden, das mit Kerzen besetzt war, um die Seiten, an denen er gerade arbeitete, zu beleuchten. Der Raum war groß genug, um mehrere Schreiber und Kopisten unterzubringen, deren Bänke und Kerzenhalter überall an den Wänden standen. In einer Ecke, in der sich zwei hohe Fenster trafen, stand der Schreibtisch eines Illuminators. Darüber hinaus gab es noch einige andere Tische, einen Kamin in der Mitte des Raumes, niedrige Sofas an der Wand und eine in einer Nische im hinteren Teil des Raumes untergebrachte Bodenlatrine. Zu alledem kam noch ein uralter Brunnenschacht, über dem ein mit rostigen Schlössern befestigtes Eisengitter lag. Das Geräusch des Wassers, das durch unterirdische Kanäle lief, sandte seine Echos bis hinauf in den Raum, denn der Brunnen war trocken und zog diese verlorenen Geräusche magisch an.

An einem niedrigen Dachbalken stand eine Holzleiter, über die man auf den engen Dachboden steigen konnte. Dort oben befanden sich Simeons Matratze, seine Bücher, seine Waschschüssel und die Haken, an denen seine Kleider hingen.

Unbarmherzige Winde, die bis unter das Dach gelangt waren, hatten alles, was sich hier befunden hatte, durcheinandergewirbelt. Dennoch hatte diese kleine Festung im Sturm kaum Schaden genommen. In dem leeren Kamin lagen einige Gegenstände aus Simeons kleinem Schreibkästchen: ein Bimsstein, mit dem er das Pergament säuberte, ein Ziegenzahn, der benutzt wurde, um es zu polieren, ein Lineal, ein Radiergummi und ein Tintenfaß. Simeon sammelte die überall verstreuten Manuskripte auf und stellte fest, daß auch sie kaum Schaden erlitten hatten. Die meisten Binsen auf dem Fußboden waren trocken.

Dieses kleine Skriptorium war ein sicherer Ort, an dem die kostbaren Manuskripte, die zum Kopieren dort gelassen wurden, gut aufgehoben waren. Zu beiden Seiten des überwölbten Haupttors befanden sich tief ins Mauerwerk hineingetriebene Metallkonsolen. In diesen Befestigungen ruhte ein massiver Holzbalken, der einer ganzen Armee hätte standhalten können. Die Fenster waren klein und von innen mit hölzernen Läden versehen. Eine andere Möglichkeit, den Raum zu betreten, gab es nicht.

Elvira wartete schweigend neben dem Lesepult. Simeon

trat zu ihr, ohne ihr in die Augen zu sehen, und streckte dann die Hand aus, um Peter mit dem Zeigefinger über die Wange zu fahren.

»Paß gut auf ihn auf«, sagte er.

»Ja, Pater.«

Er runzelte die Stirn und wagte es nun doch, ihr in die Augen zu sehen. Sie waren dunkel und leuchtend, und irgend etwas in ihnen berührte seine Sinne.

»Mein Name ist Simeon«, sagte er sehr leise. »Das weißt du doch.«

»Ja, Pater Simeon.«

Abrupt wandte sie sich von ihm ab, ging quer durch den Raum und wiegte dabei das Kind, das sie in den Armen hielt, sanft hin und her. Er sah ihr nach und bemerkte dabei die Zartheit ihrer Schultern und die Art, wie ihr langes Haar sich in ihrem Nacken teilte, wenn sie den Kopf vorbeugte. Dann ergriff er Osrics Hand, nickte ihm noch einmal zu und ging davon.

Kapitel 16

Der Leichnam von Pater Bernard, dem Kanonikus und Inhaber der Pfründe von St. Martin, wurde kurz nach Mittag gefunden. Ein junger Mann, der den Auftrag hatte, bei der Beseitigung der Trümmer im Chor zu helfen, war in den Treppenschacht hinunter gegangen, um sich zu erleichtern. Als er zurückkam, war er totenbleich und bis ins Mark erschüttert, denn er hatte den alten Kanonikus geliebt – wie die meisten, die ihn gekannt hatten.

Der junge Richard war aus dem nahe gelegenen Weel gekommen und fühlte sich auch nach sechs Monaten immer noch als Fremder in Beverley. Er war Novize und gehörte zur Kirche von St. Nicholas, die in der Nähe des Wildbachs lag. Er war nach St. John gekommen, um etwas für seinen

Vikar zu erledigen und war dann, da das Flutwasser und andere Hindernisse ihn in Beverley festhielten, einfach dort geblieben. Seitdem hatte er geholfen, wo er nur konnte.

Richard trug über seiner einfachen Alltagskutte einen kurzen, braunen Kapuzenumhang. Sein Hinterkopf war rasiert, aber sein Gesicht nicht, und der kräftige braune Bart, der ihm dort wuchs, war eine geheime Quelle des Stolzes für ihn. Er hatte sich viele Stunden lang im Münster abgeplagt, war zufrieden gewesen, seinen Schweiß zu vergießen und sich zusammen mit Priestern und Mönchen, Pilgern und Einheimischen um der Kirche willen seine Hände wundzuarbeiten. Und er war nicht allein mit dieser Auffassung. Er hatte gesehen, wie ein Mann mit blutenden Händen Steine weggeschafft und sich dann über ein Loch auf den Bauch gelegt hatte, um dafür zu sorgen, daß das Gesicht eines Priesters frei von Staub blieb, bis die anderen seinen Körper ausgegraben hatten. Als er feststellen mußte, daß der Priester, ein Fremder für ihn, unter den Trümmern gestorben war, hatte sein Retter geweint, als hätte er einen Freund verloren. Richard hatte die Szene mit eigenen Augen beobachtet. Für ihn bewies sie, daß Menschen unter ihren frei gewählten Gewändern einander wirklich Brüder sein konnten. Der Tote war ein Priester der Kirche von Rom gewesen; der Mann, der ihn zu retten versucht hatte, war ein Einheimischer und ein Jude.

Es war schon fast Mittag, als Richards Drang, seine Blase zu erleichtern, immer heftiger wurde. Die ersten Geistlichen kehrten bereits von der großen Prozession zurück: die älteren Männer, die schneller als ihre jüngeren Kameraden ermüdeten, und die Begleiter des Propstes, die den armen Geoffrey nach Hause trugen. Die anderen würden ihnen in Kürze folgen, denn die Zeit der Nona näherte sich, und der Duft gebratenen Fleisches würde sie schon bald an ihre Eßtische locken.

Da es ihm widerstrebte, aus der Kirche hinaus ins Freie zu gehen, wo Bettler und Plünderer immer noch ihrem unheiligen Werk nachgingen, trat Richard durch die kleine, spitze Tür unter einem Gewölbebogen in eine Seitenkapelle, die an das kürzere, südöstliche Querschiff grenzte. Er öffnete die Tür gerade so weit, daß er sich hindurchzwängen konnte, und zog den Kopf ein. Die Dunkelheit verschlang ihn fast augenblicklich. Der Raum hinter der Tür war nur zwei Meter lang und etwa doppelt so breit. Über seinem Kopf wurde er noch schmaler, etwa so wie ein Schornstein, und die alte steinerne Treppe schlängelte sich wie ein Rauchfaden durch den engen Raum. Als er aufblickte, sah er ein schmales Fenster, das wie ein Schlitz in die altehrwürdige Wand geschnitten war. Es ließ das Sonnenlicht herein, einen goldenen Lichtstrahl, der die ansonsten vollkommene Dunkelheit zerschnitt.

Sein Urin strömte in einem kräftigen Strahl zu Boden, und der Dampf drang mit dem ihm eigenen männlichen Geruch in seine Nase. Als seine Augen sich an die Düsternis gewöhnt hatten, sah er, daß an einer der Stufen ein Stein des Auftritts fehlte; im Stein der Treppenstufe war eine saubere, bleiche Wunde zurückgeblieben.

Nun richtete sein Blick sich nach unten, und in der Dunkelheit, die seine Füße umgab, erkannte er die Gestalt eines Mannes.

»Heilige Mutter Gottes!«

Er zuckte erschrocken zurück, und die Worte waren ihm über die Lippen gekommen, noch bevor er sich wieder fassen konnte. Er tastete nach der Tür und riß sie auf, damit mehr Licht in dem Raum fallen konnte. Ein Priester lag mit dem Gesicht nach unten im Schmutz, ein älterer Mann, dessen Profil ihm vertraut war. Seine Gewänder waren blau und rot und prächtig bestickt, und darunter trug er einen beschmutzten weißen Chorrock. Seine Kapuze war von leuchtendem Grün und versehen mit den kleinen Verzierungen und den besonderen Insignien eines Kanonikers. Auf seinem rasierten Hinterkopf klaffte eine schreckliche Wunde. Das Blut, das aus ihr herausgesickert war, war zu einer dicken, dunklen Pfütze um seinen Kopf herum erstarrt. Unter seinem Körper waren seine Hände wie zum Gebet verschränkt, so als hätte irgendeine Macht ihn niedergeschlagen, gerade als er in Zwiesprache mit seinem Gott versunken gewesen war. Von dem unteren Teil seines Chorrocks und seinen mit Sandalen bekleideten Füßen stieg noch immer der Dampf von Richards Urin auf. Der junge Mann ließ sich neben dem Leichnam auf die Knie fallen.

»Lieber, gütiger Mann, vergebt mir«, flehte er im Flüsterton. »Vergebt mir diese Entweihung.«

Dann zog er sich seinen Kapuzenumhang aus und wischte damit seinen Urin von den Gewändern und den Füßen des Toten, wobei er unablässig murmelte: »Vergebt mir, Pater Bernard. Vergebt mir.«

Die Glocken läuteten gerade zur Nona, als Simeon seinen Platz an dem kleinen Altar von St. Peter verließ. Er hatte an der stillen Messe teilgenommen und für jeden Mann, der dort gestorben war, eine Altarkerze angezündet. Draußen stellte er eine kleine Kerze für Pater Willard neben die Brücke. Irgend jemand hatte ein paar Holzbalken zusammengebunden, über den Graben geworfen und mit Steinen beschwert. Es war nur eine notdürftige Brücke, aber sie reichte aus. Simeon ging dort in die Hocke und betrachtete das Wasser, das unter ihm dahinrauschte.

»Ruht in Frieden, Willard«, flüsterte er.

In dem Skriptorium in der Nähe des Obstgartens waren Elvira und der Junge in Sicherheit. Eine Gruppe von Schwestern und zwei alte Mönche waren von St. Anne gekommen, um bei den Essensvorbereitungen zu helfen, den Kranken Beistand zu leisten und die Toten ohne die Last ihrer Sünden von dieser Welt in jene zu schicken. Die Frau und der Junge würden nicht allein und schutzlos sein. Die Kleriker waren jetzt bewaffnet und darauf gefaßt, gegen jeden Mann zu kämpfen, der mit anderen als guten Absichten nach St. Peter kam.

Simeons Kirche war eine der letzten, die von den Priestern und Kanonikern besucht wurde. Die Prozession hatte sich schleifenförmig durch die Stadt bewegt, so daß St. Peter, obwohl es nur einen Steinwurf vom Münster selbst entfernt lag, erst auf dem Rückweg an der Reihe war. Diejenigen, die von der Prozession noch übriggeblieben waren, sangen gerade die Messe in der kleinen Kirche von St. Nicholas, die dem Schutzheiligen der Seeleute gewidmet war und ihren Standort in der Nähe des Hafens hatte. Es gab immer noch keine Neuigkeiten von Thorald, der nun seit zwanzig Jahren der Pfarrpriester von St. Nicholas war. Ein Gerücht besagte, daß er getötet wurde, als das Dach seiner Kirche einstürzte, ein anderes behauptete, er sei ertrunken, als das Mittelschiff überflutet wurde. Ein Mann, der mit dem Boot zur Eastgate gekommen war, schwor indes, gesehen zu haben, wie der heilige Mann bis zur Hüfte im Schlamm stand und an dem zerstörten Hafen die Verletzten segnete. Diese Widersprüche gaben Grund zur Hoffnung, daß Thorald den Sturm vielleicht doch überlebt hatte.

Ein Priester und ein bärtiger Sekretär standen am Haupttor und warteten auf Simeon. Der Priester schlug das Kreuzzeichen und lächelte. »Gottes Segen sei mit Euch, Pater Simeon.«

»Und möge Seine Liebe Euch erhalten«, erwiderte Simeon.

»Ich bin Thomas von St. Cathrin. Und dies ist mein Sekretär Robert.«

Der Geistliche senkte seinen geschorenen Kopf und schloß die Hände über seinen Rosenkranz.

Mit beiden Männern zur Seite ging Simeon nun hinüber zu den Schulgebäuden, die direkt hinter St. Martin lagen. Eins davon war kaum wiederzuerkennen, da der Sturm es besonders grausam geschlagen hatte. Mehr als vierzig junge Männer und Knaben hatten dort gelebt, hatten in den unteren Räumen gelernt und gearbeitet und in den übrigen geschlafen, sich gewaschen, gelesen oder gebetet. Jetzt lagen das Dach und das obere Stockwerk in Trümmern, aber das Erdgeschoß war unversehrt geblieben, und so hatte man dort Pritschen aufgestellt, die den Kranken und Verletzten dienen sollten.

Einen jungen Mann hatte man zu seiner eigenen Sicherheit in einer verschlossenen Kammer neben dem Alkoven der Kapelle untergebracht. Er hatte eine Bank, auf der er schlafen konnte, einen Stuhl und einen Tisch, einen Nachttopf und einige handgeschriebene Seiten, die aus der heiligen Schrift stammten. In dem Zimmer gab es nur ein einziges Fenster und daneben ein Holzkreuz, das ihm Trost spenden konnte. Er hatte sich in eine Ecke gekauert und wiegte sich in seinem Elend vor und zurück, wobei er unablässig leise schluchzte und unverständliche Worte vor sich hin murmelte.

»Er scheint unverletzt zu sein«, sagte der Priester mit ernster Stimme zu Simeon. »Und trotzdem schluchzt und schreit er, als litte er große Schmerzen. Ich fürchte, der arme Junge hat den Verstand verloren.«

»Oder er ist besessen«, meinte sein bärtiger Begleiter.

»Hat er mit niemandem gesprochen?« erkundigte sich Simeon.

Beide Männer schüttelten den Kopf. Bruder Thomas sagte: »Niemand weiß, was ihm zugestoßen ist. Man hat ihn mit Gewalt ins Domkapitel gebracht; er hat geschrien und um sich getreten und befand sich in einem Zustand tiefsten Entsetzens. Er ist seinen Begleitern entkommen und hat die ganze Nacht auf dem Dach zugebracht. Pater Cyrus hat es geschafft, ihn für einige Zeit zu beruhigen, aber dann ...«

»Cyrus? Was hat denn der damit zu tun?«

»Er war zusammen mit dem Mönch Antony in dem alten Domkapitel«, erklärte der Priester. »Der Junge hatte stundenlang fast ohne Pause geschrien, und Cyrus stieg aufs Dach, um ihn mit einem Gebet zu beruhigen. Vielleicht ist es ihm gelungen, ein wenig Schlaf zu bekommen, aber später war er dann so aufgeregt, daß zu befürchten war, daß er sich vielleicht vom Dach stürzen würde. Deshalb haben sie ihn zu uns gebracht.«

»Wieder mit Gewalt?«

Robert, der bärtige Sekretär, nickte und sagte: »Ich fürchte, eine andere Möglichkeit gab es nicht.«

»Er will mit niemandem sprechen?«

»Kein Wort«, sagte der Priester. »Wir haben an Euch gedacht, Pater Simeon. Wenn Ihr ihm die Hände auflegen könntet, würde er vielleicht von diesem rätselhaften Gebrechen geheilt werden.«

Simeon sah ihn scharf an. »Ich habe keine magischen Kräfte und kann nicht durch Berührung heilen«, sagte er kühl.

»Aber, Pater, Bruder Vincent hat mir zu verstehen gegeben ...«

Simeon brachte ihn mit einem finsteren Stirnrunzeln zum Schweigen. »Hört mir zu«, sagte er eindringlich. »Auf Bruder Osrics Rat kann ich dem Jungen Baldrian geben, um seine Hysterie ein wenig einzudämmen und ihm vielleicht zu etwas Schlaf zu verhelfen. Ich habe außerdem Beinwell und Zehrkraut, um seine Knochen etwas zu kräftigen, und Aloe und Odermennig für bessere Wundenheilung. Und ich kann ihm in Gottes Namen Worte des Trostes und die heilende Kraft des Gebetes anbieten. Abgesehen von diesen Dingen kann ich nichts tun. Ich bin ein Priester, junger Mann. Ich bin ein Priester und sonst nichts.«

»Aber, Pater, wir glauben ...«, begann der Geistliche, nur um sofort abzubrechen, als er den Ärger in Simeons Augen aufblitzen sah.

»Ich will nichts mehr von diesem Unsinn hören«, warnte Simeon ihn. »Ihr habt mich aus einem bestimmten Grund hierhergeholt. Also, wo ist der Junge?«

Sie fanden ihn ohne große Mühe. Der Junge, Steven, hatte sich in der dunkelsten Ecke seiner Kammer versteckt und kauerte auf dem Boden, eingezwängt zwischen der Wand und der Holzbank. Als sie näher kamen, schrak er zurück, schüttelte den Kopf und stöhnte. Sein Gesicht war weiß und seine Augen schmerzerfüllt.

Simeon bedeutete den anderen, ein paar Schritte zurückzutreten, reichte dann dem Geistlichen eine kleine Phiole und gab ihm zu verstehen, daß er einige Tropfen davon in einen Kelch Wein gießen sollte. Dann trat er ein kleines Stück vor und ließ sich auf die Knie nieder.

»Du kennst mich, Steven«, sagte er mit sanfter Stimme. »Ich bin Pater Simeon von St. Peter. Du hast mir letzten Sommer geholfen, die Gräben zu säubern. Wir haben auch schon zusammen im Skriptorium gearbeitet. Erinnerst du dich?«

Der Junge hatte seine Arme um die Knie geschlungen und

wiegte sich hin und her. Es war nicht zu erkennen, ob er die Worte des Paters verstanden hatte.

Simeon nahm den silbernen Kelch von dem Geistlichen entgegen und reichte ihn dem Jungen, öffnete dessen verkrampfte Finger und legte sie um den Kelch, hob diesen dann an die zitternden Lippen und brachte den Jungen dazu, zu trinken. Das jugendliche Gesicht war zerschrammt und tränenüberströmt. Auf beiden Wangen hatte er ein rotes Mal, das wie eine Brandwunde aussah, so als hätte ihn jemand mit brutaler Gewalt geknebelt. Er würgte ein wenig, als er den Wein hinunterschluckte, und seine Zähne klapperten auf dem Silber des Kelchs, aber der Baldrian würde schon bald seine wohltuende Wirkung zeigen.

Simeon kehrte an seinen Platz zurück und ging wie zuvor in die Hocke. Dann löste er das Kruzifix aus seinem Gürtel und legte es zwischen sich und dem Jungen auf den Boden. Schließlich begann er, wieder zu sprechen, und seine Stimme war leise und sehr tief, als er aus dem heiligen Buch der Sprüche zitierte: »*Vertraue auf den Herrn von ganzem Herzen, auf deine Klugheit aber verlaß dich nicht.*«

Die Worte kamen ihm wie von selbst in den Sinn, denn sie waren überaus passend für die Situation des Jungen. Es erschien ihm, daß Steven mit seinen unschuldigen jungen Augen irgend etwas Entsetzliches erlebt oder mit angesehen hatte, das über seinen Verstand ging. Man mußte ihn daran erinnern, daß Gott ihn in seiner Stunde der Not nicht im Stich gelassen hatte. Lange Zeit hockte Simeon dort, eine geduldige, freundliche Gestalt, die beruhigte und tröstete. Und während der ganzen Zeit sprach er sanft und beschwichtigend auf den Jungen ein, und nach und nach begann sich die schreckliche Spannung in Stevens Körper zu lösen.

»*Verwirf nicht die Züchtigung des Herrn, und sei nicht unmutig ob seiner Strafe.*«

Simeons Stimme war ganz tief, sein Tonfall hypnotisch, und während er fortfuhr, sah er, wie der ängstliche Blick des Jungen sich nach unten auf das heilige Kruzifix richtete. Eine zitternde Hand begann, sich zu bewegen, als wolle sie sich vielleicht ausstrecken, um dieses Symbol seines Glaubens zu berühren.

»Vor plötzlichem Schrecknis mußt du dich nicht fürchten, noch vor dem Unwetter, das über die Gottlosen kommt.«

Der Junge bewegte sich mit qualvoller Langsamkeit, so verletzlich und ängstlich wie ein kleines, schwaches Tier, das sich aus dem Winterschlaf erhebt und nur geringe Chancen hatte, in der Kälte zu überleben. Endlich hatten die Worte ihn an dem fernen Ort, an den er vor weiterer Verletzung geflohen war, erreicht. Er vertraute dem Priester, und dieses Vertrauen machte Mut. Simeon hatte eine Kerze in der Dunkelheit entzündet, und in ihrem Licht würde der bis in seine Seele erschrockene Junge neue Kraft finden.

»Nimm das Kreuz, Steven«, drängte er ihn sanft. »Nimm das Kreuz, und laß dich von unserem Herrn Jesus wieder ins Licht führen.«

Da hörte Simeon, wie die Tür sich öffnete und schloß und dann das Rascheln feinen Stoffs und das ungeduldige Räuspern eines Mannes. Auch Steven hörte es. Während seine Finger noch über dem Kruzifix schwebten, hob er seinen Blick, sah zuerst Simeon an und dann den Mann, der hinter ihm stand. Sein geschwollenes Gesicht verzog sich zu einer häßlichen Grimasse, er stieß einen ohrenbetäubenden Schrei aus und kroch, von tiefstem Schrecken erfüllt, in die kleine Öffnung unter der Bank und preßte sich auf den harten Boden. Dort krümmte er sich zitternd und schluchzend zusammen, wie von neuem in seinem Elend verloren.

»Bei allem, was heilig ist!«

Erzürnt drehte Simeon sich um und starrte die Gestalt an, die hinter ihm stand. Dann hob er seinen Blick und betrachtete den Eindringling. Er erkannte sie sofort, die kunstvoll bestickten Sandalen, die üppigen Roben, den glitzernden Silbergürtel, den purpurnen Umhang mit seinem Futter aus weichem, schwarzem Zobel. In der Tür stand Wulfric de Morthlund mit seinem massigen Körper und seiner prachtvollen Ausstaffierung. Der Priester und der Sekretär waren von ihren Posten vor der Tür geflohen, als sie ihn mit finsterem Gesicht auf sich zukommen sahen, denn der hünenhafte

Mann in den Gewändern eines Kanonikus war für sein heftiges und rachsüchtiges Temperament bekannt.

»Hat der Junge gesprochen?« fragte er. »Hat er irgend etwas gesagt?«

»Ich glaube, er war gerade im Begriff, das zu tun«, antwortete Simeon kalt. »Ich hatte ganz allmählich sein Vertrauen gewonnen. Jetzt ist er wieder in dem Zustand, wie Ihr ihn seht.«

»Meinetwegen?« Wulfric machte ein niedergeschlagenes Gesicht.

»Euretwegen«, bestätigte Simeon und erhob sich langsam.

Der dicke Mann starrte zuerst Simeon an und dann die zitternde Gestalt unter der Bank. Schließlich breitete er mit zerknirschtem Gesicht die Hände aus.

»Dann muß ich Euch wirklich um Verzeihung bitten, Pater Simeon. Glaubt mir, ich hatte keine Ahnung. Vielleicht kann ich den Schaden wiedergutmachen, indem ich mich ein Weilchen zu ihm setze?«

Simeon lehnte diesen Vorschlag mit einem Kopfschütteln ab. »Nein, Wulfric, Ihr habt gesehen, wie er auf Euren Anblick reagiert hat. Er fürchtet jeden.«

»Außer Euch, wie es scheint.«

»Er fürchtet auch mich. Ich bin jetzt schon eine ganze Weile hier und habe versucht, sein Vertrauen zu gewinnen.«

»Und wäre da nicht mein unvorsichtiges Eintreten gewesen, hättet Ihr auch Erfolg gehabt, nicht wahr?«

Simeon nickte. »Ich glaube schon.«

»Dann möchte ich Euch demütig um Verzeihung bitten, Bruder.«

»Die sei Euch gewährt. Kommt, laßt uns den Jungen jetzt in seinem dunklen Loch allein lassen. Der Trunk, den ich ihm verabreicht habe, wird bald seine Wirkung zeigen, und er wird einige Stunden schlafen. Vielleicht wird es mir dann gelingen, ihn zu erreichen, wenn er ausgeruht ist und seine Erfahrung ein wenig besser verarbeiten kann.«

»Ich bin sicher, Euer Vorhaben wird Euch gelingen«, erwiderte Wulfric und zog die Tür hinter sich ins Schloß. »Ich bin sicher, es wird Euch gelingen.«

Wulfric nahm nicht an dem allgemeinen Mittagsmahl teil. Eine große Anzahl jener Priester, die das Recht hatten, in der Propstei zu essen, saßen auf dem Boden, da nicht genügend Stühle und Bänke da waren. Für die älteren Männer hatte man niedrige Pritschen herbeigebracht, zusammengefaltete Decken und sauberes Stroh, damit sie ihre brüchigen Knochen nicht mehr länger unter Schmerzen auf dem harten Boden lagern mußten. Eine kleine Armee von Dienern trug wohlgefüllte Platten herbei und verteilte sie an einem Ende des Raumes auf mehrere Tische. Es gab reichlich Süßwasserfische – Hechte, Rotaugen und Brassen – und daneben gebratenes Geflügel und Kaninchen, geräuchertes Schweinefleisch und Käse. Zu zweit trugen die Diener große Brotkörbe herein oder Silberplatten mit gerösteten Wildvögeln, die auf großen Bratspießen steckten. Außerdem gab es mit Lauch und Schalotten gekochte Hammelfleischsuppe und dazu kalte Blutwurst von den besten einheimischen Schweinen. Es war eine eilig zusammengestellte Festmahlzeit, aber eine Festmahlzeit war es eindeutig, und alle Anwesenden waren dankbar dafür.

Wulfric de Morthlund saß in seinem luxuriösen Gemach und tat sich an jungen Täubchen, Wein und delikaten, in flüssige Butter getauchten Pasteten gütlich. Sein Koch hatte eine fette Katze mit Kräutern gestopft und geröstet, und das Fleisch war so zart, daß goldene Säfte austraten, als er es vom Knochen löste. Als die Mahlzeit vorüber war, ließ er den Tisch abräumen und ruhte sich eine knappe Stunde lang aus, in der er seinen Wein austrank und ein wenig vor sich hin döste. Dann war er auf den Beinen, erfrischt und entschlossen, seinen Plan in die Tat umzusetzen.

Daniel half ihm, sich seiner Gewänder zu entledigen, bis er nur noch sein seidenes Unterhemd trug. Dem jungen Mann ging durch den Kopf, wie sehr doch das Äußere eines Mannes von seinen Kleidern abhing, aber er hütete sich, diesen Gedanken auszusprechen. In seinem Unterhemd war Wulfric de Morthlund nichts als ein gewöhnlicher Mann, den seine Laster aufgeschwemmt hatten. Es waren die goldgefärbten Gewänder, die Seidenstoffe und die Pelze, diese ganze protzige Zurschaustellung der Macht der Kirche, die ihm Glanz verlieh.

»Diese Sache wird mir gefallen«, sagte Wulfric, während er sich in der Taille kratzte, dort, wo der Schmuckgürtel ihm die Haut wund geschürft hatte. Dann fuhr er mit einem Rülpser fort: »Ich werde den von seinem Gewissen gepeinigten Büßer spielen. Ich werde zu seinen Füßen kriechen und ihn anflehen, meine wertlose Seele zu segnen, und ihn auf diese Weise zwingen, sich meinem Willen zu unterwerfen.«

Daniel lächelte. »Seid Ihr so sicher, daß er das Spiel Eurem Wunsch gemäß mitspielen wird?«

»Diesmal ja. Dessen kannst du gewiß sein.«

»Er hat Euch heute bereits einmal überlistet. Das Kind lebt immer noch. Sie haben gesagt, er hätte wie ein Besessener gekämpft, um es zu retten.«

Wulfric kniff bei dieser unangenehmen Erinnerung die Augen zusammen. »Das ist eine andere Sache«, sagte er. »Aber diesmal werde ich seine Schwäche auf die Probe stellen, nicht seine Stärke.«

Daniel lachte. »Falls er eine solche hat.«

»Alle Männer sind verführbar«, beharrte Wulfric, »selbst unser hochmütiger Simeon.«

»Verführbar?« Daniel brach in schallendes Gelächter aus, obwohl er hinter seiner Heiterkeit durchaus auf der Hut vor den unvorhersehbaren Launen seines Herrn war. »*Verführbar*, sagt Ihr? Bei Gott, ich glaube, ich werde eher den wilden Bullen die sanfte Taube verführen sehen, bevor wir erleben, daß dieser Simeon sich *Euren* Einflüsterungen beugt.«

»Lach nur, mein hübscher, kleiner Habicht«, lächelte Wulfric und tätschelte dem jungen Mann die Wange. »Alle Männer sind verführbar ... *Alle* Männer, denn jeder hat seinen ganz persönlichen Anteil an den sieben menschlichen Schwächen.« Dann zählte er jede einzelne dieser Schwächen auf und nahm sogar die Finger zu Hilfe, um seiner Behauptung Nachdruck zu verleihen. »Angst, Ehrgeiz, Begierde, Eitelkeit, Bosheit, Schuld und Mitleid. Du brauchst nur einen dieser wunden Punkte zu berühren, und der Mann gehört dir.«

»Dann muß es in diesem Fall also Mitleid sein«, meinte er.

Wulfric senkte den Kopf und verzog seine Züge zu einer schmollenden Grimasse. Als er wieder aufblickte, war seine Haut heiß gerötet, und Tränen standen ihm in den Augen. Sein ganzes Gesicht war zu einer Maske tiefsten Elends geworden.

»Ja, Mitleid würde ich sagen«, stellte er entschlossen und mit zitternder Unterlippe fest.

Daniel lächelte und schüttelte den Kopf. Er hatte diesen ›verzweifelten Büßer‹ schon früher gesehen, und ein- oder zweimal war er auf die Vorstellung tatsächlich hereingefallen. Wenn dieser Wulfric de Morthlund echte Tränen weinte und einen Mann auf Knien um Verzeihung bat, konnte nur ein durch und durch grausames Herz ungerührt bleiben.

»Eine kluge Wahl, mein Herr.«

»Natürlich ist sie das«, kicherte Wulfric. »Meine Klugheit, mein lieber Junge, hat nie in Zweifel gestanden.«

Als Daniel das härene Hemd über Wulfrics Schultern gleiten ließ, zuckte der dicke Mann zusammen und heftete seinen Blick auf die Stelle, an der es seine Haut berührte und das zarte Fleisch mit seinen steifen Fasern aufschürfte. Die Haut um seinen Hals und seine Schultern herum hatte er sich vorher mit einer Salbe aus gemahlenen Schwefelblüten und Schafgarbe, dem Wundmittel der Soldaten, eingerieben. Es war ein gewöhnliches Heilmittel und wurde normalerweise nicht zur Vorbeugung benutzt, aber Wulfric hoffte, daß seine heilenden Kräfte verhindern würden, daß das härene Hemd allzuviel Schaden anrichten konnte. Schon jetzt war die weiche, weiße Haut dort, wo das dornige Roßhaar sie berührte, hellrot angelaufen. Wulfric de Morthlund bemerkte diese Tatsache mit einer gewissen Zufriedenheit, denn ein äußeres Anzeichen für sein körperliches Unbehagen war nur zweckdienlich. Was er jedoch fürchtete, war der ›Ausschlag des guten Mannes‹, dieser grausige Zustand der Haut, der allen Heilmitteln trotzte und einen Juckreiz verursachte, der wild genug war, um einen Mann zur Verzweiflung zu treiben.

Über das härene Hemd streifte Daniel ihm nun eine wollene Kutte von schlichter brauner Farbe und einfachem Schnitt, die keinerlei Prunk aufwies. Dann befeuchtete er sich die Finger mit Wasser und fuhr seinem Herrn damit durchs Haar, um es in Unordnung zu bringen. Dann trat er einen Schritt zurück und betrachtete sein Werk.

»Ich bin überzeugt«, sagte er mit ernster Stimme. »Der Mann, den einst so großer Stolz und solche Arroganz auszeichneten, hat einen dramatischen Sinneswechsel durchgemacht. Ich kenne Euch besser als irgend jemand sonst, und selbst ich bin beeindruckt.«

»Gut, gut«, erwiderte Wulfric nickend. »Und jetzt geh und hol mir den Priester. Hast du dir deine Geschichte auch wirklich gut eingeprägt?«

»Jawohl.«

»Dann erzähl sie, Daniel, und sei überzeugend, wenn du es tust, denn ich muß diesem Priester die Lippen versiegeln, bevor er Stevens Anschuldigungen einer höheren Autorität unterbreiten kann.«

Daniel zuckte mit den Schultern. »Was spielt das Ganze eigentlich für eine Rolle? Ihr wißt so gut wie ich, daß die Kirche Sodomie nicht als Todsünde erachtet, ob nun mit einem Mann oder mit einem Jungen. Viel ernster wäre die Angelegenheit, wenn eine Frau oder ein Tier Euer Partner gewesen wäre.«

»Und weit weniger ernst wäre es gewesen, wenn der Junge freiwillig mitgemacht hätte«, fuhr Wulfric ihn an. »Und dann wäre da noch die Kleinigkeit mit dem Altar von St. Martin.«

»Ach ja, die Entweihung hatte ich ganz übersehen«, räumte Daniel ein. »Vielleicht habt Ihr ja recht. In diesem besonderen Fall scheint eine Beichte wirklich das klügste zu sein.«

»Natürlich habe ich recht, mein Junge. Wenn man dem Erzbischof noch ein einziges Wort gegen mich ins Ohr flüstert, wird er sich verpflichtet fühlen zu handeln. Ich habe mehr als meinen Anteil an Feinden und jetzt, da die Führung unseres Kapitels in Frage steht, drängen sich zu viele Männer nach Anerkennung. Männer wie Cyrus de Figham und

Simeon de Beverley spielen sich als Heilige auf und lenken damit die Aufmerksamkeit auf sich. Wir haben schon Antony, den Mönch, Osric, den Hospizbruder, und sogar diesen unausstehlichen Thorald von der Werderkirche, die alle Ruhm für ihre guten Taten und ihre Hingabe an die Bedürftigen einheimsen.«

»Hundert Helden«, überlegte Daniel. »Diese Stadt scheint langsam in Möchtegernheiligen zu ertrinken.«

»Und allen voran dieser gelbhaarige, himmelsäugige Priester, der mehr Ausstrahlung und Überzeugungskraft besitzt als die Schlange, die Eva in Versuchung geführt hat, damit sie Adam ins Verderben stürzte. Simeon. Zur Hölle mit diesem frommen Priester!«

»Paßt auf, daß niemand Eure Flüche zu hören bekommt, mein Herr«, warnte Daniel mit einem vielsagenden Blick zur Tür. »Er und seine redlichen und treuen Männer stehen im Augenblick hoch im Kurs.«

»Und was ist mit Wulfric de Morthlund? Was wird der Erzbischof inmitten all dieser *Redlichkeit* von Wulfric de Morthlund hören? Mein Gott, kein verkrüppelter Priester soll dafür sorgen, daß ich als schwarzes Schaf unter lauter weißen Lämmern dastehe.«

Das Gesicht des dicken Mannes war dunkelrot angelaufen, und er fuchtelte so wild mit den Armen um sich, daß das härene Hemd auf seinem fleischigen Nacken scheuerte.

»Dann bringt ihn zum Schweigen«, erwiderte Daniel gelassen. »Bringt ihn zum Schweigen, bevor der Erzbischof hierherkommt. Benutzt das Schwert oder das Siegel des Beichtgeheimnisses, aber bringt ihn zum Schweigen.«

»Gott sei mein Zeuge, darauf kannst du dich verlassen.« Dann forderte er ihn mit einer Handbewegung auf, aus dem Zimmer zu gehen und hing selbst noch eine Weile seinen finsteren Gedanken nach. »Mit dem Beichtgeheimnis oder mit dem Schwert«, brummte er vor sich hin. »Darauf kannst du dich verlassen.«

Kapitel 17

Daniel Habicht fand Simeon im Domkapitel, wo er einem müde aussehenden Mönch dabei half, einen Sterbenden vom Fußboden hochzuheben. Der Priester und der Mönch, ein ungleiches Paar, knieten zu beiden Seiten des Mannes nieder und hielten seine Hände, als wäre er ein Freund und nicht ein Fremder aus einer anderen Stadt. Die Köpfe hatten sie dicht über sein aschfahles Gesicht gebeugt, und ihre Stimmen waren ein harmonisches, tiefes Flüstern, während sie ihm mit ihren Gebeten auf seinem Weg zu einem besseren Jenseits begleiteten. In Simeons freier Hand lag ein silbernes Kreuz, poliert und mit Edelsteinen besetzt, so daß es leuchtete oder nur sanft funkelte, aber auf jeden Fall noch im dürftigsten Licht zu sehen war. Es war das Beste, was ein Priester als Trost anzubieten hatte, daß ein Mensch mit dem Zeichen des heiligen Kreuzes Christi vor Augen sterben durfte. Der Mönch war von mittlerem Alter und klein von Wuchs, ein drahtiger Mann und von den vielen Jahren gezeichnet, die er auf der Straße zugebracht hatte. Daniel kannte ihn vom Sehen und wußte auch, welchen Ruf er genoß. Es war Antony, ein Schreiber und Gelehrter hohen Ranges, der so viele verschiedene Sprachen sprach, daß kaum ein Pilger seinen Weg kreuzte, dem er nicht ein Grußwort in seiner Muttersprache zuteil werden lassen konnte. Um seines Namens willen trug er das Taukreuz, das Kreuz des heiligen Antonius von Ägypten. Es hing an einem kräftigen Lederriemen an seinem Hals, und jeder wußte, daß dieses Kreuz, abgesehen von dem Dolch an seinem Gürtel, das einzige war, was er besaß.

Bruder Antonys Mutter war Flämin gewesen und sein Vater Spanier, ein Umstand, der seine dunkle Haut und sein glattes, schwarzes Haar erklärte. Es hieß, er sei ein guter Mann, großzügig gegenüber Fehltritten und immer bereit, das Wohlergehen seines Nächsten über sein eigenes zu stellen. Ein Gestank, der von seiner endlosen Schufterei herrührte, umgab ihn ebenso wie der Geruch des Hungers, und die Menschen verachteten ihn für seine Armut genausosehr, wie sie ihn für seine Mildtätigkeit und seine barmherzigen Taten liebten. Daniel äußerte sich nur selten zu solchen Dingen, denn er hatte gelernt, daß die Menschen die Worte anderer länger im Gedächtnis behielten als diese selbst, und wenn die allgemeine Stimmung sich änderte, mußte man immer damit rechnen, mit Worten konfrontiert zu werden, die man früher einmal von sich gegeben hatte. Aber er war aufmerksam und scharfsinnig und fragte sich, nachdem er jede Tatsache wohl erwogen hatte, ob ein solches Streben, zu einem *guten Menschen* zu werden, nicht auch nur ein als Tugend maskiertes Laster war.

Der junge Mann trat nun aus der Dunkelheit hervor und gab seiner Stimme einen erregten Beiklang, während er sich bückte, um Simeon am Ärmel zu ziehen. Als der Priester sich umdrehte und ihn mit seinen tiefblauen Augen musterte, schrak er ein wenig zurück. Er schien zu genau hinzusehen, zu viel in den Zügen seines Gegenübers zu lesen.

»Pater, Ihr werdet dringend benötigt. Mein Herr ist krank.«

»Pater Wulfric?«

Daniel nickte und rang die Hände, wobei er sorgfältig vermied, Simeon in die Augen zu sehen. »Er redet irre, tobt und schreit nach einem Priester, der ihm die Beichte abnehmen soll, bevor Gott ihn für seine Sünden in ewige Verdammnis stürzt. Er steht furchtbare Qualen aus.«

Simeon erhob sich mit einiger Mühe, denn er hatte viele Stunden lang nicht geschlafen, und seine Müdigkeit machte sich langsam deutlich bemerkbar.

»Pater Wulfric?« wiederholte er. Er sah dem jungen Mann fest ins Gesicht, und Daniel, aufs neue konfrontiert mit diesen scharfen blauen Augen, senkte den Blick und begann, die Hände zu ringen, als befinde er sich in höchster Erregung.

»Ja, Herr, eben der«, murmelte er.

»Was fehlt ihm?« wollte Simeon wissen. »Hat er sich vergiftet? Hat er schlechtes Fleisch gegessen oder verdorbenen Wein getrunken?«

»Nein, Herr, er ist nicht vergiftet.«

»Habt Ihr nach Osric, dem Hospizbruder, geschickt?«

»Nein, Herr, denn es ist Euer Name, den er immer wieder ruft. Er sagt, Ihr wüßtet, was ihm fehlt. Er ist verzweifelt, weiß nicht mehr, was er tut. Er leidet große geistige Qualen, aber er weigert sich, sich trösten zu lassen.«

»Ich habe ihn noch gegen Mittag in der Lateinschule gesehen«, erwiderte Simeon. »Wir haben miteinander geredet. Da war er noch ganz er selbst. Was ist ihm denn seither zugestoßen?«

Daniel zerrte den Priester am Ärmel und drängte ihn auf die Tür des Domkapitels zu. Seine von scharfer Schönheit geprägten Züge waren nun vor Sorge verzerrt, sein Blick suchend, als fürchte er, die anderen könnten ihr Gespräch mit anhören. Als er dann wieder das Wort ergriff, lag neuerliches Drängen in seiner Stimme.

»Pater, ich kann Euch darauf keine Antwort geben«, gestand er niedergeschlagen. »Ich hatte gehofft, Ihr könntet es vielleicht erklären, da Ihr der letzte wart, mit dem er gesprochen hat, bevor sich diese ... diese *Veränderung* in ihm vollzog.«

Simeon zog den jungen Mann beiseite, befreite seinen Ärmel aus den Fingern des anderen und reichte ihm einen kleinen Kelch Wein.

»Hier, trinkt das und beruhigt Euch, Daniel. Nun tut, was ich Euch gesagt habe. Ich bestehe darauf, daß Ihr den Kelch leert. Jetzt erzählt mir Eure Geschichte noch einmal, und zwar langsam und deutlich. Was ist mit Eurem Herrn passiert?«

»Ich danke Euch, Pater. Er hat gesagt, Ihr würdet mir zuhören.« Er nippte an seinem Wein – sauer und gar nicht nach seinem Geschmack, aber er beklagte sich nicht. »Er ist überzeugt davon, daß Ihr, und zwar nur Ihr, ihn verstehen und mit Mitleid betrachten werdet. Ich weiß, daß er ein schwieriger Mann ist, manchmal herrisch, ja sogar gefühllos ... Solche Fehler haben ihm viele Feinde eingetragen ...«

»Wir sind nicht hier, um ein Urteil über sein Verhalten zu fällen, Daniel«, warf Simeon ein. »Wenn ich Eurem Herrn helfen soll, wozu ich ja verpflichtet bin, muß ich wissen, welche Art von Krankheit ihn befallen hat.«

Daniel nickte und setzte seinen leeren Kelch ab. Er sah den Priester an, wandte den Blick dann schnell wieder ab und begann zu sprechen, bekam aber kaum einen Ton heraus. Der Wein hatte ihm in der Kehle gebrannt und einen sauren Geschmack in seinem Mund hinterlassen, aber er war sich der Tatsache durchaus bewußt, daß sein Stocken auch von einem Übermaß an Gefühl hätte verursacht werden können. Simeon gab ihm einen Augenblick Zeit, um sich zu erholen.

»Vergebt mir, Pater«, bat er schließlich. »Solche Schwäche ist unmännlich.«

»Mitleid ist keine Schande«, erwiderte Simeon mit sanfter Stimme. »Wir müssen uns der Tränen nicht schämen, die wir um der Menschen willen vergießen, die wir lieben.«

Noch während er diese Worte aussprach, hatte Simeon das Gefühl, von der wahren Bedeutung, die sie ausdrücken sollten, abgekommen zu sein. Die Liebe, die dieser Daniel für Wulfric de Morthlund empfand, überschritt die Liebe eines Sekretärs für seinen Priester oder eines Novizen für seinen Herrn. Ob sie über Verehrung hinausging oder sich gar weit davon entfernte, konnte er nicht sagen. Er wußte nur, daß das, was dahinterstand, für ihn unerträglich war, und daß er nicht die Absicht hatte, es zu verstehen.

»Ich danke Euch, Pater«, sagte Daniel, räusperte sich noch einmal hinter vorgehaltener Hand und schien sich dann mit großer Mühe zusammenzunehmen. »Es geht mir jetzt wieder besser.«

»Dann sprecht, Daniel.«

»Ich weiß kaum, wo ich beginnen soll. Mein Herr war in einem Zustand tiefster Erregung, als er kurz nach Mittag von der Lateinschule zurückkam. Ihr sagt, Ihr hättet ihn dort gesehen, und er sei noch er selbst gewesen, aber als er zu Hause ankam, war er das ganz gewiß nicht mehr. Er war verzweifelt, *zutiefst* verzweifelt. Er schwor, daß er sich selbst verabscheute, denn Gott habe ihn neben den demütigsten seiner Priester gestellt, so daß er nicht umhin konnte, seine eigene Verworfenheit zu erkennen. Ich habe ihm sein Mittagsmahl gebracht, aber er hat es zurückgewiesen und immer wieder gerufen, daß er auch nur einer Kruste Brot oder eines Fingerhuts voller Wasser unwürdig sei.«

»All das soll Wulfric de Morthlund gesagt haben?«

»Jawohl, mein Herr, und sogar noch mehr. Er hat nach einem Flagellator geschickt, damit dieser ihn geißelte. Er hat sich die feinen Gewänder vom Leib gerissen und seine Schmuckstücke mit vollen Händen unter die Armen und Bedürftigen geworfen. Dann hat er das härene Hemd angezogen und sich barfüßig und von den Peitschenhieben des Flagellators gezeichnet in die Kapelle gestürzt. Und seitdem betet er und weint und ruft immer wieder Euren Namen. Er möchte eine Beichte ablegen. Ihr müßt sofort zu ihm kommen.«

»Warum ich?«

»Weil er darum gebeten hat.«

»Aber ich bin nicht sein Beichtvater«, rief Simeon ihm ins Gedächtnis.

Daniel jedoch ließ nicht locker. »Was spielt denn das für eine Rolle? Ihr seid es, nach dem mein Herr in seiner Pein verlangt, *Ihr*, der seine feierliche Beichte anhören muß. In Gottes Namen, helft ihm, Pater Simeon. Er ist in einem so schrecklichen Zustand, daß selbst seine besten Freunde ihn nicht erkennen würden. Ihr würdet keinen Augenblick zögern, zu ihm zu gehen, wenn Ihr ihn gesehen hättet, wie ich ihn gesehen habe, in Tränen aufgelöst und gezeichnet von seiner Marter ... Dann würdet Ihr Mitleid mit ihm haben und ihm im Namen Gottes, des Allmächtigen, beistehen. Ich habe Angst um ihn, Pater ... Ich fürchte um seinen Verstand.«

Simeon spürte, wie sich Mitleid in ihm regte. Der junge Mann war in sich zusammengesunken, ließ den Kopf hängen und wischte sich nun mit dem Ärmel über das Gesicht. Er war stolz gewesen, aber die Liebe hatte ihn zu einem ängstlichen Jungen gemacht, und wenn diese Liebe in den Augen Gottes etwas Abscheuliches war, dann war diese göttliche Strafe dafür schon seit vielen Jahren überfällig. Vielleicht hatte all das nun wirklich ein Ende. Gottes Wege waren den Menschen unerforschlich, und selbst de Morthlund mußte sich schließlich und endlich dem göttlichen Willen beugen. All das war Simeon durchaus bewußt, aber irgend etwas hielt ihn trotzdem zurück, und immer wieder stellte er sich schweigend die Frage: *Warum ich?*

»Er glaubt, es sei Euer Einfluß, der ihn so weit gebracht habe«, sagte Daniel, als hätte er die Gedanken des Priesters gelesen. »Und deswegen will er seine Seele vor keinem anderen Priester als Euch entblößen. In dieser Hinsicht hat er keinen Zweifel gelassen. Nur Ihr könnt ihn retten.«

Simeon nickte. »Dann werde ich mitkommen«, sagte er trotz seiner Zweifel, und Daniel, der so selbstbewußte kleine Habicht, fiel auf die Knie, küßte ihm den Saum seines Gewandes und stammelte einen Dank.

So kam es, daß Pater Simeon zu dem kleinen Altar unter dem Haus des Kanonikus ging, um Wulfric de Morthlund aufzusuchen, diesen pompösen, angeberischen Pfau von einem Mann, der sich nun weinend und verzweifelt auf den schmutzigen Binsen wand und krümmte. Der Boden hier war dreckig und sehr kalt, und der dicke Mann lag mit dem Gesicht nach unten und mit ausgestreckten Armen da und schluchzte in die nur spärlich ausgestreuten Binsen. Es war ein Anblick, der jedem Menschen zu Herzen gegangen wäre, denn de Morthlund litt offensichtlich schwere geistige Qualen, wie er da lag, vollkommen aufgelöst und all seines Prunkes beraubt. Seine Reue zeigte sich auch an den hellroten Striemen um seinen Hals und seine Schultern herum, wo das härene Hemd die Haut aufschürfte. Dieselbe Sprache sprachen auch die tränenübertrömten Wangen und die entblößten Fußsohlen, die kaum je etwas Härterem als einem Seidenstrumpf und dem glatten Leder eines Stiefels oder einer Sandale ausgesetzt gewesen waren.

»Wulfric de Morthlund, seid Ihr bereit, vor Gott eine vollständige Beichte Eurer Sünden abzulegen?«

»Das bin ich, das bin ich.« Der dicke Mann schluchzte und hämmerte mit seinen Fäusten auf die Binsen. »Vergebt mir, Vater. Vergebt mir, denn meine Sünden sind abscheulich, und meine Seele ist zutiefst bekümmert.«

Simeon schlug das Kreuzzeichen und schluckte seine Zweifel hinunter. Er glaubte, den Grund für diese Beichte zu kennen, und wenn das so war, würde er de Morthlund lieber mit seinen eigenen Waffen schlagen, nicht mit einem Kruzifix, sondern mit einem Schwert. Nur mit größter Willensanstrengung gelang es ihm, sich daran zu erinnern, daß er Gottes Instrument war, herbeigerufen, um einen Sünder mit seinem Gewissen zu versöhnen, um eine irrende Seele ihrer Erlösung zuzuführen. Dies war ein Privileg, das niemals mißbraucht werden durfte, eine Autorität, die nicht übertreten oder von den persönlichen Vorurteilen eines einzelnen Priesters behindert werden durfte. Wenn er zwischen einem Büßer und seinem Gott stand, durften seine Zweifel auf keinen Fall ein Hindernis darstellen.

In diesem Augenblick stahl sich Daniel Habicht, der es immer noch nicht wagte, dem Priester in die Augen zu sehen, aus dem Zimmer und schloß die Tür hinter sich. Dann erklomm er die Wendeltreppe, die in die Eingangshalle führte, und ging von dort aus über die größere Treppenflucht in die prachtvollen Gemächer seines Herrn. Erst nachdem er die Doppeltüren mit ihren üppigen Wandbehängen hinter sich geschlossen hatte, schüttelte er seinen hübschen jungen Kopf und gestattete sich ein Lächeln. Wie immer hatte Wulfric seine Beute richtig eingeschätzt, denn noch nie hatte Daniel im Gesicht irgendeines Mannes so deutlich Mitleid lesen können. Diese Tatsache machte Simeon zu einem leichten Opfer für Wulfric, denn gütige Herzen und einfältige Geister waren die Kost, die ihn fett gemacht hatte.

In dem kleinen Raum unter der Halle kniete de Morthlund nun zu Füßen Pater Simeons; sein Körper zitterte vor Kälte und wurde von unkontrolliertem Schluchzen geschüttelt.

»Ich habe es in Euren Augen gelesen«, brachte er keuchend hervor. »Als ich Euch bei Eurem Gebet mit Steven unterbrach. Da habe ich es gesehen und plötzlich begriffen, daß ich meine Sünden beichten und Buße tun muß.«

»Gesehen? Was habt Ihr gesehen?«

»Gottes Willen«, sagte de Morthlund. »Ich habe Gottes Willen gesehen.«

»In mir?« brachte Simeon hervor. »Ihr habt seinen Willen in mir gesehen?«

»Ich schwöre es.«

Simeon schloß die Augen und spürte, wie ein Schaudern durch seinen Körper lief. Es war so, als hätte die Hand des Verderbens ihn gestreift. Einen Augenblick lang war er versucht, diesen greinenden Mann wegzustoßen und seine Worte als Lügen abzutun. Aber um der unsterblichen Seele de Morthlunds willen wußte er, daß er tun mußte, was Gott von ihm verlangte.

»Es gibt eine höhere Autorität als die meine«, bemerkte er schließlich. »Vielleicht wäre Euer eigener Beichtvater ...?«

»Ihr müßt es sein, sonst niemand«, sagte de Morthlund und hob sein tränenüberströmtes Gesicht zu Simeon hinauf, so daß dieser seine Qualen deutlich sehen konnte. »Ihr müßt es sein, Freund Simeon. Ihr wart dort ... Ihr habt das alles gesehen ... den Sturm ... das Böse ... o Gott, was habe ich getan?«

»Dann sprecht also. Vor Gott und mit einem offenen Herzen. Gebt Eure Sünden zu und tut Buße.« Mit härterem Ton fragte er dann noch: »Gesteht Ihr, bewaffnete Männer nach St. Peter geschickt zu haben, die den Auftrag hatten, meinen Patensohn zu töten?«

Wulfric klappte der Kiefer nach unten, und er schrak zurück, als hätte der Priester ihm ins Gesicht geschlagen.

»*Was?*«

»Gesteht es, Mann. Ist das nicht der Grund, warum ich hier bin? Gesteht es.«

»Niemals! Nicht ich! Das war nicht ich!«

»Aber Ihr hattet einen Anteil daran?«

»Auch das nicht«, protestierte Wulfric. »Ich schwöre, ich habe nichts gewußt ...«

»Aber warum ...?«

Simeon nahm sich zusammen. Er erinnerte sich der Stimme, die seinen Namen aus dem Nichts geflüstert hatte, an die Art, wie de Morthlunds Gesicht und die Gesichter anderer Männer ihm aus dem Meer der im Münster versammelten Priester entgegengesprungen waren. »... Aber man hat mich gewarnt ... Ich dachte ...«

»Bitte, Pater ... ich bitte Euch«, schluchzte der dicke Mann. »... Fügt den Sünden, die mich schon unter ihrem Gewicht beinahe erdrücken, nicht noch weitere hinzu. Ich bin so vieler Dinge schuldig, das weiß ich. Aber das habe ich nicht getan.«

Als Wulfrics Stimme zu einem neuerlichen Schluchzen anschwoll, streckte Simeon die Hände aus, um die Finger, die an seinem Gewand zerrten, zu beruhigen. Das Fleisch des anderen Mannes war weich und fett und selbst an diesem kalten Ort schweißnaß. Simeon zog die Hände wieder zurück und berührte den kahlrasierten Fleck auf dem gesenkten Kopf, um mit dem Daumen das Zeichen des Kreuzes zu formen. Es kostete ihn große Mühe, seinen Widerwillen beiseite zu schieben.

»Ihr, der Ihr gesündigt habt, beichtet jetzt vor Gott und bereut Eure Taten.«

»Ich bereue. Ich bereue. Gibt es eine Rettung für mich ...? O Gott, werde ich für das, was ich getan habe, zur Hölle verdammt?«

»Beichtet!«

»Es war der Sturm ... der Sturm war entsetzlich. Ich dachte, ich müßte sterben. Ich hatte einen Freund bei mir, und wir wären beinahe von herabstürzendem Mauerwerk begraben worden. Die Angst hat mich überwältigt ... Ich war plötzlich wie besessen ... O Gott, das alles ging über meine Kraft ... über meine Kraft ...«

Während Wulfric die Worte mühsam hervorstieß, spürte Simeon, wie ein Gefühl böser Vorahnung über sein Rückgrat kroch. »Sprecht weiter«, drängte er und wünschte sich gleichzeitig sonstwohin.

»O Gott, welch schreckliche Schande! Wir haben hinter dem geheiligten Altar von St. Martin Zuflucht gesucht, und wir ... oh, vergebt mir, Pater ... vergebt mir, denn ich habe gesündigt ... ich habe furchtbar gesündigt.«

Und so hörte Pater Simeon das stockende Geständnis von Wulfric de Morthlund, hörte es und kämpfte innerlich dagegen an, daß sein Abscheu sein Urteil trübte, was die Ernsthaftigkeit des Büßers betraf.

»Wer war Euer Partner bei diesem Vergehen?« fragte er schließlich.

Der dicke Mann hob den Kopf. Sein Gesicht war sehr rot und von Tränen überströmt, und seine Augen waren hinter einem wäßrigen Leuchten verborgen. Er schüttelte den Kopf, und seine Unterlippe zitterte. »Ich kann nicht, Pater. Ich kann seinen Namen nicht preisgeben.«

»Ihr wißt, daß Ihr das tun müßt«, beharrte Simeon.

»Bitte, Pater, er soll sich aus eigenem Antrieb bekennen. Ich will nicht, daß seine Reue von einem Priester befohlen wird. Ich will, daß er freiwillig und ohne Zwang sein Vergehen beichtet. Er soll erlöst werden, wie ich erlöst wurde, und nicht mit Gewalt zu Euch gebracht werden. Er wird kommen. Ich weiß, daß er kommen wird, wenn er selbst den Drang dazu verspürt.«

»So sei es«, stimmte Simeon nickend zu. Er erriet, wie de Morthlund es geplant hatte, den Namen des zweiten Mannes, der in das Verbrechen verwickelt war. Eine Hälfte dieser unheiligen Partnerschaft hatte zumindest ihren Irrtum erkannt. Mit der Zeit und durch die Gnade Gottes würde der kleine Habicht seinem Beispiel folgen.

»Ihr müßt wissen, daß ich Euch keine Absolution erteilen kann.«

»Aber Ihr müßt! Um Gottes willen, Ihr müßt es tun. Soll ich denn in ewige Verdammnis gestoßen werden, ohne daß man mir meine Sünden vergeben hat? Ihr müßt mir die Absolution erteilen, Pater. Ich habe Gott zu mir sprechen hören. Ich schwöre, er hat Euren Namen gesagt ...«

»Es ist eine Sünde«, erinnerte Simeon ihn, der nun von einer verwirrenden Mischung aus Mitleid und Widerwillen erfüllt war, »für die, wie ihr wißt, ein einfacher Priester Euch keine Absolution erteilen kann. Nur der Erzbischof kann Euch helfen, Wulfric. Ihr müßt sofort zu ihm gehen.«

Die Hände des dicken Mannes klammerten sich um sein Gewand, und sein Körper preßte sich mit seinem ganzen Gewicht gegen Simeons Beine. »Vergebt mir, Pater, denn ich habe gesündigt«, flehte er. »Erteilt mir die Absolution! Bitte!«

»Ich kann nicht«, wiederholte Simeon, »und damit ist die

Sache erledigt. Solche Sünden, wie Ihr sie gesteht, gehen über meine geringe Autorität hinaus. Ich kann Euch die Absolution nicht erteilen.«

Und damit war die Angelegenheit tatsächlich erledigt. Simeon betete mit Wulfric, bis der andere Mann ruhig wurde und sich in sein Schicksal zu ergeben schien. Er ließ ihn auf den Knien liegend vor dem Altar zurück, warf noch einen letzten Blick auf die Abschürfungen, die das härene Hemd auf seinem Hals hinterlassen hatte, und schloß dann die Tür hinter sich. Als er schließlich im Freien stand, lehnte er sich erschöpft gegen die Mauer. Das Gespräch hatte ihm Übelkeit verursacht. Und mehr als das, er wußte jetzt, daß er die Bürde seines Wissens würde tragen müssen, ohne die wohltuende Zufriedenheit, zu wissen, daß er einen Sünder von seinem schweren Vergehen befreit hatte.

Er holte tief Luft, berührte dann seinen Kopf, seine Brust und seine Schultern, um sich zu bekreuzigen. Aber auch das konnte das Pochen in seinem Kopf nicht lindern.

Wulfric de Morthlund verließ die Kapelle erst, als ein Diener zu ihm hinunterkam, um ihn darüber zu informieren, daß Pater Simeon das Haus verlassen hatte. Dann aber eilte er mit schnellen Schritten hinauf in seine Gemächer, riß sich das härene Hemd vom Leib und warf es mit einem verachtungsvollen Schnauben quer durchs Zimmer.

»Und es gibt tatsächlich Männer, die diese hassenswerten Dinger aus eigenem Antrieb tragen«, knurrte er. »Diejenigen, die das tun, verdienen den immerwährenden Hohn aller anständigen menschlichen Wesen.«

»Selbst ein bescheidenes härenes Hemd hat seinen Platz im Großen Plan der Dinge«, rief Daniel ihm ins Gedächtnis, während er einen Umhang herbeibrachte, um die Blöße seines Herrn zu bedecken. »Hat es seinem Zweck gedient?«

»Natürlich hat es das getan. Hast du denn einen Augenblick geglaubt, mein Plan würde fehlschlagen?«

Daniel zuckte mit den Schultern und goß Wein in einen Kelch. »Dieser Simeon ist ein seltsamer Mensch. Diese Augen – sie erforschen einen Mann zu genau, sehen zu viel.«

»Unfug! Wenn es darauf ankommt, ist er genauso blind wie jeder andere. Und genauso unehrlich, auf seine eigene Art und Weise. Er sieht, was er sehen will, und sonst nichts.«

»Ihr habt ihn also überzeugt?«

»Er hat sich selbst überzeugt.« Der dicke Mann nahm den Weinkelch und leerte ihn hastig, gab ihn dann zurück, um ihn sich von neuem füllen zu lassen, ließ sich auf einem Sofa nieder und legte seine kalten Füße unter ein Kissen. »Wie viele Gläubige können der Möglichkeit widerstehen, daß Gott ihnen und nur ihnen allein eine bestimmte Aufgabe gestellt hat? Welcher Mann geht nicht vor Ehrfurcht in die Knie, wenn man ihm das Gefühl gibt, der Allmächtige selbst hätte ihn auserwählt? Ich habe diesen Narren davon überzeugt, daß Gott durch ihn mein Gewissen angerührt hat, und das war alles, was ich tun mußte, denn seine eigene Eitelkeit hat, ohne zu zögern, den Rest erledigt.«

»Ihr seid zu bescheiden«, erwiderte Daniel lächelnd. »Ich bin sicher, Ihr habt eine prachtvolle Vorstellung gegeben.«

Wulfric kicherte und nippte an seinem Wein. »Da bin ich auch sicher.«

Daniel, der genau wußte, was sein Herr nun brauchte, öffnete den schweren Umhang und strich eine cremige weiße Salbe auf die brennende Haut. Seine Finger waren entschlossen, aber sanft. Es waren geübte Finger, die ihr Werk gekonnt und zielstrebig verrichteten.

»Und jetzt?« fragte er.

Wulfric grinste und bewegte seine Schultern ein wenig, um sich den wohltuenden Liebkosungen von Daniels Händen entgegenzustrecken. »Und nun, mein liebster Freund, können wir uns wohl entspannen. Was immer dieser Wurm Steven zu Simeon sagt, könnte ebensogut ungesagt bleiben. Simeon hat meine Beichte gehört. Seine Lippen sind versiegelt.«

»Aber er hat Euch keine Absolution erteilt?«

»Natürlich hat er das nicht. Wie könnte er es auch für eine solche Sünde tun? Nichtsdestoweniger habe ich ihn dort, wo ich ihn haben wollte. Er darf jetzt kein Wort mehr gegen mich wiederholen, damit er nicht das heilige Gesetz des

Beichtstuhls verletzt. Ebensowenig darf er jemals versuchen, mich durch eine Anspielung, ein Zeichen oder eine versteckte Andeutung mit dem gebeichteten Verbrechen in Verbindung zu bringen. Es ist genauso ausgegangen, wie ich es beabsichtigt habe. Simeons Lippen sind versiegelt.«

Kapitel 18

Die Vesperglocken läuteten. Die Männer auf den Straßen trugen Laternen, und hier und da brannte ein Feuer, dort, wo die Heimatlosen sich versammelt und wegen der Kälte eng zusammengekauert hatten. Der Wind trug feine Schneeflocken herbei, und der Boden knirschte bereits; es würde eine frostklare Nacht werden. Mehrere Familien scharten sich um die Mauer der Schmiede und um die Häuser der Bäcker, wo sie sich vor Einbruch der Nacht einen Platz an den warmen Ofensteinen gesichert hatten.

Die Türen des Münsters mußten verschlossen werden, sobald es dunkel wurde. Nur die Kranken, die sehr alten, alle Mütter, die ihren Säuglingen noch die Brust gaben, und die Kinder erhielten dort Zuflucht, denn da halb Beverley heimatlos war und die Leute keinen Platz hatten, wo sie des Nachts ihr Haupt betten konnten, war der Schutz des Münsters sehr begehrt. Die Kirche konnte nicht mehr tun. Viele ihrer Priester waren ebenfalls heimatlos geworden und brauchten dringend ein wenig Ruhe. Wenn sie ihrer Herde beistehen und sie führen sollten, wie Gott es von ihnen verlangte, dann mußten sie an erster Stelle kommen.

Simeon stand in der kleinen Seitenkapelle im südöstlichen Querschiff, wo ein Dutzend Priester die Nacht verbringen wollte. Neben dem Altar lag eingehüllt in eine Altardecke der Leichnam Pater Bernards. Goldfäden und Stickerei glitzerten im Licht, und die Kerzen zu seinem Kopf und seinen Füßen brannten mit gelbem Flammen, die bei jeder noch so kleinen Bewegung der Luft tanzten und qualmten. Viele Leute würden Pater Bernard vermissen, denn die ihn kannten, hatten ihn sehr geliebt.

»Ihr habt nach mir geschickt, Pater Simeon?«

Er riß sich von seinem Gedanken los und sah den jungen Richard, den Schreiber des Vikars von St. Nicholas, hinter sich stehen. Sein Gesicht war bleich und müde unter dem säuberlich gestutzten braunen Bart, und der einfache Stoff seiner Kapuze hing schlaff und staubig auf seinen Schultern. Simeon schenkte ihm ein verständnisvolles Lächeln, und der junge Mann senkte sofort beschämt den Blick.

»Man ist allgemein der Auffassung, daß du keine Schuld an dieser Sache trägst«, erinnerte Simeon ihn. »Wenn dir das nicht reicht, mußt du eine feierliche Beichte ablegen und um Absolution für jede Sünde bitten, von der du fürchtest, daß du sie begangen hast.«

»Und wenn das auch nicht genug ist?« fragte der junge Mann mit stiller Leidenschaft. Dann hob er sein Gesicht, und Simeon sah, daß seine Augen von langem Weinen rot angeschwollen waren.

Er legte dem Jungen eine Hand auf die Schulter. »Wenn das auch nicht genug ist, mein Freund, dann begehst du einen viel schwereren Fehler. Glaubst du an einen verzeihenden Gott?«

»Natürlich tue ich das, Pater.«

»Nun denn, wenn Gott selbst so großzügig verzeiht, dürfen wir dann mit diesem Verzeihen hinterm Berg halten, auch wenn es um uns selbst geht?«

Richard sah den Priester fest an, während er diese Worte hörte, und versuchte, Trost aus ihnen zu schöpfen. Dann schluckte er mühsam, denn in den vergangenen Stunden hatte sich ein harter Klumpen in seiner Kehle gebildet, der sich nicht auflösen wollte und sich nicht weghusten ließ.

»Ich habe ihn geliebt«, sagte er, da ihm nicht einfiel, was er sonst hätte sagen können.

»Ich weiß. Das haben wir alle getan.«

»Und Gott weiß, daß ich es nicht wollte …«

Simeon hob eine Hand, um seinen Worten Einhalt zu

gebieten. »Jawohl, Gott weiß es, und wir wissen es auch. Es war eine unglückliche Fügung, aber immer noch besser, als ihn unentdeckt tagelang oder sogar wochenlang an diesem dunklen Ort liegenzulassen. Warum sonst hättest du dort hingehen wollen, Bruder Richard?«

»Warum sonst? Ich kann mir keinen anderen Grund denken, Pater. Ich hatte Angst, draußen vor der Kirche auf Plünderer zu treffen, und wollte mich auch nicht an Ort und Stelle erleichtern. Ich bin dort hingegangen, weil ich es mußte, das ist alles.«

»Dann hat vielleicht Gott in seiner uns überlegenen Weisheit genau gewußt, was er tat, als er dich dort hinführte«, meinte Simeon.

Richard riß die Augen auf, und ein kleiner Hoffnungsfunke glomm in ihren Tiefen auf. Seine Lippen bewegten sich, als wolle er etwas sagen, aber mehrere Sekunden lang kam kein Laut aus seinem Mund. Er nickte nachdenklich, runzelte die Stirn und nickte dann abermals; das Hin und Her seiner Gedanken spiegelte sich deutlich auf seinen Gesichtszügen.

»Natürlich hat er das getan«, erklärte er schließlich, und seine Erleichterung war unübersehbar. »Natürlich. Es war Gottes Wille. Er hat mich als sein Instrument benutzt.«

Simeon lächelte. »Und jetzt, da du die Wahrheit erkannt hast, bist du da bereit, deine Bürde tapfer zu tragen?«

»Ja, Pater, das bin ich.« Richard straffte die Schultern und versuchte noch einmal, sich zu räuspern. Diesmal schien der Klumpen nicht mehr gar so groß zu sein. Er sah in Simeons ruhige, freundliche Augen, und immer noch nickend wiederholte er: »Ja, das werde ich.«

»Ich bin froh, das zu hören. Und nun – bist du wohl so freundlich, mir zu zeigen, wo du Pater Bernard gefunden hast?«

Richards Gesicht bewölkte sich von neuem. Er blickte zu der spitzbogigen Tür in der Mauer des Querschiffs hinüber. »Da drin«, sagte er.

»Mir wäre es lieb, wenn du es mir zeigen könntest, Richard.«

»Muß ich, Pater?«

Simeon nickte. »Um deinetwillen wie auch um seinetwillen. Ich bitte dich nicht ohne Grund darum. Glaub mir, wenn ich dir sage, daß ich niemals an eine offene Wunde rühren würde, nur um meine Neugier zu befriedigen.«

Er zog eine halb niedergebrannte Kerze aus seinem Beutel und hielt sie über die Flamme, die zu Pater Bernards Füßen brannte. Die Flamme teilte sich, und Simeon nahm sich seinen Anteil. Das Feuer spritzte, als es sich langsam den Docht hinunterfraß, flackerte kurz auf und wurde dann wieder ruhig. Er schlug das Kreuzzeichen, und seine Gedanken waren ein unausgesprochenes Dankgebet für das kostbare Geschenk des Lichts. Diese eine Flamme konnte sich tausendmal teilen, um tausend weitere hungrige Dochte zu nähren, und dennoch würde sein eigener Anteil daran ihm übrigbleiben. Genauso war es mit der Flamme der göttlichen Liebe: Sie vermochte die Dunkelheit eines jeden Menschen zu erhellen, wenn er nur bereit war, ihm seine Kerze entgegenzustrecken.

Simeon schützte die Flamme mit seiner freien Hand und bedeutete Richard, vor ihm durch die Tür zu gehen, die zu dem Erkertürmchen führte. Der Junge trat tapfer über die niedrige Schwelle und stand schließlich in der Dunkelheit, dort, wo der alte Kanonikus zu Boden gefallen war.

»Ist hier noch alles genau so, wie es war?« fragte Simeon. »Denk genau nach, bevor du sprichst, Richard. Ich muß es wissen – ist hier noch alles *genau so*, wie es war?«

Richard nickte. »Ganz genau so. Pater Bernard hat direkt hier gelegen, mit dem Gesicht nach unten und mit dem Kopf zur Tür gedreht. Er sah so friedlich aus, wie er da lag, als wäre er über seinen Gebeten eingeschlafen. Er hatte die Hände immer noch unter dem Leib gefaltet und hielt den Rosenkranz fest in den Fingern.«

»Er war also beim Gebet gewesen?«

»Ich glaube ja.«

»Und der Stein, der ihn getötet hat?«

»Noch immer genau da, wo ich ihn zuerst gesehen habe.«

»Und der Kerzenstummel?«

»Liegt auch noch immer da, wo er vorher war.«

Simeon reichte Richard die brennende Kerze und ging in die Hocke. Eine Weile blieb er so sitzen, mit aneinander gelegten Händen und an die Lippen gepreßten Daumen. Dann stand er auf, ging zu den Treppenstufen hinüber, um den abgebrochenen Stein des Auftritts zu untersuchen, und betrachtete die frischen Abdrücke auf einer höheren Treppenstufe, wo jemand erst vor kurzer Zeit den Kerzenstummel hingestellt hatte.

»Reich mir das Licht«, sagte er, und als er die Kerze hatte, hielt er sie in die Dunkelheit über seinen Kopf. Dann ging er hinauf, verschwand in dem gewundenen Treppenhaus und drängte die Dunkelheit mit seiner flackernden Flamme zurück. Als er wieder hinunterkam, setzte er sich auf eine Treppenstufe über dem schmalen Fenster, und sein Gesicht zeigte in dem schwankenden Kerzenlicht ein reiches Mienenspiel. Richard, der weiter unter ihm stand, blickte zu ihm auf. Sein Gesicht wirkte in dem unsteten Licht so ausgezehrt und hohläugig, daß es einem Toten hätte gehören können. Simeon gab ihm die Kerze.

»Stell sie auf den Boden und zeig mir, wie Pater Bernard gelegen hat, als du ihn fandest«, sagte er.

»Es zeigen? Ihr meint …?«

Simeon nickte. Seine Stimme war leise und einschmeichelnd. »Ich möchte, daß du dich auf den Bauch legst und mir genau zeigst … *ganz genau*, wie er gelegen hat. Komm her, mein Junge, an der Sache ist nichts Gefährliches, kein Risiko, kein Sakrileg.«

»Aber warum …?«

»Richard, bitte tu, worum ich dich gebeten habe.«

Der junge Mann zögerte einen Augenblick, stellte dann die Kerze weg und streckte sich auf dem Boden aus. Dann brachte er seine Gliedmaßen vorsichtig in die richtige Position, wie er sie anhand der Kerze des toten Priesters, des Steins, der ihn getötet hatte, und des glitzernden Teichs von Urin, der seine Beine besudelt hatte, ausmachen konnte. Er schloß die Augen und hauchte ein Gebet. Sein Herz hämmerte. Er hätte sich nicht schlimmer fühlen können, hätte er im Sarg des Toten gelegen. Mehrere Minuten vergingen, während er reglos dalag und Simeon auf ihn hinunterblickte. Und ganz langsam dämmerte es ihm, daß Pater Simeon die Umstände, die den Tod des Kanonikus umgaben, in Zweifel zog. Er erhob sich ein kleines Stück, bis er die Augen des anderen sehen konnte.

»Ihr zweifelt?« fragte er und sah, wie die breiten Schultern sich hoben und senkten, während die klaren blauen Augen seinen Blick fest erwiderten.

»Ja, Richard, ich zweifle.«

»Aber es war ein Unfall, ein heruntergestürzter Stein.«

»Und von wo soll dieser Stein gekommen sein?«

»Vom Dach, von den oberen Treppenstufen«, erwiderte Richard entsetzt.

»Die Steine dort oben sind alle unversehrt. Er wurde von hinten niedergeschlagen, und der Stein, der ihn getötet hat, kam aus der Stufe direkt neben dir, dort, wo der Auftritt zerstört ist. Heb den Stein auf, der ihn getötet hat, Richard. Mach zu. Jetzt leg ihn wieder hin. Siehst du, wie genau er dort hinpaßt? Siehst du, wie sauber die Ränder dort sind, wo man das Stück aus seinem Bett gerissen hat?«

»Das ist dann also die Antwort«, meinte Richard erleichtert, aber immer noch ein wenig unsicher. »Ein einfacher Unfall. Der Auftritt ist heruntergestürzt.«

»Gestürzt? Betrachte die Entfernung, Richard. Fäll dein eigenes Urteil. Egal, ob er gestanden, gesessen oder auf dem Boden gekniet hat, es kann nicht die Hand des Schicksals gewesen sein, die Pater Bernard niedergestreckt hat. O ja, der Auftrittstein hat ihn getötet, daran kann kein Zweifel bestehen, aber er ist nicht heruntergefallen. Er wurde hochgehoben.«

»Hochgehoben?« Richard bekreuzigte sich hastig und blickte himmelwärts. *»Hochgehoben?«*

»Wie sonst hätte er Pater Bernard töten können? Diese abgebrochene Stufe ist weniger als vier Fuß vom Boden entfernt. Sie hätte ihm schlimmstenfalls auf die Zehen fallen können.« Er hielt inne, holte tief Luft und sprach schließlich weiter. »Und wie ist es möglich, daß die Kerze von hier, von ihrem Platz neben dem Fenster, wo man immer noch deutlich ihre Abdrücke sehen kann, bis in die hinterste Ecke des Raumes gefallen ist? Und wie kommt es, daß dieser schwere Auftritt, der den Schädel des alten Mannes zerschmettert hat, so weit entfernt von seinem Opfer gelegen hat? Ich sage es noch einmal, jemand hat den Auftritt hochgehoben, und Bernard, der beste aller Priester und der gütigste aller Menschen, wurde von hinten niedergeschlagen, und zwar von jemandem, der hier vor diesem Fenster gesessen hat.«

»Niedergeschlagen?« sagte Richard mit versagender Stimme. »Getötet? *Ermordet?*«

»Glaub es nicht einfach, nur weil ich es sage, Richard. Setz dich und sammle deine Gedanken. Geh die Fakten durch. Zieh alles in Erwägung, was du gesehen und gehört hast. Wenn du die Antwort gefunden hast, darfst du mich korrigieren, wenn du kannst. Sag mir, wie es anders möglich gewesen wäre.«

In der Stille, die folgte, schloß Simeon die Augen und sah vor seinem inneren Auge den freundlichen alten Kanonikus auf der Treppenstufe sitzen. Jemand mochte ihn zu seinem eigenen Schutz hier hineingedrängt haben, während der Sturm seinen Höhepunkt erreichte; vielleicht war es sogar ein Freund gewesen. Er hätte im Angesicht der schrecklichen Gefahr ein Gebet gesprochen. Er hätte den Kopf gesenkt und die Hände gefaltet, ein zerbrechlicher alter Mann, der niemandem Böses unterstellte, während hinter ihm ein Mörder wartete.

Simeon schauderte und riß die Augen auf. Männer töteten aus Leidenschaft, gleichgültig, ob diese Leidenschaft Haß oder Furcht war, Rachsucht oder Eifersucht. Oder sie töteten aus Gier. Pater Bernard war ein einfacher und frommer Mann gewesen, der kaum solch starke Gefühle in anderen zu wecken vermochte. Und wer würde einen Nutzen davon haben, jemanden zu töten, der so wenig irdischen Besitz sein eigen nennen konnte? Er hatte keine Reichtümer angehäuft, hatte sich keine Feinde gemacht, keine Frauen gekannt, keinen Bettler von seiner Tür abgewiesen. Er war im irdischen Sinn ein armer Mann gewesen.

»Leidenschaft oder Gier«, sagte Simeon laut, und seine Worte rissen Richard aus seiner Tagträumerei heraus.

»Ich fürchte, Ihr habt recht, Pater Simeon«, sagte er mit stockender Stimme. »Es kann kein Unfall gewesen sein, es sei denn, der Stein wäre nach oben gefallen, und die Kerze hätte sich selbst bewegt.«

»Barmherziger Gott«, murmelte Simeon und bekreuzigte sich. »Wer würde den armen Bernard töten wollen? Ich sehe kein Motiv für dieses Verbrechen. Ist mir irgend etwas entgangen, Richard? Laß ich mich von seiner Güte blenden, so daß ich die Wahrheit nicht sehe? War da irgend etwas in ihm, das in anderen Menschen Haß wecken konnte, irgend etwas, das mir einfach nicht aufgefallen ist?«

»Nein!« sagte Richard fest und schüttelte den Kopf. »Pater Bernard war ein guter Mensch. Ein *guter Mensch«*.«

»Und die Menschen sind immer neidisch auf die Güte, die sie bei den anderen entdecken, aber wie viele würde das so sehr erzürnen, um ihn dafür zu töten?«

Wieder schüttelte der junge Mann den Kopf.

»Er hat alle Menschen geliebt wie sich selbst, sogar die Bettler und die in Lumpen gehüllten Kinder. Und es gab nur eins, was er fast so sehr liebte wie seinen Gott. Seine Kirche.«

Simeon spürte, wie seine Kopfhaut zu kribbeln begann. »Seine Kirche?«

»Jawohl, seine Kirche. St. Martin liegt jetzt in Schutt und Asche, aber er war dort immer noch der Kanonikus. Er hätte um den Verlust geweint und die Kirche dann wieder aufgebaut, Stein für Stein. Und die Menschen hätten ihn nur um so mehr dafür geliebt.«

»Natürlich! St. Martin!« Simeon schnippte mit den Fingern, und das Geräusch hallte von den Steinen wider. »Die Leidenschaft, die diesem Verbrechen zugrunde lag, war Neid, und das Motiv Gier. Er wurde wegen der Pfründe von St. Martin getötet.«

»Pater, wenn das so ist, dann muß sein eigener Vikar, der Mann, der ihm näherstand als irgend jemand sonst, der erste sein, auf den der Verdacht fällt. Nein, nein, lieber von der

Hand eines Fremden sterben, als von einem Mitbruder getötet werden, dem man vertraut hat.«

»Warum sollte ein Fremder ihm etwas zuleide tun?« fragte Simeon.

»Ja, warum? Aber ein *Priester*!«

»Sein eigener Vikar«, stimmte Simeon ihm zu, und seine Stimme war zu einem Flüstern herabgesunken.

Es war Richard, der den Namen aussprach. »Cyrus de Figham.«

Wir brauchen den Erzbischof hier. Jemand ist bei Sonnenaufgang losgeritten, um ihn zu holen, aber der Himmel weiß, wann er hierherkommen wird, falls er *überhaupt* kommt.«

»Er wird kommen, Simeon.«

»Ja, falls König Heinrich ihm die Erlaubnis erteilt.«

»Er wird kommen«, bekräftigte der alte Cuthbert noch einmal.

»Er muß. Wir brauchen ihn dringend. Der Erzbischof sollte in dieser Situation hier sein.«

Simeon war aus dem kleinen Turm in die Seitenkapelle getreten, wo sein Kanonikus auf ihn gewartet hatte. Er hatte den Jungen Geheimhaltung schwören lassen, und Richard, der niedergekniet war, um Simeons Finger zu küssen und seinen Segen zu erbitten, hatte versprochen, ihm treu und ohne Frage zu dienen.

Nun ging Simcon rastlos wic cin Ticr auf und ab, unfähig, seinem müden Körper Ruhe zu gönnen, denn seine Gedanken waren unruhig und aufgewühlt. Die winzige Seitenkapelle war kaum groß genug, um seinen inneren Aufruhr zu beherbergen. Er schien zu groß für den kleinen Raum zu sein, so als müßten die Mauern aus ihren Grundfesten heraustreten, um ihm Platz zu schaffen.

Das Licht verblaßte nun immer schneller, riß die Schatten aus ihren Winkeln und Ecken heraus und zog sie in die Länge, bis sie Gespenstern gleich über die Wände huschten. Eine Krähe breitete die Flügel aus und trat aus ihrem Versteck im Dachgewölbe hervor. Mit trägem Flügelschlag flog sie durch den Chor und verschwand jenseits der skeletthaften Überreste des großen Ostfensters in der Dunkelheit. Ihr Flug durch die Kirche war wie ein düsteres Omen.

»Wir brauchen den Erzbischof«, wiederholte Simeon.

Cuthbert nickte noch einmal zustimmend, und sein Kinn rieb dabei sanft über die schlichte Bronzeschließe auf seiner Brust. Er hatte gedöst, als Simeon in die Kapelle getreten war, bereit, die lange Nachtwache am Totenbett seines Freundes anzutreten. Er hatte sich mittlerweile angewöhnt, den Schlaf, den er benötigte, in handlichen Portionen von den endlosen Stunden des Tages abzuteilen. Vor allem die Nächte waren jetzt länger. Er verbrachte sie auf dem Bett liegend, bald schlafend, bald wachend, und sein Körper schmerzte – sein Geist verschwamm vor Müdigkeit. In den Nächten überfielen ihn seine Zweifel doppelt schwer und stellten seine Angst vor dem Tod mit Visionen von einem Jenseits auf die Probe, die zu schrecklich waren, als daß irgendeine christliche Seele sich ihnen hätte aussetzen wollen. Manchmal scheute er sein einsames Bett und saß lange Nachtstunden auf dem harten Stein seines Chorstuhls, auch wenn seine alten Gelenke kalt und steif wurden. Aber die Stimmen der Chorpriester gaben ihm Trost, und ihr Glaube gab seinem eigenen Halt, wenn dieser ins Wanken geriet. Es kümmerte ihn nicht, daß sie ihn für seine Verschrobenheit belächelten, und er glaubte, daß niemand, bis vielleicht auf seinen geliebten Simeon, erriet, daß er Angst davor hatte, ganz allein zu sterben.

Als sich der Vespergottesdienst seinem Ende näherte, begannen die im Münster versammelten Priester, ans Abendessen zu denken. Die Luft des späten Nachmittags trug einen qualvoll verlockenden Duft von allerlei Köstlichkeiten zu ihnen herüber. Auf jedem Lagerfeuer in den Straßen wurde Fleisch oder Fisch gebraten. Jede Gelegenheit wurde beim Schopf ergriffen. Die Leute hatten Katzen und Hunde in selbstgebauten Fallen gefangen, gehäutet und auf Spießen über die Flammen gehalten. Tiere, die frei herumstreunten oder halbtot im Schlamm steckten, wurden zerlegt und jeweils mehreren Familien zugeteilt. Schweine wurden ihren Besitzern, Geflügel aus ihren Käfigen gestohlen. Die Armen und Heimatlosen verschmähten nicht einmal die aufgeschwemmten Leiber ertrunkener Tiere, über die auch schon die Hunde hergefallen waren, sondern zerlegten und kochten sie noch an Ort und Stelle.

»Ich muß schlafen«, sagte Simeon endlich, als wäre ihm der Gedanke gerade jetzt erst gekommen. Plötzlich hielt er mit seinem Auf und Ab inne und ließ die Schultern sinken. »Barmherziger Gott, ich bin unerträglich müde. Ich brauche Schlaf.«

»Werdet Ihr zu St. Peter hinübergehen?« erkundigte Richard sich eifrig, und als Simeon nickte, fügte er hinzu: »Darf ich mit Euch kommen?«

»Wenn du willst.« Dann drehte er sich zu dem alten Mann um. »Pater Cuthbert? Kommt Ihr auch mit?«

Der alte Mann hob die Hand zu einer müden Geste. Seine Hand war schlank und mit dicken, blauen Adern durchzogen, die Finger knochig und die Nägel gelb. Die Haut war sehr dünn und im Licht der Kerzen beinahe durchsichtig. »Ich bleibe hier, mein Sohn. Geht ohne mich; ich werde nicht allein sein.«

»Und Ihr schickt mir eine Nachricht, sobald der Erzbischof ankommt?«

»Es ist zu früh, um schon mit ihm zu rechnen, es sei denn, unsere Reiter hätten ihn bereits unterwegs getroffen.«

»Aber falls er kommt.«

»Dann werde ich nach Euch schicken, mein Junge.«

»Und wenn ich aus einem anderen Grund gebraucht werde?«

»Dann werde ich nach Euch schicken, Simeon«, wiederholte der alte Mann. »Aber jetzt geht und schlaft etwas. Ich fürchte, morgen wird es nicht weniger anstrengend für Euch werden als heute. Ihr braucht Eure Kraft. Wir *alle* brauchen sie.«

Simeon berührte den alten Mann an der Schulter und flüsterte: »Gottes Friede sei mit Euch.«

»Und mit Euch, Simeon.«

Sie ließen den alten Kanonikus an dem von Kerzen

erleuchteten Altar zurück; das Kinn war ihm bereits wieder auf die Brust gesunken, und die gebrechlichen Hände lagen zum Gebet gefaltet auf seinem Schoß.

»Ihr habt ihm nichts gesagt«, meldete Richard sich zu Wort, als sie die Kirche verlassen hatten und sich ihren Weg durch die Menge bahnten, die sich auf dem Kirchhof des Münsters versammelt hatte. »Ihr habt ihm nicht gesagt, was wir herausgefunden haben ...«

Simeon sah ihn scharf an. »Keine unvorsichtigen Worte«, warnte er. Im Weitergehen lächelte er den Menschen zu, die ihn um seinen Segen baten, schlug das Kreuzzeichen und murmelte: »Gott sei mit Euch« oder »Gehet hin in Frieden«.

»Sollte man ihn nicht darüber informieren?« beharrte Richard. »Sollten nicht alle Kanoniker ohne Verzögerung darüber informiert werden?«

»Zu welchem Zweck?« fragte Simeon zurück. »Damit sie in ihren Betten zittern und Angst haben, einander den Rücken zuzukehren, damit sie nicht auch von hinten niedergeschlagen werden?«

»Aber man müßte sie doch warnen?«

»Vor was? Vor wem? Dein Wort und meines, Richard, das ist alles, was wir haben. Sonst nichts. Keinen Beweis, keine Zeugen, nur dein Wort und meines gegen die bequeme Annahme, daß Pater Bernard bei einem tragischen Unfall gestorben ist.«

»Aber die *Kirche*«, drängte Richard. »Ihr habt selbst gesagt, daß die Kirche neu geweiht werden müßte, und trotzdem gehen die Gottesdienste dort weiter, als hätte es nie ein Verbrechen gegeben. Man liest dort die Messe. *Man liest dort die Messe.*«

»Ich weiß, ich weiß.«

»Aber was sollen wir denn tun?«

Simeon blieb stehen und streckte die Hand aus, um den jungen Mann an der Schulter zu fassen. Dann schüttelte er ihn ein wenig, um ihn endlich zu Vernunft zu bringen.

»Wir warten auf den Erzbischof«, sagte er. »Ich kann nichts tun, bevor er nicht hier ist. Wenn wir von unseren Zweifeln sprechen, dann werden wir die Konsequenzen unseres Tuns nicht mehr beherrschen können. Willst du vielleicht einen Mann ohne gerechte Verhandlung verdammen? Möchtest du die Kirche in dieser Zeit größter Not schließen?«

»Dann tun wir also gar nichts?« entgegnete Richard mit ausdrucksloser Stimme. »Wir wissen, daß Pater Bernard ermordet wurde, und wir tun *nichts* ?«

»Mir sind die Hände gebunden, Richard. Ich habe nicht die Autorität, um das Heilige Sakrament zurückzuhalten und das Münster von St. John für entweiht zu erklären. Und selbst wenn ich diese Autorität hätte … den Altar zu räumen und die Gottesdienste in einer Zeit einzustellen, da die Stadt in Trümmern liegt und die Menschen auf uns angewiesen sind …« Er ließ die Hände sinken und schüttelte den Kopf. »Was kann ich tun? Mir sind die Hände gebunden.«

»Also werden wir schweigen, bis wir mit dem Erzbischof persönlich sprechen können. Wir werden einfach warten.« Richard hatte begriffen und stimmte Simeons Plänen nun zu.

Simeon wandte den Kopf ab und blickte zu St. Peter hinüber.

»Wir warten«, sagte er, »und mit Gottes Hilfe werden wir jetzt ein wenig schlafen.«

Kapitel 19

Das Skriptorium war warm und einheimelnd, seine Dunkelheit gemildert durch das sanfte Glühen eines knisternden Feuers. Holzrauch schlängelte sich bis zum Dach hinauf, wo er einem dunkelblauen Nebel gleich unter den schweren Eichenbalken schwebte. Auf dieser Seite des Raumes, wo das Dach zu einem Schlafsaal gemacht worden war, hatte man Vorhänge aufgehängt, um den zu Besuch gekommenen Nonnen ein wenig Abgeschiedenheit zu gewähren. Ihre Stimmen klangen süß und wie aus weiter Ferne, als sie beim Untergang der Sonne ihren Gott priesen. Auf dem Boden lagen frische Strohhaufen, um müden Leibern als weiche Betten und Sitzplätze zu dienen. Überall im Raum brannten Fackeln, die in kräftigen Haltern in Bodenhöhe angebracht waren, damit kein Feuer ausbrechen konnte. Ihre flackernden Flammen machten die Schatten der Menschen zu Ungeheuern und ließen sie einen grotesken Tanz aufführen.

Ein plötzliches Klopfen an der Tür brachte das leise Summen der Gespräche und Gebete zum Schweigen. Osric, der Hospizbruder, setzte seinen Teller ab und ging quer durchs Zimmer, um zu überprüfen, ob der schwere Balken auch wirklich fest in seinen eisernen Halterungen über der Tür ruhte. Dann nahm er sein Messer heraus und schlug mit dem Griff zweimal gegen das Holz. Das Antwortsignal ließ seinen grimmigen Gesichtsausdruck verschwinden, und ein Lächeln hellte seine Züge. Er warf den Balken zur Seite und riß die Tür weit auf.

»Willkommen, mein Freund. Willkommen.«

Als Simeon durch die niedrige Tür trat und sich von seinem Freund umarmen ließ, fing er einen Blick aus Elviras dunklen Augen auf, die auf einem niedrigen Hocker neben dem Feuer gesessen hatte. Bei seinem Eintritt war sie aufgesprungen, hatte sich jedoch schnell wieder unter Kontrolle und begrüßte den Priester mit einem Knicks und einem kleinen, verlegenen Lächeln. Er hatte das kurze Glück auf ihrem Gesicht gesehen und erraten, daß sie schon seit Stunden die Tür beobachtet hatte, in der Hoffnung, daß er endlich dort erscheinen möge. Er war weder glücklich noch erleichtert, sie zu sehen, denn seine Müdigkeit machte ihm solche Gefühle unmöglich. Was ihm jedoch auffiel, war der unerschütterliche Eindruck, diese Frau sein ganzes Leben lang gekannt zu haben, das Gefühl, daß sie nie eine Fremde für ihn gewesen war. Sie forschte in seinem Gesicht und konnte vielleicht seine Gedanken lesen, denn ihr Lächeln wurde breiter; sie ließ den Blick sinken, und er sah, wie eine plötzliche Röte ihre Wangen überflutete.

Simeon öffnete seinen schweren Umhang und ließ ihn von seinen Schultern in Osrics wartende Hände gleiten.

»Der Junge – wie geht es dem Jungen?«

»Er ist zufrieden«, erwiderte der Hospizbruder. »Die Frau namens Elvira sorgt sich um ihn, als wäre er ihr eigenes Kind.«

»Und die andere? Das jüngere Mädchen? Hat sie sich doch als unpassend erwiesen nach all dem Schachern von de Morthlund und de Figham?«

»Wer weiß?« Osric machte ein finsteres Gesicht und senkte die Stimme, damit niemand seine Worte hören konnte. »Sie hat das Kloster von St. Anne nie erreicht. Ein Gerücht besagt, der Dachdecker sei angegriffen und das Mädchen von Soldaten weggeschleppt worden. Ein anderes besagt, ihr Vater habe sie für ein Säckel voller Gold weiterverkauft und sei dann aus der Gegend geflohen, bevor die Priester ihn für seinen Schwindel bestrafen konnten. Welche Geschichte stimmt, kann ich nicht sagen, aber das Mädchen ist nicht wieder gesehen worden, seitdem sie mit ihrem Vater das Pfründnerhaus verlassen hat.«

»Auf diese Weise gewinnen also alle an dem Geschäft«, murmelte Simeon. »Cyrus de Figham bekommt sein Stück Land, mit dem er sich die Gunst des Erzbischofs erkaufen kann, Ulred, der Dachdecker, bekommt sein Säckel Gold, und das Mädchen gerät nicht in die lüsternen Fänge Wulfrics.«

»Ja, obwohl ich bezweifle, daß es ihr dort, wo sie jetzt ist, viel besser geht.«

Simeon schüttelte traurig den Kopf. »Vielleicht hat der Dachdecker nie die Absicht gehabt, seine Seite des Handels einzuhalten«, meinte er. »Ich mochte ihn nicht besonders und vertraute ihm noch weniger, aber ich hatte doch gehofft, dem Mädchen den Schutz der Kirche verschaffen zu können. Den hätte sie weiß Gott gebraucht.«

»Seht Euch nur an. Halbtot und hohläugig, so lange habt Ihr nicht geschlafen. Kommt herein und begrüßt Euren Patensohn. Ich bringe Euch etwas zu essen und sorge dafür, daß Ihr bald ins Bett kommt.«

»Und tut bitte das gleiche für meinen jungen Freund Richard, der mir gute Dienste geleistet hat.«

»Ja, wirklich?« Osric richtete seinen finsteren Blick auf den jungen Mann, grinste dann und schlug ihm gutgelaunt auf die Schulter. »Dann freuen wir uns außerordentlich, dich bei uns zu haben, Junge. Woher kommst du?«

»Von St. Nicholas.«

»Ah, Thoralds Mann.«

»Ja, das stimmt. Mein Zuhause ist in Weel, aber ich habe die letzten sechs Monate bei der Kirche verbracht.«

»Und jetzt bist du bei uns. Komm, iß dich satt und such dir einen Platz, an den du dein Haupt betten kannst.«

Während er den jungen Mann ans Feuer führte, wo das Fleisch in einem großen Topf vor sich hin köchelte, ließ Osric seinen Freund Simeon keine Sekunde aus den Augen. Der Priester bot jenen, die die Gastfreundschaft des Skriptoriums mit ihm teilten, Worte des Trostes. Männer berührten seine Hände, und Frauen versuchten, ein Stückchen von seinem Umhang oder seinem Ärmel zu erhaschen, und jene, die ihn kannten, blickten auf seinen Fuß und bekreuzigten sich angesichts des Wunders seiner Heilung.

Elvira spürte, wie die feurige Röte in ihre Wangen zurückkehrte, als Simeon auf sie zukam. Sie beugte sich herab, um das schlafende Kind aus seinem Bett zu heben und es Simeon sanft in die Arme zu legen. Sie sah zu ihm auf und senkte den Blick dann schnell wieder, damit er ihre Gedanken nicht allzu deutlich lesen konnte. Er sah erschöpft aus, und sie sehnte sich geradezu schmerzlich danach, seinen Kopf auf ihre Brust zu betten und ihn in den Armen zu halten, während er schlief, aber sie war sich nicht sicher, ob sie wollte, daß er dies erführe.

Simeon senkte den Kopf über das Kind und sog den süßen, sauberen Duft des Säuglings tief ein. So blieb er einen Augenblick lang stehen, um die stille Erleichterung ihres Wiedersehens ganz auszukosten. Selbst die Müdigkeit konnte diesen Gefühlen ihre Intensität nicht nehmen. Er drückte seine Lippen auf die kleine Stirn, und über der kleinen Pelzdecke, in die das Kind gehüllt war, begegneten seine Augen denen Elviras.

»Gott hat seine schützende Hand über Euch gehalten«, flüsterte sie.

»Ja, das hat er getan.«

»Ich habe für Euch gebetet.«

Er lächelte. »Dann stehe ich also wieder einmal in deiner Schuld, Elvira.«

Simeon betrachtete seinen kleinen Patensohn, der friedlich in seinem Arm schlief, und spürte, wie eine warme Woge der Liebe seine Sinne überspülte. Dann reichte er Elvira das Bündel zurück und nahm einen großen silbernen Teller entgegen, auf dem sich sein Abendessen befand. Der Hunger krampfte seinen leeren Magen zusammen, als er die gerösteten, mit einer goldenen Soße überzogenen Wildvögel betrachtete, die Nüsse und die Früchte, das frische Brot, den harten, kräftigen Käse und den randvoll mit Bier gefüllten Krug.

»Simeon? Pater Simeon?«

Er hörte ihre Stimme wie aus weiter Ferne. Sein Blick war über das Essen hinaus zu der hölzernen Bank am anderen Ende des Raumes gewandert, wo Osric bereits seinen Umhang ausgebreitet hatte. Der weiche Pelz sollte seine Matratze sein, die mit Eichhörnchenfell gefütterte Kapuze sein Kissen. Die Erschöpfung, gegen die er so lange angekämpft hatte, überfiel ihn plötzlich und mit solcher Macht, daß er an nichts anderes mehr denken konnte. Er sah nichts mehr, hörte nichts mehr, konnte nichts mehr sagen, denn jede Faser seines Körpers verlangte danach, diese Bank zu erreichen. Ohne ein Wort und ohne einen Blick gab er den Teller zurück, ohne das Essen darauf berührt zu haben, und ging blind auf die andere Seite des Raumes. Als er bei seinem Bett angekommen war, ließ er sich mit dem Gesicht nach unten darauf fallen und bewegte keinen Muskel mehr, nachdem sein Körper den vertrauten Trost seines Umhangs gespürt hatte. Er schlief augenblicklich ein und merkte nichts mehr von den liebevollen Händen, die den warmen Umhang um ihn herumzogen und ihn ganz sanft und zart auf der Stirn berührten.

Osric, der neben der Feuerstelle saß, gab sich mit zusammengezogenen Brauen seinen düsteren Gedanken hin. Die Frau war nur allzu durchsichtig. Ihre Gefühle für den Priester waren für jeden sichtbar, denn ihr ermangelte es an den

Künsten, die notwendig waren, um sie zu verbergen. Was ihm aber wirklich Kummer bereitete, war Simeons Reaktion, das Weicherwerden seiner Gesichtszüge, als er sie erblickte, die zärtliche Art, wie er ihr in die Augen sah. Die Frau war von einer stillen Schönheit, und der Priester war verletzlich. Mit fleischlicher Begierde hätte er fertigwerden können, denn bevor er seinen freiwilligen Keuschheitsschwur ablegte, hatte er es gelernt, diese besondere Gefahr im Zaum zu halten. Und er würde erst recht nicht die Sünde begehen, den Verlockungen der Frau eines anderen Mannes zum Opfer zu fallen. Nicht Lust, sondern *Liebe* würde Simeons Stolperstein sein. Wenn ein solcher Mann sein Herz verlor, würden die Schutzwälle, die er um sich herum aufgebaut hatte, nach und nach zerfallen, bis keiner mehr übrig war.

»Und was wird dann aus Euren feierlichen Schwüren, mein Freund?« fragte Osric die schlafende Gestalt auf der Bank. »Was wird dann aus Euren Schwüren?«

Der Mönch Antony wurde in das Pfründnerhaus in der Moorgate eingelassen und direkt in einen der unteren Räume geführt, der mit prachtvollen Wandbehängen und kostbaren Stickereien ausstaffiert war. Ein kunstvoll geschnitzter Tisch beherrschte das Zimmer; sechs hochlehnige Stühle standen auf jeder Seite, und zwei große Armsessel mit reichen Schnitzereien und weichen Kissen standen wie Throne am Kopf- und Fußende. Schwere Vorhänge mit Seidenfransen hingen vor den Fenstern und hielten die Winterwinde in Schach. Die Wände waren mit kostbaren Tüchern verhängt, und vor jeder Tür waren bodenlange Ledervorhänge angebracht. Dies war der Raum, in dem die Kanoniker oft zusammentrafen, der Raum, in den Wulfric de Morthlund zu religiösen Debatten einlud oder seinen Freunden einen frisch importierten Wein anbot. Dies war der Ort, an dem der dicke Mann seine raffinierten Pläne schmiedete, der Ort, an dem er seine Vorgesetzten einlullte und seinem Willen gefügig machte. Hier wurde er zum gebildeten Priester, zum großzügigen und treu ergebenen Mann Gottes.

Verführt von gutem Essen, kostbarem Wein und guten Gesprächen ließen sich unschuldige, aufrichtige Männer der Kirche bestechen und vertrauten auf die Freundschaft de Morthlunds.

Antony ging zu einer schweren Truhe am anderen Ende des Raumes hinüber, auf der ein prächtiger Kandelaber stand. Er war aus Gold gegossen, hatte zwölf geschwungene Arme und einen gestuften, mit Heiligenfiguren besetzten Sockel. Die Kerzen waren alle entzündet, und der Kandelaber verströmte mit seinem hundertfach flackernden Widerschein ein feuriges Licht. Antony streckte die Hand aus, um das kostbare Metall zu berühren, spürte seine Wärme und die Kraft unter seinen Fingern. Dieses Metall hatte die Macht, an die Seele der Menschen zu rühren. Es war ein schönes und ein gefährliches Ding.

»Bruder Antony.«

Er blickte auf, während seine Hand immer noch auf dem Gold lag. Sein Gesicht war so ruhig wie immer.

»Gottes Segen sei mit Euch, Bruder Wulfric. Wie kann ich Euch helfen?«

Wulfric de Morthlund hatte einen der Ledervorhänge zurückgeworfen und füllte nun den ganzen Eingang mit seiner massigen Gestalt aus. Er war einfach gekleidet, in eine schlichte weiße Soutane mit einer simplen Kapuze. Er hatte gesehen, wie der Mönch seine Finger über den Kandelaber gleiten ließ und glaubte, in ihm einen Mann vor sich zu haben, den es nach Wohlstand gelüstete, denn Wulfric konnte sich nicht vorstellen, daß irgend jemand einen kostbaren Gegenstand für seine Schönheit bewundern und sich nicht danach verzehren würde, ihn zu besitzen.

»Dies sind schwere Zeiten für Beverley, mein Freund«, sagte er, während er in das Zimmer trat. »Ich höre, daß die Zahl der Verletzen um Hunderte größer ist als die der Toten.«

Antony nickte grimmig. »Und die Zahl der Heimatlosen übersteigt beide um viele Tausende. Mindestens zwei Drittel der Menschen unserer Stadt leiden Not, während das andere Drittel ...« Er ließ den Satz unbeendet in der Luft hängen, während er das Gesicht des dicken Mannes beobachtete. Er zog es vor, das Vergehen nicht auszusprechen, sondern der Phantasie des anderen zu überlassen.

Wulfric ließ seinen Blick über den Mönch gleiten, betrachtete die rauhe Wollkutte mit ihren vielen Flecken, die schmutzigen Sandalen und den fadenscheinigen Umhang. Auch er hatte es gelernt, sich ohne Zuhilfenahme von Worten auszudrücken.

»Ihr enttäuscht mich, Antony von Flandern«, sagte er endlich. »Ihr Wandermönche wählt freiwillig ein Leben voller Härte und Armut und verachtet dann all die, die es vorziehen, eurem Beispiel nicht zu folgen. Was für eine engstirnige Einstellung!«

»Und Ihr mißversteht mich, Herr. Ich verachte keinen Mann außer dem, der auf Kosten anderer lebt. Die Überbleibsel von Eurem Abendbrottisch würden einen Menschen aus den Fängen des Hungertodes befreien. Die prachtvollen Stoffe hier, die keinem anderen Zweck dienen als dem, die Wände zu schmücken, würden anderswo die Kälte des Todes fernhalten, dort, wo die Menschen weder Nahrung noch Wärme haben, noch ein Dach über dem Kopf. Dieser goldene Kandelaber allein würde genug einbringen, um hundert Menschenleben zu retten.«

»Und was dann?« fragte de Morthlund sanft. »Ihr sagt, daß wir, die vom Schicksal Begünstigten, unsere Türen den Notleidenden öffnen, unsere Schatztruhen leeren, unser Gold verkaufen, unsere Vorräte verteilen und das Los des Pöbels teilen sollen, und ich sage: *Wozu?* Damit noch mehr kommen und noch mehr und immer noch mehr? Damit sie wie Kanalratten über alles Schöne herfallen, bis nichts mehr davon übrig ist und kein Mensch mehr besser ist als sie selbst?«

»Und sollten jene, die ebenfalls nach Gottes Abbild geschaffen sind, aus Mangel an Brot sterben müssen?«

»Denn Arme habt ihr allezeit bei euch …«, zitierte Wulfric selbstgefällig.

»Und deshalb muß man für sie sorgen«, konterte Antony. »Eine Brotkruste ist heute nicht genug, und wir können uns unserer menschlichen Verpflichtungen auch nicht mit der kurzen Beruhigung unseres Gewissens in einem einzigen Augenblick der Großzügigkeit entledigen. Unser Herr wurde nicht für einige wenige Privilegierte am Kreuz getötet, sondern *für alle Menschen*. Ja, wirklich, Arme hat es allezeit bei uns gegeben, ebenso, wie wir immer für sie verantwortlich waren.«

»Wir sind nicht Jesus«, lächelte de Morthlund. »Wir können keine zerstörte Stadt mit fünf Laib Brot und einer Schnur Fische satt bekommen.«

»Das könnten wir durchaus, wenn andere unserem Beispiel folgen würden.«

»Und damit habt ihr die Sache auf den Punkt gebracht«, sagte Wulfric mit einem zufriedenen Grinsen. »Sagt mir, Antony of Flanders, wo sind sie, die *Eurem* Beispiel folgen? Wo sind die, die ihre wenige Habe der Euren hinzufügen, bis die Massen versorgt sind? Mir scheint doch, mein Freund, daß Ihr, wenn Ihr Euer Brot den Notleidenden gebt, lediglich entscheidet, an ihrer Stelle zu hungern. Ihr habt die Rollen getauscht, aber das Gleichgewicht bleibt immer erhalten.«

»Einem Mann wie Euch würden sie folgen«, bemerkte Antony. »Gebt nur einen Bruchteil Eures Wohlstands an jene, die Not leiden, speist die Hungrigen von Eurem eigenen Tisch, kleidet die Nackten, und jeder Priester, der auch nur einen Funken Ehre im Leib hat, wird Eurem Beispiel folgen.«

Wulfrics Lachen war bitter. »Ich beneide Euch um Euren Glauben an andere Mitmenschen. In Wahrheit würden eben diese Priester mich hinter meinem Rücken auslachen und für meinen hastigen Abstieg in die Armut beten.«

»Und das rechtfertigt Eure Untätigkeit?«

Wulfric zuckte mit seinen gewaltigen Schultern, wurde jedoch von einem Tumult in der Eingangshalle davon abgehalten, eine Antwort zu geben. Man hörte ein lautes Krachen und das Geräusch zerbrechenden Glases, gefolgt von mehreren Stimmen, die um Hilfe riefen. Der Mönch und der Priester eilten gemeinsam hinaus und fanden in der großen Halle Cyrus de Figham zusammengebrochen auf dem

Boden, umgeben von einer lärmenden Schar niederer Geistlicher und Diener.

»Tretet zurück«, blaffte de Morthlund. »Laßt dem Mann doch wenigstens genug Platz zum Atmen. Und warum ist er überhaupt noch hier? Ich habe angeordnet, daß man ihm ein eigenes Zimmer zuweist und ihm Zeit gibt, sich auszuruhen, bis er sich von seiner harten Arbeit erholt hat. Der Mann ist vollkommen erschöpft.«

Antony ließ sich auf die Knie sinken und bewegte seine Hände flink über das Gesicht und die Brust des am Boden liegenden Mannes. Er stellte fest, daß die Haut kühl und trocken war und der Herzschlag kräftig, und als er eines der geschlossenen Lider anhob, erblickte er darunter ein gesundes Auge, das lediglich ein wenig gerötet war von Müdigkeit und Steinstaub. In der Überzeugung, daß der Priester bei Bewußtsein war und genau wußte, was er tat, lehnte Antony sich zurück.

»Die Börse ... für den Mönch ... für Antony ... die Börse ...«

Auf Wulfric de Morthlunds Anweisung hin wurde der zusammengebrochene Mann hochgehoben und zur Haupttreppe getragen, über die man in die oberen Räume gelangte. Einer der Männer wurde beauftragt, die Scherben vom Boden zu entfernen, ein anderer sollte zum Hospital des Münsters laufen und dort frische Kräuter und ein Schlafmittel holen. Antony hielt sich im Hintergrund; er kannte die menschliche Natur gut genug, um zu vermuten, daß diese Vorstellung eigens für ihn inszeniert worden war.

Als der dicke Mann seinem Gast endlich wieder seine volle Aufmerksamkeit zuwandte, hatte er zwei randvolle, mit Juwelen besetzte Weinkelche bei sich, von denen er einen dem Mönch anbot. Antony fuhr sich mit der Zunge über die Lippen, lehnte das Angebot jedoch mit einer Geste des Danks ab. Er trank seinen Wein genauso gern wie jeder andere, aber er zog es vor, im Umgang mit diesem schwer durchschaubaren Priester einen klaren Kopf und einen scharfen Verstand zu behalten.

Wulfric de Morthlund stellte den Kelch beiseite und betrachtete seinen Besucher, während er bedächtig an seinem eigenen Wein nippte. Der Mönch ließ sich von seinem Blick nicht im geringsten aus der Ruhe bringen. Diesen dunkelhaarigen, kleinen Mann konnte man nicht so leicht einschüchtern, aber auch er hatte seine Schwächen, und Wulfric kannte sie. Mit einer schwungvollen Handbewegung löste er einen weichen Lederbeutel aus seinem Gürtel und schüttelte ihn, bis die Münzen darin klingelten.

»Das ist die Börse, die unserem Bruder Cyrus so sehr am Herzen lag«, sagte er und schüttelte den Inhalt auf den Tisch. Seine Finger glitten über einen Stapel Silbermünzen, die er einzeln in die Finger nahm und wieder zurück in die Börse fallen ließ, wobei er sie leise zählte. »Er möchte, daß Eure hingebungsvolle und überaus bewunderungswürdige Arbeit belohnt wird. Wie Ihr selbst gesehen habt, konnte der arme Mann keine Ruhe finden, bis er wußte, daß das geschehen würde.«

»Ein großzügiges Angebot«, sagte Antony vorsichtig.

»Elf, zwölf, dreizehn …«

»Und doch ein Angebot, das ich ablehnen muß.«

»… neunzehn, zwanzig. Cyrus hat aber darauf bestanden.«

»Ich arbeite für Gott, nicht für Gewinn«, beharrte Antony und betrachtete die Münzen, während Wulfric sie einzeln auf den Tisch zählte.

»… siebenundzwanzig, achtundzwanzig … Das glaube ich auch … Neunundzwanzig, dreißig.« Wulfric zog die Kordel, die den Beutel schloß, zusammen, und hielt die prall gefüllte Börse Antony hin.

»Und ich darf keine Bezahlung für meine Mühen annehmen«, erinnerte Antony ihn.

»Dann nehmt sie für Eure Armen und Eure Vagabunden.«

»Es sind Lebensmittel, die wir brauchen«, beharrte Antony, »und Heilmittel, Decken und Wasser, das die Menschen nicht krank macht. Wir haben keine Verwendung für Silbermünzen in einer Stadt, in der es nichts zu kaufen gibt.«

Wulfric ließ den Unterkiefer sinken. Er fand die sanfte Arroganz dieses drahtigen, kleinen Mönchs reichlich bemerkenswert.

»Soll ich daraus vielleicht schließen, daß Ihr dieses mehr als großzügige Geschenk zurückweist?«

»Ich weise es nicht zurück«, erwiderte Antony. »Ich bitte lediglich darum, daß es hier, an seiner Quelle, umgetauscht wird, für Dinge, die wir auf den Straßen nicht mehr erwerben können.«

Wulfric dachte darüber nach. »Es wird geschehen, wie Ihr es wollt«, sagte er endlich. »Und hier wäre noch eine kleine Spende für Euren lobenswerten Zweck.«

»Ein Schlüssel?«

»Jawohl«, sagte Wulfric lächelnd, während er einen großen verschnörkelten Gegenstand zwischen Finger und Daumen hielt. »Und er paßt zur Tür des Pfründnerhauses in der Keldgate, wo Sir Guy de Burton seine Tochter nach der Geburt ihres illegitimen Kindes untergebracht hat. Das Haus hat den Sturm ohne nennenswerten Schaden überstanden. Ihr könnt es als das Eure betrachten.«

»Meins? Aber das Haus ist doch für die persönliche Benutzung des Kanonikus von St. Martin gedacht.«

»Und ein Jahrzehnt lang oder länger hat kein Kanonikus es für sich gefordert.«

»Aber nun, da Kanonikus Bernard tot ist, wird es doch sicher bald ein anderer Mann für sich fordern.«

Wulfric lächelte. »Cyrus de Figham wird der Nachfolger des alten Bernard werden, und er hat wenig Verwendung für ein solches Haus. Außerdem habe ich es für zwei weitere Jahre gepachtet und dafür einen entsprechenden Betrag in Gold entrichtet.«

»Und seid Ihr so sicher, daß Pater Cyrus zum Kanonikus bestimmt wird?« fragte der Mönch.

Wulfric breitete die Hände aus und betrachtete die dunklen Gesichtszüge des anderen Mannes. »Vertraut mir.«

Antony versagte sich eine sarkastische Antwort und bemerkte statt dessen: »Ihr wißt, daß wir Mönche nichts selbst besitzen, Pater Wulfric. Warum bietet Ihr mir ein solches Geschenk an, wenn ich daraus weder Gewinn ziehen kann, noch es zu meiner persönlichen Bequemlichkeit benutzen darf?«

Der dicke Mann zuckte die Achseln. »Ganz, wie Ihr es vorzieht, Bruder Antony. Was einem Mann Behaglichkeit und Wohlstand beschert, könnte bei sparsamerer Einteilung sehr wohl hundert Menschen dienen. Ist es nicht das, was Ihr lehrt?«

»Ich weiß, daß es so ist«, pflichtete Antony ihm bei und hob kurz die Hand, um den dicken Mann an seine luxuriöse Umgebung zu erinnern.

»Nun denn, nehmt also dieses schöne alte Haus um ihretwillen in Besitz.« Er legte den Schlüssel zusammen mit den Münzen auf den Tisch und schob sie mit einem seiner dicken Finger ein Stück von sich weg. »Gebt Euren Heimatlosen Zuflucht. Speist Eure Armen. Ihr habt Euch mit Eurer unermüdlichen Hingabe an ihre Bedürfnisse dieses Vorrecht redlich verdient.«

»Mein Herr, ich bin überwältigt«, sagte Antony vorsichtig und mit einer leichten Verbeugung, während er die Frage, die ihn am meisten interessierte, noch zurückhielt. Er kannte diesen ehrgeizigen Priester zu gut, um anzunehmen, daß er ihm dieses Geschenk ohne Bedingungen anbot.

»Betrachtet dies hier lediglich als einen Anfang«, fuhr Wulfric lächelnd fort. »Alles, was Ihr benötigt, um Euer Haus auszustatten, wird Euch ohne Verzögerung geschickt werden, bezahlt von der Kirche. Mein guter Freund Cyrus und ich bestehen darauf. Ihr habt Euch die Gunst mächtiger Männer verdient, Antony of Flanders. Von diesem Tag an braucht Ihr nur zu sagen, was Ihr braucht, und wir werden auf unsere Kosten dafür sorgen, daß Ihr es bekommt.«

»Mein Herr, Ihr seid zu freundlich.«

Trotz seines Unbehagens machte Antonys schneller Verstand sich bereits daran, die Zahl der Menschen zu schätzen, die er in einem so geräumigen Haus würde unterbringen können, die Zahl der Armen, die er würde speisen können, die Kranken und Sterbenden, denen er Beistand würde leisten können. Er betete, daß er sich in seiner übereilten Einschätzung dieses arroganten Priesters geirrt hatte. Für einen hungernden Menschen spielte es keine Rolle, ob seine Mahlzeit ihm mit Herablassung oder Demut angeboten wurde: Alles, was für ihn zählte, war das Brot auf seinem Teller.

»Nun, Mann? Was sagt Ihr dazu? Habt Ihr Eure Zunge verschluckt?«

»Gott segne Euch für das Geschenk«, sagte Antony und schlug das Kreuzzeichen.

»Und Euch dafür, daß Ihr es verdient«, antwortete de Morthlund. Dann zog er die Brauen zusammen und saugte nachdenklich an seiner Unterlippe. »... äh, da wäre nur noch eine Kleinigkeit ...«

»Ach?« Antony war sofort auf der Hut. Die Börse und der Schlüssel hatten die ganze Zeit über auf seiner Hälfte der glänzend polierten Tischfläche gelegen. Nun zog der dicke Mann die beiden Dinge wieder ein wenig zu sich hin und ließ seine Hand darüber schweben, als sei er sich nicht ganz schlüssig, ob er das Geschenk nicht lieber zurückfordern solle.

»Ich glaube, unser Herr Erzbischof von York leiht Euch gern sein Ohr?«

»Ich kenne ihn gut«, sagte Antony wahrheitsgemäß.

»Wißt Ihr, daß man nach ihm geschickt hat?«

»Was? Man will ihn von Heinrichs Hof wegholen? Ich bezweifle, daß der König ihm die Erlaubnis geben wird, herzukommen.«

»Aber er wird kommen, früher oder später, und dann wird er wissen wollen, was hier geschehen ist.«

Antony lächelte ein wenig schief. »Ich glaube, an Berichten wird kein Mangel herrschen.«

»Aber einigen wird er bereitwilliger vertrauen als anderen.«

»Das könnte sein«, stimmte Antony ihm zu. »Er ist ein sehr vorsichtiger Mann.«

Wulfric hielt einen Augenblick inne und schob dann die Börse und den Schlüssel ein wenig weiter auf den Mönch zu. Wenn er den Mann richtig eingeschätzt hatte, hatte er ihn bereits in der Tasche.

»Cyrus de Figham hat sich als geradezu heiliger Mann erwiesen, ein erster unter gleichen. Ich glaube, für diese Tatsache könnt Ihr Zeugnis ablegen.«

Antony schrak ein wenig zurück. »Ich weiß, was ich von ihm gehört habe, mehr nicht. Sollte man mich deswegen befragen, kann ich nur wiederholen, was andere Männer mir gesagt haben.«

»Nun kommt schon«, beharrte Wulfric. »Ihr wißt so gut wie ich, daß ein paar wohlgewählte Worte von einem Mann von Charakter mehr Gewicht haben als tausend Geschichten, die weniger vertrauenswürdige Leute erzählen. Wir brauchen einen Bericht über die Ereignisse für den Erzbischof und seine Schreiber. Und seid Ihr nicht auch der Meinung, daß Bruder Cyrus eine kleine Belohnung für seine Mühen verdient?«

»Christus hat gelehrt, daß wir unsere Belohnung im Himmel empfangen werden«, sagte Antony mit Bedacht.

Die Börse bewegte sich ein oder zwei Zoll weiter zurück. »Tatsächlich, aber einige von uns verdienen doch ein wenig Trost im voraus.« Die Börse machte eine kleine Bewegung nach vorn.

»Ich weiß nur, was ich von anderen gehört habe. Ich kann sehr wenig aus erster Hand sagen.«

Ein dicker bleicher Finger bewegte die Börse ein Stück auf Antony zu. »Cyrus de Figham hat die ganze Nacht wie ein Besessener gearbeitet.«

»Das erzählt man sich.«

»Er hat Pater Paul das Leben gerettet, als er ihn aus den Trümmern im Münster befreit hat.«

»Für diese Tatsache gibt es Zeugen«, bestätigte Antony, »wenn ich selbst auch nicht zu ihnen gehöre.«

»Und jetzt ist er unter der Last seiner guten Werke zusammengebrochen.«

»So will es scheinen.«

»Aber das habt Ihr doch mit eigenen Augen gesehen.«

Antony hielt Wulfrics Blick unerschrocken stand. »Ich habe gesehen, was ich sehen sollte.«

Die Börse rückte ein wenig näher. »Eben dieser selbstlose Mann hat Euch diesen Beutel mit Silber zum Wohl der Armen geschickt.«

Antony hob eine Braue und sah Wulfric in die Augen.

»Wenn dies wirklich ein Geschenk ist, könnt Ihr sicher sein, daß der Erzbischof davon erfährt«, sagte er. Es widerstrebte ihm, die Bestechung als das zu bezeichnen, was sie war.

»Ein Geschenk für erwiesene Dienste«, lächelte Wulfric. »Ein kleiner Trost im voraus zum Wohle derer, die bei Euch Hilfe suchen. Habt Ihr das Recht, in ihrem Namen eine solche Großzügigkeit zurückzuweisen? Und da wäre noch etwas, worum ich Euch bitten möchte ...«

»Noch etwas?« fragte Antony, dem es nun nicht mehr gelang, den Sarkasmus in seiner Stimme zu dämpfen.

»Für dreißig Taler und ein Haus mit gut versorgten Kellern? Ich denke, da können wir tatsächlich noch etwas mehr verlangen, mein Freund. Dieser Priester von St. Peter, dieser verkrüppelte Schreiber, dieser *Simeon*!«

»Er ist kein Krüppel mehr«, wies Antony ihn zurecht. »Er ist geheilt.«

»Er ist ein Lügner und Scharlatan.«

»Wer sagt das?« verlangte Antony erregt zu wissen. »Wer wagt es, ihn so zu nennen? Wer wagt es, eine Tatsache zu leugnen, die genauso deutlich zu sehen ist wie die Heilung dieses einst verkrüppelten Fußes?«

Wulfric de Morthlund legte beide Fäuste auf den Tisch und beugte seinen massigen Oberkörper vor. Wie er so dastand und sich in der leuchtenden Oberfläche des Holzes spiegelte, offenbarte er seine ganze gewaltige Macht, vor der ein jeder sich hüten mußte.

»*Ich* wage es!«

In dieser Feststellung lagen sowohl eine Kampfansage als auch ein gerüttelt Maß an Bosheit. So standen sie mehrere Sekunden lang da, der große Priester, der den zähen kleinen Mönch um einiges überragte, und dazwischen der riesige Tisch mit dem ausgebeulten Lederbeutel und dem Metallschlüssel darauf, zwei Gegenstände, die die Kluft des Unterschieds zwischen ihnen bekundeten. Antony glaubte, daß er jetzt die Wahrheit kannte, den bitteren Kern der Angelegenheit. Der Beutel Silber, das schöne alte Herrenhaus, die versprochenen Vorräte, all das war lediglich ein Köder, mit dem man einen Mann fangen wollte, dessen Wort und Urteil der

Erzbischof von York bekanntermaßen respektierte. Es war nicht viel, was man von ihm verlangte. Alles, was er tun mußte, war, die Stimme für den einen Mann zu erheben und den anderen von sich zu weisen, und von seiner Entscheidung hing das Leben und Wohlergehen der Armen ab.

»Ihr schlagt einen grausamen Handel vor, Wulfric de Morthlund«, sagte er verbittert.

»Vergeßt nicht, ›die Armen sind allezeit bei euch‹«, erwiderte Wulfric mit einem Lächeln.

Antony zeigte mit einem Nicken, daß er das ganze Ausmaß des Handels nun begriffen hatte. »Seid gewarnt, daß ich mich nicht dazu überreden lassen werde, falsches Zeugnis abzulegen, weder gegen einen Mann noch zu seinen Gunsten. Ich sage die Wahrheit oder ziehe es vor, meine Worte unausgesprochen zu lassen.«

»So sei es«, erklärte Wulfric. »Wir bitten Euch nicht um Lügen, nur darum, daß Ihr Eure Worte mit Bedacht wählt und schweigt, wo es notwendig ist. Cyrus de Figham muß die goldene Oberseite der Münze werden und Simeon de Beverley ihre glanzlose Unterseite. Und seid versichert, daß eben diese Münze, wenn sie in die Hände unseres Herrn Erzbischof gelangt, Euch ein zuverlässiges Auskommen für Eure hungrigen Horden erwirbt.«

»Ihr zweifelt meine Rechtschaffenheit an ...«

»Aber nein. Ich mache Euch ein ehrliches Angebot, sonst nichts. Es ist Euch freigestellt, Eure kostbare Rechtschaffenheit zu formen und zu färben, wie Ihr es für das klügste haltet.«

Antony erwiderte diese Feststellung mit einem grimmigen Lächeln. »Rechtschaffenheit, mein Herr, ist nichts, was man je nach den Bedürfnissen des Augenblicks zurechtstutzt.«

»Als der gütige Gott seiner Kreatur einen freien Willen gab, gab er dem Menschen die Erlaubnis, die Tyrannei seines Gewissens im Zaum zu halten«, konterte Wulfric. »Nur die Heiligen sind hilflose Sklaven ihrer eigenen Rechtschaffenheit. Richtige Männer sind ihre Herren.« Sein Lächeln war voller Hohn. »Oder verlangt es Euch danach, zu den Heiligen gezählt zu werden, Bruder Antony?«

»Wenn es so wäre, wäre dies gewiß ein ehrenwertes Ziel.«

»Und die stets dankbaren Armen würden Euch emporheben, während die Kranken Euer Loblied sängen«, meinte Wulfric grinsend. »Und laßt uns nicht die vielen Leprakranken vergessen, die Ihr beschützt habt, die Kinder, die Ihr vor Schaden bewahrt habt, die Ungläubigen, die Ihr zu Gott zurückgeführt habt. O ja, Ihr seid wirklich aus dem Stoff, aus dem wahre Heilige gemacht werden.«

»Ihr mißversteht mich, Herr. Ich arbeite im Dienste Gottes und versuche, seinen Willen zu tun. Ich erstrebe keinen persönlichen Vorteil.«

»Wirklich ein Heiliger.«

Antony schüttelte den Kopf. »Gott kennt mein Herz.«

»Wer bin ich dann, daran zu zweifeln?« räumte Wulfric ein. Dann richtete er die Aufmerksamkeit des Mönchs wieder auf das Geld auf dem Tisch. »Ihr müßt Euch Zeit lassen bei Eurer Entscheidung, mein Freund. Seht Euch das Haus selbst an. Macht eine Liste von dem, was Ihr braucht, Brot, Wein, Möbel, Decken und Heilkräuter.« Er breitete die Hände aus, wie um zu zeigen, daß das Geschenk keine Grenzen kannte. »Seht selbst, wie großzügig Cyrus de Figham und ich jenen gegenüber sind, die in unseren Diensten stehen.«

»In Euren Diensten?« wiederholte Antony. Er wußte, daß er jetzt jede Einzelheit kannte, jede noch so feine Nuance ihres Handels. Wulfric de Morthlund hatte der Not einen Preis gegeben, und mit diesem Preis würde er sich einen Menschen kaufen.

Wulfric hob die Börse auf und warf sie quer über den Tisch. Die Münzen klimperten, als sie die Brust des Mönchs trafen und seine dünnen Finger sich ausstreckten, um sie festzuhalten. Der Priester glaubte den Vertrag so gut wie besiegelt, denn Gier war weit mächtiger als Mitleid, und nur wenige Männer konnten einer Versuchung widerstehen, wenn sie erst einmal ihre Finger darum geschlossen hatten.

»Laßt Euch Zeit«, sagte er lächelnd. »Kommt morgen oder übermorgen mit Eurer endgültigen Entscheidung wieder her, dann werden wir die Bedingungen aushandeln und genau festlegen, was Ihr sagen und was ihr nicht sagen sollt, wenn mein Herr Erzbischof in Beverley ankommt. Gottes Segen sei mit Euch, Bruder Antony.«

Es war eine abrupte Entlassung. Der dicke Mann verbeugte sich und schlurfte aus dem Zimmer.

»Gottes Segen sei mit Euch«, murmelte Antony hinter seinem Rücken her.

Nun, da er allein im Zimmer stand, starrte der Mönch auf den prächtigen Schlüssel hinunter und wog die prallgefüllte Börse mit Silbermünzen in seiner Hand. Das Verhalten der Menschen mußte Gott manchmal so betrüben, daß er den Kopf sinken ließ und vor Enttäuschung weinte. Die Welt drehte sich weiter, Jahreszeiten kamen und vergingen, so wie es ihr vor Urzeiten festgelegter Zyklus wollte, und tausend Jahre nach dem Betrug an Jesus Christus konnte ein Mann immer noch für dreißig Silberstücke gekauft werden.

Kapitel 20

Die Priester von St. Peter begruben ihre Toten in geweihtem Boden hinter der zerstörten Kirche, auf dem schmalen Stück Land zwischen der hinteren Mauer und dem Grenzgraben. Die Leichen wurden Schulter an Schulter in den schmalen Graben hinuntergelassen, es waren insgesamt siebenunddreißig Menschen, die in einer einzigen, hastigen Zeremonie bestattet wurden. Hier lagen die Ertrunkenen, die Erschlagenen, die Erstickten, jene, die dem Unglück zum Opfer gefallen waren, und jene, die im Hospital durch das Schwert umgekommen waren. Hier lag der Priester neben dem bescheidenen Diener, der Mönch neben dem Kuchenbäcker, der Knecht neben dem Kaufmann. Es gab keine Tafeln, um die Namen jener zu vermerken, die dort zusammen in dieser Furche ruhten. Solche Dinge würden zu einer anderen Zeit geschehen, wenn kein Risiko mehr bestand, daß Pfähler das Grab entweihen konnten.

Die Schwester der Barmherzigkeit, die die Soldaten ermordet hatten, war auf einem Handkarren in ihr Kloster zurückgebracht worden, ihr geschundener Körper eingehüllt in ein sauberes, weißes Leichentuch. Die Nonne, die ihr Martyrium geteilt hatte, ging neben dem Karren her, schweigend und mit trockenen Augen, gebeugt unter der Last ihrer Schändung. Als die kleine Gesellschaft die Klostertore erreichte, war sie nicht mehr bei ihnen. Irgendwo zwischen dem Fischmarkt und der Keldgate-Barre hatte sie einfach die Richtung geändert und war davongegangen. Da als Folge des Sturms jede Straße und jede Gasse voller heruntergestürzter Trümmer und gesetzloser Plünderer war, riskierte niemand sein Leben, um hinter ihr herzugehen.

In einer stillen Ecke hinter St. Peter befand sich ein winziges Grab, ohne Kreuz und wohlverborgen im Schatten der hohen Mauern. Hier ruhte Elviras Sohn, getauft und begraben, wie die Kirche es verlangte. Sie hatte ihm den Namen seines Vaters gegeben und nicht einmal sein Gesicht entblößt, bevor sie ihn mit ihren eigenen Händen in die Erde legte. Dann stellte sie eine Kerze für ihn auf den zerstörten Altar von St. Peter. Sie bat den Heiligen, ihr Kind in den Himmel zu tragen; sie vergoß keine Tränen: Die Zeit der Tränen war vorüber.

»Ich habe mein Versprechen gehalten, mein Kind«, war alles, was sie zu ihm sagte. »Ich habe die Gebühr bezahlt. Gott wird dich jetzt annehmen.«

Als sie das kleine Grab verließ, war es ein endgültiger Abschied. Ihr Kind war tot, und die Lebenden hatten kein Recht, dort einzudringen, wo die Toten allein ihr Reich hatten. Er hatte ihre Welt nur für ganz kurze Zeit geteilt, bevor er ihr an einen Ort entglitten war, an den sie ihm nicht folgen konnte. Sie lebten nun in verschiedenen Welten: Elvira würde das kleine Grab nie wieder besuchen.

Osric, der Hospizbruder, trat zu Elvira, während sie vor dem Altar von St. Peter kniete. Zwei Priester standen in gebührender Entfernung hinter ihr, um ihre Sicherheit zu gewährleisten. Sie kniete auf den Trümmern, als spüre sie die spitzen Steine nicht, ihr Kopf war gesenkt, und ihre Lippen bewegten sich leise im Gebet. Ein Ende des Altars war zerstört worden, als der Sturm die große Bronzeglocke heruntergerissen hatte. Nun war nur noch ein kleiner Teil des Hauptsockels übriggeblieben, umringt von einem Hügel aus zerschmetterten Steinen und Dachbalken, die den Ort bezeichneten, an dem sieben gute Männer gestorben waren.

Osric berührte Elvira am Arm. »Ein Mann sucht nach dir. Er wartet im Hospital.«

»Was für ein Mann?«

»Er sagt, er heiße Erik, und nach der Breite seines Rückens und den tiefen Narben auf seinen Unterarmen zu schließen, würde ich ihn für einen Grabenbauer halten. Er behauptet, dein rechtmäßiger Ehemann zu sein, und fragt, ob du hier bist. Zwei Geistliche sind bei ihm, bereit, deine sichere Rückkehr zu dem Mann zu bezeugen, der dein Herr und Meister ist.«

»Schickt ihn weg.«

»Denk gut darüber nach, Frau«, mahnte Osric sie.

»Ich werde nicht mit ihm gehen.« In ihrer Stimme lag weder Zweifel noch Trotz. Ihr Gesicht war ruhig, ihre großen dunklen Augen ohne Angst, und sie gab ihm keine Möglichkeit zu widersprechen, als sie noch einmal sagte: »Ich werde nicht mit ihm gehen.«

»So sei es«, nickte Osric. Dann drehte er sich um und überließ sie ihrem Gebet am Altar. Er hatte gehofft, dies würde nicht passieren. Er hatte gewünscht, der Grabenbauer sei im Sturm umgekommen oder zumindest zufrieden damit, seine verschwundene Frau für tot zu halten. Nun mußte er schwören, Elvira nicht zu kennen, denn die Wahrheit mußte ebenso wie die Frau hinter verschlossenen Türen gehalten werden, damit der Grabenbauer seine Rechte nicht mit mehr Nachdruck vortrug oder seinen Kummer einer höheren Autorität unterbreitete. Osric war gezwungen, Zuflucht zu einer frechen Lüge zu nehmen. Er konnte kaum Elviras Anwesenheit in St. Peter zugeben, um dem Mann dann den Zutritt zu seiner Frau zu verweigern, denn eine solche Haltung würde eine Herausforderung darstellen, die nicht unbeantwortet bleiben konnte.

Erik, der Grabenbauer, hatte dem Aussehen nach nichts Ungewöhnliches an sich: Er war ein Mann von mittlerer Größe und kräftigem Körperbau, so muskulös, wie seine Arbeit es von ihm verlangte, mit einem breiten intelligenten Gesicht unter einem dichten Schopf rotbraunen Haares. Er trug dicke Hosen, die an manchen Stellen fadenscheinig geworden waren, einen hübschen Gürtel um die Taille und einen guten, warmen Umhang um die Schultern, und in seinem Atem lag der Geruch von teurem Schnaps. Als Osric die Tür hinter ihm ins Schloß fallen ließ, drehte er sich zu seinen beiden Begleitern um.

»Ihr habt gesagt, ich würde sie hier finden«, beklagte er sich.

Der größere der beiden Männer nahm einen kleinen Beutel aus seinem Umhang und reichte ihn dem Grabenbauer. »Das stimmt nicht, mein Freund. Wir haben lediglich vorgeschlagen, hier nach ihr zu suchen.«

Erik nahm den Beutel und schüttelte ihn, bis die Münzen darin zu klimpern begannen. Dieses Geräusch brachte erst ein Lächeln auf seine Lippen und dann eine plötzliche Trockenheit, denn seine Leidenschaft für Wein war größer, als es die für seine Frau je gewesen war. »Sie ist nicht hier«, sagte er und zuckte mit den Schultern.

»Gleichgültig«, erwiderte der Geistliche an seiner Seite leichthin, während er sich die Kapuze über den Kopf zog und seine Arme in die Falten seines Umhangs schob. »Wir werden Euch in ein oder zwei Tagen wieder hierherbringen, damit Ihr noch einmal nach ihr fragt. Und jetzt wünschen wir Euch einen guten Tag, Herr Grabenbauer.«

Mit diesen Worten wandten sie ihm den Rücken zu und gingen davon, ohne die grau gekleidete Frau zu bemerken, die von zwei hochgewachsenen Priestern begleitet mit gesenktem Kopf die kleine Kirche verließ und zur Tür des Skriptoriums hinüberging.

Die Tage nach dem Sturm zeigten die Stadt Beverley in ihrem schlimmsten Zustand. Über Nacht war dieses sonst von Aktivitäten schwirrende Zentrum von Handel und Wandel zu einem Ort der Ruinen geworden. Wo die Stadt sich einst stolz aus den Sümpfen erhoben hatte, lag sie nun halb ertrunken und gedemütigt in Trümmern. Die Überlebenden von Beverley, die sich noch immer nicht von den Nachwirkungen des Schocks erholt hatten, taumelten blind durch die Trümmer ihrer Existenz. Eine so schnelle und sinnlose Zerstörung ging über ihren Verstand. Sie fürchteten, der Gnade eines zornigen Gottes ausgeliefert zu sein, hilflose Opfer einer göttlichen Vergeltung, die die Elemente selbst wie eine Waffe gegen sie schwingen konnte. Sie krümmten und wanden sich vor einem solchen Zorn und konnten es kaum erwarten, ihre Sünden zu beichten und ihre Seelen zu entblößen, damit der Herr sie vielleicht auch weiterhin verschonte. In ihrer Furcht waren sie eine leichte Beute für weit weltlichere Gefahren.

Es gibt ein Naturgesetz, das besagt, daß in Zeiten der Verzweiflung, der Pest oder des Unglücks jene den größten Gewinn machen, die ihn am wenigsten brauchen: Die Schwachen werden den Starken unterworfen. Eine Weile herrschte auch diese natürliche Ordnung der Dinge in Beverley, so daß die Skrupellosen und die Bösen das Ruder in die Hand bekamen. Anständige Männer schüttelten die Beschränkungen der Ehrlichkeit ab. Einfache Diebe traten leichtherzig in die Fußstapfen von Mördern, Räuber suchten nach Fleisch, an dem sie ihre Klingen wetzen konnten, Maulhelden wurden zu Tyrannen, während diese ihrerseits nach Höherem strebten. Frauen bewaffneten sich mit Messern und Schwertern, mit Metallspießen und Keulen und fanden sich in Gruppen zusammen, um sich zu verteidigen. In den gefährlichen Nächten hielten einige eifrig Wache über ihre schlafenden Kameradinnen und warteten, bis sie selbst an der Reihe waren, ohne Angst unter die Decke schlüpfen zu dürfen.

Die Prozession der Priester hatte die Wende eingeläutet. Nach und nach begann die Stadt, wieder zu sich zurückzufinden. Nun war eine rauhe Gerechtigkeit an der Tagesordnung. Eine Bande von Pfählern, ertappt bei ihrem grausigen

Werk, wurde in der Butcher Row aufgehängt; ihre Leichen ließ man als abschreckendes Beispiel für jene zurück, die derselben Tätigkeit nachgingen. Plünderer wurden mit Stöcken geschlagen oder mit Messern attackiert, während Räuber und Taschendiebe es riskierten, ihre Finger und Nasen an die Klingen erzürnter Bürger zu verlieren.

Im Kloster von St. Anne draußen vor der Keldgate-Barre herrschte ein Zustand offener Feindseligkeit zwischen Sir Hugh de Burton und Robert de Clare of York. Der Mann des Erzbischofs hatte die Oberhand. Seine Armee von Geistlichen verfolgte jede Bewegung von Burtons Soldaten und hielt ihre Aktivitäten sowohl im Konvent als auch in der zerstörten Stadt schriftlich fest. Gleichzeitig setzte er seinen eigenen kleinen Trupp von Gefolgsleuten als Wache ein, die die Schwestern der Barmherzigkeit vor ihren ungebetenen Gästen beschützen sollten, so daß seine eigenen Männer eifrige Wächter der Unschuldigen wurden. Die Kosten für jede Mahlzeit wurden aufgelistet, jede Kerze vermerkt, und in den Ställen wurde sogar der Unterhalt für die Pferde peinlichst genau berechnet. Wie auch immer das augenblickliche Gleichgewicht ausgehen sollte, Robert de Clare würde diesen arroganten Ritter an seinen verletzlichsten Stellen treffen, seinem Ruf und seiner Börse. Und in der Abgeschiedenheit ihrer Gemächer wies die Frau Äbtissin ihre Zuhörer und Schreiber an, mit gleicher Sorgfalt Buch zu führen über die Gastfreundschaft, die sie Sir Robert gewährte. In welche Richtung sich die Waagschale auch senken mochte, das Kloster würde keinen Penny dabei verlieren. Lady Constance war so gerissen wie ein Mann und würde gewiß nicht als Verliererin aus dieser Sache hervorgehen.

Diese beiden mächtigen Feinde hielten eine Art Frieden aufrecht, der Beverley von großem Nutzen war. Beide benahmen sich, so gut es nur ging, da keiner dem anderen freiwillig einen Beweis für seine eigene Unvollkommenheit liefern wollte. Schließlich stand die Gunst des Erzbischofs auf dem Spiel und über diese Gunst das begehrte Amt des Probstes. Also wurden die Soldaten zur Raison gebracht und streng kontrolliert. Man setzte sie dafür ein, die Trümmer aus den eingestürzten Wohnquartieren zu entfernen; sie säuberten die Flüsse und Gräben von dem Schutt des Sturms und bauten die bescheidenen Hütten der Bevölkerung wieder auf. Da jeder der beiden Männer sich verdient machen wollte, indem er die Interessen des Erzbischofs schützte, waren ihre Gefolgsleute genauso entschlossen, sich beim gemeinen Volk einzuschmeicheln. Wenn es dem Herrn wohlging, war dies immer zum Nutzen seiner Untergebenen, und was den Soldaten im Kloster verweigert wurde, konnten sie sich in jeder Nebenstraße, in der eine Familie eine Tochter hatte, heimlich erkaufen.

Das Haus des Erzbischofs auf dem Kornmarkt hatte mehr Schaden durch Plünderer als durch die Elemente erfahren. Es stand mitten auf dem Marktplatz, ein imposantes, zweistöckiges Gebäude, erbaut mit Steinen aus der näheren Umgebung, mit prächtigen Buntglasfenstern und einer großen Eichentür, die für das Münster von St. Peter in York hätte geschnitzt sein können. Diese Tür war nicht beschädigt worden, denn wer würde es schon wagen, die Heiligenfiguren zu attackieren, die die Wächter dieses Hauses waren? Die Plünderer waren durch die Hintertür eingedrungen, durch die die Diener geflohen waren, als der Sturm seinen Höhepunkt erreicht hatte. Die Diebe hatten alles mitgenommen, was sie tragen konnten, und nur die Dinge dort gelassen, die sie, wenn man sie bei ihnen entdeckt hätte, nicht nur als Plünderer, sondern auch als Schänder offenbart hätten. Mit einem Auge nach seinem eigenen Vorteil schielend, hatte Robert de Clare seinen Männern befohlen, den Schaden zu beheben und die Keller des Erzbischofs auf eigene Kosten neu auszustatten. Sir Hugh de Burton, der sich nicht auf solche Weise überlisten lassen wollte, hatte reagiert, indem er eine kleine Streitmacht aufgestellt hatte, deren Aufgabe es war, das Gebäude Tag und Nacht zu bewachen. Und damit die Leute in Beverley auch wußten, wer diese Dinge für ihren Herrn, den Erzbischof, tat, flackerten nun die Wimpel der Häuser de Clare und de Burton über den in die große Eichentür geschnitzten Heiligenfiguren.

Direkt nach dem Stundengebet der Sexta ließen sich die Priester zu ihrer Hauptmahlzeit des Tages nieder, zum Mittagsmahl, unter dessen Gewicht sich die Tische des Refektoriums bogen. Saftiges Fleisch und Geflügel, fette Würste und üppige Fleischpasteten standen zu ihrer Auswahl. Es waren auch genug Möbelstücke aus den Trümmern gerettet worden, um sie alle mit einiger Behaglichkeit zu Tisch zu bitten, und inmitten der größten Not war jeder Becher wohlgefüllt. Der Mönch Antony bemerkte Wulfric de Morthlund gegenüber, daß die Armen nur ein kleines Stück von ihnen entfernt standen, hohläugig und mit leerem Magen inmitten des Überflusses.

»Sollten wir ebenfalls darben, weil sie hungern?« fragte Wulfric.

»Sollten Sie darben, während Ihr es Euch wohl sein laßt?« konterte Antony.

»Gottes Wege sind unerforschlich«, sagte der dicke Mann. »Es hat immer Reiche gegeben, genauso wie Arme. Viele Männer würden zustimmen, daß er ein gesundes Gleichgewicht aufrechterhält.«

»Ich zweifle nicht daran, daß er das tun würde«, räumte Antony ein, »wenn seine Priester das nur zulassen würden.«

Wulfric brach in schallendes Gelächter aus, aber seine Augen blieben kalt. Er blickte an der langen Reihe von Priestern entlang, von denen einige ihrem Gespräch mit halbem Ohr zuhörten, während andere zu sehr mit ihren Tellern beschäftigt waren, um den leidenschaftlichen Worten eines Mönchs Aufmerksamkeit zu schenken. Nicht einmal die Hälfte der Männer hob den Kopf, als Wulfric de Morthlund seinen prächtig gekleideten Leib von der Bank erhob, mit beiden Händen über den Tisch griff und die ihm am nächsten stehende Schale mit gerösteten Staren hochhob. Ein junger Schreiber griff hastig noch einmal zu und nahm sich seinen Anteil, bevor die Schlüssel an den Mönch weitergereicht wurde.

»Nehmt sie«, sagte de Morthlund. »Ihr habt die Möglichkeit, Eure Unglücklichen zu speisen, Bruder Mönch, wenn ihr bereit seid, von denen zu nehmen, die ihr so sehr verachtet.«

Antony blickte auf die Schale herab. Sie enthielt mindestens zwanzig kleine Vögel, alle köstlich gefüllt mit einer Walnußpastete und eingehüllt in einen gut gebräunten Teigmantel. Unten in der Schale hatte sich ein kleiner Teich aus goldenen Säften gebildet, die allein schon genügt hätten, um einen hungernden Menschen am Leben zu erhalten. Über die Schale hinweg begegnete er dem blitzenden Blick von Wulfric de Morthlund. Antony hatte die Doppeldeutigkeit des Angebots verstanden und war entschlossen, diesen lächelnden dicken Mann beim Wort zu nehmen. Also streckte er die Hand nach mehreren noch warmen Broten aus, die er in die Schale mit den Staren gleiten ließ. Dann umfaßte er diese mit beiden Händen und verließ den Raum durch die Haupttür. Er hörte lautes Gelächter hinter sich und fand, dies sei wahrhaftig ein kleiner Preis für ein solches Festmahl.

Draußen vor dem Refektorium hatten sich in Lumpen gehüllte Männer und Frauen versammelt, viele mit kleinen Kindern im Schlepptau, und alle waren sie angelockt worden von dem Läuten der Mittagsglocke und dem köstlichen Duft gebratenen Fleisches. Als der kleine Mönch aus der Refektoriumstür trat, strömten sie sofort auf ihn zu. Dünne, schmutzige Hände streckten sich wie Krallen aus, um ihm das Essen zu entreißen, und im Handumdrehn war nichts mehr übriggeblieben als die irdene Schale, die zerschmettert auf dem Boden lag, nachdem die Leute auch den letzten Rest Soße und Fett herausgekratzt hatten. Männer rissen ihren Frauen das Fleisch aus den Händen und Frauen ihren Kindern, und die, die zu klein oder zu schwach waren, um irgend jemandem etwas wegnehmen zu können, sahen mit eingefallenen, anklagenden Augen zu, während die anderen zulangten. Und als alles aufgegessen war, war keiner von ihnen wirklich satt. Die, die sich als erste bedient hatten, hatten etwas erhalten, aber nicht genug; diejenigen, die später gekommen waren, hatten überhaupt nichts mehr bekommen.

Antony konnte sich nur mit Mühe aus der Menge lösen, denn die Armen wären am liebsten hinter ihm hergelaufen, wäre da nicht die Hoffnung auf die Essensreste gewesen, die sie vielleicht bekommen würden, wenn die Priester sich satt gegessen hatten. Er hatte Simeon im Hauptrefektorium nicht gesehen und hoffte nun, ihn innerhalb der Einfriedung seiner eigenen Kirche, St. Peter, zu finden. Auf seinem Weg dorthin bemerkte er eine Menschenansammlung am unteren Ende der Eastgate zwischen der Mauer von St. Peter und dem Kirchhof des Münsters. Die Leute kamen aus allen Richtungen herbeigerannt, aus den Türen des Münsters, von der Flemingate-Barre und aus der Moorgate und sogar aus der Richtung, in der der zerstörte Marktplatz lag. Als er näher kam, erkannte er ein Gesicht, das mit großen dunklen Flecken überzogene Gesicht von Michael, dem entstellten Priester.

»Was ist hier los?« fragte er, während er den jüngeren Mann am Arm festhielt. »Wißt Ihr, was hier vorgeht?«

Michael drehte sich um und blinzelte Antony mit seinem mißgebildeten linken Auge an. Auch die linke Seite seines Mundes wurde von dem grausamen violettfarbenen Mal auf seinem Gesicht und Hals verzogen. Das Sprechen mit seinen verunstalteten Lippen fiel ihm schwer, aber trotzdem hob er die Stimme, um die lauten Rufe der herbeiströmenden Menschen zu übertönen: »Ein Mann ist tot, und ein Priester versucht, ihn wieder zum Leben zu erwecken. Es heißt, der Priester sei Simeon. Die Leute sagen, es finde ein Wunder statt. Laßt mich gehen. Ich muß das sehen.«

Und schon war er verschwunden, eingetaucht in die Menge und bahnte sich mit den Ellbogen seinen Weg nach vorn, um besser sehen zu können, was dort passierte. Nun konnte auch Antony, den die nachdrängenden Menschen ebenfalls näher an das Geschehen heranschoben, einen Mann auf dem Boden liegen sehen. Er war totenbleich und regte sich nicht, und um ihn herum schossen neugierige Zuschauer wie Pilze aus dem Boden. Jene, die der Quelle des Interesses am nächsten waren, stellten allerlei Vermutungen über die Situation an.

»Ich habe gehört, ein Steinsturz habe ihn niedergestreckt«, sagte ein Mann überzeugt.

»O nein«, widersprach ihm ein anderer. »Es war eine

Schiefertafel vom Dach des Münsters. Da hatte Gott persönlich die Hand im Spiel.«

»Nein, ein paar Diebe haben ihn niedergeschlagen, so hab' ich's jedenfalls gehört. Haben ihn ausgeraubt und tot liegenlassen«, sagte eine schroffe Stimme.

Nur in einer Hinsicht waren sich die Zuschauer einig: Wenn Simeon ihn nicht retten konnte, konnte es auch kein anderer.

Antony stand aufmerksam am Rande der Menschenmenge, bedrängt von jenen, die versuchten, sich einen besseren Überblick über das Ganze zu verschaffen. Er hatte den blonden Priester neben dem zu Boden gestürzten Mann knien sehen und ebenfalls den Ring von Geistlichen, die die neugierigen Leute zurückdrängten. Dieser junge Fanatiker Vincent war ebenfalls unter ihnen, das Gesicht zum Himmel erhoben und die Hände fest gefaltet, während er den allmächtigen Gott darum bat, ihnen ein Wunder zu schicken. Er hatte mittlerweile eine ganze Schar von Anhängern um sich versammelt, niedere Geistliche und Mönche, die an seinen Lippen hingen und jedes seiner Worte mit religiöser Inbrunst in sich aufnahmen. Seine Leidenschaft zog sie an wie eine Kerze die Motten – eine gefährliche Passion.

Nur kurze Zeit zuvor war Simeon in der Lateinschule gewesen, in der kleinen Dachzelle, in der nun der unglückliche Steven dauerhaft Quartier genommen hatte. Der Priester hatte mit überkreuzten Beinen auf dem Boden gesessen und leise und beschwichtigend auf den Jungen eingeredet, um ihn aus dem Alptraum zu befreien, der ihn noch immer in seinen Fängen hielt. Steven seinerseits hatte sich in seiner schmalen, sicheren Ecke verschanzt, den Körper zusammengekrümmt, die Augen ins Leere blickend, starr in seinem Kummer. Antony hatte in der Tür gestanden und die beiden beobachtet, den großen Priester und den verschreckten Jungen, und er hatte mehr Ferne zwischen ihnen gesehen, als man es in diesem kleinen Raum für möglich gehalten hätte.

Nun beschloß der Mönch mit grimmigem Gesicht, sich ebenfalls in das Zentrum des Geschehens zu begeben. Er war ein kleiner Mann und drahtig genug, um sich seinen Weg zu erzwingen. Diejenigen, die von seinen spitzen Ellbogen beiseite geschoben wurden, verzichteten darauf, sich zu beklagen, als sie seine braune Mönchskutte sahen. Schließlich war er nahe genug, um den Mann zu sehen, der auf dem Boden lag, reglos, mit weißem Gesicht und mit einer langen Wunde am Kopf, aus der das Blut in sein sandfarbenes Haar sickerte. Antony hätte nicht sagen können, ob es sich nur um eine kleine Schramme oder um eine tödliche Verletzung handelte, denn ein Schädel, der aus kaum mehr als Haut und Knochen besteht, blutet bekanntermaßen schon bei der kleinsten Wunde sehr heftig. Er sah, daß Simeons Hände auf der Brust des jungen Mannes lagen. Rhythmisch massierte er seine Rippen, so daß sich die Lungen wieder mit Luft füllen konnten. Während er seine Arbeit unbeirrt fortsetzte, hielten seine Kameraden die Menge zurück, und alle, die ihm zusahen, atmeten selbst im Takt seiner Hände ein und aus.

Antony hatte sich auf die Suche nach Simeon gemacht, weil er hoffte, sein Gewissen auf diese Weise beruhigen zu können. Seit Tagen hatte er mit sich gerungen, hatte seinen Seelenfrieden und Simeons Freundschaft gegen seine Verpflichtungen den Armen gegenüber abgewogen. Es gab so viele, die ihre leeren Schalen ausstreckten, so viele Münder zu füttern, Leiber zu heilen und Herzen zu beruhigen. Es hatte sich herumgesprochen – wenn nicht auf Wulfric de Morthlunds ausdrückliche Anweisung hin, dann gewiß mit seinem Segen –, daß man im Pfründnerhaus in der Keldgate etwas zu essen und ein Dach überm Kopf bekommen konnte. Und so waren die Armen aus allen Bezirken der Stadt dorthin geströmt. Sie hatten sich auf Binsen gelagert, um de Morthlund ihre Hoffnungen und ihre leeren Eßnäpfe zu bringen. Viele Mönche, die zum Teil eigens nach Beverley gereist waren, nachdem sie von der Tragödie dort gehört hatten, waren zum ›Haus von Antony‹ geeilt, um sich ihm zur Verfügung zu stellen. Und er, Antony, wurde hart bedrängt, den Handel, der ihn zum rechtmäßigen Herrn des Hauses machen würde, endlich zu besiegeln. Wenn er sich de Morthlund widersetzte, bliebe ihm nichts anderes übrig, diese traurigen Überreste der Menschheit Leib für Leib wieder auf die Straße zu werfen.

Nun stand er im Herzen der Menge in der Eastgate und

wurde von derselben schwindelerregenden Vorahnung erfaßt, die auch all die anderen befallen hatte. Mit Simeons Hilfe machte der am Boden liegende Mann nun tatsächlich einen Versuch, den Kopf zu heben. Benommen und verwirrt stöhnte er und rief laut nach einem Priester, und mit derselben Korrektheit wie eine Kompanie Soldaten unter dem Befehl ihres Hauptmanns trat die Menge keuchend zwei Schritte zurück.

»Gelobt sei Gott in seiner Gnade«, flüsterte Antony, während er zusah, wie der Priester das Kreuzzeichen auf Stirn, Lippen und Brust machte und sich dann mit geschlossenen Augen zurücklehnte, um zu beten.

Der junge Mann, der mittlerweile aufrecht dasaß, hielt seinen blutüberströmten Kopf mit beiden Händen und bewegte ihn vorsichtig hin und her, als wolle er feststellen, ob er immer noch fest auf seinem Hals saß.

»Ein Wunder«, wisperte eine Stimme in der Menge.

»Er hat einen Toten zum Leben erweckt«, rief eine andere Stimme voller Ehrfurcht. »Der Priester hat einen Toten erweckt.«

Ein kleinwüchsiger Mann hinter Antony, der gerade erst auf dem Schauplatz eingetroffen war, so daß er überhaupt nichts gesehen haben konnte, begann eindringlich auf die Leute einzureden, die ihm am nächsten standen.

»Ich habe alles gesehen«, erklärte er mit bestimmtem Ton. »Der Mann war tot. Vollkommen tot. Und jetzt lebt er. So wie unser Herr Jesus Christus Lazarus aus seinem Grab in Bethanien erweckt hat, so hat dieser Mann hier … wie nennt er sich noch …?«

»Thomas. Es ist Thomas, der Sohn des Salzhändlers«, rief eine Frau ihm zu.

»… So ist dieser Mann hier, Thomas, der Sohn des Salzhändlers, aus den Fängen des Todes gerissen und von unserem Priester Simeon den Lebenden zurückgegeben worden.«

»Simeon! Simeon! Simeon!«

Der Name des Priesters ging wie ein Raunen durch die Menge, von einem zum anderen, bis hin zur Eastgate und in die Stadt und schließlich bis an die Tore des Münsters.

»Ein Wunder«, rief irgend jemand.

»Lazarus ist wieder zum Leben erweckt worden«, rief ein anderer.

»Wir haben es alle gesehen. Wir haben gesehen, wie der Tote zum Leben erweckt wurde.«

»Ich auch! Ich habe das Wunder gesehen!«

Die Stimmen waren still vor Staunen, heiser vor Aufregung, kaum hörbar vor Ehrfurcht, und überall wuchs die Erregung und mit ihr die Spekulationen. Bruder Vincent, der das Stück Stoff aus Simeons Robe wie eine kostbare Trophäe über seinen Kopf hielt, gebot der Menge schließlich Einhalt und brachte die Menschen dazu, sich zum Gebet niederzuknien. Nur drei Männer blieben stehen, drei, die die zusammengekauerten Massen mit ihren gerundeten Rücken und den gesenkten Köpfen überragten. Da war Vincent, dessen Gesicht vor Verzückung leuchtete, während seine Stimme sich wie ein klarer, starker Glockenton über die Menge erhob und Gott für die Errettung eines Menschen dankte. Da war auch Simeon, der bleich und sprachlos dort stand und die Fäuste ballte, als könne er nur mit Mühe an sich halten. Und da war Antony, der Mönch, der gesehen und gehört hatte, wie die Menge von dem unerbittlichen Spiel der Falschheit und Lüge mit unheimlicher, beinahe finsterer Leichtigkeit erfaßt worden war. Jeder Mann und jede Frau, die sich dort versammelt hatten, waren sich dessen, was sie mit eigenen Augen gesehen hatten, vollkommen sicher, und keiner von ihnen mit mehr Überzeugung als diejenigen, die so weit hinten gestanden hatten, daß sie überhaupt nichts sehen konnten.

Der junge Mann, Thomas, der Sohn des Salzhändlers, der von einem Räuber von hinten niedergeschlagen worden war, saß immer noch fassungslos auf dem Boden. Auch er wußte nur, was seine Augen und Ohren ihm sagten, daß er ermordet und wiedererweckt und durch ein Wunder dem Tod entrissen worden war. Er warf sich vor dem Priester auf den Boden, umklammerte den Saum seines Gewandes, küßte seine Sandalen und stieß schluchzend seinen Dank dafür hervor, daß ihm das Geschenk eines zweiten Lebens zuteil geworden war.

»So war es nicht!«

Die Stimme von Simeon of Beverley war tief und unüberhörbar. Sie verlieh den Worten den Nachdruck eines Menschen, der den Stachel der Ungerechtigkeit bis in seine Seele hinein spürt. Kein unschuldiger Mann, den man eines gräßlichen Verbrechens beschuldigte, hätte in vier kleine Worte größere Empörung legen können.

Die kurzen Haare in Antonys Nacken stellten sich auf, und seine Kopfhaut kribbelte. Dann hörte er einen lauten Ruf, drehte sich um und erkannte Osric, der mit zwei anderen Männern von St. Peter herübergelaufen kam. Sie bahnten sich roh ihren Weg durch die zusammengekauerten Menschen, traten neben Simeon und führten ihn zu seinem eigenen Schutz vom Ort des Geschehens weg.

»Nicht tot, sondern betäubt«, hörte er den Priester immer wieder sagen. »Er war lediglich einen Augenblick lang besinnungslos. Sein Atem ging leicht und stoßweise, aber die Wunde war nur oberflächlich, der Schädel unversehrt. Gott ist mein Zeuge, der Mann war nur *betäubt.*«

Antony sog mit einem scharfen Pfeifen Luft durch die Zähne. Was Simeon auch sagen mochte, und wie ernst es ihm auch sein mochte, diese Menschen würde er nicht überzeugen können, dafür war es zu spät. Die Geschichte verbreitete sich schon von Mund zu Mund, gewann an Gewicht, so wie ein summender Vogel, der von einer Blume zur anderen flog und seinen Nektar sammelte. Sollte es irgend jemand wagen, Simeons Worte zu wiederholen, sollte jemand es wagen, zu behaupten, daß der Junge nicht tot, sondern nur betäubt war – diese Gläubigen hier hätten ihn für solche Gotteslästerung mit Knüppeln aus der Stadt gejagt.

Eine Stimme in seinem Ohr lenkte die Aufmerksamkeit des Mönchs auf sich. »Das hier wird seinen Feinden nicht gefallen.«

Antony blickte auf in die feingemeißelten Züge von Daniel, dem Günstling des dicken Mannes, Wulfric de Morthlund. Er vertraute diesem hübschen kleinen Habicht nicht, denn ein Mann, der sich für einen Penny kaufen ließ, konnte für zwei weiterverkauft werden, und jedes Wort von den Lippen eines käuflichen Mannes mußte von allen Seiten beleuchtet werden und konnte sich selbst dann noch als Lüge erweisen.

»Wie lächerlich!« rief Antony. »Seht sie Euch doch nur an. Seht selbst, was für einfältige Narren sie sind. Sie suchen nach einem Wunder, also sehen sie eins und schaden damit ihren eigenen Seelen. Was für eine traurige Angelegenheit.«

»Ja«, meinte Daniel nickend. »Und irgend jemand muß der Sache Einhalt gebieten, bevor sie außer Kontrolle gerät.«

Antony war nicht in der Lage, den Zorn aus seiner Stimme fernzuhalten. »Wenn es Euch darum geht, die Stimmen, die Simeon zujubeln, zum Schweigen zu bringen, kümmert Euch als erstes um die lauteste unter ihnen.« Er hob den rechten Arm, um auf Bruder Vincent zu zeigen, der nach wie vor seinen kostbaren Streifen bestickten Stoffs schwang. »Er ist der Anstifter. Er fachte das Feuer an, das den Mob brennen läßt. Er bewundert den Mann, dem er dient, so sehr, daß er blind für die einfache Tatsache ist, daß er ihm mit seinem extremen Verhalten in Wirklichkeit keinen guten Dienst erweist. Bruder Vincent ist es, der sich irrt, nicht Simeon.«

»Der Fehler mag vielleicht bei ihm liegen, aber wer sich Feinde schafft, ist Simeon.«

»Dann sollen diese Feinde doch nach dem wirklichen Schurken suchen und diese krächzende Zunge zum Schweigen bringen, bevor sie …« Er brach jäh ab, denn er merkte plötzlich, daß seine Stimme heiser vor Wut war, und sein Finger immer noch anklagend auf Vincent zeigte. Er ließ die Hand sinken und schüttelte den Kopf. Kein Mann verdiente es, für seine Hingabe verurteilt zu werden, wie fehlgeleitet er auch sein mochte.

»Eure Worte werden sicher nicht so leicht vergessen, Bruder«, sagte Daniel, und sein Lächeln hatte etwas unübersehbar Selbstgefälliges.

»Vergebt mir, daß ich in Hast und Zorn gesprochen habe. Meine Worte waren in keiner Weise dazu bestimmt …«

»Hört mir zu.« In Daniels Stimme lag nun eine deutliche Schärfe, und das Lächeln auf seinem Gesicht war einem Ausdruck unerbittlicher Härte gewichen. »Wenn die Mohnblume zu groß wird, verliert sie den Kopf. Ihr wäret gut beraten, Euren Freund daran zu erinnern. Wenn Ihr ihn vor seinen Feinden beschützen wollt, beschneidet sein Wachstum, bevor es ihnen notwendig erscheint, ihn niederzumähen.«

So schnell, wie er gekommen war, war der Habicht auch wieder verschwunden. Die Menge, die sich vor ihm für einen kurzen Augenblick geöffnet hatte, schloß sich ebenso rasch wieder hinter ihm und nahm ihn in sich auf. Antony blickte ihm nach, bis nichts mehr von ihm zu sehen war. Die Warnung hatte nicht Vincent gegolten, sondern Simeon, der zu neuen Höhen gelangt war, und das nicht etwa aus Ehrgeiz oder Selbstsucht, sondern weil man ihn gegen seinen Willen emporgehoben hatte, über das Gewöhnliche hinaus. Und wie die Dinge sich auch entwickeln mochten, er war auf jeden Fall in Gefahr, seinen Kopf zu verlieren.

Kapitel 21

Eine feierliche Stimme sprach die ersten Worte des lateinischen Gebetes: »Wir befehlen dir, o Herr, die Seele deines Dieners.«

Kanonikus Bernard von St. Martin wurde in einem schlammigen Stück Erde in einer stillen Ecke des Gartens begraben, der zur Propstei gehörte. Die provisorischen Gehsteige, die man über den vom Flutwasser verwüsteten Bereichen angelegt hatte, waren immer noch an Ort und Stelle, aber inzwischen von den Füßen der vielen Priester mit einer Schlammschicht überzogen. Die Stelle, die man ausgesucht hatte, um dort den Leichnam des Kanonikus in die Erde zu betten, grenzte an die Rückwand des Wohnhauses. Dorthin hatten sich schon seit vielen Jahren die älteren Kanoniker zurückgezogen, wenn sie ein wenig Ruhe suchten; es war ein stilles Fleckchen, an dem ein Mann ungestört seinen Gedanken nachhängen oder einfach nur ein kleines Schläfchen halten konnte. Das rechteckige Gärtchen gehörte zu dem größeren Grundstück zwischen dem Kräutergarten und der Wiese. Seine hohen Steinmauern waren von üppigem Efeu überwuchert, und an seinem offenen Ende erhob sich eine massige Eiche, die angeblich schon ein halbes Jahrhundert lang dort stand und in der Zwischenzeit ihren gewaltigen Stamm von einer Mauer zur anderen ausgedehnt hatte. Kanonikus Bernard hatte noch am Tag vor seinem gewaltsamen Tod unter eben dieser Eiche gesessen, eingehüllt in einen dicken Wintermantel, damit die Kälte ihm nichts anhaben konnte. Besonders gern hatte er auf einer Holzbank im westlichen Teil des Gartens gesessen, wo er lange Stunden damit zugebracht hatte, sich in die nur ihm vertrauten Welten der Gedanken und Bilder hinter seinen Augenlidern zu versenken.

Nun lag er in einem bleigefaßten Sarg, und sein reger Geist und seine sanfte Zunge waren für immer zum Schweigen gebracht.

»Ich muß sprechen, um seinetwillen muß ich sprechen«, flüsterte Simeon und wiederholte dann noch einmal etwas lauter: »Ich muß sprechen.«

Bruder Richard, der neben ihm stand, blickte finster drein und drehte die Kordel seines einfachen Kruzifixes zwischen seinen Fingern hin und her. Er kannte das Dilemma, das Simeon quälte. Es hielt den Priester des Nachts wach, und heute hatte er sogar darum gebeten, das Hochamt verlassen zu dürfen, noch bevor das heilige Sakrament ausgeteilt worden war. Nun hatten ihn die Kanoniker zu sich gerufen, damit er dieses Verhalten rechtfertigte. Cuthbert selbst hatte dies verlangt, denn er war scharfsinnig und kannte die Denkweise ehrgeiziger Männer. Sein Priester war zum Opfer einer heimtückischen Verschwörung geworden und spielte seinen Feinden in aller Unschuld in die Hände. Cuthbert konnte nicht müßig danebenstehen und zusehen, wie Männer wie Wulfric de Morthlund und Cyrus de Figham, Priester, die in Abwesenheit ihrer Kanoniker über nicht geringe

Autorität verfügten, Gerüchte wiederholten, die aus den Gossen von Beverley stammten und dazu angetan waren, selbst einen Heiligen als Schurken dastehen zu lassen. Das letzte, was diese Gerüchte besagten, war, daß Simeon unter Gewissensbissen litte, und indem er der Messe fernblieb, gab er solchen Lügen auch noch Nahrung. Er würde den Kanonikern gegenübertreten und sein Verhalten rechtfertigen, dafür würde Cuthbert sorgen. Eine solche Last, wie Simeon sie trug, konnte ihm bei bösem Willen als Schuldbewußtsein ausgelegt werden. Die Sache mußte ein Ende nehmen, und zwar bald, noch bevor die bösen Gerüchte ihn mit so vielen Sünden in Zusammenhang brachten, daß er die gute Meinung seiner Vorgesetzten einbüßte.

Vorne am Grab rief der Priester mit seiner tiefen, klaren Stimme: »*Kyrie eleison* … Herr, sei uns gnädig.«

Und der Chor der Trauernden antwortete: »*Christe eleison* … Christus sei uns gnädig.«

Richard blickte hinunter auf seine Sandalen und sah, daß sie so tief in den Schlamm gesunken waren, daß seine Füße ein grotesk verunstaltetes Aussehen angenommen hatten. Seine Winterstiefel hingen im Hospital über einem der Öfen, um in der warmen Luft zu trocknen. Er hatte geholfen, die Wasserläufe zu säubern, die das Land rings um St. Peter durchzogen. Dabei hatte er in einem der Kanäle zwei Leichen gefunden, und als er sie herauszog, hatten seine Stiefel an ihren Nähten Wasser durchgelassen. Deshalb blieb ihm nichts anderes übrig, als einfache Sandalen zu tragen, während er Kanonikus Bernard die letzte Ehre erwies.

»Ich muß, ich muß sprechen«, murmelte Simeon wieder.

Richard nickte grimmig. Zuzusehen, wie ein guter Mann mit sich rang, mit gespaltenem Gewissen und unsicherem Herzen, konnte einem anderen Mann Schmerzen bereiten, als sei das Gebrechen des anderen das eigene. Noch einmal sah er hinunter auf die schlammbespritzten Stumpen über seinen eingesunkenen Füßen. Die Kälte an diesem Ort durchdrang sein Fleisch und ging ihm bis auf die Knochen. Es machte ihn traurig, an Pater Bernard zu denken, diesen allseits beliebten, freundlichen Mann, der nun allein an einer so einsamen Stelle lag. Wenn es erst Sommer war, würde der Garten mit leuchtend bunten Blumen bepflanzt sein, wunderbare Düfte würden in der Luft liegen, Vögel zwitschern und Insekten zirpen. Aber das war im Sommer, und der war noch ein halbes Jahr entfernt. Für den Augenblick würde der Leichnam des freundlichen alten Mannes den denkbar trostlosesten Ruheplatz finden.

Noch ganz in Gedanken versunken, drehte er sich um, um mit den anderen fortzugehen, während der Chor die lange hypnotische Litanei der Heiligen anstimmte. Erschrocken fielen ihm seine Füße wieder ein, die fest im Schlamm verwurzelt waren, aber nun war es schon zu spät für ihn, um noch das Gleichgewicht zu halten, und er kippte mit gestreckten Armen zur Seite. Simeon fing ihn auf und gab ihm Halt; seine blauen Augen waren dunkel vor Sorge.

»Ich stecke fest«, erklärte Richard in einem rauhen Flüsterton, da er den strengen Blick von Kanonikus Cuthbert auf sich spürte. »Meine Füße stecken im Schlamm fest. Ich kann mich nicht bewegen.«

»*Spiritus Sancte, Deus*«, rezitierte den Kantor, und die versammelte Gemeinde antwortete: »*Miserere nobis.*«

Ohne in seinem Schritt zu verhalten, griff Simeon nach den Armen seines Freundes und befreite ihn mit einem kräftigen Ruck aus seiner Zwangslage, so daß seine Füße sich mit einem lauten, lustvollen Glucksen aus dem Schlamm hoben.

Sie ließen die Trauergemeinde hinter sich und gingen direkt zur Propstei, wo man einen langen, randvoll mit Wasser gefüllten Steintrog vor der Tür aufgestellt hatte. Die Priester sollten von einem Ende zum anderen durch den Trog hindurchwaten, so daß der Schlamm von ihren Schuhen gespült wurde und sie mit sauberen Schuhen, wenn auch nassen Füßen, ins Haus eintraten. Diejenigen von ihnen, die Stiefel trugen, maßen der Angelegenheit keine besondere Bedeutung bei. Wer aber Sandalen an den Füßen hatte, so wie Richard, sah zu, daß das Wasser, das hineinlief, ebenso schnell auch wieder hinauslief; die Haut, die ohnehin schon eiskalt war, verlor auf diese Weise endgültig jedes Gefühl.

In der Propstei waren die Vertreter der sieben Kanoniker sowie die Vertreter des Propstes und des toten Rektors mittlerweile zusammengekommen. Sie alle waren ihrer Würde gemäß prachtvoll gewandet, und nun nahmen diese überaus wichtigen Männer mit großem Ernst ihre Plätze ein: ihre Hierarchie spiegelte sich in der sorgfältigen Aufstellung der eleganten Stühle wieder. Der Stuhl des Propstes war über alle anderen erhoben, und hinter ihm standen die hohen Hocker der älteren, ihm unterstellten Geistlichen. Dann kamen die Kanoniker, zuerst der von St. Martin, denn dies war die wohlhabendste Pfründe von allen und, da sie außerdem die Pfarrkirche war, auch die bedeutendste. Diese Stellung, die nun durch das frühe Dahinscheiden des armen Bernard frei geworden war, wurde von Pater Fabian repräsentiert, einem Priester, der bereits siebzig Lenze zählte. Obwohl er im Augenblick den Stuhl von St. Martin besetzte, nahm niemand an, daß er, der schon fast im Ruhestand war und erste Anzeichen von Senilität zeigte, ein ernsthafter Kandidat für ein solches Amt sein könnte.

Wulfric de Morthlund und Cyrus de Figham nahmen ebenfalls wichtige Plätze unter den Kanonikern ein, denn sie waren mächtige Männer, und die meisten Männer fügten sich klaglos ihrem Willen, da sie ihr Wohlwollen ihrer Feindseligkeit vorzogen. Wenn die Pfründe, die sie vertraten, auch in ihrer Bedeutung ihren Nachbarn um ein weniges nachstanden, so galt das nicht für die Männer selbst und die Reichweite ihres Einflusses.

Jeder Kanonikus hatte einen Vikar oder einen Sekretär mitgebracht, der die Einzelheiten dieser Zusammenkunft niederschreiben sollte. Man hatte sie davon in Kenntnis gesetzt, daß Pater Cuthbert sie aus einem ernsten Anlaß hierhergebeten hatte, und es mußte tatsächlich etwas Ernstes sein, denn man hatte sie von dem Begräbnis des Kanonikus Bernhard weggeholt, und das, noch bevor die Litanei und die letzten Gebete gesprochen worden waren. Durch die Fenster konnte man immer noch die Priester hören, die dem alten Mann mit ihrem Gesang das letzte Geleit gaben. Die wenigen, die früher gegangen waren, würde er nicht vermissen, und wenn doch, würde er ihnen verzeihen: Er war nie ein Mann gewesen, der seinem Nächsten etwas verübelte.

Unter den geringeren Würdenträgern waren mehrere Männer, die Simeon kannte: Der junge Daniel Habicht, so elegant wie immer, und John, der Exorzist, der mit jedem Geschenk, mit dem sein Herr sich seine Treue erkaufte, an Selbstbewußtsein gewann.

Nun konzentrierte sich die Aufmerksamkeit des Priesters auf diesen Nero der Jetztzeit, auf Wulfric de Morthlund. Der Mann hatte sich gewaltig verändert, seit Simeon ihn das letzte Mal gesehen hatte. Nur wenige Tage nach seiner Demütigung in dieser zugigen kleinen Kapelle war er nicht länger der greinende Büßer, der sich mit einem härenen Hemd bekleidet in Qualen wand. Statt dessen war er nun wieder zweifellos ganz er selbst, der wahre Wulfric de Morthlund, kostbar gewandet, großspurig und arrogant. Simeon war nur kurz erstaunt darüber, daß das Verhalten des Mannes eine so schnelle und dramatische Kehrtwende gemacht hatte. Vom selbstherrlichen Tyrannen zum zerknirschten Büßer und wieder zurück, und das Ganze innerhalb einer einzigen Woche: Er war gewiß ein Mann, der viele Facetten hatte. Es war keine echte Überraschung für Simeon, daß ein Mann, der es gewohnt war, sein Mäntelchen ganz nach Laune in den Wind zu hängen, eine solche Verwandlung durchmachen konnte. Simeon hatte seine Pflicht getan, so wie die Kirche es von ihm verlangte. Wenn de Morthlund es unterlassen hatte, die höhere Autorität aufzusuchen, wie er es ihm empfohlen hatte, wenn er es vorzog, das härene Hemd gegen die seidenen Gewänder eines geborgten Amtes einzutauschen, dann war das sein gottgegebenes Recht und Privileg. Die Gefährdung seiner Seele war seine eigene Sache: Niemand wußte das besser als er selbst.

Während Simeon nun still inmitten dieser raschelnden Roben und flüsternden Stimmen saß, hatte er das Gefühl, an einer Versammlung von Pfauen teilzunehmen, und er fragte sich, ob er wohl zu lange Zeit unter einfachen Männern und Mönchen zugebracht hatte, um eine solche Zurschaustellung von Prunk zu würdigen. Den größten Teil der Woche über hatte er mit dunkel gekleideten Mönchen und Priestern und in Lumpen gehüllten Arbeitern in den Straßen innerhalb von St. Peter gewirkt. Daher stießen die fleckenlosen Festgewänder der Kirche ihn nun ab, so als sei ihr Leuchten erkauft mit den hellen Tränen der Armen. Irgendwie schien ihm der Schmutz auf Bruder Richards Füßen im Vergleich dazu nobel und ehrenwert.

Als man ihn aufforderte, sich zu erheben und Rechenschaft über sein Verhalten während der Messe abzulegen, erzählte er von der Entdeckung des Leichnams von Pater Bernard. Sein Bericht war sachlich und ungeschminkt, bis er schließlich zum Ende kam und es ihm noch übrigblieb, den Anwesenden seine Schlußfolgerung zu unterbreiten.

»Bruder Richard hier, ein ehrlicher Mann, der seinen Gott fürchtet, wie es sich geziemt, kann jede Einzelheit bestätigen«, sagte er. »Und was mich betrifft, so leide ich weder unter zu großer Phantasie, noch bin ich ein Narr. Ich sehe diese grausamen Tatsachen, die eindeutig für sich sprechen. Kanonikus Bernard war ins Gebet vertieft, als er von hinten niedergeschlagen wurde, und zwar mit einem schweren Stein, der von einer Treppenstufe stammt. Dieser Stein kann sich nicht von selbst bewegt haben, ebensowenig wie irgendein Ding die Möglichkeit hat, nach oben zu fallen, wie es gewesen sein müßte, wenn er, wie wir zuerst vermutet haben, durch einen Steinschlag getötet worden wäre. Er war nicht allein im Treppenschacht, und es war auch nicht die Hand des Schicksals, die ihm das Leben genommen hat. Wie sehr ich mich auch bemühe, diese Tatsache beiseite zu schieben, bleibt mir doch nichts anderes übrig, als die unglückselige Wahrheit anzuerkennen, daß er ermordet wurde.«

»*Ermordet!*« Das Wort lief wie ein Schwall übelriechender Luft durch den Raum. Es hinterließ seinen Abdruck auf jedem Gesicht. Ungläubigkeit und Zorn standen in den Mienen der versammelten Würdenträger zu lesen, ein Gefühl von Wut und ein Anflug von Angst. Wie viele von ihnen mochten die Wahrheit wohl schon vorher gekannt haben, fragte er sich, und hatten nur nicht den Mut aufgebracht, ihr Wissen in Worte zu fassen. Jetzt, da es endlich heraus war, konnte er die Bürde, die ihn in den letzten Tagen niedergebeugt hatte, ablegen. Jetzt mußten diese würdigen Kanoniker entscheiden, welche Maßnahmen der Situation am ehesten angemessen waren. Keiner der benachbarten Bischöfe würde es riskieren, das Territorium des Erzbischofs von York zu verletzen, indem er den Altar der Kirche weihte, denn alle Bischöfe bewachten ihr Eigentum mit wilder Eifersucht, und Roger de Pont L'Evèque, Erzbischof von York, bildete da keine Ausnahme. Er würde sich, wenn ein anderer Bischof ihm seine Rechte streitig machte, direkt und bitter bei seiner Heiligkeit, dem Papst, beschweren. Sein Zorn würde nach Rom und wieder zurück fliegen und sich mit jeder Meile seiner Reise weiter aufblähen. Er war eine furchtbare Waffe, dieser Zorn des Erzbischofs. Er hatte sie sogar schon gegen Könige gerichtet. Wie man die Dinge auch betrachtete, die Kanoniker erkannten sofort ihr wahres Dilemma. Wenn in ihrer Kirche ein Mord begangen worden war, dann durften die heiligen Sakramente dort nicht mehr erteilt werden, bis der Altar nicht neu geweiht war. Ein Bischof wurde hier gebraucht, aber es würde keiner kommen, denn niemand würde es wagen, in Roger de Ponts Domäne einzudringen. Andererseits waren die Gesetze klar und mußten befolgt werden. Die Heilige Messe durfte in dieser Kirche nicht mehr gelesen werden, denn der Altar war entweiht.

Simeon schwieg nun, während die anderen Männer leise miteinander tuschelten. Einen Augenblick lang begegnete er dem Blick seines Kanonikus, und in Cuthberts Augen las er, daß er richtig gehandelt hatte, endlich zu sprechen. Ein Stück weiter weg schüttelte Wulfric de Morthlund gerade den Kopf und lächelte, als sei die ganze Angelegenheit einfach unglaublich. Und jedermann im Raum sah immer wieder heimlich zu Simeon hinüber, um festzustellen, welche Wahrheiten oder Unwahrheiten in seinem ernsten Gesicht geschrieben standen, alle Männer bis auf einen, denn Cyrus de Figham hielt seinen Blick abgewandt. Er hatte während Simeons Bericht vollkommen reglos auf seinem Stuhl gesessen und die Augen auf einen nicht vorhandenen Gegenstand einige Zoll über dem Boden geheftet. Trotz seiner äußeren

Ruhe war de Figham sehr wohl auf der Hut, was kein Wunder war, da der Verdacht zuerst auf ihn fallen mußte: Zum einen war er Bernards Vikar gewesen, zum anderen hatte er bei der Abendmesse ganz in dessen Nähe gesessen. Simeon hatte einen offenen Angriff von de Figham erwartet, aber statt dessen stellte er fest, daß die schiefergrauen Augen den seinen sorgfältig auswichen. Aus Gründen, die er allein mit seinem Gott abmachen mußte, zog Cyrus de Figham es vor, seinem Ankläger nicht ins Gesicht zu sehen.

»Warum habt Ihr so lange Schweigen bewahrt, Simeon of Beverley?« In Cuthberts Stimme schwang große Autorität mit. Er wollte, daß sein Vikar sein Verhalten bis ins letzte erklärte, bevor irgend jemand sonst das für ihn tat, und zwar zu seinem Nachteil.

»Ich habe aus den besten nur denkbaren Gründen Schweigen bewahrt«, erwiderte er. »Ich wollte Bernards Mitbrüdern das Wissen ersparen, daß vielleicht ein grausamer Mörder unter ihnen weilt. Und ich wollte auch die unschuldigen Menschen in unserer Stadt verschonen. Sie haben eine schreckliche Tragödie erlebt, und an jeder Straßenecke gibt es Tod und Schmerz, Verlust und Verwirrung. Nach einer solchen Katastrophe den Altar zu verriegeln, hätte bedeutet, ihnen auch noch die letzte Hoffnung zu rauben. Wir alle haben gesehen, wie verzweifelt sie der Hilfe der Kirche bedurften, wir haben immer wieder erlebt, mit welch tiefverwurzeltem Vertrauen sie den Segen entgegennahmen, den wir ihnen hier spenden konnten. Ich konnte mich einfach nicht dazu überwinden, lediglich aufgrund meines eigenen Verdachts die Absperrung des Altars zu veranlassen, nicht zu diesem Zeitpunkt, nicht solange es so aussah, als könnten wir nichts anderes tun als abzuwarten, bis der Erzbischof uns zur Hilfe kommt.«

Nun beugte sich der Vertreter des Propstes, ein kluger, scharfsinniger Mann von nicht einmal vierzig Jahren, auf seinem Stuhl vor, um das Wort zu erheben. Jacob de Wold war seit zwölf Jahren Priester, obwohl er in letzter Zeit seine Obstgärten und Parkanlagen den Beschränkungen seines heiligen Amtes vorzog. Er sah Simeon aufmerksam an; er glaubte, diesen blauäugigen Priester durchschaut zu haben, und kannte ihn als einen ehrlichen und absolut unbestechlichen Menschen. Dieser Simeon hatte seit dem Tag, an dem sein Vater ihn der Kirche übergeben hatte, Cuthberts Gunst errungen: keine geringe Leistung, da Cuthbert zwar voll ehrlicher Nächstenliebe war, echte menschliche Nähe im allgemeinen aber scheute. Man hatte schon zuviel von diesem Priester gehört, und das meiste war ziemlich außergewöhnlich. Für einen Mann von sanftmütigem Temperament, für einen hingebungsvollen Schreiber, der es vorzog, in arbeitsreicher Abgeschiedenheit zu leben, hatte dieser gutaussehende, junge Priester eine erstaunliche Begabung, ungeheure Leidenschaft in den Menschen zu wecken.

»Unglücklicherweise ist mein Herr Erzbischof aufgehalten worden«, verkündete Jacob. »Der König war so freundlich, es ihm zu gestatten, den königlichen Hof zu verlassen, und ich glaube, er ist in aller Eile hierher aufgebrochen. Dann hat er seine Reise in einem seiner Schlösser in der Nähe von Lincoln unterbrochen, und dort wurde er in einer dringenden Angelegenheit aufgehalten.«

»Dringend?« wiederholte Simeon ungläubig. »Bei allem, was heilig ist, welche Angelegenheit könnte auch nur halb so dringend sein wie unsere hier, direkt auf seiner eigenen Türschwelle? Wir haben Hunderte von Toten und Verletzten zu beklagen, und ebenso viele, die spurlos verschwunden sind; zwei Drittel der Einwohner unserer Stadt sind mit einem Streich heimatlos geworden. Unsere Kirchen haben schwere Schäden erlitten oder liegen sogar in Schutt und Asche, unsere Priester sind tot, unsere Altäre geschändet. An welchem Ort in der ganzen Christenheit könnte seine Anwesenheit wichtiger sein als als bei uns?«

Jacob breitete die Hände aus und schüttelte den Kopf. Man hatte ihm gesagt, daß dieser Simeon of Beverley seinen Gott, seine Kirche und seine Stadt mit gleicher Leidenschaft liebte. Und gerade im Augenblick war er versucht, dieser Behauptung Glauben zu schenken. Der Ausbruch des jungen Priesters kränkte ihn daher nicht im mindesten.

»Mein Herr Erzbischof hat seinen Ratgebern vertraut«,

sagte er, während er Simeon in die Augen sah – gewiß die klarsten, blauesten Augen, die er je erblickt hatte. »Der erste Bericht, den er erhalten hat, besagte, daß die Stadt sicher in den Händen von Hugh de Burton und seiner Armee sei. Der zweite Bericht erklärte, daß Robert de Clare of York alles unter Kontrolle habe. Er hat von bereits beseitigten Schäden und niedergeschlagenen Aufständen gehört, von Fluten, die zurückgegangen, und Gefahren, die vorüber sind. Daher glaubte er, es gäbe nichts, worüber er sich Sorgen machen müßte, da seine Besitztümer in so würdigen Händen sind.«

»Aber so ist es ganz und gar nicht«, protestierte Simeon. »Beverley braucht ihn dringend. Wenn er seinen Besitz in guten Händen wähnt, dann hat man ihn grausam falsch informiert.«

»Ja, das stimmt, aber wer wird es wagen, ihm das zu sagen?«

»Nun, jeder Mann, der auch nur halbwegs ehrlich ist.«

»So wie Ihr selbst, Freund Simeon?«

»Wenn es nötig ist, ja.«

»Ich verstehe.« Der Vertreter des Propstes kniff die Augen zusammen. »Ihr würdet Sir Hugh de Burton und Sir Robert de Clare, die, wie ich hinzufügen möchte, die Freundschaft des Erzbischofs genießen, für zwei Schufte und Lügner erklären, die aus unserem Unglück persönlichen Nutzen ziehen wollen?«

»Das würde ich tun«, antwortete Simeon mit fester Stimme. »Wenn es die Wahrheit ist, dann verdient der Erzbischof es, sie zu hören.«

Jacob de Wold lehnte sich zurück, um sich diesen jungen Priester noch einmal genauer anzusehen. Es war wirklich eine Seltenheit, ein Mann, der Ehre und Wahrheit über alle anderen Erwägungen stellte.

»Ich glaube tatsächlich, Ihr würdet es tun«, sagte er endlich und fügte mit einem bewundernden Zwinkern hinzu, »gleichgültig, welche Konsequenzen Euer Verhalten haben würde.« Ihre Unterhaltung hatte keine echte Bedeutung, außer, daß sie ihnen die Möglichkeit gab, einander einzuschätzen. Keiner der Männer im Raum zweifelte daran, daß der Erzbischof nur geringe Zuneigung für ihre Stadt hatte. Er würde Beverley viel lieber am Boden kriechen sehen, als ihm zu Hilfe eilen. Er würde Beverleys Zölle und Gebühren einziehen, Beverleys Gemeindeland und Torfmoor in seinen Besitz bringen und versuchen, es bei jeder Gelegenheit dem Willen Yorks zu unterwerfen.

Zu den reicheren Besitztümern des Bischofs zählte ein Schloß in der Nähe des grünen Herzens von Lincolnshire. Es wurde in seiner Abwesenheit von Sir Edmund Flydes verwaltet, einem jungen Ritter, der sich nur ein halbes Jahr nach seiner Hochzeit bei einem Jagdunfall verletzt hatte und zum Krüppel geworden war. Der unglückliche Invalide hielt sich nur noch in seinen Räumen auf, bettlägerig und mürrisch, während seine schöne junge Frau Christiana ihm den Haushalt führte und seine Gäste empfing. Es hieß, sie vergnüge sich in ihren privaten Gemächern mit einer endlosen Parade von Liebhabern und bezahlte ihre Diener gut dafür, über alles, was vorging, Schweigen zu bewahren. Und wenn ihre Türen anderen Männern versperrt waren, solange der Erzbischof im Schloß weilte, so war es weder Schamgefühl noch Angst vor Tadel, die sie zu solcher Diskretion veranlaßten. Ihren Interessen war am besten gedient, indem sie Roger de Pont L'Evèque davon überzeugte, daß er als einziger Zugang zu ihrem Bett hatte, denn er war, wenn es um seine fleischlichen Vergnügungen ging, maßlos eifersüchtig. Wenn er zwischen dem Besitz seines Monarchen und seinem eigenen hin und her reiste, versorgte Hovard Castle ihn mit offener Gastlichkeit und heimlichen Vergnügungen, die einen Mann durchaus viele Wochen lang aufhalten konnten. Gewiß würde er innerhalb der nächsten Woche weder nach York noch nach Beverley reisen. Und wahrscheinlich war, daß die Menschen, die seiner am dringendsten bedurften, ihren Erzbischof noch einen weiteren Monat lang nicht zu Gesicht bekommen würden.

»Warum sprecht Ihr ausgerechnet jetzt, heute, in diesem Augenblick?« fragte Wulfric de Morthlund plötzlich Simeon. Er und Figham hatten die Köpfe zu einem privaten Gespräch zusammengesteckt, und er hatte mit Bedacht einen Augenblick nachdenklichen Schweigens gewählt, um seine Frage zu stellen. »Ich bin verwirrt und andere ebenfalls, möchte ich schwören. Warum habt Ihr die Angelegenheit so lange für euch behalten, bevor Ihr Euch entschlossen habt zu sprechen? Warum habt Ihr nicht weiter Schweigen bewahrt, jetzt, da der unglückliche Mann begraben ist und die Wahrheit kaum noch nachprüfbar?«

»Jeder Mensch muß tun, was sein Gewissen und sein gesunder Verstand ihm gebieten«, erklärte Simeon sein Verhalten. »Der Sturm ist jetzt vorüber, und die Menschen erholen sich langsam, und da kein liebender Erzbischof uns zur Hilfe eilt, trotz all des Leids, das wir ertragen müssen ...« Er hielt einen Augenblick inne, um seinen Zorn hinunterzuschlucken. »Ich sehe keinen Grund mehr, die Angelegenheit geheimzuhalten, und um ganz ehrlich zu sein, die Last der Verantwortung ist mehr, als ich tragen kann. Sie stiehlt mir den Schlaf und raubt mir meinen Seelenfrieden. Mehr kann ich nicht tun, und es ist auch nicht meine Aufgabe, es zu versuchen. Jetzt müssen die Kanoniker entscheiden, was geschehen soll.«

Die Kanoniker nickten, und Wulfric hatte nicht die Absicht, sich ihnen entgegenzustellen. Dennoch wollte er nicht mit seiner Meinung hinterm Berg halten.

»Ich frage mich, ob es hier wirklich um die Frage der Messe geht«, sagte er. »Immerhin ist dies hier kein Canterbury mit einem gemeuchelten Erzbischof, dessen Blut die Stufen des Hochaltars besudelt. Der Tod unseres Kanonikus ist bedauernswert, aber da der Leichnam im Turmschacht einer Seitenkapelle gefunden worden ist, könnte man durchaus behaupten, daß der Hochaltar einer Schändung entgangen ist.«

»Und man könnte ebensogut behaupten, daß Schwarz Weiß ist, wenn einem das gerade besser zupaß kommt.«

Dieser Kommentar kam von Jacob de Wold, dessen Lächeln zwar freundlich war, seine Augen aber doch nicht erreichte. Seine Abneigung gegen de Morthlund war ein offenes Geheimnis. »Die Frage der Altarweihe muß später entschieden werden, wenn wir alle Fakten kennen«, erklärte er. »Solche Dinge können nicht hier entschieden werden, nicht ohne entsprechende Debatten.«

Der dicke Mann erhob sich lächelnd ein wenig von seinem Stuhl, verbeugte sich dann mit einem angedeuteten Kopfnicken vor dem Vertreter des Propstes und wandte sich schließlich wieder an Simeon, um diesen mit lauter Stimme zu fragen: »Da wir gerade hier versammelt sind, könnten wir vielleicht über Euren Anteil an anderen Ereignissen der jüngsten Zeit sprechen, Freund Simeon?«

Simeon nickte gelassen. Er konnte die Feindseligkeit in Wulfrics Gesicht deutlich sehen. Er konnte sie auch dem Klang seiner Stimme entnehmen, und er kannte ihren Grund. Er hatte Wulfric in schlimmster Verfassung gesehen, schluchzend und mitleiderregend, und er wußte, daß der andere Mann ihm dies nie vergeben würde.

»Es steht hier keine andere Angelegenheit zur Debatte«, warf Jacob de Wold ein, bevor Simeon selbst antworten konnte.

»Aber es wird geredet«, drängte de Morthlund.

»Gerüchte«, stellte Cuthbert mit plötzlicher Lebhaftigkeit fest. »Schmutziger Klatsch und Tratsch, der seinen Ursprung in der Gosse hat. Solch gewöhnliches Gerede hat hier keinen Platz, Wulfric de Morthlund, und das wißt Ihr auch sehr gut.«

»Gibt es Rauch ohne Feuer?«

»Gibt es Wahrheit in der Lüge?« konterte Cuthbert.

Der dicke Mann breitete die Hände aus und zuckte mit den Schultern. »Ich beuge mich Eurer Weisheit, Herr. Wenn der gute Name Eures Priesters Euch gleichgültig ist …«

»Wie könnt Ihr es wagen, Herr?« fragte Cuthbert, und die Empörung brachte ihn auf die Beine. »Der gute Name dieses Mannes hat nie in Zweifel gestanden.«

Wieder breitete der dicke Mann nur die Hände aus, und sein Lächeln verriet, wie es in seiner Absicht lag, eine kaum verhohlene Verachtung für alte Männer, die blind für die Fehler ihrer Lieblinge waren. Als Jacob de Wold ihn mit einer Handbewegung aufforderte, sich zu setzen, folgte er dem unausgesprochenen Befehl, denn er hatte gesagt, was er zu sagen hatte. Die Saat war ausgestreut und brauchte nur noch genährt zu werden.

Jacob sprach nun die anderen Anwesenden an. »Wir werden jetzt die Angelegenheit von Pater Bernards Tod nicht weiter diskutieren.« Dann wandte er sich an Simeon und sagte: »Meine Sekretäre benötigen eine genaue Schilderung der Tatsachen. Es muß ein Bericht verfaßt werden.«

»Das ist bereits geschehen.«

Bruder Richard trat vor und reichte Jacob einige mit Simeons kühner Handschrift beschriebene Seiten; jedes Wort, das dort zu lesen stand, hatte er, Richard, als treuer und gewissenhafter Zeuge bestätigt.

Jacob, der Simeon nicht aus den Augen gelassen hatte, nickte nachdenklich. »Ich werde dafür sorgen, daß eine Kopie davon sofort nach Hovard Castle gelangt. Ich denke, mein Erzbischof wird, wenn er das liest, sofort hierhereilen.«

»Und was ist mit der Messe?« wollte Simeon wissen.

»Diese Angelegenheit wird so bald als möglich entschieden«, versicherte der Mann ihm. »Ihr habt eine schwere Last auf Euch genommen, Simeon of Beverley. Ich glaube, daß Ihr Euch unter dieser Last gut gehalten habt und sie zur rechten Zeit und auf ehrenhafte Art und Weise abgelegt habt.« Er hob eine Hand, um einer Erwiderung des Priesters zuvorzukommen. Dann senkte er die Stimme und fügte noch eine weitere Bemerkung zum Abschied hinzu: »Kehrt zu Euren Büchern und Aufsätzen zurück, Schreiber. Beugt Euch tief über Eure Seiten, während draußen die Wölfe heulen.«

Mit diesen Worten drehte Jacob de Wold sich um und verließ im Gefolge seiner illustren Kameraden den Raum. Cuthbert blieb ein wenig zurück, denn es fiel ihm schwer, mit den anderen mitzuhalten, und Simeon und Bruder Richard eilten zu ihm, um ihn zu stützen. Während die letzten beiden Würdenträger langsam auf die Tür zugingen, blieb Cyrus de Figham kurz stehen und drehte sich um. Zum ersten Mal seit Beginn der Versammlung sah er Simeon direkt an, und in seinen schiefergrauen Augen stand reiner Haß.

Kapitel 22

Simeon und die Männer, denen er vertrauen konnte, waren übereingekommen, sich direkt nach der Terz im Skriptorium zu treffen, wo sie ungestört miteinander reden konnten. Der Tag war frisch und klar und die Landschaft mit Rauhreif überhaucht. Die Morgensonne leuchtete von Osten aus einem saphirblauen Himmel – zu schwach noch, um das Eis auf den Wasserbottichen oder die Eisblumen auf den Fensterscheiben zu schmelzen.

Simeon stand auf dem sanften Hügel des kleinen Wäldchens hinter dem zerstörten Obstgarten von St. Peter. Dort gab es nun keine Bäume mehr, ja nicht einmal ein Gebüsch, denn der Sturm hatte alles dem Erdboden gleichgemacht. Zu Simeons Rechten erhob sich das gewaltige Münster in zeitloser Pracht vor einem makellosen Himmel: keine bunt bemalten Fenster verzierten seine Ostwand, nur das große Loch und die verbogenen Eisenriegel, die einst das schwere Glas gehalten hatten, waren noch zu erkennen. Zu seiner Linken, jenseits der hohen Mauer der Kircheneinfriedung, glitzerte das überflutete Hinterland wie ein gewaltiger See, der sich vom Stadtgraben bis hin zu den Mauern von St. Nicholas und dem Werderkirchweg erstreckte. Vor ihm lag die zerstörte Stadt, die sich tapfer bemühte, wieder auf die Beine zu kommen, während hier innerhalb der alten Mauern von St. Peter die Ruinen der Kirche im Morgenfrost schimmerten, als trügen sie Trauer für ihre Toten.

Ganz in der Nähe der Werderkirche St. Nicholas war der kleine Hafen nun wieder geöffnet, und der schiffbare Wildbach, der bis vor kurzem unter den Trümmern von Häusern und Ställen begraben gewesen war, floß wieder frei und ungehindert dem Meer entgegen. Er trug die Schiffe mit den kostbaren Ladungen von Wein, Bier und Nahrungsmitteln mit derselben Leichtigkeit wie die häßlichen Lastkähne, die Bau- und Brennholz transportierten. Kleine, notdürftig zusammengezimmerte Boote brachten bescheidenere, aber nichts destoweniger wichtige Waren herbei. Und jedesmal, wenn ein Schiff seine Ladung im Hafen löschte, bekam es zum Tausch dafür aus der in Ruinen liegenden Stadt eine gleiche Menge Schutt oder Trümmer, die irgendwo stromabwärts ins Wasser gekippt werden sollten. Pater Thorwald, der seit dreißig Jahren Priester der Werderkirche war, hatte die Säuberung des Hafens persönlich überwacht, und ihm war es zu verdanken, daß die Frage des Gewinns, den sich die Seeleute mit den Fuhrmännern zu teilen hatten, den Hilfsstrom nicht beeinträchtigte. Er gewährte den einheimischen Bauern seinen Schutz, so daß jeder, der mit seinem Wintergetreide und anderen Vorräten in die Stadt kam, für seine Mühe angemessen entlohnt wurde. Ein endloser Strom von Flachbooten, Flößen und Handkarren erstickte das Hafenviertel, und mit jeder Fracht, die herbeigebracht oder fortgeschafft wurde, verbesserten sich die Zustände in der Stadt.

»Im Schatten des Todes stehen wir mitten im Leben.« Simeon hatte die Worte laut ausgesprochen, und in seinem Ton schwang eine gewisse Ehrfurcht mit. »Götter fallen, und Teufel stürzen, aber der Mensch harrt aus, und manchmal werden die Götter selbst vielleicht innehalten, um darüber zu staunen, welches wohl die größte Macht unter den dreien ist.«

Er hörte das vertraute Poltern von Osrics Lachen. Der Mann war auf leisen Sohlen herbeigekommen, und nur das Knirschen der kalten Erde unter seinen Füßen hatte ihn verraten.

»Heidenpriester«, bemerkte Osric nicht ohne Sympathie. »Ihr verleiht Euren Gedanken lauter Ausdruck, als es Euch guttut.«

Simeon zuckte mit den Schultern. »Ich mache kein Hehl aus dem, was ich denke. Ich glaube, zu den besten Werken Gottes gehört die Unverwüstlichkeit des Menschen.«

»Jawohl, und gleichzeitig zu den schlechtesten. Der Mensch hat seine dunklere Seite, und sie scheint ihm kein Unbehagen zu bereiten.«

»Geschaffen nach Gottes Bild«, sagte Simeon lakonisch,

während er sich seinen Umhang fester um die Schultern zog, »und daher Gott ähnlich, ob es uns gefällt oder nicht.«

Simeon drehte sich um und machte sich auf den Weg zu seinen wartenden Kameraden im Skriptorium. Osric sah ihm einen Augenblick nach und wiederholte: »Heidenpriester«, bevor er kopfschüttelnd hinter ihm herging.

Simeon klopfte das verabredete Signal an die Tür des Skriptoriums und wartete, bis geöffnet wurde. Als er in die Düsternis im Innern des Raumes trat, fiel sein Blick als erstes auf Elvira, die vor dem Kamin hockte und Haferkuchen formte, die gleich darauf in den Ofen kamen. Sie begrüßte ihn kurz und mit ernsten Augen, senkte dann schnell den Blick und wandte sich ab. Er wußte immer sofort, wo er sie finden konnte, so als suchten ihre und seine Augen im Wechsel ihrer Blicke eine kurze gegenseitige Versicherung.

Eine Handvoll getreuer Freunde saß auf den Bänken neben dem Feuer, als Simeon mit Osric im Schlepptau den Raum betrat. Sie hatten ihr nächtliches Fasten mit Blutwurst und kaltem Braten gebrochen; dazu gab es ein dunkles, satt biergetränktes Brot und einen Korb Hühnereier. Diese Männer waren mit dem Läuten zur Frühmette aufgestanden, hatten während der dunklen Stunden dort gearbeitet, wo sie am dringendsten benötigt wurden, und dabei alle versucht, die Arbeit von drei Tagen an einem einzigen Tag zu schaffen. Der alte Cuthbert war da, fest entschlossen, seinen fortgeschrittenen Jahren zu trotzen, an seiner Seite sein ebenfalls schon etwas betagterer Vikar Henry Stockman, der seinem Kanonikus vorbehaltlos ergeben war. Auch der Mönch Antony war da und der Priester von St. Nicholas, der grimmig wirkende Thorald, der in seinen besten Jahren viele Ozeane befahren, zusammen mit Sklaven in fremdländischen Bergwerken geschuftet und sich in jeder schäbigen Taverne in der westlichen Hemisphäre die Knöchel wundgerieben hatte; im Alter von dreiundfünfzig konnte er es immer noch mit jedem Mann aufnehmen, der nur halb so alt war wie er. Neben ihm saß sein Vikar, der junge Richard of Weel, und obwohl es schon eine ganze Weile her war, daß sie sich wiedergefunden hatten, schlug der schwere Mann dem anderen von Zeit zu Zeit auf die Schulter und zupfte ihm mit einer sehr männlichen Geste der Zuneigung den glänzenden Bart.

»Beim Zahn Gottes, mein Junge«, hatte er bei seiner Ankunft gesagt. »Ich hatte dich schon vor fünf Tagen als tot abgeschrieben.«

»Dann habt Ihr also die vielen Botschaften von mir gar nicht bekommen« erwiderte Richard, »obwohl ich sie sofort losgeschickt habe, nachdem ich erfuhr, daß Ihr den Sturm auch überlebt hattet.«

»Keine einzige habe ich bekommen«, erklärte der Baum von einem Mann, »was genaugenommen kein Wunder ist, da Diebe und Halsabschneider die Straßen wie Ratten überfluten. Aber jetzt bist du ja da – und in guten Händen bei Simeon und den anderen Männern. Ich bin sehr zufrieden, mein Junge, sehr zufrieden.«

Und das war er wirklich, denn dieser lautstarke Hüne hatte soviel, wofür er dankbar sein konnte. Er hatte das Unwetter unversehrt überlebt, obwohl seine Kirche buchstäblich dem Erdboden gleichgemacht worden war. Nur die winzige Kapelle St. Dominic stand noch – wohlbewacht von gemalten Heiligen und lebendigen Dienern der Kirche, beherbergte sie nun den kostbaren Abendmahlsteller, das Ornat, die geheiligten Reliquien und die unbezahlbar wertvollen Bücher, die Thorald aus Rom, aus der Normandie und aus Aquitanien mitgebracht hatte. Der Priester selbst war unter Tonnen von Mauerwerk begraben worden, als seine Kirche einstürzte, und wären nicht jene Menschen gewesen, die in den Trümmern ausgeharrt hatten, um ihn mit bloßen Händen auszugraben, wäre er unter den Ruinen seiner Kirche erstickt. Die Menschen hatten ihn mit hundert kleinen Kratzern, ebenso vielen blauen Flecken und ausgesprochen schlechter Laune, aber ansonsten unverletzt befreit. Seine Kirche war dem heiligen Nicholas geweiht, dem Schutzheiligen der Matrosen und Kaufleute, und eben diese waren es auch gewesen, die ihn, Thorald, gerettet hatten.

Als Simeon darum bat, Richard in St. Peter behalten zu dürfen, willigte Thorald schulterzuckend ein.

»Ich habe den Jungen gern, und er war mir immer von großem Nutzen, aber im Augenblick benötige ich nur die Kraft seiner Hände und die Breite seiner Schultern, und beides kann ich mir auch auf der Straße beschaffen, wenn ich es brauche. Wenn Ihr mit unserem Richard hier mehr anfangen könnt, dann sollt Ihr ihn gern behalten. Meinen Segen habt Ihr.«

»Ich brauche ihn hier«, erwiderte Simeon nickend.

»Ja, das glaube ich Euch. Ich habe gehört, was man sich in der Stadt zuflüstert, und ich glaube, Ihr braucht jeden Freund, dem ihr trauen könnt.« Er hielt einen Augenblick inne, um ein rohes Ei in sein Bier zu schlagen. Der blauäugige Priester hatte sich verändert. Das sah Thorald an Simeons Haltung, an der Art, wie er ging – wie jemand, der fürchtet, sich eine Krankheit zugezogen zu haben, bald entdeckt und von Bekannten und Verwandten verstoßen zu werden. Und er konnte Simeons Veränderung natürlich auch an dessen geheiltem Fuß erkennen. Es war gewiß nicht leicht für einen Mann, von einem Wunder angerührt zu werden. Stirnrunzelnd stürzte Thorald das Gebräu in seinem Krug hinunter, bevor er fragte: »Hegt Ihr Sympathien für meinen Herrn, Cyrus de Figham?«

»Denkbar geringe«, gestand Simeon und dachte an den Haß in den Augen dieses Priesters, nachdem er die Umstände des Todes von Pater Bernard aufgeklärt hatte.

»Dann freut Euch mit mir zu erfahren, daß seine Ländereien in Figham durch das Flutwasser so gut wie unpassierbar geworden sind. Ein Blitz hat sein Haus getroffen, und der Sturm hat das Dach heruntergerissen. Dann sind Plünderer darüber hergefallen und haben alles mitgenommen, was nicht niet- und nagelfest war. Seine Diener sind entweder geflohen oder umgekommen, und seine Vorräte gestohlen, um den Hungrigen Nahrung zu geben.« Er hielt inne, lächelte und schüttelte sein ergrautes Haupt über die Torheit ehrgeiziger Männer. »Während er sich dreht und windet und sich seinen Weg in das Gewand eines Heiligen erkauft, ist sein Besitz unbewacht, eine offene Einladung an jene mit leeren Bäuchen und wenig Sympathie für den Herrn des Hauses.«

Simeon zuckte mit den Schultern. »So oder so, er wird die Situation zu seinem eigenen Vorteil drehen, und die Kirche wird ihm seine Unkosten erstatten. Er hat es auf St. Martin abgesehen.«

»Ach wirklich? Und wird er Erfolg haben damit, jetzt, da sein Kanonikus tot ist?«

»Die bessere Frage ist, ob er bereit wäre, dafür zu töten«, bemerkte Richard grimmig, und Thorald sah mit erhobenen Brauen und glitzernden Augen von einem zum anderen.

»Was, seinen Kanonikus töten? Seinen Kanonikus *ermorden*?«

Richard zuckte mit den Schultern. »Irgend jemand hat es getan.«

Thorald bekreuzigte sich, und sein Stirnrunzeln verstärkte die Wildheit in seinen Zügen nur noch. »Der alte Bernard war ein guter Mann. Als ich von seinem Tod hörte, habe ich Gott dafür gedankt, daß er im Gebet starb, schnell und ohne Furcht oder Schmerz.« Grimmig schüttelte er den Kopf. »Welches Tier würde es wagen, einen treuen Priester ausgerechnet im Augenblick seiner Zwiesprache mit Gott zu töten?«

»Jemand, für den viel auf dem Spiel stand«, meinte Richard.

»Und dieser Jemand muß ein schwarzes Herz haben«, knurrte Thorald.

Hier unterbrach Cuthbert das Gespräch, um die Anwesenden über die Entscheidung der Kanoniker zu informieren, den Hochaltar zu verhüllen und dem Erzbischof von der brutalen Ermordung eines seiner Kanoniker Mitteilung zu machen. Die Messe sollte künftig in St. Mary gelesen werden, der kleinen Kirche direkt hinter der Kreuzung am Markt ganz in der Nähe des erzbischöflichen Hauses auf dem Marktplatz. Simeon und die anderen nickten zustimmend, denn die kleine Kirche von St. Mary wurde allgemein hoch geschätzt, und ihr Kanonikus war wohlgelitten. Es wirkte wie eine Ironie des Schicksals, daß sie den Sturm überlebt hatte, um sich wie der demütigste Phönix aus Beverleys Asche zu erheben. Als Erzbischof Thurston ein halbes Jahrhundert zuvor eine zerstörte sächsische Kapelle neu erbauen ließ, hätte er sich nicht träumen lassen, daß diese eines Tages, wenn auch nur vorübergehend, an Stelle der alten Kirche von St. Martin als Pfarrkirche dienen würde.

Ihre Unterhaltung drehte sich bald um den Mord, bald um die schrecklichen Verluste der Stadt, um den abwesenden Erzbischof und um die zerstrittenen Möchtegern-Beschützer Beverleys, die im Kloster in der Nähe der Keldgate-Barre Quartier bezogen hatten. Sie hatten in St. Peter davon erfahren, daß Sir Hugh de Burton wegen Magenkrämpfen und heftigem Erbrechen ans Bett gefesselt wurde. Er gab dem schmutzigen Schlamm und dem Wasser die Schuld, in dem ganz Beverley versank, oder den aufgeblähten Leichen von Menschen und Tieren, die in jedem Graben lagen und langsam verwesten. Er beschuldigte natürlich auch Robert de Clare und vermutete, dieser habe ihm ein Gift in den Wein gegeben oder es in die geschmolzene Butter hineingeträufelt, die man ihm zu seinen Pilzen serviert hatte. Und als die Brechkrämpfe ihren Höhepunkt erreichten, schwor er, daß Magie im Spiele sein mußte. Er vertraute diesen verschlossenen Priestern mit ihren langatmigen lateinischen Ritualen und ihren wohlgehüteten Geheimnissen nicht. Je eher sein Sohn das Amt des Propstes übernehme, desto besser. Dann würde er es sich zur Aufgabe machen, ein wachsames Auge auf ihre Aktivitäten und eine feste Hand auf ihre Börse zu halten.

»Als Feinde tun sie Beverley mehr Gutes, als es je in ihrer Absicht lag«, meinte Thorald. »Wären sie Freunde gewesen, Männer mit gleichem Ziel und ähnlichem Ehrgeiz, die zu ihrem gegenseitigen Vorteil Seite an Seite gearbeitet hätten, hätten sie unsere Stadt mittlerweile bis aufs letzte ausgeplündert. Aber so, wie die Dinge liegen, verteidigt jeder die Stadt voller Eifersucht gegen die Besitzansprüche des anderen und garantiert auf diese Weise unser aller Sicherheit.«

»Aber für wie lange noch?« fragte Simeon. »Wir sind die Beute, die sie unter sich aufteilen wollen; jeder will seinen Anteil. Wie lange noch wird unsere Zukunft von diesem ungewissen Frieden abhängen?«

Thorald lächelte Simeon zu. »Genauso lange, wie unser

Erzbischof braucht, um zu erkennen, daß sein Besitz auf dem Spiel steht. Der Mann ist kein Narr. Erzählt ihm, daß seine Zölle am Hafen nicht mehr registriert werden. Erzählt ihm, daß seine Gewinne fallen und seine Freunde auf seine Kosten dick und fett werden. Aus diesen Gründen wird er herkommen. Das weiche Fleisch einer Frau ist keine Entschädigung für den Verlust seiner Einnahmen.«

Während er sprach, trat Elvira, gekleidet in die hellgraue Kutte einer Nonne und mit einem weißen Schleier über ihrem leuchtenden Haar, aus der Dunkelheit in den Feuerschein. Sie legte das gewindelte Kind Simeon in die Arme, und der Blick, den sie mit dem Priester tauschte, sprach Bände. Thorald hielt den Atem an. Einen Augenblick lang war die Frau von geradezu unglaublicher Schönheit. Das Spiel des Lichts verlieh ihren Augen ein bernsteinfarbenes Glühen und ihrer Haut das bleiche, weiße Aussehen gemeißelten Marmors. Und Simeons Gesicht war, als er sie ansah, irgendwie weich geworden, als hätte die männliche Kraft in ihm sich der Weichheit der Frau unterworfen. Der Augenblick verging, war vorüber, als Elvira ihre großen, dunklen Augen senkte, und Thorald atmete tief durch. Waren die Gerüchte also wahr? Er sah Osric an, bemerkte sein warnendes Stirnrunzeln und erriet die Wahrheit. Der blauäugige Priester war ebenso unschuldig wie je zu vor. Seine eigentliche Prüfung stand ihm jedoch noch bevor, denn er liebte; soviel konnte man in seinen Augen lesen: Er liebte und wußte noch nichts davon.

Thorald wußte alles, was er über das geheimnisvolle Kind, das nun in Simeons Armen lag, wissen konnte. Er hatte von Osric gehört, wie es nach Beverley gekommen war, verfolgt von diesem schrecklichen, schwarzen Sturm, und wie Simeon erwählt worden war, um es zu beschützen, daß die Soldaten gekommen waren – wie in alter Zeit die Männer des Herodes –, um das Neugeborene in seiner Wiege zu ermorden. Er hatte das Kind sogar selbst in den Armen gehalten, hatte seine wilde Lust am Dasein gespürt, seinen gewaltigen Hunger nach Leben.

Ein Blick von Simeon, und die Frau kehrte zurück, um

ihm das Kind wieder abzunehmen. Der Priester trennte sich nur widerwillig von seinem Patensohn. Er liebte den Jungen – selbst ein Blinder konnte das sehen –, und er würde ihn, wenn nötig, mit seinem Leben verteidigen.

Nach dieser kurzen Unterbrechung nahm ihr Gespräch seinen Verlauf. Im Vertrauen auf das Verständnis seiner Freunde, die ihn nicht zu hart verurteilen würden, gestand Antony offen seine augenblickliche Zwangslage.

»Wir haben jetzt zweihundert Leute im Haus«, sagte er, »und stündlich kommen noch weitere, die Nahrung brauchen, ein Dach über dem Kopf und Arzneien. Wir haben zwanzig Waisen, die erst sechs Jahre alt oder noch jünger sind, und einige Frauen, die kurz vor ihrer Niederkunft stehen, gebrechliche alte Leute, für die niemand mehr sorgt, junge Mädchen ohne Beschützer ...« Er beugte sich auf seinem Stuhl nach vorn, stützte die Unterarme auf die Knie und heftete seinen ruhigen Blick fest auf Simeon. »Was soll ich tun? Soll ich sie hinaus auf die Straße schicken und mit der Peitsche aus dem Haus treiben, was Wulfric de Morthlund sicher tun wird, wenn ich mich ihm widersetze?«

»Der Mann weiß Euch zu nehmen, denke ich«, sagte Simeon ernst, und die anderen nickten bei seinen Worten. »Silber und Gold hättet Ihr widerstehen können, aber Hilfe für Eure Armen und Verlassenen? Ich glaube nicht. Zweihundert, sagt Ihr?«

Antony nickte. »Und unbegrenzte Vorräte, um sie mit allem Nötigen zu versorgen.«

»Und all das dafür, daß Ihr meine Freundschaft leugnet?«

»Sonst nichts.«

»Ich bringe also einen guten Preis auf dem Marktplatz?«

»Ich bin froh, daß Ihr die Komik des Ganzen seht, Simeon. Aber ich fürchte, ich kann es nicht tun, nicht um den Preis, mich zum Judas zu machen.«

»Er gewinnt nur wenig bei dem Geschäft.«

»Eine Stimme weniger, die sich zu Euren Gunsten erhebt.«

»Und doch muß er wissen, daß er Euch nie dazu bringen könnte, falsches Zeugnis gegen mich abzulegen«, sagte Simeon.

Antony sah ihn ein wenig überrascht an. »Könnt Ihr Euch da so sicher sein?«

»Das kann ich.«

»Ich danke Euch, Simeon«, sagte der Mönch mit grimmigem Lächeln. »Das Vertrauen eines Mannes ist nicht mit Gold aufzuwiegen.«

Als Simeon Antony seine Hand darbot, umschloß dieser sie mit seiner kleinen, starken Hand und schüttelte sie herzlich. Sie kannten einander gut, und sie waren beide aus demselben Holz geschnitzt. Sie gingen getrennte Wege, um zur selben Tür zu gelangen.

»Tut, was Ihr tun müßt, mein Freund«, sagte Simeon schließlich. »Und wißt, daß Ihr es mit meinem Segen tut. Die Nöte der Armen übersteigen in dieser Angelegenheit meine eigenen. Und außerdem ...« Er blickte zuerst auf seinen Fuß und dann auf die Wiege, in der sein Patensohn lag. »... einige Dinge bedürfen der Worte nicht. Aber jetzt müßt Ihr mir alles erzählen, was Ihr wißt. Welche Gerüchte sind im Umlauf?«

Antony sah der Reihe nach jeden Mann aus ihrer kleinen Gruppe an und mußte feststellen, daß sie ihn zu ihrem Sprecher erwählt hatten.

»Die Leute sagen, es sei Euer Kind, Euer Fleisch und Blut.«

»Etwas anderes habe ich auch nicht erwartet.«

»Und daß Ihr seine Mutter in St. Peter als Eure Mätresse haltet, dem Kirchengesetz zum Trotz.«

»Ich verstehe ...« Simeons Blick suchte den Elviras. Sie saß dicht neben Peters Wiege, und als sie den Blick des Priesters auf sich spürte, sah sie auf, nur um sofort wieder wegzuschauen, als er leise wiederholte: »Ich verstehe.«

Nun beugte Cuthbert sich auf seinem Stuhl vor und richtete scharf das Wort an Simeon.

»Wenn die Kanoniker Euch dies auch nicht fragen mögen, der Erzbischof wird es gewiß tun, wenn er diese Geschichte hört. Und macht Euch nichts vor, er wird sie hören. Also: Ist das Kind Euer leiblicher Sohn? Ist die Frau seine Mutter? Ist sie außerdem auch Eure Mätresse?«

»Ihr wißt, daß die Antwort in jedem Fall Nein lautet«, sagte Simeon gelassen und mit freimütigem Blick.

Der alte Mann sah ihm in die Augen und lehnte sich dann zurück, gleichzeitig zufrieden und unzufrieden, sicher und unsicher. Es war nicht ein Mann unter ihnen, der gewagt hätte, die Frage zu stellen, die unausgesprochen blieb. Man hätte ihn fragen müssen, ob er schwören könne, auch nicht die geringste Zuneigung zu der Frau des Grabenbauers zu hegen.

Seit Tagen schon stand Simeon kurz davor, die Frau wegzuschicken. Man hätte sie des Nachts aus dem Haus schmuggeln und sie an einen sicheren Ort geleiten lassen können, irgendwohin, wo ihre Gegenwart ihm nicht weiter das Herz zerriß. Aber wo sie hinging, würde auch das Kind hingehen müssen, und das wäre zuviel für ihn gewesen, denn er war noch nicht bereit, sich von seinem kleinen Schützling zu trennen.

Um das Gespräch auf ein anderes Thema zu lenken, begann Antony, von dem Jungen zu sprechen, von Steven, der immer noch in seiner kleinen Zelle in der zerstörten Lateinschule hauste. Die Männer, die sich um ihn kümmerten, fürchteten mittlerweile sogar um sein Leben. Er weigerte sich, irgend etwas zu sich zu nehmen, schien fest entschlossen zu sein, sich zu Tode zu hungern. Außerdem hatte er seit dem hysterischen Gefasel damals, als man ihn schreiend und außer sich vor Angst im Münster gefunden hatte, auch nicht ein einziges Wort gesprochen. Der Junge hockte nur in seiner Ecke, beobachtete die Tür und pflegte seine Wunden. Da seine Wächter nicht zu brutaler Gewalt greifen durften, etwas, das Simeon ihnen ausdrücklich verboten hatte, waren sie dem Jungen bisher nicht nahe genug gekommen, um seine Wunden versorgen zu können. Sie hatten die Blutflecken in seinem Wasserbecken bemerkt, aber wie sehr sie auch baten und drängten, der Junge ließ niemanden an sich heran. Es schien, als glaubte er, keines Trostes mehr würdig zu sein, als verlangte er die schwerste Strafe für sich.

Als Richard und Antony nun darüber sprachen, was man tun konnte, um dem Jungen zu helfen, riß Simeon sich von seinen eigenen Gedanken los und hörte ihnen wieder zu. Irgend etwas hatte seine Aufmerksamkeit geweckt, etwas, das der Mönch gesagt hatte.

»Was sagtet Ihr gerade über Steven?«

»Nur, daß sein Zustand unverändert ist; er sperrt sich nach wie vor gegen jeden Trost, den wir ihm bieten könnten. Seine Wunden würden zweifellos irgendwann von selbst heilen, denn er ist jung und stark, aber was ist mit seinem Geist? Wird auch der ohne Hilfe von außen heilen?«

Jetzt hatte der Mönch Simeons ungeteilte Aufmerksamkeit. »Von welchen Wunden sprecht Ihr?«

»Von welchen Wunden? Gütiger Gott, wußtet Ihr das denn nicht?«

»Ich weiß nur, was ich gesehen habe. Alles andere bewahrt er unter einem Mantel des Schweigens.«

»Seine Wunden sind ... sie sind verborgen«, bemerkte Antony nun. »Ich dachte, Ihr wüßtet alles darüber, Simeon. Ich dachte, daß Ihr ebenso wie die wenigen anderen, die davon wissen, beschlossen hättet, mit Eurem Schweigen den Ruf des Jungen zu wahren. Und die ganze Zeit über habt Ihr es nicht begriffen? Die ganze Zeit, während der Ihr neben ihm gesessen und ihm Gebete und Trost geboten habt, wußtet Ihr von nichts?«

»Antony of Flanders, die Sache läßt sich ja nun mühelos beheben«, sagte Simeon scharf, da er nicht bereit war, länger im dunkeln zu tappen. »Sagt mir, was Ihr wißt.«

Antony nickte und bedeutete Simeon mit einer Geste, daß er allein mit ihm sprechen wollte. Die anderen erhoben sich von ihren Stühlen und traten in die tieferen Schatten einer Ecke neben der Tür. Als sie allein waren und sicher sein konnten, daß die anderen sie nicht hören würden, räusperte der Mönch sich und begann, mit leiser Stimme zu sprechen.

»Der Junge ist brutal mißbraucht worden«, sagte er ernst. »Es geschah, als der Sturm auf seinem Höhepunkt war, während der Junge hinter dem Altar von St. Martin hockte und betete.«

»St. Martin?« fragte Simeon. Plötzlich glaubte er die Antwort zu haben, den Schlüssel zu Stevens Leiden. Dieser empfindsame Junge mit dem reinen Herzen war gezwungen gewesen, eine Abscheulichkeit mit anzusehen, eine *Todsünde*, begangen an eben dem Altar, an den er geflüchtet war, um zu beten. Er war unabsichtlich Zeuge von Wulfric de Morthlunds schmutziger Unzucht geworden, und das Erlebte hatte ihn bis in seine Seele hinein erschüttert. Simeon schluckte den Klumpen hinunter, der sich in seiner Kehle gebildet hatte und sagte schließlich: »Sprecht weiter, mein Freund.«

»Es sieht so aus, als hätte irgend jemand ihn von hinten gepackt, seine Schreie mit einem Knebel erstickt und ihn hinter den Altar gezogen, wo niemand den schändlichen Akt beobachten konnte. Es gibt keine erfreuliche Art und Weise, eine solche Untat zu beschreiben. Der Junge wurde vergewaltigt und dabei ernsthaft verletzt.«

Die Wahrheit traf Simeon wie ein Schlag. Er lehnte sich gegen die rauhe Mauer des Skriptoriums und preßte seinen Kopf gegen einen schweren Holzbalken. Er hatte die Augen fest geschlossen und die Zähne zusammengebissen, bis seine Lippen zu einer dünnen, bitteren Linie geworden waren. Er war also kein Zeuge, dieser unglückliche, unerreichbare Junge, nicht der Zeuge, sondern das Opfer der Tat. Und nun wußte der Priester auch, warum de Morthlund ihn für seine Beichte ausgesucht hatte; das *geheiligte Siegel der Beichte.* Er hatte ihn also auf diese Weise gefesselt und geknebelt, als hätte er ihm die Zunge abgeschnitten. Weder durch ein Wort noch durch eine Geste durfte er irgendeinem Menschen gegenüber anzeigen, daß er die Wahrheit kannte. Diese Farce in de Morthlunds Kapelle hatte sich nach den Regeln des heiligen Sakraments gerichtet, und das Siegel des Beichtgeheimnisses durfte niemand brechen. Der Mann war gegen jede weltliche Bestrafung geschützt. Keine Hand außer der Gottes konnte ihn jetzt noch treffen.

»Kommt mit mir zur Lateinschule«, sagte Simeon schließlich in das lange Schweigen hinein. »Ich möchte noch einmal mit dem Jungen sprechen, und wenn er seinen Peiniger nennt, werdet Ihr das bezeugen können.«

Sie hatten die Lateinschule gerade erreicht, als Bruder Christopher durch einen Nebeneingang herausgerannt kam.

Als er sie erblickte, änderte er die Richtung und lief durch den schuttübersäten Garten auf sie zu.

»Pater Simeon! Pater Simeon! Bruder Antony!«

Sie blieben stehen und blickten ihm entgegen. Er hatte sein Gewand bis zu den Knien hochgezogen, während er über die Trümmer stolperte, und begann von weitem, wild auf sie einzureden.

»...Was hätten wir tun können, um es zu verhindern?« jammerte er. »Was in Gottes Namen hätten wir tun können? Keiner von uns ist je auf den Gedanken gekommen ... O Gott, vergib ihm ...« Mit diesen Worten bekreuzigte er sich hastig.

Simeon ergriff ihn bei den Schultern und schüttelte ihn rauh. »Geht es um Steven?« fragte er sein tränenüberströmtes Gegenüber. »Sprecht Ihr von Steven?«

Der junge Mann nickte. Der Priester und der Mönch wechselten einen ängstlichen Blick, überließen den jüngeren Mann seinem zusammenhanglosen Gestammel und eilten weiter auf die Schule zu. Noch bevor sie die Zelle erreichten, konnten sie schon den Klang betender Stimmen vernehmen. Simeon war dem Mönch schließlich mehrere Schritte voraus. Im Eingang zu der kleinen Zelle blieb er jäh stehen, und Antony, der ihn einholte, sah seine Schultern zusammensinken und hörte ein herzzerreißendes Stöhnen von seinen Lippen. Ein solcher Kummer, ein so abgrundtiefes Mitleid stand auf Simeons Gesicht, daß der Mönch nur einen einzigen Blick auf ihn zu werfen brauchte, um zu verstehen, was sich dort ereignet hatte. Er trat an Simeons Seite, und gemeinsam schlugen sie das Kreuzzeichen und flüsterten die einfachen Worte des Sterbegebetes. Dann fuhr Simeon die anderen Männer im Raum an: »Um Gottes willen, schneidet ihn herunter.« Mit diesen Worten machte er auf dem Absatz kehrt und ging davon.

Kapitel 23

Simeon mußte seine Schritte verlangsamen, als er den Abschnitt des Flurs erreichte, der noch voller Schutt lag und den Elementen schutzlos ausgeliefert war, nachdem das Dach und ein großer Teil des oberen Geschosses dem Sturm zum Opfer gefallen waren. In seinen Augen brannten heiße Tränen des Zorns und der Ohnmacht. Er spürte, wie sein Magen sich verkrampfte, als hätte er etwas Schlechtes zu sich genommen, aber diese Krämpfe hatten kein Erbrechen zur Folge, diese bestimmte Übelkeit ließ sich nicht herauswürgen. Er würde mit dem, was geschehen war, in Zukunft leben müssen. Simeon verschloß die Augen, nur um den schlaffen jungen Körper Stevens in der Erinnerung noch deutlicher sehen zu können, vom Dachbalken herabhängend mit gebrochenem Nacken und heraushängender Zunge. Wie sehr er sich auch bemühte, er konnte sich von diesem Bild nicht frei machen. Steven, der an dem Seil sanft hin und her schwang und durch seine aufgerissene Kutte die Schande offenlegte, die ihn getötet hatte.

Die Außenmauer der Lateinschule war dort, wo der Sturm das Hauptportal und seinen kleinen hölzernen Aufgang weggerissen hatte, nur noch ein einziges, großes Loch. Simeon trat durch die gezackte Öffnung hindurch, sog die frostige Luft tief in seine Lungen und stieß sie dann als weiße Wolke wieder in den Tag hinaus. Er ballte die Fäuste und drosch mehrmals auf die rauhe Steinmauer ein, nicht heftig genug, um seine Knöchel bluten zu lassen, aber doch mit ausreichender Gewalt, um die Haut abzuschürfen und seinem inneren Schmerz auf diese Weise Luft zu machen. Hätte er doch nur die Wahrheit gekannt, dann wäre es ihm vielleicht gelungen, Steven in seiner Verzweiflung zu erreichen. Wenn er ihm nur hätte zeigen können, daß er ihn verstand, daß er seinen Schmerz teilte, weil er den Grund dafür kannte, dann hätte er ihn vielleicht an die Hand nehmen und vom Abgrund der Selbstzerstörung fortführen können.

»Gütiger Gott, ich habe ihn im Stich gelassen. Ich war sein Rettungsanker, und ich habe es nicht vermocht, ihn zu beschützen. Wie soll ich damit nur jemals leben können?«

Er knurrte diese Worte der tauben Wand zu, mit zusammengebissenen Zähnen und geschlossenen Augen. Dann preßte er seine Stirn gegen die Steine. Wulfric de Morthlund hatte sich seine Eitelkeit zunutze gemacht, und er, überzeugt davon, daß Gottes Hand im Spiel sein müsse, hatte dem dicken Mann genau die Hilfe gewährt, die er gebraucht hatte. Und er hatte, so wie es in de Morthlunds Absicht gelegen hatte, angenommen, daß Daniel Habicht der willige Partner bei diesem schmutzigen Akt gewesen war. Auf diese Weise hatte er niemals einen Zusammenhang hergestellt zwischen dem Schurken und seinem Opfer, und Steven hatte seine Last ganz allein getragen, bis sie ihn schließlich zerbrochen hatte.

Da spürte er Antonys starke Hand auf seinem Arm. »Hört damit auf, Simeon. Sein Tod hat uns alle tief getroffen. Ich kannte die Wahrheit oder zumindest einen Teil davon, und das schon seit einigen Tagen, aber nichts, was ich tun oder sagen konnte, hat ihm geholfen, die Schande dessen, was er erlitten hatte, zu ertragen.« Simeon nickte. »Ich glaube, ich hätte ihn retten können.«

»Dann liegt die Schuld, wenn es überhaupt eine Schuld gibt, bei mir, weil ich sein Geheimnis zu eifrig gehütet habe. Ihr dürft Euch nicht die Schuld an dem geben, was geschehen ist. Gott weiß das.«

»Aber Selbstmord«, stöhnte Simeon. »Selbstmord, die Zerstörung von Gottes kostbarem Geschenk des Lebens ...«

»Er wird ihm vergeben.«

»Können wir dessen so sicher sein?«

»Könnt *Ihr* ihm vergeben?« wollte Antony wissen. »Auf Ehre und Gewissen, mein Freund, könnt Ihr diesem erhängten Jungen seinen häßlichen und vorzeitigen Tod vergeben?«

»Ja. O ja, ich vergebe ihm.«

»Dann wird Gott wohl kaum ein Geringeres tun.«

Simeon, dessen Stirn immer noch an der Wand ruhte, nickte. Sein warmer Atem vermischte sich mit der frostklaren Luft zu sanften, weißen Wolkenfetzen. Er fuhr sich mit der Zunge über die Lippen und schmeckte das Salz, dort, wo ihm eine Träne übers Gesicht gelaufen war.

»Aber dem Mann, der ihn getötet hat, Antony, kann ich nicht vergeben. Den werde ich in der Hölle sehen, bevor ich ihm das verzeihe.«

Ehe Antony noch eine Antwort geben konnte, war er auch schon verschwunden; mit langen Schritten ging er über die Trümmer, als könne kein Hindernis ihn aufhalten. Er ging über den Kirchhof des Münsters und schließlich weiter bis zu dem Graben, der entlang der Eastgate verlief. Dann setzte er seinen Weg über die schmale Steinbrücke fort und verschwand durch das Eisentor der alten Mauer, die das Gebiet von St. Peter umgab. Erst da drehte Antony sich um und ging den Weg, den er gekommen war, wieder zurück, hinauf zu der kleinen Zelle am anderen Ende des Korridors, in dieses sogenannte Refugium, in dem ein unglücklicher Junge ohne Beichte und Absolution gestorben war, gestorben von eigener Hand.

Es war sehr still im Skriptorium, als Osric die Frau heranwinkte und aufforderte, sich neben ihn auf die Bank zu setzen. Am anderen Ende des langen Raumes ging der Priester immer noch auf und ab wie ein ruheloses Tier, das gegen seinen Willen gefangengehalten wurde. Und jene, die sein ungewöhnliches Verhalten beobachteten, konnten nichts anderes tun, als darüber nachzugrübeln, was es zu bedeuten hatte. Osric wußte jedoch genau, was er da sah: Der Priester war von tiefer Unruhe erfüllt, und seine Gedanken waren in Aufruhr.

Die Frau setzte sich neben Osric auf die Bank. Sie war klein und bewegte sich mit stiller Anmut. Ihre ernsten dunklen Augen gaben ihrem Gesicht eine elfenhafte, beinahe kindliche Schönheit. Sie war in schmutzigen Lumpen hergekommen, hungrig und verletzt, aber ihr altes Leben war nun fortgespült, und sie war wie nach der Taufe in ein neues Leben eingetreten. Diese Woche hatte alle verändert. Kein Mann und keine Frau waren vom Sturm verschont worden; jeder, der den Sturm überlebt hatte, hatte sich in irgendeiner Hinsicht verändert.

Elvira saß mit auf dem Schoß gefalteten Händen da und schaute in das tief gefurchte Gesicht des Hospizbruders. Sie mochte Osric. Sie bewunderte seine Kraft und schätzte seine strenge, rauhbeinige Freundschaft. Er schenkte ihr selten ein sanftes Wort oder ein freundliches Lächeln, und doch wußte sie, daß sie in seiner Obhut sicher war. Er würde sie, wenn nötig, mit seinem Leben verteidigen, und obwohl sie wußte, daß er ein solches Opfer nur für Simeon bringen würde und nicht für sie, war sie ihm doch von ganzem Herzen dankbar dafür, daß er über sie wachte. Nun sah Osric mit finsterem Blick zu, wie Simeon unruhig durchs Zimmer lief.

»Irgend jemand muß ihn zur Ruhe bringen«, sagte er schließlich zu Elvira. »Ich kenne diese Stimmung bei ihm. Sie ist voller tödlicher Unterströmungen. Gott helfe ihm, wenn er die Kontrolle darüber verliert.«

»Gibt er sich die Schuld an Stevens Tod?« fragte sie.

»Noch mehr als das«, erwiderte Osric. »Irgend etwas an dieser Angelegenheit läßt ihn nicht los. Er bewahrt Schweigen und will oder kann nicht darüber sprechen, aber irgend etwas bereitet ihm Sorgen, etwas, das nicht allein Stevens Selbstmord ist. Ich fürchte, irgendein Glied in der traurigen Kette der Ereignisse, die dazu geführt haben, hätte vielleicht zerbrochen werden und Simeon das Leben des Jungen retten können, wenn er es nur rechtzeitig erkannt hätte. Jetzt jedoch weiß er es, und es ist zu spät, um dem Jungen noch zu helfen.«

Elvira lächelte traurig und blickte auf ihre blassen Hände hinunter, die ruhig in ihrem Schoß lagen. »Für jeden Menschen gibt es dann und wann einen Punkt, an dem er sich sagt, hätte ich doch nur dieses oder jenes getan. Aber dann ist es meistens bereits zu spät.«

Osric nickte und dachte, daß ihre Bemerkung sehr klug war für jemanden, dem es so sehr an Bildung mangelte. Sie überraschte ihn immer wieder mit einfachen Bemerkungen, die mit wenigen kurzen Worten den Kern einer Angelegenheit trafen. Sie war nicht scharfsinnig, aber sie war klug, nicht von Lehrern ausgebildet, aber doch auf ihre eigene, unkomplizierte Weise wissend. Und sie hatte sich ungeheuer verändert. Sie trug das Gewand der Nonnen, hatte jedoch den einfachen weißen Schleier zugunsten eines schlichten Netzes abgelegt, mit dem sie ihr dichtes dunkles Haar im Zaum hielt. Eine einzige gelockte Strähne war dem Geflecht des Netzes entkommen und fiel ihr sanft über die Wange, und er stellte fest, daß ihr Anblick große Zärtlichkeit in ihm weckte. Männer trugen solche Bilder mit sich in den Krieg oder hielten sich – weit entfernt von dort, wo sie gern gewesen wären – daran fest. Sie war aus der Gosse gekommen, und doch zeigte sie ihm jetzt ein Bild von solcher Schönheit, Unschuld und Geduld, daß ein Mann um die halbe Welt gereist wäre, um zu ihr zurückkehren zu dürfen.

»Osric?« Sie blickte jetzt zu ihm auf, und ihre Augen waren rund und fragend. »Sagt mir, was ich tun soll. Wie kann ich ihm helfen?«

Er riß sich von seinen Gedanken los. »Du mußt ihn ablenken, damit er seinen Zorn und seine Wut vergißt. Zeig ihm das Kind, setz dich zu ihm, verstrick ihn in ein Gespräch ...« Seine Stimme brach ab, und ihm fiel auf, daß er mit diesen wenigen Worten zugegeben hatte, daß sie, die erst so spät in ihr Leben getreten war, Simeon in seiner Not erreichen konnte, wo andere, die zum Teil ein halbes Leben lang mit ihm befreundet gewesen waren, dies nicht vermochten. Er hatte zugegeben, daß Simeons Herz, das für andere verschlossen war, Elviras weiblicher Überredungskunst vielleicht nachgeben würde. Er schüttelte den Kopf und bedachte sie mit einem zweifelnden Blick. Sie war ein gefährliches Werkzeug, um einen Priester zu heilen. Sie in seiner tiefsten Not zu ihm zu schicken, konnte sich als genauso fatal erweisen wie eine entzündete Fackel, die man an die ausgetrockneten Zweige eines halb verdursteten Baumes hielt, um herauszufinden, was ihm fehlte.

»Oder vielleicht wäre es besser, ihn einfach in Ruhe zu lassen«, fügte er matt hinzu.

»Wie Ihr wollt, aber Ihr kennt seinen Zorn, und Ihr fürchtet ihn«, rief sie ihm ins Gedächtnis.

»Jawohl, Mädchen, ich habe ihn oft genug erlebt. Ihr habt selbst gesehen, was an dem Tag geschehen ist, als er glaubte, die Soldaten hätten den Jungen getötet. Würdest du einen solchen Zorn entfesseln, wenn du ihn unter Kontrolle halten könntest?«

Sie schüttelte den Kopf, und das Licht spielte auf der glänzenden Oberfläche ihres Haares. Dann drehte sie sich um, um zuzusehen, wie Simeon auf und ab ging, und in ihrem Gesicht stand all die Liebe, die sie so tapfer zu verbergen suchte.

»Er nennt es Mord. Er sagt, wer immer den armen Steven angegriffen hat, hat ihn genauso sicher getötet, als hätte er ein Schwert benutzt. Das ist die eigentliche Quelle seines Zorns, Osric. Als die Soldaten kamen, konnte er kämpfen, konnte sein Schwert ziehen und sich gegen das Böse zur Wehr setzen, aber nun sind ihm seine Hände gebunden, und er kann gar nichts tun. Das muß eine furchtbare Qual für einen Menschen wie ihn sein, so wütend und gleichzeitig hilflos zu sein.«

»Das ist schon wahr, aber niemand weiß, wer den Jungen auf dem Gewissen hat«, sagte Osric zu ihr. »Was nur gut ist, denn bei Simeons augenblicklicher Verfassung hätte der Mann sein Leben verwirkt, wenn Simeon wüßte, wer er ist.«

»Er weiß es«, flüsterte sie.

»Unmöglich. Wenn Simeon es wüßte, wenn er auch nur eine Vermutung hätte ...«

»Dann wäre er in genau dem Zustand, in dem Ihr ihn jetzt seht«, unterbrach sie ihn, und der Blick, mit dem sie ihn nun betrachtete, war voller Verständnis. »Glaubt mir, Freund Osric, er weiß es.«

»Ganz gewiß nicht«, sagte er entrüstet. »Wenn er es wüßte, würde er es sagen.«

»Es sei denn, er wäre zum Schweigen verpflichtet.«

Osric schüttelte den Kopf. »Es gibt keinen Eid, der einen

Mann wie Simeon dazu bringen würde, in einer solchen Angelegenheit Schweigen zu bewahren.«

»Vergeßt Ihr nicht, daß er zuerst und vor allem anderen Priester ist?«

»Was?«

Er sah sie lange und hart an, und seine Stimme war zu einem Flüstern geworden, als er schließlich hinzufügte: »Mein Gott, was sagst du da?«

Jetzt hatte er es begriffen. Die Wahrheit, die vor ihm verborgen gewesen war, traf ihn nun wie ein Kübel Eiswasser mitten ins Gesicht. Sie hatte die ganze Angelegenheit mit wenigen Worten erklärt. Dieser siedende Zorn ging über bloßes Mitleid hinaus und war auch nicht mit der Wut über die traurige Verschwendung eines Menschenlebens zu erklären, das sein Ende fand, noch bevor es seinen Höhepunkt erfahren hatte. Es war der ohnmächtige Zorn eines Menschen, der die Wahrheit kennt und sie nicht aussprechen darf, eines Menschen, der zusehen mußte, wie ein grausiger Mörder straffrei ausging, weil seine Lippen versiegelt waren. Was für eine Last war auf Simeons Schultern gelegt worden, wenn er wirklich den Mörder kannte und ihn durch sein priesterliches Schweigen schützen mußte.

»Seit wann hast du das vermutet?« fragte er sie.

»Wie soll ich das beantworten, Freund Osric? Entweder ich verstehe etwas oder ich verstehe es nicht. Wann oder warum oder wie ist ohne Bedeutung. Als ich sah, wie er hier auf und ab lief, als ich den Zorn in seinen Augen sah, hatte ich einfach das Gefühl, daß es so sein mußte. Er weiß es, aber er spricht nicht davon, und das kann nur daran liegen, daß er zuerst ein Priester und *dann* ein zorniger Mann ist.«

Noch lange nachdem sie sich von ihm getrennt hatte, um nach dem Kind zu sehen, brütete Osric über Elviras Worten. Er schämte sich, daß er seinen Freund nicht so gut ver standen hatte, wie sie es tat, und er konnte nicht umhin, sich daran zu erinnern, daß Frauen voller Intuition sind und oft über etwas verfügen, das ihm wie ein siebter Sinn erschien. Sie sehen, wofür Männer blind sind, beobachten mit klaren Augen, was ein Mann ungeachtet seines Verstandes oder seiner militärischen Ausbildung nicht zu erkennen vermag.

Etwas in der Art sagte er später am Tag zu Pater Cuthbert, als sie beide am Altar von St. Peter standen, und der alte Mann schüttelte den Kopf und schnalzte mit der Zunge, als der andere ihm diese uralte Wahrheit offenbarte.

»Welcher Mann seit dem Anbeginn der Zeiten hat es vermocht, das Rätsel der Frau zu lösen?« fragte er ihn.

»Einige haben ein ganzes Leben unübertroffener Freude oder tiefsten Elends bei diesem vergeblichen Versuch zugebracht, während genauso viele die heiligen Weihen empfangen haben, um sich davon zu befreien. Es ist ein nutzloses Unterfangen, aber gleichzeitig ein verlockendes, die unergründlichen Tiefen Evas zu erforschen.«

Osric bückte sich, um einen der größeren, schwereren Felsbrocken wegzurollen, damit seine Gefährten die kleineren Steine wegschaffen konnten. Diese wurden in formlose Ledersäcke gepackt, mit einer doppelten Schleife zugeknüpft und dann von einem zum anderen weitergereicht und aus der Kirche herausgebracht. Der alte Cuthbert, der trotz seiner fortgeschrittenen Jahre und seiner schwachen Gesundheit so eifrig darauf bedacht war, ihnen zu helfen, wartete, bis er an der Reihe war, die unförmigen Säcke weiterzureichen.

»Ich habe oft darüber nachgedacht«, sagte Osric zu ihm, während sie gemeinsam an dem kleinen Altar ihre Arbeit verrichteten. »Als Gott den Mann erschuf, vollkommen und einzigartig in jeder Hinsicht, war der Teufel so eifersüchtig auf seinen Erfolg, daß er augenblicklich die Frau erschuf, um des Mannes Niedergang zu bewirken. Und weil die beiden von zwei gleichrangigen, aber einander entgegengesetzten Mächten geschaffen wurden, sind Mann und Frau für alle Zeit dazu verdammt, gegeneinander zu kämpfen.«

»Ich habe schon freundlichere Beschreibungen des Ungleichgewichts der beiden Geschlechter gehört«, erwiderte Cuthbert.

»Vielleicht, aber ich habe noch nie einen Mann getroffen, der mir da widersprochen hätte.«

»Genausowenig wie eine Frau, die nicht schwören würde, daß es sich gerade umgekehrt verhält?«

»Jawohl, so ist es«, stimmte Osric ihm zu. »Aber eine Frau würde uns alles erzählen, bevor sie zugibt, daß der Teufel bei ihrer Schöpfung die Hand im Spiel hatte.«

Cuthbert nickte und sah ihn aufmerksam an. Der Mann war durch und durch Soldat, trotz all der Jahre, die er in dem weniger abenteuerreichen Dienst der Kirche zugebracht hatte. Es stand in seinem wettergegerbten, von unzähligen Kämpfen gezeichneten Gesicht zu lesen und in den scharfen Augen, die auf einen Blick einen möglichen Feind zu erkennen vermochten. Und es lag in der unbeholfenen Schnelligkeit der Bewegungen, die ihm zu eigen war, seit sein von dem Gewicht eines zu Boden geworfenen Streitrosses zerschmettertes Becken schief wieder zusammengewachsen war.

»Ich glaube, Ihr habt nie eine Frau geliebt, Osric.«

Darüber konnte der andere Mann nur lachen. »Was, ich? Nun, Pater, Gott sei mein Zeuge, ich habe zu meiner Zeit mit mehr Frauen zusammengelegen, als ich zählen könnte.«

»Ihr versteht mich absichtlich falsch, Osric. Ich spreche von Liebe, nicht von Lust. Dieses Gefühl entspringt dem Herzen eines Mannes, nicht seinen Lenden.«

Osric runzelte die Stirn. »Dann muß ich zugeben, daß ich nur wenige geliebt habe.«

»Wenige?« hakte Cuthbert nach. »Wenige?«

»Na schön, na schön, wenn Ihr darauf beharrt, muß ich es zugeben«, erwiderte Osric, und der finstere Blick auf dem Gesicht des alten Kanonikus wich einem Lächeln. »Ja, ich habe geliebt, aber nur ein einziges Mal, und der Gegenstand meiner Zuneigung war die reinste und schönste Frau, die je gelebt hat. Ich schwöre, daß sie die *echte* Eva war, die erste und einzige Frau, die Gott der Herr je mit eigenen Händen geschaffen hat. O ja, ich habe geliebt, und der Teufel muß an dem Tag, an dem meine kostbare Agnes geschaffen wurde, vor Neid geweint haben.«

Cuthbert nickte und lächelte angesichts der Torheiten sterblicher Männer. Alle Dinge waren, wie sie sein sollten, so wie Gott selbst sie im Garten Eden geordnet hatte. Seit Adam zum ersten Mal seine Eva sah, wußte sein Schöpfer, daß jede Frau, die ein Mann wahrhaft liebte, ins Reich der Engel emporgehoben würde.

Nun verfielen die beiden in Schweigen, und jeder hing seinen eigenen Gedanken nach. Osric hob einen Sack voller Schutt hoch und gab ihn an Cuthbert weiter. Der alte Priester stolperte und ächzte unter dem Gewicht in seinen Händen. Dann reichte er den Sack an den Mann neben ihm weiter und dieser an den nächsten. Jeder Sack wanderte durch dreißig Paar Hände, bis er vor dem Portal von St. Peter ankam und auf den immer größer werdenden Schutthaufen auf dem Kirchhof geworfen wurde. Auf diese Weise konnte jeder Mann, ob jung oder alt, verletzt oder blind, schwach oder von seinem Tagewerk bereits erschöpft, seinen eigenen kleinen Beitrag zur Freilegung des Altars von St. Peter leisten. Und während Pater Cuthbert, der als zweiter in der Reihe direkt neben dem stärksten Mann stand, sich tapfer bemühte, jeden Sack zügig weiterzureichen, bemerkte er nicht, daß er kaum die Hälfte der Last wirklich trug, weil Osrics sehnige Hände die Last immer noch stützten, bis Cuthbert sie weitergegeben hatte.

Wulfric de Morthlund verließ sein Bett gerade rechtzeitig zur Vesper. Eine Weile blieb er auf der Kante seiner Matratze sitzen, wo das weiche Polster unter seinem Gewicht einsank und zu beiden Seiten seiner fleischigen Oberschenkel wieder zu zwei hohen Hügeln anschwoll. Der kleine Habicht stand am Fenster, sein nackter Körper war schlank und langgliedrig, jeder Zoll davon fest und muskulös. Der Nachmittag neigte sich nun seinem Ende zu, und das verblassende Licht gab seinen feingemeißelten, aristokratischen Zügen und seinem schönen Profil eine ihm sonst fremde Weichheit. Wulfric ließ seinen Blick über den jungen Mann gleiten, über die schmalen Hüften, den wohlgeformten Rücken und die kräftigen Schultern. Manchmal beneidete er Daniel um seine Jugend und seine schlanke Schönheit, aber der Neid, der gelegentlich in ihm aufflammte, wurde immer wieder von der Freude über den Besitz gedämpft. Der kleine Habicht gehörte ihm genauso wie seine prachtvollen Roben, seine juwelenbesetzten Sandalen und all seine anderen Besitztümer ihm gehörten.

Daniel wandte sich vom Fenster ab und bemerkte, daß der dicke Mann ihn aus zusammengekniffenen Augen beobachtete, als begutachte er seine Nacktheit auf die Art, wie ein Koch ein Faß mit Fischen auf dem Markt prüft. Die beiden lächelten einander an, aber während der eine über die Annehmlichkeiten und Rechte des Besitzes nachsann, ging dem anderen durch den Kopf, daß Liebe und Haß sich so fest und verschlungen ineinander verweben konnten, daß ihre Grenzen verwischten und das eine vom anderen nicht mehr zu unterscheiden war. Haß und Liebe konnten so eng zusammengehören wie die beiden Seiten einer Münze, aber sie gaben unerfreuliche und oft trügerische Bettgenossen ab.

Es klopfte an der Tür, und der jüngere Mann stolzierte barfüßig durchs Zimmer zur Tür. Er hob den schweren Wandbehang davor ein wenig an und senkte den Kopf, um sich die geflüsterte Botschaft eines Dienstboten anzuhören. Dann wandte er sich ab und griff nach den Kleidern seines Herrn.

»Pater Simeon ist auf dem Weg hierher. Es heißt, er gebärde sich wie ein Wahnsinniger, und sein Gesichtsausdruck wäre finster wie Donner, und er werde nicht heimkehren, ehe er von Angesicht zu Angesicht mit Wulfric de Morthlund gesprochen hätte.«

»Ach, heißt es das«, erwiderte Wulfric mit einem hämischen Lachen. »Nun, dann müssen wir diesem wütenden Löwen einen Dämpfer versetzen, bevor sein Gebrüll für unseren Geschmack zu laut werden kann. Führ ihn in den unteren Raum und biete ihm von unserem besten Wein an. Dann laß das Mädchen und die Schreiber hinunterbringen, aber sie sollen im Vorzimmer bleiben, bis ich sie rufe. Ist Cyrus hier?«

»Ja.«

»Gut. Dann soll er den Priester empfangen und bei ihm

bleiben, bis ich hinunterkomme. Ich denke, ich werde ein wenig mehr Zeit fürs Ankleiden brauchen als sonst. Es wird dem Löwen nicht schaden, eine Weile auf und ab zu gehen.«

»Darf ich zur Vorsicht raten?« fügte Daniel mit sanfter Stimme hinzu. »Er ist kein geringer Mann, dieser Simeon. Vielleicht wäre es unklug, ihn allzusehr zu reizen.«

Wulfric hatte sich vom Bett erhoben und stand nun mit ausgestreckten Armen da, damit Daniel ihm sein Untergewand anlegen konnte. Er ließ es sich über die Schultern gleiten und streckte dann die Hand aus, um Daniel mit grausamer Härte in die Wange zu kneifen.

»Ich mag es nicht, wenn du an mir zweifelst, kleiner Habicht«, sagte er. »Du gefällst mir viel besser, wenn du unterwürfig bist.«

»Wie Ihr wünscht, mein Herr.«

»Ich wünsche es«, zischte Wulfric. Dann lächelte er und tätschelte den entfärbten Striemen, den sein bösartiger Kniff auf Daniels Wange hervorgerufen hatte, bevor er freundlicher hinzufügte: »Ich wünsche es.«

Ein Stockwerk tiefer ging Simeon ruhelos auf und ab. Er hatte Antony mitgebracht, aber nicht aus eigenem Antrieb, sondern weil der Mönch ihm zufällig begegnet war, seine Stimmung erraten und darauf bestanden hatte, ihn zu begleiten. Cyrus de Figham saß in einem der großen Armsessel, und seine eleganten Finger liebkosten den gedrehten Stiel eines silbernen Kelches. Die feine Stickerei seiner Kleider funkelte im Licht eines guten Dutzends von Kerzen. Er sah zu, wie der Priester mit einem Zorn durchs Zimmer lief, der zu groß schien, um in einem so kleinen Raum Platz zu finden.

Im Schatten eines verhängten Fensters stand der Exorzist John und fragte sich, welche Rolle er in dem Ganzen zu spielen haben würde. Ihm fehlte noch das volle Bewußtsein der Bedeutung seines Amtes, ebenso wie ihm die Arroganz des Wissens fehlte, daß er einem mächtigen Mann diente. Mit verstohlenen Blicken musterte er die ruhigen, gleichmäßigen Schritte, mit denen der Priester den Raum durchmaß, und der Anblick dieses einst verkrüppelten Fußes, der nun geheilt war, ließ ihn schaudern. Er fragte sich, wie ein gewöhnlicher Mann behaglich leben und nachts gelassen in seinem Bett liegen konnte, wenn er gleichzeitig wußte, daß Gott ihn solchermaßen mit seiner Gnade gestreift hatte.

Nach geraumer Zeit erschien dann endlich auch Wulfric, um das angespannte Schweigen zu brechen. Vor ihm hatte Daniel den Raum betreten, um seinen Herrn mit allem Pomp und Prunk, der einem Herrscher zukam, anzukünden. Wulfric ging die Treppe, die mitten in den Raum führte, nicht ganz hinunter, sondern blieb auf der zweiten Stufe stehen, die Fäuste in die Hüften gestemmt, so daß er alle anderen überragte. Und so standen sie einander gegenüber, der Löwe und der Bulle, der Priester und der Herrscher.

»Der Junge ist tot«, sagte Simeon ohne weitere Einleitung.

»Ach herrje, und von welchem Jungen sprecht Ihr?«

»Steven.«

»Steven? Der Name sagt mir nichts. Müßte ich ihn kennen?«

»Ihr kennt ihn«, sagte Simeon kalt.

Antony trat vor und legte Simeon warnend eine Hand auf den Arm. »Seid vorsichtig, mein Freund.«

Simeon schüttelte die Hand seines Freundes ab, und seine Augen hefteten sich unerbittlich auf de Morthlunds Gesicht. »Er hat sich erhängt. Er wurde dazu getrieben.«

»Getrieben?« wiederholte de Morthlund. »Getrieben?«

»St. Martins Altar«, zischte Simeon.

Diese Erinnerung war unmißverständlich. Der dicke Mann stieg die Treppe nun ganz hinab, und sein Gesicht war eine warnende Maske, als er den Priester anfunkelte. Er stellte sich breitbeinig vor ihn hin, die Hände immer noch auf den Hüften, die Schultern hochgezogen; seine ganze Haltung gab ihm mehr Größe, mehr Raum in dem Zimmer, als ein Mann von geringerer Körperfülle hätte beanspruchen können.

»Ihr würdet es nicht wagen«, zischte er.

»Glaubt Ihr das wirklich?«

»Das Beichtgeheimnis ist mein Schutz. Ihr werdet es nicht brechen.«

Nun stellte Simeon sich direkt vor de Morthlund hin. Er war um mehrere Zoll größer als dieser und brauchte keine List, um seine Erscheinung imposanter zu machen, denn sein Zorn war groß genug, um ihn zu einem Giganten anschwellen zu lassen. Seine blauen Augen brannten vor Zorn, und seine Fäuste waren so fest geballt, daß seine Knöchel weiß und blutleer wirkten.

»Ein unschuldiger Junge wurde ermordet«, knurrte er dem dicken Mann ins Gesicht. »Und ich kann seinen Mörder beim Namen nennen.«

»Wie könnt Ihr es wagen, mir zu drohen, Priester? Ich sage es noch einmal, Ihr werdet das Siegel der Beichte nicht brechen.«

»Wenn es eine Möglichkeit gibt, könnt Ihr sicher sein, daß ich sie finden werde.«

»Unmöglich. Ihr seid zu *bedingungslosem* Schweigen verpflichtet.«

»Man hat mich *übertölpelt*!«

»Dann lebt mit Eurer Einfalt, Priester«, höhnte der fette Mann.

Die beiden Männer starrten einander über eine Kluft des Zorns hinweg an, bis Simeon sich seine Niederlage eingestand und zur Tür ging. Er hatte sie beinahe erreicht, als de Morthlund hinter ihm herrief.

»Wartet noch einen Augenblick, wenn Ihr so freundlich sein wollt, Simeon of Beverley. Und Ihr auch, Antony of Flanders. Wenn ihr entschlossen seid, euch gegen mich zu stellen, dann seid bereit, das zu *meinen* Bedingungen zu tun. Euer Platz ist in St. Peter, Priester, bei Euren staubigen Büchern, in Eurer ungefährlichen Bedeutungslosigkeit. Und Euer Platz, Mönch, ist bei dem menschlichen Unrat, um den Ihr Euch so gern bemüht. Die Macht, mit der Ihr es hier zu tun habt, geht über Eure Kräfte hinaus.«

Mit einer flüchtigen Bewegung seiner dicken Finger gab er Daniel Habicht ein Zeichen, und einen Augenblick später öffnete sich die kleine Nebentür, um ein Mädchen hereinzulassen. Es war die Tochter von Ulred, dem Dachdecker, eben jenes unglückliche Mädchen, das auf dem Weg zum Kloster verschwunden war, vielleicht von Soldaten entführt oder auch von ihrem Vater ein zweites Mal für einen schönen Profit verkauft. Man hatte sie gebadet und in ein sauberes Baumwollgewand gekleidet, das ihr bis auf die Knöchel fiel; sie trug Sandalen und hatte sich ein hübsches Netz um ihr Haar geschlungen. Bevor Simeon sich noch von dem Schock erholen konnte, sie hier in de Morthlunds Haus zu sehen, griff sie das Stichwort auf, das ihr Gönner ihr gegeben hatte, und zeigte anklagend auf Simeon.

»Das ist er«, schrie sie. »Das ist der, der für Geld bei mir liegen durfte und mir sein Kind in den Leib gepflanzt hat. Das ist er, der Vater meines toten Kindes. Ich schwöre bei Gott und all seinen Heiligen, dieser Priester ist es gewesen.«

Simeon schrak vor ihren Anschuldigungen zurück, als hätte er einen Schlag ins Gesicht bekommen. Er hörte Antony neben sich flüstern: »Gütiger Jesus, steh uns bei.« Dann trat Wulfric de Morthlund vor und schob das Mädchen beiseite.

»Ihr Vater hat bei meinen Sekretären eine schriftliche Erklärung hinterlassen«, sagte er mit sich überschlagender, triumphierender Stimme. »Er beschuldigt Euch, ihn während des letzten Jahres gut dafür bezahlt zu haben, daß Ihr sein Kind mit ins Bett nehmen durftet, seine einzige Tochter.«

Simeon, bleich geworden vor Schreck, konnte nur wortlos den Kopf schütteln. Ganz in seiner Nähe beugte Cyrus de Figham sich in seinem Sessel vor, und seine schiefergrauen Augen leuchteten boshaft, während er die Szene beobachtete, die sich ihm darbot. Selbst der kleine Exorzist hatte sich aus der schützenden Dunkelheit vom Fenster gelöst und sah den Priester nun mit weit aufgerissenen Augen und offenem Mund an. Nur Daniel Habicht blieb ungerührt. Was er sah und hörte, entlockte ihm, wenn es ihn überhaupt beeindruckte, nicht die geringste sichtbare Reaktion.

»Das ist er«, rief das Mädchen noch einmal und zeigte auf Simeon. Als de Morthlund es beiseite schob, wiederholte es noch einmal verdrossen: »Ich schwöre bei Gott, das ist er.«

»Seht Ihr jetzt, woher der Wind weht, Priester?«

»Aber das ist doch lächerlich«, protestierte Simeon. »Ihr

wißt sehr wohl, daß ich das Keuschheitsgelübde abgelegt habe, Wulfric de Morthlund.«

»Erzählt das meinem Herrn Erzbischof, wenn er nach Beverley kommt.«

»Sie lügt. Das Mädchen lügt.«

»Aber das ist noch lange nicht alles«, fauchte de Morthlund. »Ein junger Grabenbauer, bekannt als Erik, schwört einen Eid, daß Ihr seine Frau Elvira zu Eurer Mätresse gemacht habt, daß Ihr sie auf dem Boden der Kirche unter Schloß und Riegel haltet und daß Ihr ihm seinen Sohn gestohlen habt …«

»Seinen Sohn? *Seinen Sohn?«* Simeon schrie die Worte beinahe. »Sein Kind ist tot. Er *weiß*, daß sein Kind tot ist.«

»Er schwört bei seiner Seele, daß es noch lebt, und daß ihr ihm seine Frau und auch seinen Erstgeborenen gestohlen habt.«

»Lügen … nichts als schmutzige Lügen …«

»Ach, wirklich? Ihr wollt also behaupten, daß sich in dem Skriptorium von St. Peter kein neugeborener Junge befindet?«

»Natürlich ist ein Junge dort. Das wißt Ihr genau. Er ist mein Patensohn. *Mein Patensohn!* Der Sohn des Grabenbauers ist tot.«

Wulfric de Morthlund lächelte boshaft. »Erzählt auch das dem Erzbischof.«

»Das werde ich tun. Gott sei mein Zeuge, das werde ich tun.«

»Und werdet Ihr unter Eid leugnen, daß Ihr die Frau namens Elvira bei Euch versteckt haltet?«

»Zu ihrer eigenen Sicherheit«, erwiderte Simeon.

»Und wollt Ihr ebenfalls unter Eid leugnen, daß sie in Eurem Bett schläft?«

»Sie schläft dort, aber ich nicht.«

»Und wollt Ihr leugnen, vor Eurem Erzbischof und Eurem Gott, daß man Erik, dem Grabenbauer, jeden Zugang zu seiner Frau und seinem Sohn verwehrt hat?«

»Sein Sohn ist tot, ich sage es Euch … *tot!«*

Der dicke Mann ergriff einen Stapel säuberlich beschriebener Papiere und schwenkte sie vor Simeons Gesicht. »Schriftliche und beeidete Erklärungen, Priester. Echter Gram. Zeugen, die bereit sind, bei ihrer Seele zu schwören, daß Ihr ihnen unrecht getan habt.«

»Das ist eine Ungeheuerlichkeit!« schrie Simeon, und seine Augen loderten vor Zorn, während de Morthlund breit grinste und mit dieser Reaktion offensichtlich sehr zufrieden war. »Erzählt das alles dem Erzbischof, Priester.«

Simeon spürte Antonys Hand auf seinem Ellbogen, die ihn langsam zurückzog, und hörte seine ruhige Stimme, die beschwichtigend auf ihn einsprach: »Kommt jetzt. Spielt ihm nicht noch weiter in die Hände. Kommt jetzt, Simeon.«

Und so ging er und ließ sich, obwohl er an seinem Zorn fast erstickte, zur Tür führen, während jede Faser seines Wesens danach verlangte, mit beiden Fäusten auf dieses selbstzufriedene, grinsende Gesicht einzuschlagen. De Morthlund folgte ihm hinaus in die Halle, wo sich neugierige Mägde und Kirchendiener versammelt hatten, entschlossen, sich ihren Anteil an dem Drama nicht entgehen zu lassen.

»Hört mir zu, hört mir gut zu«, rief der dicke Mann quer durch die Halle. »Ich bin noch nicht fertig mit Euch, noch lange nicht. Ihr habt Euch zu meinem Feind erklärt, und dafür werde ich Euch Euer Amt nehmen, Priester. Ich werde Euch Eure Frau und Euren kleinen Bastard nehmen und den Rest dem Erzbischof überlassen.«

Kapitel 24

»Wir haben die Zeichen gesehen. Wir wußten es, jeder einzelne von uns.«

»Ich nicht«, protestierte Cuthbert. »Ich sehe die Fehler der Menschen sonst klar und deutlich, Osric, aber in diesem Fall schwöre ich, habe ich nichts bemerkt.«

»Osric hat recht«, pflichtete Thorald ihm bei. »Wir hätten vorhersehen müssen, daß es so kommen würde.«

Antony nickte ernst. »O ja, die Zeichen waren die ganze Zeit über schon da und warteten nur darauf, gedeutet zu werden, aber wir, die wir unseren Rücken unter dem Mühlstein gebeugt haben, um unserer Stadt zu helfen, haben einfach nicht rechtzeitig darauf geachtet.«

»Und wer könnte uns das vorwerfen«, fragte Thorald die anderen, »wer außer uns selbst?«

Antony sprach weiter, als hätte es keine Unterbrechung gegeben. Der drahtige, kleine Mönch ging mit ernstem Gesicht auf und ab, während er fortfuhr: »Für sich genommen bedeuten die Zeichen nur wenig. Sie sprechen von Neid und kleinlicher Mißgunst, davon, daß dieser Mann fürchtet, im Schatten jenes Mannes zu stehen, oder davon, daß dieser voller Neid auf das Glück des anderen schaut. Für sich allein betrachtet lauter unwichtige Dinge, aber zusammengenommen zeigen sie ein finsteres Bild, nicht wahr?«

»Zusammengenommen zeigen sie uns die Werke eines Mannes, den der Teufel in die Welt gesetzt hat«, erklärte Thorald. »Und wenn Steven lange genug gelebt hätte, um …«

»Pst!« Antony hob die Hand, als wolle er den Priester von St. Nicholas schlagen. Sie berührte das Gesicht des älteren Mannes nicht, aber die Bedeutung der Geste war unmißverständlich. Alle Augen waren auf ihn gerichtet, als er die Worte flüsterte: »Das Siegel«, und alle wurden auf diese Weise daran erinnert, daß um Simeons willen einige Dinge ungesagt bleiben mußten.

Das letzte Angelusläuten des Tages hatte schon vor langer Zeit die Gläubigen zu ihrer nächtlichen Andacht gerufen und von dort aus in die willkommene Wärme ihrer Bettstellen geschickt. Diejenigen, die nicht müde genug waren, um zu schlafen, zogen ihre Stühle und Bänke näher ans Feuer und senkten die Köpfe zu ernsten Gesprächen. Eine Woche war vergangen, seit der Sturm über sie gekommen war, und mittlerweile pulsierte in ihrer aller Adern wieder das Blut, so wie die Wasser wieder durch die Gräben und Kanäle der Stadt flossen.

Pater Gilbert hatte sich im Skriptorium zu ihnen gesellt, da er für kurze Zeit von seiner Arbeit im Münster und seinen Pflichten in der Propstei befreit war. Seine Hand war es gewesen, die die dringende Botschaft an seinen entfernten Verwandten, den Erzbischof von York, geschrieben hatte, der zur Zeit in seinem Schloß in Nottingham weilte. Gilbert hatte nur wenig Hoffnung für Simeon, obwohl er selbst sowohl die Taufe als auch die dramatischen Ereignisse am Altar mitangesehen hatte. Der Sturm hatte eine schreckliche Veränderung der Machtverhältnisse in der kirchlichen Hierarchie Beverleys bewirkt. Ehrgeizige Männer kämpften nun darum, die Oberherrschaft zu erringen oder zumindest an ihren früheren Plätzen zu verbleiben, nachdem überall um sie herum andere den Umständen zum Opfer gefallen waren. Solche Männer würden sich nicht in ihrem Streben beirren lassen, würden sich nicht aufhalten oder beiseite schieben lassen, während andere über die Herkunft eines namenlosen Kindes grübelten. Sie würden das Kind ohne zu zögern dem Grabenbauer übergeben und dem Priester für seine mutmaßlichen Verfehlungen auf die Finger klopfen, statt verbissen nach der Wahrheit zu suchen, während ihre eigene Zukunft auf dem Spiel stand.

»Wir müssen auf das Schlimmste gefaßt sein«, erklärte er seinen grimmig dreinschauenden Kameraden. »Die Leute behaupten, das Kind gehöre Elvira, die einzige Unsicherheit bestünde darin, welcher Mann es gezeugt habe, ihr Gatte oder ihr Priester. Ich fürchte, in dieser Hinsicht haben wir keine Hilfe zu erwarten.«

»Und wird Wulfric de Morthlund seine Drohungen wahr machen, obwohl Pater Simeon ihm persönlich kein Unrecht getan hat?« Diese Frage kam von Bruder Richard. Seit dem Mord an Kanonikus Bernard hatte er gelernt hinzunehmen, daß alle Menschen, selbst wenn sie die heiligen Weihen empfangen hatten, zu allem fähig waren. Aber dennoch waren die Drehungen und Windungen und die raffinierten Strategien, mit denen sie einander bekämpften, neu für ihn.

Pater Gilbert sah Thorald an, und als der Priester schließlich nickte, galt diese Antwort für sie alle. »Ich glaube, einer

Sache können wir uns sicher sein, Junge. Wulfric wird das tun, was er von allem Anfang an vorhatte. Er war sehr gründlich bei seinem unheiligen Werk. Er hat eine Falle mit so feinen Maschen aufgestellt, daß nicht einmal ein Aal sich hindurchwinden könnte.«

»Und Simeon ist der Köder«, fügte Antony lakonisch hinzu. »Wulfric de Morthlund wird ihn zerstören, wenn er es kann, darauf kannst du dich verlassen.«

Nun sahen sie alle zu Simeon hinüber, aber dieser hob lediglich die Augenbrauen. Er saß mit angezogenen Knien an die Wand gelehnt da, sein Gesicht halb im Schatten und sein Blick auf das schlafende Kind geheftet, das in seinem Schoß lag. Schon lange Zeit hatte er so dagesessen, und sein Zorn hatte sich mittlerweile etwas gelegt, war aber deswegen nicht weniger tödlich. Er folgte dem Gang der Unterhaltung, ohne sich selbst am Gespräch zu beteiligen, während die anderen Männer gemeinsam ein klares Bild von der Falle zeichneten, die sich langsam um ihn schloß. Er beobachtete das Gesicht des Kindes, das still und friedlich schlafend vor ihm lag, und wieder spürte er diesen tiefen Schmerz in seiner Brust, als wäre sein Herz in Eisenfesseln gekettet. Er würde den Jungen nicht aufgeben – nicht für den Propst, nicht für den Erzbischof und nicht einmal für den Papst selbst würde er dieses Kind Wulfric de Morthlund überlassen.

Er wußte, was die Leute von ihm sagten. Sie sagten, er habe einen hoffnungslosen Fall geheilt, einen Mann, dessen Lungen schon halb verfault gewesen waren; sie sagten, er habe einen Toten zum Leben erweckt und ein Kind kuriert, dessen Rückgrat in zwei Teile gebrochen war. Sie sagten, an ihm sei selbst ein Wunder geschehen, indem sein verkrüppelter Fuß wieder genesen sei, und daß ein junger Mann der Kirche mit einem Fetzen Stoff aus Simeons Gewand in seinem Namen die Kranken und Sterbenden heile. Und sie sagten, Gott habe ihn mit einem Kind gesegnet, das nicht von einer Frau geboren war, mit einem ungewöhnlichen, kostbaren Kind, das einst der Retter von Beverley und der Wächter von St. John werden sollte. All dies wurde von ihm gesagt, und die Leute sprachen von ihm, als zähle er bereits zu den Heiligen.

Und während diese Geschichten durch die Stadt schwirrten, brachte Wulfric de Morthlund eine reiche Ernte vernichtender Zeugenaussagen ein, die von gierigen oder eingeschüchterten Menschen stammten, die eben jenen Priester als Lügner und Scharlatan brandmarkten. Diese Leute machten ihn zu einem Hurenbock, einem Dieb von Ehefrauen, einem ruchlosen Verführer der Töchter armer Männer. Diese Zungen sprachen von Menschen, die von vorgetäuschten Gebrechen »geheilt« worden seien und von heiligen Vergünstigungen, die im Anschluß an die Tragödie verkauft worden waren. Es wurde sogar gemunkelt, daß Simeons verkrüppelter Fuß niemals wirklich verkrüppelt gewesen, daß auch dies Teil einer von langer Hand geplanten Verschwörung war, um aus einem unbedeutenden Priester einen Märtyrer zu machen. Wenigstens zwei Männer und eine Frau waren bereit, einen heiligen Eid zu schwören, daß sie ihn lange vor seiner sogenannten Heilung wie jeden anderen Mann hatten laufen, rennen und springen sehen. Selbst das Wunder, das Gott vollbracht hatte, wurde im Mund sterblicher Menschen zur Lüge.

»Warum tun sie das?« hatte Cuthbert gefragt. »Diese ehrlichen, einfachen Menschen, die sich für eine Münze kaufen lassen, die für ein Kupferstück ihre Seele zur Hölle verdammen – warum tun sie das?«

»Weil sie hungrig sind«, hatte Simeon ihm damals geantwortet, »und Hunger kennt keine Moral.«

»Auf den Straßen wimmelt es nur so von Gerüchten«, sagte Antony jetzt. »Überall strömen die Reisenden und Händler zusammen, und die Pilger kommen immer noch in Scharen nach Beverley. Sie erhoffen sich den Segen von St. John und finden statt dessen eine zerstörte Stadt vor, in der zu jeder Stunde, Tag und Nacht, die Gebete für die Toten zu hören sind.«

»Und sie erzählen Geschichten von Hugh de Burton und Robert de Clare, die ihre persönliche Bequemlichkeit opfern und Seite an Seite für unseren Schutz sorgen«, sagte Cuthbert verbittert. »Ausnahmsweise einmal eine Lüge, die den einfachen Männern und Frauen genauso dient wie ihren Herren. Während diese bitteren Feinde jede Bewegung des anderen mit Argusaugen verfolgen, wird unser geliebtes Beverley zum verhätschelten Eigentum Yorks, während es sonst die Beute eines grausamen Krieges geworden wäre.«

»Und genau das war sie ja zuerst auch«, erinnerte Thorald ihn. »Wir haben mehr als unseren Anteil an Kirchenraub und Plünderung erlitten, und nicht nur die Armen und Hungrigen waren die Schuldigen.«

Die Männer, die am Feuer saßen, nickten zustimmend. Sie alle hatten Geschichten von Salzhändlern gehört, die für ihre Fracht ermordet worden waren, von Fuhrmännern, denen man ihre Tiere geraubt, und von Familien, denen man alles gestohlen hatte, was sie aus ihren zerstörten Häusern hatten retten können.

»Es gibt Männer hier, die alle Informationen sammeln, um sie nach Canterbury weiterzuleiten«, sagte Antony. »Erzbischof Richard wird gut bezahlen für jede Neuigkeit von uns, denn es liegt auch in seinem Interesse, zu wissen, was seinem Rivalen, dem Erzbischof von York, widerfährt. Aber ich frage mich, wem es gelingen wird, auf die Dauer mit beiden Männern gut Freund zu sein.« Er sah, wie die Augenbraue von neuem gehoben wurde und wußte, daß Simeon trotz seines Schweigens kein Wort entging. »Roger wird versuchen, sich jeden Ruhm Beverleys für York zu sichern, während Richard seinerseits versuchen wird, alles an sich zu reißen, was York gehört. Zwischen York und Canterbury ist ein unentschlossener Priester so sicher wie ein Stück Fleisch zwischen zwei knurrenden Hunden.«

Die Männer, die sich ums Feuer geschart hatten, verfielen von neuem in Schweigen. Alle wußten, daß es unmöglich sein würde, sich in Simeons Fall direkt an Rom zu wenden, über die Köpfe von Bischöfen und päpstlichen Gesandten hinweg. Und wenn sie es doch versuchten, würde kein Wort davon jemals an die Ohren des Pontifex dringen, denn schon geringere Männer als dieser würden einen Priester, der sich nicht zu ihrem eigenen Vorteil beeinflussen ließ, lieber tot sehen. Sie wußten nun, daß Simeon gefährliche Feinde in Beverley hatte – herauszufinden blieb nur noch, wie viele Feinde vor den Toren der Stadt auf ihn lauerten. Osric war der nächste, der sich zu Wort meldete. Er sah erst jeden der Männer einzeln an, bevor er sagte, was er auf dem Herzen hatte.

»Wir müssen die ganze Wahrheit schriftlich niederlegen, und zwar schnell, bevor irgendein ehrgeiziger Kanonikus beschließt, jeden von uns, einen nach dem anderen, zum Schweigen zu bringen. Wir müssen es niederlegen und unsere Namen daruntersetzen, damit es für alle Zeiten einen Bericht über das gibt, was sich hier in Beverley ereignet hat.«

»Das wird bereits getan«, versicherte Cuthbert ihm. »Zwei Schwestern der Barmherzigkeit von St. Anne, die sich um die Amme kümmern, verfassen während der langen Stunden, die sie in ihren Zellen verbringen, ein genaues Dokument. Meine Schreiber werden es, wenn es fertig ist, genau prüfen, alle Veränderungen oder Zusätze vornehmen, die notwendig sein könnten, und es uns dann zur Billigung vorlegen.«

»Gut, gut.« Osric nagte an seiner Unterlippe und fuhr dann fort: »Diejenigen von uns, die *ihn* gesehen haben … ihn, der das Kind zu uns brachte …«

Er wußte plötzlich nicht mehr, wie er weitersprechen sollte. Keiner von ihnen hatte bisher etwas über das gesagt, was er in jener Nacht gesehen hatte, obwohl jede Beschreibung, die außerhalb von St. Peter zu hören war, in krassem Widerspruch zur nächsten stand. Osric spürte, wie sich nun jedes Auge auf ihn richtete.

»Einige meinen, es sei der heilige Petrus gewesen«, berichtete er. »Andere sagen, es sei der heilige Antonius gewesen oder der heilige Martin oder Johannes der Täufer oder sogar Jesus Christus. Aus jedem Mund höre ich einen anderen Namen, und doch behaupten alle, ihn in gutem Licht gesehen zu haben.«

»Er trug eine dunkle Kapuze«, sagte Cuthbert. »Nur wenn es blitzte oder wenn er den Kopf hob, um gegen den Sturm zu wüten, nur dann wurden seine Gesichtszüge sichtbar.«

»Ihr habt sein Gesicht also deutlich gesehen, ja?«

»Jawohl«, erwiderte Cuthbert. »Aber er war keiner von denen, die ihr gerade aufgezählt habt. Er hatte einen Bart ...«

»Nein, er war glatt rasiert«, behauptete Richard.

»Und ein Mann aus dem Osten, seiner Gesichtsfarbe nach«, sagte Thorald.

»Aber das ist doch alles Unsinn, er war blond, so blond wie ein Däne. Das habe ich selbst gesehen«, warf einer der Schreiber ein.

»Er war jung, höchstens dreißig Jahre alt.«

»Aber nein«, korrigierte ihn Pater Gilbert. »Ich hatte den deutlichen Eindruck, daß er ...«

»Er war schon recht betagt ... Sein Haar war eisgrau.«

»Bitte!« Cuthbert hob die Hände, um den Fluß der Proteste und Widersprüche unter den Männern einzudämmen. »Meine Herren, bitte! Wir dürfen einander nicht so heftig widersprechen. Jedermann hier weiß in seinem Herzen ganz genau, was oder wen er in jener Nacht gesehen hat. Wollen wir es dabei bewenden lassen.«

»Und dem Erzbischof ein Dutzend verschiedene Geschichten erzählen?« fragte Antony kalt. »Wenn er all das zu hören bekommt, wird er die ganze Angelegenheit gewiß als Unsinn abtun, wie jeder von uns es an seiner Stelle tun würde.«

»Das mag ja sein«, pflichtete Cuthbert nickend bei. »Aber ich bezweifle, daß irgendeiner von uns sich dazu überreden lassen wird, zu leugnen, was er sah, um sich die Beschreibung irgendeines anderen Mannes zu eigen zu machen. Das einzige, worin wir übereinstimmen, ist, daß kein Mann gesehen hat, was sein Nachbar sah.«

»Und doch haben wir alle dasselbe *gehört*«, warf Antony ein. »Wir hörten ihn das Kind *Peter, den Fels* nennen, den Wächter des Heiligen Schreins von St. John, und wir hörten, wie er Simeon of Beverley zum Vormund des Kindes bestellte.« Er sah sich um, und alle Männer nickten. »Das also ist es«, fügte er hinzu, »was wir dem Erzbischof erzählen werden, wenn er kommt.«

Bei der Erwähnung seines Namens blickte Simeon auf

und stellte fest, daß Elvira, die auf einem Hocker in der Nähe der Treppe saß, zu ihm hinüberschaute. Sie hatte ihre Stickerei beiseite gelegt, um ihn mit ihrem ernsten, nachdenklichen Blick zu mustern, und er entdeckte eine gewisse Traurigkeit in ihren Augen, die vorher nicht dort gewesen war. Er vermutete, daß sie sich einen großen Teil der Schuld an seiner schwierigen Situation gab. Seine Feinde würden sie als Waffe gegen ihn benutzen, denn sie war die Frau des Grabenbauers, und weder sie noch Simeon konnten sagen, wessen Kind es war, das sie an ihrer Brust nährte. Und was sollten sie tun, wenn man sie vor den Erzbischof brachte und aufforderte, unter heiligem Eid auszusagen, welche Gefühle sie verbanden?

Er hob das Kind hoch, ein winziges, hilfloses Wesen in seinen großen Händen, und Elvira kam sofort herbei, um es ihm abzunehmen. Als diesmal ihre Hände die seinen berührten, zog sie sie nicht weg, sondern hielt inne, hielt den Augenblick fest und hob ihre Augen, um seinem Blick zu begegnen. Es war so leicht, in ihrem Gesicht zu lesen. Weder gezierte Zimperlichkeit noch vorsätzliche Falschheit lagen darin, denn das Leben hatte sie noch nicht gelehrt, ihre Gedanken zu verschleiern.

»Ich weiß.« Er formte die Worte mit lautlosen Lippen, und mehr brauchte sie auch nicht. Er sah das Licht in ihren Augen aufflackern und den Hauch eines Lächelns in ihren Zügen. Als sie sich abwandte, das kostbare Kind an ihre Brust gepreßt, staunte er über die ungeheure Einfachheit der Liebe. Einen Augenblick schlichter Freude war alles, was notwendig war, um ungezählte Stunden des Schmerzes aufzuwiegen, und der Griff einer winzigen Hand um den Finger eines ausgewachsenen Mannes konnte diesen Mann zu hilflosen Tränen rühren.

Er spürte eine sanfte Berührung auf der Schulter, Cuthberts Hand, mit ihrer dünnen Haut und den bläulichen Adern. Er bedeckte sie für einen Augenblick mit seiner eigenen und sprang dann so leichtfüßig wie eine Katze auf. Cuthbert sah ihm fragend in die Augen und schüttelte denn verzweifelt den Kopf. »Durchsichtig«, flüsterte er. »Geradezu gefährlich durchsichtig. Ich fürchte, Wulfric de Morthlund wird Euch nackt ausziehen und Euch das Fleisch von den Knochen nagen, wenn der Erzbischof kommt.«

Simeon hob ruckartig den Kopf und blickte aus den Augenwinkeln zu seinem Kanonikus hinunter. »Vielleicht habt Ihr recht«, gab er mit leiser Stimme zu. »Aber eines wird er niemals tun, nicht solange ich lebe: Er wird niemals seine Hände nach meinem Patensohn ausstrecken. Glaubt mir, Pater. Er wird mir diesen Jungen niemals nehmen.«

»Ich glaube euch, Simeon. Und wir, Eure treuen Freunde, werden Euch dabei helfen, diesen Schwur zu halten.«

»Ich danke euch«, sagte Simeon. »Ich danke euch allen. Und nun müßt ihr genau zuhören, was ich euch zu sagen habe, denn ich werde nicht zulassen, daß meine Freunde meinetwegen gedemütigt oder in der Kirche in Verruf gebracht werden. Niemand darf für mich sprechen, es sei denn, der Erzbischof ruft ihn persönlich zu sich. Niemand darf für mich bitten oder die Stimme für mich erheben.«

»Was denn, Ihr wollt das ganz allein durchstehen?« wollte Osric wissen.

»Nein, mein Freund, ich werde nicht allein sein. Aber wenn meine Feinde sehen, daß ich nicht zum Angriff übergehe, daß ich keine Forderungen stelle und York keinen Fall präsentiere, ziehen sie sich vielleicht vom Schlachtfeld zurück und lassen uns alle in Frieden. Vergeßt alles andere, vergeßt die sogenannten Wunder, die Argumente, die Lügen und Anschuldigungen. Denkt nur an eines, daß ich erwählt wurde, um den kleinen Peter zu beschützen, bis wir wissen, warum er zu uns geschickt wurde.«

Ein zustimmendes Murmeln erhob sich. Simeon trat näher ans Feuer, um seine Freunde besser sehen zu können. Er trug eine Robe aus einem schweren Stoff, geschnürte Stiefel und einen kurzen, roten Umhang. An seinem Gürtel hing ein Dolch, ohne den er nun weder schlief noch betete. Der Feuerschein tauchte sein schönes Gesicht in eine warme Glut, und dasselbe sanfte Licht ließ sein goldbraunes Haar aufleuchten.

»Mein erster Gedanke muß immer ihm gelten«, sagte er

mit ernster Stimme. »Und dann Elvira, seiner Amme. Wir müssen sie an einen sicheren Ort bringen, wo der Junge aufwachsen und lernen kann und auf das vorbereitet wird, was die Zukunft für ihn bereithält.«

Die anderen nickten. Nur Pater Cuthbert hatte noch Zweifel. »Er wurde Peter of Beverley genannt«, sagte er mit fester Stimme. »Kann er an einem anderen Ort aufwachsen?«

»Er muß es sogar, zumindest für den Augenblick, wenn ich seine Sicherheit nicht gefährden will«, erklärte Simeon. »Sie sind hergekommen, um ihn zu töten, Pater. Wie die Männer des Herodes stürzten sie sich mit ihren Schwertern auf dieses unschuldige, kleine Kind, und ich bezweifle, daß sie zufrieden sein werden, ehe sie ihn haben. Und nun macht de Morthlund ihn zum Sohn eines Grabenbauers. Wenn es nach ihm geht, wird der Erzbischof diese Behauptung unterstützen. Und was soll ich dann tun? Soll ich meinem Herrn Erzbischof gehorchen, wenn er mir befiehlt, Elvira und *meinen Patensohn* zurück in die Hütte des Grabenbauers zu schicken? Muß ich ihn aufgeben wie ein Opferlamm, das von meinen Feinden aufgestöbert und abgeschlachtet werden wird?«

»Aber ihn wegzuschicken, obwohl er zu einem solchen Preis zu uns gebracht wurde«, beharrte Cuthbert. »Ihn von eben dem Ort wegzuschicken, an den man ihn gebracht hat, obwohl ein so ungeheuerlicher Sturm das zu verhindern versuchte? Wie kann das richtig sein, Simeon, wie kann es sein?«

Simeon kniff die Augen zusammen und gab ihm seine Antwort durch zusammengebissene Zähne. »Dann zeigt mir eine bessere Lösung.«

Zu eben diesem Zweck diskutierten sie bis tief in die Nacht hinein, bis der helle Mond hoch am Himmel stand und seine silbernen Strahlen durch die schmalen Fenster schickte. Cuthbert war schon lange in tiefen Schlaf gesunken, seine alten Knochen eingehüllt in Simeons dicken Pelzumhang, sein Körper gebettet auf eine mit Stroh bedeckte Pritsche im wärmsten Alkoven neben dem Kamin. Elvira schlief, den Jungen fest an sich gedrückt, auf ihrer Matratze. Es würde sie traurig machen, sich von dem Priester trennen zu müssen, aber solange sie seinen Patensohn versorgte, würde sie sein Leben teilen, und solange sie sein Leben teilte, hatte ihr eigenes einen Sinn.

Schließlich beschloß man, den Jungen und seine Amme nach St. Theodor zu schicken, in die Benediktinerpriorei, die jenseits des Sumpflandes lag. Dort würde sie in Sicherheit sein, bis der augenblicklich tobende, von Menschen entfesselte Sturm vorüber war, und wenn nicht, würde man sie noch weiter fortbringen, nach Süden, in die Abtei in Meaux oder nach Osten, nach St. Mary in Whitby. Wenn die Wogen sich geglättet hatten, wenn Männer wie Wulfric de Morthlund das Wohlergehen des Kindes nicht länger bedrohten, würde man den Jungen zurück nach Beverley und nach St. Peter holen, wo seine Bestimmung lag.

Einer nach dem anderen gingen die Freunde zu Bett oder verließen das Skriptorium durch seine wohlbewachte Tür. Als auch Osric gegangen war – er wurde nachts im Hospital gebraucht –, hielten nur noch Antony und Simeon an den langsam verglühenden Kohlen Wache. Simeon stützte seinen Ellbogen auf die Knie und starrte in das verglimmende Feuer.

»Dieses Mädchen«, sagte er, »die Tochter des Dachdeckers. Ich habe solchen Zorn in ihrem Gesicht gesehen, solchen Haß in ihren Augen, als sie mich beschuldigte. Wie soll ich ihre Anklagen auch nur mit einem Mindestmaß an Überzeugungskraft von mir weisen, wenn sie selbst so überzeugt zu sein scheint von meiner Schuld?«

»Man hat sie gut geschult«, murmelte Antony und blies in die glühenden Kohlen, bis ein feiner Nebel feuriger Funken in den Kamin hinaufstob. »Sie wird eine gute Zeugin abgeben, wenn man sie vor den Erzbischof und seine erhabene Versammlung führt.«

»Dann bin ich verloren«, sagte der Priester leise. »Sie ist ein Kind und ein hübsches dazu, das noch immer den Anschein der Unschuld erweckt. Schon beim bloßen Anblick dieses Mädchens werden die Herzen der Männer dahinschmelzen. Wie könnte da irgendein anständiger Mann angesichts einer Vorstellung, wie sie sie heute gegeben hat, ihre Geschichte als Lüge durchschauen?«

Antony sah ihn mit ruhigem Blick an. »Ich habe es getan.«

»Was? Und Ihr habt keinen Augenblick gezweifelt?«

»Weder damals noch jetzt, keinen Moment lang.«

»Und doch, mein Freund, habt Ihr nicht gehört, daß ich die Anschuldigungen geleugnet habe.«

»Meinetwegen braucht Ihr nichts zu leugnen. Ich kenne die Wahrheit auch so.«

Aber Simeon hatte immer noch Zweifel. »Seid Ihr Euch meiner Unschuld denn wirklich so sicher?«

»Das bin ich«, erwiderte Antony.

Gerade in diesem Augenblick hörten sie ein Rascheln in der Nähe der Leiter, die aufs Dach hinaufführte. Mit leisem Gähnen trat eine Gestalt aus dem Schatten hervor und bewegte sich auf sie zu. Als der Mann in das sanfte Glühen des ersterbenden Feuers trat, fiel das Licht auf den purpurnen Fleck, der eine Hälfte seines Gesichtes entstellte.

»Ich bin in der Ecke da drüben eingeschlafen«, gestand er. »Ich hätte schon vor Stunden gehen sollen.«

»Sieh zu, daß du noch ein wenig Schlaf findest, solange alles ruhig ist«, sagte Antony.

»Vielen Dank, aber das geht nicht«, erwiderte der junge Mann und schüttelte den Kopf, während er seinen bescheidenen Gürtel richtete und seinen Umhang zurechtzog. »Ich muß gehen, um mich für die Mette bereitzumachen.«

»Der Gottesdienst wird doch frühestens in einer Stunde beginnen«, erinnerte Simeon ihn. »Und dann werden auch einige andere aufbrechen. Die Straßen sind gefährlich, Michael, und man sollte nicht allein hinausgehen. Bleib noch eine Weile hier und warte mit uns.«

»Nein, Pater. Meine Pflichten rufen mich unverzüglich nach St. John. Aber ich werde morgen gern wiederkommen, nach der Terz, wenn Ihr es erlaubt.«

»Du bist immer willkommen, Junge, aber nur, wenn du dadurch deine anderen Pflichten nicht vernachlässigst. Der Wiederaufbau unserer kleinen Kirche ist für einige Leute nicht so wichtig wie für uns. Wir müssen zuerst immer dorthin gehen, wo wir am dringendsten gebraucht werden, vergiß das nicht.«

»Jawohl, Herr«, sagte der junge Mann und verbeugte sich im Feuerschein, so daß seine Gesichtszüge gleichzeitig hübsch und häßlich wirkten, sein Lächeln einseitig und seine Augen einander so unähnlich, daß sie zwei verschiedenen Männern hätten gehören können. »Pater Simeon, wenn es draußen nichts zu tun gibt für mich, werde ich mich glücklich schätzen, die Dame und den Jungen beschützen zu dürfen.«

»Hast du ein Schwert?«

»Nein, Herr, aber ich kann mir eins borgen.«

Simeon nickte nachdenklich. Es war besser, ihn von den anderen zu trennen, denn die Kirchenmänner waren nicht weniger abergläubisch als ihre weltlichen Brüder, und dieser doppelgesichtige Priester mit seinen Mißbildungen an Augen und Mund traf trotz seiner Bemühungen auf wenig Freundlichkeit.

»So sei es«, sagte er schließlich. »Ab morgen bist du Elviras Beschützer und wirst dich mit Thomas bei der Arbeit abwechseln. Aber nur, wenn dein Vikar es gestattet, Junge.«

»Ich danke Euch, Pater. Ich werde sie gut beschützen, darauf habt Ihr mein Wort.« Er verbeugte sich noch einmal. »Gottes Segen sei mit Euch.«

Es war Antony, der den jungen Mann zur Tür brachte und den schweren Riegel hinter ihm wieder vorlegte. Als er zum Feuer zurückkehrte, sah er das Gesicht der Frau über der Leiter. Ihr Haar fiel übers Gesicht, als sie sich über den Balken lehnte, wo ihr Bett stand, das einst Simeons Bett gewesen war. Ihr Gesicht war klein und bleich in der Dunkelheit, und bevor es verschwand, hatte er noch den deutlichen Eindruck, daß sie lieber allein gewesen wäre, als den jungen Michael als Beschützer in ihrer Nähe zu haben. Er hatte gesehen, wie sie das uralte Zeichen gegen böse Geister schlug, als der Junge sich ihr genähert hatte, obwohl sie versucht hatte, dies vor Michael und Simeon zu verbergen.

Draußen vor dem Skriptorium zog Michael den Umhang in der scharfen Nachtluft fester um sich und schritt auf das

Haupttor der Einfriedung zu. Ein Priester öffnete das Tor, um ihn hinauszulassen, und er trat vorsichtig über die Menschenleiber hinweg, die wie zusammengepferchte Schafe an den Toren und Mauern von St. Peter lagen, da sie nach dem Sturm kein Dach mehr über dem Kopf hatten. Von dort aus beschritt er den kurzen Weg, der zur Eastgate führte. Dann wandte er sich nach Osten, in Richtung Münster. Da traten plötzlich zwei Männer aus der Dunkelheit an ihn heran.

»Du bist aber lange bei deinen Freunden geblieben«, sagte einer von ihnen. »Ihr müßt viel zu besprechen gehabt haben, um so lange wach zu bleiben.«

»Das Zusammensein mit Freunden ist für uns alle kostbar«, antwortete Michael vorsichtig.

»Und die Zungen lockern sich, wenn die Türen erst einmal versperrt sind, nicht wahr, Junge?«

Nun blieb Michael stehen und sah beide Männer abwechselnd an. Er kannte sie, obwohl er von dem einen nicht den Namen wußte und den anderen wegen seiner Gewohnheit, anderen Schmerzen zuzufügen, fürchtete. Er konnte keine Tugend in körperlichem Ungemach entdecken und verspürte nicht den geringsten Wunsch, von dem ehemaligen Züchtiger für irgendeinen eingebildeten Fehler bestraft zu werden.

»Man erwartet mich in der Propstei«, sagte er.

»Man erwartet dich im Haus meines Herrn«, berichtigte ihn der andere.

»Aber warum? Was könnte Euer Herr nur von mir wollen?«

»Deine Ohren, Junge«, erwiderte sein Gegenüber mit einem sadistischen Grinsen. »Ich glaube, er will dich wegen deiner Ohren.«

Sie packten ihn an den Armen und führten ihn davon, und Bruder Michael, der wie ein doppelgesichtiges Hündchen zwischen ihnen hing, betete, daß Gott, der seine schreckliche Angst vor Schmerz gewiß kennen mußte, ihn in seiner Barmherzigkeit entweder aus seiner Not befreien oder ihm seine Feigheit verzeihen würde.

Kapitel 25

Beim ersten Licht wurden zwei Männer, die sich freiwillig gemeldet hatten, mit dem Boot über das überflutete Sumpfland geschickt, um sich zu der bescheidenen, einsamen Priorei zu begeben, die zur Abtei von Meaux gehörte. Obwohl die Priorei der Heiligen Jungfrau geweiht war, war sie nunmehr doch als St. Theodors Ruheplatz bekannt, weil vor langer Zeit der damalige Erzbischof von Canterbury einmal dort Rast gemacht hatte, als schlechtes Wetter und eine geschwächte Gesundheit es ihm unmöglich machten, bis nach Beverley weiterzureisen. Er war auf dem Weg zu dem damaligen Erzbischof von York gewesen, keiner geringeren Persönlichkeit als John of Beverley, der damals noch nicht in die Gesellschaft der Heiligen erhoben worden war. Die Priorei war kaum mehr als eine Holzeinfriedung auf einer Insel höher gelegenen Bodens inmitten des unwegsamen und wenig gastlichen Sumpflandes. Umgeben von einem natürlichen See gab sie kaum mehr als einer Handvoll Mönchen ein Zuhause, die sich abmühten, dem Land ihren Lebensunterhalt abzuringen und Hunger litten, wenn der Regen ihre Ernte fortspülte. Es war ein unfruchtbarer, unfreundlicher Ort, den die Reisenden mieden, denn er erhob sich wie ein Geist aus den Sümpfen und schien auf einem Nebelbett dahinzutreiben, als würde er nicht von natürlichen Kräften am Boden festgehalten.

Die Legende berichtete, daß Theodors Wachen mitsamt seinen Packpferden und den vollbeladenen Wagen alle von den Sümpfen verschluckt worden seien, als die Nacht am dunkelsten war, und daß der Erzbischof und seine Priester von dem ansteigenden Flutwasser und einem eiskalten, undurchdringlichen Nebel gefangengesetzt wurden. Geleitet von dem Läuten der Kapellenglocke, gelang es ihnen, die Priorei auf einem behelfsmäßigen Floß zu erreichen, wo sich der kränkliche Theodor of Canterbury tagelang in den Fängen des Todes wand, während die Mönche ihn liebevoll pflegten. Sie versorgten seine geschwürigen Beine mit Breiumschlägen und linderten das peinigende Fieber in seinen Lungen, wärmten seinen zerbrechlichen Körper mit ihrem Wein und nährten ihn mit dem einfachen Essen von ihren eigenen Tellern. Sie saßen neben ihm und beteten ohne Unterlaß; Stunde um Stunde, Gebet um Gebet zogen sie den großen Mann zurück von dem düsteren Ort, an den der Tod ihn geführt hatte. Sie retteten ihm das Leben, und in seiner Dankbarkeit weihte der Bischof ihren Altar und hinterließ ihnen alles, was er an persönlichen Schätzen bei sich hatte. Und seit diesem Tag vor fünf Jahrhunderten war keine Ernte mehr verlorengegangen, kein Mönch war im See oder in den Sümpfen umgekommen und kein Tier ertrunken oder krank geworden. Pilger meisterten die schwierige Reise, um vor dem Altar der Insel zu beten, und es wurde von Wundern in St. Theodors Namen berichtet, denn die Tücher, mit denen die Mönche seine Geschwüre verbunden und seine fiebrige Stirn gekühlt hatten, lagen noch immer zusammen mit seinem Wappen und seinem ewigen Segen in einer silbernen Schatulle. Selbst nach fünf Jahrhunderten waren die Tücher angeblich noch unversehrt und weiß und durchtränkt von mächtigen Heilkräften.

An diesem kühlen Morgen stand Simeon nun an der Grenze zum Sumpfland direkt hinter der östlichen Mauer der Einfriedung von St. Peter. Er trat von einem Fuß auf den anderen, um die Kälte zu vertreiben, und sein Atem wehte ihm in kleinen, weißen Wolken um das Gesicht. Als die Zeit gekommen war, schlug er das Kreuzzeichen und gab den Boten seinen Segen.

»Geht mit Gott und kehrt gesund zurück.«

»Wir werden zurück sein, bevor der Tag zu Ende ist«, versicherte einer der Männer ihm.

»Gott gebe, daß es so sein wird«, fügte sein Kamerad grimmig hinzu. »Ich habe gehört, daß nach Einbruch der Dunkelheit der Teufel persönlich diese Sümpfe heimsucht.«

Sie verabschiedeten sich voneinander, und Simeon sah ihnen noch lange nach. Bewaffnet und wegen der bitteren Kälte in dicke Umhänge gehüllt, verschwanden sie wie graue Geister im Nebel. Simeon verfolgte sie mit seinem Blick, bis er nicht mehr zu sagen vermochte, an welcher Stelle er sie aus den Augen verloren hatte. Dann wandte er sich ab und ging zurück zur Mauer, schlüpfte durch das hüfthohe Eisentor und verschloß es hinter sich. Als er durch den zerstörten Obstgarten und den dem Boden gleichgemachten Wald ging, waren seine Schritte sicher und gleichmäßig. Immer wieder senkte er den Blick, um seine in Stiefeln steckenden Füße zu beobachten, wie sie gemessenen Schritts über den Boden wanderten. Jetzt, da er kein Krüppel mehr war, war sein Gang der eines gesunden Mannes, so zuversichtlich und sicher, als wäre er niemals lahm gewesen. Während er so zu Boden blickte, stockte sein Schritt plötzlich, und alles um ihn herum war verschwommen. Er blieb stehen, als könne er nicht mehr weitergehen, und als er sein Gesicht der kalten, grauen Morgendämmerung entgegenhob, waren seine Wangen feucht von Tränen. Die Erinnerung an seinen veränderten Zustand hatte ihn wieder einmal wie ein Schlag getroffen.

»Ich bin geheilt«, sagte er in die klare Morgenluft hinein. »Gott sei gelobt, der Krüppel ist wahrhaft geheilt.«

Vom Fenster des Skriptoriums aus beobachtete Elvira, wie der hochgewachsene Priester mit zum Himmel gewandtem Gesicht im Obstgarten stand, bevor er auf dem frostigen Grund auf die Knie fiel, und sie wußte, daß er betete. Er betete nicht, wie ein Priester beten sollte, mit gesenktem Kopf und gefalteten Händen, sondern mit geballten Fäusten und hocherhobenem Haupt. Er war nicht wie die anderen. Während andere Männer sich vor ihrem Gott in den Schmutz warfen, begegnete dieser Simeon ihm von Angesicht zu Angesicht und ohne Angst. Es war weder die Tonsur, noch waren es die Roben, die diesen Mann zum Priester machten, sondern etwas Unergründliches und Machtvolles tief in seinem Herzen. Er war Gottesmann nicht nur deshalb, weil er einem himmlischen Herren diente: Es war seine Seele, in der das Bündnis lag, seine *Seele*, und Elvira wünschte sich von Herzen, es wäre anders gewesen.

Jenseits des gewaltigen Stroms namens Humber lag ganz

Lincolnshire unter einem Leichentuch winterlichen Nebels. Es verwischte die Unterschiede in der Landschaft, indem es die Kronen hoch aufragender Bäume abschnitt und jeden Graben und jede Untiefe ausfüllte, so daß das ganze Land flach und weich und formlos schien. Und es war kalt, bitterkalt in diesem arktischen Nebel, der jedem Reisenden bis auf die Knochen ging und seine Gelenke steif und seine Muskeln kraftlos machte.

Die kleine Gesellschaft hatte Hovard Castle nur widerwillig verlassen, nachdem man sie mit unziemlicher Hast zum Aufbruch getrieben hatte. Viele der Männer im Dienste des Erzbischofs waren bei Morgengrauen aus ihren Betten gezerrt worden und hatten feststellen müssen, daß ihre Stallburschen bereits bei der Arbeit waren und ihr Herr vor Wut schäumte. Es war eine traurige Schar, die die gefrorenen Weiden und Wiesen überquerte. Pferdegeschirre klirrten und quietschten, während die Rosse selbst auf dem harten Boden scharrten und die kalte, feuchte Luft aus ihren Lungen schnaubten. Mehr als eine Stunde lang ritten sie wie dunkle Phantome über das Gebiet, das zum Schloß gehörte, jede Gestalt tief über ein Tier gebeugt, das flankentief durch den feuchten, eiskalten Nebel trabte. Sie folgten einem Weg, der genauso unberechenbar war wie die Stimmung ihres Herrn. Nicht einmal den Boden unter ihren Füßen konnten sie sehen, und ihr Atem trug dazu bei, den bleichen Dunst, der sie überall umhing, noch zu verdichten.

Der Mann, der die Reiter anführte, war eine stämmige Gestalt mit breiten Schultern und von straffer Haltung. Er trug einen schweren Kapuzenmantel und hatte sich eine kupferne Wärmflasche um die Brust binden lassen. Seine Beine steckten in dicken, gefütterten Reithosen, und die pelzgefütterten Stiefel gingen bis zu seinen Knien. Nur der innere Kreis seines Gesichts war noch zu sehen und offenbarte ein verdrossenes Stirnrunzeln und einen fleischigen, verkniffenen Mund. Mit seinen vierundsechzig Jahren brachte er nur wenig Begeisterung für lange Ritte auf, obwohl er mit einer Haltung auf dem Pferd saß, um die viele nur halb so alte Männer ihn beneidet hätten. Jetzt jedoch war er wütend. Seine Knochen schmerzten noch von der langen Reise von der Hauptstadt nach Hovard Castle. Er brauchte den Trost seines eigenen Heims, einen Ort zum Atmen, Zeit, um sich zu erholen, bevor er sich wieder dem schweren Joch seiner kirchlichen Pflichten unterwarf. Statt dessen quälte man ihn mit Geschichten von Stürmen, Wundern, Mord und Chaos, und sie alle kamen aus »Beaver Lake«, dieser vom Wasser eingeschlossenen Stadt Beverley, die es wagte, sich als Rivalin Yorks aufzuspielen.

»*Beim Zahn Gottes*!«

Bei dem Klang dieses wütenden Ausrufs trieb einer der Männer in seinem Gefolge sein Pferd näher an seinen Herren heran. Sein Gesicht, ausgezehrt von langer Krankheit, war nun mit weißem Rauhreif überhaucht. Nebel hatte sich in gefrorenen Tröpfchen auf seinem Haar, seinem Bart und seinen Brauen festgesetzt. Seine Frau hatte ihn gebeten, sein Krankenbett nicht zu verlassen, aber die Ankunft der bischöflichen Gesellschaft vor drei Tagen hatte ihn gezwungen, sich von seinem Lager zu erheben. Und an diesem Morgen war er unvorbereitet ausgeritten, auf Robert of Yorks plötzlichen Wunsch hin, und der Zobelumhang, der ihn vor der schlimmsten Kälte bewahrt hätte, hing immer noch auf seinem Haken neben dem Feuer des Pförtnerhauses, während sein Besitzer zitterte und sein Fehlen mit jedem Atemzug verfluchte.

»Mein Herr Erzbischof?«

»Beim Zahn Gottes, diese unirdische Kälte geht mir bis auf die Knochen. Was für ein abscheulicher Tag!«

»Mein Herr?«

»Und Ihr, Melville, seid ein Tor, wie er im Buche steht, daß Ihr an einem solchen Morgen ohne Umhang ausreitet. Eure Kleider sind durchweicht, und Ihr seht aus wie der leibhaftige Tod.« Seine Augen zogen sich argwöhnisch zusammen, und er sah dem Mann ins Gesicht, der sein Haushofmeister war und sein Schloß verwaltete. »Oder wollt Ihr mich vielleicht damit beeindrucken, wieviel Ihr aushalten könnt? Oder soll ich Eure besondere Frömmigkeit, Euer demütiges Vertrauen in Gottes Schutz vor den Elementen loben?«

Der Kiefer des anderen Mannes klappte nach unten, und das Eis in seinem Bart knirschte. Seine Lippen hatten eine bläuliche Färbung, und seine Zähne klapperten. »Mein Herr ... wenn es Euch gefällt .. es ist gewiß nicht meine Absicht ...«

»Macht Euch nicht die Mühe, irgend etwas zu erklären«, fuhr der Erzbischof ihn mit einer abfälligen Handbewegung an. »Aber merkt Euch eins, Master Melville. Ich bin nicht so leicht zu beeindrucken, wie Ihr Euch das vielleicht vorstellt. Mein Freund, der König von England, hat mehr Kraft und Energie als ein Dutzend gewöhnlicher Männer, wie Ihr es seid, und wenn ich eine Erinnerung an das Leiden der Menschen brauche, rufe ich mir das Leben der Heiligen ins Gedächtnis, nicht die Mätzchen eines Toren, der in den Winter hinausreitet und seinen Umhang zurückläßt.«

Der Erzbischof gab seinem Pferd die Sporen und riß den Kopf des Tieres so heftig herum, daß sein Körper zur Seite zuckte und gegen das Reittier des anderen prallte, das daraufhin mit einem erschrockenen Wiehern in einen unkontrollierten Galopp verfiel. Master Melville bemühte sich nach Kräften, das Tier mit Fingern, die vor Kälte schmerzten, unter Kontrolle zu bringen. Als es sich dann endlich beruhigt hatte, trieb er es zurück zu seiner Gruppe und ließ es gehorsam neben seinen Kameraden einhertraben. Er saß steif im Sattel und versuchte, den beißenden Wind zu ignorieren, der sich durch seinen Körper bohrte und jede Rippe einzeln nachzeichnete. Die Ungerechtigkeit schmerzte ihn nicht weniger als die Kälte. Vier Jahre lang hatte er sich mit seinem Dienst in Hovard Castle beim Erzbischof einzuschmeicheln versucht, vier nutzlose Jahre lang hatte er sich klaglos unter dem ihm auferlegten Joch gebeugt. Trotz all seiner Bemühungen war er mit dem reizbaren Erzbischof aneinandergeraten, und in dieser kurzen, demütigenden Begegnung war sein Schicksal besiegelt worden. Roger de Pont L'Evèque war ein unbarmherziger Mann, der sich, wenn er sich erst einmal eine Meinung von jemandem gebildet hatte, nicht mehr umstimmen ließ. Melville hatte seinen Umhang zurückgelassen, um dem Ruf seines Herren augenblicklich Folge zu leisten, und indem er das getan hatte, hatte er sich als Nachahmer von Königen und Heiligen gebrandmarkt. Diese Beurteilung seines Tuns war lächerlich, aber er würde sie nicht richtigstellen können, denn er kannte die verschlungenen Gedankengänge dieses alten Mannes. Er war ein Mensch, der einen anderen ohne Gewissensbisse zu Glanz erhob oder in den Schmutz warf.

Roger de Pont L'Evèque war nun seit sechsundzwanzig Jahren Erzbischof von York. Im Jahre 1154 hatte man ihn in das hohe Amt eingeführt, in eben jenem Jahr, in dem Heinrich II. die Krone Englands ergriff, in dem Jahr, in dem der Engländer Nicholas Brakespear den Titel Adrian IV. annahm, um seine fünf Jahre währende Amtszeit als römischer Pontifex, als seine Heiligkeit, der Papst, zu beginnen. Ein anderer Pontifex, Papst Alexander, diente ihnen nun, und der würde sich keinem Monarchen außer Gott selbst beugen. König Heinrich würde viel ruhiger schlafen, wenn es ihm nur gelänge, seine rebellischen Söhne und Barone zu bändigen und seine hübsche Eleanor an die Kandare zu nehmen – und wenn er einen anderen Engländer auf dem Stuhle Petri in Rom wüßte. Was Roger de Pont L'Evèque betraf, so hielt dieser seine Freundschaft sowohl mit dem König als auch mit dem Papst aufrecht und vertraute keinem der beiden Männer mehr, als irgendein Bischof es wagen sollte, einem anderen zu trauen. Selbst große Männer ließen sich in ihrem Urteil erschüttern, wie Roger of York wohl wußte. Er hatte Thomas Becket of Canterbury ermutigt, den Kampf mit diesen größeren Mächten aufzunehmen, hatte sich insgeheim beim Papst über ihn beklagt und höchstpersönlich den König gewarnt, daß er keinen Frieden mehr haben würde, solange Becket lebte. Sein Anteil an Beckets Sturz hatte ihn gelehrt, weder Päpsten noch Fürsten zu trauen, nicht solange stolze Bischöfe wie Thomas und er selbst von heute auf morgen zu bloßen Bauern wurden in dem erbitterten Spiel der Macht, das diese beiden hohen Herren miteinander austrugen.

Er hatte das Schloß verlassen, um ungestört sein zu können, denn die Mauern selbst hatten dort Augen und Ohren.

Er hatte sich nach Ungestörtheit gesehnt, aber alles, was er draußen vorgefunden hatte, war diese Kälte gewesen, dieses unheimliche Schweigen, das die Stimme eines Mannes zu jedem hinübertrug, der sich die Mühe machte zu lauschen. Hinter ihm lagen ein prasselndes Feuer, guter Wein und ein herrlich gedeckter Tisch, während sich vor ihm nur eine Einöde aus Frost und ungebärdigem Nebel ausbreitete. Wen wunderte es da, daß seine Laune immer schlechter wurde. Er würde diese Angelegenheit schleunigst bereinigen, oder irgendein Narr würde ihm den vollen Preis für seine Unzufriedenheit zahlen müssen.

Der Erzbischof winkte zwei Männer zu sich, bedeutete den anderen zurückzubleiben, gab seinem Pferd die Sporen und galoppierte auf einen Wald zu, wobei er sorgsam um die riesige, flache Scheibe eines gefrorenen Sees herumritt. Roger de Pont L'Evèque brachte sein Pferd schießlich am Waldrand zum Stehen und sprach wütend auf den ersten Mann ein, der sich dort zu ihm gesellte.

»Das ist eine Unverschämtheit. Ich lasse mich nicht rufen, *herbeizitieren*, um diesen Kanonikern von Beverley meine Aufwartung zu machen. Ich bin wahrhaftig nicht verpflichtet, mich zu ihrer Verfügung zu halten.« Sir Matthew Turton nickte und erwiderte mit wohlgewählten Worten: »Mein Herr, es heißt, ihre Not sei groß.«

»Ach wirklich«, schnaubte der Erzbischof. Er zog ein Bündel Papiere aus den Innentaschen seines Umhangs und rief wütend: »Und dabei haben sie Sir Hugh de Burton und Sir Robert de Clare, die sich um ihre Nöte kümmern können. Und während ich ihnen den Rücken zukehre, haben sie die Frechheit, sich zu einer großen Prozession zusammenzufinden und mit einem Pomp durch die Straßen zu ziehen, der York selbst in den Schatten stellen könnte. Dabei hatten sie kein Verlangen nach ihrem Herrn Erzbischof.«

»Pater Gilbert schreibt, der Hochaltar des Münsters sei entweiht worden«, sagte Sir Matthew.

»Dann sollen sie doch einen anderen benutzen.«

»Aber mein Herr, es heißt, ein Kanonikus sei dort ermordet worden.«

»Dann sollen sie den Schuldigen finden und mit ihm verfahren, wie es sich gehört. Ihr Propst hat doch seine eigene Gerichtsbarkeit, oder? Er braucht nicht die Hilfe eines Erzbischofs, um einen Mörder der Gerechtigkeit zuzuführen.«

Sir Matthews Begleiter, ein Priester, der den Namen des ersten englischen Märtyrers trug, Alban, hatte sich mittlerweile zu ihnen gesellt. Er zog sich seinen Umhang fester um die Schultern und beugte sich von seinem Pferd herab, um sich mit leiser Stimme in das Gespräch einzumischen.

»Da wäre noch die Angelegenheit der sogenannten ›Beverley- Wunder‹«, erinnerte er den Erzbischof. »Ihr Ruhm breitet sich immer weiter aus. Man kann sie einfach nicht mehr ignorieren. Die Leute sprechen von einem Priester, der geheilt wurde, von der Wiedererweckung Toter und der Heilung Kranker. Und da wäre auch noch dieses Kind; niemand weiß, woher es stammt und wie seine Zukunft aussehen soll. Was soll die Kirche von diesen Dingen halten? Ohne Euer Einschreiten könnte seine Heiligkeit, der Papst, denken ...«

»Schweigt! Ich will nichts mehr von diesen Dingen hören«, befahl Roger. »Diese Sache wird niemals bis nach Rom gelangen. Solange ich der Herr von Beverley bin, wird kein Wort davon an die Ohren des Pontifex dringen.«

»Dann müßt Ihr Euch eiligst nach Beverley begeben«, drängte Pater Alban. »Richard of Canterbury hat eine Schar von Spionen dort, Männer, die genau hinsehen und zuhören, während andere die Neuigkeiten ihrem Bischof überbringen. Der päpstliche Gesandte hat dem Propst eine Nachricht geschickt und erwartet unverzüglich einen genauen Bericht. Wenn Ihr die Früchte ernten wollt, die in Beverley wachsen, müßt Ihr das Ruder für alle weithin sichtbar fest in Euren Händen halten. Nur dann wird man Euren Worten mehr Glauben schenken als denen der anderen. Nur dann wird man die Gerüchte und Übertreibungen unbeachtet beiseite schieben und sich nicht auf Berichte von Aasgeiern wie Hugh de Burton und Robert de Clare verlassen.«

»Ich will diese Angelegenheit ein für allemal aus der Welt schaffen«, knurrte der Erzbischof.

»Aber so, daß sie Euch zum Vorteil gereicht, mein Herr,

und zum größeren Nutzen von Mutter Kirche. Es gibt mehr als genug Männer, die Euch Euren Ruhm stehlen wollen, während Ihr ihnen den Rücken zukehrt. Dieser Priester, dieser Pater Simeon, wird sich wie ein Heiliger verehren lassen, als Schöpfer und Empfänger von Wundern, und seine Heiligkeit, der Papst, wird Euch, mein Herr, als Bischof dafür tadeln, wenn Ihr zulaßt, daß Euch die Dinge so sehr entgleiten.«

»Ich werde es nicht zulassen.« Roger of York nagte an seiner Unterlippe und blickte finster in das Gesicht seines priesterlichen Ratgebers. »Durch königlichen Erlaß bin ich der einzige Herr dieser undankbaren Stadt. Wenn Beverley seinen Ruhm bis nach London, Canterbury und Rom dringen läßt, darf es das nur als Sklave im Besitz Yorks tun. Beim Zahn Gottes, ich bin der *Erzbischof*. Ich werde nicht zulassen, daß mein eigener Ruhm von dem Beverleys überschattet wird.«

»Dann müßt Ihr das Ruder übernehmen, mein Herr«, sagte Pater Alban mit ruhiger Stimme.

»Genausowenig würde ich zulassen, daß die Macht Yorks von einem unbekannten Priester in den Schatten gestellt wird. Dieser Simeon ist zu ehrgeizig.«

Der Priester schüttelte den Kopf. »Einige beschuldigen ihn dessen, während andere glauben, das Kind sei seine einzige Sorge.«

»Ach ja, dieser mysteriöse *Patensohn*. Er ist nicht der erste Priester, der einen Bastard gezeugt hat, und wird auch nicht der letzte sein, solange Männer aus Fleisch und Blut sind und es Frauen gibt, die uns in Versuchung führen.«

»Mein Herr, wenn ich auch etwas sagen dürfte?« Sir Matthew Turton beugte sich nun seinerseits ein wenig vor. »Die Angelegenheit bezüglich dieses Kindes ist nicht so einfach, wie man es Euch glauben machen wollte. In der Stadt gibt es unzählige Spekulationen und die verschiedensten Ansichten darüber, ob das Kind von anderen als natürlichen Mächten nach Beverley gebracht wurde. Einige behaupten, der Sturm sei vom Satan geschickt worden, um den Willen Gottes zu verhindern, der in diesem Fall darin bestand, das Kind in die

Obhut von Simeon of Beverley zu geben. Es waren viele Hunderte von Pilgern dort, als der Sturm über die Stadt kam, so daß sich die Geschichten überall in England und darüber hinaus verbreitet haben, und diejenigen, die davon hören, eilen nach Beverley, um dieses ›wunderbare‹ Kind selbst zu sehen.«

»Eine gefährliche Situation, mein Herr«, warf Pater Alban ein. »Wie lange wird es noch dauern, bis diese Pilger sich von den Reliquien eines toten Heiligen einem lebendigen Kind zuwenden, das gegen alle Wahrscheinlichkeit und durch göttliche Fügung wie ein neugeborener Christus nach Beverley gekommen ist? Und wie lange wird es dauern, bis eben diese Pilger, die in Scharen nach Beverley strömen, überredet werden, ihre Opfergaben und Altargeschenke um des Kindes willen Simeon darzubringen?«

»*Beim Zahn Gottes!*« zischte der Erzbischof.

Auf der anderen Seite des gefrorenen Sees standen die übrigen Männer, halb begraben im Nebel, und blickten durch einen feuchten, kalten Dunstschleier zu ihnen hinüber. Die Pferde hatten ihre Köpfe gesenkt, und die Reiter saßen in sich zusammengesunken da, als trügen sie das ganze Gewicht des Nebels auf ihren Schultern. Die Gruppe wirkte im trüben Licht und inmitten wabernder Nebel wie eine Geistererscheinung.

Lange Zeit beobachtete der Erzbischof die wartenden Männer ohne jegliche Sympathie. Ihr Unbehagen war ihm gleichgültig, denn er hatte gelernt, die Last seines Amtes ohne Klage zu tragen und erwartete, daß andere Männer ihre Bürde ebenso klaglos trugen. Schließlich raffte er sich mit einem Schulterzucken auf und bellte den Männern neben ihm seine Befehle zu.

»Nehmt nicht mehr mit, als unbedingt notwendig ist, und reitet voraus in diese Stadt, die nicht weiß, was sie ihrem Erzbischof schuldig ist. Sorgt dafür, daß mein Haus auf dem Kornmarkt für meine Ankunft vorbereitet wird und laßt den Propst von Beverley und seine Kanoniker wissen, daß sie dort auf mich warten sollen und ich einen genauen Bericht über die Ereignisse von ihnen verlange.«

Sir Matthew wagte es, Einwände zu erheben. »Mein Herr, vielleicht böte Euch das Haus des Propstes besseren Schutz vor dem Pöbel?«

»Das täte es tatsächlich«, stimmte der Erzbischof ihm zu, und seine Stimme troff vor Sarkasmus. »Und der Pöbel würde daraus schließen, daß der Erzbischof von York sich in größter Demut beeilt, um dem Befehl des Propsts von Beverley nachzukommen. Bereitet mein eigenes Haus vor, wie ich es Euch aufgetragen habe. Laßt die Leute selbst sehen, wer von uns wartet und wer auf den Befehl des anderen herbeigerannt kommt. Dann wäre da noch etwas ...«

»Mein Herr?«

»Unter gar keinen Umständen darf diese Frau zu mir gebracht werden. Ich habe nicht die Absicht, mich mit der schmutzigen Unterwäsche irgendeines Priesters abzugeben, und ich werde mich auch nicht so weit erniedrigen, diese delikaten Angelegenheiten mit der Frau eines Grabenbauers zu diskutieren. Sorgt dafür, daß alles so geschieht, wie ich es haben will.«

»Aber mein Herr, sie soll zugunsten des Priesters aussagen.«

»Was wirklich kein Wunder ist, da sie sein Kind an ihrer Brust nährt und in seinen Laken schläft.«

»Nein, das stimmt nicht, mein Herr«, wagte Pater Alban mit leiser Stimme zu widersprechen. »Sie ist bereit, einen Eid zu schwören, daß ihn keine Schuld trifft.«

»Hättet Ihr etwas anderes erwartet von seiner Mätresse?« wollte Roger wissen. Noch einmal griff er tief in seine Taschen, um die zerknitterten Blätter mit handgeschriebenen Botschaften hervorzuziehen. »Diese Leute sagen, er sei schuldlos, jene behaupten, er sei ein gerissener Scharlatan. Soll ich die Frau eines Grabenbauers die Angelegenheit entscheiden lassen?«

»Wie könnt Ihr ihr das Recht absprechen, ihre Version der Geschichte zu erzählen, mein Herr?«

Roger sah ihn nachdenklich an. »Das kann ich nicht, denn ich würde mich damit gewiß heftiger Kritik aussetzen, aber wenn ich wie ein bescheidener Altardiener ihren Worten lauschen würde, würde ich mich dem Gespött der Leute aussetzen. Die Augen vieler Menschen werden auf mir ruhen, sobald ich meinen Platz als Richter und Oberherr in dieser lästigen Angelegenheit übernehme; die Augen des Königs, des Papstes, die meiner liebsten Freunde und bittersten Feinde. Wollt Ihr vorschlagen, daß ich meinen Ruf in die Hände einer gewöhnlichen Grabenbauersfrau lege?«

Sir Matthew warf dem Priester, der neben ihm stand, einen Seitenblick zu. »Nein, wirklich nicht, mein Herr, aber wie sollen wir das verhindern?«

»Ganz einfach. Ihr werdet Euch vor meiner Ankunft mit ihr beschäftigen. Nun kommt schon, starrt mich nicht an wie zwei ängstliche Bauernmädchen einen Trupp Soldaten. Laßt einen Schreiber ihre Worte niederlegen, und damit ist die Sache beendet. Ich ziehe es vor, zu glauben, daß sie die Mätresse des Priesters ist und das Kind ihr gemeinsamer Bastard. Wie Ihr sehr wohl wißt, möchte der gegenwärtige Papst am liebsten alle Priester auf den Zölibat einschwören. Er wird jeden bestrafen, der seinen Wünschen zuwiderhandelt, vor allem jene, die ihre Huren und Bastarde mit einem bequemen Heim auf Kosten der Kirche versorgen. Ich hätte gute Lust, diesen rebellischen Priester für sieben Jahre oder länger zu einer Pilgerfahrt ins Heilige Land zu verbannen. Die Härten einer solchen Reise würden seinem Ehrgeiz gewiß einen Dämpfer aufsetzen, falls er das Ganze überlebt. Und was den ermordeten Kanonikus betrifft, soll doch der Propst sich um diese Sache kümmern. Ich werde vollauf damit beschäftigt sein, dafür zu sorgen, daß meine persönlichen Interessen in Beverley gewahrt werden. Und jeder, der es wagt, aus der Abwesenheit seines Herrn Profit zu schlagen, sollte wahrlich auf der Hut sein.«

»Ja, mein Herr.«

»Macht Euch in der nächsten Stunde auf den Weg und seht zu, daß Ihr Euch eilt. Meine Gesellschaft wird Euch in langsamerem Tempo folgen, wenn die Wagen gepackt sind und dieser unglückselige Nebel sich hebt.«

»Wie Ihr wünscht, mein Herr.«

Der Erzbischof trieb sein Pferd an, um es sogleich wieder

mit einer so plötzlichen Schärfe zu zügeln, daß das Tier mitten im Schritt herumgerissen wurde. »Und wenn ich dieses *Beaver Lake* erreiche«, knurrte er und sprach den alten Namen aus, als sei er eine Beleidigung, »erwarte ich, daß die Frau des Grabenbauers und ihr Balg verschwunden sind und niemand außer uns selbst weiß, wo sie sich aufhalten.«

»Aber mein Herr«, protestierte Sir Matthew, »wir müssen doch Eure Wünsche kennen, bevor wir uns dieser Sache annehmen können. Was genau sollen wir tun? Die Frau steht unter dem Schutz ihres Priesters, und weder Pater Alban noch ich haben die Macht, sie seiner Obhut zu entreißen, es sei denn, Ihr wollt, daß wir eine Streitmacht gegen ihn versammeln.«

Roger of York sah die beiden Männer kalt an, den Priester und den Ritter, die mit ihrer geteilten Unentschlossenheit ihrem Herrn die Laune verdarben. Er fühlte sich so, wie sein Monarch sich gefühlt haben mußte, als all seine fürstliche Macht und sein Ansehen, sein Zorn, seine Bitten, seine Drohungen nicht ausreichten, um einen einzigen sturen Bischof seinem Willen zu unterwerfen. Er sah in diesem Priester von Beverley einen kleineren Becket, einen eingebildeten, ehrgeizigen Mann, dem er bald nichts mehr würde anhaben können, wenn er nicht sofort eingriff. Der Erzbischof wählte seine nächsten Worte mit großer Sorgfalt und sprach laut und deutlich, damit die beiden anderen ihn auf keinen Fall mißverstehen konnten.

»Beim Zahn Gottes, kann mich denn niemand von diesem aufrührerischen Priester befreien?«

Er sah, wie beide Männer erbleichten, als sie diese unglückseligen Worte König Heinrichs hörten, diesmal an sie gerichtet. Er hatte ihnen nun die ganze Verantwortung aufgelastet, indem er lediglich angeordnet hatte, daß die Aufgabe gelöst werden mußte: Wie sie das schafften, war ihre eigene Sache. Nachdem er gesagt hatte, was zu sagen war, riß er sein Pferd herum, gab ihm wild die Sporen und galoppierte zurück zum Schloß.

»Ihn von dem Priester befreien?« wiederholte Pater Alban.

»Genau das ist es, was er gesagt hat.«

Sein Begleiter bekreuzigte sich kopfschüttelnd. »Ich will nichts damit zu tun haben.«

»Genausowenig wie ich«, erwiderte Sir Matthew. »Es ist nicht meine Gewohnheit, Priester zu töten oder Frauen und Kinder niederzumetzeln.«

»Aber was sollen wir nun tun? Wie sollen wir dem entgehen, was unser Herr Erzbischof von uns erwartet?«

Sir Matthew kratzte sich am Kinn und zuckte mit den Schultern. »Wir werden sofort nach Beverley reiten und dort Wort für Wort wiederholen, was Roger of York in dieser Angelegenheit zu sagen hatte.«

»Mit wem wollen wir denn sprechen, mit einem alternden Propst, der kaum noch die Hälfte seines Verstandes beisammen hat? Oder mit einer Gruppe von Kanonikern, die die Worte immer dorthin wieder zurückbringen werden, wo sie herkommen, zum Erzbischof?« Der Priester war nervös. Trotz der Kälte trat ihm plötzlich der Schweiß auf Stirn und Unterlippe. Er war nicht geschaffen für Intrigen und Betrug, und der Gedanke an die Ermordung Beckets, die fast auf den Tag genau zehn Jahre zurücklag, hatte immer noch die Kraft, ihm den Magen umzudrehen.

Nun richtete sich Sir Matthew Turton, der aus härterem Holz geschnitzt und mit einem listigeren Verstand gesegnet war, in seinem Sattel auf und sagte entschlossen: »Nun denn, Freund Alban, wenn Roger of York die Rolle von Heinrich Plantagenet so gut spielen kann, werden wir in die Maske von Pontius Pilatus schlüpfen. Wir werden diese Last bis Beverley tragen, und dort werden wir unsere Hände in Unschuld waschen.«

»Kann uns das denn gelingen, ohne daß wir uns den Zorn Yorks zuziehen?« erkundigte sich der Priester eifrig. »Wenn ja, dann möchte ich Euren Plan gern hören.«

»Also hört gut zu und sprecht dann nie wieder davon«, wies Sir Matthew ihn an. »Dank der Nachforschungen Simeons bezüglich des Todes von Kanonikus Bernhard wurde ein Mann namens Cyrus de Figham, ein ehrgeiziger und mächtiger Mann, dem schlimmsten Verdacht ausgesetzt, nämlich dem, seinen Kanonikus ermordet zu haben, um dessen Amt zu erlangen. Dieser Cyrus de Figham wird unsere Last schultern, denn er wird gewiß froh sein, seinem Herrn Erzbischof auf Kosten seines Anklägers einen Gefallen erweisen zu können. Auch er denkt vielleicht in diesem Augenblick: ›Kann mich denn niemand von diesem aufrührerischen Priester befreien?‹«

Gemeinsam drängten nun Pater Alban und Sir Matthew ihre Pferde zum Galopp und folgten dem Erzbischof über den frostigen, eisverkrusteten Boden. Die wartende Gruppe war ihrem Herrn bereits gefolgt, dankbar dafür, daß das lange Warten in der eisigen Kälte endlich ein Ende gefunden hatte. Während die anderen wieder zum Schloß ritten, war einer der Männer jedoch zurückgeblieben. Es war Master Joseph Melville, der Haushofmeister des Erzbischofs, der sich um seine Vorräte, seine Rechnungsbücher und die verschiedenen Güter kümmerte. Ohne Umhang und Mantel saß er hoch aufgerichtet im Sattel und starrte vor sich hin, das Gesicht ausgezehrt und der Bart weiß vor Frost. Lange nachdem die anderen zu prasselnden Kaminfeuern und überschäumenden Krügen mit gutem, starken Met zurückgekehrt waren, kam draußen ein stetiger, mit Graupel durchsetzter Nieselregen auf. Er blies in sanften Wolken über die offenen Weiden und verbarg den gefrorenen See hinter einem Schleier und die Bäume unter einem weißen Leichentuch. Von Zeit zu Zeit schüttelte das Pferd von Master Melville den Kopf und scharrte mit leisem Wiehern auf dem Boden. Als es keinen beschwichtigenden Laut hörte und keine tröstende Hand auf seinem Zügel spürte, schüttelte es noch einmal den Kopf und setzte sich in Richtung Schloß in Bewegung, um seinen Herrn nach Hause zu tragen.

Kapitel 26

Noch zwei Tage lang hüllte ein schwerer Nebel Beverley ein, machte die Sümpfe so trügerisch, daß nur wenige es wagten, sie zu durchqueren. Die Boten kehrten in tiefster Nacht von St. Theodor zurück, beide zitternd und bis auf die Knochen durchgefroren, die Seelen erfüllt von der unheimlichen Natur dieser unfruchtbaren Sümpfe. Sie brachten die Nachricht, daß der Prior Elvira und das Kind gern bei sich aufnehmen würde, und hatten außerdem noch eine Liste der Dinge mitbekommen, die die Mönche dringend brauchten. Das Unwetter hatte die kleine Priorei mit einem scharfen Wind und einem mehrstündigen Sturzregen heimgesucht. Das Wasser des sie umgebenden Sees war angestiegen, wie es das immer um diese Zeit des Jahres tat, und hatte ihre Keller und Verliese überflutet und außerdem die unsicheren Grundmauern der Priorei wieder einmal in Gefahr gebracht. Da die Mönche an die Härten der Wintermonate gewöhnt waren, hatten sie nicht mehr als ein paar Säcke Mehl und einige Kästchen mit getrockneten Kräutern verloren. Ansonsten standen die Dinge in St. Theodor so wie immer; es war eine kleine Oase in einem feindlichen Meer, ein Ort, an dem ein Mann oder eine Frau Zuflucht vor Gefahr finden konnte.

»Sie sollen aufbrechen, sobald der Nebel sich hebt«, beschloß Simeon, als er die Neuigkeiten hörte, und so lagen die Dinge, als die Reiter von Lincoln eintrafen, um zu berichten, daß Roger de Pont L'Evèque auf dem Weg nach Beverley war. Als Simeon das hörte, änderte er seine Absichten, denn er glaubte nun, daß er dem Jungen und seiner Amme die gefährliche Reise und das Leben in der einsamen Priorei ersparen konnte. Wenn der Erzbischof von York endlich nach Beverley kam – welcher Ort konnte dann sicherer für sie sein als sein eigenes Haus?

Pater Alban verließ das Pfründnerhaus in der Moorgate mit schwerem Herzen und tiefen Gewissensbissen. Er hatte zwei Stunden in Gesellschaft von Cyrus de Figham und Wulfric de Morthlund zugebracht, zwei Priestern, die das reiche Gewand ihrer abwesenden Kanoniker mit beinahe ungehöriger Selbstverständlichkeit trugen. Pater Alban und Sir Matthew hatten ein Mahl genossen, das jedem der größeren Häuser zu Ehre gereicht hätte. Sie hatten köstlich zubereiteten Hecht und festen, frischen Aal gegessen, drei verschiedene, mit Honig glasierte Sorten Fleisch vom Spieß und geröstete Täubchen, die mit Walnüssen und Haselnüssen gefüllt waren und in einer Soße aus Honig und Mandeln schwammen. Und um dieses feine Mahl hinunterzuspülen, hatte es so viel ausländischen Branntwein gegeben, wie sie nur trinken konnten, und all das in einer Stadt, die von den Elementen fast zerstört worden war.

»Kann mich denn niemand von diesem aufrührerischen Priester befreien?«

Sir Matthews Worte hatten in diesem prächtig möblierten Raum widergehallt: Die Worte des Bischofs und eins des Königs, eben jene Worte, die ein Jahrzehnt zuvor einen inzwischen heilig gesprochenen Mann zum Tod an seinem eigenen Altar verdammt hatten.

»Das hat Roger of York zu Euch gesagt?« fragte de Morthlund. »Mit genau diesen Worten?«

»Mit genau diesen.«

Der Blick des dicken Mannes ruhte nun auf Pater Alban. »Mit genau diesen Worten? Ganz genau?«

»Ganz genau«, hatte Pater Alban sich selbst bestätigen hören, und er hatte sich nicht wie Pilatus gefühlt, der seine Hände angesichts des Schicksals eines unschuldigen Mannes in Unschuld wusch, sondern als Judas, der eben diesen Mann in die Hände seiner Feinde gab.

»Kann mich denn niemand von diesem aufrührerischen Priester befreien?«

Cyrus de Figham hatte sich die Worte auf der Zunge zergehen lassen, hatte sie rezitiert wie Poesie und ihre Süße ausgekostet. Seine kalte, kultivierte Stimme hatte sie wie ein Todesurteil klingen lassen.

»Solch unvorsichtige Worte haben einst das Schicksal

eines Erzbischofs besiegelt«, bemerkte Wulfric mit einem beinahe triumphierenden Lächeln.

»Unvorsichtig?« fragte Cyrus. »Dieser übergenaue König, der seine Ritter so gut kannte, als könne er ihre Gedanken lesen? Dieser scharfsinnige, ränkeschmiedende Monarch, der jeden Mann mit der Genauigkeit eines Kunsthandwerkers durchschaute? König Heinrich *unvorsichtig*?« Er schüttelte den Kopf und lächelte, und seine schiefergrauen Augen waren voll boshafter Belustigung, als er sich nun wieder seinen Gästen zuwandte. »Nicht unvorsichtiger als unser eigener Erzbischof, der die Worte Euch gegenüber wiederholte, Sir Matthew Turton, und nicht unvorsichtiger als Ihr, sie an uns weiterzuleiten.«

Pater Alban erschauderte bei der Erinnerung an diesen Quecksilberblick. Ein Kanonikus war ermordet worden, und der Verdacht für die Tat mußte zuerst auf den Mann fallen, der ihn zuletzt gesehen hatte, selbst wenn es sich dabei um seinen eigenen Vikar handelte. Pater Alban hatte diesen Priester, diesen Cyrus de Figham, nur einmal gesehen und war überzeugt davon, daß er des Mordes fähig, wenn nicht in diesem Falle sogar wirklich schuldig war. Er würde froh sein, wenn er das Haus des Erzbischofs auf dem Kornmarkt erreicht hatte, um sich niederzulegen und mit dem Schlaf sowohl die Erschöpfung von der Reise als auch das Unbehagen über dieses Gespräch hinter sich zu lassen. Aber zuerst wollte er mit dem alten Cuthbert sprechen, dem Kanonikus von St. Peter, und mit dem Priester, den einige bereits einen Heiligen nannten, obwohl sie sich mit dieser Auffassung gegen die Kirche versündigten.

Im Münster von St. John betrachtete Pater Alban den seines Reichtums beraubten, verhängten Altar und den düsteren Treppenschacht, in dem der Kanonikus ermordet worden war. Auch die überflutete Krypta, die niemals wieder geöffnet werden würde, sah er sich an, den fürchterlichen Schaden, den der Sturm angerichtet hatte, sowie den geringeren, aber noch widerlicheren Schaden, den ein Dieb dem goldenen Schrein von St. John of Beverley zugefügt hatte. Er hörte die Geschichte einer Kindstaufe am Taufstein von St.

Martin, erfuhr von der darauffolgenden Zerstörung der alten Pfarrkirche und von der seltsamen Schattengestalt, die das Neugeborene als ein Geschenk nach Beverley gebracht hatte. Er sah junge Priester und niedere Geistliche, die sich um die Kranken kümmerten, die den Hungrigen zu essen gaben, die Sterbenden trösteten – und das alles in Simeons Namen und gegen die Lehre der Kirche. Roger de Pont L'Evèque würde nicht erfreut sein von dem, was ihn in Beverley erwartete. Die Geschichten waren zahlreich und sehr unterschiedlich, aber eine Tatsache leuchtete so hell und klar wie der Morgenstern aus ihnen heraus: Irgend etwas war hier geschehen. Und wie auch Päpste oder Erzbischöfe diese Dinge einmal zu erklären geruhen würden: Es war unübersehbar, daß hier etwas von größter Bedeutung vorgefallen war.

Es war Cuthbert, der Simeon aus St. Peter holte, wo er hart gearbeitet hatte, um die Wasserwege von Schutt und Trümmern zu befreien. Der jüngere Mann reckte sich und hob die Arme, um die schmerzenden Muskeln seiner Schultern zu lockern. Seine Finger waren an vielen Stellen blutig und seine Hände schwielig. Sein Gesicht bedeckten Staub und Schweiß, aber inmitten dieses Schmutzes leuchteten seine Augen so blau und klar wie ein wolkenloser Himmel. Mit einem müden Lächeln nahm er den älteren Mann fest am Arm, und gemeinsam gingen sie über entwurzelte Bäume hinweg auf das alte Skriptorium zu.

»Ihr müßt lange und gründlich über Eure Begegnung mit Roger of York nachdenken«, sagte Cuthbert, um das lange Schweigen zu brechen.

»Ich habe in letzter Zeit kaum etwas anderes getan«, gab Simeon zu. »Und in welcher Richtung ich meine Gedanken auch lenke, ich komme immer zum gleichen Ergebnis. Ich kann ihm nichts anderes anbieten als die einfache Wahrheit. Wird das genügen?«

»Ob es genügen wird?« fragte Cuthbert. »Mein Sohn, ich fürchte, daß die einfache Wahrheit, wie du sie so naiv nennst, für unseren Herrn Erzbischof nicht nur genug, sondern zuviel sein wird.«

»Er kennt seine Pflicht«, sagte Simeon. »Es heißt, er sei ihr nirgends untreu geworden, also bezweifle ich, daß er es gerade hier wird.«

»Euer Vertrauen ist rührend, Simeon. O ja, er ist ein guter Erzbischof, das kann nicht abgestritten werden, aber zu allererst einmal ist er ein begabter Politiker. Warum sonst sollte Heinrich ihn so hoch schätzen? Aber Pflicht? Das ist eine ganz andere Geschichte.«

»Wollt Ihr mir erklären, daß unser Herr Erzbischof irgend etwas anderes als ehrlich ist?«

»Ich wollte Euch lediglich daran erinnern, Simeon, daß ein Mann, der sich so verdächtig genau an die Gesetze Englands wie auch an die Gesetze Roms hält, einen schwierigen Weg geht. Er dient zwei Herren, fest entschlossen, beide zufriedenzustellen und sich von keinem aus dem Amt verdrängen zu lassen.«

»Und zwischen diesen beiden ist der einzige Herr, dem er wirklich dient, er selbst«, fügte Simeon hinzu. »Dennoch ist es möglich, daß das Gute, was er auf seinem Weg tut, am Jüngsten Tag viel schwerer wiegen mag als das Böse.«

»Wahrhaftig. Alles, worum ich Euch bitte, ist, über Eure eigene, unzweideutige Wahrheit hinauszuschauen, wenn man Euch vor diesen ehemaligen Propst von Beverley bringt. Roger de Pont L'Evèque ist der Mann, der zweimal die Entlassung von Thomas Becket herbeiführte, der Mann, der ein doppeltes Spiel spielte und dann klugerweise einen Eid auf seine Unschuld leistete, um sich von seinem Anteil an dem Canterbury-Mord freizusprechen. Seit Jahren spielt er seinen Papst gegen seinen Monarchen aus und umgekehrt. Je nachdem, aus welcher Richtung der Wind weht, schenkt er sein Wohlwollen bald dem einen, bald dem anderen, und bei alldem hat er bisher weder sein Gleichgewicht noch seinen Kopf verloren. Hofft Ihr, daß er Euren Interessen wirklich besser dienen wird?«

»Ich kann nur hoffen, daß er die Wahrheit erkennt, wenn er sie hört.«

Bei diesen Worten blieb Cuthbert stehen und schüttelte den Kopf, eine steifnackige, schmerzliche Geste. »Aus welchem Grund, Simeon? Was wird es Euch nützen, wenn er

Euch glaubt? Was haben Ehrgeiz und Politik mit der Wahrheit zu tun? Er wird Eure Geschichte danach beurteilen, wie er sie benutzen kann, und sonst nichts, und er wird nicht zögern, Euch und Eure *einfache Wahrheit* einem höheren Zweck zu opfern, falls er das für klug halten würde.«

»Dann wird er wohl taktieren müssen, wie es ihm gefällt, aber er wird nicht erleben, wie ich mich in dieser Angelegenheit drehe und winde. Ich werde nichts von dem, was hier geschehen ist, leugnen, und nichts übertreiben.«

»Ich fürchte, Ihr werdet es doch tun müssen, Simeon, um des Kindes willen.« Sie hatten das Skriptorium erreicht und verlangsamten nun ihre Schritte. »Können wir hineingehen? Ein Priester von Hovard Castle ist hier. Sein Name ist Alban, und er ist ein ehrlicher Mann, obwohl er sehr eifrig bemüht ist, jedes Ding von allen Seiten zu beleuchten, damit ihn nicht eine höhere Autorität zur Rechenschaft ziehen kann. Er ist heimlich nach St. Peter gekommen, um den Jungen zu sehen. Ich glaube, Ihr wäret gut beraten, Euch anzuhören, was er zu sagen hat.«

»Aber nicht bevor Wulfric de Morthlund und Cyrus de Figham ihm zugehört haben, wie es scheint.« Simeon lächelte.

»Ach, wirklich?«

»Ja, wirklich. Selbst wir, die wir in den schlammigen Gräben schuften, hören unseren Anteil am Stadtgeschwätz. Aber ich werde auf jeden Fall mit Euch kommen, um mir anzuhören, was dieser Alban zu sagen hat.«

Im Skriptorium legte Pater Alban widerwillig einige handgeschriebene Blätter beiseite, denn der genaue historische Bericht, der dort in vollkommener Handschrift niedergelegt war, hatte ihn fasziniert. Er rechnete sich selbst nicht zu den Gelehrten, die die Nachwelt in Erinnerung behalten würde, aber er erkannte und schätzte eine hervorragende Übersetzung, wenn er eine zu sehen bekam. Als Schreiber hatte dieser Simeon seine eigene Klasse. Er schrieb drei Sprachen und hatte die Handschrift eines Künstlers, Fähigkeiten, die an einem solchen Ort gewiß verschwendet waren. In York oder Durham oder vielleicht sogar in Canterbury wären sie weit besser zur Geltung gekommen. Wenn man etwas in der Art arrangieren könnte, wäre es nicht nötig, daß der Erzbischof solche Talente vergeudete, indem er diesen Mann auf eine fruchtlose Pilgerfahrt ins Heilige Land schickte.

Alban war sehr nervös, als er dem Priester vorgestellt wurde. Er war erschrocken, zu sehen, daß die Hände, die so wunderschöne Übersetzungen des lateinischen Textes vollbracht hatten, jetzt blutig und zerschunden waren. Heute waren die Hände eines Schreibers die Hände eines gewöhnlichen Arbeiters. Er hatte nicht erwartet, einen Mann mit der Haltung eines Edelmanns und mit einer überwältigenden Ausstrahlung vorzufinden.

»Das ist Simeon of Beverley«, sagte Cuthbert, als wäre es möglich, daß er den breitschultrigen, blauäugigen Priester nicht erkannte. »Er hat die Absicht, Rogers Schutz für seinen Patensohn und dessen Amme zu erbitten. Was haltet Ihr von dieser Idee, Bruder Alban?«

Der kleine Mann schüttelte den Kopf und schien unsicher zu sein. »Ich bin hergekommen, um mir alles mit eigenen Augen anzusehen«, sagte er, »und ich finde, es ist ein Kind wie jedes andere, aber trotzdem …« Er zuckte mit den Schultern und schwieg, da er keine Worte fand, um sein Unbehagen auszudrücken. Dann sah er sich ängstlich um, bevor er mit plötzlicher Entschlossenheit Simeon ins Gesicht sah. Im Flüsterton sagte er nun: »Wenn Ihr ihn am Leben erhalten wollt, dann schickt ihn heimlich an einen Ort, an dem kein Mann und keine Frau etwas von ihm weiß. Und schickt auch die Frau fort, denn man wird ihr nicht erlauben, für Euch zu sprechen. Tut es sofort, solange noch Zeit ist, sie zu retten. Und vertraut niemandem. Eure Feinde und die Feinde der Frau und des Jungen sind überall.«

Simeon runzelte die Stirn. Er wußte, wann er einen ängstlichen Mann vor sich hatte, und er erkannte die Wahrheit, wenn sie ihm so deutlich in den Ohren widerhallte. »Sie sind also auf jeden Fall in Gefahr?«

»Auf jeden Fall. Vergebt mir, aber ich wage nicht, mehr zu sagen als dies: Man wird sie wegbringen, lange bevor Roger of York in Beverley ankommt. Und nach ihnen werdet Ihr selbst an der Reihe sein. Nun muß ich jedoch zum Haus des Erzbischofs aufbrechen. Mit Eurer Erlaubnis, Herr.«

»Aber wartet doch einen Augenblick, Bruder Alban …«

Pater Cuthberts Hand fiel sanft auf Simeons Arm. »Nein, laßt ihn gehen. Er hat sich bereits einem großen Risiko ausgesetzt, indem er hierherkam.« Er verbeugte sich und schlug das Kreuzzeichen über ihren Besucher. »Wir sind Euch sehr dankbar, Freund Alban. Geht in Frieden, und möge Gott mit Euch sein.«

»Und mit Euch«, murmelte Alban und eilte zur Tür. Als Osric den schweren Balken hob, um ihn hinauszulassen, drehte der ängstliche Priester noch einmal den Kopf, um einen letzten Blick auf Simeon zu werfen. »Sie werden nirgendwo sicher sein«, wiederholte er, »genausowenig wie Ihr, fürchte ich.«

Osric verriegelte die Tür und trat mit einem Ausdruck heißen Zorns auf dem Gesicht zurück ins Zimmer. »Wir sitzen in der Falle«, knurrte er. »Seine Lordschaft zieht es vor, dem Problem auszuweichen, und so wird das Problem in aller Stille beseitigt. Mein Gott, was für ein Feigling.«

»Oder einfach ein kluger Politiker, je nachdem, wie man die Sache betrachtet«, bemerkte Simeon.

»Nun, was sollen wir jetzt tun? Wir können doch nicht hier sitzen und warten, bis die Axt fällt.«

»Das werden wir auch nicht«, erwiderte der hochgewachsene, blauäugige Mann. »Wir können in der Dunkelheit nichts unternehmen, also müssen wir die Wachen an der Tür verdoppeln und alles für die morgige Reise nach St. Theodor bereitmachen. Nebel hin oder her, sie müssen bei Tagesanbruch aufbrechen.«

»So wie wir es zuerst geplant haben? Genau so?« fragte Osric, und Simeon nickte.

»So wie wir es zuerst geplant haben«, sagte er.

Während der langen, nächtlichen Andachten war Simeon so sehr mit der Frage beschäftigt, wie er Elvira und den Jungen sicher nach St. Theodor bringen konnte, daß seine Gebete und sein Gesang immer wieder ins Stocken gerieten. Im Münster war es bitterkalt. Seine zerstörte östliche Wand und das eingestürzte Dach ließen eisige Zugluft ein, die in jeden Winkel fuhr und überall durch das zerstörte Mauerwerk pfiff. Obgleich der Altar, an dem bis zu seiner neuerlichen Weihe keine Messen gelesen werden durften, verhüllt und unbeleuchtet war, trotzte die volle Zahl der sechsunddreißig in Kutten gehüllten Gestalten tapfer der Nachtluft und sang ihre hehren Hymnen zum Lobpreis Gottes. Alle kauerten sich in dem nur halb vom Schutt befreiten Chor dicht zusammen, und überall um sie herum, in jedem Winkel und in jeder Ecke, an den Säulen und Altären und an jedem Schutthaufen lagen die heimatlosen Menschen Beverleys, um ein wenig Schutz zu finden. Pilger aus fremden Ländern schliefen Schulter an Schulter, mit dem Rücken gegen die Wände gelehnt, die Knie angezogen, um ihren Kopf darauf zu betten, und ihre Gesichter tief in den Kapuzen verborgen. Es war eine lange, kalte Nacht, der 20. September, sieben Tage nachdem der Sturm über Beverley gekommen war.

Am Ende der Mette, während die sonoren Stimmen zum letzten *Te Deum* anschwollen, ordneten sich die müden Priester zum Abgang aus dem Chor; einige von ihnen taumelten vor Erschöpfung und Kälte, andere stützten sich aufeinander, um nicht zu fallen. Wulfric de Morthlund war einer der ersten, die aufbrachen, obwohl er erst wenige Minuten vor dem *Te Deum* seinem Platz im Chor eingenommen hatte. Er hatte es sich zur Gewohnheit gemacht, sich von Zeit zu Zeit zu zeigen, vor allem, wenn der Erzbischof erwartet wurde, aber in Wahrheit besuchte er den Gottesdienst nur selten und wohnte ihm niemals von Anfang bis Ende bei, obwohl er jedesmal seine Vierpencemünze für den Besuch der Mette und der Vesper beanspruchte. Nun ging er mit den anderen hinaus, eifrig darauf bedacht, nach Hause zu kommen, bevor die Kälte der Nacht seinen warmen Pelz durchdringen konnte.

Simeon ging kurz nach ihm und stampfte mit den Füßen auf, um die Kälte zu vertreiben. In der Nähe der Tür hörte er eine tiefe Stimme seinen Namen sprechen.

»Gottes Segen, Bruder Simeon.«

»Möge seine Liebe Euch bewahren«, antwortete Simeon

und drehte sich dann um, um den finsteren Blick Cyrus de Fighams zu erwidern. Der Mann hatte neben einer der großen Steinsäulen gestanden und die Gesichter der Chorpriester gemustert, die in Reih und Glied auf die Tür zugingen. Eingehüllt in einen prachtvollen Umhang mit dicken Handschuhen, die seine Finger warm hielten, ging er nun neben Simeon her und senkte den Kopf, damit die anderen nicht hören konnten, was er zu sagen hatte.

»Der Erzbischof ist auf dem Weg hierher. Ihr habt geschafft, was andere nicht vermochten. Ihr habt ihn aus seinem Winterquartier in Hovard Castle gelockt, und jetzt eilt er auf Euren Wunsch hierher. Ich bin geneigt, zu glauben, daß er Euch dafür nicht besonders dankbar sein wird.«

»Oder doch eher zu hoffen, daß er es nicht tut«, antwortete Simeon trocken. »Trotzdem – er kommt, und das ist gut. Wir brauchen ihn hier.«

»Und was werdet Ihr ihm erzählen, Priester? Etwas, das irgendeinen Sinn ergeben könnte?«

»Die Wahrheit. Nicht mehr, nicht weniger.«

Cyrus lächelte freudlos. »Ihr und hundert andere.«

»Die Wahrheit wird ans Licht kommen«, sagte Simeon, trotz seines zuversichtlichen Tons nicht recht überzeugt.

Nun wurde Cyrus' Lächeln selbstgefällig, und seine Augen tanzten vor Belustigung, als er Simeon mit halb abgewandtem Kopf aus den Augenwinkeln betrachtete. »Wir haben den Mann, der Kanonikus Bernard ermordet hat, gestellt.«

»Was?«

»Ah, ich war sicher, daß diese Neuigkeit Euch interessieren würde. Wir haben ihn im Haus des Propstes eingesperrt, unten im Verlies, weil es keine Gefängniszelle mehr gibt, die nicht schon von Gallonen von Schlamm und Wasser besetzt wäre. Er ist als Mörder durchaus glaubhaft.«

»Ach, wirklich? Hat er das Verbrechen gestanden?«

»Noch nicht, aber er wird es tun. Und selbst wenn er auf seiner Unschuld beharrt, wer wird ihm schon glauben? Er ist ein Dieb und Lügner, und er hat im Münster einen brutalen Angriff auf einen Priester unternommen. Man hat ihn auf frischer Tat dabei ertappt, wie er Juwelen aus dem heiligen Schrein stahl, und obwohl die Obrigkeiten es nicht sogleich geschafft haben, ihn zu ergreifen, hat man ihn nun doch noch gefunden, und einer der Edelsteine war in seinem Umhang verborgen, obwohl er schwört, nicht zu wissen, wie er dort hingekommen sein könnte.«

»Vielleicht hat jemand ihn dort hineingeschmuggelt, jemand mit einem persönlichen Interesse daran, ihn für den Mord an dem Kanonikus hängen zu sehen?« meinte Simeon.

Cyrus zuckte mit den Schultern. »Leute wie er sind in Gottes großem Plan genauso zahlreich und genauso unwichtig wie Kanalratten. Mein Herr Erzbischof wird es sicher genießen, diesen elenden Kerl zu bestrafen.«

»Gleichgültig, ob er schuldig ist oder nicht?« fragte Simeon.

Cyrus zuckte noch einmal mit den Schultern. »Wenn er nicht schuldig ist, so bin ich doch sicher, daß er ganz und gar genügen wird.«

»Euer Gefangener ist also ein Sündenbock, der anstelle des wirklichen Mörders bestraft werden soll?«

Cyrus sah Simeon lange und kaltblütig ins Gesicht, und trotz des flackernden Kerzenlichts waren seine Augen hart wie Stein. Er schien es für besonders wirkungsvoll zu halten, Simeon keine Antwort zu geben.

»Gottes Segen sei mit Euch, Bruder«, sagte er schließlich und senkte den Kopf zu einer kleinen, kurzen Verbeugung, bevor er sich abwandte und mit einem zufriedenen Lächeln auf dem Gesicht zur Tür ging.

Als Simeon sich umdrehte, um durch die andere Tür zu gehen, stieß er mit einem Priester zusammen, der sich die Kapuze tief ins Gesicht gezogen hatte, um nicht erkannt zu werden. Er griff nach Simeons Händen und beeilte sich, dessen höfliche Entschuldigung im Keim zu ersticken.

»Ihr kennt mich nicht. Wir haben nie miteinander gesprochen.«

»Wenn Ihr darauf besteht«, sagte Simeon, der die charakteristische Stimme des anderen auf der Stelle erkannt hatte.

»Nehmt dies und seid auf der Hut«, drängte der Mann und

drückte Simeon ein Stück Papier in die Hand, bevor er davon eilte, um sich den Priestern anzuschließen, die durch die unheimlichen Schatten des Münsters nach draußen gingen.

Am Portal des nördlichen Querschiffs hielt Simeon im Licht einer flackernden Fackel inne, öffnete das Papierröllchen in seinen Fingern und las die geheimnisvolle Nachricht. Drei Worte, *Ihr werdet verraten*, waren alles, was dort stand.

Sie trafen sich auf einem der höheren Hügel auf dem Gebiet von St. Peter, ein ganzes Stück entfernt vom Skriptorium, an einer Stelle, an der die Erde vom Frost so hart geworden war, daß man einen Schritt schon hören konnte, lange bevor ein Eindringling nahe genug herankommen konnte, um ihr geflüstertes Gespräch zu belauschen. Thorald war hier, Antony, der treue Osric und außerdem Richard und Simeon.

»Seit Ihr sicher, daß er es war?« fragte Osric leise.

Simeon nickte. »Könnte irgend jemand den kleinen Habicht verkennen, selbst wenn er sich seine Kapuze noch so tief ins Gesicht zieht?«

»Dann ist es eine Falle?«

»Das bezweifle ich«, sagte Simeon. »Wenn man uns verraten hat, warum sollte man uns dann deswegen warnen? Warum sollten unsere Feinde sich den Verrat nicht einfach zunutze machen?«

»Es sei denn, unsere Feinde wollen uns zwingen, den Jungen und seine Amme hierzubehalten, wo ihre gedungenen Mörder sie leichter erreichen könnten.«

Thorald nickte und murmelte seine Zustimmung. »Das ist eine echte Möglichkeit, Simeon. Wenn der Erzbischof selbst Zutritt zum Skriptorium verlangt, wie könntet Ihr ihn daran hindern? Und wenn er Euch bittet, die beiden aus einem Haus zu entfernen, das der Kirche gehört, wie er es schon um des äußeren Scheines willen tun muß – was dann? Ihr werdet gezwungen sein, Euch zu fügen, und was wird dann aus der Frau und dem Jungen?«

Simeon sog mit einem Zischen die Luft durch die Zähne und machte ein finsteres Gesicht.

»Nein, ich glaube, die Nachricht war echt.«

»Aber warum sollte er Euch warnen?« fragte Osric. »Warum sollte er seinem Herrn trotzen, indem er Euch in einer so ernsten Angelegenheit hilft?«

»Vielleicht möchte er seinen Herrn davor bewahren, etwas Unverzeihliches zu tun«, meinte Simeon. »Vielleicht bewahrt er seinen Herrn vor einem schweren Verbrechen, indem er den Jungen und Elvira rettet?«

Thorald schnaubte. »Ich bezweifle, daß ein Verbrechen mehr oder weniger das Ausmaß von Wulfric de Morthlunds Schuld ernstlich verändern würde.«

»Sei es, wie es sein mag«, sagte Osric, »für uns ist es auf jeden Fall gut zu wissen, daß man uns verraten hat.«

»Also, meine Herren, was sollen wir tun?« fragte Bruder Antony, der sich zum ersten Mal ins Gespräch mischte.

Alle Augen ruhten auf Simeon, als dieser sagte: »Wir schicken ein Boot nach St. Theodor, so wie wir es geplant haben. Wir führen unseren ersten Plan buchstabengetreu aus. Sind wir uns einig?«

»Das sind wir«, flüsterten alle, und dann teilte die Gruppe sich auf, und jeder verschwand, wie er gekommen war, still und heimlich, in Schatten und Nebel.

Bei Sonnenaufgang hatte der Nebel sich gehoben, so daß er nun wie eine gefallene Wolke über ihren Köpfen hing. Seine Feuchtigkeit war auf dem Boden gefroren, daher ließ es sich nicht vermeiden, daß das Geräusch ihrer Schritte laut und deutlich zu hören war. Der Morgen war grau und dunstig, und hier und da sickerte ein schmaler Streifen Sonnenlicht durch die Wolken, als wäre der Himmel über dem Nebel bereits hell und klar. Drei Maultiere waren bereitgemacht worden, jedes schwer beladen mit den Vorräten für die Mönche. Fünf bewaffnete Männer sollten den kleinen Trupp bewachen, bis das Boot beladen war und abgelegt hatte.

Der narbengesichtige Priester, Michael, hatte darum gebeten, den Jungen zur Priorei begleiten zu dürfen und dort zu bleiben, so lange, wie man ihn benötigte. Simeon hatte ihn lange und gründlich angesehen und gehofft, auf seinem Gesicht Schuld oder Unschuld zu entdecken. Er sah jedoch nichts von beidem, aber dennoch hatte jemand Einzelheiten ihres Plans verraten. Irgend jemand hatte das Leben des Jungen gefährdet, und Simeon konnte nicht glauben, daß Pater Alban der Schuldige war. Aber dennoch entdeckte er keinen Fehler bei diesem jungen Mann.

»Möge Gott mit Euch gehen und Euch bewahren«, sagte er und schlug das Kreuzzeichen über dem Kopf des jungen Priesters. »Bewacht Eure Schutzbefohlenen gut, Freund Michael.«

»Wenn nötig, mit meinem Leben«, sagte Michael.

»Ich werde dafür beten, daß es soweit nicht kommt«, antwortete Simeon grimmig.

Nachdem Michael Simeons Segen empfangen hatte, trat er beiseite und sah zu, wie die Gruppe ihre letzten Vorbereitungen traf. Man hatte ihm versichert, daß dies kein schäbiger Betrug war, daß die Frau und der Junge keinen Schaden nehmen, sondern lediglich an einen sicheren Ort gebracht würden, einen neutralen Ort, den der Erzbischof festgelegt hatte. Man würde sie aus dem Boot holen, sobald die Wachen verschwunden waren, und Michael würde dann Simeon die Nachricht des Bischofs überbringen und gewiß Vergebung für sein Tun finden.

Er sah zu, wie der großgewachsene Priester sich über die Frau beugte, ihre Kapuze, die ihr tief ins Gesicht fiel, zurechtzog und das Kind in ihre Arme bettete. Es war ein kurzer Abschied, und dann machte die kleine Gruppe sich auf den Weg, fort von St. Peter und auf die Sümpfe zu, die jenseits des Wildbachs lagen. Michael bildete – zu Fuß und bewaffnet mit einem geborgten Schwert – die Nachhut, und sosehr er es auch versuchte, konnte er nicht anders, als sich am Tor noch einmal umzudrehen, um zu Simeon zurückzublicken, der ihnen nachsah.

»Vergebt mir, Pater Simeon«, murmelte er in den Nebel hinein, der zwischen ihnen hing. »Vergebt mir die Lüge und wißt, daß ich Euren Paten und seine Amme in sicherere

Hände geleite, als sie in irgendeiner bescheidenen Priorei zu finden sein könnten.«

Und das, so glaubte der junge Michael fest, war die Wahrheit; hatten nicht zwei stellvertretende Kanoniker, Pater Cyric und Pater Wulfric, ihm genau das gesagt?

Kapitel 27

Sie kamen gut voran, denn die Morgendämmerung hatte kaum begonnen, als sie auch schon die Sümpfe erreichten. Dort angekommen, nahmen sie die schweren Säcke und Kisten von den Eseln, ließen die Tiere in der Obhut eines Jungen zurück, der dafür bezahlt wurde, und zogen ihre plumpen Flachboote auf den See hinaus. Das Stöhnen und Ächzen ihrer Mühen verlor sich im Nebel, der über den Sümpfen aufstieg, und immer wieder mußten sie mit ihren Staken Eisschollen aufhacken, um ihre Fahrt fortsetzen zu können. Als sie die tieferen Gewässer des Sees erreicht hatten, luden sie ihre Last auf zwei stabilere Ruderboote und gaben dem Priester, der das Leitboot mit dem zweiten Boot im Schlepptau über den See zur Priorei rudern sollte, die letzten Anweisungen. Durch den dichten Nebel war noch nichts von St. Theodor zu sehen, obwohl man von der fernen Insel das leise, gedämpfte Läuten einer einzelnen Glocke vernehmen konnte. Mit Hilfe dieses Geräuschs würde der Priester seinen Weg dorthin finden.

Die Männer, die ihnen bisher Geleit gegeben hatten, blieben nun zurück, während die Ruderboote sich entfernten, und jeder der Männer war wachsam und hielt Ausschau nach jeglicher Gefahr, die an diesem nebligen Morgen direkt vor ihrer Nase lauern und doch unsichtbar bleiben konnte.

»Mir gefällt das Ganze nicht«, sagte Osric mit barscher Stimme und sah zu, wie die schlanke, in einen weiten

Umhang gehüllte Gestalt der Frau sich ihr Bündel fest an die Brust drückte, während das Boot leise in den Nebel hineinglitt.

»Da draußen auf dem See wird ihnen nichts geschehen«, versicherte Thorald ihm. »Das tiefere Wasser ist zu gefährlich für einen Hinterhalt, vor allem bei diesem dichten Nebel. Wenn ihnen ein Angriff gedroht hätte, dann hier draußen, in den Sümpfen oder weiter hinten, wo der Boden fester ist.«

»Das glaube ich nicht«, sagte Antony leise und schüttelte sein geschorenes Haupt. »Wenn ihnen ein Angriff droht, dann jetzt, da ihre Wachen nicht mehr bei ihnen sind.«

Thorald bekreuzigte sich. »Dann möge Gott sie beschützen, solange ihre Freunde das nicht tun können.«

»Wir müssen jetzt zurückgehen«, drängte Osric, während er nach seinem Staken griff, um das Boot durch das schlammige Wasser zu dirigieren, das durch unzählige Gräser zu einer dunklen Schleimsuppe geworden war. »Wir müssen unverzüglich nach St. Peter zurückkehren.«

Vom Ruderboot aus sah Michael zu, wie die anderen aufbrachen, sah, wie Osric, der Hospizbruder, dicht gefolgt von den anderen, sein seltsames, kleines Boot ans Ufer manövrierte. Er sah sie im Nebel verschwinden, aber die Frau, die zusammengekauert am Bug saß, drehte nicht einmal den Kopf, um ihren Wachen nachzusehen. Michael spürte, wie der Schweiß auf seiner Stirn kalt wurde und fragte sich, ob es die Frau wohl bekümmerte, den hübschen, blauäugigen Priester verlassen zu müssen. Er wußte nicht, welche Geschichten der Wahrheit entsprachen, welche reine Spekulation und welche boshaftes Geschwätz waren. Es war nicht an ihm, in diesen Dingen den Richter zu spielen; er mußte nur sein Bestes tun, wo er gebraucht wurde, und alles andere seinem Herrn, dem Erzbischof, überlassen.

In seinem Rücken hörte er das stetige Läuten der Prioreiglocke, und während er die Boote weiter auf den See hinausruderte, verdichtete sich der Dunst, der immer über dem Wasser hing, und verschmolz mit dem Nebel, der sie nun umschloß. Er betrachtete das zweite Boot, das träge hinter dem ersten herplätscherte, voll beladen mit Vorräten für die

Mönche und so tief im Wasser, daß einige der Säcke und Kisten an manchen Stellen schon feucht geworden waren. Nun drangen andere Geräusche, einige von fern, andere ganz aus der Nähe an seine Ohren. Er dachte, er hätte die Stimme eines Mannes einen Befehl bellen hören, das Geräusch eines unbeholfen aus dem Wasser gehobenen Ruders, den stetigen Rhythmus eines näher kommenden Bootes. Er hob seine eigenen Ruder aus dem Wasser heraus und legte sie ins Boot.

»Ho, da drüben!« rief er leise, und dann noch einmal, ein wenig lauter: »Ho, hierher!«

Als er sah, wie die Frau sich vor Angst versteifte, beugte er sich ein Stück vor und senkte den Kopf, um ihr Gesicht unter der Kapuze sehen zu können. »Habt keine Furcht, Mistress Elvira«, versuchte er sie zu beruhigen. »Diese Männer hat der Erzbischof geschickt. Sie werden Euch und das Kind an einen sicheren Ort geleiten, bis die Obrigkeiten bereit sind, Euch zu befragen. Sie sind nicht hier, um Euch Schaden zuzufügen. Habt keine Angst.«

Nun tauchte ein Boot aus dem Nebel auf, groß genug, um ein ganzes Dutzend Männer tragen zu können. Auf den ersten Blick sah Michael, daß sie alle dunkle Umhänge und schwere Waffen trugen, und einige hatten ihre Gesichter unter Kapuzen oder Helmen verborgen. Auf den zweiten Blick bemerkte er, daß sie alle Soldaten waren; kein einziger Priester war unter ihnen. Als sich ihnen das Boot nun weiter näherte, verspürte er den ersten entsetzlichen Anflug von Zweifel, und ein ängstliches Zittern schwang in seiner Stimme mit, als er rief:

»Was ist das? Meine Freunde, legt Eure Schwerter beiseite. Die Frau und das Kind sollen im Namen des Erzbischofs von York in eure Obhut überstellt werden. Legt eure Schwerter nieder. Gewalt ist nicht vonnöten.«

»Halt den Mund, Priester«, erwiderte eine harte Stimme. »Wir brauchen deine Befehle nicht.«

Er sah, wie die Frau sich bekreuzigte und hörte sie schluchzen. Seine Hände wollten nach den Rudern greifen, aber alle Kraft war plötzlich aus seinen Gliedern gewichen.

»Sicheres Geleit«, rief er. »Ich bin Bruder Michael von St. John in Beverley.« »Jawohl«, hörte er zur Antwort, »wir erkennen dich an deinem purpurnen Gesicht und deinen verkrüppelten Zügen.«

»Dann müßt ihr auch wissen, daß ich im Auftrag des Erzbischofs unterwegs bin. Man hat mir sicheres Geleit versprochen.«

»Und das sollst du auch bekommen, den ganzen Weg bis hinunter zum Grund des Sees«, bellte die schroffe Stimme, und die Begleiter des Soldaten brachen in lautes Gelächter über den Witz aus.

Michael spürte, wie die eisigen Finger der Angst seine Eingeweide umfaßten. Sein kleiner Verrat an Simeon war nur ein Köder gewesen, um den größeren Fisch zu fangen. Er war derjenige, der verraten worden war, und während die Soldaten sein Boot langsam zur Seite drängten und ihre Schwerter zückten, wurde ihm klar, daß er seine Torheit mit dem Leben würde bezahlen. Einen Augenblick lang zögerte er unentschlossen, ob er sich nun als Vorbereitung für den Tod mit dem heiligen Kreuz zeichnen sollte, ob er die Ruder ergreifen und versuchen sollte, sich in Sicherheit zu bringen, oder ob er sein Schwert ziehen und bei der Verteidigung des Kindes sterben sollte. Dann war es zu spät, für das eine wie für das andere. Er spürte den ersten Schlag auf seiner Schulter, einen dumpfen Aufprall, der kaum schlimmer war als ein Faustschlag. Dann folgte ein Schwerthieb, und Blut strömte aus einer Wunde an seinem Arm. Als er vornüberstürzte, sah er, wie die Frau und das Kind angegriffen wurden, und in diesem Augenblick erkannte er die Situation endlich als das, was sie war. Als die Frau stürzte, fiel ihre Kapuze zurück und zeigte ihr Gesicht, das Gesicht einer der Nonnen aus Elviras Kloster und das Bündel, das aus ihren Armen fiel, war kein lebendiges Kind, sondern eine in Decken und Windeln gehüllte Puppe mit bemaltem Gesicht.

»O Gott, vergib mir«, versuchte er zu sagen und erstickte fast an den Worten.

Pater Simeon hatte es also gewußt. Er hatte den Verrat in Michaels Gesicht gelesen und gewußt, was zu begreifen der junge Priester zu einfältig und zu unerfahren war, daß nämlich der Junge und seine Amme in tödlicher Gefahr waren. So hatte Pater Simeon ihn für seinen Betrug in den Tod geschickt, und nun, als eine Schwertklinge ihm den Unterarm bis auf den Knochen aufriß, wußte Michael, daß es noch eines gab, was er tun konnte, bevor er sein Leben für seine Torheit verwirkt hatte.

Eine seltsame Müdigkeit hatte ihn überfallen. Er spürte keinen Schmerz, nur die dumpfen Schläge, die hier und dort auf seinen Körper niedergingen. Eine klebrige, warme Flüssigkeit füllte seinen Mund und drohte, ihn mit ihrer widerlichen Süße zu ersticken. Mit gequälten, unendlich langsamen Bewegungen gelang es ihm, seinen Körper auf die heruntergefallene Puppe des Kindes zu rollen, eine Puppe, die nun mit dem echten Blut der Nonne durchtränkt war, die das kleine Bündel an ihre Brust gepreßt hatte, bis sie ihren letzten Atemzug tat. Seine einzige Sorge war nun, daß die Mörder nicht bemerkten, wie man sie übertölpelt hatte. Dieses eine konnte er noch für Simeon tun, bevor er starb: Er konnte verhindern, daß diese Schlächter erfuhren, daß der kleine Peter noch lebte.

»Im Namen Gottes!«

Die Worte entstiegen seiner Kehle und hallten im Nebel wider, so laut, daß sie trotz seiner Wunden bis zu St. Theodor hinüberdrangen. Gleichzeitig ließ er sich zur Seite rollen, das kleine Bündel fest an seine Brust gepreßt. Er spürte, wie kaltes Wasser ins Boot strömte, spürte, wie der verstümmelte Körper der Nonne ins Wasser glitt, und einen Augenblick später sank auch er mit dem Gesicht zuerst in den See hinein. Gelassen und ohne Hast faltete er die Arme über der Brust zusammen, um das Bündel dort festzuhalten, und stieß mit einem langen Seufzer vorsätzlich alle Luft aus seinen Lungen. Dann saugte er so viel Wasser in sich hinein, wie es ihm möglich war, um sicherzustellen, daß sein Körper wie ein Stein auf den mit Gräsern überwucherten Boden des Sees hinabsank.

Osric und Antony trennten sich von Thorald an dessen zerstörter Kirche auf dem Werderkirchweg. Sie schickten den Jungen, der auf die Esel aufgepaßt hatte, mitsamt den Tieren weg und machten sich in aller Hast auf den Weg zum alten Skriptorium. Simeon begrüßte sie dort ohne ein Wort, obwohl sein Gesicht angespannt war und in seinen Augen tausend unausgesprochene Fragen standen.

»Wir haben nichts gesehen und nichts gehört«, sagte Osric, »aber die ganze Sache hat förmlich nach einem Hinterhalt gerochen. Der Dunst über den Sümpfen hat sich mit dem Nebel vermischt, bis man schließlich noch nicht einmal die Luft, die man atmete, sehen konnte.«

»Haben sie den See überquert?« fragte Simeon.

»Wir haben nicht gewartet, bis sie am anderen Ufer waren«, warf Antony ein. »Wir haben um ihre Sicherheit gefürchtet, aber noch mehr fürchteten wir um Eure.« Er trat in den Raum und ging hinüber zu dem Brunnen, an dem Elvira saß. Sie hatte sich den Umhang fest um die Schultern gezogen und hielt das Kind in ihren Armen. Sie sah ihn mit dunklen, ernsten Augen an und dankte ihm mit einem Lächeln für seine Sorge. Das Kind erwiderte seinen Blick gelassen, als er es auf seiner winzigen Stirn berührte, und wie es allen Kindern eigen war, die die lärmende Welt der Menschen gerade erst betreten hatten, schien es alles zu wissen, was um es herum geschah.

»Und nun brechen wir zum Kloster auf«, sagte Osric. »Ist alles bereit?«

»Jawohl«, bestätigte Simeon. »Sie sollen in die alten Gemächer der Äbtissinnen gebracht werden, dort, wo früher einmal die Schatzkammer untergebracht war. Das kleine Gebäude hat nur eine einzige Tür und ist von einer hohen Mauer umgeben. Keiner, bis auf die Frauen, denen sie am meisten vertraut, wird Zugang dazu haben, nur noch die beiden Benediktiner, die Antony zu ihrem Schutz ausgesucht hat. Wer wird schon auf den Gedanken kommen, dort nach ihnen zu suchen, an dem Ort, an dem die beiden Männer, die aus dem Unglück der Stadt Gewinn schlagen wollen, ebenfalls Quartier genommen haben?«

Sie sollten die kurze Strecke bis zur Keldgate-Barre zu Fuß zurücklegen. Elvira und ihre Begleiterin, Schwester Kathrin, trugen die einfachen, dunklen Roben der Mönche, ihre Gesichter und ihr Haar waren darunter verborgen, und das Kind sollte Simeon tragen – unter dem Arm wie ein Bündel alter Kleider. Eine kleine Gruppe von Mönchen und Priestern würde kaum ungebührliche Aufmerksamkeit erregen. Es war immer noch neblig, und da sie nichts mitnahmen, was sich zu stehlen gelohnt hätte, hofften sie, den Weg hinüber nach St. Anne ohne Zwischenfall zurücklegen zu können.

Es war jedoch eine vergebliche Hoffnung, denn niemand ist gegen die Launen des Schicksals gefeit. Im selben Augenblick, als sie die Sicherheit des Skriptoriums verließen, waren die Mächte, die sich verschworen hatten, ihre Pläne zu vereiteln, bereits auf den Plan getreten.

Osric und Antony gingen den anderen voran; ihre Hände lagen auf den Griffen ihrer Schwerter, und ihre Sinne waren bis aufs äußerste gespannt. Hinter ihnen kamen die jüngeren Männer, Mark und Richard, dann die als Mönche verkleideten Frauen. Das Schlußlicht bildete Simeon, der seinen Patensohn unter dem linken Arm trug und seine rechte Hand auf den Dolch in seinem Gürtel gelegt hatte. Sie gingen langsam und vorsichtig, damit sie auf dem eisigen Boden nicht ausrutschten, und wurden, schon nachdem sie sich nur wenige Schritte vom Skriptorium entfernt hatten, von einem plötzlichen Lärmen unten beim Hospital aufgehalten. Sie hörten die Schreie von Männern und das Klirren von Stahl auf Stahl und wußten, daß das Hospital wieder einmal angegriffen worden war.

Mit einer einzigen, schnellen Bewegung packte Simeon Elvira bei der Schulter und schob sie zurück ins Skriptorium. Dann legte er ihr das Kind in den Arm, brachte auch die andere Frau in Sicherheit, zog seinen Dolch und versperrte die offene Tür mit seinem Körper. Sie hörten jemanden *Plünderer! Plünderer!* rufen und dann den Klang zahlreicher Schritte, die in ihre Richtung kamen. Einen Augenblick später waren Osric und die anderen in einen unbeholfenen und wegen des Nebels halb blind geführten Kampf verstrickt, um die Eindringlinge vom Skriptorium fernzuhalten.

Simeon drehte sich noch einmal kurz um. »Legt den Riegel vor und laßt ihn dort, bis ich euch etwas anderes sage«, rief er, zog die Tür hinter sich zu und eilte seinen Freunden zu Hilfe.

Der Riegel war schwer, zu schwer für die ältliche Nonne. Als sie Elvira zu Hilfe rief, legte diese das Baby in seine Wiege zurück und eilte zur Tür, um zusammen mit der Nonne zu versuchen, den großen Balken vorzuschieben. Sie hatten ihn kaum bewegt, da flog die Tür auf, und ein Mann stürzte hinein. Er war ein junger Mann, der ein Lederkäppchen und einen schlammbespritzten Umhang trug. Sein Atem ging stoßweise, als wäre er ein ganzes Stück gelaufen, vorwärts gedrängt von einer wichtigen Angelegenheit. »Pater Simeon, seid Ihr hier? Ich habe schlechte Nachrichten von ...«

Die Stimme des Mannes stockte mitten im Satz. Er blickte lange durchdringend zu Elvira hin, und seine Gedanken standen deutlich auf seinen groben, bäuerlichen Zügen zu lesen. Dann wanderte sein Blick hinüber zu der Wiege, in der das Kind lag. Elvira begriff sofort, was der Mann im Schilde führte, und rannte mit einem erschrockenen Schrei zu dem Kind hinüber, um es zu beschützen. Gleichzeitig ließ Schwester Kathrin den schweren Türbalken zu Boden fallen und machte einen tapferen Versuch, den Eindringling aufzuhalten. Sie warf sich auf ihn, hielt sich an den Falten seines Umhangs fest und schrie nach Gottes und Simeons Hilfe.

»Laß mich los, Weib! Verschwinde!«

Zwischen dem zerbrechlichen Körper der Nonne und der muskulösen Brust des Soldaten stand plötzlich die Klinge eines Kurzschwerts. Sie blitzte kurz auf, drang in ihr Fleisch und wurde in einem wilden Bogen nach oben gerissen, so daß ihr Leib von den Lenden bis zum Brustbein aufgeschlitzt wurde. Ihre Schreie erstarben zu einem Gurgeln in ihrer Kehle, und ihre Hände fielen herunter, um die Klinge zu umklammern. Dann fiel sie auf die Knie, ihr Gesicht eine Maske von Schmerz und Unglauben, bevor ihr Angreifer das

Schwert zurückzog. Über ihrem Kopf wandte ihr Mörder seinen funkelnden Blick Elvira zu, die das Kind an ihrer Brust barg. Die Augen in ihrem aschfahlen Gesicht waren zu großen, runden Kugeln des Entsetzens geworden.

»Hexe«, zischte der Mann. »Ich habe dich da draußen auf dem See sterben sehen, dich und den Bastard des Priesters.«

Elvira schüttelte den Kopf, und als der Mann einen Schritt nach vorn trat, wich sie zurück, wobei sie versuchte, den hochrandigen Brunnen zwischen sich und ihm zu halten, während sie unentwegt leise betete, daß irgend jemand die Schreie der Schwester gehört haben und ihr und dem Jungen zu Hilfe eilen möge.

Der Mann sprang mit gezücktem Schwert vor. Elvira wich leichtfüßig nach hinten aus. Er setzte zu einem zweiten Sprung an und verhöhnte sie dabei mit seiner Klinge. Ihre Spitze berührte den Ärmel ihres Gewands und schlitzte den Stoff auf, so daß warmes Blut aus ihrem Arm sickerte. Sie keuchte kurz und versuchte trotz ihres Schmerzes, ihre Schulter zwischen das Kind und ihren Angreifer zu bringen.

»Dafür werdet Ihr sterben«, sagte sie, denn sie wußte, daß sie den Mann so lange wie möglich hinhalten mußte.

»Wage es nicht, mich zu bedrohen, Hexe«, höhnte er. »Ich fürchte deine Zaubersprüche nicht.«

»Ich bin keine Hexe. Die Frau auf dem See war eine andere, ihr Kind nichts als ein Bündel Lumpen und Knochen. Es war ein einfache List, keine Zauberei, die mich am Leben erhalten hat. Warum wollt Ihr mich töten? Warum wollt Ihr diesem Kind Schaden zufügen? Was haben wir Euch getan, daß Ihr uns töten wollt?« Der Mann grinste sie böse an und fuhr sich mit der Zunge über die Lippen, während er sein Schwert weiter in kleinen, drohenden Kreisen durch die Luft fahren ließ.

»Ich habe meine Befehle, Hexe.«

»Befehle von wem? Wer fürchtet die Wahrheit so sehr, daß er lieber unschuldige Menschen ermorden läßt, statt sie ans Tageslicht treten zu lassen?«

»*Elvira!*

Das plötzliche Brüllen von der Tür her reichte aus, um

selbst das mutigste Herz mit Entsetzen zu erfüllen. Der Soldat wirbelte herum, erblickte Simeons hoch aufragende Gestalt in der Tür, zögerte einen Augenblick und drehte sich dann um, um mit gezücktem Schwert auf Elvira zuzuspringen. Sie war nicht schnell genug, um dem Schlag auszuweichen. Obwohl sie zur Seite sprang und das Kind von sich weghielt, konnte der Eindringling seine Klinge über ihre Schulter hinweg in das weiche Fleisch ihres linken Unterarms bohren, und als er sie wieder herauszog, durchschnitt ein roter, blutiger Striemen den Hals des Babys.

Simeon brüllte noch einmal und stürzte sich auf ihn. Als der Soldat sich zu ihm umdrehte, war es bereits zu spät für ihn. Die Klinge des Priesters durchdrang seinen Körper unterhalb der Achseln und durchschnitt mühelos Fleisch und Rippen, um auf die lebenswichtigen Organe darunter zu treffen. Die Augen des Soldaten traten aus ihren Höhlen, und das laute Schnarren, das aus seinen geborstenen Lungen drang, war der einzige Laut, den er von sich gab, als er zu Boden sank.

Nun stürzten Osric und Antony, dicht gefolgt von Mark und Richard, in den Raum. Als die Tür hinter ihnen zufiel, erfaßten sie die Szene mit einem Blick. Sie sahen den Soldaten unter Simeons Schwert fallen und die niedergemetzelte Nonne, die mit angezogenen Knien und im Tod glasig gewordenen Augen auf dem Boden lag. Und sie sahen das Entsetzen in Elviras Gesicht, die mit blutverschmierten Fingern die Wunde auf dem Hals des kleinen Kindes schloß, um zu verhindern, daß der verletzte Säugling verblutete.

»Gütiger Gott, das Kind!«

Simeon ließ sich neben Elvira auf den Boden fallen. Sie lehnte sich an ihn, ihr ganzer Körper zitterte und alles, was sie sagen konnte, war: »Er ist verletzt … er ist verletzt …«

»Wie schlimm?« fragte Simeon mit weißem Gesicht. »Wie schlimm ist es?«

»Er blutet. Ich glaube, die Vene ist durchtrennt.«

»Gütiger Gott!«

»Laß mich sehen. Laß mich sehen.« Der drahtige Hospizbruder stand über dem Kind, und seine geübten Finger betasteten die Wunde. »Laß los, Elvira. Ich muß die Wunde untersuchen.«

Sie schüttelte den Kopf. »Nein, ich kann nicht. Er blutet. Wenn ich die Wunde loslasse ...«

»Elvira«, sagte Osric scharf, »wenn du ihn nicht losläßt, wie soll ich dann das tun, wozu ich ausgebildet bin?«

»Aber wenn die Vene durchtrennt ist ...?«

»Wenn das der Fall ist, muß ich mich darum kümmern, und zwar schnell, bevor er verblutet. Laß ihn jetzt los, Elvira.«

Sie hätte sich ihm auch diesmal widersetzt, aber Simeon legte seine Hand auf ihre Wange und drehte ihr Gesicht zu sich herum, bis er ihr in die Augen sehen konnte, und der Blick, den sie austauschten, bedurfte keiner Worte.

»Tu es ganz langsam«, drängte Osric sie. »Vorsichtig jetzt, so ist es richtig, nur noch ein klein wenig weiter. Jetzt dreh seinen Kopf etwas zur Seite. Antony, bring mir die elfenbeinerne Nähnadel und Garn. Ich brauche einen langen Faden ...«

»Nehmt dies«, sagte Antony und zerriß die grobe Naht seines Gewands, so daß der Ärmel ihm lose von der Schulter herabhing.

»Das wird genügen«, erwiderte Osric mit grimmigem Nicken, befeuchtete ein Ende des Fadens mit der Zunge, um die Fasern zu glätten und zog es durch die Öse der Nähnadel. »Wir müssen uns beeilen. Simeon, reicht mir diese Kerze und haltet sie ruhig, so hierher, daß ich Licht habe. Elvira, dreht das Gesicht des Kleinen ein wenig zur Seite ... Sein Kopf muß etwas nach hinten geneigt werden, damit ich seine Kehle sehen kann. So ist es richtig. Jetzt haltet ihn fest, während ich die Wunde nähe.«

Der Hospizbruder arbeitete mit der ganzen Schnelligkeit und Genauigkeit eines Mannes, der auf dem Schlachtfeld schon viele Leben gerettet hatte. Zwei Stiche waren alles, was er brauchte, um die Wunde zu schließen, und während Antony dann das Blut abwischte, löste Osric seinen schweren Ledergürtel, breitete ihn auf dem Boden aus und holte aus seinen vielen eingenähten Taschen eine Reihe kleiner

Gegenstände hervor. Zuerst besprenkelte er die Wunde mit einem feinen Pulver aus gemahlener Schafgarbe und Mohnsamen, dann trug er eine Salbe aus indischer Aloe auf, damit der Schnitt schnell verheilte. Schließlich legte er ein sauberes Leinentuch auf den Hals des Kindes und wickelte einen lockeren Verband darum. Mittlerweile stieß der kleine Peter so laute Protestschreie aus, wie seine Lungen es zuließen. Er mußte unbedingt zur Ruhe gebracht werden, bevor seine Schreie das Werk des Arztes zunichte machten und die Wunde von neuem zu bluten begann.

»Leg ihn an die Brust, Elvira.«

Osric wollte damit sowohl ihr als auch dem Jungen helfen. Er hatte das kreideweiße Aussehen ihres Gesichts bemerkt und die feuchte Kälte ihrer Hände. Sie zitterte heftig und hatte selbst eine tiefe Schwertwunde im Unterarm, die unverzüglich gesäubert und verbunden werden mußte. Bevor er sich jedoch dieser Aufgabe zuwandte, wollte er sie beruhigen und mit einem besonderen Auftrag ablenken.

»Bitte, Elvira«, flüsterte Simeon, und sie schauderte, als sie den Klang seiner Stimme hörte. Dann entblößte sie langsam ihre Brust und hob das Baby auf. Alle, die zusahen, dankten schweigend ihrem Gott, daß der Junge trotz seiner Verletzung in der Lage war zu saugen. Nun überließ Elvira widerstandslos dem Hospizbruder ihren Arm und erlaubte ihm, ihr Fleisch mit einer kleinen Reihe säuberlicher Stiche zu vernähen. Als die Wunde gesäubert, geschlossen und verbunden war, hatte sie weder ein einziges Mal gezuckt noch gestöhnt. Es war, als hätte der Zwischenfall ihre Sinne betäubt, als hätte sie bereits zu viel gelitten, um auch noch körperlichen Schmerz empfinden zu können.

Als ihre Wunde verbunden war, half der Hospizbruder den anderen, die Leichen aus dem Skriptorium zu schaffen. Den Körper des Soldaten trugen sie an eine Stelle draußen vor den Toren, an der auch schon die Leichen verschiedener Plünderer lagen. Die tote Nonne hüllten sie in ein Tuch und legten sie dann auf einen Handkarren, damit die Mönche sie nach St. Anne bringen konnten, wo sie das christliche Begräbnis erhalten würde, das ihr zustand. Erst als sie die

Leichen weggeschafft hatten, zog Osric Simeon beiseite, um ihn zu fragen, was im Skriptorium geschehen war, während sie draußen mit den Plünderern gekämpft hatten.

»Es war eine Chance von eins zu tausend, daß ein Soldat ausgerechnet in diesem Augenblick auftauchte«, erklärte Simeon ihm. »Er war gekommen, um zu berichten, daß Michael, Elvira und der Junge bei der Überquerung von St. Theodors See ertrunken wären.«

»Dann wurde das Boot also, wie wir befürchtet haben, angegriffen?«

»Jawohl, und er, so scheint es, war einer der Angreifer. Er muß zusammen mit den Eindringlingen durch das Tor des Obstgartens gekommen sein. Bevor Elvira und Schwester Kathrin die Tür hinter uns verriegeln konnten, war der Soldat auch schon im Skriptorium. Er erkannte sie sofort, sah, daß Peter noch lebte und beschloß, sein grausames Werk an Ort und Stelle zu beenden. Und, gütiger Gott im Himmel, beinahe hätte er Erfolg gehabt.«

»Und er war allein?«

»Das steht wohl fest«, bestätigte Simeon.

»Dann kann also niemand außerhalb dieser Mauern wissen, daß die Frau noch lebt?«

»Ebensowenig, daß der kleine Peter überlebt hat.« Simeon legte beide Hände auf die Schultern seines Freundes und sah ihm forschend ins Gesicht. »Osric, er *wird* doch überleben?«

Der Hospizbruder nickte. »Wenn wir gut auf ihn aufpassen, und wenn die Wunde sich nicht infiziert.«

»Und Elvira?«

»Ihr Wunde ist sehr ernst. Das Schwert hätte ihren Arm beinahe durchbohrt, aber was mir die größten Sorgen macht, ist, daß sie sich kaum darum kümmert. Der Schock ihrer letzten Erlebnisse hat ihr alles Gefühl geraubt. Sie braucht jetzt Ruhe, gute Heilkräuter und Frieden. Je eher wir sie nach St. Anne bringen, um so besser. Wenn sie krank wird, wenn sie das Kind nicht mehr nähren kann …« Den Rest ließ er ungesagt, denn er wußte, daß Simeon nicht daran erinnert werden mußte, wie dünn die Fäden waren, an denen das Leben des Jungen hing.

»Dann müssen wir sofort aufbrechen«, sagte Simeon schließlich. »Wir müssen Elvira auf den Wagen legen, neben den Leichnam von Schwester Kathrin. Dann können wir sie und den Jungen in einer Stunde sicher hinter Schloß und Riegel haben. Richard soll vorgehen, um dafür zu sorgen, daß das Seitentor, die Kapellentür und alle anderen Durchgänge geöffnet sind. Es darf keine weiteren Verzögerungen geben, die sie das Leben kosten könnten. Ich möchte die beiden in Sicherheit wissen, Osric. Ich will, daß sie sicher untergebracht sind.«

Es wurde gemacht, wie Simeon es vorgeschlagen hatte. Der Weg durch die nebelverhangenen Straßen verlief ohne weitere Zwischenfälle, obwohl sie schwer bewaffnet und immer darauf gefaßt waren, sich verteidigen zu müssen. Elvira lag mit Peter im Arm auf dem Wagen, und Simeon ging dicht neben ihr her. Einmal suchte er ihre Hand unter den Falten der dunklen Gewänder, die sie vor allen Blicken schützten. Dann drückte er kurz ihre kleine Hand, die in der seinen vollkommen verschwand. Es war eine beschützende, tröstliche Geste, und eine Weile betrachtete Elvira nun durch halb geschlossene Augen sein schönes Profil. Man hatte ihr einen kräftigen, süßen Wein zu trinken gegeben, bevor sie das alte Skriptorium verließen, und sie wußte, daß etwas in dem Wein sie schläfrig machen und den Schmerz dämpfen würde, der sich schon bald in ihrem Arm ausbreiten mußte. Eingelullt von den rhythmischen Bewegungen des Wagens und getröstet von der Hand, die ihre eigene hielt, ließ sie sich benommen in einen zufriedenen Halbschlaf hinübergleiten.

Nach einer Weile spürte sie, daß der Wagen nun ruhiger fuhr, da an der Stelle der groben Kopfsteine nun glattes Pflaster getreten war. Die Geräusche der Straße verblaßten in der Ferne und wurden schließlich von den leiseren Klängen fließenden Wassers und frommen Gesangs abgelöst. Sie spürte, wie sie hochgehoben wurde und wußte, daß sie in seinen Armen lag, spürte, wie er mit ihr über schlammigen, unebenen Boden ging, spürte, wie er sich bückte, um durch ein kleines Tor in einer hohen Steinmauer zu treten und dann durch ein weiteres Tor, das in einen zugigen Korridor führte.

Sie war sich verschwommen des Öffnens und Schließens vieler Türen bewußt, hörte das leise Summen weiblicher Stimmen, den Klang von Musik, die aus weiter Ferne zu kommen schien; sie roch den Duft von Talgkerzen und fühlte die Berührung weichen Stoffs auf ihrer Haut. Und durch den Nebel des Schlafs hindurch fürchtete sie, daß er sie verlassen könnte und versuchte, ihm zu sagen – Priester hin, Priester her –, daß sie ihn mit ihrem ganzen Herzen und ihrer ganzen Seele liebte. Sie wußte nicht, ob sie es nur träumte oder die Worte wirklich laut ausgesprochen hatte, bis ihre Hand auf seine Lippen gedrückt wurde und seine tiefe Stimme sanft in ihre Gedanken eindrang.

»Ich weiß, Elvira«, hörte sie ihn sagen. »Ich weiß, daß du das tust.«

Der Rückweg zum Hospital verlief ohne weitere Schwierigkeiten, und soweit sie feststellen konnten, hatte sich ihr kurzer Besuch in St. Anne nicht herumgesprochen. Es war Richards Idee gewesen, den Umstand bekannt zu machen, daß er, Mark und der Mönch Antony den Leichnam einer Nonne zur Beerdigung nach St. Anne gebracht hätten. Er setzte das Gerücht in Umlauf, daß sie von Plünderern getötet worden sei, und im Gegenzug für seine Geschichte hörte er den geflüsterten Bericht darüber, daß sein Priester, eine Frau und ein Kind bei dem Versuch, nach St. Theodor zu gelangen, im See ertrunken seien.

Simeon saß gedankenverloren am Feuer, als ihn die Nachricht erreichte, daß der Erzbischof von York endlich in Beverley angekommen sei. Der große Mann und sein Gefolge hätten direkt das Haus auf dem Kornmarkt bezogen, und Sir Hugh de Burton und Sir Robert de Clare hätten ihn bereits um eine Unterredung ersucht. Es war Pater Alban, der den Männern im Skriptorium die Neuigkeit überbrachte, und während man ihn beiseite führte, damit er sich ausruhen konnte, sprachen Osric und Antony mit Simeon.

»Es gibt nichts mehr, was dem Erzbischof mißfallen könnte, und dennoch sind der Junge und die Frau in Sicherheit, soviel steht fest«, erinnerte Antony ihn.

»Und wir werden ständig bei Euch bleiben, bis der Erzbischof Eure Geschichte gehört und euer Wunder selbst gesehen hat« fügte Osric hinzu. »Wenn Ihr erst einmal sein Vertrauen gewonnen habt, und er weiß, daß Ihr weder ein Betrüger noch ein Scharlatan seid, dann wird er sich gewiß Eures Falls annehmen.«

»Und wenn das geschieht«, ergänzte Antony hoffnungsvoll, »kann die Wahrheit über Peter ans Licht treten, damit wir über seine Zukunft entscheiden können und der Erzbischof ihm für seine Aufgabe hier in Beverley seinen dauerhaften Schutz geben kann.«

Simeon schüttelte den Kopf. »Wie gern ich das doch glauben würde«, sagte er. »Aber nein, er ist nicht sicher, genausowenig wie sie. Ich fürchte, daß keiner von uns sicher sein wird, bis ...« Er schnippte mit den Fingern, um Albans Aufmerksamkeit zu erregen und winkte den älteren Priester zu sich heran. »Alban, ich möchte die Wahrheit hören. Werdet Ihr uns eine ehrliche Antwort geben, wenn wir versprechen, daß Eure Worte diese Wände niemals verlassen werden?«

Der Priester schluckte nervös, sah den Männern, denen zu vertrauen er gelernt hatte, reihum ins Gesicht, erhob sich dann zu seiner vollen Größe und nickte. »Ich werde Euch wahrheitsgemäß antworten«, erklärte er.

Simeon sah ihn eindringlich an, um so möglichst genau ermessen zu können, ob er den Worten des anderen vertrauen durfte. »Die Wahrheit, wie Ihr sie kennt, Freund Alban. Kann ich ein gerechtes Urteil erwarten, wenn ich meinem Herrn Erzbischof gegenüberstehe?«

Es entstand eine Stille, in der keiner der Männer etwas zu sagen wagte, und alles, was sich auf Albans Gesicht zeigte, waren Mitleid und Bedauern. Seine Antwort auf die Frage war fest und ohne zu zögern ein einfaches Nein.

»So sei es denn«, sagte Simeon, heftete seinen Blick aufs Feuer und wiederholte noch einmal bekümmert: »So sei es denn.«

Kapitel 28

Unter dem Haus des Kanonikus in der Moorgate befand sich eine kleine Steinzelle, ein tiefes, dunkles Loch mit einem winzigen Fenster in Deckenhöhe, das auf seiner Außenseite von Unkraut überwuchert war. In den Sommermonaten tropfte das Wasser von den Wänden der Zelle, in den Wintermonaten waren sie mit einer Eisschicht bedeckt, und während des größten Teils des Jahres war der Boden ein Bett aus widerlichem Schlamm. Es hieß, daß mehrere Gefangene dort gestorben seien, seit das Haus bewohnt wurde, und daß ihre Leichen einfach im Boden verscharrt worden waren, um dort zu vermodern. Es gab eine Legende, die besagte, daß einst ein Priester namens Edwin in eben dieser Zelle über irgendeine geringfügige Sünde des Stolzes nachdenken sollte. In Abwesenheit seines Propstes war er dort vergessen worden und verhungerte, bevor man sich seiner erinnerte. Einige Stimmen behaupteten, man habe ihn in Gebetshaltung gefunden, im Schlamm kniend, mit gesenktem Kopf und gefalteten Händen, demütig und voller Vertrauen bis zu seinem Ende. Andere wollten wissen, daß er in Qualen gestorben sei, daß er sich bei seinen verzweifelten Fluchtversuchen seine Finger schwer verletzt habe und sein Mund und seine Zunge schrecklich aufgerissen waren, weil der Durst ihn dazu getrieben hatte, die Feuchtigkeit von den Wänden zu lecken.

Jetzt, ein Jahrzehnt später, beherbergte die Zelle, die als Edwins Loch bekannt war, eine andere Art Gefangenen. Dieser war ein gewöhnlicher Mann, stämmig und muskulös gebaut, ein Fuhrmann aus Beverley. Er lag in sich zusammengesunken in der schlammigen Ecke, in die man ihn geworfen hatte, kaum fähig, sich zu bewegen oder ohne Schmerzen zu atmen, weil seine Rippen gebrochen waren. Vier Männer hatten ihn vor zwei Tagen aus seinem Haus verschleppt und zu dem Priester gebracht, der ihn am heiligen Schrein gestört hatte. Er hatte sein Verbrechen bereitwillig zugegeben, denn seit jener Tat hatte ihn sein Gewissen gequält, und Harold, der Fuhrmann, war niemand, der seinem Ankläger ins Auge schauen und kühn seine Schuld leugnen konnte. Er gestand freiwillig, versucht zu haben, den heiligen Schrein von St. John zu berauben, und zu seiner Überraschung mußte er feststellen, daß man ihn ferner beschuldigte, Pater Cyrus zu Boden geschlagen zu haben und mit einem Dutzend unschätzbar kostbarer Edelsteine entkommen zu sein. Diese Anklagen waren falsch, und der entrüstete Fuhrmann leugnete sie leidenschaftlich, nur um daraufhin auch noch des gräßlichen Verbrechens eines Mordes beschuldigt zu werden. Er habe einen Kanonikus niedergeschlagen, so hieß es, den verehrten und beliebten Pater Bernard, und trotz seines Protests wollte niemand glauben, daß der Schurke, der den Schrein beraubt hatte, nicht auch den tödlichen Schlag geführt hatte.

Der Priester, der zu ihm kam, um ihm die Beichte abzunehmen, erinnerte den Fuhrmann daran, daß weder Gott noch seine erwählten Diener etwas für Lügner übrig haben, die es vorziehen, ohne Beichte ihrem Schöpfer gegenüberzutreten.

»Bereue oder sei verdammt«, erklärte er, und der Fuhrmann, halsstarrig bis ans Ende, hatte sich beharrlich geweigert, Verbrechen zu gestehen, die er nicht begangen hatte. Die Wachen hatten ihn daraufhin brutal geschlagen, und nachdem der Priester noch einmal kam, um ein volles Geständnis zu hören, mußte er feststellen, daß der Fuhrmann nach wie vor auf seiner ursprünglichen Aussage beharrte.

»Fünf kostbare Steine habe ich gelockert«, sagte er mit blutigen Lippen. »Wenn ein Dutzend verschwunden sind, dann hat ein anderer sie genommen. Und auch die fünf, die ich selbst herausgenommen habe, habe ich fallen lassen, als ich weglief. Ich habe keinen Vorteil von dem gehabt, was ich getan habe, und ich schwöre vor Gott, daß ich den Priester nicht berührt habe. Ich habe niemanden verletzt, nicht den heiligen Pater und auch nicht den heiligen Kanonikus.«

»Lügner!« beharrte der Priester. »Im Namen Gottes,

gestehe deine Sünden und sei erlöst. Ein Mann hängt genausogut für ein Schaf wie für ein Lamm, und während es zu spät ist, dich in dieser Welt noch zu retten, kannst du immer noch deine Seele für die nächste retten. Gestehe und empfange die Absolution. Bereue deine Sünden.«

»Gott kennt meine Sünden«, war alles, was der Fuhrmann sagte.

Und so lagen die Dinge, bis die Wachen zurückkamen und noch einmal versuchten, ihn mit Schlägen zu einem Geständnis zu zwingen. Der Priester, der ihn als den Schänder des heiligen Grabes identifiziert hatte, war bei ihnen, und als die Wachen mit ihrem Werk fertig waren, wollte er wissen, ob der Fuhrmann es noch immer wagte, zu leugnen, Kanonikus Bernard getötet zu haben. Er leugnete es tatsächlich, und Cyrus de Figham, auf dessen falsches Wort hin er verdammt worden war, hatte lediglich gelächelt und mit den Schultern gezuckt, als bliebe das beharrliche Leugnen des Mannes ohne Konsequenz.

Nun lag Harold in dem feuchten Schmutz der Gefängniszelle, die Knie zum Kinn hochgezogen, damit er die Prellungen an Lenden und Bauch nicht so schmerzlich spürte. Die Arme hatte er fest um den Leib geschlungen, um seinen gebrochenen Rippen Linderung zu verschaffen. Er hatte sich übergeben und hustete jetzt; jede Bewegung schmerzte seine Rippen, setzte seinen Bauch in Flammen und erinnerte ihn an die grausamen Schläge mit Knüppeln und Fäusten und die Fußtritte, so daß selbst in seiner Einsamkeit die Gewalt kein Ende nahm. Er betete um Gnade, obwohl er wußte, daß einem Schänder heiliger Gräber keine Gnade zuteil werden konnte, und er flehte um seinen Tod, der nun, da Roger de Pont l'Evèque sein Richter sein sollte, nicht mehr lange auf sich warten lassen würde. Und er betete auch für seine unsterbliche Seele, denn wenn Priester selbst schamlose Lügner waren, die falsches Zeugnis ablegten gegen unschuldige Menschen, wie sollte da ein einfacher Fuhrmann wissen, was Gott von ihm erwartete?

Die Nachforschungen des Erzbischofs von York bezüglich der seltsamen Ereignisse in Beverley begannen am frühen

Morgen des 23. Dezember, dem Tag vor dem Fest der heiligen Victoria. Die Befragung sollte in der Halle im Obergeschoß der Propstei stattfinden, wo man die zerbrochenen Fensterscheiben entweder durch Holzläden oder durch dicke Wandbehänge ersetzt hatte, um die Kälte abzuhalten. Außerdem hatte man frische Binsen auf den Boden gestreut und mit Lavendel und Rosmarin besprenkelt, Weihrauchfässer hingen von den Dachbalken herab und entließen sanfte Kringel aromatischen Dufts, um die Luft mit Wohlgeruch zu erfüllen. Sechs metallene Kohlenpfannen waren im Zimmer aufgestellt worden und wurden nun von einigen Geistlichen niederer Weihen bewacht, damit kein durch die Luft irrender Funke die Binsen in Brand setzen konnte.

Die Stühle der Kanoniker und die Bänke der Priester standen im Halbkreis am anderen Ende der Halle, wobei die wichtigsten unter ihnen auf ein Podest gestellt worden waren. Der private Stuhl des Erzbischofs, der einem Thron gleichkam und seinen Inhaber auf allen seinen Reisen begleitete, war an Pracht nicht zu überbieten. Wenn ein Erzbischof sich in der vollen Würde seines Amtes niedersetzt, muß er das auf eine Art und Weise tun, die seiner erhabenen Stellung würdig ist. Es war ein gewaltiger, breiter Stuhl aus schwerer Eiche, in dessen Holz die Gesichter und Embleme wichtiger Heiliger eingeschnitzt waren. Er war mit Juwelen und poliertem Messing besetzt und zeigte einen geflügelten Engel, der den heiligen Matthäus, den Evangelisten, darstellte und wie ein Baldachin über dem erzbischöflichen Stuhl schwebte. Vor diesem imposanten Thron stand ein zobelbedeckter Hocker, der aus Gold und Silber gefertigt war und die Insignien Yorks trug.

Am Morgen der Befragung, einige Zeit bevor der Erzbischof sein eigenes Haus auf dem Kornmarkt verließ, traf unerwartet Jacob de Wold in St. Peter ein. Er trug einen einfachen Winterumhang über den Gewändern seines Amtes und kam ohne jede Zeremonie, begleitet nur von zwei Vikaren und den niederen Geistlichen seiner Kirche, die er zu seinem Schutz mitgenommen hatte. Erst als er das Skriptorium betrat und seine Kapuze zurückzog, war zu erkennen, um wen es sich bei dem unerwarteten Gast handelte. Der junge Richard wurde geschickt, um Pater Simeon zu holen, der auf dem zerstörten Dach der kleinen Kirche arbeitete. Vom Eingang des Skriptoriums aus sah der Repräsentant des Propstes zu, wie der behende, junge Priester sich vom Dach schwang und mit festem, gleichmäßigem Schritt das zu St. Peter gehörige Gebiet durchmaß. Lediglich an der kleinen Brücke, an der ein hölzernes Kruzifix hing, blieb er einen Augenblick stehen, um sich zu bekreuzigen und den Kopf zu einem kurzen Gebet für Pater Willard zu senken. Dann setzte er seinen Weg fort, um zu seinem wichtigen Besucher zu eilen.

»Er ist tatsächlich nicht mehr lahm«, bemerkte Jacob de Wold und sah Osric an, der neben ihm stand.

»Nein, das ist er nicht mehr«, bestätigte Osric.

»Und es wird viel geredet von Wundern, die in seinem Namen geschehen.«

Osric zuckte mit den Schultern. »Geschwätz. Geschwätz ist immer wohlfeil, vor allem bei den Armen und den Abergläubischen.«

»Geschwätz ist gefährlich«, entgegnete Jacob, »vor allem unter den Mächtigen.«

»Gottes Segen, Pater«, sagte Simeon, als er eintrat. Er war überrascht, daß der alte Mann ihn an der Hand nahm, ihm verdächtig lange tief in die Augen sah und dann mit ernster Stimme fragte:

»Soll ich glauben, daß das Kind tot ist?«

»Das sollt Ihr. Ganz Beverley muß davon überzeugt sein.«

Jacob nickte. »Amen. Gott beschütze ihn. Es gibt viele, die sagen werden, es sei besser so.«

»Ach, wirklich?« Er hielt dem Blick des Stellvertreters des Propstes stand und spürte, daß sie einander verstanden. »Warum seid Ihr hier, Freund Jacob? Wünscht mein Herr Erzbischof, es bekannt zu machen, daß er, wenn es ihm beliebt, den Propst von Beverley benutzen kann, um seinen aufrührerischen Priestern Botschaften zu überbringen?«

»Ich bin nicht auf Wunsch des Erzbischofs hier.«

»Ach, dann gibt es also keine Nachricht?«

»Nur diese, seine Erinnerung an das Gesetz: Wir dürfen keinen Menschen als Heiligen verehren, gleichgültig, wie viele Wunder er tut. Ohne die Erlaubnis der Kurie ist das ein Verstoß gegen das Kirchengesetz.«

Simeons Antwort war genauso ernst. »Was mich betrifft, so habe ich beschlossen, alles abzustreiten, was von mir erzählt wird, bis auf die einfache Wahrheit, daß ich von meinem Gebrechen geheilt wurde.«

»Und dennoch wird überall von Wundern und unglaublichen Taten gesprochen, die im Namen des heiligen Simeon of Beverley geschehen. Diese Geschichten sind dem Erzbischof zu Ohren gekommen und haben Euren Charakter in Verruf gebracht.«

Trotz der ernsten Konsequenzen, die die Worte des älteren Mannes hatten, konnte Simeon nicht umhin zu lächeln. »Die Welt muß wohl kopfstehen«, bemerkte er leise, »wenn ein Mann, der angeblich Tote zum Leben erweckt, Kranke heilt und gute Taten vollbringt, dafür in Verruf gerät.«

»Ehrgeiz und Eifersucht gehen Hand in Hand«, erinnerte Jacob ihn. »Viele fragen sich, warum ein bescheidener Priester von einem Wunder berührt werden sollte, während viel mächtigere, verdientere Männer ohne einen entsprechenden Segen danebenstehen.«

»Würden diese Männer etwa Gottes eigenes Urteil darüber, wen er mit seinem Segen auszeichnet, in Zweifel ziehen?«

»Das würden sie nicht wagen, und sie wären die ersten, die Euch zu Höllenfeuer verdammen würden, wenn Ihr ihnen etwas Derartiges unterstellt. Es ist Eure Ehrlichkeit, die sie in Zweifel ziehen, Simeon, nicht die Gnade Gottes. Sie werden Euch als Lügner bezeichnen und Eure Behauptungen für unwahr erklären.«

»Und doch ist mein Fuß geheilt«, sagte der Priester leise.

»So ist es, mein Freund, und es ist durchaus möglich, daß Ihr schon bald Grund haben werdet, diese Heilung zu bedauern.«

»Niemals. Es ist ein Geschenk Gottes, eine Wunderheilung, und ich werde niemandem gestatten, nicht einmal dem Papst selbst, etwas anderes zu behaupten.«

»Ja, wirklich, mein Freund, daran zweifle ich nicht.«

Jacob nickte nachdenklich und ging den anderen voraus ins Skriptorium, um sich dort am Feuer zu wärmen.

»Der Erzbischof wird in Kürze in der Propstei ankommen«, berichtete de Wold. »Überall in den Straßen stehen Menschen, die auf einen Segen des großen Mannes hoffen, und Hall Garth ist überfüllt mit Pilgern und anderen Menschen, die versuchen, die Aufmerksamkeit ihres Herrn zu erregen. Die notdürftigen Gehwege biegen sich bereits gefährlich unter dem Gewicht all dieser Menschen. Schon jetzt gibt es Berichte darüber, daß ganze Teile zusammengebrochen und viele Unglückliche in den Schlammassen ertrunken sind.«

»Wann wird der Erzbischof erwartet?«

»Direkt nach der Terz und vor dem Vormittagsgottesdienst, und ich fürchte, seine Stimmung wird nicht die beste sein. Meine Männer haben mir berichtet, daß Hugh de Burton und Roger de Clare bereits bei ihm waren, um sich bitter übereinander zu beklagen. Sie haben ihm lange Listen mit Anschuldigungen überreicht, und jeder von ihnen verlangt eine Entschädigung für den Schaden, den der andere ihm angeblich zugefügt hat. Sie werden dem armen Geoffrey keinen Augenblick von der Seite weichen, bis er endlich ins Grab sinkt und das Amt des Propstes wieder frei wird. Sie schimpfen und jammern wie streitsüchtige Fischweiber. Das alles war bereits genug, um diesen Oberherrn von Beverley zu verstimmen, noch bevor seine Untersuchung auch nur begonnen hat.«

Simeon zuckte seufzend mit den Schultern. »Ich kann kein gerechtes Urteil von diesem Erzbischof erwarten«, sagte er ohne Bitterkeit.

Jacob nickte. »Ihr habt die Situation durchschaut, und jene, die Euch am meisten bewundern, tun am wenigsten, um Eurer Sache zu dienen. Während sie Euer Loblied zu laut singen, als daß man es ignorieren könnte, beschuldigen Euch Eure Feinde, diese ganze Sache zu Eurer persönlichen Verherrlichung erfunden zu haben. Der Erzbischof hat keine Geduld mit jenen, die noch zu Lebzeiten zu Heiligen gemacht werden, und er hat auch keine Geduld mit Beverley und der Macht, die es verkörpert. Wenn Ihr ein wahrer Mann Yorks wäret, wenn all diese Ereignisse unter seiner eigenen Rechtsprechung stattgefunden hätten, hättet Ihr ihn vielleicht verständnisvoller gefunden. So, wie die Dinge liegen, kommt Ihr jedoch aus dem Nichts. Ihr seid lediglich ein begabter, aber einfacher Schreiber, ein Priester, der bis vor kurzem vollkommen unbekannt war, und Euretwegen muß der Erzbischof sich nun großer Unbequemlichkeit aussetzen.«

Simeon sah ihn mit ruhigem Blick an. »Spricht er von Verbannung? Den vier Rittern, die den heiligen Thomas Becket ermordeten, wurde keine größere Buße auferlegt. Welches Verbrechen habe ich begangen, daß ich mit ihnen zu vergleichen wäre?«

»Ihr seid überhaupt keines Verbrechens schuldig«, wandte Jacob ein.

»Und doch wird dieser Erzbischof mich zu sieben leeren Jahren in jener Wildnis verbannen, die wir das Heilige Land nennen?«

Jacob schüttelte den Kopf. »Er ist jetzt nicht mehr ganz so glücklich über diese Lösung. Ich habe ihn an Eure lange und harte Arbeit bei der Übersetzung der Urkunden des Münsters erinnert, Übersetzungen sowohl ins Französische als auch ins Angelsächsische. So viele Eurer alten Dokumente hätten verlorengehen oder mutwillig zerstört werden können, hättet Ihr Euch nicht mit Eurem beharrlichen Fleiß darum gekümmert. Ja, wirklich, hättet Ihr die kostbaren Archive nicht hier in Euer Skriptorium gebracht, um sie zu kopieren, wäre alles bei der Überflutung der Verliese unter dem Münster verlorengegangen.«

»Aber ich habe das ohne Erlaubnis getan«, rief Simeon ihm ins Gedächtnis. »Ich habe aus eigenem Antrieb an mich genommen, was sonst niemand haben wollte. Wir ernten keinen Dank für unsere Bemühungen, Jacob. Man nennt uns lediglich Emporkömmlinge und betrachtet uns mit Argwohn.«

»Dennoch ist Eure Arbeit sowohl für York als auch für Beverley sehr wichtig, und wir, Cuthbert und Alban, Thorald, Antony und ich haben es zu unserer Sache gemacht, unsere Stimme für Euch zu erheben. Jetzt, da sein eigener, bester Schreiber an einer Lungenkrankheit gestorben ist, wäre es vielleicht gar nicht so schlecht für Roger de Pont, in Beverley nach einem Ersatz Ausschau zu halten.«

»Ich bin Euch sehr dankbar, Jacob«, erwiderte Simeon lächelnd.

»Schenkt dem Allmächtigen Eure Dankbarkeit dafür, daß er Euch solche Fähigkeiten gegeben hat, die Euch hierbleiben lassen, statt Euch auf eine siebenjährige Pilgerfahrt zu schicken, an der auch die Hälfte der Schurken und Vagabunden der Christenheit teilnehmen wird. Ich zweifle daran, daß Ihr das ganze Unternehmen überleben würdet.«

Osric lachte über diese Feststellung. »Simeon hat genug Kraft und Mut, die Reise zu machen, wenn es sein muß. Welche Schlechtigkeiten der Erzbischof auch ersinnen mag, diesen Priester wird er nicht zerbrechen.«

»Das bezweifle ich ebenfalls«, erwiderte Jacob, »und ich glaube genausosehr wie Ihr an Simeons Kraft. Wie die meisten seiner Freunde habe ich jedoch Grund zu fürchten, daß er nicht einmal eine halbe Meile weit kommen würde, bevor seine Feinde ihn von hinten niederschlagen würden.«

Ihre Unterhaltung machte nun einem nachdenklichen Schweigen Platz, und Richard, der auf einem niedrigen Schemel neben dem Feuer hockte, beugte sich vor, um frischen Torf auf das Gitter zu legen. Die anderen sahen zu, wie die Funken durch die Luft tanzten, und schließlich sprach Jacob de Wold mit leiser, tiefer Stimme weiter. »Ihr seid gehalten, nicht bei der Befragung zu erscheinen, ja, Euch sogar nicht einmal außerhalb der Grenzen von St. Peter zu zeigen, bis der Erzbischof persönlich Euch rufen läßt. Seit zwei Tagen kursiert das Gerücht, daß das mysteriöse Kind tot ist, zusammen mit der Amme, die als Zeugin, wenn auch als eine von zweifelhaftem Ruf, für Euren guten Charakter aussagen sollte. Ich soll die Gerüchte als Tatsache bestätigen und die Ergebnisse meiner Nachforschungen persönlich an Roger weiterleiten. Wenn das geschehen ist, wird man kein Wort mehr von Ehebruch oder Unkeuschheit hören.«

»Aber die Wahrheit ist doch, daß der kleine Peter hierhergebracht wurde …«

»Pst! Ihr müßt, was das betrifft, von nun an schweigen, Simeon. Wir sind uns alle einig, daß das Kind tot ist. Alles weitere ist reine Spekulation und unglaubwürdig. Dieser Peter existiert nicht.«

»Aber viele haben ihn gesehen, und Elviras eigener Ehemann wird schwören …«

»Elviras Mann ist mit unbekanntem Ziel aufgebrochen, und was die Amme selbst betrifft …« Jacob lächelte und breitete die Hände aus. »Ihr Leichnam liegt irgendwo auf dem Grund von St. Theodors See, und wie viele glaubwürdige Zeugen können wirklich beschwören, sie hier unter Eurem Dach gesehen zu haben? Wenn Eure Feinde Euch beschuldigen, auf Kosten der Kirche Eure Mätresse hier zu versorgen, werdet Ihr dies leugnen, und zwar mit Recht. Damit wäre die Angelegenheit dann erledigt.«

»Und das soll schon alles sein?«

»Nein«, sagte Jacob und zeigte auf Simeons geheilten Fuß. »Das, mein Sohn, dieses Wunder, das Euch widerfahren ist, das bleibt noch zu klären.«

»Tatsächlich?«

»O ja.« Jacob de Wold stand auf, eifrig darauf bedacht, nicht die Zeit der Terz zu überschreiten, damit der Erzbischof nicht in Hall Garth ankam, ohne daß der Repräsentant des Propstes ihn dort willkommen heißen konnte. »Denkt lange und gut darüber nach, Simeon of Beverley. Der Mörder von Kanonikus Bernard ist gefunden worden und wird nun der Gerechtigkeit zugeführt werden. Der Hochaltar wurde während einer Mitternachtsmesse, zu der die Öffentlichkeit keinen Zugang hatte, neu geweiht. Hundert und mehr Aussagen müssen gehört und niedergeschrieben werden, Verbrechen geringfügiger Häresie und Gotteslästerung gerichtet, Wunderheiler gezüchtigt und wilde Prediger bestraft werden. Wenn es soweit ist, daß man Euch vor Eure Richter bringt, Simeon, mein Freund, ist Euer Anspruch auf Heiligkeit, oder wie finstere Feinde das auch immer nennen mögen, das einzige, was noch übrig bleibt.«

Simeon geleitete seinen Besucher zur Tür und schüttelte ihm dort herzlich die Hand.

»Ich danke Euch, mein Freund«, sagte er.

»Gott schütze und bewahre Euch, Simeon.«

Jacob de Wold verließ St. Peter so, wie er gekommen war, eine unerkennbare Gestalt in dunklem Mantel und Kapuze. Er und seine kleine Schar, seine Vikare und die niedrigen Geistlichen, machten sich mit schnellen Schritten auf den Weg. In der Nähe des Pfründnerhauses, in dem Wulfric de Morthlund als Stellvertreter seines abwesenden Kanonikus residierte, trafen sie auf eine brodelnde Volksmenge. Eine lärmende Menschenmenge hatte sich dort versammelt, erregte Männer und Frauen, die erst beiseite traten, als Jacob sich zu erkennen gab. Es gelang ihm, in das Zentrum des Tumultes zu kommen, und dort fand er einen Mann, der an einem Baum hing. Irgend jemand war durch die Stadt gelaufen und hatte die Neuigkeit verbreitet, daß der Mörder von Kanonikus Bernard zur Befragung in die Propstei gebracht werden sollte, und zwar nur mit einer einzigen unbewaffneten Wache zu seinem Schutz. Wie vorherzusehen war, waren die Leute aus der Stadt in Scharen zu dem Haus geströmt, fest entschlossen, die Frage von Schuld oder Unschuld dieses Mannes selbst in die Hand zu nehmen. Als man den Gefangenen halb bewußtlos aus dem Haus zerrte, fielen sie über ihn her wie ein Rudel wilder Hunde und erhängten ihn, bevor auch nur eine einzige Stimme Einwände erheben konnte.

Jacob ließ den Mann abschneiden und sprach ein Gebet für seine unsterbliche Seele. Dann wies er einen seiner Vikare an, nach St. Peter zurückzueilen und die Priester dort von dem Schicksal des Fuhrmanns zu informieren, damit sie noch wachsamer waren, was Simeon betraf. Dann ging er mit ernstem Gesicht zur Propstei, und seine Gedanken waren noch aufgewühlter und unruhiger als zuvor.

»Man hat den Mann ohne Schutz von hier weggebracht«, sagte er einige Zeit später tadelnd zu Wulfric de Morthlund, während sie gemeinsam ihren Platz in der überfüllten Halle einnahmen. »Er war Euer Gefangener, Ihr hattet die Verantwortung für ihn.«

»Das ist richtig«, pflichtete Wulfric ihm bei. »Und der Wachmann, der diese schreckliche Tat zugelassen hat, wird für seinen Mangel an Sorgfalt auch entsprechend bestraft werden.«

»Ist das alles?«

»Alles?« wiederholte Wulfric. »Was sonst noch könntet Ihr von mir verlangen?«

»Ich könnte verlangen, daß Ihr darüber nachdenkt, ob der Fuhrmann nicht vielleicht unschuldig war, was den Mord an Kanonikus Bernard betrifft.«

»Dann wollen wir uns mit dem Wissen trösten, daß er für die Entweihung des heiligen Schreins und seinen Angriff auf einen Priester gehängt wurde, zwei Verbrechen, von denen wir auf jeden Fall wissen, daß er sie begangen hat.«

Jacob de Wold blieb stehen und sah de Morthlund ins Gesicht. »Harold, der Fuhrmann, sollte hier verurteilt werden, heute, und zwar für einen Mord«, sagte er ruhig. »Der Pöbel hat ihn wegen des Mordes an Kanonikus Bernard ergriffen und erhängt, und nach allem, was wir wissen, ist es durchaus möglich, daß er in dieser Hinsicht unschuldig war.«

»Mein lieber Herr Propst«, erwiderte Wulfric mit einer kurzen, steifen Verbeugung und einem Augenzwinkern, wobei er Jacob vorsätzlich mit einem Titel ehrte, auf den er keinen Anspruch hatte. »Ehrliche Männer, deren Wort noch nie in Zweifel gezogen wurden, haben den Mann in höchst verdächtigen Umständen gesehen. Er hat unseren heiligen Schrein ausgeraubt, hat einen Priester angegriffen und einen anderen beinahe niedergetrampelt, als er versuchte, seiner gerechten Strafe zu entgehen. Und wenn dies alles noch nicht ausreicht, um ihn zu hängen, haben wir nun seine eigene Aussage, in der er den Mord gesteht.«

»Er hat gestanden? Aber ich habe gehört …«

»Der Mann hat gestanden«, unterbrach Wulfric ihn mit einem freundlichen Lächeln. »Ihr könnt mein feierliches Wort darauf haben, mein lieber Herr Propst. Und sollte es sich als notwendig für mich erweisen, dies zu tun, werde ich vor meinem Herrn Erzbischof von York einen Eid schwören, daß der Pöbel ihn, der gestanden hat, Kanonikus Bernard getötet zu haben, für seine Verbrechen gehängt hat.«

Mit einer neuerlichen Verbeugung wandte de Morthlund sich nun ab, ein dunkelrot gewandeter Hüne von einem Mann.

Pater Jacob, der ein ehrlicher Mann war, bekreuzigte sich und erbat Vergebung für seine unfreundlichen Gedanken. Dann legte er sein Gesicht in Falten und murmelte leise: »Möge er, der falsches Zeugnis in diesem Leben ablegt, im nächsten eine gerechte Strafe für seine Sünden erhalten.«

Als er seinen Platz auf dem Podium einnahm, blickte er der Reihe nach zu Cuthbert, Alban und Thorald hinüber. Wie er waren auch sie um Simeons Sicherheit besorgt, und diese Sorge würde nicht geringer werden, wenn sie von der vorzeitigen Hinrichtung des Fuhrmanns erfuhren. Wenn das gewöhnliche Volk von raffinierten Männern aufgehetzt wurde, wurde es zu einem rachsüchtigen Pöbel, der einen Priester genauso bereitwillig erhängen würde wie einen Fuhrmann.

Kapitel 29

Es war schon fast Zeit für die Vesper, als endlich die Nachricht eintraf, daß Simeon sich zur Propstei aufmachen solle, um dort vor den Erzbischof und seine Kanoniker zu treten. Mittlerweile gab es keinen Zweifel mehr, daß ein Priester aus St. Peter während des Sturms, der halb Beverley zerstört hatte, Gegenstand übernatürlicher Mächte geworden war. Die Frage, die den meisten Menschen nicht aus dem Kopf ging, war diese: War er von Gott berührt oder vom Teufel verführt worden?

»Man könnte Euch für einen ehrlichen Mann halten«, warnte Kanonikus Cuthbert ihn mit ernster Stimme, »und

Euch trotzdem verdammen. Euer Schicksal hängt nicht länger davon ab, ob die Ereignisse jener Nacht bewiesen werden können oder nicht, denn Ihr braucht lediglich das Zimmer zu betreten und zu zeigen, daß Ihr von Eurem Gebrechen geheilt worden seid. Aber sowohl Eure Feinde als auch Eure Freunde werden sich fragen, ob Ihr ein unschuldiger Priester oder das Werkzeug des Teufels seid.«

»Und gleichgültig, wie die Sache ausgeht, könnte ich dafür in die Verbannung geschickt werden«, ergänzte Simeon. »Man könnte mich durchaus für ein Jahrzehnt der Pilgerfahrt verurteilen, um so meine Seele von der Gunst des Teufels zu reinigen, oder man schickt mich nach Rom und von dort aus ins Heilige Land, um für ein Wunder zu danken. Egal, wie die Entscheidung ausgeht, ich bin verloren. Was soll ich tun?«

»Den Jungen beschützen«, sagte Cuthbert.

»Um jeden Preis?«

»Nur Ihr selbst könnt das entscheiden.«

Die Sonne ging unter, und wieder einmal war ein schwerer Nebel von der Küste aus über Land gekrochen. Feucht und kalt legte er sich über die Dächer und sammelte sich in den Gassen. In seinem Schutz war Simeon mit einem Flachboot über das überflutete Weideland zum Kloster von St. Anne gefahren, um dort in der Abgeschiedenheit der Privatgemächer der Äbtissinnen seinen Patensohn in den Armen zu halten. Peter war trotz seiner beinahe tödlichen Verletzung gesund und munter – dank des schnellen Eingreifens des Hospizbruders und Elviras Fürsorge. Die runzlige Wunde auf seinem Hals war von leuchtendem Rot, und die hastigen, groben Stiche, mit denen Osric sie vernäht hatte, waren noch immer deutlich zu sehen.

»Ich habe die ganze Zeit gebetet, bis jetzt«, sagte er zu dem Jungen, »und ich weiß immer noch nicht, was ich tun soll. Der, der dich hergebracht, ist nun nicht mehr da. Er hat dich einfach in meine Obhut gegeben und deine Zukunft in meine Hände gelegt. So sei es, Kind. Wenn niemand mich leitet oder mir Anweisungen gibt, kann ich nichts anderes tun, als das, was mein Herz mir befiehlt. Wenn ich mich irre, dann bitte ich um Vergebung, aber im Augenblick weiß ich nur, daß du leben mußt, und dafür würde ich meine Seele verkaufen, falls man einen solchen Preis von mir verlangen sollte.«

Das Kind sah ihn mit verschleiertem Blick an, und sein Gesichtsausdruck war so still und ernst, daß Simeon einen unheimlichen Augenblick lang glaubte, das Kind habe jedes einzelne Wort verstanden. Er machte ein Kreuzzeichen auf Peters Kopf, Brust und Schultern, drückte dann seine Lippen auf die kleine Stirn des Kindes und spürte die plötzliche Hitze von Tränen in seinen Augen brennen. Der Schmerz in seiner Brust war eine neuerliche Erinnerung an seine Verpflichtung gegenüber einer Sache, die er nicht wirklich verstand.

»Ist das die Liebe?« fragte er mit immer noch geschlossenen Augen, und als er sie von neuem öffnete, war Elvira zurückgekehrt. Sie stand in der offenen Tür, ihre Wangen waren feucht von Tränen, und auf ihrer Haut lag immer noch die fahle Blässe des Krankenbetts. Sie nickte wie zur Antwort auf seine Frage, und in ihren großen dunklen Augen sah er, daß auch für sie die Liebe eine Qual war, etwas Grausames und Schmerzliches.

Er legte das Kind in ihre wartenden Arme, berührte seine Lippen mit dem Daumen und zeichnete noch ein weiteres kleineres Kreuz auf die Stirn des Säuglings. Dann machte er dasselbe Zeichen auf Elviras Kopf, zwischen ihre Augen und beugte sich, einem plötzlichen Impuls gehorchend, hinunter, um diese Stelle auch mit seinen Lippen zu berühren. Er spürte, wie ein plötzliches Zittern sie beide durchlief und war sich nicht sicher, wo es begann und wo es endete, nur daß es etwas war, das sie miteinander teilten. Einen Augenblick später hatte sich die schwere Tür des Raumes zwischen ihnen geschlossen. Noch immer leuchteten helle Tränen in seinen Augen, als er sich die Kapuze über den Kopf zog und zu seinem Boot hinüberging. Er wußte nicht, wann oder ob er es überhaupt wagen würde, nach St. Anne zurückzukehren, um die Frau und das Kind wiederzusehen.

Nun war es Abend, die Vesperglocke läutete, und Simeon

war auf dem Weg, um sich vor dem Erzbischof und den anderen Würdenträgern der Kirche zu verantworten. Noch immer quälte ihn der dumpfe Schmerz des Abschieds, der wie ein schwerer Stein in seiner Brust lag. Er hätte am liebsten den Kopf zurückgeworfen und dem Himmel seinen Zorn entgegengeschrien. Statt dessen ging er mit grimmigem Gesicht direkt zur Propstei, wo man ihn in einen Warteraum führte und anwies, auf das Zeichen seiner Lordschaft zu warten, bevor er sich dem Podest näherte. Es war in diesem kleinen, eichenvertäfelten Raum, daß er schließlich und endlich die Kraft fand, zu seinen Überzeugungen zu stehen. Im Licht einer einzigen Fackel fiel sein Schatten, dunkel und verzerrt, auf die Wand und erinnerte ihn an jene Schattengestalt, die aus einem unnatürlichen Sturm getreten war, um sein ganzes Leben zu verändern. Er erinnerte sich an das, was sein Mentor, Pater Cuthbert, ihm als Kind beigebracht hatte, daß man nämlich alles, was erklärt wird, schnell wieder vergißt, während das Unerklärliche, das Geheimnisvolle, für alle Zeiten dem Menschen im Gedächtnis bleibt. Diese Lektion, die er vor so vielen Jahren erhalten hatte, wies ihm nun seinen Weg.

»Gütiger Gott, dies wird nicht leicht sein«, sagte er laut und hörte die Antwort tief aus seinem eigenen Herzen: »Tu, was du mußt, um Peters willen.«

Hinter der Tür des Vorzimmers hatten sich etwa zweihundert Kirchenmänner versammelt, um an der Befragung teilzunehmen. Viele hatten sich ihre Bärte abgeschnitten und sich in aller Hast den Schädel scheren lassen, um dem Erzbischof zu gefallen, denn wenn es nach ihm gegangen wäre, hätte man alle Männer der Kirche lange schon dazu gezwungen, ihren Gehorsam der Kirche gegenüber auf diese Weise zu zeigen. Wie so viele Mitglieder des gehobenen Klerus seiner Zeit betrachtete er die einfache Tonsur als ein Unterpfand des himmlischen Königreichs und als ein Symbol des Wunsches, Vollkommenheit zu erlangen. Mehr als das, es sagte ihm auf den ersten Blick, welcher Priester demütig war und welcher nicht, denn letzterer glaubte immer noch, sein eigener Herr zu sein.

In der letzten Stunde hatten selbst die mildesten Männer Rogers Geduld auf eine harte Probe gestellt, und die ganze Angelegenheit hatte einen ohnmächtigen Zorn in ihm geweckt. Steven Goldsmith, Kirchenschüler und Handwerksmeister, weigerte sich nach wie vor beharrlich, seine Grundstücke an der Eastgate seinem Herrn Erzbischof zu überlassen. Er besaß die Gemarkung, auf der St. Peter stand, und York könnte große Gewinne machen, wenn er sie aufgeben würde. Die Kirche von St. Peter hatte die Überreste des Bischofs von Beverley beherbergt, bevor dessen Heiligsprechung ihm einen erhabeneren Ruheplatz gesichert hatte. Diese Kirche hatte eine zu große Bedeutung in der Stadt. Man sollte sie schließen und langsam verfallen lassen und all die unverschämten Männer, die ihr dienten, vertreiben. Aber Stephen Goldsmith hätte seine Ländereien eher gewöhnlichen Mönchen überlassen, wenn er das gewagt hätte, als sie für einen schönen Gewinn an seinen Herrn Erzbischof von York zu verkaufen.

Als Simeon of Beverley die Halle der Propstei betrat, kehrte eine plötzliche Stille ein. Der Priester durchmaß langsam die ganze Länge des großen Raumes bis an das andere Ende, wo all die Stühle aufgestellt waren. Er sah beeindruckend aus in seinem kostbaren, braunen Umhang und den gut verschnürten Stiefeln, den Kopf hoch erhoben und den Blick fest auf sein fernes Ziel gerichtet, während der Ring seines Haares, das seine Tonsur umgab, im Fackellicht wie ein goldenes Band leuchtete. Jedes Auge war auf ihn gerichtet, während er das Zimmer durchschritt, wobei er ein Bein nachzog wie ein Krüppel.

Jene auf dem Podest sahen ihm entgegen. Einige hatten sich halb von ihren Stühlen erhoben, während andere ihn argwöhnisch anstarrten und wieder andere ihn mit einem zufriedenen Lächeln begrüßten. Als der humpelnde Priester das Podest erreichte, senkte er respektvoll seinen Blick vor dem strengen, unnachgiebigen Mann, der bei seiner Ordination den Gottesdienst geleitet hatte. Der Schreiber und Ratgeber des Erzbischofs, Egwin of Durham, erhob sich elegant von seinem Sitzplatz und räusperte sich vernehmlich. Zu klein und zu schlank, um eine imposante Gestalt zu sein, hatte Durham doch die Befriedigung, zu wissen, daß seine laute, kräftige Stimme den ganzen Raum füllen würde, wenn er die Liste der Anklagen vorlas, die man gegen diesen so gelassen wirkenden Priester vorgebracht hatte. Kein Laut war zu hören bis auf das gelegentliche Rascheln schwerer Roben auf den Binsen, aber noch bevor der erzbischöfliche Ratgeber zu sprechen beginnen konnte, wies sein Herr ihn mit einer ungeduldigen Handbewegung auf seinen Stuhl zurück und sprach Simeon direkt an.

»Ihr humpelt ja, Simeon of Beverley«, bemerkte er.

Simeon verbeugte sich noch einmal und zog seinen lahmen Fuß enger an seinen Körper, wobei er seine breite Schulter auf dieser Seite ein wenig absenkte, so daß er nun wie ein echter Krüppel vor dem Erzbischof stand. »Mein Fuß wurde bei einem Unfall verletzt, als ich noch ein Kind war, mein Herr«, erwiderte er.

»Das habe ich gehört, obwohl man sich in letzter Zeit auch eine andere Geschichte erzählt.«

»Mein Herr?«

Auf dem Gesicht seiner Lordschaft leuchtete nun sein ganzes Interesse auf. Es war ihm gerade in den Sinn gekommen, daß er diese ermüdende Befragung vielleicht auf der Stelle beenden konnte. Wenn ihm das gelang, konnte er möglicherweise gleich am nächsten Tag bei Anbruch der Morgendämmerung mit seinem Gefolge wieder aufbrechen und sich auf den Weg zu seinem behaglichen Schloß und seiner hübschen, jungen Geliebten in Lincolnshire machen. Eine Tagesreise, vom Sonnenaufgang bis Sonnenuntergang, und er könnte rechtzeitig zu Hause sein, um dort ein luxuriöses Weihnachtsfest zu genießen. Mit einer eleganten Handbewegung wies er seine Sekretäre an, alles mitzuschreiben, während er den Priester mit gerunzelter Stirn betrachtete.

»Simeon of Beverley, ist Euer verkrüppelter Fuß durch ein Wunder geheilt worden?«

Simeon hob und senkte seine ungleichen Schultern. »Mein Herr, ich bin so, wie Ihr mich hier vor Euch seht.«

Der Erzbischof sah sich mit einem beinahe triumphierenden Lächeln um, obwohl ihm das erstaunte Flüstern, das plötzlich durch die Versammlung lief, nicht entging. Er hob die Stimme, um sicherzustellen, daß seine Stimme in jedem Winkel des Raums gehört werden konnte.

»Es heißt, Euch sei das gesegnete Geschenk einer Heilung zuteil geworden – durch einen göttlichen Boten, der mit dem Sturm auf den Fersen zu Euch gekommen ist.«

Simeon breitete die Hände aus, und sein Gesicht war eine Maske der Unschuld. Dann ließ er ein geduldiges, beinahe trauriges Lächeln um seine Lippen spielen. »Diese Leute irren sich, Herr, denn ich weiß nichts von einem solchen Boten«, erwiderte er und erinnerte sich daran, daß Petrus, Christi Jünger, eine ähnliche Behauptung aufgestellt hatte, um sich nicht durch sein Bekenntnis zu Jesus in Schwierigkeiten zu bringen.

Nun beugte der Erzbischof sich auf seinem großen, geschnitzten Thron vor und sah Simeon mit zusammengekniffenen Augen an. Einen bequemeren Ausgang seiner Befragung hätte er sich nicht erhoffen können. Im Augenblick der Wahrheit hatte dieser kluge, junge Priester es vorgezogen, den Weg des geringsten Widerstandes zu wählen. Er hatte seine Arroganz gezügelt, was auch ganz richtig war im Angesicht einer höheren Macht.

»Und was ist mit dem Kind?«

»Mein Herr?«

»Nun, haltet mich nicht zum Narren, indem Ihr so tut, als hättet Ihr von diesem Gerücht nichts gehört. Die ganze Stadt flüstert von einem geheimnisvollen Kind, das mit seiner Mutter in St. Theodors See ertrunken sein soll. Es heißt, das Kind sei Euer Patensohn oder Euer Bastard.«

Simeon sah seinem Gegenüber in die Augen und wußte, daß er den Mann und die Situation richtig eingeschätzt hatte. Roger de Pont l'Evèque of York würde den Strohhalm ergreifen, den er ihm anbot, und sich mit allem zufrieden zeigen, was nicht die Aufmerksamkeit seines Monarchen oder seines Papstes erforderte.

Der Priester breitete die Hände aus. »Mein Herr, ich bin ein einfacher Schreiber, ein Priester von St. Peter, der Gott und der Kirche in emsiger Zurückgezogenheit dient. Welche Geschichten die Leute sich auch von mir erzählen – ich kann nur alles Wissen von einem solchen Kind, ob lebendig oder tot, leugnen.«

»Ihr habt keinen Bastard gezeugt?«

»Mein Herr, Ihr selbst wart Zeuge, wie ich bei meiner Ordinierung einen Keuschheitsschwur abgelegt habe. Und Gott ist mein Zeuge, ich habe diesen Schwur nicht gebrochen.«

»Dann habt Ihr keine Geliebte?«

»Nein, die habe ich nicht, denn ich habe Keuschheit geschworen.«

»Und Ihr habt keine persönliche Beziehung zu diesem Kind, von dem die Leute reden?«

»Nicht die geringste, mein Herr.« In seiner Phantasie hörte er das Krähen eines Hahns, der gegen diese Verleugnung protestierte. »Ich weiß von keinem Wunder, von keinen besonderen Mächten, von keinem geheimnisvollen Boten und von keinem Kind.«

Seine Antwort sandte eine Woge verblüfften Flüsterns durch die Halle. Der Erzbischof hob beide Hände, um Schweigen zu gebieten.

»Habt Ihr sonst noch irgend etwas dieser Sache hinzuzufügen?«

»Nichts, mein Herr.«

»Damit ist die Sache also erledigt?«

»Was mich betrifft, ja«, erwiderte Simeon und verlagerte sein Gewicht mit unbeholfenen Bewegungen auf seinen anderen Fuß, so daß sein strenger Inquisitor an sein Gebrechen erinnert wurde.

Der Erzbischof lehnte sich in seinem Stuhl zurück, bis sein Gesicht im Schatten unter den Flügeln des Engels verschwand, der in den Baldachin geschnitzt war. Man konnte nur noch das Funkeln seiner Augen sehen, während er sich nachdenklich das Kinn rieb und in Simeons Gesicht nach einer Spur von Trotz suchte. Als er keinen entdeckte, war er zufrieden, denn die ganze Angelegenheit würde nun weiter in seiner Zuständigkeit liegen, und er konnte Weihnachten doch noch zu Hause verbringen.

»Nun gut, Ihr dürft in Euer Skriptorium zurückkehren«, sagte er schließlich, »und wartet dort auf die Anweisungen meines Sekretärs. Ich habe gute Lust, Eure besonderen Fähigkeiten zum Wohle Yorks zu nutzen, für eine Angelegenheit, die Euch und Eure Kopisten auf Jahre hinaus beschäftigen wird. Geht jetzt. Genießt Euer Leben in der Abgeschiedenheit, denn eine friedliche Existenz ist schon an sich ein Segen.«

»Mit Eurer gütigen Erlaubnis, mein Herr ...«

Als der Erzbischof noch einmal kurz nickte, drehte Simeon sich um, um zu gehen. Er wußte, daß noch einmal aller Augen auf ihm ruhen würden, während er den langen Weg zur Tür zurücklegte. Er sah keinen Mann direkt an, war sich jedoch der Anwesenheit von Cyrus de Figham und Wulfric de Morthlund bewußt, der von Kanonikus Cuthbert, Daniel Habicht, Alban, Thorald und Jacob de Wold. Er war sich derer bewußt, die vor Erleichterung seufzten oder zufrieden lächelten, und derer, die voller Bewunderung für sein kluges Taktieren waren, und derer, die ohne Scham weinten, weil ihre Hoffnung auf ein Wunder so leichthin beiseite gewischt worden war. Er wußte, daß viele Menschen zumindest eine Zeitlang vieles von ihm erhofft hatten. Nun hatte er sich darangemacht, sein früheres Leben wieder aufzunehmen, und so, als wären die letzten beiden Wochen ausgelöscht worden, hatte er sich wieder zu dem gemacht, was er früher gewesen war: Er war der lahme Schreiber von St. Peter, nicht mehr und nicht weniger. Nun ging er mit seinem gewohnt unbeholfenen Gang zur Tür, vorbei an den langen Reihen von Priestern, die ihm mit offenem Munde nachsahen. Seinen scheinbar nutzlosen, steifen Fuß zog er mühsam hinter sich her, so wie er es fast sein ganzes Leben lang getan hatte.

An der Tür stand eine Reihe von Männern, die herbeizitiert worden waren, um Aussagen zu machen oder auf Fragen des Erzbischofs zu antworten. Antony, der Mönch, und Osric, der Hospizbruder, waren unter ihnen. Mit grimmigem Gesicht traten sie beiseite, um Pater Simeon vorbeihumpeln zu lassen, und als er direkt neben ihnen stand, konnten nur sie die Worte hören, die er ihnen zuflüsterte.

»Jetzt ist er in Sicherheit«, sagte er zu ihnen, und der Preis, den er für diese freche, öffentliche Lüge hatte zahlen müssen, wurde in seiner Stimme und in der schrecklichen Bleichheit seines Gesichts offenbar. »*Jetzt* ist der Junge in Sicherheit.«

Wie ein Lauffeuer verbreitete sich die Nachricht in den Straßen von Beverley, und mit der Unbeständigkeit, die die Natur des Menschen kennzeichnet, wurde der Priester, der noch bis vor kurzem als Heiliger verehrt wurde, zum Gegenstand der Verachtung der Menschen. Mühelos gelang es ihnen, seine sogenannten Wunder dem heiligen John of Beverley zuzusprechen, und jene, die in Simeons Namen geheilt worden waren, machten sich nun über den Priester lustig und dankten statt dessen dem Heiligen. Und weil das Ziel ihrer Verachtung außerhalb ihrer Reichweite war, wurde nach der Manier des Pöbels der übereifrige Vincent als Sündenbock ausgewählt, denn er hatte die Kranken geheilt und neue Hoffnung in Simeons Namen gepredigt, und er hatte gelogen. Als die Nachricht von Simeons Demütigung kam, fühlten sich jene, die ihn hoch geschätzt hatten, betrogen, während die, die ihn gefürchtet hatten, die Chance ergriffen, ihm etwas Böses zu tun, indem sie den Pöbel mit leisen Stimmen und geflüsterten Worten immer weiter aufhetzten.

Es war eine Frau namens Hannah, die Ehefrau des Salzhändlers, die den Leichnam Bruder Vincents fand, nachdem die Menge ihren Zorn an ihm ausgelassen hatte. Man hatte ihn an der Mauer des Münsters gesteinigt, und wären seine Roben nicht gewesen, hätte man ihn hinterher nicht wiedererkennen können. Noch im Tod hatte er den Streifen bestickten Tuchs, den er von Simeons Gewand abgerissen hatte, umklammert. Die Frau zerrte ihn aus seinen Fingern, preßte ihn an ihre Brust und verbarg ihn unter den dunklen Falten ihres Kleides, um ihn mit nach Hause zu nehmen, wo sie ihn wie einen Schatz versteckte. Sie war überzeugt davon, daß, wenn die Wogen sich geglättet hatten und die Menschen wieder zu sich kamen, diese heilige Reliquie, die einst im Zentrum so großer Ehrerbietung gestanden hatte, überaus kostbar sein würde.

Direkt nach der Befragung wurden die Tore zur Gemarkung von St. Peter fest verschlossen und mit Wachtposten versehen, und wieder einmal wurde der schwere Eichenbalken vor die Tür des Skriptoriums gelegt. Ob der lahme Priester Simeon um eine Geliebte und einen Sohn trauerte, die im See von St. Theodor ertrunken waren, oder ob er es nach Manier der Feiglinge einfach vorzog, den Konsequenzen seines Tuns auszuweichen, war ein Thema, das die Stadtbevölkerung nur für kurze Zeit interessierte. Welche Motive auch immer ihn dazu trieben, er hielt sich von der Öffentlichkeit fern, und wenn er die Gottesdienste, zu denen sein Amt ihn rief, einhielt, so tat er das ganz allein für sich, mit niemandem außer Gott, der seine Andacht bezeugen konnte.

Das Jahr näherte sich seinem Ende, das neue Jahr begann mit großer Feierlichkeit, und von Anfang an sah es so aus, als hätte das Unglück, das Beverley befallen hatte, nun seinen Widerhall auf einer weit größeren und öffentlicheren Bühne gefunden. Der Sturm war wie ein Stein in ruhige Wasser gefallen. Er brachte dem Ort, über den er hereinbrach, Schaden und schlug Wellen, die weit über das Zentrum seines Wirkens hinausreichten und auch die ruhigeren Wasser in der Ferne noch berührten.

Kaum war seine Eminenz, der Erzbischof von York, in sein Schloß in Lincoln zurückgekehrt, da kam auch schon die Nachricht, daß er ernsthaft erkrankt sei. Er gab den Sümpfen und der feuchten Luft von Beverley die Schuld daran und schwor, daß er, falls er je das Unglück haben sollte, dorthin zurückkehren zu müssen, dies nur mit einer entzündeten Fackel in der Hand tun würde, um die ganze Stadt niederzubrennen. Er erholte sich wieder so weit, daß er im Februar mit seinem Gefolge an den Hof Heinrichs zurückkehren konnte, aber er hatte den größten Teil seiner Energie und seines Lebenswillens eingebüßt. Er litt unter Krämpfen und schweren Schmerzen in seinen Gelenken. Es stellten sich Darmverschlüsse ein, sein Bauch schwoll an, und von Zeit zu Zeit suchte ihn ein Fieber von solcher Heftigkeit heim, daß es, wäre seine Stellung in dieser Welt geringer gewesen, den Anschein gehabt hätte, daß er jetzt schon einen Vorgeschmack vom Fegefeuer bekam, das ihn in jener Welt erwartete. Und mit dem Verfall seiner Willenskraft und seiner Gesundheit ergriff die gleiche Angst, die auch anderen nicht unbekannt war, von ihm Besitz: Daß der heilige St. John of Beverley bei seinen endlosen Qualen die Hand im Spiel haben könnte. Wie auch immer sein Verhalten bei der Befragung in Beverley von denen beurteilt werden mochte, die vor allem anderen seine Untergebenen waren – er jedenfalls fürchtete, daß er vielleicht ein wenig vorschnell gewesen war, vielleicht zu nachsichtig oder zu streng, zu sehr voreingenommen oder zu gleichgültig, um dem Heiligen gefallen zu haben.

In diesem Sinne schrieb er auch einen Privatbrief an Papst Alexander, den dritten Pontifex dieses Namens; an einen Mann, der Roger de Pont l'Evèque als den schlauen, auf seinen Vorteil bedachten Menschen kannte, zu dem er geworden war. Alexander nahm diese geschwätzigen Erklärungen von einem Krankenlager mit der Vorsicht eines Zynikers auf. Aber im Frühjahr war auch der Pontifex auf den Tod erkrankt und hatte alle Gedanken an Beverley oder York weit hinter sich gelassen. Er tat seinen letzten, gequälten Atemzug, während der brutheiße August zu Ende ging, ohne ihm zuvor mit einer kühlen Brise Linderung gegönnt zu haben. Er starb, ohne daß seine Auseinandersetzungen mit dem König von England beigelegt gewesen wären, denn Heinrich Plantagenet hatte nicht vor, sich vor irgend jemandem aus Fleisch und Blut zu verantworten, während der genauso unbewegliche Alexander für sich selbst die höchste Autorität über alle Könige der Christenheit in Anspruch nahm. Als Heinrich seinen Bastard, den jungen Geoffrey Plantagenet, als designierten Bischof von Lincoln einsetzte, bestand Alexander darauf, daß der junge Mann, obschon er niemals durch seine Frömmigkeit aufgefallen war, in den geistlichen Stand eintrete. Geoffreys Weigerung war unmißverständlich. Er war Soldat, kein Priester. Er würde das Ansehen, die Macht und das Einkommen seines Amtes beanspruchen, er *war* Bischof und Sohn eines Monarchen und würde sich von keinem armseligen Papst, der sich im Besitz königlicher Größe wähnte, dazu bringen lassen, sich unter das Joch des geistlichen Standes zu beugen.

So hatte sich der ungebührliche Zank zwischen Papst und Krone monatelang hingezogen, bis Alexander enttäuscht und empört gedroht hatte, den ungehorsamen Geoffrey zu exkommunizieren, eine drastische Maßnahme, die Heinrich Plantagenets Pläne für seinen Bastard schwer beeinträchtigt haben würde. Also gab der König nach und machte Geoffrey zu seinem königlichen Kanzler – wie zuvor schon Thomas Becket, als dieser sich noch der Gunst seines Monarchen hatte erfreuen können. Und in einer großartigen Geste von Nachgiebigkeit erklärte er sich einverstanden, seine Wahl für den Bischofssitz von Lincoln noch einmal zu überdenken. Durch diese kluge Maßnahme war dem Zorn des Papstes ein Riegel vorgeschoben, und König Heinrich bekam dennoch seinen Willen. Denn während die Kandidaten für die Besetzung des Bischofsstuhls kamen und gingen, blieb der junge Geoffrey designierter Bischof und brachte der Krone eine willkommene Ernte aus den Erträgen des nichtbesetzten Bistums von Lincoln.

Bis zum Jahresende war auch Roger de Pont l'Evèque gestorben. Er war gezwungen gewesen, seinen Platz bei Hof aufzugeben, und hatte das anhaltend gute Wetter genutzt, um zu seinem Schloß in Lincoln zurückzukehren; von dort aus war er mit der Kutsche weiter zu seinem Palast bei Cawood in der Nähe von York gebracht worden. Dort starb er am 21. November und wurde im Chor der großen Kathedrale von St. Peter, den er selbst ein Jahrzehnt zuvor hatte wieder aufbauen lassen, beerdigt. Er wurde unter die Erde gebracht von Hugh de Poiset, dem angesehenen Bischof von Durham, mit dem er sein Leben lang befreundet gewesen war. Die ganze Gemeinde betrauerte das Hinscheiden dieses großen Kirchenfürsten, und die meisten waren zufrieden, seine allbekannten Fehler mit ihm zu begraben, denn unter seinen Freunden und Feinden waren Männer, die über großen Einfluß verfügten, und wer konnte schon wissen, wie sich die Kräfteverhältnisse neu ordneten – jetzt, da der Erzbischof tot war?

Als der heilige Erzbischof William im Jahre 1154 gestorben war, waren drei mächtige Männer, Erzbischof Theobald, Dekan Robert und Erzdiakon Osbert, übereingekommen, die Wahl von Roger, damals Propst von Beverley, zu seinem Nachfolger zu betreiben. Er war in der Westminster Abbey unter den Augen von nicht weniger als acht Bischöfen ordnungsgemäß geweiht worden, bevor er nach Rom reiste, um aus der Hand des Papstes das geheiligte Pallium zu empfangen. Er war bei Heinrichs Krönung dabei und hatte später gewagt, den Sohn des Monarchen, den arroganten Heinrich den Jüngeren, zu krönen. Er war es gewesen, Roger de Pont l'Evèque, der während des historischen Konzils von Tours 1163 zur Rechten des Papstes gesessen hatte, noch vor Thomas Becket. Es war Roger gewesen, der, von seinem König angestiftet, den Klerus seiner Diözese York dazu gebracht hatte, sich unter Eid zu verpflichten, den Papst in der Sache Becket nicht zu unterstützen, nachdem er seinerseits so schlau gewesen war, Heinrich zu warnen, daß es keinen Frieden geben werde, solange Thomas Becket lebte. Er hatte lange Streitigkeiten mit Richard von Canterbury ausgetragen und hatte als der päpstliche Legat für Schottland seine beträchtliche Macht an William dem Löwen erprobt, dem König von Schottland, den er schließlich in einem für ihn so bezeichnenden Zornesausbruch wegen Ungehorsams exkommuniziert hatte. Sein Leben war alles andere als arm an Ereignissen gewesen. Obwohl niemand ihn – anders als seinen Vorgänger – einen Heiligen nennen würde, würde sich die Geschichte doch gewiß Roger de Pont l'Evèques, des Erzbischofs von York, als des Mannes erinnern, der Könige gelenkt und den Papst benutzt hatte.

Der dritte bedeutende Todesfall jenes Jahres war der des Propstes von Beverley, des schon seit langem leidenden Geoffrey. Er starb nach einer leichten Mahlzeit friedlich im Schlaf. Und da es um sein Amt schon so lange offene Auseinandersetzungen zwischen ehrgeizigen Männern gegeben hatte, wurde gleich geflüstert, daß ihm wohl ein tödliches Gift in die Speisen oder in den Wein gemischt worden war. Er wurde zuerst im Münster beigesetzt, dem er gedient hatte, in einer der bereits dicht belegten Kammern unter dem zerstörten Chor. Aber noch bevor ein Monat vergangen war, wurden seine sterblichen Reste heimlich nach Holderness überführt. Dort besaß er ein bescheidenes Herrenhaus inmitten eines Parks mit Rotwild, einen schönen ruhigen Ort, der durch verschiedene Wasserwege mit dem Humber in Verbindung stand. Es war wie ein Witz der Geschichte, daß sein Amt in Beverley weder von Robert de Clare noch von Hugh de Burtons Bastard beansprucht wurde, denn York hatte inzwischen als obersten Herrn den König von England, und der hatte seine eigenen Pläne, was Beverleys Zukunft anging.

»Da sieht man mal wieder den Wankelmut der Monarchen«, bemerkte Cyrus de Figham, breitete die Hände aus und richtete seine dunklen Augen himmelwärts, als hätte diese unerwartete Wendung der Ereignisse auch seine eigenen Pläne zum Scheitern gebracht.

»Und man sieht den Willen Gottes«, fügte sein Freund Wulfric de Morthlund hinzu. »Während Priester und Ritter Ränke schmieden, ist es doch sein Wille, der geschieht.«

Beide Priester waren reicher und stärker geworden – und klüger, was den Ehrgeiz anderer Männer betraf. Und wenn die Ritter, deren Interessen sie vergeblich dienten, für ihre Großzügigkeit nur mit Enttäuschungen belohnt worden waren, konnten sie ihnen, Wulfric und Cyrus, keinen Vorwurf daraus machen – wer konnte schon einen Priester, sogar einen unehrlichen, für den Wankelmut von Königen oder den Willen Gottes verantwortlich machen?

Im Kloster von St. Anne wurde unverzüglich ein Heim für all jene Kinder eröffnet, die der Sturm zu Waisen gemacht hatte. Als der September kam, brachten zwei Dutzend Frauen in dem kahlen, kleinen Hospital, das in aller Eile innerhalb der Mauern des Klosters errichtet worden war, ihre Kinder zur Welt. Einen Monat später waren auch diese Kinder allein, zurückgelassen in der Obhut von Nonnen, während ihre Mütter sich davonschlichen, um die Scherben ihres früheren Lebens aufzusammeln.

Es gab eine gewisse Schwester im Kloster, eine hübsche junge Frau, die ihre dunklen Augen mit gesenkten Lidern verschleierte und ihr langes, schwarzes Haar unter einem bescheidenen Nonnenschleier verbarg. Sie war bekannt als Schwester Cecily, eine entfernte Cousine der Mutter Oberin, und sie hatte ein Kind, einen kleinen Jungen mit einer häßlichen, runzligen Narbe an der linken Seite seines Halses.

Eben diese Schwester Cecily traf sich am dreizehnten Tag des Dezembers im Jahre unseres Herrn 1181 mit dem blauäugigen Priester. Es war ein ganzes Jahr vergangen, seit der Sturm über Beverley hergefallen war. Es war das Fest der heiligen Luzia oder Luzia Lichtmeß, der kürzeste Tag und die längste Nacht des Jahres. Sie trafen sich in einem kleinen, holzvertäfelten Warteraum direkt neben der privaten Bücherei der Äbtissin und standen weit voneinander entfernt da, während die Äbtissin sie diskret beobachtete. Er sah in ihre Augen und sie in die seinen, und schließlich formten seine Lippen ihren Namen, ihren Geburtsnamen, den er mit lauter Stimme kaum auszusprechen wagte.

»Elvira.«

Sie lächelte, und ihre Augen flammten auf. Dann flüsterte sie seinen Namen, und ihre Stimme war nicht lauter als ein Seufzen. »Simeon.«

Es hatte sich nichts geändert. Ein ganzes Jahr war vergangen und nichts hatte sich zwischen ihnen geändert. Trotz seiner Schwüre sehnte er sich danach, sie in die Arme zu nehmen und sie an sich zu drücken, wie er es vor so vielen Monaten auf dem dunklen Dachboden des Hospitals getan hatte. Er reichte ihr seine Hand, und sie legte ihre Finger sanft hinein. Wieder spürte er diese plötzliche Kraft, das Aufblitzen von etwas Hellem und Verbotenem zwischen ihnen.

Die Äbtissin rutschte auf ihrem Stuhl hin und her und blätterte eine Seite des Psalters um, der auf ihrem Schoß lag. Ihre Augen ruhten auf dem heiligen Text und ihre Lippen formten unhörbar jedes einzelne der Worte, die sie dort las.

Noch einmal sagte er ihren Namen, und sie sagte den seinen, und nach einem ganzen langen Jahr des Planens, was sie einander sagen würden, wenn sie sich das nächste Mal trafen, konnten sie beide sich auf nichts als den Namen des anderen besinnen.

Auf Anweisung der Äbtissin wurde der kleine Peter herbeigebracht, um den Priester kennenzulernen, der eines Tages sein Lehrer sein sollte. Er watschelte auf stämmigen, aber noch unsicheren Beinen ins Zimmer, klammerte sich an die Falten von Elviras Rock und betrachtete Pater Simeon mit ernstem Gesicht. Seine Augen waren groß und sehr blau, sein Haar hellblond und glatt, sein Kopf wohlgeformt. Die tiefe Narbe auf seinem Hals legte Zeugnis von dem Mordanschlag ab, der ihn beinahe das Leben gekostet hätte, als er kaum mehr als eine Woche alt war.

Simeon ging in die Hocke und sah den Jungen forschend an. Obwohl so viele Monate vergangen waren, hätte er ihn überall erkannt, denn sein Herz krampfte sich mit dem vertrauten Schmerz zusammen, als er nun vor ihm stand.

»Gott segne und behüte dich, Peter«, hauchte er.

Sein ein Jahr alter Patensohn war ein kräftiges, wohlgestaltetes Kind, so hübsch wie nur jeder kleine Junge, dem Simeon je begegnet war. Sein Gesicht war offen und intelligent, seine Augen wachsam, und als Simeon die Arme ausstreckte, flackerte ein kleines Lächeln in den Mundwinkeln des Jungen auf, und er warf sich in die Arme des großen Mannes.

Simeon drückte ihn so fest an sich, wie er es nur wagte. Der Verzicht auf Peter hatte ihn während des ganzen vergangenen Jahres mit nahezu ständigem Schmerz erfüllt. Während er nun diese kindlichen Arme um seinen Hals spürte und wußte, daß er ihn in wenigen Augenblicken für eine vielleicht genauso lange Zeit wieder verlassen mußte, wurde der Schmerz zu einer offenen Wunde, und er hätte am liebsten geweint.

Kapitel 30

Es war wieder ein kalter Dezembertag. Irgendwo läutete eine Glocke, obwohl der nächste Gottesdienst des Tages erst in einer Stunde stattfinden würde. Der Glockenton war gedämpft, als hätte der kalte Nebel, der direkt über dem Boden hing, sich wie eine Decke um das Metall gelegt, so daß es nur noch dumpfe, träge Laute von sich gab. Noch immer bewegten sich überall um das Münster herum in dicke Umhänge gehüllte Gestalten, obwohl sich ihre Anzahl zu dieser düsteren und niedergedrückten Stunde des Tages halbiert hatte, da es viele von ihnen nach Hause an den Kamin oder in die Kirchen gezogen hatte, wo sie für die Nacht Schutz zu finden hofften. Die Ruine von St. Martin war ein gezackter Steinhaufen, der sich scharf gegen den Himmel abzeichnete. Kanonikus Bernard lag nun schon ein ganzes Jahr in seinem Grab, und noch immer hatte sich an dem Zustand der zertrümmerten Kirche nichts geändert. Den alten Taufstein hatte man aus dem Schutt gerettet und ins Münster gebracht. Alles, was sonst noch von Wert war, war gestohlen worden: die Dachziegel und die hölzernen Türen, die bunten Fenstergläser, das Altarbild und die Altartücher. Selbst die alten Gräber in der Krypta unter dem winzigen Chor waren nicht von Plünderern verschont geblieben, denn die hohen Würdenträger der Kirche, die dort begraben lagen, waren in kostbaren Gewändern mit Juwelen und wertvollen Reliquien bestattet worden. Und es verging kein Tag, an dem der jetzige Kanonikus von St. Martin diesen Haufen Schutt nicht mit bitterer Enttäuschung betrachtete. Während seine Kirche in Trümmern lag, war auch sein eigenes Weiterkommen in der Schwebe, da ihm der aus Stein und Mörtel bestehende Beweis für seinen Status so gänzlich fehlte.

Während Cyrus de Figham wieder einmal die Ruine von St. Martin anstarrte, sah er einen Priester auf sich zukommen, den er an seinem schweren, dunkelbraunen Umhang und seinem unübersehbaren Hinken sofort erkannte. Seine schwarzen Augen zogen sich zu mürrischen Schlitzen zusammen, während er den anderen beobachtete. Er traute diesem Simeon of Beverley nicht. Vor einem Jahr hatte er gesehen, wie er auf zwei gesunden Beinen einhergegangen war, hatte seinen Freudentanz angesichts der wunderbaren Heilung seines Gebrechens beobachtet und zugesehen, wie er auf der Straße auf die Knie gesunken war und wie ein Kind geweint hatte, als er sich des Segens, der ihm zuteil geworden war, bewußt wurde. Und Cyrus war Zeuge geworden, wie Vernunft und Furcht vor der weitreichenden Macht Yorks diesen geheilten Priester wieder zum Krüppel hatten werden lassen.

»Ihr seid ein kluger Mann, Simeon of Beverley«, knurrte er. »Klug und gerissen, denn Ihr habt begriffen, daß Erzbischöfe leicht zu beeinflussen sind und Bauern ein schlechtes Gedächtnis haben. Aber Cyrus de Figham hat Euch durchschaut, Priester. Er hat Euch durchschaut.«

Von den Stufen vor Kanonikus Wulfrics Haus in der Moorgate aus beobachtete Cyrus die beiden, die Simeon an der Zugbrücke von Hall Garth trafen. Simeon war mit dem Ruderboot vom anderen Ende der Keldgate gekommen, vielleicht von dem Kloster, wo ein Priester für eine besondere Messe benötigt worden war, und als er ankam, hatten diese beiden ihn dort erwartet und waren ihm entgegengegangen. Ein schwerer Regen hatte den Graben rings um den Garten des Propstes anschwellen lassen, hatte den Stadtgraben überflutet und das Gebiet südlich des Münsters in einen großen, schlammigen See verwandelt.

Simeons Boot näherte sich nun der Zugbrücke, und die beiden Männer bückten sich, um ihm auf das wartende Floß zu helfen. Die beiden waren Osric, der alte Soldat, der nun Hospizbruder war, und der Mönch Antony, der in Lumpen ging und wie ein Bettler aß, damit seine kostbaren *Armen* auch etwas zu essen bekamen. Ein solches Opfer war de Figham geradezu widerwärtig, denn er wußte, daß der Ehrgeiz eines Mannes sich nicht immer an dem Schnitt seines

Umhangs oder der Üppigkeit seines Tisches zeigte. Einige Männer erreichten ihre Ziele durch Armut und Demut genauso rücksichtslos wie andere mit durchschaubareren Mitteln. Alle Menschen wurden von Gier getrieben, und obwohl ihre Form und ihr Ausmaß, ihre Bedeutung und ihr Erscheinungsbild verschieden sein konnten, so blieb das Wesen der Gier doch immer gleich.

Cyrus sah zu, wie die drei Freunde ihr kleines Floß vom Stadtgraben zu dem höher gelegenen Land in der Nähe des Münsters stakten. Der lahme Priester war der erste, der seinen Fuß auf trockenen Boden setzte, und humpelte nun in Richtung St. Peter. Keinen Augenblick ließ er zu, daß sein Schritt normal erschien. Er war ein Krüppel, wie jeder, der Augen hatte zu sehen, bemerken mußte, aber Cyrus de Figham war zu klug, um sich von solchem Verhalten täuschen zu lassen. Weil er niemandem vertraute, zog er alles in Zweifel, selbst das Offensichtliche.

Maud, die Tochter des Fischhändlers, hatte einen Sohn zur Welt gebracht, ein kräftiges, schwarzhaariges Balg, dem man seine normannische Abstammung ansehen konnte. Mit dickem Bauch hatte sie Cyrus besser gefallen, denn während das Kind in ihr gewachsen war, hatte es ein gewisses Maß an Widerstand dargestellt, der ihr nicht geringes Unbehagen bereitet, aber sein sexuelles Vergnügen noch vergrößert hatte. Als Cyrus kürzlich zu seiner Verabredung im Haus des Fischhändlers erschienen war, hatte die Hebamme bereits ihre Arbeit aufgenommen und das Mädchen sich auf seine Niederkunft vorbereitet. Gervaise wandte, wenn auch zaghaft, ein, daß seine Tochter so kurz vor der Geburt in Ruhe gelassen werden sollte, während die Hebamme, wahrscheinlich auf seine Anweisung hin, darauf zu bestehen wagte, daß der Priester, ohne seine gewohnte Befriedigung erhalten zu haben, wieder gehen müsse. Als Cyrus sie an seinen priesterlichen Stand erinnerte, blieb sie immer noch fest, so stur und gedankenlos wie die Tiere, um die sie sich sonst kümmerte, um sich ihr Einkommen zu verdienen. Aber er kannte seine Rechte und war nicht bereit, darauf zu verzichten. Er und der Fischhändler hatten eine feste Übereinkunft, für die er im voraus bezahlt hatte, und keine alte Frau mit schwarzen Zähnen und Kuhdung unter den Fingernägeln würde ihm etwas anderes erzählen.

Das Kind wurde geboren, noch bevor er das Haus verließ, denn er und Gervaise hatten ein dringendes Geschäft zu besprechen, das nicht warten konnte. Die Geburt ging schnell und laut vonstatten, und trotz ihrer Schreie entledigte Maud sich ihrer kreischenden Last mit all der Leichtigkeit, mit der eine Schote ihre pralle Erbse abstößt. Die Hebamme tat ihre Pflicht und machte sich dann eilig davon, damit sie auf jeden Fall aus dem Haus war, bevor irgendein Gift die Wunden der Mutter berührte, ihre Brüste mit saurer Milch füllte oder das lebendige Kind zu einem Leichnam in seiner Wiege wurde. Die Geschicklichkeit einer Hebamme war nicht immer die Gebühr wert, die sie fordern konnte, und während der übellaunige Priester im Haus war und in seinen Wein starrte, wagte sie es nicht, die Überlebenschancen des Kindes in Zweifel zu ziehen und eine zusätzliche Münze dafür zu verlangen, daß sie die Taufformel sprach.

Cyrus seinerseits weigerte sich, den Ritus für ein Balg zu vollziehen, das so kräftig schien wie ein kleines Ferkel. Er trat jedoch noch einmal an das Bett heran, um mit finsterem Blick auf die Gestalt niederzuschauen, die da erschöpft auf der schmutzigen Matratze lag. Mauds Gesicht war schweißbedeckt und unter seiner oberflächlichen Röte totenbleich. Sie hatte bei der Geburt viel Blut verloren, etwas, worum die Hebamme sich nicht im geringsten gekümmert hatte. Daher war das Stroh, auf dem sie mit halb geschlossenen Augen und ohne das geringste Interesse an ihrem schreienden Sprößling zu zeigen lag, nun blutdurchtränkt.

»Falls sie sterben sollte, während Ihr noch Schulden habt …«

»Ich habe noch ein anderes Mädchen«, beeilte sich der Fischhändler ihm zu versichern. »Eine Schwester, Adelaide, die nur zwei Jahre jünger ist.«

Er machte eine ruckartige Bewegung mit dem Kopf, und auf seinen geknurrten Befehl hin erschien ein in Lumpen gehülltes Kind aus dem Schatten. Die Kleine war dünn und unterentwickelt, ein mageres, flachbrüstiges Mädchen mit entzündeten Augen und glanzlosem Haar, das von keiner bestimmten Farbe war. Sie besaß nicht einmal den ohnehin schon geringen Wert der älteren Schwester, aber beide Männer wußten, daß sie im Notfall genügen und die Pflichten ihrer Schwester übernehmen würde.

Nun trat Cyrus über die Schwelle und hinein in die Wärme von Wulfric de Morthlunds Haus. In der Eingangshalle entledigte er sich hastig seines schweren Umhangs. Der Geruch von Fisch war ihm von der Hütte des Fischhändlers bis hierher gefolgt. Er hing an seinen Kleidern und besudelte seine Haut, und es erzürnte ihn, daß ein Priester seines hohen Rangs sich wegen seiner ehrlichen Begierde so demütigen mußte. Als die Tür sich hinter ihm schloß, erhaschte er einen letzten Blick auf Simeon in der Ferne und fragte sich, ob dieser Priester seinen Keuschheitsschwur wirklich einhielt, wie es hieß, oder ob auch er von Zeit zu Zeit mit dem verräterischen Geruch von Unzucht in seinen priesterlichen Roben zu Bett ging.

Die Männer im Skriptorium hängten ihre feuchten Umhänge an den Kamin und gönnten sich zum Aufwärmen einige Becher warmen, gewürzten Weins. Im Kamin loderte ein gewaltiges Feuer, dessen Flammen sich in Simeons Augen widerspiegelten und in ihrem Blau goldene und bernsteinfarbene Blitze aufzucken ließen, so daß sein Blick im Widerschein des Feuers hell und leuchtend war. Der junge Richard hatte sich zu ihnen ans Feuer gesellt, ebenso begierig wie Osric und Antony, zu erfahren, welche Neuigkeiten es von dem Jungen gab. Niemand verlor jedoch auch nur ein einziges Wort über dieses Thema, bis die Tür verriegelt und die Hocker dicht ans Feuer gezogen waren. Erst da sagte Simeon:

»Er ist ein guter Junge, stark und gesund. Er kann auch schon laufen, braucht nur noch ein wenig mehr Übung. Außerdem wird er wohl ziemlich groß, denke ich.« Er streckte die Hand aus, um eine gewisse Entfernung vom Fußboden anzuzeigen. »So groß ist er etwa, und dabei ist er erst ein Jahr alt.«

Die anderen nickten und schienen mit dem kurzen Bericht durchaus zufrieden zu sein.

»Hat er eine Narbe zurückbehalten?« erkundigte sich Osric, der sich noch gut daran erinnerte, wie schnell er die Wunde an dem winzigen Hals hatte vernähen müssen.

»Ja, und diese Narbe wird ihn immer verraten, falls seine Feinde jemals davon hören sollten.«

»Seine Feinde werden nie erfahren, daß er überhaupt noch lebt«, knurrte Osric, der fest entschlossen war, das Seine dazu zu tun, daß sich daran niemals etwas änderte.

»Wie hat er sich Euch gegenüber verhalten?« fragte nun Thorald.

»Sehr tapfer«, erwiderte Simeon lächelnd. »Er hat meinem Blick standgehalten und sich von mir umarmen lassen, ohne die geringste Angst zu zeigen. Ja wirklich, wenn ich es nicht besser wüßte, würde ich behaupten, daß er mich sofort wiedererkannt hat, so gewiß wie ich ihn überall wiedererkennen würde.«

»Ist er intelligent?«

»Zweifellos.«

»Und gut genährt?«

Simeon nickte. »Genährt und geliebt, wie es ein Kind sich nur wünschen kann.«

Die anderen nickten zufrieden und verfielen in ein langes, nachdenkliches Schweigen. Es war Osric, der schließlich fragte. »Und wie geht es der Frau? Wie geht es Elvira?«

Simeon sah ihn direkt an und lächelte mit unglücklichen Augen.

»Genau wie früher«, sagte er. Und so wie er die tiefere Bedeutung der Frage hatte verstehen sollen, so wußte er, daß Osric die Bedeutung seiner einfach ausgedrückten Antwort erkennen würde. »Elvira ist noch wie früher.«

Man hatte im Skriptorium zusätzliche Bänke direkt unter die hohen Fenster gestellt, wo das Licht am besten war. Auf jeder Bank lag das Arbeitszeug eines Kopisten, Federhalter und Pergament sowie ein Stück Bimsstein, um das Pergament sauberzuhalten, ein Ziegenzahn, um es zu polieren, ein Radiergummi, ein Lineal und ein Tintenfaß. In einer verschlossenen Truhe in der Ecke lag ein kleiner Vorrat an Papier, das rar und sehr teuer war, und daneben die besondere Tinte, der Wermut beigesetzt war, damit die Mäuse die kostbaren Blätter nicht anknabberten. In einer zweiten, noch größeren Truhe lagen die Urkunden und Dokumente des Münsters und viele der alten Schriften, die man schon verloren gewähnt, dann aber aus den Trümmern in den überfluteten Kellern des Münsters doch noch hatte bergen können.

Simeon fühlte sich zu seiner Arbeit als Meisterschreiber durch und durch berufen. Er verfaßte eine bis in alle Einzelheiten genaue Geschichte der Stadt Beverley und ihres Münsters, und während frühere Schreiber ihre Werke den Sitten gemäß in Französisch und Latein verfaßt hatten, übersetzte Simeon sie sorgfältig ins Angelsächsische, die wahre Sprache der Engländer. Mittlerweile arbeiteten nicht weniger als sieben sorgfältig ausgewählte Übersetzer für ihn; sie alle waren hingebungsvolle Priester, die ihre Talente zum Lobpreis Gottes und zur Bewahrung der Geschichte des Münsters einsetzten. Als Gegenleistung für ihre hervorragende Arbeit gönnte er ihnen regelmäßige Ruhepausen, frische Luft und körperliche Betätigung, damit keiner von ihnen irgendwann einmal zu müde war, um eine Tatsache von allen Seiten zu beleuchten, ein schwieriges Wort zu überprüfen oder eine zweifelhafte Aussage zu hinterfragen. Und doch war er, sosehr er sich auch bemühte, kein leichter Zuchtmeister, denn er strebte stets nach Vollkommenheit und ließ keinen der Männer, die für ihn arbeiteten, je aus den Augen. Kein Schreiber, der ihm unterstellt war, würde sich des Vergehens schuldig machen, die Fehler eines anderen Mannes einfach zu kopieren oder eine Behauptung als Tatsache hinzunehmen, nur weil irgendein früherer Historiker sie als solche betrachtet hatte.

Ein Jahr nachdem der schreckliche Sturm in Beverley gewütet hatte, war der größte Teil der Stadt zur Normalität zurückgekehrt. Man hatte Wohnhäuser und Läden wieder aufgebaut, zerstörte Handwerkstätten repariert, verlorengegangene Vorräte ersetzt und Menschen, die vor den Scherben ihres Lebens gestanden hatten, neuen Mut gegeben. Das große Ostfenster des Münsters war auf Kosten einheimischer Kaufleute durch eines mit einfachem Glas ersetzt worden, und man hoffte, daß König Heinrich selbst sich dazu überreden lassen würde, die Kosten für ein besonderes Fenster zu übernehmen, das es mit jedem anderen in England aufnehmen konnte. Vier Männer starben, als die Krypta endgültig vom Schlamm und Schutt befreit wurde. Ihre Leichen und die von achtzehn Priestern, die in dem Sturm des Jahres 1180 umgekommen waren, wurden, eine nach der anderen, herausgezogen und erhielten das volle christliche Begräbnis, das ihnen zustand. Jeder Priester war durch den Schlamm, in dem er ertrunken war, mumifiziert worden, jeder Leichnam so gut erhalten, daß er augenblicklich zu erkennen war und unter seinem eigenen Namen zur letzten Ruhe gebettet werden konnte.

»So viele gute Männer haben wir mittlerweile gefunden«, bemerkte Simeon, und Osric nickte lediglich, denn er wußte, daß sein Freund insgeheim fragte: »Warum nicht auch Willard?«

Während die Jahre vergingen, hatte man die Kanäle und Wasserläufe vom Schutt befreit, aber der Leichnam des erschrockenen Priesters, der sich dem vollen Zorn des Sturms ausgesetzt hatte, wurde nie gefunden. Es gab Zeiten, da argwöhnte Simeon, daß seine Trauer um diesen Priester etwas sehr Eigennütziges angenommen hatte. Der Tod des armen Willard würde für immer in seinem Gedächtnis bleiben, denn niemand vergaß so leicht eine Szene von solcher Häßlichkeit und so geringer Würde.

Die Zeiten waren nicht leicht, und die Zwistigkeiten zwischen dem mächtigen Münster von Beverley und der großen Kathedrale in York beschränkten sich nicht auf das Bistum des Erzbischofs. Während ein Jahr dem anderen Platz machte, änderte sich kaum etwas, denn Heinrich verlangte York für seinen Bastard und forderte, solange das Amt unbesetzt blieb, Yorks Einkünfte für die Krone. Sein hitziges Temperament, dieser so normannische Charakterzug, wurde auch mit dem Alter nicht milder. Ein scheuendes Pferd hatte ihn vor zehn Jahren mit einem Tritt am Oberschenkel verletzt, und diese alte Wunde verursachte ihm von Zeit zu Zeit solchen Schmerz, daß er sich gepeinigt auf seinem Lager hin und her warf, und jedes Pferd, das je einen Menschen auf seinem Rücken getragen hatte, verfluchte. Nach zehn langen Jahren hatte er die intrigante Eleonore von Aquitanien von ihrem Hausarrest in Winchester und Salisbury entbunden. Es war ein optimistischer Schritt gewesen, denn sie hatte ehrgeizige Söhne und mächtige Freunde, die sie gegen ihren Herrn benutzen konnte. Und was ihn selbst betraf, so hieß es, sein Herz sei zu Stein geworden, als sein Lieblingssohn, der zweifach gekrönte Heinrich der Jüngere, auf fremder Erde an der Ruhr gestorben war.

»Aber wenigstens hat er noch seinen kostbaren Bastard Geoffrey, mit dem er sich trösten kann.«

Das sagten diejenigen, die dem König am nächsten standen, die sein Herz genausogut kannten, wie sie den Charakter seiner Kinder kannten. Und wenn es auch nur die geringste Gerechtigkeit auf der Welt gab, würden Richard und John dem Beispiel Heinrichs des Jüngeren folgen und die Zukunft Englands dem einzigen unter ihnen überlassen, der einer Krone würdig war. Bastard hin oder her, nur Geoffrey hatte das Format eines Königs, denn ihm war nichts von der Arglist Aquitaniens zu eigen.

Während das Land unruhig und die Stadt selbst erfüllt vom Summen emsiger Aktivität war, herrschte innerhalb der Mauern von St. Peter ein gewisser Frieden. Die Priester dort führten ein stilles, arbeitsreiches Leben, das bei anderen weder Neid noch Argwohn weckte. Sie dienten dem Altar ihrer kleinen Kirche, hielten getreulich ihre Gottesdienste ab, bereiteten ihre Bücher vor, unterrichteten die Waisen der Stadt im Wort Gottes und besuchten, wenn nötig, die Gottesdienste im Münster. Und wenn ein Priester, der lahme Schreiber Simeon, einst durch eine seltsame Fügung bekannt geworden war, erinnerten sich doch nur noch wenige Menschen an die Einzelheiten dieser Angelegenheit, und noch weniger waren geneigt, sich mit dem kleinen, unbedeutenden Fehltritt eines geistlichen Mannes aufzuhalten.

Der blonde, blauäugige, kleine Junge von St. Anne wuchs schnell und konnte ein ganzes Jahr früher, als irgend jemand gedacht hätte, mit seinem Unterricht beginnen. Er war ein lernbegieriges Kind, ernst und gründlich in seiner Entschlossenheit, seinem Lehrer zu gefallen. Während er wuchs, wuchs auch ein gewisses Geheimnis, das ihn umgab, denn er schien viel mehr zu lernen, als man ihn lehrte, und bewegte sich so schnell und leise wie ein Schatten. Im Alter von sechs Jahren kannte er alle Messen und die wichtigsten Gebete auswendig und konnte sie mit einer süßen, klaren Stimme singen, die eine Freude für jedes Ohr war. Von den Priestern lernte er sein Latein, von den Rechtsgelehrten sein Französisch und von den Pilgern und fremden Händlern die Grundlagen vieler anderer Sprachen. Er hungerte nach Kenntnissen über die Welt, die jenseits seiner eigenen lag.

»Er ist ein seltsamer, kleiner Junge«, sagte einmal ein Reisender zu Simeon, nachdem er den größeren Teil eines Nachmittags mit Peter zusammen am Flußufer gesessen hatte. »Er hört gut zu. Er kann sich in seinem Geist vorstellen, was seine Augen vielleicht nie zu sehen bekommen, und er fühlt in seinem Herzen Dinge, die zu begreifen viele Menschen ein Leben lang kämpfen müssen.«

»Er ist ein ungewöhnliches Kind«, pflichtete Simeon dem Mann bei. Und das war Peter wirklich, denn er lächelte nur selten und sagte kaum einmal etwas, es sei denn, er wollte eine Frage stellen. Er mied die Gesellschaft anderer Kinder und gesellte sich statt dessen jedem Gelehrten oder weit gereisten Mann zu, der seine Gegenwart duldete. Sein beharrlicher Wissensdurst ängstigte Simeon, denn der Junge benahm sich, als wüßte er, daß seine Zeit auf Erden kurz bemessen war, daß seine Tage gezählt waren.

Als der Junge älter wurde, gab es für den alten Kanonikus Cuthbert kein größeres Vergnügen, als die Zeit in seiner Gesellschaft zu verbringen und die siebzig Jahre, die sie trennten, abzustreifen, wie man seine Stiefel oder seinen Umhang abstreifen mochte. Manchmal vergaß er sich und sprach lang und breit über Dinge, die so erhaben waren, daß sie über das Verständnis eines kleinen Jungen weit hinausgingen. Und doch hing der kleine Peter mit großen Augen und gespannter Aufmerksamkeit an seinen Lippen, als stille er einen unersättlichen Hunger. Ihre Treffen waren auf die Zeiten beschränkt, in denen Peter ins Münster gebracht wurde, um an der Messe teilzunehmen, oder ins Skriptorium von St. Peter, wo er unterrichtet wurde. Pater Cuthbert allerdings schwor, daß es anders sei. Manchmal konnte man ihn in ernstem Gespräch hören, während er sich um den Hochaltar und den goldenen Schrein von Beverleys Heiligen kümmerte, und die jüngeren Priester, die das mit anhörten, lächelten und schüttelten nachsichtig den Kopf. Sie mochten den alten Mann zu gern, um den harmlosen Greis auf seine Selbstgespräche aufmerksam zu machen. Wenn er sich einen eingebildeten Kameraden schuf, mit dem er seine einsamen Gespräche teilte, so waren sich alle, die ihn kannten und liebten, einig, daß er jedes Recht dazu hatte.

Es war ein schöner, heißer Tag im September, als der achtjährige Waisenknabe Peter aus dem kleinen, von einer Mauer abgeschirmten Garten hinter dem Quartier der Äbtissin in St. Anne verschwand. Die Schwester der Barmherzigkeit, die als Cecily bekannt war, arbeitete zusammen mit einer Gruppe anderer Frauen auf den Gemüsefeldern und hatte ihren Sohn während der Stunden zwischen dem Ende der Terz und der Mittagsmahlzeit mit seinen Studien allein gelassen. Da sie ihr Morgenwerk in guter Zeit beendet hatte, kehrte sie eine ganze Stunde früher als erwartet vom Feld zurück. Die Glocke hatte noch nicht die Mittagsstunde geschlagen, um die Gläubigen zum Gottesdienst der Sext zu rufen, als sie über den kleinen, gepflasterten Hof der Äbtissin ging und in den Garten trat. Sie benutzte ihren eigenen Schlüssel, um die kleine Tür aufzusperren, und als sie in das sonnenerleuchtete Zimmer dahinter trat, setzte das Herz in ihrer Brust einen Augenblick lang aus, denn der Raum war leer. Peters Bücher lagen säuberlich aufgestapelt auf dem steinernen Stuhl, auf dem er gesessen hatte, als sie ihn das letzt Mal sah. Seine kostbare Bibel, eine seltene Ausgabe, die Bruder Antony von seinem Besuch beim Papst aus Italien mitgebracht hatte, lag eingehüllt in ein Altartuch in einer trockenen Nische in der Gartenmauer. Nichts war unordentlich, nichts anders, als es sein sollte, und doch war das Kind verschwunden.

Seine Ziehmutter suchte hinter jedem Busch und jedem Strauch und spähte durch die belaubten Zweige der Bäume, die vom Garten der Äbtissinnen über die Mauer ragten. Aber sie hatte nur wenig Hoffnung, ihn zu finden.

»Peter? Peter?«

Sie rief seinen Namen leise, beinahe im Flüsterton, denn sie wußte, daß er nicht antworten würde. Der Junge war verschwunden, und es schien, als hätte er sich einfach in Luft aufgelöst. Der Garten war an drei Seiten mit Mauern umgeben, die zu hoch und glatt waren, als daß irgend jemand hätte darüberklettern können, und hinter dieser Gartenmauer lag ein schroffer Abhang, der zu nichts anderem als dem felsigen Ufer des Sees an der Keldgate führte. Selbst wenn Peters Aufenthaltsort und Identität bekannt geworden wären, hätte kein menschlicher Eindringling diese Mauer von außen erklimmen und sich mit ihm davonstehlen können. Kein einziges Fenster und kein Tor führte in den Garten hinein, bis auf die kleine Tür, durch die sie selbst gekommen war und die sie sorgfältig hinter sich verschlossen hatte. Es existierten nur zwei weitere Schlüssel, und einen davon hatte Simeon und den anderen die Äbtissin selbst. Dieses bescheidene Heim war auch jetzt noch so sicher wie in jenen Tagen, in denen es den Schatz des Klosters beherbergt hatte, und doch war der Junge, den sie zu seiner eigenen Sicherheit eingeschlossen hatte, verschwunden.

In der Mitte des Gartens stand ein nicht mehr benutzter Brunnen, der das Kloster mit frischem Trinkwasser versorgt hatte, bevor man einen ordentlichen, kleinen Bach durch das Klostergelände geleitet hatte. In der Nacht des großen Sturms war der Brunnen übergelaufen, und der Druck des Flutwassers darunter hatte seinen Inhalt in die Höhe schießen lassen. Sprudelnd wie ein Geysir hatte er eine schlammige Sintflut über den Garten ergossen und die Keller unter den Gemächern der Äbtissin vollaufen lassen; es hatte viele lange Wochen gedauert, den Schaden endlich wieder zu beheben. Aber nun gehörte der große Sturm schon zur Geschichte, und der alte Brunnen erhob sich harmlos über grünem Gras; sein Wasser lag zwei Ruten tief im Grund, in einer Tiefe, die sechzehn Mannshöhen entsprach. Sie konnte von unten das sanfte Plätschern des Wassers hören. Wie die meisten Brunnen, die nicht mehr benutzt wurden, wurde auch dieser von einem Eisengitter abgedeckt, das Vögel und kleine Tiere, Blätter und andere Gartenabfälle fernhalten sollte, die das Wasser sonst verderben konnten. Nun blickte Schwester Cecily, die früher Elvira genannt wurde, hinunter in das schwarze Loch des Brunnens und seufzte tief, bevor sie sich zu dem steinernen Sitz am anderen Ende der Mauer begab. Dort setzte sie sich hin, legte die Hände in den Schoß und wartete. Und während sie wartete, dachte sie an die feuchte Dunkelheit unter der Erde und an all die Männer, die bei der Arbeit an den Wasserläufen in den Tod gerissen oder von Rattenbissen vergiftet worden waren.

»Möge der gütige Herr ihn schützen und bewahren«, sagte sie laut.

Die Jahre, die sie im Kloster von St. Anne zugebracht hatte, hatten ihr die Sicherheit und auch die Erziehung gegeben, an der es ihr gemangelt hatte, doch sie hatten sie nicht gelehrt, mit ehrlicher Überzeugung zu beten. Für Elvira besaß das Gebet nach wie vor geringe Bedeutung; es spendete ihr keinen Trost und erfüllte sie nicht mit dem Gefühl, sich einer größeren Macht zuzuwenden, die bereit war, ihr zu Hilfe zu kommen. Es fiel ihr bei weitem leichter, an die harte Wirklichkeit des Lebens zu glauben, an Freude und Schmerz, an Kummer, Liebe und Hoffnung. Sie glaubte an den Priester, dem ihr Herz gehörte, und an den ernsten kleinen Jungen, der ihr Leben teilte. Und außer diesen beiden Menschen brauchte sie kaum etwas zum Leben.

Er kam, als die Glocke zur Sext läutete. Seine kleine, schmale Hand erschien zwischen den Metallstreifen des Brunnengitters, schob einen verrosteten Riegel beiseite und drückte einen Teil des Gitters nach oben, so daß eine Öffnung entstand, die breit genug war, daß ein kleiner Junge hindurchklettern konnte. Dann tauchten sein blonder Schopf und seine schmalen Schultern auf, und kurz darauf ließ er sich leichtfüßig neben dem Brunnen zu Boden gleiten. Er schloß die Öffnung wieder und legte den Riegel vor, und alles war, wie es vorher gewesen war: nur daß er diesmal beobachtet worden war.

Simeon hörte die Münsterglocke zum Mittagsgottesdienst der Sext läuten. In das starke Echo dieser Glocken mischte sich die leisere, süßere Stimme der kleinen Glocke von St. Peter, die man vor drei Jahren ersetzt hatte, als der zerstörte Turm der Kirche endlich wieder aufgebaut worden war. Der Priester stand an seiner eigenen, hohen Bank neben einem offenen Fenster und machte sich das gute Licht, das ins Skriptorium fiel, zunutze. Sein Daumen tat ihm weh, und die Innenseiten seiner Finger waren voller Tinte. Nun beugte er sich noch einmal über seine Arbeit, kniff die Augen zusammen und hielt das Papier ins Sonnenlicht, um das Ergebnis seiner Mühen abzuschätzen. Er war sehr zufrieden mit seiner Schreibkunst und wußte, daß Gott, der von seinen Dienern immer nur das Beste verlangte, auch das Beste bekam, was sein Schreiber zu bieten hatte. Simeon war mit einem scharfen Auge gesegnet, besaß große Geduld und eine ruhige Hand, mit der er seine gottgegebenen Fähigkeiten ausübte.

Am Mittag dieses schönen Septembertages war Pater Simeon allein in dem stillen Skriptorium. Seine aus zwölf Waisen von St. Anne bestehende Klasse würde erst in einer Stunde erscheinen, begleitet von einer Gruppe Geistlicher und einem zusätzlichen Priester, der einen Dolch an seinem Gürtel trug und ein wachsames Auge auf einen ganz bestimmten Schüler hatte. Vor seinem inneren Auge sah er den Jungen, der groß war für seine Jahre und sehr schlank, blond und von aristokratischer Haltung und dabei so drahtig und undurchschaubar wie der Lehrling eines Diebes. Er lächelte bei dem Gedanken und spürte, wie seine Liebe zu Peter sich wie ein körperlich faßbares Ding in seiner Brust regte. Er war ein verkrüppelter Schreiber, ein Priester ohne besondere Bedeutung. Einst hatte ihn ein Wunder berührt, und Gott hatte ihm gestattet, diesen Segen gegen die Sicherheit dieses geliebten Kindes einzutauschen. Er war zufrieden, und in seinen Gebeten bat er nur darum, daß dieser Handel fortbestehen durfte.

Die Kopisten, die unter Simeons Aufsicht standen, hatten das Skriptorium bereits verlassen, um dem Gottesdienst beizuwohnen und anschließend im Refektorium ihr Mittagessen einzunehmen. Sie führten ein friedliches, wohlgeordnetes Leben; sie arbeiteten und beteten, sangen ihre Hymnen zum Lobpreis Gottes, schliefen gut in ihren von verschiedenen Gebetsstunden unterbrochenen Nächten, arbeiteten und beteten und sangen wieder. Und so wie es für sie war, war es auch für Pater Simeon of Beverley während der letzten acht langen Jahre gewesen: acht Jahre, und dann wandte er sich von seinem Pult ab, um neben sich eine schattenhafte, unter einer dunklen Kapuze verborgene Gestalt zu finden.

Kapitel 31

»Ihr seid das! Gütiger Gott im Himmel, Ihr!«

Seine Kopfhaut kribbelte. Er spürte die eisigen Finger einer bösen Vorahnung, die wie Krallen über sein Rückgrat strichen. Einen kurzen Augenblick sah er in den dunklen Teich in den Falten der Kapuze, wo die Schatten am tiefsten waren. Er sah nur Schwärze, und doch hatte er keinen Zweifel, daß er dem Fremden direkt in die Augen blickte. Da wurde die Tür des Skriptoriums aufgerissen, zwei Männer stürzten herein, und die Gestalt verschwand.

»Wir haben ihn gesehen!« rief eine vertraute Stimme. »Wir haben den mit der Kapuze gesehen!«

»Ich weiß«, antwortete Simeon leise, und alle Kraft schien ihn zu verlassen.

Osric griff mit grimmigem Gesicht und schmal gewordenen Augen den Priester am Arm. Seine andere Hand lag auf dem Griff seines Kurzschwertes, das an seinem Gürtel hing, so als wäre er bereit, selbst gegen überirdische Mächte zu kämpfen. In seiner Stimme lag eine gewisse Feindseligkeit, als er in einem rauhen Flüsterton fragte: »Was hat das zu bedeuten, Simeon? Welches Unglück wird er uns diesmal bringen? In Gottes Namen, was kann er denn jetzt noch von uns wollen?«

Simeon schüttelte den Kopf, aber noch während er versuchte, die offensichtlichste von allen Erklärungen zu leugnen, formten sich die Worte, die er am meisten fürchtete, auf seinen Lippen.

»Der Junge ... Er ist gekommen, um den Jungen zu holen.«

»Nein!« knurrte Osric. »Der barmherzige Gott darf das einfach nicht zulassen!«

»Was, nach acht Jahren?« protestierte Richard. Er war voller Erregung im Zimmer auf und ab gelaufen. »Er kommt, um ihn *jetzt* für sich zu beanspruchen, um ihn nach acht langen Jahren zurückzuholen?«

»Was sonst? Was sonst?«

»Vielleicht um uns zu warnen?« meinte Osric. »Damit wir auf der Hut vor unseren Feinden sind?«

»Ist das möglich?«

»Warum sollen wir daran zweifeln? Warum müssen wir unbedingt das Schlimmste glauben?«

Simeon erwiderte Osrics Blick mit einem Ausdruck der Qual in den Augen. »Weil wir, mein lieber Freund, hilflos wären, es zu verhindern, wenn er beschlossen hat, den Jungen von uns zu nehmen.«

»Warum sollte er das wollen?« fragte Osric. »Vor acht Jahren hat diese ... diese Erscheinung den Jungen *Hüter des Schreins* genannt. Er ist Peter of Beverley ... of *Beverley!* Sein Platz ist hier. Bei allen Göttern, Simeon, haben wir ihn vielleicht in all diesen Jahren geliebt und in all diesen Jahren mit unserem eigenen Leben beschützt, nur damit er uns jetzt wieder weggenommen wird?«

Simeon hielt dem zornigen Blick seines ältesten Freundes stand. Es waren jetzt graue Strähnen in Osrics Haar, Furchen, die sein Gesicht zeichneten und eine gewisse Steifheit in den Gelenken, aber er war noch genauso stark und schnell wie nur je, immer noch durch und durch Soldat. Er liebte den ernsten, kleinen Jungen, der von jedem Mann so eifrig alles aufnahm, was dieser ihn zu lehren hatte, und seinen Freunden dafür eine ganz besondere Freundschaft schenkte. Wie all jene, die bereitwillig zu Peters Wächtern und Lehrern geworden waren, liebte auch Osric, der Hospizbruder, den Jungen von ganzem Herzen und würde ihn nicht kampflos aufgeben.

»Gott gebe, daß es dazu nicht kommt«, sagte Simeon. »Was habt Ihr gesehen, mein Freund? Und Ihr, Richard? Hat es ein Wort gegeben, eine Geste, die uns sagen könnte, warum er gekommen ist?«

Beide Männer dachten konzentriert nach, bevor sie den Kopf schüttelten. Sie hatten gesehen, was Simeon gesehen hatte, eine Gestalt, die schweigend vor ihnen stand, und sie konnten nur raten, was das zu bedeuten hatte. Richard hob das Kreuz, das an einem seidenen Band um seinen Hals hing, an die Lippen und begann zu beten. Er trat in die Ecke des Raumes, in der eine flackernde Kerze auf dem winzigen, dem heiligen Petrus geweihten Altar stand. Dort bekreuzigte er sich, sank auf die Knie und erflehte mit leiser, tiefer Stimme den Schutz des Herrn für die Stadt Beverley. Er hatte vor fünf Jahren seine volle Ordinierung empfangen, und für ihn war der Priesterstand eine wahre Berufung. Sein Weg dorthin war nicht leicht gewesen, und dennoch war er fest davon überzeugt, daß allein die Macht des Gebetes, wenn es nur wirklich von Herzen kam, den Lauf eines jeden Menschenschicksals verändern konnte. Es gab Zeiten, da beneidete Simeon ihn um die Kompromißlosigkeit seines Glaubens. Mit einer solchen tief in seiner Seele verwurzelten Überzeugung mochte ein Mann wohl in der Lage sein, sich unsterblich zu fühlen.

Während Richard betete und Osric finster dreinschaute, erinnerte Simeon sich an das Unglück, das mit dem ersten Erscheinen dieser Gestalt in Beverley einhergegangen war. Es schmerzte ihn immer noch, an die vielen Toten und Verletzten zu denken, an die vielen Hunderte, die heimatlos geworden waren, an all die Verschwendung und Zerstörung in dieser schrecklichen Nacht.

»Ich habe seit vielen Jahren nicht mehr an ihn gedacht«, gestand er. »Ja wirklich, vielleicht habe ich mich sogar selbst davon zu überzeugen versucht, daß er überhaupt nicht existiert, daß das Ganze nur ein Spiel von Licht und Schatten war oder irgendeine seltsame Sinnestäuschung.«

»Das war auch gar nicht so unklug«, meinte Osric nickend. »Wir können nicht jeden neuen Tag in den Fesseln der Ängste von gestern beginnen.«

Simeon war durch die Tür getreten und stand nun mit halb geschlossenen Augen in der frischen, warmen Mittagsluft. Er blickte zu der fernen Grenzmauer hinüber aufs offene Land. Überall in den Sümpfen waren jetzt Lagerfeuer und notdürftige Unterkünfte zu sehen. Tiere grasten dort draußen, und Kinder spielten, denn die Fluten des letzten Winters waren vorüber und die des nächsten hatten noch nicht eingesetzt, und die freundlicheren Jahreszeiten hatten das Land wieder bewohnbar gemacht. Zu dieser Zeit des Jahres war die Stadt, obwohl die jährlichen Märkte bereits wieder verschwunden waren, immer noch überfüllt von Händlern und Reisenden, von Pilgern und Kaufleuten, die sich alle die letzten schönen Wochen zunutze machen wollten, bevor das Wetter wieder schlechter wurde. Die Ernte war gut gewesen in diesem Jahr, und die Wächter an den fünf Stadttoren Beverleys hatten reichen Gewinn gemacht, denn selten waren so viele Boote, Karren und Packpferde an ihnen vorübergezogen. Noch ein Sturm wie dieser letzte würde, wenn er heute über die Stadt hereinbrach, hundertmal mehr Menschen fordern als damals.

»Gütiger Gott, beschütze uns«, betete Richard, und seine Stimme hallte nun voll und laut durch das Skriptorium.

»Amen«, knurrte Osric durch zusammengebissene Zähne.

Das Münster, das sich hinter Simeon befand, ragte wie ein prachtvoller Wächter über alle anderen Kirchen empor; das einfache Glas seines großen Ostfensters funkelte im Licht, und die hellgelbe Oberfläche seiner Steine nahm unter den

Liebkosungen der Sonne einen sanften, goldenen Schein an. Der Himmel über ihnen war blau und ruhig, wie er es seit der Morgendämmerung gewesen war. Kein böses Omen lag in der Luft, keine Wolke hatte die Sonne verdüstert, kein Sturm sammelte seine Kraft über ihren Häuptern. Diesmal folgte kein schreckliches Unwetter den Spuren der Schattengestalt.

»Gütiger Gott, beschütze uns«, wiederholte Richard, und Simeon flüsterte leise und erleichtert: »Amen.«

Es war Antony, der die Schüler durch ein schmales Eisentor auf das Gebiet von St. Peter brachte. Im Gänsemarsch kamen sie ins Skriptorium, eine Reihe kleiner, grau gekleideter Gestalten in gekürzten Roben mit übergroßen Kapuzen und weiten Ledersandalen, die beim Gehen gegen ihre Füße klatschten. Simeon sah jedem der Kinder ins Gesicht, während sie vorübergingen. Sein Patensohn war nicht bei ihnen.

»Wo ist der Junge?« fragte er Antony, und Furcht stand in seinen Augen.

»Sie läßt ihn nicht von ihrer Seite«, sagte Antony. »Sie hat Angst um ihn, aber sie ist selbst gekommen, um ...«

Mehr als das brauchte er nicht zu sagen. Simeon nahm eine Bewegung am Tor wahr und blickte auf, um zu Elvira hinüberzusehen, die von zwei Männern begleitet wurde. Er ging auf sie zu, blieb jedoch unsicher vor ihr stehen, und obwohl sie beide die Hände ausstreckten, um einander zu begrüßen, berührten ihre Finger sich doch nicht. Ihre unerwartete Ankunft war ein bittersüßes Ereignis, das ihm Freude und Schmerz in gleichem Maße brachte. Er zog seine Liebe zu Elvira nicht länger in Zweifel, und er bat auch nicht seinen Gott, ihm das zu verzeihen. Sein heiliger Schwur betraf das Fleisch, und er würde sich bemühen, diesen Schwur auch im Angesicht der Versuchung zu halten. Und er würde sie lieben, wie er sie lieben mußte, und sich dafür nicht entschuldigen, denn die Liebe, die er empfand, war derart, daß Gott nicht einmal einen Priester dafür tadeln konnte.

»Du hättest nicht kommen sollen, Elvira«, sagte er zu ihr, aber noch während er die Worte aussprach, konnte sie in seinen Augen lesen, daß er sich freute, sie zu sehen.

»Ich muß Euch sprechen«, sagte sie.

»Ich weiß. Ich wäre nach dem Unterricht ohnehin nach St. Anne gekommen. Du hättest nicht zu kommen brauchen. Die Straßen sind voller Gefahren.«

Sie lächelte und gestattete es ihm, sie zu dem kleinen Kreuzgang zu führen, in dem er so oft auf und ab ging, um seinen Blick über das Flachland und die Sümpfe schweifen zu lassen, die zwischen Beverley und der Küste lagen.

»Ich werde gut beschützt«, erinnerte sie ihn. »Und außerdem sind die Straßen voller Händler und Kaufleute, und die Menge schart sich bereits um die Kapelle von St. Marie, um einen Blick auf die Gefangenen werfen zu können, die man heute zur Verhandlung nach York bringen wird. Ich bin in meiner Nonnentracht unbemerkt geblieben, und ich zweifle nicht daran, daß das auf meinem Heimweg genauso sein wird.«

Simeon spürte, wie sich die kurzen Haare in seinem Nacken aufstellten. Mit ihrem Mangel an Sorge um ihre eigene Sicherheit forderte sie das Schicksal heraus. Für einen kurzen Moment schloß er die Augen und betete zu Gott: *Vater, bewahre sie vor allem Schaden.*

Im Kreuzgang setzten sie sich auf einen Steinsockel, auf den warmes Sonnenlicht fiel. Zwei Priester gingen an ihnen vorbei, mit gefalteten Händen und zum Gebet gesenkten Köpfen.

»Ihr Priester«, sagte Elvira, als die beiden Männer vorüber waren. »Glaubt Ihr wirklich, Gott wünscht all diese gedankenlose Anbetung, all diese *Opfer*?«

»Er verdient gewiß für seine Güte unser Gebet«, erinnerte Simeon sie. »Und was die Opfer betrifft, in dieser Hinsicht folgen wir einfach seinem Beispiel. Schließlich hat er seinen Sohn für uns geopfert.«

Sie wandte den Kopf ab und sah ihn von der Seite an. »Ja wirklich, und wenn wir nun unseren Sohn für ihn opfern, was bleibt dann noch übrig von seinem wunderbaren Plan der Dinge?«

Simeon lächelte über ihre Frage. Sie beabsichtigte keine Gotteslästerung. Sie sprach nur aus, was sie dachte, was sie mit ihrer einfachen, unkomplizierten Vernunft begriff. Gottes Gnade machte auch nicht vor jenen halt, die es wagten, ihn in Zweifel zu ziehen. Eines Tages würde sie ihren Weg zu Gott finden, wenn es auch ein verschlungener Pfad war, über den sie gehen mußte, und Gott selbst würde in seiner Liebe zu ihr auch in dieser Zeit keinen Augenblick ins Schwanken geraten.

»Ihr müßt mit dem Jungen sprechen«, sagte sie mit plötzlichem Ernst. »Ich fürchte um seine Sicherheit. Er ist flink wie eine Katze und kommt und geht unter der Maske eines Straßenkindes. Ich schwöre, es gibt kein Schloß, das er nicht öffnen kann, keine Schranken, die er nicht durchbrechen könnte.«

»Ah«, sagte Simeon und nickte nachdenklich.

»Ah? Ist das alles, was Ihr zu seinen Eskapaden zu sagen habt?«

»Ich habe an den Heiligen gedacht, nach dem er benannt ist«, erklärte Simeon ihr. »Für seinen Glauben wurde ihm die Fähigkeit gegeben, zu binden und zu lösen. Auch ihn konnte kein Schloß aufhalten.«

»Oh? Und hat er es auch vorgezogen, seine Zeit unter der Erde zuzubringen, bei den Wasserratten? Hat er sich von seinen Studien weggeschlichen, um in die Kanalisation hinunterzusteigen, um in unbenutzte Brunnen hinunterzusteigen, sobald seine Mutter ihm den Rücken zukehrte?«

Simeon bemerkte den Ärger und die Sorge in ihrem Gesicht. »Solche Dinge tut Peter?«

»Sobald ich ihm den Rücken kehre. Er sagte, er habe einen Weg zum Hochaltar im Münster gefunden, und dort nimmt er zusammen mit den Kanonikern an jeder heiligen Messe teil, und sie wissen nicht einmal, daß er bei ihnen ist.«

»Ah«, sagte Simeon noch einmal. »Das erklärt seine genauen Kenntnisse von Dingen, über die er eigentlich noch nichts wissen sollte. Außerdem bestätigt es, daß Pater Cuthbert doch noch nicht so senil ist, daß er sich einen kleinen Jungen vorstellt, wo keiner ist. Gibt Peter zu, daß er seine Zeit mit Cuthbert verbringt?«

»Ja, das tut er. Und er gibt zu, in der Kirche zu spionieren und private Unterhaltungen zwischen den Kanonikern und ihren Vikaren zu belauschen. Nach allem, was ich weiß, halte ich es nicht einmal für ausgeschlossen, daß er belauscht, was im Beichtstuhl gesagt wird, und was würde das auch schon für eine Rolle für uns spielen? Unsere erste Sorge muß seiner Sicherheit gelten, und da er sich weigert, mir zu gehorchen, müßt Ihr ihm verbieten, jemals wieder in diesen verfallenen Brunnen hinabzuklettern, Simeon. Ihr müßt eine Möglichkeit finden, ihn davon abzuhalten, bevor er sich da unten etwas zuleide tut.«

»Ich werde mit ihm sprechen«, stimmte Simeon zu. »Aber ich kann nicht versprechen, daß mein Gespräch das Ergebnis zeitigen wird, auf das du hoffst, Elvira. Wir dürfen nicht vergessen, daß er eine Aufgabe hier hat, und möglicherweise ist sein letztes Abenteuer ein Teil davon. Er muß frei sein, um zu tun, was er tun muß.«

»Simeon, er ist erst acht Jahre alt«, protestierte sie.

»Und keineswegs wie andere Jungen seines Alters. Er weiß, was er will, Elvira.«

Sie nickte und senkte den Kopf, um auf ihre Finger hinunterzublicken, die sich rastlos in ihrem Schoß hin und her bewegten. Sie hatte gewünscht, daß er ihr ihre Furcht nehmen würde, daß er die Dinge wieder in Ordnung bringen würde, aber tief in ihrem Herzen hatte sie schon vorher gewußt, daß sie damit zuviel verlangte.

»Ich dachte, ich hätte diesen Mann heute gesehen«, sagte sie schließlich. »Den Mann mit der Kapuze, der sein Pferd in den Tod geritten hat, um den kleinen Peter herzubringen. Ich kann mich natürlich auch geirrt haben …«

Er hörte die Hoffnung in ihrer Stimme und wußte, daß er sie mit seiner Antwort zunichte machen mußte.

»Du hast dich nicht geirrt, Elvira. Er war hier. Auch wir haben ihn gesehen.«

»Ich verstehe.« Sie räusperte sich und schaffte es mit großer Willensanstrengung, sich zu fassen, bevor sie fragte: »Ist er gekommen, um Peter zu holen?«

»Ich weiß es nicht.«

Elvira nickte. Sie sah ihm in die Augen und sah dort, was

sie nicht zu sehen wünschte, daß er nämlich genau solche Angst hatte wie sie.

»Kann man ihn aufhalten?«

Er schüttelte den Kopf. »Nicht mehr als den Sturm, der ihn vor acht Jahren hierhergebracht hat.«

»Ich verstehe«, sagte sie noch einmal, erhob sich dann und machte sich bereit, den Kreuzgang zu verlassen. »Ich muß zurück. Es gibt vielleicht noch etwas, das ich tun könnte …«

Er berührte sie ganz sanft am Arm, und seine Stimme war heiser. »Mein Liebes, es gibt nichts, was du tun könntest.«

»Ich werde ihn nicht aufgeben«, rief sie. »Er ist mein Sohn. Ich werde ihn nicht aufgeben.«

»Elvira. Peter ist genausowenig dein Sohn, wie er meiner ist, und weder du noch ich haben Einfluß auf sein Schicksal. Er gehört uns nicht. Das wußten wir von Anfang an. Er hat uns nie gehört.«

Ihre Augen blitzten auf, und sie warf den Kopf in den Nacken, so daß ihre schwere Kapuze heruntergleitt und ihr langes, dunkles Haar im Sonnenlicht funkelte.

»Ich werde ihn nicht aufgeben«, rief sie noch einmal, hob dann ihre Röcke und lief ihm davon.

»Elvira, warte.«

Simeon ging hinter ihr her, hielt sie am Arm fest und drehte mit seiner freien Hand ihr Gesicht zu sich herum, so daß sie ihm in die Augen blicken mußte. Er sah den Schmerz dort und die Tränen, die sich in glitzernden Tropfen über ihre Wangen ergossen. Sie weinen zu sehen war mehr, als er ertragen konnte.

»Elvira … Elvira …«

Und plötzlich lag sie in seinen Armen, ihr Leib preßte sich hungrig gegen den seinen, ihre Arme schlangen sich um seinen Hals, und ihre Tränen brannten heiß auf seinen Wangen. Sie flüsterte wieder und wieder seinen Namen, während er sie mit seinen starken Armen festhielt, und als sein Mund endlich den ihren fand, keuchten sie beide angesichts der gewaltigen Intensität dieser Liebkosung.

»Gott weiß, ich liebe dich … Gott weiß, ich liebe dich …« Seine Worte waren ein heiseres Flüstern, dicht an ihrem

Mund, denn er war unfähig, sich von der leidenschaftlichen Süße ihres Kusses zu lösen.

»Mein Liebster, mein Geliebter.« Sie nahm sein Gesicht in beide Hände und küßte seinen Mund mit einem Hunger, der ihm den Atem raubte. Sie spürte die Stärke und die Härte seiner Reaktion, die suchende Zärtlichkeit seiner Lippen und seiner Finger, und dann hörte sie ebenso wie er die zu Herzen gehenden Klänge des heiligen *Te Deum*. Die Glocke von St. Peter begann zu läuten, süß und langsam, während gleichzeitig die reine, hohe Stimme des Kantors dem Chorgesang vorausging.

»O Gott!« Simeon drückte sie fest an sich. Sein Herz raste, seine Sinne standen in Flammen, aber er spürte, wie er mit brutaler Plötzlichkeit in die Wirklichkeit zurückgerissen wurde. Elvira klammerte sich noch immer an ihn, und ihr Atem ging stoßweise. Er hielt sie genauso fest wie vorher, aber sie standen jetzt beide ganz still da, ließen ihre Leidenschaft verebben und waren sich deutlich bewußt, daß diesmal zumindest sein Gott und seine Kirche zwischen sie getreten waren, damit er seine Schwüre halten konnte.

Mehrere Minuten vergingen, während sie in fast verzweifelter Umarmung dastanden. Es war Simeon, der der Situation ein Ende machte. Er drückte seine Lippen auf ihre Stirn, küßte dann ihre geschlossenen Augen und hielt sie schließlich um Armeslänge von sich weg. Es waren keine Worte notwendig zwischen ihnen: Ihre Liebe hatte bereits einen Weg gefunden, sich mit all ihrer Tiefe und Gewalt auszudrücken. Er küßte ihre Hände, und sie küßte die seinen, und dann traten sie, immer noch schweigend, aus dem kleinen Kreuzgang hinaus auf den Kirchhof, wo Pater Richard und ihr zweiter Begleiter warteten.

»Bringt Schwester Cecily zurück ins Kloster«, sagte er ihnen mit gepreßter, unglücklicher Stimme. »Und sorgt dafür, daß niemand ihr etwas zuleide tut.« Und während er sich schmerzlich danach sehnte, sie ein letztes Mal berühren zu dürfen, bevor sie davonging, flüsterte er ihr zu: »Gott segne und bewahre dich, meine Liebste.«

Es waren vier Gefangene auf dem Karren, der vom Gefängnis der Propstei in Hall Garth um das Münster herumfuhr und von dort aus weiter über die ungleichmäßigen Pflastersteine der Eastgate holperte. Drei Männer und eine Frau waren mit den Handgelenken an die schweren Pfosten des Wagens gebunden, unverfehlbare Ziele für die höhnende Menschenmenge, die sie anspuckte und mit verfaulten Früchten und Gemüse bewarf. Die vier waren zerlumpt und blutverschmiert, allesamt nutzlose Vagabunden, die sich zusammengetan hatten, um das heilige Grab von St. John of Beverley zu berauben. Das rätselhafte Läuten der Kirchenglocken mitten in der Nacht hatte mehrere Priester aus ihren Betten gerissen, so daß die Räuber auf frischer Tat ertappt wurden. Da es Priester waren, deren Aussage nicht bezweifelt werden konnte, wurden die Sünder schon in dem Augenblick, da man sie gefangennahm, für schuldig befunden. Man würde in York kurzen Prozeß mit ihnen machen, denn das Ausrauben heiliger Gräber konnte nicht so leicht verziehen werden, und wer würde es wagen, für ein solches Sakrileg einen weltlichen Preis zu fordern?

Elviras Begleiter zogen sie beiseite, als der Wagen von der Eastgate aus auf den Marktplatz fuhr, wo die Menschenmenge am dichtesten war. Er war auf dem Weg nach St. Marie, um dort den gewohnten Segen zu erhalten, und von dort aus würde er sich über die große Yorkstraße auf die lange, mühselige Reise in die Hauptstadt machen. Als sich das Gebrüll mit neuer Macht erhob und verfaulte Äpfel und Kohlköpfe durch die Luft zu fliegen begannen, wurde Elvira von einer plötzlichen Bewegung in der Menge davongetragen. Ein schwerer Gegenstand traf ihren Kopf, sie schrie laut auf und stolperte – und spürte den festen Griff eines Mannes um ihren Arm. Ihr Retter, der zwar nicht gerade sanft mit ihr umging, hatte sowohl die körperliche Kraft als auch die Geistesgegenwart, sie zu stützen, bis sie sicher an der Wand eines Hauses stand, und sich mit seinem eigenen Körper zwischen sie und die brüllende, tobende Menge zu stellen. Die Gefahr war in einem Augenblick vorüber, aber als sie versuchte, sich zu befreien, hielt ihr Retter sie fest und lachte laut über ihre vergeblichen Bemühungen. Sie hatte direkt nacheinander plötzlichen Schmerz, Angst und Erleichterung erlebt, aber jetzt spürte sie etwas ganz anderes, und dies beunruhigte sie weit mehr als alles, was sich vorher ereignet hatte. Sie war gefangen und verletzlich, der Gnade dieses muskulösen Mannes ausgesetzt, der sie, wenn er wollte, in seinem Umhang verbergen und von hier fortbringen konnte. Sie suchte nach einer Möglichkeit, sich zu befreien, erhaschte einen Blick auf Pater Richard, der sie ängstlich überall in der Menge suchte und begriff, daß sie nicht zu sehen war, solange der kräftig gebaute Fremde vor ihr stand.

»Ich bedanke mich für Eure Hilfe, guter Herr«, sagte sie so ruhig sie es vermochte. »Jetzt seid bitte so freundlich, mich wieder zu meinen Begleitern zurückzubringen.«

»Das werde ich schon tun, kleine Schwester der Barmherzigkeit«, erwiderte eine kultivierte Stimme. »Aber zuerst möchte ich doch das Gesicht unter der Kapuze sehen.«

Zu spät versuchte sie ihre Kapuze festzuhalten. Er riß sie ihr vom Kopf, packte sie dann bei den Schultern und starrte in ihr Gesicht mit dem Blick eines gierigen Mannes, der einen kostbaren Schatz entdeckt hatte. Ihr Herz sank. Sie kannte diesen Mann. Sie kannte ihn vom Aussehen als Cyrus de Figham, den ehemaligen Vikar und jetzigen Kanonikus von St. Martin, einen Mann, der so dunkelhaarig wie Simeon blond war und seinem Ruf nach zu urteilen in Charakter und Temperament in jeder Hinsicht Simeons Gegenteil war. Er war tatsächlich genauso schön, wie die jüngeren Schwestern im Kloster behaupteten, und in seinen verschlagenen, schwarzen Augen sah Elvira, daß auch die anderen Geschichten, die man sich von ihm erzählte, stimmten. Dieser Mann war ein Verderber, der nach verbotenen Früchten hungerte, und dessen Begierden auch nicht vor Klostermauern und Kinderzimmern haltmachten. Jetzt sah er sie mit unverhohlener Lüsternheit an. Er fuhr sich über die Lippen und grinste höhnisch, und Elvira bekam eine Gänsehaut.

In diesem Augenblick hörte sie jemanden aus der Menge ihren Namen rufen. Ihren alten Namen.

»Elvira? Elvira? Bei allen Heiligen, ist es möglich ... *Elvira?*«

Der Klang dieser vertrauten Stimme ließ heiße Furcht in ihrem Herzen aufflammen, und sie versuchte von neuem verzweifelt, sich zu befreien. Sie kämpfte wie wild gegen de Figham an, denn sie wußte, sie mußte um jeden Preis vermeiden, wiedererkannt zu werden.

»Elvira! Du *bist* es!«

»*Schwester Cecily!*«

Der junge Priester, der sie begleitet hatte, streckte ihr die Hand entgegen, als es ihr endlich gelang, sich von de Figham zu befreien, und mit einem einzigen, kräftigen Ruck zog er sie zurück in das Gedränge und begann sich mit ihr einen Weg durch eine der schmalen Gassen zu bahnen. Sie hörte die andere Stimme noch hinter sich herrufen, während sie fortlief: »Elvira, warte, Elvira!«

Gerade als er sich daranmachen wollte, der entfliehenden Elvira zu folgen, spürte Erik, der Grabenbauer, eine schwere Hand auf seiner Schulter. Der Mann, der ihn von hinten festhielt, war ein Priester, der schwarzäugige Kanonikus Cyrus de Figham, und obwohl er den Mann nicht mochte, war Erik doch erleichtert, zu sehen, daß es nicht einer der Häscher des Königs war. Er war älter und mit den Jahren auch härter geworden, aber immer noch kräftig gebaut und auf seine eigene Art und Weise gutaussehend, nur daß man ihm inzwischen sein linkes Ohr gestutzt hatte und daß an seiner rechten Hand zwei Finger fehlten. Ein Ritter hatte ihn beim Wildern auf seinem Land jenseits des Westwaldes erwischt. Für das Lamm hatte er zwei Finger geben müssen und für den Biber ein Ohr, aber wäre der Ritter nicht so freundlich gewesen, hätte er durchaus auch sein Leben verlieren können.

»Was willst du von der Schwester?« fragte Cyrus de Figham, und sein Griff war so fest, daß der jüngere Mann trotz der dicken Muskeln, die seine Schulter polsterten, zusammenzuckte. »Sprich, du schmutziger Hund, oder ich werde mir dein anderes Ohr holen, so Gott mir helfe.«

»Sie ist meine Frau«, sprudelte es aus Erik heraus. »Sie

wurde mir vor acht Jahren gestohlen, und man hat mir gesagt, sie sei ertrunken. Aber das war sie. Ich würde sie überall erkennen. Das war meine Frau Elvira.«

»Unsinn!« knurrte de Figham und schlug den Grabenbauer mit seiner freien Hand ins Gesicht. »Der Priester, der sie mitgenommen hat, nannte sie Cecily. Sie ist eine der Kleinen Schwestern der Barmherzigkeit von St. Anne. Wie kannst du es wagen, dir auch nur vorzustellen, eine solche Frau könnte einst dein Weib gewesen sein?«

»Aber Pater, ich habe sie doch mit eigenen Augen gesehen. Ich habe ihr Haar gesehen, ihr Gesicht …«

»Und ich sage, du irrst dich, Dieb!«

»Gott ist mein Zeuge, Herr …«

Cyrus holte eine Münze aus seinem Gürtel, hielt sie zwischen Finger und Daumen und sah, wie die Gier in den Augen des Grabenbauers aufflammte und wie er sich mit der Zunge über die Lippen leckte.

»Ich sage, du irrst dich, Dieb.«

»… oh … nun ja, vielleicht … das Licht ist hier nicht besonders gut … die vielen Menschen …«

»Du kennst die Dame nicht«, knurrte Cyrus.

»Das stimmt«, erwiderte der Grabenbauer mit eifrigem Nicken und ohne die Münze aus den Augen zu lassen. »Ich habe mich geirrt.« Er versuchte, Cyrus die Münze aus der Hand zu reißen, aber dieser hielt sie fest.

»Hör mir gut zu, du Hund. Du kennst sie nicht, und wenn du es wagst, etwas anderes zu behaupten, wird dieser Dolch an meinem Gürtel dir das andere Ohr nehmen und auch alle deine übrigen Finger, einen nach dem anderen.«

»Jawohl, Herr. Ich meine, nein, Pater. Ich habe mich geirrt. Das schwöre ich. Es war ein Irrtum, ein törichter Fehler …« Diesmal schaffte er es, die Münze an sich zu reißen, und verschwand mit seiner Beute in der Menge. Und als er erst ein Viertel ihres Werts in gutes Bier umgesetzt hatte, war er tatsächlich davon überzeugt, eine Fremde gesehen und irrtümlich für seine vor langer Zeit verstorbene Ehefrau Elvira gehalten zu haben.

Cyrus de Figham starrte in die Ferne, wo die schreienden

Städter noch immer dem Karren, der zur Kapelle von St. Marie holperte, hinterherliefen. Es ließ sich ein hübscher Profit aus dieser Sache schlagen, wenn man den Augen des Grabenbauers trauen durfte, und daran zweifelte er keine Sekunde lang. Wenn diese junge Frau, die das Gewand einer Nonne trug, wirklich seine Ehefrau war, dann würde es gewiß Leute geben, die bereit waren, für diese Information zu zahlen.

»Elvira, die Frau des Grabenbauers«, sagte er laut, und ein heimliches, bösartiges Lächeln spielte um seine Lippen. »Oder bist du das etwa nicht, Schwester Cecily, Kleine Schwester der Barmherzigkeit von St. Anne, die du dich da hinter der Keldgate-Barre versteckst? Es spielt keine Rolle, wer du in Wirklichkeit bist, denn alle Frauen sind Huren mit einem Mann zwischen ihren Beinen. Aber dich werde ich bekommen. Gott ist mein Zeuge, ich werde meinen Anteil von dir erhalten, bevor ich dich diesem stinkenden Grabenbauer zurückgebe.« Als Cyrus sich immer noch lächelnd umdrehte und sich daranmachte, sich seinen Weg durch die Menschenmenge zu bahnen, die immer noch auf dem Marktplatz stand, hatte er nicht bemerkt, daß noch andere Augen diese verräterische Szene mit angesehen hatten. Die Augen des anderen Mannes hatten die Schönheit der Frau und den lüsternen Blick des Priesters, während er sie in seinen Armen hielt, wohl bemerkt. Auch hatte er die Bestechung gesehen und den Protest des Grabenbauers gehört. Und noch mehr als das, er hatte die beiden Priester erkannt, die die Frau begleitet hatten, vor allem den großen jungen Mann, der sie in dem Augenblick, als der Grabenbauer sie erspäht hatte, zurück in die Menge gezogen hatte. Das war Pater Richard von St. Peter gewesen, Simeons Mann.

Daniel Habicht war nicht mehr so hübsch, auch nicht mehr so arrogant wie früher. Jedes einzelne seiner achtundzwanzig Jahre war in den tiefen Linien seines fein gemeißelten Gesichtes zu sehen und enthüllte sich auch in der Dürftigkeit seines vorzeitig ausgefallenen Haares. Daß ein stolzer Mann wie er so früh sein prächtiges Haar verlor, entging kaum jemandem, der ihn kannte. Mit fünfzehn Jahren hatte man Daniel Habicht für die Kirche den Schädel geschoren, aber danach hatte keine Klinge mehr seinen Kopf berührt, denn seine eigene Eitelkeit und das Vergnügen, das sein Herr an seinem vollen Haar fand, hatten dies verboten. Er hatte die Tonsur verworfen und sich angewöhnt, sein Haar nach normannischer Manier zu tragen, lang und dicht und im Nacken mit einer schönen Brosche oder einem Streifen bestickten Stoffs zusammengebunden. O ja, er war stolz, und für diese Sünde hatte Gott ihm den Gegenstand seines Stolzes beraubt.

Jetzt lag ein bitterer Zug um seinen Mund und eine gewisse Wachsamkeit in seinen einst so hübschen Augen. Er war mißtrauisch geworden, denn nach den weichen Tagen seiner Jugend hatte er gelernt, mit der Unsicherheit des Schicksals zu leben und seine Chancen zu nutzen, wo sie sich ihm boten. Daniel Habicht war nicht länger der verhätschelte Liebling seines Herrn und mußte nun um sein Überleben kämpfen. Seine Waffen waren Schmeichelei und Unterwürfigkeit und die frischen Knaben, die er Wulfric de Morthlund von Zeit zu Zeit lieferte, damit dieser seine fleischlichen Begierden befriedigen konnte. Er stand noch immer in der Gunst des dicken Mannes, denn nur ein Narr würde es wagen, sich diese Gunst zu verscherzen; allerdings war seine Existenz jetzt schwieriger geworden, und er war gezwungen, an dem Tisch zu dienen, an dem er einst wie ein Fürst gespeist hatte.

Nun sah Daniel eine Möglichkeit, seinem Herrn zu Gefallen zu sein, eine Möglichkeit, die aus sentimentalen Gründen zu übersehen er sich nicht leisten konnte. Wenn diese Frau sich nur als Nonne verkleidete und in Wirklichkeit die Frau des Grabenbauers war, dann hatte man viele einflußreiche Männer, einschließlich Wulfric de Morthlund, zum Narren gehalten, und das nun schon seit acht langen Jahren. Und wenn sie noch lebte, war es möglich, daß auch das Kind noch lebte. Was würde de Morthlund davon halten, wenn ein bescheidener Priester ohne besonderen Ehrgeiz jeden Grund hatte, sich auf seine Kosten ins Fäustchen zu lachen?

Daniel wußte, daß sein Herr ein unversöhnlicher Mann

war, und ausnahmsweise einmal war er geneigt, ihm für diesen Fehler dankbar zu sein. Er brauchte dringend ein Geschenk, das er dem dicken Mann darbringen konnte, und obwohl er keinen Groll gegen Pater Simeon hegte, war doch jede kleine Gunst jetzt für ihn so kostbar, daß er nicht anders konnte, als jede Gelegenheit, die sich ihm bot, beim Schopf zu packen.

Kapitel 32

Es war mitten am Nachmittag, als Simeon in St. Anne ankam, und zu dieser Zeit hatte man ihn bereits über alles informiert, was sich auf dem Marktplatz ereignet hatte. Seine erste Sorge hatte Elviras Wohlergehen gegolten. Die Wunde an ihrem Kopf war nichts als eine kleine Beule, die sie kaum spürte, aber die Bedrohung für ihre zukünftige Sicherheit konnte sich als unberechenbar erweisen. Richard hatte sie gerade in dem Augenblick weggezogen, als der Grabenbauer sie erkannt hatte, aber dabei hatte er ihren Namen laut ausgesprochen, und jedermann, der nur halbwegs bei Verstand war, würde nun die Verbindung zwischen den beiden herstellen können. Und eine widerwärtige Fügung des Schicksals hatte gewollt, daß ihr Retter kein Geringerer gewesen war als Cyrus de Figham, der gewiß keine Ruhe geben würde, bevor er nicht das Rätsel zu seiner Zufriedenheit gelöst hatte.

Simeon ging direkt in die Gemächer der Äbtissin und verbrachte dort einige Zeit mit Mutter Constance allein in dem kleinen Vorraum neben ihrem Büro. Sie war mittlerweile über sechzig und gestattete es den Gedanken nur selten, allzu lange in den Bereichen des Weltlichen und Gewöhnlichen zu verweilen. Sie hatte ihr Leben in St. Anne ohne wahre Berufung begonnen, nur von der wilden Entschlossenheit erfüllt, Erfolg zu haben und über andere zu herrschen. Weder das eine noch das andere war ihr versagt geblieben, denn ihr Kloster war zu einer wichtigen Macht innerhalb Beverleys geworden. Sie hatte die Zahl seiner Mitglieder vergrößert, ebenso sein Land und sein Einkommen, und die immer größeren Schatztruhen hatten schließlich auch seinen Status gehoben. Und im Laufe der Jahre hatte sich auch ihr lebenslänglicher Ehrgeiz erfüllt: ihren Namen, den Namen von Mutter Constance, der Äbtissin von St. Anne, in Beverley zu den großen Namen der Kirche gerechnet zu sehen.

Trotz ihres sanften Wesens und ihrer stetigen Bezugnahme auf den Willen des Allmächtigen konnte die Äbtissin genauso skrupellos sein wie jeder Marktschreier, wenn es um die Interessen ihres Klosters und der vielen Männer und Frauen ging, die davon abhängig waren. Sie hatte lange und zäh verhandelt, bevor sie zugestimmt hatte, Elvira und dem Jungen Zuflucht zu gewähren, und ihre Habgier war es auch diesmal, auf die Simeon sich nun verließ. Die Mutter Oberin würde gewiß nicht begeistert sein, eine zwar bescheidene, aber stetige Einkommensquelle zu verlieren. Um sie zu beschützen, würde sie vielleicht auch ein gewisses Maß an List dulden oder sich zumindest bereitfinden, ihre Augen davor zu verschließen.

Der Junge wartete in Elviras Garten. Bei Simeons Eintritt erhob er sich respektvoll, und eine Weile sahen sie einander ernst und nachdenklich an. Simeon legte seine Hand auf das goldene Zeichen, das er an einer Kordel um den Hals trug – seit acht Jahren jetzt. Es war das Symbol von St. Peter und der Name des Pferdes, das das Kind nach Beverley gebracht hatte: Kephas, der Fels, *Peter*.

»Gütiger Gott«, betete er schweigend, »hilf mir, deinen Willen zu erkennen.« Und laut sagte er: »Peter, ich habe gehört, daß du deiner Mutter nicht mehr so gehorchst, wie du es früher getan hast.«

»Nur, wenn es nicht anders möglich ist«, erwiderte der Junge.

Simeon lächelte. »Und ist es nicht anders möglich, als daß du in die Erde hineinkriechst, um die privaten Gespräche von Priestern und Kanonikern zu belauschen?«

»Manchmal schon, Pater.«

»Du verfolgst also ein ganz bestimmtes Ziel?«

»Jawohl, Pater.«

Die Antwort des Jungen war einfach und direkt. Simeon nickte und zeigte auf den breiten Rand des Brunnens, auf dem sie zusammen Platz nehmen konnten.

»Vielleicht ist die Zeit gekommen, daß wir uns einmal über gewisse Dinge unterhalten müssen, von Mann zu Mann und ganz ehrlich«, meinte er.

Der Junge sah ihn eine Weile ernst an, nickte dann langsam und nickte: »Ja, Pater, ich glaube, die Zeit ist gekommen.«

Als die Mutter Oberin in den Besucherraum trat, hatte der Kanonikus von St. Martin schon fast eine Stunde dort auf sie gewartet. Zwei Fässer Branntwein und ein Faß Salz hatte er ihr zuvor als Zeichen seiner Wertschätzung überbringen lassen; sie beide wußten, daß es eine Bestechung war und daß er eine Gegenleistung von ihr erwartete. Er hielt in seinem ruhelosen Umherwandern gerade lange genug inne, um seine Gastgeberin mit der Höflichkeit zu begrüßen, die sie verdiente. Dann wartete er, bis sie behaglich auf einem Stuhl in der Ecke saß und durchmaß dann von neuem die ganze Länge des Raumes mit seinen weit ausholenden Schritten. Es war ziemlich düster in dem Raum, denn die schweren Vorhänge waren zugezogen, und die Äbtissin hatte angeordnet, daß die Kerzen nicht entzündet werden sollten. Wegen der Dunkelheit im Zimmer konnte sie erst, als ihr Gast an das gegenüberliegende Fenster trat, das ein wenig Sonnenlicht einließ, erkennen, daß er immer noch so schön war, wie sie ihn in Erinnerung hatte. Sie würde nicht enttäuscht werden. Cyrus de Figham war tatsächlich eine auffällige Erscheinung, groß und breitschultrig und von arroganter Wesensart. Sein dunkles Haar hatte ein kupfernes Glühen, und seine Augen glitzerten wie Quecksilber. Sie spürte seine Ungeduld, endlich zur Sache zu kommen, und sein Widerwille gegen ihre Anwesenheit war unübersehbar, als er schließlich stehenblieb, um zu fragen:

»Madame, ist es wirklich notwendig, daß Ihr als Anstandsdame für eine Eurer Schwestern der Barmherzigkeit fungiert, wenn sie einem *Priester* gegenübertritt?«

Sie lächelte über seine Worte. Wie so viele Männer in seiner Position wollte er sie glauben lassen, die Priesterschaft habe ihn entmannt. Sie konnte an den Fingern einer Hand abzählen, wie viele Priester ihr in einem halben Jahrhundert begegnet waren, die auch nur zu einem kleinen Maß an Selbstverleugnung fähig waren. Priester waren auch nichts anderes als Männer, niedrige Tiere von der Taille abwärts, und an dieser Tatsache änderte selbst ein rasierter Schädel nichts.

»Es ist mein Wunsch«, sagte sie milde und sah, wie seine schwarzen Augen zur Antwort aufflackerten. Dieser hier gefiel ihr. Es mangelte ihm nicht an Feuer oder Geist, wie es bei so vielen anderen Priestern der Fall war, die sie um eine Gunst ersuchten. Wie auch der überaus gutaussehende Simeon, der ihr Liebling war, so hatte auch dieser hier seine verborgenen Stärken und aufregende Unterströmungen, die sie bewunderte. Es war ihr Los gewesen, viele große Männer zu beherrschen und einige sogar zu brechen, aber ihre Instinkte sagten ihr, daß sie hier einen Mann vor sich hatte, der sich nur so lange dem Willen eines anderen unterwarf, wie es ihm selbst gefiel. Er war tatsächlich ein würdiger Gegner für Simeon. Mutter Constance kicherte leise. Zwei starke Männer an einem Tag und zwei interessante Episoden in genauso vielen Stunden – das Leben hielt doch immer noch seine kleinen Freuden für sie bereit.

Die Kleine Schwester der Barmherzigkeit gesellte sich schließlich und endlich zu ihnen. Sie schlüpfte leise ins Zimmer, schloß lautlos die Tür hinter sich, ein kleines, zartes Geschöpf, das mit gesenktem Kopf im Schatten stand.

»Ihr habt einen Besucher, Schwester Cecily«, sagte die Äbtissin. »Unser Bruder in Christo, Pater Cyrus von St. Martin, möchte mit Euch sprechen.«

»Jawohl, Mutter Oberin.« Die bescheidene Antwort wurde von einem kleinen Knicks begleitet.

Cyrus de Figham war nun stehengeblieben und sah die junge Frau mit über der Brust gekreuzten Armen an. Er fuhr sich mit der Zunge über die Lippen, atmete tief ein und stieß die Luft mit einem langen Seufzer wieder aus. Er hätte es vorgezogen, sie in vollem Licht zu sehen, denn er hatte ein unwiderstehliches Bild von rabenschwarzem Haar, das ein ovales Gesicht umrahmte, in Erinnerung und von großen, braunen Augen, die so dunkel und feurig waren wie seine eigenen. Er hätte es außerdem vorgezogen, sie allein zu treffen, aber da die alte Frau darauf bestand, anwesend zu sein, mußte er sich mit einer Zurückhaltung betragen, die ihn fast an den Rand des Wahnsinns trieb. Er würde seine Worte mit besonderer Sorgfalt wählen, damit sein Vorschlag dem Mädchen klar wurde, ohne daß er das Risiko einging, der Äbtissin zu mißfallen. Er war nach St. Anne gekommen, weil er eine gottesfürchtige Frau suchte, die ihm seinen priesterlichen Haushalt in Figham führte. Dies war keine ungewöhnliche Bitte in einem Kloster, nur wollte er dieser Priesterhure ganz klarmachen, daß sie, war sie erst einmal in Figham, ihm mit Haut und Haaren gehören würde. Allerdings mußte er sehr vorsichtig zu Werke gehen, denn das letzte, was er wollte, war, daß die alte Katze ihre Krallen ausfuhr und ihm die Türen ihres Klosters vor der Nase zuschlug.

Diskret in die Wand eingelassen war ein Gitter, ganz in der Nähe der Stelle, an der die junge Schwester der Barmherzigkeit stand. Der Vorhang vor dem Gitter war ein kleines Stück zur Seite gezogen worden, und auf der anderen Seite stand ein unsichtbarer Beobachter, der die Ereignisse im Raum aufmerksam verfolgte. Wenn die Mutter Oberin davon wußte, so ließ sie sich jedenfalls nichts anmerken. Und wenn Cyrus de Figham die Gegenwart eines solchen Zeugen auch nur vermutet hätte, hätte er vor Wut geschäumt und wäre ohne ein einziges Wort wieder gegangen.

»Ihr könnt jetzt ungehindert sprechen«, drängte ihn die Äbtissin.

Cyrus unterdrückte die kryptische Bemerkung, die ihm auf der Zunge lag, trat näher an die Schwester heran und lächelte, um die ungeduldige Schärfe in seiner Stimme zu mildern.

»Erinnert Ihr Euch an mich, Schwester Cecily?«

»Ja, gewiß, Herr«, erwiderte sie. »Wenn Ihr nicht gewesen wäret, hätte die Menge mich vielleicht niedergetrampelt.«

»Eine Kleinigkeit«, erklärte er mit einer knappen Verbeugung. »Ich frage mich nur, wie es kommt, daß wir uns früher nicht begegnet sind. Wie lange seid Ihr jetzt schon in St. Anne?«

»Schon sehr lange, Herr. Als ich mit meinem Sohn hierher kam, war ich …«

»Ein Sohn?« warf er ein. »Ihr gebt zu, einen Sohn zu haben?«

»Jawohl, Herr. Er ist ein guter Junge. Und er hat hier ein gutes Zuhause.«

»Ihr wart also verheiratet?«

»So ist es, mein Herr.«

Cyrus ließ ein zufriedenes Grinsen über sein Gesicht spielen. Jetzt hatte er sie! Sie konnte kaum hoffen, der Entdeckung zu entgehen, solange sie den Bastard des Priesters bei sich hatte. Er kannte Ihr Geheimnis, und derjenige, der die Schuld eines anderen aufdecken kann, ist immer im Vorteil. Und vor allem konnte er sich keine bessere Möglichkeit denken, Gewalt über einen anderen Mann auszuüben, als die, seinen Sohn bei sich aufwachsen zu lassen, als Knecht und ohne daß sein Vater Zutritt zu ihm hatte.

»Ich glaube, Ihr habt Eure heiligen Gelübde noch nicht abgelegt, Schwester Cecily?«

Sie schüttelte den Kopf.

»Nun denn, ich habe vor, Euch einen Platz in meinem Haushalt anzubieten. Ich brauche eine Frau dort, und Ihr scheint sehr passend zu sein, und Euer Junge ist unter meinem Dach genauso sicher wie in der Obhut der Mutter Oberin. Ich werde dem Kloster natürlich eine großzügige Entschädigung für den Verlust Eurer Dienste anbieten.«

»Aber ich würde lieber hierbleiben …«

»Was?« fragte er kalt. Er hatte gehofft, sie würde es nicht wagen, eine eigene Meinung zu äußern. »Was habt Ihr da gesagt?«

»Ihr seid sehr freundlich, Herr, aber unser Zuhause ist hier, wo wir glücklich sind und …«

Er gab seiner Stimme absichtlich eine besondere Schärfe. »Ihr überrascht mich, Schwester Cecily. Der allmächtige Gott hat in seiner Gnade Eurem Schicksal eine glückliche Wendung gegeben. Wollt Ihr Gottes Willen leugnen? Wollt Ihr das Geschenk zurückweisen, das er Euch anbietet?«

»Aber Herr, mein kleiner Junge ist glücklich hier ...«

»Die Zukunft Eures kleinen Jungen, *Schwester Cecily*, ist meine Hauptsorge«, knurrte er wütend durch zusammengebissene Zähne. »Um seinetwillen möchte ich Euch den Rat geben, Euren Entschluß noch einmal zu überdenken. Ihr und Euer Sohn bedürft meines Schutzes ...« Er senkte die Stimme und zischte ihr ins Gesicht: »*Elvira*.«

Sie schrak zusammen. »Herr?«

»O ja, ich kenne Eure wahre Identität, Schwester. Erik, der Grabenbauer, hat Euch sofort als sein lange totgeglaubtes Weib wiedererkannt.« Er trat näher an sie heran, überzeugt, daß er nun seinen Willen bekommen würde. Es war ihm gelungen, sich zwischen sein Opfer und die Äbtissin zu stellen, und diesen Umstand benützte er, um eine Hand besitzergreifend auf die linke Brust der Schwester zu legen. Er streichelte das weiche Fleisch, knetete und drückte es ohne eine Spur von Sanftheit mit den Fingern zusammen. Im Flüsterton fügte er hinzu: »Glaubt nicht, daß Ihr mir entkommen könnt, *Elvira*. Wagt es nicht, Euch Cyrus de Figham zum Feind zu machen. Ich werde Euch bekommen, Priesterhure. Entweder ich oder der Grabenbauer. Und ich werde Euren kleinen Bastard an einen Ort bringen, wo weder Ihr noch Simeon ihn jemals wiederfinden werdet.«

»Was habt Ihr da gesagt?« Die Mutter Oberin hatte sich eine Weile mit ihrem Rosenkranz beschäftigt, drehte sich nun aber auf ihrem Stuhl um, legte sich eine Hand ans Ohr und winkte mit der anderen ihren Besucher zu sich. »Tretet zurück, Pater Cyrus. Tretet zurück, wenn Ihr so freundlich sein wollt. Ich kann kein Wort mehr verstehen von dem, was Ihr sagt.«

Er drehte sich um und verbeugte sich, ohne sich jedoch einschüchtern zu lassen. »Ich habe der Schwester lediglich Gottes Segen gewünscht und sie ermutigt, mein Angebot anzunehmen, Mutter Oberin«, sagte er, und dem Mädchen zischte er noch zu: »Ich werde Euch bekommen, Grabenbauerschlampe und Priesterhure. Ich werde Euch bekommen.« Unter dem Vorwand, das Kreuz zu schlagen, packte er ihre Brust so fest, daß sie leise wimmerte. Dann erst entfernte er sich von ihr, ging ans Fenster hinüber und hob die Hand zu einer Geste, die eindeutig ihre Entlassung bedeutete.

»Ihr dürft jetzt zu Euren Pflichten zurückkehren, Schwester Cecily«, erklärte die Äbtissin. »Und Ihr, Pater Cyrus, könnt Euch noch mit ein oder zwei Gläsern Wein stärken, bevor Ihr uns verlaßt.«

Er verbeugte sich tief vor der Mutter Oberin und rief dann dem Mädchen, bevor es aus dem Zimmer eilen konnte, noch in freundlichem Ton nach: »Ich komme bald wieder, Schwester Cecily, und ich möchte Euch bitten, in der Zwischenzeit bei Gott Rat zu suchen und gut über mein Angebot nachzudenken.«

Nachdem sie den Raum verlassen hatte, huschte die unglückliche junge Frau die Treppe hinauf in die private Bücherei der Mutter Oberin und warf sich schluchzend in Elviras Arme.

»Ich weiß, ich weiß«, tröstete Elvira sie. »Gott segne dich dafür, daß du da unten meinen Platz eingenommen hast, Alice.«

»Er wird wiederkommen … Er sagt, er kommt wieder …«

»Und wenn er das tut, wirst du ihm in vollem Tageslicht gegenübertreten, und er wird wissen, daß er und sein Zeuge einen schweren Fehler gemacht haben.«

»Er ist ein Priester«, sagte das Mädchen und griff mit der Hand nach ihrer schmerzenden Brust. »Er ist ein Mann Gottes, und trotzdem war er so hassenswert, so lüstern und hassenswert.«

»Pst, ich weiß, wie er ist«, sagte Elvira noch einmal. »Ich habe durch das Gitter alles beobachtet und alles gehört.«

Alice hob ihrer Freundin ihr tränenüberströmtes Gesicht entgegen. Sie hatte dunkle Augen und kurzes, braunes Haar, und sie war klein und schlank genug, um in der Dunkelheit mit Elvira verwechselt werden zu können. Ihre schlimmste

Angst lag in ihren Augen, als sie Elviras Hände ergriff und fragte:

»O Elvira. Was soll ich nur tun, wenn er beschließt, mich an deiner Stelle mitzunehmen?«

»Das halte ich nicht für sehr wahrscheinlich«, sagte Elvira. »Du bist eine hübsche, junge Frau, Alice. Aber glaub mir, es ist mehr als nur einfache Lust, die diesen Mann hier in unser stilles Kloster geführt hat. Und wenn diese Lust sein einziger Beweggrund wäre, dann würde er sich wohl anderswo nach einer Befriedigung dafür umsehen. Unsere Äbtissin ist eine gefährliche Gegnerin, wenn ihr Nest bedroht wird.«

»Trotzdem fürchte ich das Schlimmste«, gestand ihr das Mädchen.

Elvira lächelte und versuchte noch einmal, sie zu beruhigen. »Sei ohne Furcht, und wenn du schon Gott nicht vertrauen kannst, dann vertraue auf Simeon. Wir stehen tief in deiner Schuld, liebe Alice, und Simeon wird dich gewiß vor dem Lüstling in Schutz nehmen, darauf kannst du dich verlassen.«

Nachdem Alice sich ein wenig beruhigt hatte, ging Elvira in den kleinen Garten, verriegelte die Tür hinter sich und setzte sich an den Brunnen, ihren Psalter ungeöffnet auf dem Schoß. Sie konnte irgendwo in der Ferne eine Glocke läuten hören und die Stimmen der Fischer, die vom See jenseits der Gartenmauer zu ihr herüberklangen. Sie versuchte, eine Erinnerung an jene andere Zeit in sich zu wecken, an die Zeit, in der sie die Frau eines Grabenbauers gewesen war, mit einem toten Kind und leerem Bauch und nur der Milch in ihren Brüsten, die von Wert war. Die Erinnerung an diese Zeit konnte sie nicht mehr berühren. Es schien ihr, als wäre jemand anders damals Elvira gewesen, und daß sie, die neue Elvira, in jenem Augenblick zum Leben erwacht war, als der Priester sich vom Dachgestühl des Hospitals von St. Peter schwang, in dem Augenblick, in dem sie einander zum ersten Mal ansahen.

Das eiserne Gitter des Brunnens, neben dem sie nun saß, sah anders aus als früher, so als hätte ein starker Mann ein Stemmeisen genommen und die Gitterstäbe auseinandergedrückt, damit man leichter in den Brunnen hinein und wieder heraus kam. Sie hatte die Situation auf den ersten Blick erfaßt. Statt den Jungen zu tadeln, war der Priester ihm zu irgendeinem törichten und gewiß gefährlichen Abenteuer unter der Erde gefolgt. Und während sie ihren männlichen Torheiten nachgingen, war alles, was sie liebte, alles, was ihr im Leben etwas bedeutete, mit ihnen unten in diesen Tunneln.

Sie trugen zwei Fackeln bei sich, und ihre im hellen Licht der Flammen schwankenden Schatten folgten ihnen wie zwei Gespenster. Der Junge ging voran, ohne auch nur ein einziges Mal auf den glatten, schlüpfrigen Steinen auszurutschen. Sie befanden sich in einem Tunnel, der kaum breiter war als die volle Spannweite von Simeons ausgestreckten Armen und so niedrig, daß der Priester meistens nicht einmal aufrecht stehen konnte. Er ging mit gebeugten Knien und in gebückter Haltung, wobei er den Kopf unangenehm verdrehen mußte, um den Weg vor sich erkennen zu können.

Graues Wasser floß wadentief unter ihren Füßen, Wasser, das angeblich sauber genug war, um die Brunnen an seinem Weg zu versorgen, und doch mit allem nur denkbaren Schmutz verseucht war und einen scharfen, beißenden Geruch verströmte, der von menschlichen Exkrementen stammte. Einige dieser alten Brunnen wurden nicht mehr benutzt, aber genauso viele versorgten trotz der schlechten Qualität ihres Wassers immer noch jeden Tag die Menschen, die in ihrer Nähe lebten. Wenn Simeon für ein paar Augenblicke in ihren dunklen Öffnungen stand, um sich kurz aufzurichten, vernahm er das Murmeln weit entfernter Stimmen, das plötzliche Bellen von Hunden, das Weinen eines Kindes. Nach geraumer Zeit gelangten sie schließlich zu der Grundmauer, auf der einst die alte Pfarrkirche von St. Martin geruht hatte.

Hier blieb Simeon nun mit hoch über den Kopf gehaltener Fackel stehen, und die Erinnerungen an jene Nacht überfielen ihn mit einer Mischung aus Ehrfurcht und Entsetzen. Er blickte auf das Zerstörungswerk des Sturms: das alte Chorgestühl, die aufgerissenen Fußbodenfliesen, die umgestürzten Säulen. Und unter den Trümmern lagen die Knochen von Männern und Frauen, die den Tod fanden, als die Kirche, die ihre einzige Zuflucht gewesen war, um sie herum einstürzte. Er bekreuzigte sich und betete für die Seelen derer, die an diesem düsteren Ort zurückgeblieben waren. Dann hörte er plötzlich den Klang vieler, zum Gesang vereinter Stimmen.

»Bei allen Heiligen!«

Er beschleunigte seine Schritte, folgte dem Strom um eine neuerliche Biegung, und nun drang der Choralgesang noch deutlicher als zuvor an sein Ohr. Er sah, daß der Junge durch ein gezacktes Loch in der Mauer des Tunnels getreten war. Er nahm den Lichtschimmer der kleineren Fackel auf der anderen Seite wahr und den schlanken Schatten des Jungen, der zu riesenhafter Größe in die Länge gezogen über die Mauer huschte. Simeon kletterte über einen Haufen herabgestürzter Steine und trat durch die Öffnung in einen höhlenartigen Raum, der so seltsam und unerwartet war, daß es ihm für einen Augenblick den Atem verschlug.

Der Junge hatte einige weitere Fackeln entzündet und sie in ihre Metallhalter an der Wand gesteckt. In ihrem Licht erblickte Simeon einen schimmernden See aus fast schwarzem Wasser, aus dem eine Vielzahl von Steinsäulen aufragte, die ein gewaltiges, gewölbtes Dach trugen. An vielen Stellen waren die glatten Steine immer noch mit Putz bedeckt, und darauf waren bunte Bilder zu sehen, die dazu angetan waren, die Sterblichen an Gottes Größe zu erinnern. Hier war der Fall Evas und da drüben die Vertreibung aus dem Garten Eden und ein Stück weiter hinten ein Märtyrer, der sein hartes Los auf sich genommen hatte, ohne sich zu beklagen. Dies hier war ein Wunder, wie Simeon es sich niemals hätte erträumen lassen: Eine unterirdische Kirche, die auf einem ebenholzschwarzen See dahinzutreiben schien, während ein Chor körperloser Stimmen eine Hymne zum Lobpreis Gottes sang. Er bekreuzigte sich und flüsterte: »Gott sei gelobt!«

»Kennt Ihr diesen Ort, Pater?« fragte Peter, und seine leise Stimme hallte im Deckengewölbe wider.

Simeon nickte. »Ich hätte nicht gedacht, daß ein Teil davon noch immer existiert, aber um deine Frage zu beantworten, ja, ich kenne diesen Ort. Wir befinden uns im Hauptteil des ursprünglichen Klosters, gegründet von unserem heiligen John, damals bekannt als Bischof John. Er lebte und starb hier vor beinahe fünfhundert Jahren. Die Legende berichtet, daß sein ursprüngliches Grab immer noch irgendwo hier unten sein muß, unterhalb der Grundmauern des Münsters, bedeckt von dem Schlamm und dem Schmutz vieler Jahrhunderte.«

»Und das stimmt auch. Ich kenne die Stelle genau«, flüsterte Peter. »Ich habe die Steine seines Grabes mit eigenen Händen berührt.«

»Dann hast du wahrhaftig Gottes Segen erhalten«, sagte Simeon, von Ehrfurcht erfüllt bei dem bloßen Gedanken, seine eigenen Hände dorthin legen zu dürfen.

»Ist es wahr, Pater, daß das ursprüngliche Sumpfland, das unter dem Namen ›Beaver Lake‹ bekannt ist, von den alten Sachsen trockengelegt wurde, als sie hier die Klosterkirche für Bischof John erbauten?«

Simeon nickte. »Die historischen Dokumente bestätigen das. Im Laufe der Zeit hat sich der Name unserer Stadt in Beverley verwandelt, aber früher hieß es ›Beaver Lake‹.«

Der Junge starrte gedankenverloren in das Wasser. »Und der ›Beaver Lake‹ wird die Stadt eines Tages für sich zurückfordern«, sagte er. »Wenn erst noch einmal fünf Jahrhunderte vergehen, wird all das hier …« Er sah sich um und schaute dann mit einer plötzlichen Traurigkeit in den Augen zu Simeon hinüber, »… dieses gesegnete Kloster nicht mehr da sein. Es wird verschwinden, ohne eine Spur zu hinterlassen, und kein Mensch wird mehr sicher wissen, daß es überhaupt jemals existiert hat.«

»O doch«, versicherte Simeon ihm, faßte ihn an den Schultern und sprach nun direkt in diese todunglücklichen, blauen Augen hinein. »Die Menschen werden es wissen, weil wir es ihnen sagen werden, Peter. Wir sind die Gelehrten, deren Aufgabe es ist, solche Dinge für alle Zeit lebendig zu halten. Wir sind die Stimme der Geschichte. Wir sind die …«

Er stockte mit einem plötzlichen Schaudern und überließ es Peter, die Worte laut auszusprechen, die er selbst nicht über die Lippen brachte.

»... die Hüter des Schreins?«

Simeon zog den Jungen in seine Arme und drückte ihn fest an sich. Dieser kleine Junge besaß eine gewisse Stärke, eine ganz besondere Weisheit und Unschuld. Und da war noch dieser andere, noch schmerzlichere Zug, den auch Elvira bemerkt hatte. Es war etwas beinahe *Unirdisches*, das zu besagen schien, daß seine Zeit auf Erden begrenzt war.

Der Priester und sein Patensohn kletterten in ein kleines Boot, das an den Steinen des Bodens vertäut war, auf denen sie gestanden hatten. Langsam und schweigend steuerten sie über den schimmernden See, angelockt vom Gesang des Chors. Hier und dort sahen sie eine prächtige Bosse oder ein Kapitell, in das der Kopf eines Heiligen eingemeißelt war. Sie befanden sich nun unterhalb des Münsters in der überfluteten Krypta. Hier waren achtzehn Priester ertrunken. Eine Mauer der Krypta war eingestürzt und hatte einen Erdrutsch ausgelöst, der sich mit einer Woge von Trümmern in den See ergossen hatte. Die Säulen der Krypta, die ebenfalls im See ruhten, waren so stark unterspült worden, daß schon die geringste Bewegung des Wassers sie umstürzen konnte.

Peter steuerte das Boot nach links in die tiefere Dunkelheit hinein, wo ein zweiter Erdrutsch gewaltige Steine zertrümmert und Eisentore zu grotesken Formen verbogen hatte. Dort machte er das Boot fest, kletterte hinaus und war auch schon durch eine Öffnung verschwunden, die zu schmal war, um einen ausgewachsenen Mann hindurchzulassen. Als Simeon ihm die Fackel durch die Öffnung reichte, sah er eine Höhle, die vielleicht halb so groß war wie sein eigenes Skriptorium, ein feuchter, dunkler Ort, an dem irgend jemand schwere Steine aufgehäuft hatte, um sie als notdürftige Regale benutzen zu können. Und darauf lag eine Fülle von Kirchenschmuckstücken: Truhen und Kästen, Kelche und Vasen, Kerzenleuchter und Lampen. Es waren Gegenstände aus Kupfergold, Silber und Messing, Buntglasscheiben, die noch immer in ihren ursprünglichen Bleifassungen ruhten, und ein Altarbild von feinster Qualität und größter Kunstfertigkeit.

»Diese Dinge stammen aus der Krypta von St. Martin«, erklärte Peter ihm. »Und die hier aus den Kellern unter der Propstei und die aus der Krypta und dem Reliquienschrein des Münsters.«

»Du hast sie hier zusammengetragen? Aber warum?«

»Damit sie nicht in die Hände gewöhnlicher Plünderer fallen oder vom Flutwasser davongespült werden können.«

»Sehe ich da Reliquiare?« fragte Simeon, zwängte seinen Kopf durch das Loch und blinzelte in das Fackellicht hinein. »Bei allen Heiligen, Junge! Hast du heilige Reliquien darin versteckt?«

Peter reichte seine Fackel durch die Öffnung und kletterte wieder zu Simeon hinüber. Er trug keine Schuhe, und seinem grauen Gewand fehlte der Gürtel. Um seinen Hals hing ein ovaler Bernstein, der die faltige Narbe an seiner Kehle nicht ganz verbergen konnte. Er war schlank und flink mit seinen zarten Händen und schmalen Schultern. Und in dem bleichen Oval seines Gesichts waren seine Augen von einem dunklen und verblüffenden Blau, ihre Lider von demselben Blond wie sein Haar, die Pupillen weit und schwarz in der Dunkelheit der Höhle. Er sah Simeon mit seinem ruhigen Blick an und sagte schließlich:

»Pater, diese kostbaren Reliquien hätten mittlerweile schon ein Dutzend Mal den Besitzer gewechselt, hätte ich sie nicht hier versteckt. Ich habe mit einem Mann an der Kirchentür gesessen, einem Pilger aus dem Tiefland, der damit geprahlt hat, den Finger der Heiligen Emerita von Rom in einem Gürtel unter seinem Hemd zu tragen. Ein anderer hatte den Zeh des heiligen Isidor in seinem Besitz und wieder ein anderer einen Deckelkrug, der das Blut des heiligen Britwald of Canterbury enthielt. Ihr müßt wissen, Pater, daß viele Diebe den Diebstahl heiliger Reliquien für einträglicher halten als eine ganze Börse voller Gold, und Antony sagt, daß selbst die Heiden mittlerweile gelernt hätten, wie gewinnbringend das Geschäft mit christlichen Heiligen ist.«

Bei diesen Worten kam Simeon plötzlich eine Idee. »Du

warst es«, sagte er. »Du warst der rätselhafte Glöckner in jener Nacht. Du hast die Kanoniker gewarnt, daß Diebe versuchten, ihren Schrein und ihren Altar zu plündern.«

Peter lächelte ein wenig einfältig. »Hättet Ihr an meiner Stelle etwas anderes getan, Pater?«

»Das bezweifle ich, mein Junge«, erwiderte er und zauste dem Jungen seinen blonden Schopf. »Das also ist deine Absicht: nach Dieben Ausschau zu halten und alles an kostbaren Dingen, was du finden kannst, hier an diesem geheimen Ort zu horten?«

»Nicht meine Absicht, Pater. Diese Schätze gehören dem heiligen John of Beverley. Ich hüte sie nur für ihn.«

Simeon schauderte angesichts der Wortwahl des Jungen. ›*Hüter des Schreins*‹, hatte die Schattengestalt ihn genannt, und hier war nun der kleine Peter, der von diesen Worten nichts wissen konnte, nur acht Jahre alt und schon jetzt bereit, sich eben dieser Aufgabe zu widmen. »Ich habe im Fackellicht einen Kasten gesehen«, sagte er, immer noch mit seinen eigenen Gedanken beschäftigt. »Einen schweren, goldenen Sarg, der mit kostbaren Steinen besetzt ist. Eine perfekte Nachbildung, so scheint es mir, von St. Johns Ruhestätte selbst.«

Peter schüttelte den Kopf. »Eine einfache Nachbildung fürs Auge, ja, aber ohne Wert und Substanz. Der Sarg ist gemacht worden, um das Auge zu täuschen, aber schon die erste Berührung eines Pilgers würde ihn zu Staub zerfallen lassen. Steven, der Goldschmied, hat ihn für St. John gefertigt.«

»Um die Pilger in die Irre zu führen?«

»Manchmal, wenn es nötig ist.«

»Kann ein solcher Betrug je gerechtfertigt werden?«

Peter zuckte mit seinen dünnen Schultern. »Könnte es in diesen ungewissen Zeiten, wenn der Heilige beschützt werden muß, anders sein?«

»Mein Junge, du hast eine gewaltige Verantwortung übernommen.«

»Ja, Pater, das weiß ich.«

Wieder machten sie sich mit ihrem kleinen Boot auf den

Weg, und als sie die Richtung änderten, zeigte Peter mit dem Finger auf die Mündung einer Tunnelöffnung.

»Dort liegt der alte Brunnen in Eurem Skriptorium. Der Tunnel ist trocken, und die Stufen in dem Brunnen sind immer noch stabil genug, das Gewicht eines Mannes zu tragen. Vergeßt das nicht, Pater. Und der See reicht mir selbst an seinen tiefsten Stellen nur bis an die Schultern. Vergeßt auch das nicht.«

Simeon nickte. Er zog es vor, über den warnenden Klang der Worte seines Patensohns nicht weiter nachzudenken.

Auf dem Rückweg kamen sie auch an der Stelle vorbei, an der der Hochaltar des Münsters stand. Eine einzige, große Säule erhob sich vom Boden bis zur Decke, um den schweren Marmoraltar von unten abzustützen. Durch irgendein Unglück war die ganze Säule seitlich von ihrem Sockel gerutscht, so daß sie nun um eine Armeslänge tiefer stand als vorgesehen, und der massive Sockelstein stand neben ihr, ein bleicher, runder Stein, der unter Wasser kaum sichtbar war. Simeon, der in die Dunkelheit hinaufblinzelte, konnte genau sehen, um wieviel das Kapitell der Säule seinen eigentlichen Zweck verfehlte.

»Der Altar«, sagte er und reckte sich, um die Fackel höher halten zu können. »Der Altar wird von unten nicht mehr gestützt. Das bedeutet, das Grab von St. John ist gefährdet.«

»St. John wird es überstehen«, sagte Peter, als sei solches Wissen selbstverständlich für ihn. »Er wird es überstehen. Aber horcht, Pater, hört Ihr den Gesang?«

Sie standen nun neben dem zerstörten Schaft eines Brunnens, den Simeon kannte. Und er kannte auch die seltsamen Eigenarten des Stroms, der ihn mit Wasser speiste. Bischof John hatte dieses Wasser für alle Zeiten gesegnet, und nach fünf langen Jahrhunderten floß das Wasser mal schnell, mal langsam, mal hoch, mal tief, je nachdem wie die Dinge lagen: Aber es war immer frisch, immer rein, so wie der heilige John es befohlen hatte. Der Brunnen hatte eine kleine, quadratische Öffnung in der Nähe des Hochaltars, nicht weit entfernt von dem alten Stein, in den das Allerheiligste eingelassen war. Im oberen Bereich des Brunnens war eine Halterung eingelassen, und an ihr hing das übliche Seil mit dem Eimer, der nun kaum noch benutzt wurde, um Wasser heraufzuziehen. Dieses Seil jedoch war es, über das Peter kam und ging; sein ganzes Gewicht hing an dieser einen Halterung, sein Leben abhängig vom guten Willen des Heiligen, dem er diente.

Nun war eben dieser Schacht, der Peter geheimen Zugang zum Münster verschaffte, zu einem empfindlichen Resonanzkörper des wunderbaren Gesangs des Chors geworden. Eine Weile lauschten sie den zu Herzen gehenden Melodien. Als die Musik schließlich verebbte, blickte der Junge mit einem kupfernen Lichtschimmer in seinen Augen zu Simeon auf.

»Werdet Ihr mir helfen, Pater?«

»Peter, es erscheint mir wie ein Sakrileg ...«

»Aber es muß getan werden und zwar noch vor dem Fest des heiligen Matthäus in drei Tagen. Danach ...« Die Stimme des Jungen geriet für einen Augenblick ins Stocken. »Pater?«

»Ja, mein Sohn?«

»Werdet Ihr mir helfen? Werdet Ihr mir helfen zu tun, was ich tun muß?«

Simeon blickte hinunter in das Gesicht des Kindes und dachte daran, daß er seinem Patensohn noch nie etwas abgeschlagen hatte, und daß er es auch jetzt nicht tun würde, gleichgültig, wie seltsam oder beunruhigend seine Bitte war. Er schlug das Kreuzzeichen und erinnerte sich an die geheimnisvolle Schattengestalt, die nach acht langen Jahren der Abwesenheit plötzlich neben ihm im Skriptorium gestanden hatte.

»Ja, Peter«, sagte er nach einer Weile. »Ich werde alles tun, was in meiner Macht steht, um dir zu helfen.«

Als er die Worte aussprach, spürte er, wie das Gewicht von etwas Kaltem und Formlosem sich auf seine Schultern herabsenkte. Es war die Berührung einer Vorahnung, und sie erfüllte ihn mit kalter Angst.

Er blieb, um sein Versprechen zu erfüllen, lange nachdem die Chorpriester die Kirche verlassen hatten. Wie Schatten huschten Simeon und Peter durch das ungewisse Licht und nahmen die Schätze Beverleys in ihre Obhut. Hier waren die Knochen und der Staub von Bischof John, die Gebetsperlen des Evangelisten, der Dolch von König Athalston. Und hier waren auch die vier Eisennägel, mit denen der Heilige Petrus mit dem Kopf nach unten an sein Kreuz genagelt worden war, drei Messingnägel von dem Kruzifix in Rom und ein kleines Bündel Knochen und Haare von Johannes, dem Evangelisten.

Es war ein ehrfurchtgebietender Schatz, und der Junge und der Priester erwiesen ihm schweigend ihre Ehrerbietung.

»So sei es«, sagte Simeon schließlich.

»Amen«, erwiderte der Junge.

Als Simeon Peter von seinem geheimen Versteck unter der Erde wegzog, war dieses Gefühl einer düsteren Vorahnung noch immer nicht von ihm gewichen, denn es durfte keinem Menschen gestattet sein, den Schlaf der Heiligen ohne Grund zu stören.

Kapitel 33

Daniel Habicht hatte nun fast zwei Stunden lang im Korridor gewartet. Zweimal hatte er Wulfric de Morthlunds Sekretär gegenüber auf die Dringlichkeit seiner Botschaft hingewiesen, aber der gebückte, alte Mann war lediglich mit einem flüchtigen Nicken an ihm vorübergeschlurft und hatte den Besucher ungerührt weiter warten lassen. Ebensowenig hatte man Daniel die Erfrischung angeboten, auf die er gehofft hatte, aber obwohl er einen leeren Magen hatte und noch viele Stunden bis zum Abendessen im Refektorium vergehen würden, war er zu stolz, einen Diener um die einfache Gastlichkeit zu bitten, die ihm zugestanden hätte. Er wußte, daß Wulfric de Morthlund mit einem Jungen aus der Lateinschule in seinem Schlafzimmer war. Er wußte es ganz genau, denn er selbst hatte den Jungen zum Vergnügen seines Herrn auserwählt. Er schauderte bei der Erinnerung daran, mit welchem Widerwillen der Junge vor den Mann getreten war, der Gegenstand so vieler geflüsterter Gerüchte im Klassenzimmer war. Es war ein schmutziges Geschäft, diese Suche nach immer frischerem Fleisch, um den Appetit des dicken Mannes zu befriedigen, aber es entsprach de Morthlunds Sinn für Ironie, daß ihn nun sein einstiger Favorit mit saftigen Brocken versorgte, um sich seine Gunst auch weiterhin zu erhalten.

Daniel saß auf einer Holzbank in einer Nische des schwach beleuchteten Korridors, so daß er beinahe vollkommen in der Dunkelheit verborgen war. Der Geruch gerösteten Fleischs drang an seine Nase und erinnerte ihn an seinen Hunger, aber im Augenblick war er mehr auf den Verkauf seiner Information bedacht, solange sie noch von Wert war. Dieser schlangenäugige Cyrus de Figham hatte genau dasselbe gesehen und gehört wie Daniel. Auch er mußte vermuten, daß die Nonne Simeons Mätresse und die Ehefrau des Grabenbauers war. Auch er mußte einen Preis für das, was er wußte, festgesetzt haben. Er, Daniel, war ihm gegenüber jedoch im Vorteil, denn die Frau war begehrenswert, und Cyrus de Figham dachte wie sein Mitbruder Wulfric zuerst mit den Lenden und erst dann mit dem Verstand. Und hinzu käme in de Fighams Fall noch die Sünde des Stolzes, die den angeberischen Priester dazu drängen würde, seine eigenen Hände auf etwas zu legen, das Simeon gehörte. Der Gedanke an Simeon of Beverley brachte ihm einen kurzen Anflug von Bedauern ein, aber auch damit wurde er schnell fertig. Seine eigene Warnung hatte vor acht Jahren das Leben der Frau und ihres Sohnes gerettet. Acht Jahre des Lebens und der Freiheit hatte er ihnen mit drei zur rechten Zeit formulierten Worten gewährt: *Ihr wurdet verraten.*

»Und damit wären wir wieder am Anfang, Simeon«, sagte er laut, während er den verführerischen Duft von Rind- und Hammelfleisch gierig einsog.

Als Daniel endlich von einem hochnäsigen Diener die Treppe hinaufgeführt wurde, sah er, daß der schwere Vorhang, der den Alkoven zu de Morthlunds Tür verdeckte, noch immer sanft hin und her schwang. Er erriet, daß der vorherige Besucher gerade erst über die kleine Treppe, die in den Hof hinunterführte, verschwunden war. Weder den Jungen aus der Stadt noch den Schülern von der Lateinschule war es gestattet, durch den Haupteingang zu kommen oder zu gehen. Sie kamen über die Hintertreppe – unter dem Vorwand, die Beichte ablegen zu wollen oder sich irgendeiner priesterlichen Bestrafung unterziehen zu müssen. Und auf eben demselben Weg verschwanden sie auch wieder, mit fest versiegelten Lippen und dem Wissen, daß sich das Blatt ihres Schicksals gewendet hatte, zum Guten oder zum Schlechten.

In dem luxuriösen Privatgemach seines Herrn fiel Daniels erster Blick auf einen niedrigen Zeichentisch, der mit einem Altartuch bedeckt war. Auf dem Tisch stand eine Vielzahl von Schalen und Schüsseln mit warmem Brot, geröstetem Hammelfleisch, ganzen gerösteten Kaninchen, kleinen, köstlichen Kuchen, saftigen Obsttörtchen, Früchten und Nüssen und natürlich ein großer Krug Wein. In der Mitte des Tisches prangte eine gewaltige Fleischpastete, die gefüllt war mit feinen Schalotten, getrockneten Rosinen, Feigen und kleinen Fleischröllchen. Allein der Duft dieser Pastete reichte aus, um den Magen eines hungrigen Mannes schmerzhaft zusammenzukrampfen.

Mit einem Grinsen, das einige seiner verfärbten Zähne zeigte, verbeugte Wulfric de Morthlund sich vor seinem Gast.

»Ah, Daniel, mein kleiner Habicht. Komm her, komm herein.« Er strahlte und breitete die Arme aus, als wolle er Daniel mit einer seiner inzwischen selten gewordenen Umarmungen begrüßen. Dann blieb er jedoch mit einer dramatischen Geste stehen, das Lächeln fiel von seinem Gesicht, und er schüttelte mißbilligend den Kopf. »Bei den Göttern, du bist ja so dünn wie ein Rohrstock, mein Junge. Du siehst kaum noch besser aus als ein Bettler. Du brauchst mehr Fleisch, um deine scharfen Gesichtszüge zu verstecken.«

Daniel blickte auf den überladenen Tisch und leckte sich die Lippen. Er hätte am liebsten gesagt, daß regelmäßige

Mahlzeiten und ein wenig mehr Fürsorge von seinem Herren alles sei, was er brauchte. Statt dessen zuckte er entschuldigend mit den Schultern. Er spürte, wie die Röte in seine Wangen strömte, als er sah, wie der dicke Mann mit offensichtlichem Abscheu seinen Kopf musterte.

»Du hattest in jungen Jahren so schönes Haar«, sagte er bösartig und registrierte schadenfroh, daß die Röte in Daniels Gesicht sich weiter vertiefte. »Du solltest versuchen, den Schaden irgendwie zu beheben.«

»Mein Herr, wenn das Haar eines Mannes ...«

Wulfric brachte ihn mit einer unwilligen Handbewegung zum Schweigen. »Ich habe es aus der besten Quelle, daß eine dicke, gut gesalzene Blutwurst, hergestellt aus jungen Keilern und einem Gutteil Pferdehaar, ein exzellentes Heilmittel für Kahlköpfigkeit sein soll, wenn man einen Monat lang jeden Tag etwas davon vor dem Frühstück ißt.«

Daniel verbeugte sich unterwürfig. Er hätte lieber eine Hand hergegeben als sein kostbares Haar, und dieser Mann, der sein Herr und Meister war, war sich dessen wohl bewußt. Daß er ihn dazu bringen konnte, eine passive Rolle bei seiner eigenen Demütigung zu spielen, gehörte nun zu den größten Freuden, die Wulfric de Morthlund ihrer Beziehung abringen konnte.

Durch zusammengebissene Zähne gelang es ihm zu sagen: »Wahrhaftig, mein Herr, aber es gibt genauso viele, die glauben, daß ein einfacher Limonenbalsam, den man mehrfach am Tag auf die Kopfhaut reibt, den Haarausfall stoppen kann.«

»Oder Ochsenurin«, schlug Wulfric vor. »Ochsenurin ist auch ein sicheres Heilmittel.«

Obwohl er zustimmend nickte, schreckte Daniel in Wirklichkeit angewidert vor diesem Vorschlag zurück. »Ich bin sicher, Ihr habt recht, mein Herr.«

»Dann versuch es doch, um Himmels willen. Oder möchtest du deinen dreißigsten Geburtstag mit einem Kopf erleben, der so glatt und lächerlich aussieht wie ein Ei?«

»Mein Herr, es scheint mir, daß jedes Haus im Land sein eigenes, erprobtes Heilmittel hat, und doch würde wohl kein

Mann, wenn auch nur eines dieser Mittel sich als hilfreich erwiesen hätte, unter Kahlköpfigkeit leiden, nicht einmal im hohen Alter.«

»Ich persönlich weiß von einem Mann, der sein ausgefallenes Haar mit Hilfe regelmäßiger Anwendung von frischem Kuhdung wiederbekommen hat«, warf Wulfric ein, und sein dickes Gesicht war von kaltem Ernst, während in seinen Augen grausame Belustigung glitzerte. »Was sagst du dazu, mein Junge? Es stank zwar zum Himmel, aber es hat den Haarausfall kuriert. Das beschwört er.«

Daniel schluckte. »Ich bin sicher, daß er das tut, mein Herr«, murmelte er kläglich.

»Du wärest gut beraten, seinem Beispiel zu folgen.«

»Ja wirklich, mein Herr.« Daniel nickte und zwang sich zu einem Lächeln. Verlegen berührte er den Bereich spärlichen und immer dünner werdenden Haares auf seiner Stirn. An diesem Morgen hatte er, nachdem er aufgestanden war, all die scheinbar gesunden Haare, die auf seinem Kissen liegengeblieben waren, sorgfältig gezählt. Er wußte, daß sein Schädel, wenn dies so weiterging, bald vollkommen kahl sein würde.

Wulfric sah den jüngeren Mann an, wie er auf dem Marktplatz eine Kuh oder ein Schwein begutachten würde, und als er wieder zu sprechen begann, schwang in seiner Stimme ein gereizter Ton mit. »Dein Umhang und das Gewand, das du trägst, sind schmutzig und fadenscheinig.«

»Vergebt mir, Herr. Sie sind alles, was ich besitze.«

»Du siehst aus wie ein Vagabund, und diese Schuhe wären nicht einmal eines *Mönchs* würdig.«

»Dann muß ich mich für sie entschuldigen«, sagte Daniel, »denn ich habe keine anderen als diese.«

Wie um sich selbst vor weiteren Tadeln zurückzuhalten, warf Wulfric die Hände in scheinbarer Verzweiflung hoch und bemerkte: »Bei den Göttern, Daniel Habicht, es hat wahrhaftig eine Zeit gegeben, da hast du mir besser gefallen.«

»Ja«, murmelte Daniel, und ein unerwartetes Gefühl schnürte ihm die Kehle zusammen. »Ich glaube, eine solche Zeit hat es gegeben, mein Herr Wulfric.«

Einen Augenblick lang funkelte der dicke Mann ihn wütend an; er schien unentschlossen zu sein, ob er seinen Gast auf die Straße hinauswerfen oder ihn in die Arme nehmen und an sich drücken sollte. Schließlich tat er einen Schritt nach vorn, schlug Daniel herzlich auf den Rücken und führte ihn zu einem Stuhl am Tisch.

»Komm, mein Junge, wir wollen zusammen essen und ein oder zwei Gläser guten Weins miteinander trinken, und zur Hölle mit Blutwurst und Kuhdung. Was sagst du dazu?«

»Mein Herr, ich würde mich sehr geehrt fühlen.«

»Ah, geehrt darfst du dich ruhig fühlen, mein kleiner Habicht, aber bist du auch *hungrig*?«

Daniel nickte und hörte seinen Magen knurren. »Ich denke, ich werde Eurem Tisch gerecht werden«, sagte er und zückte, um seine Begeisterung zu beweisen, seinen Dolch und ließ ihn in die Mitte der Fleischpastete sinken.

Wulfric de Morthlund sah zu, wie sein Gast sich daranmachte, soviel zu essen, wie bei einer einzigen Mahlzeit in seinen Magen hineinpaßte. Der Habicht war ausgehungert, und versonnen betrachtete der dicke Mann den prachtvollen Dolch, der nun in einem solchen Gegensatz zu den schäbigen Kleidern und den ausgezehrten Gesichtszügen des jungen Mannes stand. Heutzutage blieb ihm nichts anderes mehr übrig, als seine Mahlzeiten im Refektorium einzunehmen, und das auch nur, wenn Wulfric der Meinung war, daß er seine Arbeit zur Zufriedenheit erledigt hatte. Die Beziehung zwischen ihnen war mittlerweile zu einer Art Katz-und-Maus-Spiel geworden, einem Spiel von Bosheit und demütiger Unterwerfung, von Herrschaft und Knechtschaft. Wulfric mißbrauchte ihn, weil er die Macht und das gottgegebene Recht dazu hatte, und dann verachtete er sein Opfer für seine Schwäche, so wie alle Männer den treuen Hund, der sich zu ihren Füßen krümmt und windet, verachten müssen.

Während er zusah, wie Daniel sich ohne Rücksicht auf die feinen Manieren, die ihm früher so wichtig gewesen waren, über das Essen hermachte, verspürte de Morthlund einen seltenen Anflug von Mitleid mit dem jungen Mann, der sein Leben und sein Bett dreizehn Jahre lang geteilt hatte. Er hatte etwas Besseres verdient als das, und Wulfric de Morthlund konnte es sich mehr als die meisten Männer leisten, großzügig zu sein. Der Junge sollte eine Truhe mit neuen Kleidern, einen ordentlichen Winterumhang und kräftige Stiefel bekommen, und vielleicht würde er ihm auch ein kleines Zimmer im Erdgeschoß zuweisen. Es gereichte einem Kanonikus nicht zur Ehre, wenn sein Schreiber im Haus von Antony, dem Mönch, Zuflucht suchte, oder zusammen mit den Armen und den Pilgern im Münster schlief. Seit der Junge fünfzehn war, hatte es ihm nicht mehr an der großzügigen Protektion eines Herrn gefehlt. Damals war er sehr hübsch gewesen, mit schönen Augen und prächtigem Haar und einer gewissen natürlichen Arroganz, die ihm viel besser zu Gesicht gestanden hatte als die kriecherische Unterwürfigkeit, die er sich in jüngster Zeit angewöhnt hatte. Was Wulfric de Morthlund gegen seinen Willen berührte, war das Wissen, daß das, was diesen jungen Mann zu seinen Füßen kriechen ließ, weder Furcht noch Gier waren noch die vergebliche Hoffnung auf eine bessere Zukunft. Was ihn dort festhielt, war eine Treue, die sich nicht mit Geld oder Gold, nicht mit Geschenken oder Versprechungen erkaufen ließ. Was ihn hielt, war Liebe.

Als Daniel Habicht sich endlich in seinem Stuhl zurücklehnte und sich mit einem Tuch über Mund und Wangen wischte, lächelte der dicke Mann wohlwollend. Daniel beeilte sich, Wulfrics Lächeln zu erwidern, und sein Lächeln entblößte eine Reihe schöner Zähne und erfüllte sein Gesicht mit einem Leuchten, das alle Schatten aus den ausgezehrten Zügen vertrieb. Gesättigt von einer Mahlzeit erlesenster Speisen trank er genüßlich seinen Wein und kostete das seltene Vergnügen des Augenblicks voll aus. Er streckte die Hand nach einem elfenbeinernen Zahnstocher aus, machte sich an seinen Zähnen zu schaffen und erhob dann seinen frisch gefüllten Kelch, um seinem Gastgeber zuzutrinken.

»Mein Kompliment, Kanonikus Wulfric«, sagte er. »Ein wunderbarer Tisch, Herr. Ich habe seit Monaten nicht mehr mit solcher Freude gegessen.«

»Ich sehe, du bist jetzt wieder mehr der alte, kleiner

Habicht«, meinte de Morthlund grinsend. »Wenn du heute abend und morgen früh nur halb so gut ißt, werden wir bald wieder etwas Fleisch auf deinen Knochen haben.«

Daniel beugte sich auf seinem Stuhl vor und befeuchtete seine Lippen mit der Zunge.

»Soll ich heute nacht bei Euch bleiben, mein Herr?«

»Wenn du das möchtest«, sagte Wulfric immer noch grinsend.

»O ja, das möchte ich gern.«

»Dann soll es so sein, kleiner Habicht, dann soll es also so sein.«

»Ich danke Euch, mein Herr, ich danke Euch sehr.«

Nun konnte Daniel es sich leisten, mit echter Zufriedenheit zu lächeln. Zumindest im Augenblick stand er wieder in der Gunst seines Herrn. Es würde ein Abendessen und ein Frühstück geben und dazwischen eine ganze Nacht. Der Augenblick war gekommen, um Wulfric sein besonderes Geschenk zu machen. Er mußte zuversichtlich erscheinen und durfte nicht die geringste Spur von Arroganz zeigen. Es durfte nicht so aussehen, als hätte er plötzlich die Oberhand, denn der dicke Mann hütete seine machtvolle Position mit gewaltiger Eifersucht.

»Vor Jahren hat es eine Frau gegeben«, sagte er vorsichtig. »Die Frau eines Grabenbauers, die ihren Mann aus Liebe zu einem Priester verließ.«

Das Lächeln wich nicht aus Wulfrics Zügen, aber seine Augen wurden schmal. »Es gereicht dir zur Ehre, daß du mit so einfachen Worten davon sprichst«, sagte er. »An der Sache war nichts Geheimnisvolles, nichts Merkwürdiges. Dieser Priester war ein einfacher Verführer, der die Hysterie der Menge und ihren törichten Aberglauben zu seinem eigenen Vorteil ausnutzen wollte.«

»Und er hat einen hohen Preis für seinen Fehler gezahlt.«

»Unsinn. Er hat nicht mehr und nicht weniger bekommen, als er verdiente.«

»Er hat seine Geliebte und seinen Sohn verloren«, erinnerte Daniel ihn. »Das muß doch wohl für jeden Mann ein schwerer Verlust sein?«

Wulfric lächelte überlegen und breitete die Hände aus. »Sollte einem Mann gewährt sein, aus seinen Sünden auch noch reiche Ernte zu gewinnen?«

»Die Frau und ihr Kind sind ertrunken.«

»Ein unglücklicher Unfall – zur rechten Zeit, aber doch unglücklich.«

Daniel schüttelte den Kopf und sah dem anderen Mann fest in die Augen. »Die Frau lebt.«

»Was?«

»Elvira, die Frau des Grabenbauers und die Geliebte von Simeon de Beverley, sie lebt.«

Wulfrics Gesichtsausdruck veränderte sich nicht, abgesehen davon, daß er noch ein wenig steifer und maskenartiger wurde. Seine Augen dagegen waren hell und wachsam wie die eines hungrigen Raubvogels, der eine schmackhafte Beute vor sich sieht.

»Das ist nicht möglich.«

»Ich habe sie mit eigenen Augen gesehen«, sagte Daniel zu ihm. »Erik, der Grabenbauer, hat sie ebenfalls gesehen und rief sie bei ihrem Namen, aber sie lief wie ein erschrockenes Kaninchen fort, als sie seine Stimme hörte. Als er sie ergreifen wollte, hielt Cyril de Figham sie fest und …«

»Einen Augenblick mal! Moment!« rief Wulfric und hob die Hände, als wolle er einen Schlag abwehren. »Du sagst, de Figham weiß ebenfalls davon?«

»Er weiß soviel wie ich, aber ich vermute, daß er die Absicht hat, die Frau in sein Bett zu zwingen, bevor er sie anklagt. Er würde es nicht wagen, ein solches Geheimnis für sich zu behalten.«

Mit einem Stirnrunzeln hielt er inne und fügte dann mit hinterhältiger Unschuld hinzu: »Zuerst schien es mir … Aber nein, ich muß mich geirrt haben. Die Menge, die Schnelligkeit, mit der die Ereignisse vonstatten gingen … Ja wirklich, ich habe mich geirrt.«

»Ich welcher Hinsicht, Daniel?«

»Es war nichts. Nur ein flüchtiger Eindruck, mein Herr, sonst nichts.«

»Dann schildere mir ihn, Daniel. Ich möchte es wissen.«

»Nun, mein Herr, es sah für mich so aus, als hätten Pater Cyril und die Frau ... als hätten sie sich nicht zufällig dort auf der Straße getroffen. Er hatte seine Arme um sie gelegt und lächelte ihr zu, als hätte sie ihm einen großen Gefallen erwiesen. Sie schienen ...«

»Vertraut zu sein?« ergänzte Wulfric.

Daniel nickte widerwillig. »Das war lediglich mein Eindruck von der Szene. Normalerweise vertraue ich meinen Instinkten, aber in diesem Fall muß ich mich gewiß geirrt haben. Pater Cyrus kennt Eure Gefühle in dieser Angelegenheit. Wenn er schon früher davon gewußt hätte, wäre er jetzt hier und würde Euch dabei helfen, das Netz um die Verschwörer zusammenzuziehen.«

»Und ist er hier?« fragte der dicke Mann milde. »Ist er zu mir geeilt, wie du es getan hast, um mich darauf aufmerksam zu machen, daß man mich acht Jahre lang hinters Licht geführt hat?«

»Was beweist, daß er sich nicht im klaren darüber ist, daß man Euch hinters Licht geführt hat«, stellte Daniel fest.

»Aber du selbst hast mir gesagt, daß er gesehen hat, was du gesehen hast. Er hat die Priesterhure wiedererkannt.«

»Nun ja, so ist es, mein Herr. Aber Euch zu hintergehen, an einer solchen Verschwörung gegen Euch teilzunehmen ... Das würde er doch gewiß nicht *wagen*?«

»O doch, das würde er, wenn der Profit das Risiko überwiegt«, antwortete Wulfric trocken. Dann grinste er noch einmal und winkte Daniel näher an sich heran. »Komm, mein liebes Herz, füll deinen Becher mit Wein und setz dich hier zu mir. Ich möchte deine Geschichte hören, und zwar jede kleine Einzelheit, von Anfang an. Wenn man mich diese acht Jahre lang hinters Licht geführt hat, möchte ich alles darüber wissen, und möge der Himmel allen beistehen, die Wulfric de Morthlund für einen Dummkopf halten.«

Simeon und seine Freunde hatten sich in der kleinen, düsteren Kapelle versammelt, die sich an die Ostwand des Münsters schmiegte. Am Eingang der Kapelle stand Bruder Justin mit geöffnetem Psalter in der Hand, und seine tiefe, volle Stimme erhob sich im Gebet. Auf den ersten Blick war nichts Ungewöhnliches an ihm zu bemerken, aber ein zweiter Blick zeigte, daß sein Rückgrat vollkommen verdreht war und den starken, jungen Mann langsam in einen Krüppel verwandelte. Niemand wußte, warum sich seine Knochen so bogen und warum die Gelenke seiner Hände und Finger ihm solchen Schmerz verursachten. Es war Gottes Wille, mehr wußte man nicht, und Bruder Justin, der erst vierundzwanzig Jahre alt war, nahm sein Schicksal demütig hin.

Der verkrüppelte Priester sang an der Tür zur Kapelle aus den Psalmen. Er würde nicht innehalten, ehe irgendeine Gefahr drohte, und der Klang seiner tiefen, melodischen Stimme sorgte dafür, daß niemand die geflüsterte Unterhaltung im Innern der Kapelle belauschen konnte.

»Sieben Männer haben während der letzten Woche beim Altar von St. John Zuflucht gesucht« sagte Pater Cuthbert, während er Simeons besorgtes Gesicht betrachtete und sich gleichzeitig darüber wunderte, wie es dem kleinen Jungen von St. Anne gelungen war, sich jeden Ausdruck und jede Miene, die Simeons Züge zeigten, anzueignen und nachzuahmen. Es hatte Zeiten gegeben, da hatte er, obwohl er es nicht zugeben mochte, Simeons Behauptung, Peter sei nicht sein leiblicher Sohn, in Zweifel gezogen. Etwas geradezu Unheimliches verband sie, und ihr Schweigen war oft so verschwörerisch, daß man den Eindruck gewann, sie könnten sich ohne Worte oder äußerliche Zeichen verständigen. Und mehr als das, der alte Kanonikus hatte Simeon zu sich genommen, als er erst zehn Jahre alt war, und nun hatte er das Gefühl, als hätte ihm dieses ebenso ernsthafte, ebenso lernbegierige, blauäugige Kind jene Jahre wieder zurückgebracht.

»Sieben Männer«, wiederholte er. »Alles demütige, gottesfürchtige Männer.«

»Wirklich alle?« fragte Simeon.

Cuthbert nickte lächelnd. »Ohne Fehl und Tadel.«

»Kennen sie einander?«

»Nicht daß ich wüßte. Zwei sind Brüder, junge Gentlemen, die einander eng verbunden sind, aber die übrigen behaupten, vor irgendeiner persönlichen Ungerechtigkeit geflohen zu sein, und sie kommen aus so verschiedenen Städten wie Chichester, Bath, Chepstow und Berwick-Upon-Tweed. Sie erbitten hier für dreißig Tage Schutz, was ihr gutes Recht ist, und danach werden unsere Kanoniker zu ihrer Verteidigung sprechen.«

»Einer ist taubstumm und lahm«, erklärte Pater Thorald. »Er verbringt lange Stunden auf den Knien vor dem heiligen Schrein und betet zweifellos um ein Wunder, das ihn von seinen Gebrechen befreit.«

»Zweifellos«, überlegte Simeon, während seine Gedanken bereits weiterrasten. Er mißtraute dieser ungewöhnlichen Häufung Schutzsuchender, dieser kleinen, ungeheuer gesitteten Gruppe von Männern, die alle so ungewöhnlich großen Wert darauf legten, zu zeigen, daß sie einander fremd waren. Man hatte Bittschreiben an ihre verschiedenen Ankläger erstellt, aber wenn Simeons Informationen richtig waren, waren diese Schriften nicht weiter als bis zu den Stadtmauern gekommen, denn die Männer, die für diese Aufgabe ausgesucht worden waren, waren heimlich bestochen worden und hatten ihre Briefe für einige Münzen wieder hergegeben.

Die vertraute Stimme jenseits des Kapellenlettners wurde zu einem leisen Summen, als wären dem Sänger für einen Augenblick die Worte und die Melodie des Liedes abhanden gekommen. Dies war das Signal, daß jemand sich näherte, und Simeon blickte zum Eingang der Kapelle hinüber. Antony und Osric näherten sich. Beide waren ausgeschickt worden, um die Schutzbefohlenen des Münsters zu befragen und um den Männern mit ihren Gebeten Kraft und Trost zu spenden.

Simeon sah von einem zum anderen; zuerst betrachtete er Osric mit dem zerfurchten Gesicht und den wachsamen Soldatenaugen und dann den flämischen Mönch Antony, der gerade erst von einer langen Pilgerfahrt zurückgekehrt war, die seiner Haut die Farbe eines Arabers verliehen hatte.

»Nun?« fragte er.

»Diese Männer sind einander nicht fremd«, sagte Osric, ohne zu zögern. »Sie tun zwar so und behaupten mit Nachdruck, aus verschiedenen Städten gekommen zu sein, aber Ihr könnt mein Wort und das von Antony darauf nehmen: Diese Männer sind einander nicht fremd.«

Antony nickte. »Meine Instinkte sagen dasselbe wie Eure, Simeon. Auch ich vermute, daß sie ein finsteres Ziel hier verfolgen.«

»Bis auf den Taubstummen vielleicht«, fügte Osric hinzu. »Er ist ein Einzelgänger und scheint sich um nichts anderes zu kümmern als um seine Gebete und die Almosen, auf die er Anspruch hat.«

»Dann ist er zweifellos der Klügste von ihnen«, erwiderte Simeon mit einem freudlosen Lächeln. »Nur wenige Menschen dürfen hoffen, einen Mann von Eurer Scharfsichtigkeit täuschen zu können.«

»Was?«

»Simeon? Was sagt Ihr da?« fragte Antony, der sich mit verblüfftem Gesichtsausdruck von seinem Stuhl erhoben hatte. »Glaubt Ihr, daß er nicht das ist, was er zu sein vorgibt?«

»Er ist kein Taubstummer, mein Freund. Und er ist nicht lahmer, als ich es bin. Es scheint, auch er hat die Kunst eines schleppenden Ganges gelernt.«

Antony sah ihn stirnrunzelnd an. »Wie habt Ihr all das herausgefunden, Freund Simeon? Seit wann verbringt Ihr Eure Zeit in Gesellschaft jener, die hier Zuflucht suchen?«

»Nicht ich, ich kenne diese Männer nicht.«

»Wer dann?«

Widerwillig schüttelte Simeon den Kopf und sagte: »Ich habe einen zuverlässigen Informanten.«

»Einen Informanten?«

»Jemanden, dem man vertrauen kann. Sein Wort verdient unbedingtes Vertrauen. Wir dürfen es nicht außer acht lassen.«

»Der Junge«, warf Pater Cuthbert plötzlich ein. »Seit einiger Zeit habe ich schon den nagenden Verdacht, daß der kleine Schlingel etwas im Schilde führt. Es ist Peter, der Simeon mit Informationen versorgt.«

»Ist das möglich, Simeon?« wollte Osric wissen. »Ist Peter bei dieser Sache Euer Komplize?« Und als Simeon zur Antwort nickte, rollte der grimmig dreinschauende Hospizbruder mit den Augen und sagte: »Bei den Göttern, Ihr seid sein Pate, sein Beschützer. Wie könnt Ihr auch nur daran *denken,* ihn mit einer so gefährlichen Aufgabe zu betrauen? Wenn diese Männer nicht mehr sind als gewöhnliche Schurken, und wenn sie herausfinden, daß er ihnen nachspioniert hat, dann ...«

»Genug!« fuhr Simeon auf. »Wofür, in Gottes Namen, haltet Ihr mich, Osric? Glaubt Ihr wirklich, ich würde Peter in die Arme von Dieben und Kirchenschändern treiben?«

»Kirchenschänder ...?« Der Rest von Antonys Frage blieb unausgesprochen, denn Bruder Justins Gesang war wieder einmal ins Stocken gekommen. In der darauffolgenden Stille hörten sie das leise Schlurfen von Sandalen und das Rascheln von Gewändern, während einige Männer draußen an der Kapelle vorübergingen. Während die anderen schwiegen, nahm Simeon einige Steine, die wie Edelsteine aussahen, aus dem Beutel an seinem Gürtel, reichte sie an seine Freunde weiter und wartete, bis sie wieder ungestört waren. Als das Singen von neuem erklang, war es Pater Richard, der ins Licht trat und das Schweigen brach.

»Ich kenne diesen Edelstein«, sagte er entsetzt. »Ich erkenne ihn an seiner ungewöhnlichen Form und der blutroten Farbe. Es ist einer der größeren Steine des Schreins.«

»Und hier ist ein Chrysopras«, meinte Thorald, der einen glänzenden, goldgrünen Stein in seinen Fingern hin und her drehte.

»Und das ist einer der milchigen Opale«, rief Antony aus. »Bei den Heiligen! Der Schrein ist geplündert worden!«

Simeon schüttelte den Kopf. »Der Schrein ist in eben dem Zustand, in dem ihr ihn zuletzt gesehen habt.«

Stirnrunzelnd betrachtete Osric den violetten, taubeneigroßen Stein in seinen Händen. »Simeon, woher habt Ihr diese Steine?«

»Peter hat sie mir gebracht. Ihr werdet am Schrein Steine

finden, die genauso rein und genauso echt sind wie diese.« Mit diesen Worten blickte er zu Osric hinüber und lächelte. »Ich glaube, unser Bruder Osric ist nicht so leicht zu täuschen, nicht wahr, Osric?«

Der grauhaarige Hospizbruder legte den hellen Amethyst auf den steinernen Stuhl, auf dem er gesessen hatte, griff nach einem Kerzenleuchter und holte zu einem gezielten Schlag aus. Der Edelstein zerfiel zu Pulver, und nur noch winzige Körnchen funkelten auf dem Stein.

»Imitationen«, knurrte er. »Und nur ein wirklich meisterlicher Handwerker, ein Ziegelbrenner oder Glaser könnte einem minderwertigen Stein einen solchen Schliff geben.«

Als er sich daranmachte, einen weiteren Stein zu zerschmettern, hielt Simeon seine Hand fest, sammelte die übrigen Juwelen ein und legte sie wieder in den Beutel, der an seinem Gürtel hing. Dann sah er zu, wie Pater Cuthbert sich von seinem Stuhl erhob, und erst als sein Mentor aufgestanden war, reichte er ihm einen Arm, um ihm zu helfen. Cuthbert war ein stolzer Mann, der das Gefühl brauchte, daß es zumindest einige Dinge gab, die er immer noch mit seinen begrenzten Kräften fertigbrachte. An Simeons Arm schlurfte er nun langsam durch die Kirche. Erst jetzt reagierte er auf die frühere Bekräftigung des jüngeren Priesters, daß der Schrein sich noch im gleichen Zustand befände, wie sie ihn zuletzt gesehen hatten.

»Sollen wir also glauben, daß wertlose Klunker wie diese den heiligen Schrein von St. John of Beverley schmücken« wollte er wissen.

Simeon nickte ernst. »Wir glauben, daß diese Schutzsuchenden geübte Schänder heiliger Schreine sind«, erklärte er seinen Freunden. »Sie nehmen alles, was sie in die Finger bekommen, alles, angefangen von kostbaren Reliquien bis hin zu einfachen Altartüchern. Sie haben gefälschte Juwelen von jeder Größe und Form bei sich und tauschen sie gegen echte Schätze aus, wo immer es ihnen gelingt.«

»Gütiger Gott, wir bieten ihnen Zuflucht, und sie mißbrauchen unsere Güte, um unseren Altar zu plündern«, flüsterte Antony.

»Wenn sie den heiligen John beraubt haben«, erklärte Thorald, »werde ich höchstpersönlich nicht weniger als sieben Hände abhacken lassen, um den Frevel zu sühnen.«

»Aber nicht in St. Johns Namen«, sagte Simeon zu ihm. »Viele dieser Juwelen waren schon verschwunden, lange bevor diese Männer nach Beverley kamen. Erinnert ihr Euch nicht an den Mann, der gehängt worden war, weil er vor acht Jahren Juwelen aus dem Schrein gestohlen hat?«

»Ja, und seine Hinrichtung war, wie wir alle wissen, für einige Leute überaus bequem«, sagte Osric. »Bis zu seinem Tod hat er geschworen, daß er seine Beute zurückgelassen hätte, und doch wurde sie erst einige Monate später gefunden und der Kirche zurückgegeben.« Er hielt inne, um mit seiner schwieligen Hand sein Kinn zu massieren. »Wenn ich mich recht erinnere, war es der Fund dieser Beute, der den Schurken de Figham zum Kanonikus gemacht hat, wenn auch zu einem Kanonikus über einen Trümmerhaufen.«

»Seine Juwelen waren nicht echter als diese hier«, erwiderte Simeon und deutete auf seinen Lederbeutel. »Aber ob sich unser Propst und mein Herr Erzbischof seinerzeit dessen bewußt waren, kann ich nicht sagen. Ich halte es für wahrscheinlich, daß Cyrus de Figham die ersten Kopien anfertigen ließ und sie dem Münster zum Geschenk machte, und daß der Propst sie entweder um des äußeren Scheines willen angenommen hat – oder weil auch er hinters Licht geführt wurde.«

»Hinters Licht geführt von Cyrus de Figham«, sagte Richard. »Schlau wie ein Fuchs ist der Kerl. Er tut so, als gebe er die gestohlenen Juwelen zurück, und ersetzt sie statt dessen durch Kopien. Und selbst jetzt könnte er noch immer behaupten, das in gutem Glauben getan zu haben. Bei Gott, er hat die echten Steine vielleicht sogar selbst behalten.«

»Ja, das ist möglich, aber doch bloß Spekulation«, warnte ihn Simeon. »Und erinnert euch daran, daß es nicht eure Aufgabe ist, Cyrus de Figham zu beschuldigen, die Herren der Kirche vor acht Jahren hinters Licht geführt zu haben, obwohl wir ihm alle so etwas zutrauen würden. Es ist jedoch eine Tatsache, daß sich nur noch ein halbes Dutzend echter

Juwelen am Schrein befanden, als die Schutzsuchenden vor einer Woche hier eintrafen.«

»Sechs? *Sechs?* Aber bei dem Sturm wurde doch höchstens ein Dutzend gestohlen, und es sind noch *Unmengen* am Schrein.«

»Sechs!« wiederholte Simeon.

»Unmöglich!« rief Antony entgeistert. »Ihr müßt Euch irren, Simeon. Nur sechs sollen übriggeblieben sein? Ich sage Euch, das ist unmöglich!«

»Und ich sage Euch, es ist eine Tatsache, meine Freunde. Wenn die Diebe ihren Plan in die Tat umgesetzt hätten, wären sie um sechs Edelsteine reicher gewesen, nicht mehr.«

»Aber was ist mit dem Rest geschehen?«

»Ich vermute, daß sie im Laufe der Jahre einer nach dem anderen entfernt und sofort durch ein Duplikat ersetzt wurden und daß der Täter sie dann mit einem schönen Gewinn und fast ohne Risiko verkauft hat.«

Plötzlich geriet die Stimme an der Kapellentür wieder ins Stocken. Ein oder zwei Zeilen des Psalms wurden ein wenig leiser und an der falschen Stelle wiederholt, aber kaum mehr als eine Minute war vergangen, da stieg die Stimme wieder genauso klar und zuversichtlich wie zuvor gen Himmel.

»So«, sagte Pater Cuthbert schließlich. »Der Junge findet heraus, daß St. John bestohlen werden soll, und diese Entdeckung führt uns zu der Feststellung, daß der Schrein in den letzten acht Jahren systematisch geplündert worden ist.«

»Ich fürchte, die Sache ist noch schlimmer«, sagte Simeon sanft. »Meine Herren, diese Diebe sind nicht wegen einer Handvoll hübscher Glassteine nach Beverley gekommen. Sie sind hier, um einen finsteren und schlimmeren Zweck zu erfüllen. O ja, ihr Ziel ist persönlicher Reichtum, dessen können wir sicher sein, aber der wahre Wert ihrer Beute läßt sich nicht in Münzen allein berechnen. Glaubt mir, meine Freunde, nicht einmal Heinrich, der König ganz Englands, könnte hoffen, genug Gold aufzubringen, um sich das zu kaufen, was diese Männer uns stehlen wollen.«

Er spürte, wie Pater Cuthberts Finger sich in seinen Arm bohrten, und jeder von ihnen hielt den Atem an.

»Diese Männer sind nicht gekommen, um St. Johns Schätze zu stehlen, sondern um uns seiner heiligen Reliquien zu berauben. Sie sind hier, um unseren größten Schatz zu stehlen, *den Heiligen selbst.*«

Kapitel 34

Simeon ließ seinen Umhang locker von den Schultern fallen. Wieder einmal näherte sich die Nacht; wie ein warmer Nebel kroch sie von den Sümpfen herüber. Morgen war das Fest des heiligen Matthäus, der einundzwanzigste Tag des Septembers im Jahre des Herrn 1188. Fast ein Jahrzehnt war seit dem Sturm vergangen, der die Stadt Beverley mit beinahe satanischer Grausamkeit überfallen hatte. Seitdem waren große Anstrengungen unternommen worden, um den Schaden zu beheben: Ganze Straßen mit Häusern und Werkstätten waren wiedererbaut worden, Kornmühlen und Lagerhäuser repariert, Gräben neu ausgehoben worden.

Im Münster schien alles seine einstige Pracht wiedergewonnen zu haben, obwohl man viel Bauholz anstelle kostbarer Steine benutzt hatte. Geschnitzte Eichenbalken standen neben Säulen aus Sandstein oder Marmor. Mit Mitteln aus Schenkungen des einheimischen Adels und der Händler waren die Steinsitze des Chors ersetzt und die Fliesen repariert worden.

Simeon stand nun am Rande des kleinen Obstgartens und betrachtete das vom Mond beleuchtete Profil des Münsters, das über die Kirchenmauer hinausragte. Er vermißte die Farben, das Blutrot und das tiefe, leuchtende Blau, die herrlichen Gold- und Grüntöne und das sanfte Pastell des zerstörten und durch einfaches Glas ersetzten Kirchenfensters. Und er wußte, daß er nicht der einzige war, der um den Verlust dieses heiligen Kunstwerks trauerte.

Er war durch die Grenzmauer, die um das Sumpfland herumlief, nach St. Peter zurückgekehrt. In dieser Nacht war er nach langer Zeit einmal wieder an dem kleinen Grab vorübergegangen, in das er vor so vielen Jahren ein winziges Bündel zur ewigen Ruhe gebettet hatte. Die Stelle war nun überwuchert und vernachlässigt, und das Grab, in dem Elviras Sohn lag, war schon lange wieder ein Teil der Natur geworden. Simeon war gerade lange genug dort geblieben, um ein ernstes Gebet für die unsterbliche Seele des Kindes zu sprechen, und als er wieder aufstand, war ihm das Herz schwer, denn sosehr er es versuchte, konnte er sich nicht an dessen Namen erinnern. Ohne einen Namen oder ein Grab, das an ihn erinnerte, ohne einen Menschen, der um ihn trauerte oder im Himmel als sein Fürsprecher auftrat – wie sollte da Gott je wissen, daß diese kleine Seele ihm gehörte?

Immer noch gequält von seinen Gedanken, ging er weiter auf das Hospital zu, wo Osric ihn mit einem einfachen Abendessen erwarten würde. Sein nächtlicher Ausflug war ausgesprochen ereignislos gewesen. Wie er es sooft des Nachts tat, hatte er seine Kräfte in einem langen Dauerlauf erprobt, bei dem kaum ein Mann mit ihm hätte mithalten können. Tagsüber hätte er so etwas niemals gewagt, aber im Schutze der Nacht erfreute er sich des Segens, der ihm während des Sturms zuteil geworden war.

Als Cyrus de Figham am frühen Abend das Kloster von St. Anne verließ, verspürte er einen Zorn, der sogar *seine,* in langen Jahren erprobte Selbstbeherrschung auf eine harte Probe stellte. Sein Mund war zu einer bitteren Linie zusammengepreßt und seine Haut aschfahl. Nicht einmal der lange Fußmarsch vom Kloster zu seinem Haus in Out Ings vermochte es, die schwelende Hitze seines Zorns abzukühlen. Und um die Dinge noch schlimmer zu machen, erzürnten ihn auch noch zwei Zwischenfälle, die sich auf seinem Heimweg ereignet hatten. Der erste war ein Aufruhr direkt vor der Keldgate-Barre, wo eine Gruppe Vagabunden sich um ein Lagerfeuer versammelt hatte und sich ein mageres Abendbrot zubereitete. Der größte und stärkste von ihnen, ein

Mann mit verfaulten Zähnen und abgeschnittener Nase, die ihn als Dieb brandmarkte, hatte sich ihm in den Weg gestellt, als er vorübergehen wollte. Es war ein Prahlhans mit gewaltigen Fäusten, dicken Beinen und einem schweren Dolch am Gürtel. Das Licht des Lagerfeuers reichte nicht aus, um das Gesicht des Passanten zu beleuchten – sonst hätte der Dieb sein Opfer vielleicht besser einzuschätzen vermocht.

»Wer nach Beaver Lake rein will, muß mir Wegzoll entrichten«, knurrte er.

»Und seit wann betrifft das unberittene Bürger?« fragte Cyrus.

»Seit ich es beschlossen habe«, erwiderte der Mann mit betrunkenem Gelächter, und die Leute, die am Lagerfeuer saßen, stimmten in sein Gelächter ein.

Cyrus senkte die Stimme zu einem wilden Zischen. »Mach mir den Weg frei, du Hund, oder du wirst den Schlamm des Stadtgrabens kosten.«

Der Mann brüllte vor Lachen und legte mit großspuriger Geste die Hände auf die Hüften. Eine Frau mit bis über die Knie hochgezogenen Röcken trat zu ihnen.

»Hast du das gehört, Kleine?« fragte der Flegel. »Hast du gehört, was der feine Herr da sagt? Den Stadtgraben kosten, ja wirklich, und dabei ist er nicht größer als ich und hat unter seinem Umhang obendrein auch noch einen Priesterrock an.«

»Und eine hübsche Börse an seinem Gürtel, möchte ich wetten«, ergänzte die Frau und stieß den Mann mit ihrem muskulösen Ellbogen in die Rippen.

»Wer nach Beaver Lake will, muß Zoll zahlen«, sagte der Mann noch einmal. »Und wenn die Börse da leer ist, reicht mir auch der feine Umhang, den Ihr tragt.«

Er hob seine ungewaschene Hand, um die Zobelkapuze zu ergreifen, und das war sein Untergang, denn die Berührung eines vulgären Vagabunden war für diesen Priester nicht weniger widerlich als die Umarmung eines Leprakranken. Seine Hand, in der bereits der Dolch lag, schoß zu seiner Verteidigung in die Höhe. Die Klinge bohrte sich in weiches Fleisch und schlitzte es ohne weiteres auf. Einen Augenblick lang stand der Mann einfach nur da und starrte ihn ungläubig an. Dann senkte er gerade rechtzeitig den Kopf, um zu sehen, wie die Klinge zurückgezogen wurde und warmes Blut aus seiner Wunde strömte. Er stöhnte und taumelte ein paar Schritte zurück, lehnte sich gegen den altersschwachen Zaun des Grabens und fiel mit lautem Klatschen ins Wasser. Cyrus passierte die Barre und stolzierte davon; seine Stiefel klangen hohl auf den Holzbrettern der Brücke, und sein Schatten ragte hoch hinter ihm auf. Er ließ eine Szene größter Verwirrung zurück: Die Frau schrie mit schriller Stimme um Hilfe, weil es ihr nicht gelang, ihren Mann allein aus dem schmutzigen Wasser herauszuziehen, bevor er fortgespült wurde.

Dieser Zwischenfall war für Cyrus nahezu bedeutungslos. Ein Mann seiner Stellung kümmerte sich nicht um den Abschaum der Straße. Aber es hatte noch einen zweiten Zwischenfall gegeben, der zwar weniger ereignisreich schien, aber möglicherweise wichtiger war als der erste. Er hatte sich auf dem offenen Land zwischen der Ostbarre auf der Flemingate und den Wiesen von Figham zugetragen. Er hatte gerade den stinkenden, schmalen Graben überquert, als er einen anderen Mann durch die Dunkelheit laufen sah, einen großen, breitschultrigen Mann in vornehmer Kleidung. Dieser Mann befand sich auf der anderen Seite des Wildbachs und war auf dem Weg zur Kirche von St. Nicholas. An seiner Größe und seiner Haltung war etwas, das Cyrus seltsam vertraut erschien. »Simeon!« Der Name kam wie ein bösartiges Knurren über seine Lippen. »Simeon von St. Peter.«

Er versteckte sich hinter einem Gebüsch und sah zu, wie der andere Priester sein Gesicht dem silbrigen Ostfenster des Münsters zuhob, und der Schein des Mondes auf seinen Zügen ließ keinen Zweifel mehr. Dieser Mann war tatsächlich Simeon of Beverley, auch wenn er einen geborgten Umhang trug. Es war Simeon, der lahme Priester, Simeon, dem die Frau gehörte, die Cyrus begehrte und nicht bekommen konnte. Er sah zu, wie er sich bekreuzigte und sich dann umdrehte, um mit gleichmäßigen Schritten über das offene

Gelände zu laufen, und er lief, wie nur ein Mann laufen konnte, der jede Unze von Kraft und Energie, die in seinem Körper steckt, auskostete.

»Verdammter Falschspieler«, zischte Cyrus durch zusammengebissene Zähne. »Kein Krüppel hat sich je mit solcher Kraft und Anmut bewegt. Und wenn du mit dem kleinen Finger winkst, Simeon von St. Peter, hat noch nie eine elende, kleine Grabenbauersfrau deine Gunst zurückgewiesen und an ihrer Stelle eine andere geschickt.«

Dann wandte er sich ab, und Eifersucht brannte ihm wie ein loderndes Feuer in der Brust, während er auf sein wiedererbautes Haus in Out Ings zuging.

Als er an die Tür trat, öffnete diese sich wie von selbst, denn Bruder John, sein treuer Haushofmeister, hatte seit der Abenddämmerung auf seine Rückkehr gewartet. Der junge Mann sah mit einem Blick, in welcher Verfassung sein Herr war und erriet, daß die Mutter Oberin einen zu hohen Preis für diese ganz bestimmte Schwester der Barmherzigkeit gefordert hatte.

»Es ist nicht gutgegangen, mein Herr?« wagte er zu fragen.

»Überhaupt nicht gut. Sie haben mich zum Narren gehalten.«

»Zum Narren, mein Herr? Wer würde das wagen?«

»Es ist eine Verschwörung«, erklärte Cyrus. »Der Priester und seine Hure verschwören sich gegen mich, und dieses Instrument des Teufels, das das Kloster leitet, macht einen hübschen Gewinn dabei.«

Er warf sich auf einen hochlehnigen Stuhl neben dem Feuer, legte das Kinn auf seine Fäuste und starrte in die Flammen.

John beobachtete ihn, während er ihm Wein einschenkte, betrachtete sein dunkles Profil, und der Feuerschein in seinen schwarzen Augen tanzte und funkelte. Er erriet, daß sein Herr zu lange nicht mehr herausgefordert worden war, daß ihm zu lange der Reiz eines wirklichen Kampfes gefehlt hatte. Selbst die Befriedigung, St. Martin errungen zu haben, hatte einen sauren Geschmack auf seiner Zunge hinterlassen, denn welchen Ruf konnte ihm schon ein Trümmerhaufen einbringen? Er war jetzt Kanonikus, aber sein Status hing ganz vom Altar des Münsters ab. Den Gewinn, den er sich versprochen hatte, heimsten andere ein. Und seit acht Jahren erklärte der umstrittene Bischof von York ein ums andere Mal, daß keine Mittel vorhanden seien, um St. Martin wieder aufzubauen. Solchermaßen betrogen war Cyrus de Figham zu einem mächtigen Mann geworden, dem jede Richtung fehlte: etwas überaus Gefährliches, denn Macht, wenn sie zu lange gezügelt wird, wendet sich nach innen und wird zu unkontrolliertem Zorn.

Ohne vom Feuer aufzublicken, griff Cyrus nach dem Glas, das John ihm anbot. Bruder John hatte sich in Cyrus' Diensten als sehr nützlich erwiesen. Er schätzte seine Position, nutzte sie jedoch nicht mehr aus, als man von einem Mann erwarten durfte, der einen vernünftigen Ehrgeiz besaß. Er kannte seinen eigenen Wert und den seines Herrn und war zufrieden, Cyrus de Fighams Interessen über seine eigenen zu stellen. Wie jeder kluge Mann, der darauf bedacht war, seine Stellung nicht zu gefährden, wußte er genau, wer führen und wer, immer auf der Hut vor Fallstricken, folgen mußte.

»Ihr hattet recht mit Eurem Verdacht gegen den Priester von St. Peter«, sagte Cyrus mürrisch. »Ich habe mit eigenen Augen gesehen, wie er in einem geborgten Umhang wie ein Hengst herumlief, der gerade erst aus dem Stall gekommen ist. Es geht ihm hervorragend, John. Diesem lahmen Priester geht es bestens, während ich keinen Schritt weiterkomme.«

»Simeon ist ein armer Mann«, wandte John vorsichtig ein.

»Jawohl, und er ist ganz zufrieden damit. Er hat alles, was er begehrt. Er dient dem Altar von St. Peter. Er ist ein Herr in seiner kleinen Kirche, ein anerkannter Historiker und ein Schreiber von Rang.«

»Er ist lediglich ein kleiner Fisch in einem kleinen Teich«, erinnerte John ihn. »Und als Schreiber und Gelehrter muß er viele lange Stunden arbeiten. Gewiß beneidet Ihr ihn nicht um seine tägliche Schufterei, mein Herr?«

»Es ist seine Selbstzufriedenheit, die ich beneide.«

»Kleine Fische müssen lernen, sich mit wenigem zu bescheiden.«

»Aber er hat alles, was er begehrt«, beklagte Cyrus sich. »Gütiger Gott im Himmel, wie viele Männer können das jemals von sich sagen?«

John versuchte gar nicht erst, die Frage seines Herrn zu beantworten. Statt dessen schenkte er ihm noch etwas Wein nach und zog den Tisch näher ans Feuer. Er war in den letzten beiden Tagen für seinen Herrn sehr fleißig gewesen, fleißig und erfolgreich, aber die Früchte seiner Arbeit waren ihm nicht einfach in den Schoß gefallen, und er hatte gelernt, sein Wissen nicht leichtfertig zu verschleudern. Es war besser, auf einen geeigneteren Moment zu warten, um sicherzugehen, daß sein Herr seine Bemühungen auch wirklich zu schätzen wußte. Daher häufte er nun einige saftige Stücke gebratenes Fleisch auf einen separaten Teller, tröpfelte die fettige Soße darüber und reichte den Teller an Cyrus weiter. Trotz der Schwärze seiner Stimmung erinnerte ihn der verlockende Duft daran, daß es bereits spät und er ausgesprochen hungrig war.

Seine Gedanken kreisten um seinen letzten Besuch im Kloster St. Anne. Diesmal hatte er ein Faß mit Salz und eine Bahn feinen Seidenstoff als Geschenk mitgebracht und dazu ein halbes Dutzend Biberpelze und einen kostbaren, mit bunten Perlen bestickten Damengürtel. Die Äbtissin hatte seine Geschenke gnädig angenommen, und als er zu seiner Verabredung mit ihr erschien, wurde ihm ein guter Wein und eine Schale mit Früchten und Nüssen serviert. Das Geschäft war bereits gemacht, als das Mädchen hereingebracht wurde. Sie sollte ein Teil seines privaten Haushalts werden, und als Gegenleistung nahm die Äbtissin seine Geschenke und Versprechungen entgegen und setzte bereitwillig ihre Unterschrift unter das Dokument.

»Sie ist nicht die Frau des Grabenbauers«, knurrte er und beobachtete John unter zusammengezogenen Brauen. »O ja, es war durchaus die Frau, mit der ich bei meinem letzten Besuch gesprochen habe, daran zweifle ich nicht, aber es war nicht die Frau des Grabenbauers, nicht die Frau, die ich vor zwei Tagen auf dem Marktplatz in meinen Armen hielt. Sie haben mich überlistet, John. Sie wollten mich mit einem Ersatz übertölpeln. Die Frau, die sie mir gezeigt haben, war zwar ein hübsches, junges Ding, aber nicht die Ehefrau des Grabenbauers, nicht Simeons Geliebte.«

»Könnt Ihr Euch nicht mit ihr zufriedengeben, da Ihr sie doch schon gekauft und für sie bezahlt habt?« fragte John.

Cyrus zuckte mit den Schultern. »Wenn es sein muß. Sie wird gewiß genügen, um mir mein Bett zu wärmen und meinen Zorn zu lindern, und wie Ihr ganz richtig bemerkt habt, John, habe ich bereits gut für sie bezahlt, und daher gehört sie rechtmäßig mir.«

»Und trotzdem habt Ihr sie nicht mit hierhergebracht?«

»Nein, das habe ich nicht«, knurrte Cyrus. »Ich habe das Kloster im Zorn verlassen, dank dieser Hexe, dieser verrunzelten, alten ...«

Er schüttelte den Kopf, da ihm die Worte fehlten, um seiner Entrüstung Luft zu machen. »Wißt Ihr, ich habe gute Lust, die volle Rückgabe meiner Geschenke zu fordern und mir das Mädchen heimlich zu nehmen, wenn es mir gefällt.«

John lächelte. »Und wer könnte etwas dagegen unternehmen? Wenn eine ihrer hübschen, kleinen Schwestern auf der Straße verschwindet, würde die Äbtissin kaum wagen, den ehrwürdigen Kanonikus von St. Martin zu beschuldigen.«

»Ich schätze, sie ist auf ihre eigene Art durchaus begehrenswert«, meinte Cyrus versonnen, legte dann seine Fingerspitzen auf die Stirn und schloß mit einem Stöhnen die Augen. »Aber diese andere, die Frau auf dem Marktplatz, die war wirklich eine Schönheit von ganz besonderer Art. Sie hatte Geist und Augen, die wie poliertes Ebenholz blitzten, und dieser Mund, so weich und voll ...«

»Und sie war Pater Simeons Hure«, sagte John, um zu beweisen, wie gut er die Situation verstand.

»Jawohl, Simeons Hure«, nickte Cyrus. »Aber vielleicht irre ich mich, wenn ich annehme, daß er sie im Kloster versteckt hat. Es ist durchaus möglich, daß die Äbtissin sich lediglich meine Suche nach einer dunkeläugigen Frau zunutze gemacht hat. Sie kann unmöglich wissen, wie fest entschlossen ich bin. Bei den Göttern, ich würde jederzeit die größere Hälfte meiner Besitztümer geben, wenn ich Simeon damit nur seine verdammte Selbstgefälligkeit austreiben könnte.«

»Er muß Euch schreckliches Unrecht angetan haben, mein Herr Cyrus«, bemerkte John, der sehr gut wußte, daß es sich so nicht verhielt, sondern daß das Gift eines neidischen Mannes immer zuerst den Unschuldigen trifft, bevor es den Schuldigen findet.

»Zweifelt ihr daran?« fuhr Cyrus auf. »Acht Jahre lang hat er uns alle hinters Licht geführt, indem er uns glauben gemacht hat, seine Hure und sein Bastard seien im See von St. Theodor ertrunken. Er tut so, als sei er ein Krüppel, ein gelehrter Schreiber, der sich nur seinem Werk widmet, ein Mann von beispielloser Tugend, und die ganze Zeit über lacht er hinter unserem Rücken. Er macht sich über uns alle lustig. Mit seiner widerlichen Selbstzufriedenheit zerstört er meinen Seelenfrieden und hinterläßt einen galligen Geschmack in meinem Mund. Ihr dürft also sicher sein, daß er mir Unrecht tut.«

Nun war John beinahe bereit zu sagen, was er zu sagen hatte. Er hatte seine Information erkauft, und indem er das getan hatte, hatte er etwas, das früher für wertlos galt, zu großer Wichtigkeit erhoben. Die Frau, die seine Münze genommen hatte, würde sich damit kaum zufriedengeben, denn sie wußte nun, daß sie ihr Wissen auch anderswo feilbieten konnte. Wenn ein Mann bereit ist zu kaufen, wird es ein anderer auch sein. Die Frau wußte, daß John Cyrus de Fighams Mann war, und sie würde überlegen, daß sie etwas, das sie einem Kanonikus verkauft hatte, ebensogut auch einem anderen anbieten konnte. Vielleicht war sie gerade dabei, ihre Geschichte Wulfric de Morthlunds kriecherischem Lustknaben zu erzählen, der wie ein Hund auf den Stufen des Hauses seines Herrn schlief und immer auf der Suche nach etwas war, womit er sich seine Dankbarkeit erkaufen konnte.

John lächelte. Im Augenblick bereitete ihm diese Angelegenheit keine Sorgen, denn Daniel Habicht hatte die Gunst seines Herrn verloren und genoß keinerlei Vorrechte mehr. Daher würde er gezwungen sein, seine Information für sich zu behalten, bis de Morthlund sich morgen in der Stunde vor der Sext erhob, und selbst dann war es möglich, daß seine Bitte um eine Audienz nicht erfüllt wurde. Wenn der dicke Mann ein Interesse an der Frau des Grabenbauers oder dem Sohn des Priesters hatte, würde er frühestens morgen mittag handeln können. Cyrus dagegen konnte schon bei Morgengrauen im Kloster sein.

John zögerte noch einen Augenblick, während er zusah, wie Cyrus' Finger die Serviette glattstrichen. Dann räusperte er sich und sagte:

»Ihr habt Euch nicht geirrt, mein Herr. Die Frau, die Ihr sucht, lebt tatsächlich hinter den Klostermauern.«

»Was?« Cyrus' Quecksilberaugen wurden plötzlich schmal.

»Die Frau ist dort«, wiederholte John. »Selbst heute abend, während ihr Euer Geschäft mit der Äbtissin in einem Teil des Klosters abgeschlossen habt, ist die Frau namens Elvira in einem anderen Teil ihren Mutterpflichten nachgegangen.«

»Im Kloster?« fragte Cyrus. »Direkt vor meiner Nase?«

John nickte. »Es sieht so aus, als hätten Simeon und seine Freunde sie im Anschluß an den Sturm vor acht Jahren dort hingeschafft. Sie hatte eine klaffende Schwertwunde an ihrem Unterarm und ein säugendes Kind an ihrer Brust.«

»Ein Kind?« wiederholte Cyrus.

»Ein Neugeborenes. Einen Jungen. Auch er hatte eine Schwertwunde, hier ...« John zeigte ihm die Stelle an seinem eigenen Hals. »... und sowohl Mutter als auch Kind brauchten tagelange Pflege, bis feststand, daß beide ihre Verletzungen überleben würden. Während dieser Zeit hat der lahme Priester sich um sie gekümmert, aber danach hat er sich von ihnen ferngehalten, und die Frau, von der ich meine Informationen habe, hat ihn kaum noch zu sehen bekommen, obwohl sie immer die Vermutung hegte, daß er durch eine Geheimtür kam und ging, die direkt in Elviras Zimmer im Kloster führte.«

Cyrus saß aufrecht und zutiefst beeindruckt auf seinem Stuhl. »Soll das heißen, Ihr habt Euch dazu herabgelassen, für mich zu spionieren, Freund John?«

»Mein Herr Cyrus, ich betrachte es als ein Privileg, Euch zu helfen, wo ich nur kann.«

»Und das auf Eure eigenen Kosten, zweifellos?«

John breitete die Hände aus. »Nun, mein Herr …«

»Ich werde dafür sorgen, daß Ihr doppelt und dreifach entschädigt werdet«, versicherte Cyrus ihm. Wie immer in solchen Augenblicken erinnerte er sich an die Zeit, in der er den Respekt und die Treue dieses Mannes um eines ordentlichen Umhangs willen hätte verlieren können. Er nickte und sagte noch einmal: »Ich werde mich darum kümmern.«

»Ich danke Euch, mein Herr.«

»Und jetzt sagt mir, John, wo ich diese Grabenbauersfrau finden kann, diese Priesterhure?«

»Sie lebt im Kloster, genau wie Ihr vermutet habt, aber in einem sicheren Gemach ganz in der Nähe der Mauer, die an den See grenzt. Die Mutter Oberin und ihre Frauen beschützen sie gut.«

»Aber Ihr kennt eine Möglichkeit, zu ihr zu gelangen? Einen Geheimgang? Eine verborgene Tür?«

John schüttelte den Kopf. »Niemand weiß, wie Simeon kommt und geht.«

»Wie, in Gottes Namen, soll ich dann zu ihr kommen?« fragte Cyrus. »Ich kann das Kloster kaum mit einem Trupp bewaffneter Männer stürmen. Und ich habe auch nicht die Absicht, hohe Wände zu erklimmen und mein Leben zu riskieren, nur um mein Maul in Simeons privaten Trog zu stecken.«

Als er das hörte, gestattete John sich den Luxus eines breiten, selbstzufriedenen Lächelns. »Ein solches Risiko ist ganz unnötig, mein Herr.«

»Aber wie soll ich dann …«

»Sie wird bereitwillig zu Euch kommen, wenn Ihr sie darum bittet.«

»Was?« Jetzt lächelte auch Cyrus. Er drehte sich um und

sah John aus den Augenwinkeln heraus an. »Ihr wißt eine Möglichkeit, wie ich sie dazu bringen kann?«

»Ja, in der Tat, mein Herr Cyrus.«

»Wenn das so ist, dann werde ich Euch großzügig für Eure Bemühungen belohnen, Freund John.«

»Und Ihr werdet für Euren persönlichen Zweck besitzen, was Simeon das Wichtigste in seinem Leben ist.«

»Aber wie soll das geschehen? Und welche Risiken sind damit verbunden?«

»Es wird ganz leicht sein, mein Herr«, erwiderte John lächelnd. »So einfach wie es ist, einen acht Jahre alten Jungen aus seinem Bett zu stehlen.«

Cyrus de Figham warf sich auf seinem Stuhl zurück, ohne sich darum zu kümmern, daß der Wein aus seinem Glas spritzte. Für einen entschlossenen Mann war ein Achtjähriger nur eine lästige Bürde, wie ein Sack quiekender Schweinchen, die man vom Markt holte, um sie bei Tisch zu servieren. Er würde sich das Balg greifen und als Köder benutzen, um die Frau zu sich zu locken: Es war ein einfacher und unkomplizierter Plan. Er brauchte nur abzuwarten, bis die Schwestern sich zu ihrer morgendlichen Andacht versammelt hatten, und sich dann holen, was ihm rechtmäßig gehörte.

Während Cyrus de Figham und sein treuer Vikar noch ein weiteres Glas Wein auf ihre gemeinsame Unternehmung tranken, herrschte im Pfründnerhaus in der Moorgate größte Betriebsamkeit. Die Informantin von St. Anne würde schon bald mit den Männern des Kanonikus dorthin zurückkehren, nachdem sie ihnen den Ort, an dem der Junge und seine Mutter versteckt waren, genau beschrieben hatte. Sie würde eine große Belohnung erhalten und vor jedweden Angriffen beschützt werden, denn dieser Kanonikus war entschlossen, sie großzügig für ihre Mühen zu bezahlen, und um seines Rufes willen mußte für alle sichtbar sein, wie dankbar er ihr war.

»Ich habe ihn«, knurrte de Morthlund, während Daniel ihm half, einen dunkelroten, seidengefütterten Umhang um seine Schultern zu legen. »Jetzt habe ich diesen betrügerischen Priester und mit ihm all die, die ihm bei diesem unverschämten, acht Jahre währenden Ränkespiel geholfen haben. Und welche Rolle spielt Jacob de Wold in all dem, dieser Mann, der auf dem verwaisten Stuhl des Propstes von Beverley sitzt? Welche Rolle? Welche Rolle spielt er dabei?«

»Er muß davon gehört haben, mein Herr.«

»Jawohl, er hat davon gewußt und hat die Sache geduldet. Bei den Göttern, ich würde meine Zähne hergeben, um zu wissen, welch fürstliche Summe er im Laufe dieser Jahre für sein Schweigen erhalten hat.«

»Fürstlich wird der richtige Ausdruck dafür sein«, antwortete Daniel nickend. »Er hat solche Macht, daß er die übrigen überall hinführen kann, wo er sie haben will. Sie folgen ihm wie Schafe.«

»Wie Schafe sind sie auch, mein lieber Daniel«, pflichtete sein Herr ihm bei. »Und wenn es nach mir ginge, würden sie ihrem Anführer bis zur Klinge des Schlachters folgen.«

Daniel lächelte. Er war mehr als zufrieden mit dieser Wendung der Ereignisse, denn das Blatt seines Schicksals hatte sich noch einmal gewendet, und seine Position bei seinem Herrn war wieder die alte. Er hatte seinem Herrn mit seiner Tat den Weg zum Stuhl des Propstes freigemacht, und auf diesem Weg würde er mächtige Männer und Frauen wie Streichhölzer beiseite fegen. Dann würde er keine Zeit verschwenden, um das ganze Gewicht seiner herrischen Persönlichkeit den Würdenträgern Yorks entgegenzuwerfen, damit all deren Verbrechen gegen die Kirche bekannt wurden. Und dann würde er unauffällig Geoffrey Plantagenets Interessen fördern, denn trotz allem, was der Papst zu sagen hatte, war es nur eine Frage der Zeit, bevor es Heinrich gelang, seinen Bastard auf den Thron des Erzbischofs von York zu bringen.

Wulfric warf seinen Umhang zurück und stand breitbeinig da, in einer königlichen Haltung, die dem jüngeren Mann einen langen Seufzer entlockte. Wenn sie das Kloster erreichten, würden alle, die dort wohnten, tief schlafen, bis der heilige Gottesdienst der Mette um zwei Uhr morgens begann. Und in dem Aufruhr, der gewiß folgen würde, wenn er erst einmal die Verführerin und ihren Bastard gestellt hatte, würde er darauf bestehen, daß Cyrus de Figham zu den ersten gehörte, die sich für ihr Wissen um ihre Existenz würden rechtfertigen müssen. Dann sollte er das Ganze nur leugnen, wenn er es wagte, denn es gab zwei Zeugen, die schwören würden, ihn in einer Umarmung mit der Frau Elvira gesehen zu haben, und das auf dem Marktplatz ihrer eigenen Heimatstadt.

»Ich werde diese Angelegenheit zu meiner Befriedigung zu Ende führen«, erklärte er, während er aus dem Raum stürmte. »Und dabei werde ich diesen Emporkömmling Simeon zertreten wie einen gemeinen Käfer.«

Und das würde er tatsächlich tun, wenn seine geheimen Pläne Erfüllung fanden. Er brauchte auch für eine andere Sache einen Sündenbock, und wenn Simeon eines Unrechts beschuldigt würde, das er nicht leugnen konnte, würde es nicht weiter schwierig sein, ihn mit einem weitaus schlimmeren Verbrechen zu belasten. Die Menschen, die in dieser Stadt lebten, betrachteten ihre Heiligen mit wilder Eifersucht, denn ihr Wohlstand hing von den Tausenden von Pilgern ab, die jedes Jahr in Scharen zu seinem Schrein strömten, um ihn um ein Wunder oder um seinen Segen zu bitten. Ohne den heiligen John würde Beverley endgültig im Schatten Yorks versinken, und wenn das geschah, würden Elend und Hunger folgen. Die Leute würden kurzen Prozeß machen mit einem Priester, der eine Handvoll Schutzsuchender angeheuert hatte, die den jeweiligen Schrein plündern und die kostbaren Reliquien aus ihrer Ruhestätte stehlen sollten.

Kapitel
35

»Simeon!«

Die Stimme war ein drängendes Flüstern in seinem Ohr. Sie riß ihn mit einem jähen Schrecken aus dem Schlaf. Er griff nach seinem Kurzschwert, und seine Finger hatten sich bereits um den Griff der glitzernden Waffe geschlossen, bevor er ganz bei Bewußtsein war. Er wußte, daß die Tür versperrt und alle Fenster verschlossen waren, und doch hatte jemand seinen Namen gerufen, daran bestand kein Zweifel. Er ließ sich auf seiner Matratze zur Seite rollen, starrte mit weit aufgerissenen Augen in die Dunkelheit und sprang leichtfüßig und mit katzenhafter Anmut vom Dachboden hinunter. Auf dem Sims in der Nähe seiner Leiter brannte eine einzige Kerze, deren Flamme sich in der Wasserschale widerspiegelte, in der die Kerze aus Gründen der Sicherheit stand.

Simeon ging mit gezücktem Schwert in die Hocke. Der Boden war kalt unter seinen nackten Füßen und die Nachtluft frostig auf seiner unbekleideten Brust.

»Wer ist da?« fragte er in die Dunkelheit hinein.

»Ich bin es, Bruder Simeon.«

Er spürte wie die feinen Härchen in seinem Nacken sich langsam aufstellten. Er bekam eine Gänsehaut. Dieser andere, dieser Bote grimmiger Ereignisse, war wiedergekommen. Simeons Gedanken flogen zuerst zu dem Jungen, dann zu Elvira.

»Ich werde gebraucht«, rief er und sprang auf die Füße.

»Noch nicht.« Die Stimme kam aus dem finstersten Teil des Raumes. Sie war tief und vertraut und hatte gleichzeitig etwas Beruhigendes, Tröstliches. *»Die Zeit ist noch nicht gekommen.«*

Simeon versuchte, durch die Dunkelheit hindurchzuspähen, konnte aber nichts als Schatten erkennen.

»Noch nicht?« fragte er. »Warum seid Ihr dann gekommen, wenn nicht um mich vor einer Gefahr zu warnen?«

»Es wird schon bald eine Gefahr geben.«

»Warum seid Ihr hier? Warum jetzt?«

»Um Euch meinen Segen zu geben, Bruder.«

Simeon fuhr sich mit der Zunge über die Lippen und nickte grimmig. »Ich fürchte, den werde ich auch brauchen, bevor all dies vorbei ist.«

»Den und noch mehr.«

Simeon nickte noch einmal. Er fürchtete sich nicht vor dem, was kommen würde. Er fürchtete nur, daß er versagen könnte, und daß er durch sein Versagen jene verlieren oder schutzlos zurücklassen mußte, die er am meisten liebte. Er bekreuzigte sich, sank dann auf ein Knie nieder und faltete die Hände. Mit gesenktem Kopf und geschlossenen Augen flüsterte er die wenigen Worte des *Jesugebetes* und machte sich bereit, den Segen des anderen zu empfangen.

»In nomine Patris, et Filii, et Spiritus Sancti.«

»Im Namen des Vaters, des Sohnes und des heiligen Geistes«, wiederholt Simeon.

»Dominus vobiscum.«

»Et cum Spiritu.«

Der Segen war kurz, die Worte ein kurzes Flüstern, das kaum hörbar war. Er hatte das Gefühl, als berührte eine Hand ihn auf dem Kopf, und dann sagten ihm seine Sinne, daß die Gestalt sich schweigend und unsichtbar bereits zum Gehen wandte.

»Wartet! Wann wird es sein?« rief er ihr nach.

»Bald.«

»Das Fest des heiligen Matthäus? Vorher? Nachher?«

»Bald, mein Bruder, sehr bald.«

Die Kerze flackerte, als hätte sich irgendwo eine Tür geöffnet. Die Flamme erstarb beinahe, richtete sich dann jedoch wieder auf, um genauso gleichmäßig und tapfer wie zuvor zu brennen. Von jenseits der Kirchmauern war ein seltsames Rumoren zu hören, wie ein ferner Donner. Simeon befürchtete, daß die Geschichte sich wiederholen würde und daß dies der Anfang eines zweiten Sturms war. Doch als er die Tür aufriß und hinaustrat, sah er, daß der Himmel klar und sternenhell war. Die Brise war warm und trocken und wehte den süßen Duft spätsommerlicher Felder und Gärten zu ihm hinüber. Sanft wie eine Liebkosung strich sie über seine Wangen und erinnerte ihn an Elvira, deren Berührung nicht mehr gewesen war als eine Schwanenfeder auf seiner Haut. An eben diesem Abend hatte sie ihre kleine Hand auf sein Herz gelegt und ihm so tief in die Augen gesehen, daß er fürchtete, in den sanften Tiefen ihres Blickes zu ertrinken.

»Ich werde mich nicht von dir trennen lassen, Simeon«, hatte sie geflüstert, und er hatte für einen Augenblick Gottes Willen vergessen und erwidert: »Und ich werde mich nicht von dir trennen lassen, Elvira.«

Nun schloß Simeon die Tür des Skriptoriums und legte den schweren Eisenriegel wieder vor. »Wann wird es sein?« fragte er leise. »Im Namen Gottes, hilf mir, bereit zu sein, wenn es soweit ist. Sag mir, *wann* es soweit sein wird!«

Noch während er die Frage stellte, wußte er, daß er keine Antwort erhalten würde. Die Schattengestalt hatte ihre rätselhafte Aufgabe erfüllt und war in der Nacht verschwunden.

Das große Münster von St. John of Beverley lag in tiefer Dunkelheit, als Wulfric de Morthlund und seine Männer sich auf den Weg nach St. Anne machten. Ein Flachboot wartete bereits an der Hall-Garth-Brücke, und der Fuhrmann murmelte ein ängstliches Gebet, als er die enorme Anzahl von Männern erblickte, die er hinüberbringen sollte. Der Wasserstand war zu dieser Zeit des Jahres sehr niedrig und die Strömung träge. Ohne Hilfe würde es jedem Bootsmann schwerfallen, eine solche Menschenmenge die zwei Meilen zum Kloster überzusetzen.

Aus einem kleinen, in den Stein gehauenen Fenster beobachtete ein junger Mann das Geschehen. Er war in einen Reisemantel gehüllt und trug ein funkelndes Breitschwert an seiner Hüfte. Sein zerfurchtes Gesicht und das wilde Haar brandmarkten ihn als einen Fremden, und sein Akzent bestätigte diese Vermutung. Er war von Berwick-upon-the-Tweed gekommen, er war Schotte, oder jedenfalls beinahe, und das reichte, um die meisten anständigen Engländer von ihm fernzuhalten. Dieser Mann war mitten in der Nacht als ein verzweifelter Flüchtling nach Beverley gekommen und hatte dort das alte Vorrecht des Schutzsuchenden für sich in Anspruch genommen. Wie es Sitte war, schwor er dem Erzbischof und seinen Untergebenen Gehorsam, beichtete seine Sünden, entrichtete seine Gebühr und schwor, ein ehrlicher Mann zu sein. Dafür erhielt er für dreißig Tage und dreißig Nächte Schutz und Unterkunft, und die Kanoniker waren verpflichtet, alles zu tun, was in ihrer Macht stand, um ihn mit seinen Verfolgern auszusöhnen.

Der junge Mann kratzte sich nun seine roten Barthaare, die die untere Hälfte seines Gesichts verbargen. Es gab keine Verfolger, die sich an seine Fersen geheftet hatten, keinen wütenden Ankläger, der beschwichtigt werden müßte. Er war hier, um sich zu seinen sechs Kameraden zu gesellen und um sich einen Reichtum zu sichern, von dem ein gewöhnlicher Mann nicht einmal zu träumen hoffen durfte. Sie würden säckeweise heilige Kelche, Urnen und Vasen davontragen, Truhen voller Münzen und Altargaben, die hoffnungsvolle Pilger beim Schrein zurückgelassen hatten. Und diesem Mann mit dem feurigen Haar war bei den Ereignissen eine besondere Rolle zugedacht worden, denn er sollte nur einen einzigen Gegenstand aus dem Grab nehmen: die goldene Truhe mit den kostbaren Reliquien des heiligen John.

Er hörte, wie eine Tür sich hinter ihm öffnete und schloß. Dann rief eine Stimme nach ihm.

»Komm raus, Fitzburn. Wir müssen endlich anfangen.«

»Es ist noch genug Zeit, Ulric.«

»Keineswegs. Einige von den Männern werden bald zu betrunken sein, um ihre Arbeit zu tun. Also kommt jetzt mit, laßt uns tun, wofür wir bezahlt werden, und verschwinden, bevor diese frommen Kanoniker uns als Diebe entlarven.«

»Na gut, gebt mir nur einen Augenblick Zeit.«

Der junge Mann spähte durch den Fensterschlitz, um zuzusehen, wie das Flachboot ablegte, wobei mehrere Männer den Fährmann mit zusätzlichen Staken unterstützten.

Mit einem letzten Blick auf die Szene draußen drehte Fitzburn sich um und lief leichtfüßig die Spiraltreppe hinunter. Er senkte den Kopf und trat durch die schmale, niedrige Tür, die in den Retrochorus hinter dem Hochaltar führte. Die anderen waren bereits vollzählig dort versammelt und hockten in dem flackernden Kerzenlicht am Schrein. Die Brüder aus Chichester hatten die Nische gefunden, in der der Altarwein aufbewahrt wurde, und waren schon betrunken gewesen, bevor sie ihre Beute mit ihren Kameraden geteilt hatten. Einer von ihnen trank aus einem großen Kelch aus fein ziseliertem Gold, einem Trinkgefäß mit kunstvoll geschnitzten Griffen und mit so schweren Juwelen, daß man es nur mit zwei Händen hochheben konnte. Ein gewisser Bischof hatte diesen besonderen Kelch bereits für sich gefordert, denn St. John selbst und der Märtyrer Thomas Becket gehörten zu den großen Männern, die einst daraus getrunken hatten.

Obwohl der goldene Schrein von St. John und der kostbare Dolch von König Athelstane früher für jeden Pilger zugänglich gewesen waren, der ein Geschenk mitbrachte, befanden sich beide nun in einem Käfig aus feinen Metallmaschen, eine Vorsichtsmaßnahme, die die Kanoniker ergriffen hatten, nachdem wertvolle Juwelen gestohlen worden waren. Fitzburn wußte genau, daß die übrigen Edelsteine nichts als gute Fälschungen waren, schön gemacht, aber vollkommen wertlos. Was ihn interessierte, war das Innere des Sarkophags, und das trotz des beträchtlichen Gewichts an Gold und Silber, das bei seiner Fertigung verwendet worden war. Er hatte es auf eine weit größere Beute als Gold und Silber abgesehen.

Fitzburn sah sich um und gab dann einem anderen Mann das Signal, das Innere der Kirche noch einmal zu inspizieren. Dieser Mann war Kagar Jen, ein häßlicher Hüne, der sich als Tiefländer bezeichnete, aber niemandem verriet, woher genau er stammte. Er war ein Söldner, der seine Dienste an jeden verkaufte, der ihm einen ordentlichen Gewinn oder ein interessantes Abenteuer versprach. Er war geradezu perfekt in der Rolle eines Taubstummen, und kein echter Krüppel konnte so mitleiderregend humpeln wie Kagar Jen. Nun gingen die beiden Männer langsam durch die Kirche, ein stolpernder, schweigsamer Krüppel und sein Begleiter mit dem auffallend roten Haar. Die Kirche war fast leer, bis auf wenige Heimatlose, die sich in den Schatten versteckten, bis die letzten Priester herkamen, um sie hinauszuwerfen.

Fitzburn und Kagar Jen kehrten zum Schrein zurück und gaben ihren Kameraden das Signal, daß die Zeit gekommen war, um ihre Pläne in die Tat umzusetzen. Kagar Jen legte seine Krücke beiseite, und als er sie umdrehte, wurde an ihrem Ende ein kräftiger Eisenhammer sichtbar. Zwei Schläge waren genug, um den Lettner zu zerschmettern und eine Seite des Grabes zu öffnen. Zwei weitere Schläge zerstörten die Gräber der beiden altehrwürdigen Mönche Brithun und Winwald, und ein nächster brach das Siegel des Kastens, in dem die Gebetsperlen von Johannes dem Evangelisten lagen. Dann lief Kagar Jen die wenigen Treppen zur Eichentür der Schatzkammer hinunter, die seinen Schlägen nichts entgegenzusetzen hatte. Fitzburn benutzte nun die Klinge seines Dolchs um den Maschendraht aufzuschlitzen. Dann griff er hinein, und schrie ungläubig auf, als seine Finger sich nicht um die echte, massige Truhe mit den Gebeinen von St. John schlossen, sondern um eine raffiniert bemalte Schale, ein zerbrechliches Ding, das in seinen Händen zersplitterte und ihm den Blick auf sein leeres, nutzloses Inneres freigab.

»Gütiger Gott im Himmel!«

Der plötzliche Aufruhr in der Nähe des Hochaltars schreckte einen Priester auf, der betend vor dem niedrigeren Altar des heiligen Jacob gekniet hatte und jetzt mit gerafften Röcken und einem Entsetzensschrei auf den Lippen hochfuhr, der jedoch im Keim erstickt wurde, als eine kalte Stahlklinge ihm die Kehle durchtrennte. Er sah einen widerlich grinsenden Mann vor sich, hörte ein betrunkenes Gemurmel von Flüchen, spürte einen starken Druck auf seiner Luftröhre und eine klebrige Wärme, die sich auf seinen Kleidern ausbreitete. Er war noch nicht tot, als er die Worte hörte: *»Das Grab ist leer!«*

Kagar Jen humpelte zu seinen Kameraden zurück. Er schwenkte seinen gewaltigen Hammer wie eine Waffe, und sein Gesicht war eine Maske unbeherrschten Zorns.

»Keine Schatzkammer da«, knurrte er mit seinem starken Akzent. »Da unten ist nichts. Hinter dieser Tür ist nichts als Schutt und Abfall. Kein Schatz. Nichts.«

»Und hier ist auch nichts«, rief derjenige von den beiden Chichester-Brüdern, der das meiste getrunken hatte, und trat wütend gegen den zerstörten Altar. »Nichts was von Wert wäre. Kein Gold, kein Silber, keine Reliquien, keine Juwelen. Und wo ist der Dolch, der kostbare, juwelenbesetzte Dolch von König Athelstane? Sie haben uns überlistet, haben uns unserer Beute beraubt. Gott verdamme diese Priester und ihren Betrug.«

Fitzburn dachte blitzschnell nach. Ein Priester war tot, der Schrein und der Altar entweiht, der heilige Wein von den Schändern mißbraucht. Die heiligen Reliquien waren fort, und wem, außer ihnen, würde man die Schuld daran geben?

»Wir waren schon so gut wie gehängt, bevor wir zum ersten Schlag ausgeholt haben.« Wütend stieß er die Worte zwischen zusammengebissenen Zähnen hervor, denn nun erkannte er die Intrige als das, was sie war. »Und während wir für dieses leere Grab baumeln, wird irgend jemand auf unsere Kosten die Beute einheimsen. Aber wer?«

»Der Teufel, der uns hierher gelockt hat.« Diese Worte kamen von Kagar Jen, der breitbeinig und mit grimmigem Gesicht vor ihm stand. Er war wie ein glimmender, schwelender Vulkan kurz vorm Ausbruch. »Laßt uns gehen.«

Fitzburn erwiderte seinen Blick, nickte dann und wiederholte: »Laßt uns gehen.«

Als sie sich zum Gehen wandten, stieß Fitzburn mit einer kleinen Gestalt zusammen, die sich heimlich von hinten an ihn angeschlichen haben mußte. Er strauchelte und fuchtelte mit den Händen, um sein Gleichgewicht zu wahren, und hatte unversehens einen zerbrechlich wirkenden, kleinen Jungen in einem unscheinbar grauen Kapuzenumhang gepackt, einen Jungen, dessen Augen im Licht der Altarkerze so groß und so blau wirkten, als leuchteten sie von innen.

»Großer Gott, Junge, ich hätte dich beinahe zertreten.«

Er setzte den Jungen wieder auf seine Füße und ließ ihn los, um ihn augenblicklich wegschießen zu sehen wie ein verängstigtes Tier und in der Dunkelheit hinter dem Schrein verschwinden. In dem kurzen Moment von seinem Zusammenstoß mit dem Jungen an bis zur Wiedererlangung seines Gleichgewichts hatte Fitzburn nichts von dem leichten Griff einer kleinen Hand unter seine Kleider oder vom Schnitt einer scharfen Klinge an seinem Gürtel bemerkt. Erst jetzt bemerkte er, daß die massige Schwere des Bischofskelches verschwunden war.

»Der Kelch!« brüllte er. »Dieser diebische Sohn einer Sau hat mir den Sack aufgeschlitzt und ist mit dem Kelch des Bischofs verschwunden!«

Er machte Anstalten, die Verfolgung aufzunehmen, aber der hünenhafte Lowlander hielt ihn zurück, indem er seine Schulter in einen schraubstockartigen Griff nahm.

»Keine Zeit«, dröhnte er. »Wir müssen jetzt gehen.«

»Aber dieser Kelch ist unbezahlbar ...«

»Dann werden wir um so mehr nehmen, um uns dafür zu entschädigen. Komm, wir gehen jetzt und bedanken uns für den Verrat von heute nacht.«

Widerstrebend stimmte Fitzburn zu – wohlwissend, daß er den kleinen Dieb jetzt wahrscheinlich sowieso nicht mehr würde finden können. Solche Kirchenratten kannten jedes Loch und jede Nische, die sie vor ihren Verfolgern verbergen konnte. Es war genauso aussichtslos, zu versuchen, den Kelch zurückzubekommen, wie es gewesen wäre, eine erbärmliche Ratte unter tausend anderen wiederzufinden.

»Verflucht!« Er stieß die Verwünschung aus, während er sich entfernte. »Sein Gesicht war so hübsch wie das eines Engels auf einem Gemälde und seine Hände so erfahren wie die eines hartgesottenen Diebes. Bei den Göttern, ich schwöre, daß ich ihm seine Nase bis auf den Knochen abschneiden werde, wenn er mir jemals wieder über den Weg läuft.«

Sie verließen das Münster durch den schmalen Ausgang in der Westfront hinter dem größeren Querschiff, und noch bevor die Tür sich wieder hinter ihnen schloß, hatte sich ein weiterer Mann zu ihnen gesellt.

»Sollen die anderen doch dableiben, um sich hängen zu lassen, wenn sie es nicht anders wollen«, grunzte Ulric. »Ich schätze, wir drei haben noch eine Kleinigkeit zu erledigen.«

Fitzburn und seine beiden Genossen hasteten über den Kirchhof, hinüber zu St. Martin, und verbargen sich dort sogleich zwischen den Mauerruinen und Gewölberesten. Einige Augenblicke später verließen sie die Ruine von St. Martin an deren anderem Ende als drei unbescholtene Männer, die ihren Geschäften nachgingen, aufrechten Gangs und gemessenen, wohlgerichteten Schritts. Sie gelangten zum großen Pfründnerhaus in der Moorgate, wo der Kanonikus von St. Andrew in prinzenhafter Manier lebte und mit den sogenannten Würdenträgern von Beverley und York spielte wie mit den Figuren auf einem Schachbrett. Die Tür wurde geöffnet von einem ältlichen Diener, der den späten Besuch abgewiesen haben würde, wenn er auch nur die geringste Möglichkeit dazu erhalten hätte. Aber statt dessen traf ihn der gewaltige eiserne Kopf von Kagars Hammer fast freundschaftlich auf die Mitte seiner Stirn, und mit einem Seufzer sank er mit zerschmettertem Schädel zu Boden.

Andere, die zum großen Hausstand Wulfric de Morthlunds gehörten, eilten herbei, um zu sehen, was sich da unter der Abwesenheit ihres Meisters ereignete. Ein kurzer Blick auf die Eindringlinge und den ermordeten Diener ließ sie wie die Hasen zur Hintertür rennen und sich in die Sicherheit des Hofes flüchten. Nur einer von ihnen, ein junger Mann mit einem klaren Blick für die Welt, in der er lebte, besaß die Geistesgegenwart, auf seiner Flucht an Wertvollem mitzunehmen, was er nur packen konnte.

Die Schutzbefohlenen des Münsters plünderten einen Raum nach dem anderen. Sie nahmen mit, was sie tragen konnten, und zerstörten, was sie zurücklassen mußten. Sie brachen reichverzierte Truhen auf, um die kostbaren Gewänder darin zu zerschneiden, und zerstörten prachtvolle Schränke, um die persönlichen Schätze darin zu verwüsten. Sie stopften sich Taschen und Beutel voll und füllten schließlich sogar ihre Umhänge und die weiten Schäfte ihrer Stiefel mit Kostbarkeiten. Und während sie alles nahmen, was nicht niet- und nagelfest war, begab sich der hünenhafte Lowlander mit seinem gewaltigen Hammer von einem Raum zum nächsten und verwandelte alle Pracht, die er dort vorfand, in Trümmer. Als die drei mit dem Haus fertig waren und sich zum Abzug rüsteten, waren ihre Kleider ausgebeult und ihre Rücken gekrümmt von dem schieren Gewicht der Beute, die sie trugen. Der Saum von Kagars Umhang verfing sich an der Kante einer Truhe. Er riß ihn los und warf dabei die Truhe mitsamt dem Kerzenhalter um, der darauf gestanden hatte. Zwei brennende Kerzen fielen zu Boden und verlöschten. Eine dritte rollte noch ein Stück und blieb vor einem mit einem Vorhang versehenen Alkoven liegen, in dem eine kleine Bank stand. Im Zug der Nachtluft von der offenen Tür loderte die Flamme der Kerze auf, schien zu ersterben und flammte dann noch einmal auf wie eine kleine Zunge, die sich nach etwas Trockenem ausstreckt, um es zu verzehren.

Im Münster ließen die vier dort zurückgebliebenen Schutzbefohlenen ihren Zorn an dem heiligen Schrein und an den geweihten Altären aus, an den Gräbern, den Fenstern, an allem, was rohe Gewalt beschädigen oder zerstören konnte. Priester, die aus ihren Betten aufgeschreckt worden waren oder von ihren nächtlichen Gebeten, stellten sich ihnen entgegen, unbewaffnet, und aufs neue wurde das Blut unschuldiger Männer auf geweihtem Boden vergossen. Und als die Schutzbefohlenen ihr übles Werk beendet hatten, taumelten sie wie Betrunkene hinüber in die nahegelegene Moorgate, um dort ihre private Rechnung mit Wulfric de Morthlund zu begleichen. Sie ließen die Tore der Kirche weit geöffnet zurück, und bald ergoß sich ein immer breiterer Strom der menschlichen Kreaturen der Nacht in das Münster. Zuerst kamen sie wie vorsichtige Schatten, ängstlich und furchtsam, und waren bestürzt von dem, was sie vorfanden. Die höchste Autorität in ihrem Leben war durch den Zorn gemeiner Männer zu Staub zerschlagen worden, und diejenigen, deren Aufgabe es war, Gottes heilige Ordnung aufrechtzuerhalten, waren durch das Schwert umgekommen

– abgeschlachtet und verblutet wie unwürdige Bettler. Der Teufel wartet geduldig an jedermanns Schulter, und wenn das Joch leichter wird oder völlig fällt, dann ergreift er die Gelegenheit: Wenige Minuten nachdem sie die geheiligten Schwellen überschritten hatten, tobten sich diese gottesfürchtigen Männer und Frauen Beverleys in einer Orgie mutwilliger Zerstörung an ihrem Münster aus.

Es war die dunkelste Stunde der tiefen Nacht, und Simeon saß zusammengekauert auf dem Steinboden des Skriptoriums. Er lehnte mit dem Rücken an der Wand, und sein Kinn lag ihm auf der Brust. Er trug Stiefel, und sein Kapuzenumhang hing ihm lose um die Schultern. Seine Träume waren erfüllt von erschreckenden Bildern. Ein Geisterpferd, mehr als zweimal so groß wie ein gewöhnliches Pferd, bäumte sich schnaubend und weißäugig vor einem brodelnden, kupferfarbenen Himmel auf. Es trug einen Reiter auf dem Rücken, dessen Kopf von einer Kapuze bedeckt war und der ein Bündel im Arm trug, ein Bündel, das zum Schicksal von Simeon wurde, dem namenlosen Schreiber von Beverley.

»Wie bald?« murmelte er und zuckte im Schlaf zusammen. »Hilf mir. Sag mir, wie bald.« Und dann, als wenn ihm die Antwort gerade im Traum zuteil geworden sei, rief er leise: »Und wie? Wie wird es diesmal über uns kommen? Wie?«

Und plötzlich war Simeon hellwach, seine Augen brannten, Rachen und Nase waren glühend heiß. Er sprang auf die Füße, hörte das Alarmläuten der Glocken und in der Ferne panische Schreie. Jetzt kannte er die Antwort auf seine Frage: *Feuer!*

Kapitel 36

Daniel Habicht drehte sich ruckartig um und versuchte, die Geräusche vom Ufer zu deuten. Seine Nasenflügel bebten, und er nahm den Geruch von Rauch in der stillen Nachtluft war. Überall entlang des Wassers rotteten sich Diebe und Bettler zusammen, und ihre flackernden Lagerfeuer tauchten das Ufer in ein unheimliches Licht. Trotz seines schweren Mantels und der beinahe bedrückenden Wärme der Nacht überlief Daniel ein kaltes Schaudern. Diese Wasserwege konnten sehr gefährlich, ja sogar lebensbedrohlich sein. Wulfric de Morthlund schnippte mit den Fingern, und dieses Geräusch riß Daniel jäh aus seinen Gedanken heraus. Er ging zum Heck des Bootes, wo de Morthlund auf einem eigens für ihn mitgebrachten Hocker saß.

»Was ist mit dir, kleiner Habicht?«

»Es ist dieser Ort. Er jagt mir eine Gänsehaut ein.«

De Morthlund schenkte ihm ein grimmiges Lächeln. »Fasse Mut, liebes Herz. Wir werden schon bald am Ziel angelangt sein.«

»Mut?« wiederholte Daniel und sah seinen Herrn scharf an. »Es ist kein Mangel an Mut, der mich beunruhigt.«

»Dann also Geduld, mein liebes Herz«, erwiderte Wulfric mit sanfter Stimme. »Sei ein wenig geduldiger.«

»Mir gefällt das Ganze nicht. Wir hätten die Straße nehmen sollen.« Daniel schnupperte. »Riecht Ihr denn nicht, daß da etwas brennt?«

»Natürlich rieche ich das. Es ist September.«

»Hört doch nur! Hört Ihr das nicht? Eine Glocke läutet Alarm.«

De Morthlund verlagerte sein Gewicht auf dem Hocker. »Irgendein Feld hat vielleicht Feuer gefangen. Das Land ist jetzt überall so trocken wie Zunder.«

»Das ist kein Feldfeuer. Man riecht den Rauch von Holz, und ich glaube nicht, daß der Brandherd weit entfernt ist.«

Wulfric grinste noch einmal und zuckte mit seinen massigen Schultern. »Wie du siehst, brennen ungefähr hundert Lagerfeuer heute nacht in der Stadt.«

»Stroh!« rief Daniel. »Was man da riecht, sind Strohdächer. Erkennt ihr den Geruch denn nicht?«

»Daniel, Daniel, macht Euch keine Gedanken über eine weggeworfene Fackel oder ein verbranntes Strohdach von irgendeiner schmutzigen Hütte«, sagte de Morthlund geduldig. »Diese Bauern brennen ihre jämmerlichen Unterkünfte doch nahezu täglich ab. Solche Dinge können für uns kaum Bedeutung haben.«

»Es sei denn, das Feuer breitet sich aus«, murmelte Daniel leise, und er hatte das Gefühl, auf seiner Wange schon den Hauch einer Brise zu spüren.

Der Anlegeplatz lag, als das Boot kam, in völliger Dunkelheit. Es kostete sie nicht unbeträchtliche Mühe, von Bord zu gehen, die größte Schwierigkeit jedoch bestand darin, den fettleibigen Kanonikus an Land zu bringen.

Als er seinen Fuß auf trockenen Boden setzte, rief Wulfric de Morthlund: »Bootsmann, du wartest hier, bis ich meine Angelegenheit mit der Äbtissin geklärt habe. Und du da! Benutz deinen Stock, um den Pförtner zu wecken. Soll ich vielleicht die ganze Nacht hier herumstehen?«

Es dauerte eine ganze Weile, bis der Pförtner, geweckt vom unerbittlichen Klopfen und nur notdürftig bekleidet, an der Tür erschien. Atemlos und mit rotem Gesicht stand er vor ihnen, während die Frau, die er dafür bezahlt hatte, das Bett mit ihm zu teilen, ihm einen Schwall heiserer Flüche hinterherschickte. Er öffnete ein kleines Fenster in der Tür, spähte hindurch und beeilte sich, als er de Morthlunds massige Gestalt erkannte, den Riegel beiseite zu schieben.

»Mein Herr, Ihr werdet erwartet«, platzte er heraus. »Wir sind nicht vorbereitet, aber wenn ihr so freundlich sein würdet, drinnen zu warten, werde ich meine Herrin, die Äbtissin wecken und ...«

Er duckte sich ängstlich, denn er fürchtete, de Morthlund hole zum Schlag aus, als dieser eine wegwerfende Handbewegung machte.

»Du wirst nichts dergleichen tun, und ich habe nicht die

Absicht, *irgendwo* auf irgendeine Frau zu warten, ob diese Frau die Mutter Oberin ist oder die Königin von England. Bringt mich in den ummauerten Garten hinter den Privatgemächern Eurer Herrin, in den Garten, wo die Frau und der Junge leben.«

»Mein Herr?«

»Spiel hier nicht den Narren«, knurrte de Morthlund.

»Aber mein Herr, ich schwöre …«

Der dicke Mann packte den Pförtner am Ohr und zerrte an dem zarten Fleisch. »Der Garten«, knurrte er und zog den unglücklichen Mann unbarmherzig zu dem Weg, der um den Innenhof des Klosters herumführte.

Sie kamen an Klassenräumen und Schlafsälen vorbei, in denen die Töchter von Edelmännern und Rittern, die hier erzogen wurden, lebten. Viele junge Frauen, darunter einige Schwestern der Barmherzigkeit, waren aus ihren Betten aufgeschreckt und spähten durch die verschlossenen Läden oder durch halb geöffnete Türen hindurch, während die Besucher sich mit Gewalt Eintritt in den Hof verschafften.

Unter diesen Zuschauern befand sich auch Alice, Elviras beste Freundin. Ihr Herz raste, und ihre Augen waren so rund wie Perlen. Während die anderen nur fassungslos zusahen, zog sie sich einen dunklen Schal um die Schultern und verbarg ihr Haar unter einem Schleier. Dann schlüpfte sie leise durch eine Tür hinaus und durch eine zweite wieder hinein, huschte eine unbeleuchtete Treppe hinauf und lief auf nackten Sohlen über den Holzfußboden. Eine zweite Treppe brachte sie dorthin, wo die Äbtissin nun ihre Privatgemächer hatte, und dort zog sie verzweifelt, mit ungebührlicher Heftigkeit und ungeachtet der strengen Regeln des Klosters an der Kordel, die die Glocke im Schlafzimmer der Äbtissin betätigte.

Nach einer Weile wurde die Tür von einer rotgesichtigen Schwester Margaret geöffnet; sie trug ein formloses, weißes Nachtgewand und war alles andere als erfreut über die Störung.

»Was ist los, Mädchen«, fragte die Frau in scharfem Ton. »Ich hoffe um deinetwillen, daß du einen guten Grund hast, um uns noch vor der Stunde der Mette aus dem Schlaf zu reißen?«

»Die Äbtissin ... bitte, ich muß mit der Mutter Oberin sprechen, und zwar sofort«, brachte Alice keuchend und immer noch atemlos hervor.

»Beruhige dich erst einmal und versuch, deine Stimme ein wenig zu senken«, fuhr die ältere Nonne sie an. »Die Äbtissin schläft fest und darf nicht gestört werden. Komm zurück, wenn es Zeit für die Mette ist.«

Gerade in diesem Augenblick erschien eine kleine, schlanke, weiß gekleidete Gestalt neben Schwester Margaret. Ihre Gegenwart entlockte dem ängstlichen Mädchen einen wahren Wortschwall.

»Noch ein Kanonikus ist hierhergekommen, um nach Elvira zu suchen«, stieß sie hervor. »Diesmal ist es Wulfric de Morthlund, der Kanonikus von St. Andrew, und er hat sieben Männer mitgebracht, die ihn bei seinem Vorhaben unterstützen.«

»Warum weiß ich nichts davon? Warum hat man nicht nach mir geschickt?«

»Das wollte er nicht zulassen, Mutter Oberin. Er hat sich weder am Pförtnerhaus abweisen lassen, noch war er bereit, einen Boten vorauszuschicken. Er hat einfach den Pförtner beim Ohr gefaßt und ist in eben diesem Augenblick auf dem Weg zu Elviras Räumen.«

»Was? Er kann doch unmöglich wagen, sich hier als Herr des Hauses aufzuspielen, hier in meinem Kloster!« Die kleine Äbtissin war vor Entrüstung ganz blaß geworden.

»O doch, das wagt er«, sagte Alice.

Für eine Frau ihres fortgeschrittenen Alters bewegte sich die Äbtissin nun mit überraschender Geschwindigkeit. Binnen weniger Minuten hatte sie sich eine graue Robe über ihr weißes Baumwollgewand gezogen und einen wollenen Umhang um die Schultern gelegt. Dann stieg sie auf eine Truhe, um ein Regal, das hoch oben in der Wand eingelassen war, zu erreichen, und aus seinen staubigen Tiefen förderte sie einen Schlüssel zutage. Einen Augenblick lang schien sie zu überlegen, ob sie ihn mitnehmen sollte, als ihr plötzlich ein neuer Gedanke kam. Nur Simeon wußte von diesem Schlüssel. Wenn dieser arrogante Kanonikus so erpicht darauf war, sich Zutritt zu Elviras geheimem Versteck zu verschaffen, dann sollte er doch die Tür aufbrechen, wenn er den Mut dazu hatte, und die Konsequenzen tragen.

»Schwester Margaret, sucht mir den Jungen des Gärtners«, befahl sie und legte den großen Schlüssel zurück in sein Regal. »Er soll das beste Pferd nehmen und so schnell wie möglich nach St. Peter reiten, um die Priester dort von den Ereignissen hier zu unterrichten ... Und seht zu, daß er weder Elvira noch den Jungen beim Namen nennt. Sagt ihm, er soll nur mit Pater Simeon sprechen oder mit dem Hospizbruder Osric. Beeilt Euch, denn diese Angelegenheit ist von größter Dringlichkeit. Alice, du kommst mit mir.«

Mit diesen Worten schlüpfte Lady Constance in ein Paar Sandalen und eilte davon, gefolgt von Alice. Schon lange bevor sie den kleinen Hof erreichten, hörten sie das wütende Hämmern auf der Gartentür und die befehlsgewohnte Stimme von Wulfric de Morthlund, der lauthals Zutritt verlangte. Die Tür hielt sogar dem Ansturm seines kräftigen Unterarms stand, und als die beiden Frauen die Terrasse vor der betreffenden Tür erreichten, stellten sie fest, daß sie voll von Männern war, die alle nur ein Ziel kannten, nämlich die Eichentür aufzubrechen.

Lady Constance, Äbtissin von St. Anne, verlangsamte ihren Schritt, verbarg ihre Hände in den weiten Falten ihrer Ärmel und entlud einen Zorn von gewaltigem Ausmaß auf dem Haupt der vor ihr stehenden Männer.

»Mein Herr Kanonikus!« Sie gönnte ihm den vollen Titel seines angemaßten Amtes. Ihre Stimme war hoch und brüchig vom Alter, aber es schwang immer noch eine gewisse Autorität darin mit, die niemand ignorieren konnte. Das Klopfen verstummte, und die Männer traten respektvoll zurück. In der folgenden Stille hörte man nur noch ihre scharfe Stimme, die fragte: »Mit welchem Recht, mein Herr, stört ihr den Frieden und die Ruhe von St. Anne?«

Wulfric de Morthlund drehte sich langsam um und stellte sich vor sie hin. Wie ein Riese überragte er die winzige Frau, die es wagte, ihn anzugreifen. Falls es ihn überraschte oder erzürnte, daß sie sich von seiner Größe und seiner Haltung nicht einschüchtern ließ, so zeigte er dies jedoch nicht.

»Ich glaube, Ihr beherbergt einen Flüchtling in Eurem Kloster, Madame.«

»Das tue ich ganz gewiß nicht.« Ihre Antwort war schnell und nachdrücklich.

»Und ich sage, es ist so«, beharrte er.

»Und ich sage, es ist nicht so«, konterte sie.

»Ihr nennt mich also einen Lügner, meine Dame?«

»Das tue ich nicht. Ich weise Euch lediglich darauf hin, mein Herr de Morthlund, daß man euch falsch informiert hat.«

»Falsch informiert?«

»So ist es, genauso wie es meinem Herrn de Figham ergangen ist, der ebenfalls hier war.«

»Was? Cyrus de Figham war schon hier?«

»Jawohl, mein Herr. Er ist hergekommen, um sich eben diese junge Frau anzusehen, Alice. Er wollte sie in seinem eigenen Haus in Dienst nehmen, obwohl er sich nicht davon abbringen ließ, sie mit einem anderen Namen anzusprechen. Er schien überzeugt zu sein, daß sie nicht diejenige ist, die sie zu sein behauptet.« Sie sah ihn scharf an und fügte dann hinzu: »Auch er war gezwungen, mit leeren Händen wieder zu gehen.«

Wulfric schnippte mit den Fingern, und Daniel trat zu ihm, um ihm etwas ins Ohr zu flüstern. Während dieser kurzen Unterhaltung wanderte der Blick des dicken Mannes von der Äbtissin zu Alice und wieder zurück.

»Cecily«, sagte er schließlich. »Wo ist die schwarzhaarige Frau, die unter dem Namen Schwester Cecily bekannt ist?«

»Schwester Cecily?« wiederholte die Äbtissin mit gespielter Unwissenheit.

»Jawohl, Madame, dieselbe Schwester Cecily, die Ihr bereitwillig hier versteckt habt, in geradezu skandalösem Trotz Euren Kirchenoberen gegenüber, und das seit *acht Jahren*.«

»Mein Herr, ich sage es noch einmal, Ihr irrt Euch.«

Bei diesen Worten lächelte de Morthlund nur. Er streckte

eine fleischige, rosafarbene Hand aus. »Dann müssen wir diese Angelegenheit hier und jetzt aus der Welt schaffen, zur vollen Zufriedenheit dieser vielen Zeugen, die nichts anderes im Sinn haben, als die Interessen der Kirche zu wahren. Ich möchte den Schlüssel zu dieser Gartentür, Lady Constance, wenn Ihr so freundlich sein wollt.«

Ihr ruhiger Blick flackerte nicht ein einziges Mal. Es brauchte mehr als die Zurschaustellung roher Gewalt und niederträchtiger Drohungen, um sie einzuschüchtern. Die Männer hielten sie für schwach, weil sie eine Frau war, und obendrein fromm und unter der Last ihrer Jahre gebeugt. Sie beurteilten sie nach ihren eigenen Maßstäben und sahen kaum oder erst zu spät die ungeheure Kraft, die in ihrem zerbrechlichen Äußeren schlummerte. Diese Dame hatte im Laufe ihres Lebens Männer von jedem Rang und Format nach ihrer Pfeife tanzen lassen, angefangen vom gemeinen Soldaten bis hin zum ehrgeizigen Abt, vom frechen Ritter bis hin zum arroganten Erzbischof. Sie würde sich nicht von diesem engstirnigen Kanonikus mit der Körperfülle einer kalbenden Kuh und den geschlechtlichen Vorlieben einer Kanalratte ins Bockshorn jagen lassen. Ihr Lächeln war plötzlich sehr freundlich, beinahe entschuldigend.

»Wie leid es mir doch tut, mein Herr, aber für dieses besondere Schloß gibt es keinen passenden Schlüssel mehr. Der Garten ist jetzt seit mehr als einem Jahrzehnt nicht mehr benutzt worden. Mittlerweile befindet er sich gewiß in einem traurigen Zustand. Er war klein und wenig fruchtbar, mit einem vergifteten Brunnen und einem schrecklichen Gestank, der vom See jenseits der Mauer herrührte. Es gibt keinen Schlüssel. Wir brauchen keinen.«

»Der Garten verfügt über Räume, in denen man ohne weiteres jemanden unterbringen kann«, sagte de Morthlund.

»So kann man es kaum ausdrücken, mein Herr. Es ist kaum mehr als eine Gärtnerhütte, und da wir für diesen alten Teil des Gartens keinen Gärtner mehr benötigen ...« Sie breitete die Hände aus und lächelte noch einmal.

»Ihr beschreibt das vollkommene Versteck für einen Flüchtling«, erwiderte de Morthlund.

»Ich versichere Euch, mein Herr, hier gibt es keine Flüchtlinge.«

»Dann laßt mich das mit meinen eigenen Augen sehen. Den Schlüssel, Madame.«

»Ich habe keinen Schlüssel.«

»Dann werde ich meinen Männern jetzt befehlen, die Tür aufzubrechen.«

»So sei es, aber seid auf der Hut, mein Herr. In York wird man einen vollen Bericht über die Ereignisse dieser Nacht erhalten.«

»Aber gewiß doch, Lady Constance. Dafür werde ich persönlich sorgen.«

»Und wie wollt Ihr diese unverschämte Störung rechtfertigen, mein Herr, wenn Ihr feststellt, daß der Garten leer ist?«

De Morthlund funkelte sie wütend an. »Ich möchte Euch einen Kompromiß vorschlagen«, sagte er. »Schickt nach Eurem Eisenschmied. Er soll die Tür öffnen und beweisen, *zur Zufriedenheit des Rats in York,* daß Ihr weder eine Hure auf der Flucht vor der Kirche noch den Bastard eines Priesters auf Eurem Grund und Boden versteckt haltet.«

Die Äbtissin wußte, daß sie nun in der Falle saß. Wenn sie eine so vernünftige Bitte ablehnte, würden die hier versammelten Zeugen guten Grund haben, an ihrem Wort zu zweifeln. Sie hatte ihr Bestes für Elvira und den Jungen getan. Acht lange Jahre hatte sie ihnen ein sicheres Zuhause gegeben, wenn sie dabei auch gleichzeitig einen hübschen Gewinn für ihr geliebtes Kloster herausgeschlagen hatte. Sie hatte den Schlüssel zurückgehalten und eine dringende Botschaft zu Simeon in St. Peter geschickt. Mehr konnte niemand von ihr verlangen. Sie konnte ihren Ruf unmöglich an den unsicheren Haken von Simeons Geschichte hängen, nicht jetzt, wo sie diesem Tier von einem Mann ins Gesicht sehen und erkennen mußte, daß er wußte, daß sie ihn belogen hatte. Sie durfte vor den Leuten, die hier versammelt waren, einfach nicht ihr Gesicht verlieren. Es war besser, Elvira aufzugeben, als zuzulassen, daß dieses Ungeheuer die Tür aufbrechen ließ und die Äbtissin als Lügnerin hinstellte. Sie zeigte auf einen der Männer aus der Küche, und während sie sprach, überschlugen sich bereits ihre Gedanken bei der Überlegung, wie sie diese neuerlichen Ereignisse zu ihrem eigenen Vorteil nutzen konnte.

»Du da!« sagte sie scharf. »Lauf schnell zu William, dem Eisenschmied, und bring ihn her.« Und zu Wulfric de Morthlund gewandt, sagte sie so laut, daß jeder es hören konnte: »Seid so freundlich und wartet hier auf der Terrasse, bis der Eisenschmied kommt, mein Herr. Und ich werde Euch, wenn es Euch recht ist, Gesellschaft leisten. Wenn hier in meinem Kloster Flüchtlinge versteckt werden, dann will ich das wissen, und ich werde herausfinden, welche Angehörigen meines Hauses mein Vertrauen mißbraucht und sie hier untergebracht haben.«

Mit lautem Gelächter senkte de Morthlund seinen Kopf zu einer höhnischen Verbeugung und zeigte auf zwei Steinbänke, die an den Wänden der Terrasse standen. Er wartete, bis die Äbtissin sich gesetzt hatte, bevor er seinen massigen Leib auf die gegenüberliegende Bank senkte. Er glaubte ihr ihre Geschichte keine Sekunde lang, denn er war der Meinung, daß ihre Aufrichtigkeit genauso wie ihre Zunge bei weitem zu schlüpfrig war. Es würde interessant sein, mit anzusehen, wie sie ihre Unschuld beteuerte, wenn er herausfand, daß die Priesterhure und ihr Sohn sich direkt vor ihrer Nase versteckt hatten. Sie würde gewiß bereit sein, einen Handel einzugehen, um sich ihre Position im Kloster zu bewahren.

Hinter de Morthlunds Schulter befand sich eine tiefe Nische in der Wand, in der eine kleine Marmorgestalt der Heiligen Jungfrau stand. Das Loch im Rücken der Jungfrau wurde von einem Stück steifen Leders verhüllt, und durch diese geheime Öffnung erfuhr Elvira nun, daß man sie verraten hatte.

»Mutter, wir müssen jetzt gehen, bevor der Eisenschmied kommt und uns hier entdeckt.«

Peter stand in der Tür, seine kostbare Bibel und seinen Psalter in ein Altartuch gewickelt. Ihre wenigen Besitztümer waren bereits aus dem Raum verschwunden, das Bett an die Wand geschoben, als würde es nicht mehr benutzt, der Feuerstein umgedreht, damit keine verräterischen Brandzeichen verrieten, daß hier noch vor kurzem ein Feuer geflackert hatte. Zweige und Blätter und verwitterte Blumen, lange verwelkte Gräser und kleine Erdbrocken lagen so willkürlich auf dem Boden verstreut, daß es gut möglich gewesen wäre, daß der Wind sie durch die offene Tür hineingeweht hatte. Selbst für ein überaus kritisches Auge mußte es offensichtlich sein, daß die Gärtnerhütte schon seit vielen Jahren leerstand.

»Komm, Mutter«, flüsterte der Junge noch einmal und ließ seine kleine Hand in die ihre gleiten, um ihr Mut zu geben.

Mit ihrer freien Hand strich Elvira ihrem Pflegesohn übers Haar und lächelte in sein ernstes Gesicht hinab. Vor acht Jahren, als er noch ein hilfloses, neugeborenes Baby war, hatte man sein Leben und seine Sicherheit in ihre Hände gegeben. Nun hatte der Kreis sich geschlossen und ihre Rollen verkehrt. Nun mußte sie dasselbe fraglose Vertrauen in ihn haben.

»Ich bin bereit, Peter«, sagte sie schließlich, und Hand in Hand gingen sie hinaus in den dunklen Garten.

Schließlich kam auch der Eisenschmied mit schiefhängendem Umhang und nur notdürftig verschnürter Hose. Sein Lehrling, ebenfalls unvollständig bekleidet und ohne Schuhe an den Füßen, huschte unbeholfen hinter ihm her, gebeugt unter dem Gewicht eines gewaltigen Lederbeutels, in dem sich die verschiedenen Eisen befanden, die sein Herr für seine Arbeit brauchen würde.

Hastig wurden Fackeln aufgestellt, um die Terrasse zu beleuchten. Viele der neugierigen Zuschauer waren zurück in ihre Betten gekrochen, um noch eine letzte Stunde Schlaf zu ergattern, bevor um Mitternacht die nächste Andacht begann. Ebenso viele waren jedoch entschlossen, sich den Ausgang der Angelegenheit nicht entgehen zu lassen, und trieben sich nach wie vor auf dem Hof vor der Terrasse herum. Auf der Terrasse selbst ging der Eisenschmied nun vor der Tür in die Knie, und sein magerer Lehrling hockte zitternd neben ihm.

Daniel Habicht hatte sich eine ganze Weile neben seinem Herrn aufgehalten, während der Eisenschmied versuchte, das Schloß zu öffnen, aber der Gestank der Binsenlichter und Fackeln wurde auf dem kleinen Raum schon bald unerträglich, und nach einer Weile zog er es vor, den geschützten Kreuzweg auf und ab zu laufen. Der Geruch von Holzrauch, der in der Luft lag, beängstigte ihn. Diese überfüllten Städte mit ihren baufälligen Holzhütten waren die reinsten Todesfallen. Es gab ein offizielles *couvre-feu*, ein Verbot jeglichen offenen Feuers, das zu dieser Zeit des Jahres um neun Uhr abends begann, und mittlerweile hätte jedes Lagerfeuer, jede Kerze und jedes Herdfeuer ausgelöscht sein müssen, so daß anständige Männer und Frauen zu christlicher Stunde ins Bett gehen konnten und Schurken und Ränkeschmiede ihre Treffen in der Dunkelheit abhalten mußten. Aber es gab genug Menschen, die über diese Gesetze nur lachten, die ihr Feuer brennen ließen und sich jedem entgegenstellten, der sie zur Ordnung rief.

Da wurde die Tür aufgebrochen, und die Umstehenden begannen erregt miteinander zu flüstern. Daniel griff nach einer brennenden Fackel und drängte sich durch die Menschenmenge hindurch, um voranzugehen und den Weg für seinen Herrn zu beleuchten. Schnell fanden sie heraus, daß der Raum hinter der Tür verlassen war. Der einzige Eingang zu der Hütte stand nun offen und zeigte, daß sie leerstand. Hier war keine Priesterhure, kein Zeichen von der Frau oder ihrem Kind.

»Bringt mir mehr Fackeln her«, befahl de Morthlund. »Sucht jeden Zoll dieses Raums ab. Durchsucht den Dachboden und den Schrank, falls es einen gibt.«

»Mein Herr, die Hütte ist leer.«

»Dann sucht anderswo«, fauchte de Morthlund. »Aber findet sie. Bei allen Göttern, ich werde nicht mit leeren Händen hier weggehen.« Er drehte sich zur Äbtissin um, die mit verschränkten Armen und einem kleinen Lächeln auf dem Gesicht dastand. »Ihr habt mich noch nicht besiegt, Madame. Ihr haltet die Frau hier versteckt, und ich werde sie finden.«

Die Äbtissin neigte ihren Kopf und lächelte, bevor sie

Schwester Alice bei der Hand nahm und sie schweigend wegführte. »Madame, das ist ein Wunder«, flüsterte Alice. »Gott selbst hat Elvira vor ihren Feinden gerettet.«

»Pst, Kind, du darfst ihren Namen hier nicht aussprechen«, zischte die Äbtissin ihr leise zu. Sie hörte, wie einer der Männer de Morthlunds bestätigte, daß das verriegelte Metallgitter über dem alten Brunnen immer noch da war und von außen überdies fest verschlossen. Darüber lächelte sie noch einmal, denn als die Tür aufgebrochen worden war, hatte sie noch einen flüchtigen Blick auf eine kleine, bleiche Hand erhascht, die von unten den Riegel über besagtes Gitter vorgeschoben hatte. Es war nicht die Hand Gottes, die Elvira vor ihren Feinden gerettet hatte; es war die Hand eines kleinen Jungen, der eine auffällige Ähnlichkeit mit dem Priester hatte, der behauptete, nicht mehr als sein Beschützer zu sein.

»Habt Ihr auch überall gesucht?« fragte Wulfric de Morthlund scharf. »Das Dach? Die Nischen in der Wand? Das Gebüsch?«

»Wir haben überall gesucht, mein Herr, und nichts gefunden.«

»Gibt es keine Geheimtür, keinen verborgenen Durchgang?«

»Leider nicht, mein Herr.«

De Morthlund wandte sich nun mit zornigem Blick Daniel zu und zischte mit ungeheurer Bösartigkeit in der Stimme: »Du hast mir gesagt, sie sei hier.«

»Und so muß es auch sein«, beharrte Daniel.

»Dann finde sie, Daniel Habicht, oder Gott helfe dir, du wirst die Konsequenzen für diese Würdelosigkeit tragen, *finde sie!*«

Mit diesen Worten stürmte er aus dem Garten, um die Durchsuchung des Hofes zu bewachen. Durch eine reparaturbedürftige Stelle in dem Strohdach konnte er den Himmel sehen, und überall um ihn herum standen andere Gebäude mit verdunkelten Fenstern. An einem der Fenster der oberen Gemächer stand eine weißgekleidete Gestalt, eine kleine, zerbrechliche Frau, die eine flackernde Kerze in der Hand hielt.

»Zum Teufel mit dir«, knurrte er, überzeugt davon, daß die Äbtissin jeden Augenblick seiner nutzlosen Suche genoß. Sie hatte es gewagt, ihn zu überlisten, ihn wie einen Einfaltspinsel dastehen zu lassen, und während er gezwungen war, einem unfähigen Eisenschmied bei der Arbeit zuzusehen, hatten Elvira und ihr Sohn die Hütte heimlich verlassen können. Diese doppelzüngige, alte Frau hatte ihn überlistet, und er, Wulfric de Morthlund, hatte sich zum Gespött dieses Hühnerhauses gemacht.

Er saß noch immer auf seiner Bank, als die Boten kamen, um ihn darüber zu informieren, daß Schutzbefohlene sein Haus geplündert hatten, daß seine Dienstboten ermordet worden oder mit vollgestopften Taschen geflohen waren und seine Schatztruhen geplündert.

Mit rotem Gesicht und aus den Höhlen tretenden Augen erhob er sich. Die Boten traten zutiefst erschrocken einige Schritte zurück.

»Es kommt noch schlimmer, mein Herr«, wagte einer von ihnen aus sicherer Entfernung hinzuzufügen.

»Schlimmer? *Schlimmer?*« brüllte de Morthlund.

»Es brennt, mein Herr.«

»Was?«

»Mein Herr … es brennt.«

»Mein Haus? *Mein Haus?*« Der dicke Mann schlug sich mit der Faust auf die Brust und brüllte noch einmal: *»Mein Haus?«*

»Von Fackeln in Brand gesetzt, mein Herr. Es waren die Schutzbefohlenen des Münsters. Und das Feuer breitet sich aus. Es läuft bereits durch die Moorgate, und ein kräftiger Wind trägt brennendes Stroh in alle Richtungen. Die Hütten in der Hyegate stehen bereits in Flammen. Es ist überall, mein Herr. Das Feuer ist überall.«

»Nein, das lasse ich nicht zu«, schrie de Morthlund. »Ich werde nicht …«

Es war Daniel Habicht, der mit einer erleuchteten Fackel vom Hof herübergelaufen kam und es wagte, ihm die ganze, schreckliche Wahrheit zu sagen. Das Undenkbare geschah. Beverley brannte. Die ganze Stadt stand in Flammen.

»Ich wußte es«, erklärte er. »Mein Instinkt hat mich gewarnt. Lieber Gott, o lieber Gott im Himmel ... *die Stadt brennt!*«

Ein Brüllen wie das eines wütenden Tieres erfüllte plötzlich den Hof. Wulfric de Morthlund stand mit geballten Fäusten und in den Nacken geworfenen Kopf da, und die Laute, die aus seinem offenen Mund kamen, erfüllten die Herzen derer, die sie hörten, mit Angst. Es war ein wildes, mörderisches Brüllen, das die Fettrollen an seinem Körper erbeben ließ, und als es endlich verebbte, stand er mit wilden Augen und purpurn angelaufenem Gesicht da, und die Männer wichen, wie schon einmal, erschrocken zurück. Als er sich dann endlich rührte, geschah es, um Daniel die Fackel zu entreißen und um sie mit einem neuerlichen Brüllen über seinem Kopf zu schwenken; sein Zorn zielte auf das Fenster, an dem noch immer die Mutter Oberin stand.

»Hüterin von Huren!« schrie er aus vollem Leibe. »Teufelsbrut! Betrügerin! Mein Haus ... Mein Eigentum ist verloren! Während du mich hier mit deinen üblen Ränken aufgehalten hast ...«

»Mein Herr ...«

»Hüterin von Huren!« kreischte de Morthlund noch einmal.

Dann lachte er, als sei er wahnsinnig geworden, und ließ die brennende Fackel in einem wilden Bogen kreisen, der die Männer auseinandertrieb. Als er die Fackel schließlich losließ, schoß sie wie ein Komet durch die Luft und fiel dann holpernd und flammenversprühend auf das trockene Stroh des Klosterdaches.

»Wenn Beverley niederbrennen soll«, schrie er, »dann soll diese verfluchte Äbtissin auch ihren Anteil an dem Feuer erhalten.«

Kapitel 37

Das Feuer tobte wie ein wildes Tier durch die Stadt und verzehrte und vernichtete alles auf seinem Wege. Noch bevor eine Hütte ganz verbrannt war, erfaßte ein Wind ihre lodernden Reste und riß sie hoch in die Lüfte. Wie feurige Raubvögel stürzten sich diese Flammenbündel auf der Suche nach leichter Beute auf die trockensten Dächer. Sie ergriffen Besitz von allem, auf das sie niedergingen, und die Dächer Beverleys fielen dem Feuer eins nach dem anderen zum Opfer wie Getreide, das von einer tödlichen Heuschreckenplage verzehrt wird.

Auf dem Hof eines Fuhrmanns in der Dedde Lane hinter dem Marktkreuz und dem kleinen ummauerten Bezirk der Kirche St. Mary stand inmitten eines Sammelsuriums von Schuppen und Anbauten zwischen Karren und Fässern und Baumaterialien und anderen, leicht brennbaren Vorräten ein Pferd angebunden. Es war vor einen Karren gespannt, der hoch mit für den Boden der Probstei bestimmten Ballen von Binsen beladen war. Das Tier stampfte und schnaubte in seinem Geschirr und warf seinen Kopf hin und her, während seine Nüstern den Geruch des herannahenden Feuers witterten.

Jenseits der Umzäunung des Hofes tobte ein Dutzend Brände.

Männer und Frauen versuchten mit langen Stangen, an deren Enden Haken befestigt waren, das brennende Stroh und Reet herunterzuziehen und fortzuschaffen – in der Hoffnung, so ihre Häuser retten zu können. Sie arbeiteten mit mehr Verzweiflung als Verstand und Geschick. In vielen Fällen führten ihre Anstrengungen nur dazu, daß die Dächer krachend in die Häuser stürzten, die dann sogleich zu frischem Futter für die hungrigen Flammen wurden. Andere arbeiteten in solcher Hast und so glücklos, daß sie selbst wahllos brennende Bündel auf den Straßen verteilten. Und in der allgemeinen Panik schlüpfte die Geisel allen Unglücks, der Plünderer, ungehindert durch offene Eingänge ein und aus und stahl, was er konnte.

Im Hof des Fuhrmanns wieherte das große Pferd und scharrte auf den Pflastersteinen, warf seine Vorderbeine in die Luft und wieherte wieder. Das durchdringende Läuten der Alarmglocken wurde bald übertönt von dem anwachsenden Stimmengewirr, während das Feuer immer weiter um sich griff und das ängstliche Pferd den Geruch der Angst witterte, der in der Luft lag. Über dem Zaun war der Himmel sehr dunkel, und orangefarbenes Glühen hing tief über der Stadt. Ein Windstoß fegte heran, der ein Gespür von Funken und kleine Strohstückchen und brennende Kleiderfetzen mit sich brachte. Ein Teil dieses Flammenregens ergoß sich über den Hof, wo das meiste davon auf den glatten Steinen erlosch, und nur einige wenige Teilchen landeten zufällig auf der beladenen Karre. Dort begann es zu schwelen, unentdeckt und unvermutet, bis schließlich eine kleine Flammenzunge aus dem trockenen Stroh hervorleckte, in dem sie sich bereits ausgebreitet hatte.

Die Straße draußen vor dem Hof des Fuhrmanns war voller Menschen, als die ersten Tritte der Pferdehufen von innen gegen das Tor droschen und es in seinen hölzernen Pfosten erschütterten. Dann gaben die Bretter nach, zersplitterten, und das Tor sprang auf; das zu Tode geängstigte Tier stürmte auf die Straße und zog die inzwischen in hellen Flammen stehende Karre hinter sich her. Männer, Frauen und Kinder stoben vor dieser neuen Gefahr auseinander, schrien entsetzt, wenn das Pferd mit seiner feurigen Ladung auf sie zugaloppierte und das lichterloh brennende Stroh überallhin verteilte. Schnaubend und mit den Augen rollend hielt das Pferd in blinder Panik auf den Markt zu, versuchte, dem prasselnden, knisternden Feuer auf seinen Fersen zu entkommen. In der geistesgegenwärtigen Erkenntnis, daß die halbe Stadt durch dies brennende Stroh in Brand gesetzt werden konnte, sprangen verschiedene tapfere Männer dem Pferd in den Weg und fuchtelten mit ihren Armen oder ihren Umhängen vor seinem Kopf herum. Das Pferd wich den schreienden Männern auf seinem Weg aus, brach nach links und nach rechts aus, getrieben durch gellende Schreie und flatternde Umhänge. Und so galoppierte es durch zwei Gassen, bis es schließlich die überfüllte Butcher Row erreichte. Dort wurde es an einer Reihe von hölzernen Werkstätten vorbeigetrieben, wobei es einen großen Teil seiner Ladung verstreute.

Am anderen Ende der Butcher Row, wo sich die Straße gabelte und mit zwei Durchgängen zum Fischmarkt öffnete, hatte einer der beiden Feuerinspektoren der Stadt sein Haus. Er hatte beim ersten Lärmen der Feuerglocken seine Familie versammelt und seine Schätze zusammengerafft. Er hatte nicht vor, sein Leben und das seiner Familienangehörigen aufs Spiel zu setzen, um vier Holzwände und ein Dach entweder vor dem Feuer oder vor den Plünderern zu schützen. Statt dessen wollte er sich mit den Seinen schnellstens zu dem kleinen Hafen am Ende der Becke begeben und sich von dort aus in Sicherheit bringen, bis das Feuer vorüber war. Als er die Tür seines Hauses öffnete, sah er das durchgegangene Pferd mit der in Flammen stehenden Karre die Butcher Row hinuntergaloppieren und dabei eine Schneise der Verwüstung ziehen. Der entsetzte Inspektor erfaßte die Situation mit einem Blick. Er hatte keine Zeit mehr, um eine schwangere Frau und fünf kleine Kinder vor der Gefahr, die ihnen unmittelbar drohte, in Sicherheit zu bringen. Und nichts würde dieses kopflose Tier zur Umkehr bringen, wenn es die Gabelung am Ende der engen Straße erreichte. Es würde plötzlich auf das unüberwindliche Hindernis eines Hauses treffen, sich in sinnloser Panik aufbäumen und seine tödliche Ladung überallhin verteilen. Der Inspektor handelte instinktiv, um seine hilflose Familie zu verteidigen. Er zog sein Schwert und lief dem Pferd geradewegs entgegen. Im letzten Moment sprang er zur Seite und hieb mit aller Kraft zu, als das Pferd an ihm vorbeistampfte. Es schlug dem Pferd die Vorderbeine unter dem Leib weg. Das gequälte Tier sank mit einem Schmerzensschrei zusammen und riß dabei in sicherer Entfernung von dem Haus den Karren um. Die Zugriemen rissen, und die Karre überschlug sich mehrmals, rutschte und schleuderte über die Straße und verstreute ihre feurige Ladung. Der Inspektor warf seine Arme hoch und schrie, denn er wußte, daß er verloren war. Einen Augenblick später war er von einem Flammenregen eingeschlossen. Er erhob sich darauf schrill kreischend und in dem vergeblichen Versuch, die Flammen auszuschlagen, die seine Kleider und sein Fleisch verzehrten. Geblendet, halb erstickt und verrückt vor Schmerz bewegte er sich wieder aus reinem Instinkt, taumelte auf sein Haus zu. Seine Familie saß zusammengekauert in der hintersten Ecke des Raumes, als die Tür ihres Hauses aufgerissen wurde und die Flammenkugel, die ihr Herr und Meister war, hineingetaumelt kam.

Das große, aus Stein und Holz erbaute Haus, das inzwischen als Antonys Hospital bekannt war, stand in der Keldgate nahe bei den Ruinen von St. Martin. Zu seiner Rechten lagen die Long Lane und der Anleger am Hall Garth, dahinter, jenseits des Grabens und der massiven, hölzernen Zugbrücke, die Propstei auf ihrem herrlichen Grundstück. Links von dem Haus ging es in die Moorgate und durch einen kleinen Gang zu St. John. Von den Fenstern im Obergeschoß war außerdem ein Teil der Hyegate zu sehen. Nach vorne heraus blickte man direkt auf das Münster, da die Pfarrkirche, die einst dazwischen gelegen hatte, immer noch in Trümmern lag. Es war das einstige Pfründnerhaus, das zu St. Martin gehörte, aber als solches wurde es nicht mehr gebraucht, seit Cyrus de Figham dort das Amt des Kanonikus innehatte. Er besaß ein weit größeres Haus auf seinem sicheren, von einem Graben umgebenen Land in Figham, und nichts konnte ihn bewegen, das aufzugeben. Sein großzügiges und wohlbedachtes Geschenk des Hauses in der Keldgate an Antony, zum Wohle der Armen der Stadt, hatte ihm geholfen, in Beverley zum Kanonikus aufzusteigen. Damals war de Figham ein Held gewesen. Der große Sturm hatte sein Glück begünstigt und sein Ansehen gefördert. Und er hatte nicht gezögert, seinen neu erlangten Ruhm auszunutzen. Nur der verwaiste Erzbischofsstuhl in York hatte seine ehrgeizigen Ziele vereitelt, denn diese Vakanz verhinderte den Wiederaufbau der Pfarrkirche und beraubte den Kanonikus von St. Martin seiner Einkünfte.

Antony war gerade dabei, sein Haus zu evakuieren und alle, die sich darin befanden, in Sicherheit zu bringen. De Morthlunds Haus in der Moorgate stand immer noch in Flammen und war eine Quelle von Funken und brennenden Teilchen, die vom Wind hierhin und dorthin getragen wurden. Die gierigen Flammen hatten sich bereits in der Hyegate ausgebreitet, wo sie zu einem rasenden Inferno geworden waren, das jedes Stückchen Holz und jeden Strohhalm auf seinem Weg verschlang wie ein tollwütiges Tier. Die Nacht war erfüllt mit Schmerzensschreien und Angstgewimmer, mit dem Heulen sterbender Tiere und den Schreien hilfloser Menschen, die von den Flammen eingeschlossen waren. Und auch das Feuer hatte seine Stimmen. Es knisterte und prasselte, während es sich durch die Stadt fraß. Es saugte geräuschvoll die Luft ein und atmete mit einem unheilschwangeren Zischen und Jauchzen wilde Flammen in die Nacht hinaus.

Gervais, der Fischhändler, kauerte im Eingang des Münsters und hielt seinen mürrischen, schwarzäugigen Enkelsohn in den Armen. All seine Kinder und sein Haus waren verloren, seine Fische verbrannt und alles, was er je besessen hatte, zerstört.

Im Hospital stand Antony, der Mönch, an einem der oberen Fenster und blickte auf das Chaos hinunter.

»Sie gewinnt«, erklärte er ohne Erregung. »Die Bestie gewinnt.«

Zwischen dem Hospital und de Morthlunds Haus lag der kurze Gang zu St. John mit den Holzgebäuden, die zur Lateinschule gehörten, und den kleinen, strohgedeckten Häusern, die wie trunken aneinanderlehnten. Der Wind wurde stärker und schien aus keiner bestimmten Richtung zu kommen, so daß der Weg des Feuers unvorhersehbar war. Ein durch die Luft herbeigetragenes Strohbündel, ein Feuerfunke, den ein launischer Windstoß in die falsche Richtung wehte, und auch die Keldgate würde in Flammen stehen.

Der Taubstumme, der in der Küche auf der anderen Seite des Hofes arbeitete, zerrte an Antonys Gewand und gestikulierte wild mit beiden Händen. Er führte den Mönch zu der kleinen Holzleiter, die aufs Dach hinaufführte und von dort in die hinterste Ecke, von der aus man das Gelände hinter dem Haus übersehen konnte. Durch eine Lücke in den Dachsparren konnte Antony den Wasserlauf erkennen, der parallel zur Keldgate verlief. Das Wasser schien zu glühen und spiegelte das unheimliche, orangefarbene Leuchten wider, das nun über der Stadt hing.

Dicht bei der Mündung der Lairgate in die Keldgate trat der orangefarbene Wasserlauf über die Ufer und ergoß sich beinahe in den großen See hinter dem Kloster von St. Anne. Erst da begriff Antony, was den Küchenjungen in solche Erregung versetzt hatte. Dichter Rauch erhob sich über den Klostermauern, und gewaltige Flammen züngelten gen Himmel. Das Kloster brannte.

Der Mönch stürzte die Treppe hinunter und prallte unten mit Pater Simeon zusammen. Der große, blonde Priester half die Kranken und Verkrüppelten auf Karren zu heben, die sie zum Hafen bringen sollten, wo bereits Boote und Flöße bereitstanden. Sein Hemd stand offen, und der goldene Mähnenkamm, den er an einer Kordel um den Hals trug, war auf den Muskeln seiner Brust zu sehen. Sein Gesicht war rußverschmiert, und seine Augen leuchteten, und für einen kurzen Moment erschrak Antony über diese entrückte, beinahe unirdische Ruhe, die Simeon von seinen Mitbrüdern unterschied.

»Das Kloster, Simeon. Das Kloster steht in Flammen.«

Noch während er sprach, kam Osric, der Hospizbruder, mit einem jungen Mann im Gefolge über den Kirchhof des Münsters herbeigerannt.

»Wulfric de Morthlund ist in St. Anne«, stieß er hervor. »Er ist dort, um eine Frau und ihr Kind gefangenzunehmen. Die Mutter Oberin hat diesen Jungen zu uns geschickt, um uns zu warnen, aber er wurde von Räubern angegriffen, und man hat ihm sein Pferd und seine Stiefel gestohlen. Dadurch hat er viel Zeit verloren. Die Frau und der Junge sind in Gefahr.«

»Das Feuer hat das Kloster erreicht«, erklärte Antony ihm. »Ich habe es vom Dach gesehen.«

»Dann müssen wir sofort hingehen«, erwiderte Osric.

»Nein, wartet.« Simeon, der zwischen ihnen stand, hob den Kopf, als lausche er einem fernen, kaum hörbaren Geräusch. Dann erbebte er und schloß die Augen, und als er sie wieder öffnete, schüttelte er den Kopf. »Wir werden hier gebraucht.«

»Was?« Osric umklammerte Simeons Arme mit einem stählernen Griff. »Wollt Ihr etwa das Leben der Frau und des Jungen gefährden?«

»Peter wird sie hinausbringen«, sagte Simeon mit leiser Stimme. »Ihr und ich, wir müssen uns auf die Suche nach Pater Cuthbert machen.«

»Aber das ist unmöglich«, protestierte Osric. »Wulfric de Morthlund hat sie in die Enge getrieben, und nun hat auch noch das Feuer sie erreicht. Es gibt keinen Ausweg für sie, Simeon.«

Der blonde Priester schüttelte noch einmal den Kopf und sah dem Hospizbruder in die Augen.

»Vertrau ihm, mein Freund. Peter kennt einen Weg. Er wird Elvira hinausbringen.«

»Aber wie? Im Namen Gottes, wie soll er …?«

»Vertrau ihm«, sagte Simeon noch einmal. Dann drehte er sich zu Antony um und stellte fest: »Dieser Junge hier wird Euch mit den Wagen helfen. Paßt gut auf, Antony. Die Stadt wimmelt nur so von Plünderern, und sie werden nicht vor Gewalt zurückschrecken, wenn ihr sie herausfordert.«

»Gott bewahre und beschütze Euch«, sagte Antony und umarmte ihn kurz, bevor er sich wieder daranmachte, die Kranken aus dem Hospital zu schaffen. Er drehte sich nicht noch einmal um, um Simeon und dem Hospizbruder nachzusehen. Er war ein Mann, der trotz seiner tiefen religiösen Überzeugung abergläubisch war, und in dieser gefährlichen, ungewissen Situation zog er es vor, den Abschied eines Freundes nicht mit ansehen zu müssen.

Als die beiden Männer sich vom Hospital entfernten, sahen sie, daß das Feuer bereits von der einen Seite der Moorgate auf die andere übergesprungen war. Eine Reihe von Priestern schleppte brennende Teile des Dachs der

Lateinschule fort, aber trotz all ihrer Bemühungen stand bald das ganze strohgedeckte Dach in Flammen.

Das Münster war von einer Wand zur anderen voll mit Familien, die hier Zuflucht vor dem Feuer und vor Plünderern suchten. Die Schutzbefohlenen hatten ihr unheiliges Werk mit großer Gründlichkeit verrichtet; nicht einen einzigen Kerzenleuchter hatten sie stehen lassen, und kaum eine Heiligenskulptur oder eine Glasscheibe war unzerstört geblieben. Einige Männer hatten in der Nähe des Hochaltars ein Lagerfeuer entzündet und saßen nun leise flüsternd um das Feuer herum. Simeon erzwang sich seinen Weg durch die Menge, trat das Feuer aus und zerrte einen der Männer am Schopf auf die Beine, bis ihre Gesichter sich ganz nah waren.

»Die ganze Stadt brennt, und ihr macht hier ein Feuer«, zischte er, und in seiner Stimme lag echter Zorn angesichts einer solch gedankenlosen Dummheit. »Nun, ich habe dein Gesicht gesehen, und ich werde mich daran erinnern, und wenn unsere Kirche in Flammen aufgeht, werde ich dich dafür verantwortlich machen.«

»Aber es sind noch andere hier, die Lagerfeuer haben …«

»Und ich werde *dich* für sie alle verantwortlich machen.«

»Was? Aber Pater, es müssen ungefähr tausend Menschen hier sein …«

»Dann tust du gut daran, zusammen mit deinen Freunden besonders gut achtzugeben«, warnte Simeon ihn. »Zusammen werdet ihr dieses Münster vor dem Feuer bewahren, und wenn ihr versagt, werdet ihr für dieses Versagen mit eurem Leben bezahlen. Hast du mich verstanden?«

»Ja, ja«, rief der Mann, dem es nicht möglich war, zu nicken, solange Simeons Finger ihm beinahe die Kopfhaut vom Schädel rissen. Als der Priester ihn endlich losließ, fiel er der Länge nach zu Boden und wußte nun, daß er ein Gezeichneter war. In diesen harten, blauen Augen hatte eine echte Drohung gelegen. Dieser Priester besaß eine gefährliche Kälte, die herauszufordern nur wenige wagen würden. Der Mann blickte zum Dach der Kirche auf und erinnerte sich daran, daß das schwere Mauerwerk, das der Sturm vor acht Jahren zum Einsturz gebracht hatte, nun durch Holz ersetzt worden war. Mühsam erhob er sich, rieb sich den Schädel und schreckte seine Kameraden dann mit unerbittlichen Tritten auf.

»Auf mit euch«, schrie er, erzürnt über seinen Gesichtsverlust. »Der heilige Pater hat uns etwas zu tun gegeben. Wir müssen dafür sorgen, daß jedes Feuer, jede Kerze und jede Fackel ausgemacht wird. Wir müssen das Münster beschützen. Kommt schon! Steht auf, ihr faulen Hunde! Es gibt etwas zu tun.«

Wie Simeon erwartet hatte, fanden sie Pater Cuthbert in dem Treppenturm, in dem sein alter Freund Pater Bernard vor acht Jahren auf grausame Weise ermordet worden war. Er hatte eine brennende Altarkerze dort, die neben einem winzigen Schrein an der Stelle stand, an der der einstige Kanonikus von St. Martin während des Gebets erschlagen worden war. Der Duft von Holzrauch hing auch hier in der Luft, und eine Kälte lag über dem kleinen Raum, die ein Mann, der die Blüte seiner körperlichen Kraft schon so lange hinter sich hatte, besser meiden sollte. Pater Cuthbert saß neben der Kerze, sein Kopf lag auf seiner Brust, und seine Augen hatte er fest geschlossen. Die kleine Flamme zuckte in der Zugluft, als Simeon die Tür öffnete, und der jüngere Mann erschrak, als er die Kerze so dicht neben dem Gewand des alten Mannes erblickte.

»Pater Cuthbert?« Simeons Stimme war leise und sanft, wie ein Flüstern, als er sich neben den schlafenden Priester hockte und ihn ganz vorsichtig an der Schulter berührte. Er wollte ihn nicht erschrecken, wenn er ihn nun aus dem Schlaf riß, denn die Träume alter Männer sind etwas Kostbares und mußten mit Vorsicht beendet werden.

»Ah, Simeon, mein Junge«, sagte der alte Kanonikus lächelnd. »Und da ist ja auch unser lieber Bruder Osric, wie ich sehe. Ist es schon Zeit, nach St. Peter hinüberzugehen?«

»Das klingt, als hättet Ihr uns erwartet«, meinte Osric und erwiderte das Lächeln des alten Mannes.

»Das habe ich auch getan. Er hat mir gesagt, ihr würdet kommen.«

»Er?«

»Euer Junge«, sagte der alte Mann zu Simeon und stützte sich schwer auf seinen Arm, während er durch die schmale Tür trat. »Ich bin zum Hochaltar gegangen, um nachzusehen, ob ich den Schaden, den der Schrein genommen hat, reparieren könnte ... Was für ein abscheuliches Sakrileg. Während ich dort gebetet habe, erschien plötzlich der kleine Peter neben mir, nahm mich bei der Hand und brachte mich hierher. Sein Eingreifen kam gerade noch rechtzeitig. Ich glaube, zwei von unseren jüngeren, stärkeren Priestern wurden verletzt, als die Menge plötzlich in die Kirche strömte. Ich verdanke Eurem Jungen meine Sicherheit und vielleicht sogar mein Leben.«

»Gott sei gelobt«, rief Osric. »Wenn Peter hier war, dann ist auch er in Sicherheit. Wulfric de Morthlund hat ihn nicht bekommen.«

Simeon lächelte und zwinkerte seinem alten Freund Osric zu.

»Ich habe Euch doch gesagt, daß er einen Weg in die Freiheit kennt«, sagte er und half Pater Cuthbert auf die Beine. »Und Elvira ist ebenfalls in Sicherheit, dafür wird er gesorgt haben. Aber jetzt müssen wir uns beeilen und Pater Cuthbert nach St. Peter bringen.«

In der Eastgate wie auch in anderen Teilen der Stadt waren ungezählte Männer damit beschäftigt, die Holzhütten niederzureißen, damit sie nicht zu einem zusätzlichen Fraß für die Flammen wurden. Pater Cuthbert blieb kurz stehen, machte ein Kreuzzeichen und sprach ein einfaches Gebet. Er blickte hinüber zu dem kleinen Marktplatz am Ende der Eastgate. Selbst ihn hatte das Feuer mittlerweile erreicht. Flammen und riesige Rauchwolken erhoben sich über den geschwärzten, verkohlten Überresten von Wohn- und Lagerhäusern. Die Schreie in den Trümmern gefangener Tiere mischten sich in die Hilferufe Verletzter und zu Tode erschrockener Menschen, und der trockene, heiße Geruch des Infernos trug auch den Gestank nach verbranntem Fleisch heran.

»Wie schlimm ist es?« fragte der alte Priester.

»Wir haben es schon jetzt nicht mehr unter Kontrolle«, mußte Simeon zugeben. »Es brennt von der Moorgate und der Lateinschule bis zum Kloster draußen vor der Barre, von St. Mary bis hin zur Eastgate hier. Und ich fürchte, das Schlimmste kommt noch.«

»Gütiger Gott, wie viele Unschuldige werden diesmal sterben?«

»Zu viele«, erwiderte Simeon leise.

Sie brachten Pater Cuthbert durch das Haupttor nach St. Peter. Mehrere Priester waren dort damit beschäftigt, die Kranken und Alten, die Frauen und die kleinen Kinder in Sicherheit zu bringen, während sie die starken und arbeitsfähigen Männer draußen ließen. Schon jetzt war der Kirchhof überfüllt von Männern und Frauen, die mit allem was sie an Habseligkeiten noch zusammenraffen konnten, hier Zuflucht gesucht hatten. Viele hatten Ziegen oder Kühe mitgebracht, hatten Lämmer oder Ferkel auf den Schultern hergetragen. Trotz der großen Anzahl der Flüchtlinge herrschte noch keine Panik. Die Menschen hatten das Gefühl, hier sicher zu sein, und nur jene, die von ihrem Platz aus die Hyegate und die Moorgate sehen konnten, ahnten, welche Ausmaße das Feuer inzwischen angenommen hatte.

Simeon und Osric beschützten Pater Cuthbert mit ihren eigenen Körpern, während sie sich mit den Ellbogen einen Weg durch die dichte Menge bahnten. Als Simeon sah, daß der alte Mann kaum noch gehen konnte, hob er ihn auf seine Arme, wickelte seinen Umhang um ihn herum und sorgte so dafür, daß sein zerbrechlicher, alter Leib vor jedem Schaden bewahrt wurde. Auch nachdem sie bereits die Sicherheit von St. Peter erreicht hatten, hielt er seinen geliebten Kanonikus noch dicht an sich gepreßt und bellte über seinen zerbrechlichen Greisenschädel hinweg jedem, den er sah, seine Befehle zu.

»Schickt die Frauen in jeden Winkel des Grundstücks, damit sie nach Brandherden Ausschau halten, die von Funkenflug verursacht wurden. Jeder Mann, jede Frau und jedes Kind, die hier Nahrung und Zuflucht suchen, sollen sich das zunächst einmal verdienen. Ich möchte, daß man nur jede noch so kleine Rauchwolke meldet und daß jeder Funke gelöscht wird, bevor er aufflammen kann. Die Leute sollen den Obstgarten und die Wälder bewachen, die Weide und die Wiese und jedes Gebäude hier einschließlich der Kirche.«

Er hielt inne, um einen Blick auf die Strohdächer des Dormitoriums, des Refektoriums und des Hospitals zu werfen, die alle der Mauer zur Eastgate nahe genug waren, um durch Funken oder brennende Fetzen in Flammen aufzugehen. Dann sah er hinüber zur Kirche von St. Peter, von der aus man die Stimmen der Priester hörte, die in ihre Andacht vertieft waren.

»Holt die Priester da raus und gebt ihnen etwas zu tun«, sagte er zu Osric. »Gott weiß um unsere Not, auch ohne daß sie ohne Unterlaß darum beten.«

»Ich werde ihnen auftragen, mit Eimern Wasser aus dem Graben zu schöpfen und die Dächer zu befeuchten«, rief Osric, während er sich bereits auf den Weg machte. »Und wenn sie damit fertig sind, können sie den Feuerwachen helfen.«

Erst als Simeon das Skriptorium erreicht hatte, öffnete er seinen Umhang und stellte Pater Cuthbert sanft wieder auf die Beine.

»Ihr seid jetzt in Sicherheit, Pater.«

»Vielen Dank, mein Sohn. Wie schon so oft stehe ich tief in Eurer Schuld.«

Simeon lächelte nur grimmig und fragte, ohne jedoch eine Antwort zu erwarten: »Wer führt Buch über diese Dinge?«

Als Simeon durch die Tür trat, erhob sich Elvira von dem steinernen Rand des Brunnens, auf dem sie gesessen hatte, und bei ihrem Anblick stockte ihm der Atem. Ihre Röcke waren von den Knien bis zum Saum feucht und die Kapuze, die ihr über die Schultern hing, an mehreren Stellen eingerissen. Ihre Augen leuchteten im Fackellicht, und sie hatte sich die Arme um den Leib gelegt, als sei sie bis auf die Knochen durchgefroren. Mit wenigen kurzen Schritten war Simeon bei ihr, nahm den warmen Umhang von seinen Schultern und hüllte sie darin ein. Dann strich er ihr mit seinen großen Händen das Haar glatt und blickte in ihr blasses, kleines

Gesicht, als könne er dort tausend Geheimnisse entdecken. Während er sie ansah, strömten ihr plötzlich die Tränen über das Gesicht, und mit einem leisen Stöhnen nahm er sie in seine Arme.

»Elvira, Elvira …« Er flüsterte ihren Namen in ihr Haar und wollte im Augenblick nichts anderes als sie festzuhalten. Sie war klein und leicht in seinen Armen und war ihm jetzt, nach acht langen Jahren, noch genauso teuer, wie sie es damals gewesen war. Mit heiserer Stimme sagte er nun: »Ich danke Gott von ganzer Seele für deine Sicherheit.«

»Dafür haben wir deinem Patensohn zu danken, Simeon«, flüsterte sie, während sie sich immer noch an ihn klammerte. »Unsere Feinde standen schon vor der Tür. Wenn Peter nicht einen Weg gewußt hätte …«

»Pst. Es ist vorüber. Du bist jetzt in Sicherheit.«

»Du hast mir immer gesagt, daß ich ihm eines Tages vertrauen müßte, ohne Fragen zu stellen. Ich wußte es, aber ich hatte trotzdem Angst. Ich dachte, die Furcht würde mir das Herz in meiner Brust stillstehen lassen. O Simeon, ich hatte solche Angst …«

»Ich weiß, mein Liebes, ich weiß.«

Dann drückte er sie noch einen Augenblick fest an sich, und als er sie schließlich losließ, lächelte sie ihn durch ihre Tränen hindurch an. Er hatte keinen Zweifel an ihrem Mut, denn sie besaß mehr davon als irgendeine Frau, die er je gekannt hatte.

Als er eine leichte Berührung am Arm spürte, drehte er sich um und sah, daß Pater Cuthbert ihn augenzwinkernd beobachtete. »Vielleicht wird die schöne Elvira sich damit zufriedengeben, während Eurer Abwesenheit einem alten Mann Gesellschaft zu leisten, Simeon?«

Elvira nickte, und Simeon hob ihre Fingerspitzen an seine Lippen. Sie wußte, daß er sie nun verlassen mußte, um bei dem Kampf gegen das Feuer zu helfen, und sie wußte, daß sie in seiner Abwesenheit tausend Qualen leiden würde. Es erschien ihr, als wäre die ganze Stadt wahnsinnig geworden. In jeder Straße brannten Feuer, und Plünderer durchstreiften jedes leerstehende Haus. Sie und Peter waren bei ihrem Weg durch die Stadt an offenen Brunnenschächten und halb überdeckten Kanälen vorübergekommen, und jeder Schritt war ein Wagnis gewesen. Aus diesen dunklen, feuchten, unterirdischen Tunneln waren die schrecklichsten Geräusche zu ihnen aufgestiegen, Schreie und Hilferufe, die kaltes Entsetzen in ihren Herzen geweckt hatten.

»Müßt Ihr wirklich gehen?« fragte sie.

Er nickte ernst.

»Dann gebt gut auf Euch acht«, flüsterte sie.

»Gottes Wille geschehe.«

»Wenn er gerecht ist, wird Er Euch beschützen.«

Er lächelte angesichts dieser Feststellung und küßte noch einmal ihre Fingerspitzen.

»Wo ist der Junge?«

»Er ist furchtbar stur«, antwortete sie. »Er wollte nicht hier bei mir bleiben, wie sehr ich ihn auch angefleht habe.«

»Ich werde ihn finden«, versprach Simeon. »Du mußt Vertrauen haben, Elvira. Alles wird wieder gut.«

»Wenn dein Gott es so will«, erwiderte sie, und in ihrer Stimme lagen Traurigkeit und ein Anflug von Bitternis, denn die Unberechenbarkeit des göttlichen Willens hatte sie ihr Leben lang in Verwirrung gestürzt.

Simeon nahm den leichteren, kürzeren Umhang, den sein Kanonikus ihm hinhielt, warf ihn sich über die Schultern und befestigte die juwelenbesetzte Schlinge über seiner Brust. Ihre dunklen Augen beobachteten ihn, während er und Osric sich zum Aufbruch bereitmachten, aber sie gab ihm keine Antwort und sah ihn auch nicht an, als er sich zur Tür wandte und noch einmal sagte: »Alles wird wieder gut, Elvira.«

Im Kloster St. Anne arbeiteten Männer und Frauen Seite an Seite, um ein Dutzend verschiedener Feuer unter Kontrolle zu bringen. Das Strohdach des Klosters brannte mit der Wildheit eines Backofenfeuers.

Der Kaplan des Klosters, ein schmächtiger, furchtsamer Mann mit schwindendem Augenlicht, eilte von einem der

Gebäude zum nächsten und holte die Bewohner ins Freie. Sein Name war Fabian, und er war nicht mehr jung, aber fest entschlossen, so viele Menschenleben wie nur möglich vor der gewalttätigen Bestie zu retten, die unter ihnen wütete. Er fand eine Anzahl junger Frauen, unter ihnen auch Schwester Alice, die sich in ihrem Dormitorium versteckt hatten, wo die Hitze und der Qualm von dem brennenden Dach bis in die letzten Winkel drang. Pater Fabian trieb sie ganz allein aus dem Haus und hinüber zu dem Tor jenseits des Sees; dann suchte er eine Handvoll bewaffneter Geistlicher und Diener zusammen und befahl ihnen, die Frauen zu bewachen. Danach kehrte er zu dem brennenden Kloster zurück, um jenen zu helfen, die noch immer darin gefangensaßen. Er verschwendete keinen Gedanken daran, gegen das Feuer anzukämpfen, sondern versuchte nur, so viele Menschen wie möglich zu retten, solange noch die Zeit dazu war.

Der ältliche Kaplan, der nun auf der Suche nach der Mutter Oberin war, stürmte eine gewundene Treppe hinauf, die zu dem Raum über dem Dormitorium führte. Am anderen Ende des Raums befand sich eine zweite Treppe, die ihn in die Gemächer der Äbtissin hinunterbringen würde, und von dort aus konnte er durch den trockenen Graben entlang der Mauer das Tor zum See hin erreichen. Als er, oben an der Treppe angelangt, die Tür zu dem Raum des Obergeschosses öffnete, fuhr ihm ein plötzlicher, heftiger Windstoß unter die Gewänder, so daß die Röcke seiner Soutane sich um seine Beine schlangen und er in den Raum hineingezogen wurde. Genauso plötzlich drehte dann der Wind, ließ seine Soutane los, schleuderte ihn zurück und schlug ihm einen Schwall von Glut ins Gesicht. Die Tür war seine Rettung. Sie schloß sich mit einem gewaltigen Krachen zwischen ihm und dem Feuer und warf ihn die dunklen Stufen hinunter – in die Sicherheit. Er wußte nicht, wie schwer er verletzt war, bis ein junger Mann ihm ins Gesicht sah und vor Entsetzen aufschrie.

»Wartet! Geht nicht dort hinein!«

Der Warnschrei des Kaplans kam zu spät, um den jungen Mann davon abzuhalten, zur Dormitoriumstreppe hinüberzufliehen. In blinder Panik rannte er hinauf, riß die Tür auf und ließ einen Feuerball hinein.

Der Kaplan lief hinüber zur Terrasse des Schatzhauses, wo mehrere Männer und Frauen Zuflucht gesucht hatten. Die Mutter Oberin war unter ihnen und versuchte zitternd, ihrer erschrockenen Herde Trost und Hoffnung zu spenden. Auf den ersten Blick sah er, daß sie sich eines ihrer Beine unterhalb des Knies gebrochen hatte. Mit einer gemurmelten Entschuldigung für die Unannehmlichkeit, die er ihr würde bereiten müssen, bückte er sich und hob sie mühelos auf seine Arme.

»Herr Fabian, seid Ihr das? Gütiger Gott im Himmel, Euer Gesicht … Euer armes Gesicht …«

Als er die Äbtissin in Sicherheit brachte, wandten sich die Leute, die zuvor vergeblich versucht hatten, mit Wassereimern und Besen das Feuer zu löschen, von ihren Bemühungen ab und folgten ihm. Ungeachtet seiner Erschöpfung und seiner Verletzungen ging Fabian durch den trockenen Graben hinüber zu dem Tor in der hohen Steinmauer. Er trat hindurch und befand sich nun, seine kostbare Last immer noch an sich gedrückt, am Seeufer. Eine kleine Armee hustender und schluchzender Überlebender folgte ihm. Mit liebevoller Vorsicht legte er dann die Äbtissin auf einen am Boden ausgebreiteten Umhang, wo sorgsame, fähige Hände nur darauf warteten, ihr verletztes Bein zu versorgen. Als er versuchte, sich wieder zu erheben, ließ sein Herz ihn im Stich. Ein kleiner, erstickter Laut kam ihm über die Lippen, und sein Körper kippte vornüber und rollte das Ufer hinunter zum See. Und dort trieb er still und ohne Protest auf dem Wasser, sein feuergeschwärztes Gesicht dem Himmel zugewandt und die Arme weit von sich gestreckt.

Kapitel 38

In der Propstei hatte Jacob de Wold dafür gesorgt, daß die kostbaren Aufzeichnungen und Urkunden der Kirche vor dem Feuer in Sicherheit gebracht wurden. Trotz all seiner Vorsichtsmaßnahmen fühlte Jacob sich jedoch unwohl. Theoretisch war die Propstei durch die Gräben, von denen sie umgeben war, vor dem Feuer sicher. Beim Ertönen der ersten Alarmglocke hatte Jacob befohlen, die Zugbrücke hochzuziehen und Wachen aufzustellen, die dafür Sorge tragen sollten, daß keine verängstigten Menschenmengen auf das Gelände der Propstei strömten. Wenn sich das Feuer bis zum Münster ausbreitete, bestand die Wahrscheinlichkeit, daß die Menschen auf dem sicheren Land des Propstes Schutz suchen würden. Die mußten, gefährliche Tiere, die sie waren, aufgehalten werden. Als Diener Gottes waren er und seine Priester gewiß verpflichtet, den Notleidenden der Stadt zu helfen, aber ihre erste und vornehmliche Pflicht galt der Kirche selbst: Sie mußten ihr Eigentum und ihre Schätze beschützen.

Eine verängstigte Frau, deren Holzhütte in der Nähe der Keldgate in Flammen aufgegangen war, hatte sich mit ihren Kindern zu einem der Wasserläufe gerettet. Dort fand sie ein Floß und verlud ihre Kinder, eines nach dem anderen, auf die Bretter. Für sie selbst blieb nicht genug Platz auf dem Floß, so daß sie durch das hüfthohe, schmutzige Wasser waten mußte, um die Kleinen sicher vor den Flammen wegzubringen. Ihre Aufgabe war nicht leicht, denn der Wasserlauf war an vielen Stellen von verkohlten Trümmern und glimmendem Stroh bedeckt. Dennoch gelang es ihr schließlich, den Landesteg der Propstei zu erreichen und ihre Kinder dort ans Ufer zu ziehen. Sie schaffte es, an den Wachen des Propstes vorbeizukommen, und sie drängte ihre Kinder hastig in die Dunkelheit des Waldes hinein. Dort fand sie eine Stelle in der Nähe der Bäume, nahm das Jüngste an ihre Brust, wiegte es sanft hin und her und wärmte die übrigen

Kinder, so gut sie es konnte, mit ihrem Leib. Sie war durchnäßt und zitterte vor Kälte, und sie hatte furchtbare Angst. Sie hatte zusehen müssen, wie ihr Mann und das älteste ihrer Kinder verbrannt waren. Sie hatte gesehen, wie zwei Frauen von Plünderern vergewaltigt worden waren und eine andere totgeschlagen, als diese versucht hatte, ihren Mann zu beschützen, und sie fürchtete die Menschen in Beverley noch mehr, als sie das Feuer fürchtete, das unkontrolliert durch alle Straßen tobte.

Nun klapperten ihre Zähne, und ihre Kinder wimmerten und zitterten in der kalten Nachtluft. Sie hatte keine Decken, keine warmen, trockenen Kleider, nichts zu essen und keinen Trost, den sie ihnen bieten konnte, und in ihrem Elend tat sie, was jede andere Mutter auch getan hätte: sie entzündete ein Feuer.

Es war ein kleines, unbedeutendes Feuer, eine bescheidene Quelle der Hitze und des Trostes zwischen Zweigen und Blättern und anderen Abfällen des Waldes. Der Waldboden fing den Funken ihres Feuersteins beinahe gierig auf, denn er war trocken wie Zunder, und selbst an dieser geschützten Stelle war die Brise scharf genug, um die Flammen zu schüren. Schon bald begann das kleine Feuer sich auszubreiten. Es wurde ein gewaltiges, um sich greifendes, unbarmherziges Etwas mit einem eigenen Willen und einem wilden, unersättlichen Hunger. Es griff nach den Bäumen, züngelte an Dächern, schoß in Zweige hinein und schnellte in einem flammenden Strom über den Boden.

Von seinem Fenster aus sah Jacob de Wold zuerst das Feuer auf dem Boden, wie es sich zwischen den Bäumen hindurchbewegte. Dann schoß es mit einem plötzlichen Aufblitzen in die Höhe und flog bis hinauf in die Baumkronen. Binnen weniger Augenblicke war der Wald ein prasselndes Inferno, und der Wind trug Flammenzungen und Funken in jede Richtung. Jacob wandte sich graugesichtig und hohläugig vom Fenster ab und sah zu den vielen Priestern hinüber, die sich auf den Knien in der großen Halle versammelt hatten. Erfüllt von schrecklichsten Vorahnungen brachte er nur drei kurze Worte heraus: *»Es ist hier!«*

Cyrus de Figham wußte, daß sein Haus sicher war. Das Feuer konnte über zwei Wege kommen, und keiner von beiden war eine echte Bedrohung für sein Eigentum. Es konnte über die Flemingate kommen, wo es vom Hafen und zwei kleineren Wasserwegen aufgehalten wurde, oder es konnte um Hall Garth herum über die Sümpfe und Figham Meadow kommen. Ganz gleich, welchen Weg es nehmen würde, es würde verlöschen, bevor es sein Haus erreichen konnte. Schon jetzt hatten sich die Familien, die auf seinen Feldern arbeiteten, um sein Haus geschart, denn de Figham würde sie gut dafür bezahlen, wenn sie ihn vor Plünderung schützten. Er war sicher, daß sie ihn betrügen würden, wenn sie nur konnten. Zumindest würde es eine Verschwörung geben und sie würden ihm von Plünderern erzählen, auch wenn es keine gegeben hatte, nur um das versprochene Silber zu erhalten.

Für einen Mann von seinem Reichtum spielte das jedoch kaum eine Rolle, denn das, was er ihnen für einen Haufen Lügen bezahlen würde, war nur ein Bruchteil dessen, was die Plünderer ihm stehlen konnten.

Mehrere Boten waren seit dem Ausbruch des Feuers bei seinem Haus gewesen, und Cyrus hatte sie alle für ihre Informationen entlohnt. Als er hörte, daß das Kloster in Flammen stand, erfüllte ihn ein stiller Zorn über sein eigenes Zaudern. Er hätte die Grabenbauersfrau und ihren Sohn mitnehmen sollen, solange er noch die Gelegenheit dazu hatte, gleichgültig, was die Mutter Oberin dazu gesagt hätte. Er hatte sich eine Chance einfach durch die Finger rinnen lassen. Er hatte diesen hinterhältigen, gerissenen Nonnen gestattet, ihn zu übertölpeln, und die Priesterhure konnte mittlerweile Gott weiß wo sein.

Er verließ das Haus in der Gesellschaft von Bruder John und zwei starken Männern, die gut dafür entlohnt werden würden, wenn sie ihren Herrn vor allem Übel bewahrten.

»Mein Herr, geht nicht hinaus!« hatte John ihn angefleht, ebenso zu seinem eigenen Wohl wie um de Fighams willen. Solche Nächte wie diese erfüllten ihn mit Angst, und das letzte, was er wollte, war, jetzt auf die Straße zu gehen und das Schicksal, die Plünderer und die Halsabschneider gleichermaßen herauszufordern.

Cyrus ignorierte die Bitten seines Untergebenen. Er würde sich nicht wie ein Feigling in seinem Haus verbarrikadieren, während geringere Männer als er die Nacht genossen. Feuer faszinierte ihn. Die rohe, berechenbare Macht der Flammen erfüllte ihn mit einer ganz besonderen Art von Erregung. Feuer war ein Tier, das man nicht jagen, in die Ecke treiben und schlachten konnte wie ein gewöhnliches Stück Vieh. Es kannte keine Furcht und versteckte sich nicht und lief auch vor niemandem davon, der wagte, es zu verfolgen. Und es war böse, denn es zerstörte mit seinem Appetit alles, was sich ihm in den Weg stellte, und scherte sich den Teufel um die Konsequenzen.

Als er sich vom Haus entfernte, konnte Cyrus das Feuer in der Ferne toben sehen. Es war schon jetzt unaufhaltsam. Es erleuchtete die ganze Stadt mit einem orangefarbenen Glühen und setzte den Himmel in Flammen, so daß die Sterne neben seinem Leuchten verblaßten.

»Man hat uns gelehrt, daß Gott Himmel und Erde geschaffen habe«, meinte er grinsend, und seine Augen leuchteten erregt. »Aber zweifelt niemals daran, daß der Teufel selbst das Feuer geschaffen hat. Kein barmherziger Gott könnte ein so wildes Wesen erschaffen, etwas, das so absolut *böse* ist wie dieses mörderische, tobende Ding. Seht nur, John, seht wie töricht sie vor ihm davonlaufen, die Leute aus der Stadt und sogar die Priester. *Da* habt Ihr Euren Gott, mein Freund. Da habt Ihr Euren *wahren* Gott.«

Im Schutz seines Umhangs bekreuzigte Bruder John sich und sprach ein leises Gebet. Er hatte Angst, in den Mahlstrom des göttlichen Zorns zu geraten, wenn der Allmächtige beschloß, de Figham für seine Blasphemie zu bestrafen.

Sie überquerten Figham Meadow in der Nähe der kümmerlichen, niedrigen Hecke, die parallel zu dem schmalen Graben verlief. Die Wiese und das Sumpfland lagen in dem unheimlichen Licht des rotgoldenen Feuerscheins wie auch des silbernen Mondlichts. Hier und dort erblickten sie kleine Flecken von versengtem Gras, wo ein glimmender Strohhalm, herübergeweht von dem immer kräftiger werdenden Wind, auf den Boden gefallen war und eine Weile vor sich hingebrannt hatte, bis das Feuer in Ermangelung weiterer Nahrung erlosch. Hier fanden sie auch Tiere, die vor dem Feuer geflohen waren, und im Schatten der Dunkelheit sahen sie Männer und Jungen hinter ihnen herlaufen. Überall würden die Leute, solange das Feuer in Beverley tobte, reiche Ernte halten.

»Mein Gott! Das Feuer hat den Graben übersprungen!«

Sie hatten beinahe die Mauer von Hall Garth erreicht und konnten nun das Haus des Propstes und den Wald dahinter sehen, die beide in hellen Flammen standen. All diese Gebäude waren nach dem Sturm im Jahre 1180 mit Holz statt mit Steinen ausgebessert worden und boten dem Feuer nun reiche Nahrung. Riesige Flammen tanzten von Dach zu Dach. Geschwärzte Bäume standen eingehüllt in Flammen, eine seltsame, biblische Ernte, die da auf dem Boden des Propstes wuchs. Orangefarbene Flammen und schwarzer Rauch quollen aus den unteren Fenstern, und vor ihren Augen schossen lange Flammenzungen die Wendeltreppe am Südende des Gebäudes hinauf.

»Seht nur! Seht nur, die große Halle!« Die anderen schauten in die Richtung, in die Cyrus de Figham zeigte. Sie sahen eine Gestalt in dem Bogenfenster, ganz in der Nähe der Stelle, an der der Stuhl des Propstes stand. Sie sahen, wie der Mann versuchte, die Tür zum Treppenhaus zu öffnen, und Bruder John schrie ihm eine Warnung entgegen, obwohl er wußte, daß der Wind und das Tosen des Feuers seine Worte übertönen würden.

»Nein! Geht zurück! Das Feuer hat schon die Treppe erreicht. Ihr dürft die Tür auf keinen Fall öffnen!«

Ungeachtet der Warnung und der Gefahr kämpfte der Mann am Fenster nun mit der Tür. Endlich gab sie nach, und er prallte zurück, zu Boden geworfen von einem Schwall heißer Luft, und binnen eines Augenblicks hatte das Feuer auf die große Halle übergegriffen. Es züngelte wie eine Armee gelber Flämmchen nach den staubtrockenen Gardinen und den schweren, bestickten Wandbehängen, glitt über die vertäfelten Wände und tollte über den mit Binsen bedeckten Boden. Es wand sich wie eine hungrige Schlange auf die hölzernen Sparren zu, an denen Heiligenbilder, Bibelsprüche und Teile der Psalmen neben zahlreichen Fahnen aufgehängt waren. Der Mann, der das Feuer hineingelassen hatte, hatte sich wieder aufgerafft und versuchte davonzurennen, aber selbst bei seiner panischen Flucht holten die Flammen, die über seinem Kopf von Balken zu Balken sprangen, ihn leicht ein. In einem Ball von Feuer wurde er zur Seite und in einem Hagel mit Flammen und Funken durchmischten Glases durch ein Fenster hinausgeschleudert. Als er unten aufschlug, kämpfte er weiter und bemühte sich immer noch mit vergeblichen Bewegungen seiner Glieder, seinem Schicksal zu entrinnen.

Auf den ersten Blick schien auch das Münster in Flammen zu stehen, aber dann erkannten Cyrus und seine Gefolgsleute, daß sich der helle Schein der Flammen nur draußen auf den Fenstern spiegelte. Jede Ecke, jeder Zoll freien Raumes um die Mauern des Münsters herum war von irgend einem Verzweifelten besetzt, der dort Schutz suchte. Eine hin und her wogende Masse von Menschen umgab die Kirche ringsum. Sie wimmelten in kopfloser Furcht durcheinander, krochen einer über den anderen wie Küchenschaben in ihrem stinkenden Nest.

»Als könnten die Mauern irgendeiner Kirche sie jetzt noch retten«, höhnte Cyrus leise. Dann legte er die Hände um den Mund und bellte: »Narren! Die Feuer der Hölle sind hinter euch her! Lauft um euer Leben! Euer Gott hat hier nichts mehr zu sagen!«

»Pater Cyrus! Mein Herr!«

In dem flackernden Licht war Johns Gesicht plötzlich totenbleich geworden und zeigte einen Ausdruck reinsten Entsetzens. Er war zutiefst erschrocken über das, was er sah und hörte. Cyrus de Fighams Augen hatten ein teuflisches Glitzern, und sein Lächeln war grausam. Die Zerstörung und die Angst um ihn herum schienen ihn mit einer geradezu lustvollen Erregung zu erfüllen.

Die beiden Diener, die er zu seinem Schutz mitgenommen hatte, traten hastig einen Schritt von ihm zurück, sahen einander dann kurz an und drehten sich wortlos auf ihren Absätzen herum, um zu fliehen. Nur John blieb, wo er war, wie angewurzelt von seiner Furcht und Unentschlossenheit. Er wagte es nicht, wegzulaufen, weil er befürchtete, sein Herr könnte sein Schwert ziehen und ihm die Klinge in die Brust rammen. Außerdem würde er niemals wieder Ruhe finden, wenn es ihm gelang, zu entkommen, denn Cyrus war ein rachsüchtiger Mann, der einen Feind eher töten als ihm vergeben würde. Und doch fürchtete er sich auch davor, bei seinem Herren zu bleiben, in dessen Augen nun reiner Wahnsinn stand.

»Mein Herr …«

»Laßt es Euch nur nicht einfallen zu jammern«, warnte Cyrus ihn scharf. »Reißt Euch zusammen und folgt mir, denn auf uns wartet Arbeit.«

»Arbeit? Aber mein Herr …«

»Ich will nichts mehr hören. Jeder Priester und Kanonikus, der etwas auf sich hält, wird jetzt auf dem Weg zum Münster sein, und ich möchte mich nicht verdächtig machen, indem ich fehle.« Während Cyrus diese Worte leise vor sich hin knurrte, ging er auch schon in die Richtung, wo die Menschenmengen am dichtesten waren.

Sie begegneten Wulfric de Morthlund dort, wo die Long Lane von Figham Meadow aus auf den Münsterplatz traf. Der dicke Mann war benommen und in einem schrecklichen Zustand. Seine Hände und sein Gesicht waren blutig und seine Kleider zerrissen. Er und sein kleiner Habicht hatten sich durch das Chaos in den Straßen gekämpft, um ihr Haus in der Moorgate zu erreichen, aber dort hatten sie nur noch einen Haufen verkohlter, schwelender Balken gefunden, die gerade in ein Bett weißglühender Flammen sanken. Die Hyegate war von einem Ende zum anderen ein einziges Inferno. Ganz in der Nähe auf der Keldgate standen die Häuser von Antony und die seiner direkten Nachbarn in Flammen. Auch die Propstei brannte; das Feuer war in einem großen Bogen durch die Stadt gelaufen, in dessen offenem Ende das Münster, St. Peter und dahinter das Hafengebiet und die sicheren Ländereien von Figham lagen.

Wulfric de Morthlund blickte weder nach rechts noch nach links, während er sich durch die Menge pflügte, auf den Armen den schlaffen Körper von Daniel Habicht. Bewaffnete Plünderer waren über sie hergefallen, und Daniel war bei seinem tapferen Versuch, seinen Herrn zu beschützen, schwer verletzt worden. Als Wulfric sah, daß sie hoffnungslos unterlegen waren, warf er den Dieben seine Börse, seine Ringe und seinen juwelenbesetzten Gürtel hin, um sie von ihrem Opfer abzulenken, zog dann seinen Dolch und schrie Daniel zu, er solle fliehen und sich retten. Zum ersten Mal in seinem Leben widersetzte sich der junge Mann einem direkten Befehl seines Herrn, denn es war ihm unmöglich, an seine eigene Sicherheit zu denken, solange Wulfric noch in Gefahr war. Er blieb, um ihm zu helfen, und wurde für seine Bemühungen grausam niedergestochen. Und nun legte de Morthlund, erschöpft und mit vom Qualm brennenden Lungen, seine Last sanft zu Boden und zerrte an dem Ärmel eines dunkel gewandeten Mönchs, der ganz in der Nähe stand und gegen das Feuer kämpfte.

»Helft ihm«, krächzte er, während die Tränen ihm übers Gesicht liefen und seine Stimme brach. »Er hat mir das Leben gerettet, statt sich selbst in Sicherheit zu bringen. Er ist schwer verletzt. Ich glaube, er stirbt. Helft ihm.«

Er sah nicht, daß der Mönch, mit dem er sprach, Antony war. In seinem Unglück wußte er nur, daß Daniel die Nacht vielleicht nicht überleben würde und daß die Welt, wenn er seinen kleinen Habicht verlor, ein traurigerer Platz für ihn sein würde.

»Ich kann ihm nicht helfen«, sagte Antony, nachdem er die Verletzungen des jungen Mannes kurz untersucht hatte. »Es braucht die Kunst des Hospizbruders, wenn diese Wunden sich wieder schließen sollen. Gebt ihm Euren Umhang und bleibt hier bei ihm. Ich werde Bruder Osric zu Euch schicken, sobald ich ihn finden kann.«

»Er hat mir das Leben gerettet«, wiederholte Wulfric, als sei er unfähig, zu begreifen, daß irgend ein Mensch so etwas für ihn tun konnte. »Er hat mir das Leben gerettet.«

Ganz in der Nähe stand Cyrus de Figham und beobachtete die Szene mit einem verachtungsvollen Schnauben. Wie leicht doch die Mächtigen, die Großspurigen und die Eitlen zu erniedrigen waren. Neben all der Gunst, die sein fettleibiger Herr ihm im Lauf der Jahre erwiesen hatte, hatte der junge Mann doch mehr als seinen Anteil an Demütigung und Gemeinheit erlitten. Jetzt hatten sich die Rollen, die sie so lange gespielt hatten, umgekehrt, denn in seinem besinnungslosen, verletzten Zustand hatte Daniel Habicht endlich über den dicken Mann triumphiert. Um das Spiel endgültig zu gewinnen, brauchte er nur noch zu sterben.

Der Mönch hielt Wort und kehrte binnen weniger Minuten zurück. Osric, der Hospizbruder, war ihm dicht auf den Fersen, und unter seinem Arm klemmte der dicke Lederbeutel, der all seine Heilkräuter und Instrumente enthielt. Als er sich schließlich über den am Boden liegenden Mann beugte, glitzerte Wulfric de Morthlunds fleischiges Gesicht von Tränen, und niemand hätte sagen können, welche dieser Tränen ihren Ursprung in der Hitze und dem Rauch hatten und welche in echter Trauer.

Cyrus de Figham runzelte plötzlich die Stirn, und seine Aufmerksamkeit wurde von dem fetten Kanonikus und seinem Lustknaben abgelenkt. Er hatte einen anderen Priester erspäht, den er kannte, einen gutaussehenden, starkknochigen Priester mit dichtem, blondem Haar und Augen, die so blau waren wie Kornblumen.

»Simeon de Beverley«, sagte er laut.

Der blonde Priester hatte die Kapuze abgestreift, und sein Umhang hing ihm schräg über einer Schulter herab. Er trug hohe Stiefel und ging auf zwei gesunden Beinen; sein verkrüppelter Knöchel und sein Humpeln waren vergessen. Mit ängstlichen Augen suchte er die Menge ab. Da hörte man plötzlich eine Knabenstimme, und sein Kopf fuhr herum und in seinem Gesicht leuchtete plötzliche Freude auf.

»Pater! Pater! Hier bin ich! Pater!«

Simeon stürzte nach vorn, streckte die Arme aus und rief heiser: *»Peter!«*

Die beiden umarmten einander heftig. Simeon hob den Jungen vom Boden hoch und preßte ihn an seine Brust, bis der schlanke Leib des Knaben hinter seinen muskulösen Armen beinahe verschwand. Der Junge lachte trotz seiner Tränen. Er war noch ein kleiner Junge, mit hellblondem Haar und großen, blauen Augen in einem feinknochigen Gesicht, und er umarmte den Priester, wie ein Sohn den Vater umarmt, den er liebt.

»Gott verfluche dich, Priester«, flüsterte Cyrus de Figham. »Gott verfluche dich für deinen geheilten Fuß und den Bastard, den du gezeugt hast.«

Mit schmal gewordenen, haßerfüllten Augen verfolgte er die Szene. Gervais, der Fischhändler, hatte einen schwarzäugigen Enkel, den seine Tochter Maud zur Welt gebracht hatte, bevor sie in ihrem sechzehnten Lebensjahr starb. Der Junge war jetzt beinahe acht Jahre alt. Er war groß und stark und ungewöhnlich intelligent, so gerissen und wendig, wie man es bei einem Jungen seines Alters nur selten fand. Er war ein prächtiger Bursche, aber Cyrus de Figham verachtete ihn mit glühender Leidenschaft. Der Gedanke, sich zu dem Balg zu bekennen, war ihm genauso abscheulich wie der, die schmutzige Tochter des Fischhändlers zur Frau zu nehmen. Und weil er einen solch brennenden Widerwillen gegen Gervais' Enkelsohn hatte, erzürnte es ihn um so mehr, mit anzusehen, welche Freude dieser Priester an seinem Sohn hatte. Cyrus war nahe darangewesen, dem ein Ende zu setzen, und wäre nicht dieses verfluchte Feuer gewesen, hätte er vielleicht Erfolg gehabt. Es war ein schwerer Schlag für seine Eitelkeit, daß er zu jenen gezählt werden konnte, die von diesem tugendhaften Priester hinters Licht geführt worden waren. Er hätte seine Seele gegeben, um derjenige sein zu dürfen, der diesen Mann als Schurken überführen durfte, der einem armen Mann die Frau gestohlen und einen Bastard gezeugt hatte, und die Mutter dann acht Jahre lang auf dem Grund und Boden der Kirche als seine Hure gehalten hatte. Die Schwüre des Priesters waren ein Hohn, eine Beleidigung für die Kirche, und Cyrus brannte darauf, ihn für seinen Betrug grausam bestraft zu sehen.

Er trat zurück, zog seinen Umhang fester um sich und verschwand in der Menschenmenge, während zwei weitere

Männer mit vornehmen, priesterlichen Gewändern sich zu Simeon gesellten. Einer hatte sich seine Kapuze zu tief ins Gesicht gezogen, um erkannt zu werden, aber der andere war zweifellos Pater Gilbert, dieser scharfsinnige Priester, der eine zweifelhafte, ferne Verwandtschaft mit dem verstorbenen Roger de Pont l'Evéque of York für sich in Anspruch nahm. Dieser Mann war ein Mitverschwörer von Simeon, denn er hatte zu jenen gehört, die die Taufe des kleinen Peter bezeugt hatten, zu den Männern, die die Kirche betrogen hatten, indem sie beinahe ein Jahrzehnt lang verschwiegen hatten, was sie wußten. Eine Seite von Pater Gilberts Gesicht war von schlimmen Brandblasen überzogen. Die Hälfte seiner Tonsur war versengt und mit ihr ein Teil seines Ohres. Selbst aus der Ferne konnte man sehen, daß seine Handrücken genauso verkohlt und entfärbt waren wie sein zerlumpter Umhang. Pater Gilbert hielt einen Augenblick inne, um seine Hand auf den blonden Schopf des Jungen zu legen. Es war eine zärtliche, liebevolle Geste, und für diesen kurzen Moment wurde sein vom Feuer verwüstetes Gesicht etwas weicher. Dann drehte er sich zu Simeon um, und sein Gesichtsausdruck war wieder so ernst wie zuvor.

Cyrus sah nun, wie Gilbert zur Propstei zeigte, die immer noch in Flammen stand. Außerdem konnte er nun einige Worte von dem, was gesagt wurde, aufschnappen: »Jacob ... vier Kanoniker ... mehrere Priester ... eine Wand aus Feuer ... heruntergestürzte Balken ... gefangen ... verbrannt.« Den Rest der Botschaft konnte er sich nun zusammenreimen.

Als Simeon den Jungen noch einmal umarmte und sich zu ihm hinunterbeugte, um ihm etwas ins Ohr zu flüstern, lebte Cyrus plötzlich wieder auf. Vielleicht würde er noch eine zweite Chance erhalten. Das kurze Wiedersehen näherte sich bereits seinem Ende, und der Priester und der Junge würden sich wieder trennen. Simeon zeigte auf das Münster, als weise er Peter an, dort auf ihn zu warten. Dann wies er auf die Propstei, in der seine Hilfe dringend benötigt wurde. Und wenn Simeon den Jungen allein ließ, würde Cyrus ihn bekommen, und wenn er ihn erst hatte, würde er auch die

Frau bekommen, und Simeon of Beverley würde endlich erfahren, wer hier der Herr war.

»Cyrus de Figham!« Beim Klang seines Namens fuhr er zusammen. Die Stimme war so tief und von so seltsam durchdringender Art, daß sie aus seinem eigenen Kopf zu stammen schien. Er legte eine Hand auf sein Kurzschwert und wirbelte gerade rechtzeitig herum, um eine große, dunkelgewandete Gestalt vor sich zu sehen, die sich nun mit schnellen Schritten in Richtung des Grabens entfernte. Er lief hinter ihr her, blieb dann jedoch sofort stehen, als der andere in der Menge verschwand. Diesen schattenhaften, ungewöhnlich großen Mann hatte er schon einmal gesehen. Es war Simeons Mann, derjenige, der damals das Kind nach Beverley gebracht, dessen Taufe vollzogen hatte und danach nie mehr gesehen worden war. Der Mann hatte seinen Namen gerufen und war verschwunden, offensichtlich in der Erwartung, daß er ihm folgen würde, aber Cyrus ließ sich nicht so leicht zum Narren halten. Er hatte aus den Augenwinkeln mitbekommen, daß Simeon und die anderen sich ihren Weg durch das Gedränge bahnten, und daß der kleine Junge in dem grauen Umhang sich ebenfalls entfernte. Mit einem wütenden Fluch lief er hinter ihm her, blieb nach wenigen Schritten stehen und fluchte noch einmal, denn er wußte, daß die Schattengestalt ihn gerade lange genug abgelenkt hatte, um dem Jungen die Möglichkeit zur Flucht zu verschaffen. Er knurrte immer noch Gotteslästerungen vor sich hin, als er plötzlich vor Bruder John stand. Der jüngere Mann lächelte nervös und sah seinen Herrn erwartungsvoll an; mit der rechten Hand hielt er eine sich windende, grau gekleidete, kleine Gestalt fest.

»Guter Mann«, sagte Cyrus. »Gut gemacht.«

Er legte einen Finger unter das Kinn des Jungen und zwang ihn, zu ihm aufzuschauen. Blaue Augen sahen tapfer in die seinen, Augen, die genauso klar und wissend waren wie die Simeons, mit demselben unerschrockenen, abschätzenden Blick. »Nun, was haben wir denn hier?« fragte Cyrus. »Du bist ein hübscher Junge, und was für schöne Augen du hast, kleiner Peter.« Er drehte den Kopf des Jungen ein wenig zur Seite, um eine faltige, dunkelrote Narbe zu entblößen, die sich quer über seine bleiche Kehle zog. »Wer ist dein Vater, Junge?«

Als Peter keine Antwort gab, umklammerten de Fighams Finger sein Kinn noch fester und sagten mit deutlicher Drohung: »Sprich schon, Junge! Sag mir, wer dein Vater ist.«

Unfähig, seinen Kopf aus de Fighams Griff zu befreien, versuchte Peter, einen Blick auf die Kirche zu erhaschen. Die beiden Männer folgten seinem Blick und waren für eine Sekunde lang unaufmerksam. Mit einer unerwarteten, ruckartigen Bewegung befreite der Junge sich von den Händen, die ihn festhielten. Dann schoß er davon, glitt zwischen den Beinen der Männer und den Röcken der Frauen hindurch, eine kleine, behende Gestalt, die fest entschlossen war, sich ihre Freiheit nicht nehmen zu lassen.

Cyrus und Bruder John liefen sofort hinter ihm her und bahnten sich mit Gewalt ihren Weg durch die Menschen, die sich vor den Türen des Münsters versammelt hatten. Sie sahen, wie der Junge in die Kirche glitt und auf der linken Seite verschwand, und als sie ihm folgten, wurde schon bald klar, daß er das winzige, schmale Türmchen betreten hatte, durch das die Steinmetztreppe hinaufführte.

»Ich habe ihn«, bemerkte Cyrus grinsend. »Er ist in die Falle gegangen. Ich habe ihn.«

Sein Blick hob sich zu der kleinen Öffnung, die hoch über ihnen aus dem Turm herausführte. Ein schmaler Gang lief dort innen um die Mauern des Münsters herum. Die Steinmetze und anderen Handwerker benutzten ihn, wenn sie dort oben zu tun hatten. Der Junge hatte den Schlüssel zu einem perfekten Versteck gefunden, aber ein zu allem entschlossener Mann konnte ihn mühelos dort aufstöbern. Cyrus griff nach Johns Kapuze, zog ihn grob zu sich heran und zischte ihm etwas ins Ohr.

»Es gibt noch drei weitere Turmtreppen auf dieser Seite der Kirche. Wenn er oben auf den Gang hinaustritt, dann behalte ihn gut im Auge und erwarte ihn am Fuß derjenigen Treppe, über die er zu entkommen versucht. Ich will ihn haben, John. Ich will ihn haben.«

»Ich werde mein Bestes tun, mein Herr.«

Cyrus zog die Kapuze des anderen zusammen, bis sie sich fest um seine Kehle schloß. »Ich will mehr als Euer Bestes«, verlangte er. »Wenn du ihn wieder entwischen läßt, dann wirst du deine Unaufmerksamkeit noch bereuen.«

»Ja, mein Herr.«

Während John sich seinen Weg in die Kirche hinein bahnte, legte Cyrus den Kopf in den Nacken, gerade rechtzeitig, um oben eine Tür aufgehen zu sehen und die kleine Gestalt eines Jungen auf den Gang hinaustreten.

»Ich werde ihn bekommen«, flüsterte er und stieß mit den Ellbogen einige Frauen von ihren sicheren Plätzen, um zu der Tür des Türmchens zu gelangen und hineinzugehen. »Ich werde den Bastard des Priesters bekommen.«

Kapitel 39

Es gab wenig, das Simeon oder irgend jemand anders für diejenigen tun konnte, die in dem Inferno auf dem Gelände der Propstei wie in einer Falle gefangen saßen. Außerhalb des Geländes, jenseits des Grabens, stand mit der Rückseite zur Keldgate hin und mit der Front zur Long Lane ein langes, niedriges, aus Steinen gebautes Haus. Es war mit Bleiplatten gedeckt und hatte zu zwei Seiten hin hohe Backsteinmauern, die Schutz gewährten. Ursprünglich ein Dormitorium für die Kleriker, diente es jetzt als provisorisches Hospital, wohin die Verletzten aus der Flammenhölle des Hall Garth gebracht wurden. Unter ihnen befand sich auch Jacob de Wold, der tapfer gekämpft hatte, um seine Kleriker und Kanoniker in Sicherheit zu bringen, bevor das Feuer überhand nahm. Seine Hände und sein Kopf waren verbrannt, und sein Rückgrat hatte er sich bei einem Sturz verletzt, als eine glühende Böe ihn rücklings in einen Haufen herabgestürzter Balken geworfen hatte. Unter großer Gefahr für sein eigenes Leben hatte ein junger Geistlicher sich den halb Bewußtlosen über die Schulter gelegt und war mit ihm über verschiedene Treppenfluchten und durch den schwelenden Kräutergarten gelaufen und schließlich über den hohen Holzzaun am Graben gestiegen. Diese unverzügliche, mutige Hilfe hatte Jacob zweifellos das Leben gerettet, aber der unvermeidlich grobe Transport mochte andererseits seinem bereits verletzten Rückgrat unheilbaren Schaden zugefügt haben.

Simeon und Osric taten für Jacob, was in ihren Kräften stand. Sie versorgten seine Brandverletzungen mit Ziest und Schweinefett und rieben seinen Leib mit einer heilenden Salbe aus Sud von Beinwell mit Zucker und Lakritze, Huflattich, Malve und Mohnsamen ein. Dann banden sie ihn von den Schultern bis zu den Knöcheln auf ein starkes Holzbrett und gaben ihm einige Tropfen einer Mohntinktur zu trinken, die seine Schmerzen lindern sollte.

»Wird er es überleben?« fragte Simeon, als sie fertig waren.

Gerade in diesem Augenblick stürmte ein wild aussehender Priester herein; seine Gewänder waren versengt, und er hatte Brandwunden an den Füßen und den Beinen.

»Die Schutzzäune von Hall Garth brennen. Wenn sich dieser schreckliche Wind nicht legt, könnten die Flammen leicht auf die Kirche übergreifen.«

»Wird überhaupt einer von uns überleben?« erwiderte Osric auf Simeons Frage.

»Wenn Gott es so will«, sagte Simeon.

»Ja, und wenn der Wind sich legt.«

Sie benutzten mit einem Haken versehene Staken und Drahtschlaufen, um den Zaun einzureißen, und rollten jedes einzelne Stück Holz in den Graben, wo schon andere fleißige Hände darauf warteten, die Flammen mit Wasser oder Erde zu löschen. Und während sie noch bei der Arbeit waren, kam ein Bote herbeigelaufen, um ihnen zu sagen, daß einige Kinder im Keller von Antonys Haus gefangensaßen und der Mönch zurück in das brennende Haus gegangen war, um sie zu retten. Als Simeon und Osric davoneilten, um ihrem

Freund zu helfen, traten sofort zwei andere wortlos an ihre Stelle.

»Gütiger Gott, ich dachte, er wäre inzwischen am Hafen und in Sicherheit«, rief Simeon, ohne in seinem Lauf innezuhalten.

»Und das war er auch«, rief Osric zurück. »Aber konnten wir wirklich hoffen, daß er auch nur einen Augenblick dort bleiben würde, solange er anderswo vielleicht noch dringend benötigt wurde?«

Als sie nur wenige Schritte vor dem ausgebrannten Gerippe von Antonys Haus entfernt waren, blieben sie stehen. Das Haus war ein Skelett, das aus verkohlten Balken und schwarz gewordenen Steinen bestand, und noch immer tobte das Feuer, das riesige Qualmwolken in die Luft blies.

»Heilige Mutter Gottes!« Simeon bekreuzigte sich. »Wie kann es möglich sein, daß irgend jemand dort drin noch lebt?«

Wie zur Antwort erhob sich ein Schrei aus der Menge, die sich so nah, wie es Menschen noch möglich war, vor den Türen zusammengedrängt hatte.

Als eine dunkle Gestalt vor dem Hintergrund orangefarbener Flammen im Eingang erschien, wich die Menschenmenge zurück. Inmitten eines plötzlichen Schweigens stolperte Antony of Flanders aus diesem Höllenschlund zurück ins Land der Lebenden. Er trug zwei Kinder auf den Armen, und beide waren unverletzt.

Während die von Ehrfurcht erfüllten Zuschauer zurückwichen, liefen die Priester zu dem Mönch hinüber, um ihn in ihren Armen aufzufangen und vorsichtig auf den Boden zu legen. Er trennte sich nur widerwillig von den beiden Kindern und überantwortete sie schließlich den Priestern, die seine Heldentat nicht so bald vergessen würden. Für eine Weile konnte der erschöpfte Mönch weder sprechen noch die Augen öffnen, denn die Hitze hatte seine Lungen versengt und ihm die Brauen und Augenlider aus dem Gesicht gebrannt. Er konnte nur zurück auf das Haus zeigen und mit verzweifelten Gesten ausdrücken, daß noch andere dort gefangen waren. Beinahe ohne nachzudenken, stürzten

Simeon und der Hospizbruder auf das Haus zu. Entsetzt blieben sie jedoch stehen, als sie noch eine andere Gestalt in den Flammen ausmachten. Sie war sehr groß, trug einen tiefschwarzen Umhang und eine Kapuze, die ihr Gesicht vollkommen verbarg, und erhob jetzt beide Arme, um ihnen den Eintritt zu versperren. Flammen tanzten um die dunkle Robe des Mannes, und das Feuer umgab ihn wie ein tödlicher Vorhang.

»Habt Ihr das gesehen?« stieß Osric hervor. »Habt Ihr die Erscheinung gesehen?«

Simeon nickte und spürte schon die wilde Hitze des Feuers auf seinem Gesicht und seiner Brust. »Ich sehe sie.«

Dann hob sich ein Ärmel der schwarzen Robe, und ein einzelner Finger tauchte aus den Falten des Gewandes auf. Die zwei Priester sahen in die Richtung, in die die Gestalt zeigte, sahen das große Münster, das noch immer in Sicherheit war, aber bereits mit jedem seiner Fenster das Licht zahlreicher Feuer in seiner Nähe widerspiegelte. Diese kurze Ablenkung war genug, um ihnen das Leben zu retten, denn als sie sich wieder umdrehten, war die gesamte Wand unter der Gewalt des Feuers eingestürzt.

»Bei den Göttern!«

Die beiden Priester drehten sich um und rannten, wie sie noch nie zuvor gerannt waren. Sie rannten um ihr Leben und schrien dabei den Umstehenden eine Warnung entgegen. Als Antony sich mühsam vom Boden erhob, packten sie zu und trugen und zerrten ihn aus der Gefahrenzone in ihrem Rücken. Die Wand stürzte mit einem schrecklichen Brüllen und Krachen ein, und der Luftschwall, den sie dabei produzierte, war so ungeheuerlich, daß er die Männer von den Beinen riß. Sie wurden alle zusammen auf die Straße geschleudert, und erst, als der Staub und der Rauch sich gehoben hatte, konnte ein jeder von ihnen feststellen, ob die anderen noch lebten.

Das große Haus hinter ihnen war nun nur noch ein Trümmerhaufen. Dichter Qualm stieg aus den Ruinen hervor. Flammen züngelten über die schwelenden Trümmer und suchten nach neuer Nahrung, nach Holz oder Stoff, nach

Papier oder Fleisch. Die Gestalt, die ihnen die Tür versperrt hatte, war nicht mehr da, aber das Bild, das sie geboten hatte, würde Simeon niemals vergessen.

»Er hat versucht, uns etwas zu sagen.« Er mußte husten, denn der Qualm hatte sich bis in seine Lungen hinein ausgebreitet.

»Zweifelt Ihr daran?« keuchte Osric. »Er hat uns gesagt, daß das Haus einstürzen würde. Er hat uns davon abgehalten, einzutreten und uns damit vor unserem sicheren Tod bewahrt.«

»Da war noch mehr«, beharrte Simeon. »Ich bin sicher, daß da noch mehr war.«

Noch während er sprach, versuchte er bereits durch den schier undurchdringlichen Qualm, der sie umgab, hindurchzuspähen. Er hörte eine Stimme seinen Namen rufen und reagierte auf der Stelle, indem er dem stöhnenden Antony auf die Beine half. Dann suchte er den Körper des zähen, kleinen Mannes nach Verletzungen ab, und da er nichts Ernsteres als oberflächliche Schnitte und Prellungen entdecken konnte, umfing er den Mönch in einer rauhen Umarmung.

»Ich danke Gott, daß Ihr in Sicherheit seid, Antony«, sagte er heiser.

»Und ich danke ihm, daß Ihr ebenfalls sicher seid, mein lieber Freund«, sagte Antony. Immer noch hustend streckte er die Hand aus und zog den Hospizbruder an den Falten seines Umhangs zu sich, damit er an ihrer Freude teilhaben konnte. »Und genauso froh bin ich, daß Ihr überlebt habt, obwohl Ihr ein störrischer, alter Soldat seid«, meinte er grinsend. »Wir drei haben viel, wofür wir dankbar sein können.«

»Seht nur! Da drüben! Seht Ihr nichts?«

»Nur die Feuchtigkeit in meinen Augen«, antwortete Osric ihm.

Simeon rieb sich mit der Kapuze das Gesicht ab, um die Tränen wegzuwischen. »Da ist noch mehr. Ich weiß, er ist gekommen, um uns noch etwas anderes zu sagen.«

»Gütiger Gott, hat das Feuer auf St. John übergegriffen?«

»Ich glaube nicht«, erwiderte Simeon. »Aber ich muß sofort dorthin. Ich werde gebraucht.«

»Was ist denn los, Simeon? Was ist es?«

Simeon hatte sich bereits auf den Weg gemacht, als er mit großer Ruhe antwortete: »Es ist Peter.«

Sie sahen ihn, als sie den immer noch schwelenden Bereich des Anlegers und der Zugbrücke zum Hall Garth weit genug hinter sich gelassen hatten. Hier wurde der Qualm dünner, wurde auseinandergetrieben von dem nun aus Westen wehenden Wind. Peter war durch eine hölzerne Klappe hindurchgeschlüpft und lief jetzt das schmale, äußere Sims des Daches über dem südlichen Querschiff entlang. Er bewegte sich wie ein behendes und flinkes kleines Tier, neigte sich etwas gegen das steil ansteigende Dach, um während seines schnellen Laufes besser sein Gleichgewicht zu halten. Bei jedem Schritt setzte er die Füße so eng an den abgerundeten Rand des Simses, daß man glauben mochte, er würde jeden Augenblick abrutschen und in seinen Tod stürzen. Er trug etwas zusammengefaltet über einem Arm, das aussah wie der Umhang eines Mannes, und er hatte offenbar vor, eine Stelle zu erreichen, wo sich die Reste von brennendem Stroh auf dem Dach festgesetzt hatten. Einen Augenblick später war er auch schon dort angelangt, breitete mit einem Schwung den Umhang über die Flammen, um sie von der Luft, ihrem Lebenselixier, abzuschneiden. Dann trat und schlug er die Glut mit Händen und Füßen aus, bis das Feuer erloschen war. Nachdem seine gefährliche Aufgabe erfüllt war, schwang er den Umhang über den Sims und schüttelte ihn kräftig aus, so daß die jetzt unschädlichen Strohstücke auf die Menschen herabrieselten, die unten im Schutz der Mauern zusammengedrängt Schutz gesucht hatten.

»Peter.«

Simeon flüsterte den Namen beinahe, und doch drehte der Junge sich in genau diesem Augenblick um und schien ihm direkt in die Augen zu sehen. Der Blickwechsel war kurz, aber von solcher Intensität, daß Simeon das Gefühl hatte, acht Jahre zurückversetzt zu werden, in jene Nacht, in der das Münster und ein großer Teil Beverleys vom Sturm zerstört worden waren. Er war in den Trümmern auf die Knie gefallen, erschöpft und verletzt, und hatte ein neugeborenes Kind an seine Brust gedrückt und von ganzem Herzen einen Schwur getan, den jedermann hatte hören können: »Ich werde ihn nicht im Stich lassen.«

»Peter«, flüsterte er noch einmal, und sein ganzes Wesen verlangte danach, die kleine Gestalt vom Rand des Daches zurückzuholen, als könnte er ihn mit seiner Liebe allein in Sicherheit bringen.

»Bei allen Heiligen!« rief Antony. »Der Junge hat das Feuer gelöscht. *Er hat es gelöscht!*«

»Komm jetzt runter, Junge«, sagte Osric mit ruhiger Stimme.

Als wolle er ihren Bitten gehorchen, wandte Peter seinen Blick von Simeon ab und ging denselben Weg zurück, den er gekommen war. Dann blieb er plötzlich sehen, als er sich der Öffnung näherte, durch die er aufs Dach gelangt war. Die schwere Falltür wurde aufgestoßen, und als Peter einen Schritt zurücktrat, erschien die Gestalt eines Mannes vor ihm und versuchte, ihn zu ergreifen. Auf unsicheren Füßen lief der Junge nun in die andere Richtung, aber bevor er die zweite Falltür am anderen Ende des Daches öffnen konnte, hatte sein Verfolger ihn schon beinahe eingeholt.

»Cyrus de Figham!« rief Simeon, und noch während der verhaßte Name über seine Lippen kam, warf er schon seinen Umhang ab und rannte, dicht gefolgt von seinen Freunden, auf die Kirche zu.

Peter ließ sich durch die Falltür gleiten und dann die schwere Tür direkt hinter sich zufallen. Er stieg rechts auf das schmale Steinsims, das sich auf dieser Seite der Kirche über die ganze Länge innen an der Außenmauer entlangzog, und hielt dann kurz inne, um seinen Sinnen Zeit zu geben, sich der tiefen Dunkelheit und der veränderten Perspektive anzupassen. Er befand sich jetzt hoch oben im Gewölbe der große Kirche, über den hochaufragenden Bogenkonstruktionen, in denen so viele der feinen, steinernen Rippen, die vom Sturm zerstört worden waren, durch behelfsmäßige Holzteile ersetzt worden waren. Tief unter ihm wogte im südlichen Querschiff eine dunkle Masse von Menschen in wellenartigen Bewegungen hin und her.

Peter warf sich den dunklen Umhang um die Schultern, um das hellere, besser sichtbare Grau seines Kapuzenrocks zu bedecken. Er ließ seine Sandalen stehen, damit er auf dem schmalen Steinsims besser das Gleichgewicht halten konnte. Dann lief er bis zur nächsten Ecke, anschließend über das kurze Sims, das den oberen Abschluß des großen Südportals und der sich hoch darüber erhebenden Fensterbögen bildete. Nach der nächsten Ecke befand er sich auf der gegenüberliegenden Wand des Querschiffs. Er hielt bewegungslos inne, als er sah, wie sich mit einem Rechteck schwachen Lichtes die Faltür wieder öffnete und dann der Schatten dieses schwarzäugigen Priesters mühelos hindurchglitt, um ihn zu verfolgen. Peter zog den Umhang hoch, um sein helles Haar zu bedecken, denn nur die Breite des Querschiffs trennte ihn jetzt von dem anderen, und de Fighams Augen würden sich sehr schnell an die Finsternis gewöhnt haben. Während der Priester die Verfolgung auf dem Sims aufnahm, setzte der Junge seinen Weg in die entgegengesetzte Richtung fort, ohne mit seinen nackten Füßen auf den Steinen das geringste Geräusch zu verursachen.

An der Ecke, wo das Querschiff in das Längsschiff der Kirche mündete, hielt er an, um noch einmal hinabzuspähen, bevor er in das Treppenhaus des mittleren Turmes kletterte. Der alte Taufstein aus den Ruinen von St. Martin war in der Nähe des Chors aufgestellt worden. Überall dort unten war jede Ecke des Münsters mit verängstigtem Volk gefüllt, das so zahlreich war, daß niemand sitzen oder sich gar zusammenkauern konnte und daß die Leute selbst im Stehen gezwungen waren, einander um ein wenig Platz zu stoßen, zu drängen und zu schieben.

In dem Dämmerlicht genau unter sich am Grunde des Turmes sah Peter das blasse Gesicht eines Mannes, der in die Höhe starrte. Er erkannte die Züge als die des grausamen Exorzisten, Bruder John, der inzwischen in Cyrus de Fighams Diensten stand. Der Mann hatte nach ihm Ausschau gehalten und beabsichtigte, ihm unten an der Treppe den

Weg abzuschneiden, über die er zu entkommen versuchte. Der Turm vor ihm war erkennbar sein Ziel gewesen, aber diese Fluchtmöglichkeit war ihm wenigstens für den Augenblick genommen. Die nächste Treppe befand sich am anderen Ende des Chors, und die übernächste war die in dem Turm, wo Pater Bernard ermordet worden war. Und noch ein Stück weiter lag die letzte Treppe, die von dieser Seite der Kirche hinunterführte, nämlich in der Ecke vor dem großen Ostfenster.

Peter blickte zurück und sah, daß Cyrus de Figham ihm im Dämmerlicht langsam näher kam, blickte dann noch einmal nach unten, von wo der Exorzist jetzt zu ihm aufschaute. Die einzige Möglichkeit, dieser Falle zu entkommen, war, zum nächsten Turm zu eilen und zu hoffen, daß er dort unbemerkt umkehren konnte. Wenn er den Exorzisten überzeugt hatte, daß er jene Treppe hinabkommen würde, dann würde der seine ganzen Anstrengungen darauf richten, sich einen Weg durch die Menge zu bahnen, um ihn unten dort an jener Treppe zu erwarten, und wahrscheinlich nicht bemerken, wenigstens nicht, bevor es zu spät war, daß Peter sich im letzten Moment noch anders entschieden hatte. Und wenn es dem Jungen dann gelang, zu diesem Turm zurückzukommen, bevor de Figham hier war, dann konnte er die Treppe herunter und aus der Kirche heraus sein, bevor sie überhaupt merkten, daß er fort war.

Er paßte den rechten Augenblick ab und versicherte sich, daß der Exorzist sah, wie er auf dem Sims loslief. Er wurde belohnt durch den Lärm des Gedränges unten, wo John wild mit den Armen um sich schlug, um vor ihm unten an der Treppe zu sein. Jetzt machte Peter kehrt und rannte den gleichen Weg zurück, den er gekommen war. Er hatte fast die Ecke am zentralen Turm erreicht, als Cyrus de Figham von der anderen Seite um die Ecke kam und nach ihm griff.

»Komm her, Junge.« Seine Stimme war sanft und einschmeichelnd. »Ich habe nicht vor, dir etwas zu tun. Mach die Dinge nicht schwieriger, als sie sein müssen.«

Peter schüttelte den Kopf und wich zurück. Der Priester folgte ihm schmeichelnd und lockend, sein Gesicht, abgesehen von den glänzenden Augen, war in der Dunkelheit kaum zu erkennen. Dann drehte Peter sich um und rannte in Richtung auf die andere Treppe zu, aber nur, um sich einem Mann gegenüberzusehen, der sich auf allen vieren vorsichtig auf ihn zubewegte. Der Mann war ein Landstreicher und ein Dieb. Er trug eine lederne Mütze, die seine abgeschnittenen Ohren verdeckte, einen schmutzstarrenden, kurzen Umhang über einem zerlumpten Hemd, und er stank nach der Gosse und den Hintergassen, in denen er lebte. Er rollte jetzt mit den Augen und stöhnte laut auf, als er nach unten sah, direkt auf die spitzen Fialen der Chorstühle, die sich ihm von unten wie fein ziselierte Speere entgegenstreckten. Die steile Wand unterhalb der Kante des Simses verursachte ihm ganz offensichtlich Übelkeit, und dennoch kroch er vorwärts, Zentimeter um Zentimeter, und ließ seinen sicheren Gewinn nicht aus den Augen. »Hierher, mein Junge«, lispelte er durch verfaulte Zähne. »Komm her zu mir. Du kriegst auch einen Schilling zur Belohnung, mein Junge. Solche wie der da werden mich bestimmt nicht betrügen.« Er riß den Kopf ruckartig zur Seite, um auf den Priester zu deuten, der sich nun von hinten an Peter anschlich. Dann betrachtete er den Jungen mit einem höhnischen Grinsen. »Komm, mein Junge. Komm her zu mir.«

Peter erstarrte, denn er wußte, daß er nun in der Falle saß.

»Hör nicht auf dieses Tier«, befahl ihm de Figham. »Er wird dich für einen Schilling an jeden Mann verkaufen, der dich als Lustknaben oder Sklaven haben will. Ich glaube, dein Vater würde viel mehr als das bezahlen.«

»Mein Vater?«

»Na komm schon, Junge. Du weißt genauso gut wie ich, daß Simeon de Beverley dein leiblicher Vater ist. Er liebt dich zu sehr, als daß es anders sein könnte.«

Peter, der immer noch mit dem Rücken zur Wand stand, betrachtete den Mann, der sich ihm auf Händen und Knien von rechts näherte und den großen Priester, der nur wenige Schritte von ihm stand. Er hatte noch einen anderen Mann unten in der Kirche gesehen, der sich mit seinen großen Händen und seinen breiten Schultern unerbittlich seinen Weg durch die Menge bahnte. Hinter ihm waren noch zwei andere gewesen, genauso entschlossen wie der erste. Als dieser die Tür des Turms erreichte, schaute er hinauf und tauschte einen Blick mit dem Jungen, um ihm zu sagen, daß er nicht mehr lange auf Hilfe würde warten müssen. Alles, was Simeon jetzt brauchte, war Zeit, aber Peter, der wie ein Knochen zwischen zwei Hunden gefangen saß, hatte nur wenig davon.

»Mein Pate wird Euch dafür bestrafen«, sagte er mit ruhiger Stimme und hoffte, beide Männer so lange hinhalten zu können, bis Simeon ihm zu Hilfe kam. »Ihr habt kein Recht, mir nachzustellen.«

Cyrus grinste. »Macht ist Recht, wenn der Teufel am Werk ist«, höhnte er.

»Der Teufel, Herr?«

»Jawohl Junge. Der Teufel und seine feurigen, mörderischen Gesellen. Sie haben jetzt Beverley in der Hand.«

»Nicht hier«, wies Peter ihn schroff zurecht und sicherte sich damit die volle Aufmerksamkeit des Priesters. »Hier niemals. Nicht in dieser Heiligen Kirche, die allein Gott gehört.« Hinter de Fighams Rücken hatte sich inzwischen die Tür des Turmes geöffnet, und Simeon trat mit lautlosen Schritten wie ein Jäger, der sich an seine Beute anpirscht, aus dem Treppenschacht. Peter bewegte sich ein kleines Stück zurück und änderte, während de Figham ihm vorsichtig folgte, seine Taktik.

»Pater Cyrus, ich bin einverstanden, mit Euch zu kommen ...« Der Atem stockte ihm in der Kehle, als eine rauhe Hand sich plötzlich um seine Waden schloß. Er hatte sich verrechnet. Er war ein Stück zu weit zurückgewichen. Keuchend und taumelnd versuchte er sich an den glatten Steinen hinter sich festzuhalten. Cyrus streckte die Hand aus, um ihn von vorn zu packen, und bekam Peters Kapuze zu fassen; gleichzeitig wurden Peter die Füße grob zurückgerissen, wurden ihm die Beine unterm Leib weggezogen. Er schrie auf, als der Mann mit der Lederkappe auf die Füße sprang, grunzend und nach allem grapschend, was sich in seiner Reichweite befand – sowohl, um sich seinen Gewinn nicht entgehen zu lassen, als auch, um seine unsichere Balance auf dem schmalen Sims zu bewahren. Es gab einen Kampf, ein kurzes, wildes Durcheinander von Armen und Beinen, und dann fiel der Mann hintenüber. Er stand nur noch mit seinen bloßen Zehen auf dem Sims. Seine Hacken ragten weit über die Kante hinaus, und langsam senkte sich sein Körper. Mit dem linken Arm ruderte er vergebens durch die Luft auf der Suche nach etwas, was ihm Halt geben konnte. Seine rechte Hand umfaßte Peters Kapuze, als könne das Gewicht von dessen kleinem Körper seinen Fall aufhalten. Und dann griff Cyrus de Figham, der den Jungen so fest hielt, wie er konnte, und sich bewußt war, daß sie kurz davor standen, alle über die Kante zu stürzen, mit seiner freien Hand zu und löste die Finger des anderen von Peters Kapuze.

Mit einem Schrei fiel der Mann, wild die Arme schwingend, vom Sims herab. Der Schrei war nur kurzlebig, denn er traf auf eine der scharf zugespitzten Fialen der Chorstühle und wurde davon aufgespießt. Einen Augenblick lang wand er sich noch, und sein Kopf und seine Glieder schienen nach oben zu dem im Dunkel liegenden Sims zu streben. Dann umfaßte er die Fiale, die aus seinem Leib herausragte, fiel mit einem letzten Seufzer zurück und hing dann, alle viere von sich gestreckt, über der Volksmenge.

Hoch oben auf dem Sims preßte Cyrus de Figham seinen Rücken gegen die Mauer und seine Füße noch fester auf die glatten Steine des Ganges. Er hielt Peter über dem Abgrund in der Schwebe, so daß das kleinste Mißgeschick den Tod des Kindes bedeuten mußte. Dann drehte er seinen Kopf, um Simeon anzusehen, und in seinen Quecksilberaugen lag ein grausames Glitzern.

»Noch ein Schritt, und Ihr habt ihn verloren, Priester«, sagte er lächelnd.

Simeon blieb stehen. Er war zu Tode erschrocken stehen geblieben, als der Vagabund abstürzte, zu dankbar dafür, daß dem Jungen nichts geschehen war, um sich Gedanken darüber zu machen, daß ein Mann gestorben war. Jetzt sah er, daß Peters Füße das Sims kaum berühren konnten. Er hing in seinem Kapuzenumhang, sein Körper so still und schlaff wie ein Kinderspielzeug, sein Blick fest auf Simeon geheftet und voller Vertrauen, daß der Priester ihn schon retten würde.

»Tut ihm nichts«, sagte Simeon, und seine Stimme verriet nichts von der Angst, die ihm das Herz in der Brust wild hämmern ließ. »Holt ihn von der Kante weg. Wenn ihr es wagt, ihm etwas anzutun, Cyrus de Figham ...«

Die schwarzen Augen glitzerten und spiegelten den Triumph ihres Besitzers wider.

»Nun, Priester? Was dann? Was ist, wenn ich Eurem Balg etwas antue?«

Aus einer Entfernung von nur wenigen Schritten sah Simeon dem anderen in die Augen und antwortete mit eiskalter Ruhe: »Dann werde ich Euch töten.«

Über diese Drohung lachte de Figham laut auf und mußte sich anschließend augenscheinlich bemühen, Peter nicht fallen zu lassen. Peter hing sein dunkler Umhang jetzt locker von den Schultern, aber statt ihn fallen zu lassen, preßte Peter ihn fest an sich, als wollte er mit Hilfe des Kleidungsstückes zusätzlichen Mut fassen. Seine Augen suchten noch einmal die Simeons, und in diesem kurzen Blickwechsel erkannte jeder die Absicht des anderen.

»Ha! Endlich sehen wir Euer wahres Gesicht«, brüllte de Figham, und sein Lachen machte einem kehligen Kichern Platz. Dann wurden seine Augen schmal, und er knurrte: »Ich hätte gute Lust, diese Sache an die Öffentlichkeit zu bringen und dann vor den Rat in York, damit eine höhere Autorität Euch richtet.«

»Ihr könnt tun, was Euch beliebt ...«

»Tretet zurück, Priester. Kommt nicht näher, wenn Euch seine Sicherheit am Herzen liegt. Hier sind meine Bedingungen. Ich beabsichtige, mich Eures Balges anzunehmen, bis die Kirchenoberen über seine Zukunft entscheiden. Ihr werdet mir auch die Hure Elvira, die Grabenbauerfrau, ausliefern. Seit Ihr damit einverstanden?«

»Das bin ich nicht«, flüsterte Simeon, dem es nur mit Mühe gelang, seinen Zorn unter Kontrolle zu halten. »Ich werde die beiden nicht in Eure Hände geben.«

»Dann wird der Junge ... *fallen.*«

»Und Ihr werdet ihm folgen«, warnte Simeon ihn.

Cyrus grinste. »Würdet Ihr das tun, Simeon of Beverley? Würdet Ihr wirklich töten, um den Verlust des Jungen zu rächen?«

Die Antwort war einfach. »Ja.«

»Betrüger!« zischte de Figham. »Ihr seid nichts als ein heuchlerischer Betrüger! Mein Gott, wenn es ums Ganze geht, seit Ihr nicht besser als der Rest von uns, trotz all Eurer schönen Worte und Eurer heiligen Schwüre. Ihr seid ein Mann wie jeder andere Mann, und ich sehe Mord in Euren Augen, Priester. Gott sei mein Zeuge, ich ...«

Weiter kam er nicht. Peter, der immer noch an seiner Kapuze baumelte, sah seine Chance gekommen und zauderte nicht. Er schleuderte seinem Peiniger den dunklen Umhang ins Gesicht, krümmte sich wie ein Fisch, der am Haken hängt, so daß er auf Simeon zuschwang. Gleichzeitig umfaßte Simeon einen mit Schnitzereien verzierten Stein über dem Sims und griff mit der anderen Hand nach seinem Patensohn. Einen Augenblick lang sah es so aus, als würde eine einzige Bewegung alle drei in einem schnellen, alles entscheidenden Tanz vereinen. De Figham spürte, daß ihm etwas Weiches, Schwarzes ins Gesicht schlug, und riß mit einem erschreckten Aufschrei instinktiv beide Hände hoch, um sich zu schützen. Und während der Junge sich de Fighams Griff entwand, legte sich schon Simeons muskulöser Arm um seinen kleinen Körper und riß ihn zurück in die Sicherheit. Dann, während die Füße des Jungen wieder das Sims berührten, nahm Cyrus' Schrei einen anderen Klang an. Er schleuderte den Umhang beiseite, suchte mit der Hand nach einem Halt und fiel dann, als er keinen fand, seitlich über die Kante des Simses. Simeon machte einen spektakulären Satz nach vorn, der ihn krachend bäuchlings auf dem Sims landen ließ. Dort lag er wie festgenagelt auf dem schmalen Gang, sein linker Arm hing über die Kante herab, und das Gewicht, das er damit hielt, drohte ihn ebenfalls herabzuziehen. Seine Finger hatten sich um de Fighams Handgelenke geschlossen, und nur ihre Kraft verhinderten, daß der schwarzäugige Priester in seinen Tod stürzte.

Cyrus de Figham hing hilflos von dem Sims herab; sein rechter Arm war beinahe aus dem Gelenk gerissen, seine Finger waren steif geworden unter der unbarmherzigen Anstrengung, mit der er sich festhielt. Er sah seine eigenen Füße in der Luft baumeln, etwa zwei Dutzend zu ihm emporgewandte Gesichter in der Dunkelheit und den Körper des Vagabunden, der auf groteske Weise verkrümmt unter ihm hing. Und als er nach oben blickte, konnte er die Schweißperlen auf Simeons schönem Gesicht sehen und die gewaltige Anstrengung des Priesters ermessen.

»Nun, Priester, Ihr habt mich«, keuchte er.

Simeon biß die Zähne zusammen und stieß einen aus den Tiefen seiner Brust kommenden Protestschrei aus. Das Sims war zu schmal, und de Fighams Gewicht zog ihn langsam herunter. Schon jetzt wurde sein Griff schwächer. Er spürte den mächtigen Puls de Fighams an seinem eigenen Puls und wußte, daß er das Leben des Priesters in seinen Händen hielt.

»Ich kann Euch nicht festhalten.« Er zwang die Worte zwischen seinen Zähnen hervor und spannte jeden Muskel seines Körpers an, um den anderen hinaufzuziehen. »Ich kann Euch nicht festhalten.«

»Tötet mich nicht, Priester«, keuchte de Figham. »Der Teufel wird Euch und die Euren holen, wenn Ihr mich ermordet.«

»Pater …«

»Tritt zurück, Junge«, stöhnte Simeon. »Tritt zurück! Bei Gott, ich kann ihn nicht länger festhalten!«

Er spürte, wie de Fighams Handgelenk langsam seinem Griff entglitt, und gerade, als es ihm scheinen wollte, daß Cyrus de Fighams Leben verwirkt war, senkte sich eine narbige Hand von stählerner Kraft hinunter, um den zu sicherem Tod verurteilten Priester an der Schulter zu packen.

»Gott sei gedankt«, murmelte Simeon.

Als Osric ihm die Hauptlast abgenommen hatte, ließ er sich von der Kante des Simses zurückrollen, und gemeinsam hievten sie stöhnend und ächzend de Figham hinauf. Dann zog Osric dessen schlaffe, erschöpfte Gestalt zum Turm. Da Cyrus de Figham dem Tode schon so nahe gewesen war, brauchte er einige Zeit, um seine Fassung wiederzuerlangen. Aber als er es schließlich geschafft hatte, war er wieder derselbe wie früher, unverändert durch die Erfahrung, die er soeben gemacht hatte.

»Erwartet keinen Dank von mir«, fauchte er und stieß die Hände des Hospizbruders von sich, jetzt da er festeren, sichereren Boden unter den Füßen hatte.

»Ihr könnt Euch Euren Dank auch sparen«, fauchte Osric zurück. »Ich hätte Euch nur allzugern tot gesehen, de Figham, aber nicht auf Simeons Kosten. Er ist derjenige, dem Ihr Euer Leben dankt.«

Nun streckten sich auch Simeon helfende Hände entgegen, so daß auch er schließlich in Sicherheit war. Eine Weile hielt ihn der Mönch aus Flandern in seinen starken Armen, bevor er mit ruhiger Stimme darauf bestand, daß Simeon so lange auf dem Balken sitzenbleiben sollte, bis die Krämpfe in seinen Muskeln sich gelöst hatten. Erst nachdem er ihm den Arm und die Schultern massiert hatte und das Blut wieder in seine Adern zurückgekehrt war, gestattete der andere es ihm, sich vorsichtig auf den Weg zu der kleinen Tür in der Turmmauer zu machen. Bevor er eintrat, drehte er sich gerade rechtzeitig noch einmal um, um de Fighams Blick aufzufangen. Weder Dankbarkeit noch die Bereitschaft zu einem Friedensschluß lagen in den kalten, schwarzen Augen, sondern nur ein unauslöschlicher, wortloser Haß.

»Pater?«

Der Klang von Peters Stimme war für sein Herz so heilsam wie Balsam für eine offene Wunde. Simeon drehte sich um, um ihn in die Arme zu nehmen, und in eben diesem Augenblick formten Cyrus' de Fighams Lippen einen feierlichen Schwur:

»Ich werde Euch kriegen, Priester. Eines Tages kriege ich Euch.«

Osric war der letzte, der von dem trügerisch schmalen Sims heruntertrat. Voller Zuneigung griff er nach Simeons

Arm und legte dann seine Hand für einen Augenblick auf den kleinen, blonden Schopf des Jungen.

»Wir haben von unten gesehen, was geschehen ist«, sagte er sanft. »Ihr wart ein Narr, Euer Leben für diesen Mann zu riskieren. Ihr hättet ihn seinem Schicksal überlassen sollen.«

»Und das sagt ausgerechnet Ihr?« fragte Simeon und drückte den Jungen fester an sich.

»Das sage ich, und Ihr könnt sicher sein, daß ich Euch eines Tages daran erinnern werde. Ihr hättet de Figham fallen lassen sollen.«

»Was? Aber Osric, ich hätte ihn ohne Eure Hilfe keinen Augenblick länger festhalten können. *Ihr* wart derjenige, der ihn hinaufgezogen hat, nachdem mir die Kraft dazu fehlte. *Ihr* wart es, der ihn gerettet hat.«

»O nein, mein Freund«, sagte Osric mit grimmigem Gesicht. »Sagt nie, daß ich de Figham gerettet hätte. Was ich tat, habe ich um Eurer Seele willen getan und nicht seinetwegen. *Euch* habe ich gerettet!«

Sie waren noch immer in ihre Unterhaltung verstrickt, als unter den Menschen, die in der Kirche Schutz suchten, plötzlich Panik ausbrach. Man hörte hysterische Schrei, lautes Kreischen und Kampfgeräusche, während ein jeder einzelne dort unten versuchte, sich seinen Weg ins Freie zu erzwingen.

Das Dach über dem nördlichen Querschiff brach plötzlich mit einem entsetzlichen Geräusch auseinander. Brennendes Holz und geschmolzenes Blei regneten auf die Untenstehenden. Flammensäulen schossen auf und bemächtigten sich der Kanzel und des Kapitelhauses. Das, was sie am meisten gefürchtet hatten, geschah nun. Trotz all ihrer Bemühungen und ihrer Gebete stand die Kirche in Flammen.

Kapitel 40

Als sie den Fuß der Turmtreppe erreichten, mußten sie feststellen, daß die Tür verriegelt war. Irgend jemand hatte sie von außen zugesperrt, und obwohl sie sich mit vereinten Kräften dagegenwarfen, ließ die Tür sich nicht öffnen.

»Der Chorturm«, rief Osric und führte die anderen über die Wendeltreppe zurück zu eben jenem Sims, auf dem Simeon und der Junge beinahe ihr Leben gelassen hätten. Simeon hielt Peter nach wie vor fest an sich gedrückt und bewegte sich so mit vorsichtigen Schritten über den schmalen Gang. Die von Panik ergriffenen Menschen unter ihnen fielen bei ihren verzweifelten Versuchen, der Flammenhölle zu entkommen, wie ein Rudel wilder Tiere übereinander her. Über dem Chaos hing der aufgespießte Mann, den Leib grausam gewölbt, die ins Leere starrenden Augen weit aufgerissen. Und über ihnen allen stand das Dach der großen Kirche in Flammen, und die oberen Fenster begannen bereits unter der gewaltigen Hitze zu zerbrechen. Auch der Chorturm war von außen versperrt.

»Das ist Cyrus de Fighams Werk«, knurrte Osric.

»Wie konnte er das tun, nachdem wir ihm das Leben gerettet haben?«

Osric warf Simeon einen finsteren Blick zu. »Man kann die Natur des Tieres nicht verändern. Ihr wißt, daß er dabei nicht den geringsten Anflug von Schuldbewußtsein oder Bedauern verspürt hat.«

Sie kehrten auf das Sims zurück und gingen um eine Ecke bis zu dem Treppenschacht, in dem Pater Bernard gestorben war.

»Wartet hier«, sagte Osric und lief die Stufen hinunter, um die Tür zu überprüfen.

Hoch oben in der Kirche tauschten Simeon und der Mönch einen besorgten Blick. Sie waren dem Feuer jetzt viel näher. Der Qualm brannte ihnen in Nase und Augen. Er sammelte sich unter dem Dach, und die Flammen, die von

Minute zu Minute stärker wurden, waren ihnen dicht auf den Fersen. Die Bleifassungen der Fenster schmolzen, verzogen sich und entließen ihre Glasscheiben als tödliche Geschosse in die Kirche. Und die Hitze so hoch oben unterm Dach war schon jetzt unerträglich.

»Möge Gott diesen Narren vergeben, die seine zerstörte Kirche vor acht Jahren mit Holz statt mit Steinen repariert haben«, murmelte Antony. »Sie hatten nicht genug Mut, um sich gegen die Pfennigfuchser von York zur Wehr zu setzen, und so machten sie unser geliebtes St. John zu einer Streichholzschachtel, die das Feuer nun zur Gänze verschlingen kann.«

»Kommt herunter! Die Tür ist offen!«

Auf Osrics triumphierenden Ruf hin stiegen sie alle durch den schmalen Schacht hinunter, der die Treppe beherbergte, und tasteten sich blind durch die qualmende Dunkelheit nach unten. Jedes Fenster war ein offener Schlitz, der einen Teil der zerstörten Stadt zeigte, und die Luft, die den Treppenschacht füllte, versengte ihnen die Lungen.

Sie stürzten aus dem Turm hinaus und direkt in das Chaos der Kirche hinein, wo sich an jeder Tür eine schreiende, um sich schlagende Menschenmenge versammelt hatte, die die Ausgänge versperrte, so daß nur wenige entkamen und die meisten Gefangene blieben. Ungezählte Leichen lagen am Boden, zertrampelt von tausend flüchtenden Füßen. Der Hochaltar und der Schrein waren verlassen, und nur einige wenige, die keine Hoffnung hatten, sich ihren Weg zu den Türen freikämpfen zu können, waren noch dortgeblieben.

Osric sah sich um. »Wir sitzen in der Falle«, schrie er den anderen zu. »Alle Ausgänge sind blockiert. Es stehen Hunderte vor jeder Tür.« Er zeigte nach oben, schüttelte den Kopf und fügte hinzu: »Wir werden nicht mehr hier herauskommen, bevor das Dach einstürzt.«

»Zum Schrein«, rief Simeon ihm zu, packte Antony bei den Schultern und schob ihn vor sich her. »Lauft zum Schrein.«

Während immer mehr brennende Trümmer von dem in

Flammen stehenden Dach herabregneten, hielt er Peter fest an sich gedrückt. Als sie schließlich Schrein und Altar erreichten, waren beide bis zur Unkenntlichkeit zerstört, denn das böse Werk, das die Schutzbefohlenen begonnen hatten, hatten die gewöhnlichen Plünderer vollendet.

»Der Schrein!« rief Osric, und blankes Entsetzen malte sich auf seinem Gesicht ab. »Mein Gott, der Schrein!«

»Der Schrein ist in Sicherheit. Was zerstört wurde, ist nur die äußere Schale. Der Schrein ist in Sicherheit.«

»Und die heiligen Reliquien?« fragte Antony und griff nach Simeons Arm. »Was ist mit den heiligen Reliquien?«

»In Sicherheit. Sie sind alle in Sicherheit.«

»Gott sei gedankt!«

»Wir werden hier nicht rauskommen«, schrie Osric. Er stand halb geduckt, mit erhobenem Schwert da, als könnte der Soldat, der er gewesen war, die Flammen und den Rauch mit geschärftem Stahl zurückhalten. »Das Feuer hat uns umzingelt.«

Nun stellte Simeon Peter auf die Füße und strich ihm das blonde Haar aus der Stirn.

»Mein Sohn?«

»Ja, Pater?«

»Wir müssen jetzt hinunter in dein geheimes Versteck.«

»Ja, Pater, eine andere Möglichkeit gibt es nicht.«

Er blickte in die großen, blauen Augen. Der Junge war müde. Er hatte weit mehr ertragen müssen, als einem Jungen seines Alters zugemutet werden durfte. Nun mußte Simeon sogar noch mehr von ihm verlangen.

»Willst du uns helfen, Peter?«

»Ja, Pater«, erwiderte der Junge nickend.

Simeon lächelte grimmig, drehte sich dann zu den anderen um und fragte: »Wer trägt den dicksten Umhang?«

»Ich«, antwortete Antony.

»Dann benutzt Euren Dolch, um ihn in Streifen zu schneiden. Wir brauchen so viele, daß wir ein Seil daraus machen können, das das Gewicht eines Mannes zu tragen vermag. Unser einziger Ausweg führt durch die Tunnel.«

»Tunnel? Was für Tunnel?« wollte Osric wissen.

»Die Überreste des alten Klosters liegen unter uns«, antwortete Simeon. »Uralte Tunnel, Gräben und Wasserläufe verlaufen unterhalb der Stadt in alle Richtungen. Kommt, hebt jetzt den Deckel vom Brunnen des Münsters. Seine Oberseite ist mit schweren Fliesen besetzt, passend zu dem Schrein, und diese Steinfliesen werden das Feuer abhalten.«

»Ich hatte ganz vergessen, daß dieser Brunnen existiert«, sagte Osric und bückte sich, um den kleinen, quadratischen Deckel beiseite zu schieben.

»Es war Peter, der ihn wiederentdeckt hat. Wir werden unser Seil an das, was vom Altarsockel noch übriggeblieben ist, binden und uns daran in die alte Abtei hinunterlassen.«

»Aber da unten ist Wasser«, wandte Osric, der bereits hinunterspähte, ein.

»Nur der alte Süßwasserstrom, der immer noch in den Brunnen läuft. Zu beiden Seiten daneben ist fester Boden. Wenn ihr Euch hinunterlaßt, werdet Ihr schon merken, wo die Mauern enden. Schwingt Euch unter sie, und Ihr werdet festen Boden unter den Füßen haben.«

»Werden wir da unten auch Licht haben?«

»Nicht viel, und wir können es nicht riskieren, Fackeln mit hinunterzunehmen. Wir müssen uns mit der Dunkelheit abfinden. Peter wird uns den Weg weisen.«

Mittlerweile tobte das Feuer beinahe direkt über ihnen. Einige Dachbalken waren auf den nördlichen Chorumgang gestürzt, und durch die Feuerwand konnten sie sehen, daß das Kapitelhaus zu einem riesigen Steinofen geworden war.

Osric war der erste, der sich durch die kleine, quadratische Öffnung in den tiefen, dunklen Schacht des Altarbrunnens hinabließ.

»Hier ist ein Seil«, rief er. »Es hängt von einem Metallhalter, der in die Wand eingelassen ist.«

»Das wird Euch nichts nützen«, warnte Simeon ihn. »Es wird kaum das Gewicht eines erwachsenen Mannes tragen, und wir müssen es lassen, wo es hängt. Peter braucht es.«

Osric ließ sich behende hinunter, tastete seinen Weg mit den Knien ab und erreichte schließlich das Loch im Schacht. Er ließ sich hineinschwingen, bis seine Füße festen Boden berührten und er in der finsteren, alten Abtei stand, die unter dem Münster lag. Auf sein Zeichen hin folgte ihm Antony, und als das notdürftige Seil locker hin und her schwang, machte Simeon sich zum Abstieg bereit. Die Flammen waren jetzt überall um sie herum und der Qualm so dicht, daß man kaum noch etwas sehen konnte. Es widerstrebte ihm, zu gehen, solange Peter noch dort stand, aber sie wußten beide, daß das Seil entfernt und der geflieste Deckel wieder über die Öffnung des Brunnens gelegt werden mußte. Es stand zuviel auf dem Spiel, um irgend etwas dem Zufall zu überlassen, zu viele Kostbarkeiten waren dort unten, um eine Entdeckung dieser geheimen Flure riskieren zu dürfen. Und Simeon fürchtete, daß jeder einzelne dieser verborgenen Tunnel Feuer fangen konnte, solange das Münster brannte. In Gedanken sah er Elvira auf dem Brunnen im Skriptorium, sah, wie ein teuflischer Atemstoß einem Flammenschwall in ihr Gesicht schleuderte. Hastig schob er den Gedanken beiseite.

»Komm direkt hinter mir her, Junge«, sagte er, ließ sich in den Brunnen gleiten und schrie einige Sekunden später noch einmal hinauf: »Peter, komm herunter!«

Diese Sekunden waren die längsten und qualvollsten seines ganzen Lebens. Da sie nun neben dem Schaft standen, konnten sie das quadratische Stück Licht hoch über sich nicht sehen. Sie konnten sich nicht einmal sicher sein, daß Peter in der Lage war, den schweren Deckel wieder vorzuschieben, während er gleichzeitig in dem schwarzen Loch des Brunnenschachtes hing.

»Wie soll er den Deckel schließen?« fragte Antony und sprach damit ihrer aller Ängste aus.

»Er weiß, wie«, sagte Simeon. »Er hat das schon viele Male zuvor geschafft.«

»Ja, das mag wohl so sein, aber nicht mit versengter Haut und mit qualmerfüllten Lungen.«

»Er wird es schaffen«, erwiderte Simeon.

Schweigend warteten sie auf den Jungen, drei ängstliche Männer, die an diesem unheimlichen Ort dicht nebeneinander standen. Und als er in der Dunkelheit seine Freunde ansah, erriet Simeon, daß auch sie beteten.

»Er wird bald herunterkommen«, sagte er laut und betete von ganzem Herzen, daß es so sein würde. »Er wird kommen.«

Endlich hörte man ein Flüstern in der Dunkelheit: *»Pater!«*

»O Gott sei gelobt!« Er zog den Jungen an sich und hielt ihn für einen Augenblick in den Armen.

»Wir müssen uns jetzt beeilen«, sagte Peter. »Der Qualm wird immer dicker. Die Luft in den Tunneln wird bald so schlecht sein, daß wir nicht mehr atmen können. Faßt euch an den Händen und geht dicht hintereinander her. Der Weg ist trocken und eben, aber auch sehr schmal, und wir haben kein Licht. Die Decke ist an vielen Stellen sehr niedrig, seid also vorsichtig.«

Peter ging voran, und die Männer folgten ihm. Als ihre Augen sich an die Dunkelheit gewöhnt hatten, erkannten sie die alten Klostergewölbe und sahen lange Lichtstrahlen, die auf den glitzernden, ebenholzschwarzen See fielen. Dort, wo Simeon noch vor so kurzer Zeit den geisterhaften Gesang der Chorpriester vernommen hatte, konnte man nun die Schreie sterbender Menschen hören, die herunterstürzenden Dachbalken und das Prasseln des Feuers in dem großen Münster hoch über ihnen.

»Woher kennst du diesen Ort, Peter?« fragte Antony, aber der Junge war bereits an einer dunkleren, schmaleren Stelle verschwunden.

»Ich kenne ihn gut«, war alles, was er sagte.

Sie kletterten in der Kirche von St. Peter wieder hinauf, und die Männer zwängten sich unbeholfen durch eine schmale Öffnung in einem Alkoven hinter dem Altar. Eine Weile blieben sie dort auf den Knien liegen und dankten für ihre Rettung. Erst dann waren sie in der Lage, einander ins Gesicht zu sehen und laut aufzulachen, sich auf die Schultern zu klopfen, Peters Haar zu zerzausen und ihn, einer nach dem anderen, wild zu umarmen. Und Simeon fragte sich, ob ihnen nicht vielleicht, genauso wie ihm, mehr zum Weinen als zum Lachen war.

Später standen sie draußen im Freien und sahen zu dem brennenden Münster hinüber. Die Flammen waren nun in jedem Fenster und in jeder Tür, schossen von dem verwüsteten Dach in den Himmel hinauf und züngelten an jedem Turmfenster. Die Zahl der Unglücklichen, die in der Kirche verbrannten, ließ sich unmöglich schätzen. Das Gedränge an den Türen hatte solche Ausmaße angenommen, daß mit Gewißheit viele Menschen dort gestorben waren, zu Tode getreten oder erstickt, und ihre Leichen aufgetürmt zu einer Mauer, die die Opfer in der Kirche festhielt und möglichen Rettern den Zugang versperrte.

»Wir haben unseren Heiligen verloren«, schluchzte ein junger Priester, der dem Spektakel weinend und händeringend zusah. Es war Richard, der treue, mutige Richard, dessen feiner, brauner Bart, der sein ganzer Stolz und seine Freude war, von dem Feuer, das er nun schon seit so vielen Stunden zu löschen versuchte, versengt worden war.

»O ihr Kleingläubigen«, mahnte Simeon ihn mit leiser Stimme. »Der Heilige ist nicht verloren, Richard. Und er wird auch niemals verloren oder vergessen werden, nicht solange die, die ihn lieben, noch leben. Glaubt daran, mein Freund. Glaubt es mit Eurem ganzen Herzen. St. John of Beverley ist nicht verloren. Solange es einen Hüter des Schreins gibt, werden weder er noch sein geliebtes Beverley vergehen.«

Simeon stand auf dem kleinen Hügel, auf dem man einen Baum gepflanzt und ein Kreuz errichtet hatte im Gedenken an jene, die bei dem großen Sturm vor acht Jahren gestorben waren. Elvira stand dicht neben ihm und zwischen ihnen der immer noch ein wenig zitternde Peter. Sein blondes Haar berührte Simeons Brust nahe der Stelle, wo der goldene Mähnenkamm an seiner seidenen Kordel hing. Er hatte seinen pelzgefütterten Umhang ausgebreitet, so daß auch der Junge und die Frau darunter Platz hatten.

»Was wird geschehen?« fragte Elvira ihn flüsternd.

»Genau so wie unser Heiliger werden auch wir überleben«, antwortete er.

»Jeder Stock und jeder Stein werden erneuert werden,

größer und schöner und stärker als je zuvor. Dieses ›Beaver Lake‹ ist noch nicht am Ende, und genausowenig werden wir zulassen, daß unser Münster stirbt. Noch in tausend Jahren werden wir hier sein. In tausend Jahren, Elvira. Glaub mir, denn ich *weiß*, daß es so ist.«

Sie nickte und fragte nach einem Augenblick der Überlegung: »Und was ist mit uns, Simeon?«

Da drehte er sich zu ihr um, und sie mußte an jenes erste Mal denken, als sie ihm in die Augen gesehen hatte. Es war genau wie damals, so als hätte es die vergangenen acht Jahre nicht gegeben. Sie blickte in zwei Teiche aus verblüffendem Blau, in denen feurige Funken aus Bernstein und Gold tanzten, und wieder einmal hatte sie das Gefühl, in den Himmel zu schauen und feststellen zu müssen, daß er in Flammen stand.

»Verstehst du, wie es für uns sein wird, Elvira?« fragte er sie leise. »Die Gefahren? Die vielen Feinde, die uns Böses wollen? Und vor allem mein feierlicher Schwur, den Zölibat zu halten?«

»Ich weiß«, sagte sie. »Ich weiß.« Und er glaubte ihr.

»Simeon!«

Er hätte diese unheimliche Stimme unter tausend anderen jederzeit erkannt. Sie schien in seinem Kopf widerzuhallen, sandte ein Schaudern über sein Rückgrat und hinterließ ihr vibrierendes Echo in seiner Brust. Er erhaschte einen Blick auf eine große, schwarze Schattengestalt, die sich aus der Dunkelheit der Skriptoriumstür löste. Er hatte das Gefühl, als krampfe sein Herz sich zusammen, als setze es für einen lebenswichtigen Schlag aus. Einen Augenblick lang stand die Gestalt vollkommen reglos da, und irgendein sechster Sinn sagte ihm, daß sie ihn beobachtete. Sie bekreuzigte sich mit einer langsamen, wohlüberlegten Bewegung der rechten Hand und legte dann einen Finger an die Lippen, um dem Priester Schweigen zu gebieten. Als die Gestalt dann ihren in der Kapuze verborgenen Kopf zu einer kurzen Verbeugung senkte, nickte Simeon, der wußte, daß er diesen unsichtbaren Blick aufgefangen hatte. Ein rätselhaftes Band war vor all jenen Jahren zwischen ihnen geschmiedet worden, und dies war eine gegenseitige Bestätigung. Nachdem das geschehen war, drehte die Gestalt sich um und ging davon, und Simeon sah ihr nach, bis sie in der Menge der Zuschauer verschwand und sich, unsichtbar für alle anderen, auf das in Flammen stehende Münster zubewegte.

»Pater?«

Der kleine Peter schaute zu Simeon auf, und seltenes Lächeln spielte in seinen ernsten Zügen. Er streckte die Hand aus, die Handfläche nach oben, und darauf glänzten einige Tropfen von Feuchtigkeit, die die Flammen des Münsters auffingen und wie Juwelen funkelten. »Seht nur, Pater! Gott in seiner Gnade weint für uns! Er weint für uns!«

Simeon hob sein Gesicht, und als er dieselbe Kühle auf seinen Wangen spürte, murmelte er:

»Der Himmel sei gelobt!«

Nun ließen sich überall um ihn herum die Menschen auf die Knie nieder. Osric, der zynische, alte Soldat, und der sture Mönch Antony, der ehrfurchtgebietende Thorald mit seinem gewittrigen Temperament, der junge Richard und der weise, alte Cuthbert: Sie alle fielen nieder, um ihrem Schöpfer von ganzer Seele zu danken. Und dann hörte man die ersten Takte des *Te Deum*, die sich, leise zuerst, aber dann mit der ganzen Gewalt einer Lobeshymne in den Himmel hoben und das Prasseln des Feuers übertönten, als nah und fern ungezählte Stimmen in den Lobpreis einfielen.

»Wir werden überleben«, flüsterte Simeon und hob sein feuchtes Gesicht. »Wir werden überleben.«

Und das würden sie auch, denn nun war alles vorüber. Gott in seiner Gnade schickte ihnen einen neuen Tag, mit all der Hoffnung und dem Verzeihen, die jeder neue Tag in sich birgt. Die Feuer brannten noch immer überall in der Stadt, das Münster würde vollends zerstört werden, aber der Alptraum war endlich vorüber. Gott war wahrhaft gnädig, denn während die Priester noch in der Morgendämmerung sangen, öffnete sich der Himmel mit einem majestätischen Donnergrollen, und es begann zu regnen.

Nachwort

Nach der großen Feuersbrunst von 1188 wurde die Münsterkirche von Beverley wieder aufgebaut und aufs neue Johannes dem Evangelisten geweiht. Und noch einmal wurde sie schwer beschädigt, als im Jahre 1213 der mittlere Turmaufgang zusammenbrach.

Die Kirche St. Martin wurde nie wieder aufgebaut. Ihre spärlichen Überreste befinden sich unter der Südwestecke des jetzigen Mittelschiffs des Münsters.

Der alte normannische Taufstein steht heute in der Nähe des Südportals im Münster.

Die Reliquien von St. John of Beverley wurden erst neun Jahre nach dem Brand wiederentdeckt. Seine Schatztruhe mit vier Eisennägeln, drei Bronzebolzen, sechs Perlen und einigen Knochenstücken und Haarbüscheln und ›… einem ziemlich verrosteten Dolch‹ verschwanden erneut in der Katastrophe von 1213 und blieben hundert Jahre lang verschollen.

Der Bischofssitz von St. John steht immer noch links vom Hochaltar.

Noch im Jahre 1960 wurde das Wasser in dem nicht mehr benutzten Brunnen rechts vom Hochaltar untersucht – es war genauso rein und süß wie je.

Das für alle Zeiten geheimnisvolle Grab des unbekannten Priesters, dem dieses Buch gewidmet ist, liegt an der Ostseite des nördlichen Querschiffs.

Im Jahre 1221 schenkte Stephen Goldsmith die Ländereien, die als der eingefriedete Bereich von St. Peter bekannt waren, den Dominikanern oder Mönchspredigern.

Ausgrabungen, die 1960 bis 1983 am Rand des alten Klostergebäudes in der Eastgate durchgeführt wurden, legten die Fundamente einer mittelalterlichen Kirche frei, deren größter Teil sich in dem ausgeschachteten Bereich des heutigen Eisenbahnhofs befindet. Außerdem wurden Hinweise auf sechsundzwanzig Gräber, einige Grabsteine, Ziegel, Mauerwerk, Kochtöpfe, Krüge, Schnabelkannen, Reste von bemaltem Fensterglas und Teile von ledernen Schuhsohlen gefunden; all das stammt aus dem 11. und 12. Jahrhundert. Darüber hinaus entdeckte man zahlreiche Skelettreste. Einzelheiten über diese Ausgrabungen finden sich in: *Excavations at the Dominican Priory, Beverley* von P. Armstrong und D. G. Tomlinson (Humberside Heritage Publications No. 13).